Knaur®

Von Leslie A. Horvitz sind ebenfalls im Knaur-Programm erhältlich:

»Blutmond« (Band 1737)
»Das lautlose Sterben« (Band 1744)
»Die Gen-Falle« (Band 1745)
»Der Compton-Effekt« (Band 2045)

Deutsche Erstausgabe 1989

Titel der Originalausgabe: »The Donors«

Umschlaggestaltung Manfred Waller
Umschlagfoto Photodesign Mall
Satz Compusatz GmbH, München
Druck und Bindung brodard & taupin
Printed in France 5 4 3 2
ISBN 3-426-01743-1

Leslie A. Horvitz:
Die Organspender

Ein Medizin-Thriller

Aus dem Englischen von Kollektiv Druck-Reif

Knaur

Die Autoren möchten Charles Strauss für seine erhellenden Anmerkungen zu Computersystemen und Cembalos danken – und für seinen Einfallsreichtum und seine Begeisterung.

Wie seltsam das Leben ist ohne Vergangenheit,
Gefährlich, aber ohne Reue und Erinnerungen...

KRUCHENYKH

Nur das Geheimnis läßt uns leben. Nur das Geheimnis.

LORCA

cuando ya sea diferente
y nadie pueda conocerme
seguiré haciendo lo mismo...

NERUDA, *Parthogenesis*

1. TEIL

Zu Hause

Prolog

Mutterseelenalleine kämpfte die Frau gegen den Wind an. Sie kam nur mühsam vorwärts. Ihre blonden Haare leuchteten im grellen Licht der Straßenlaternen. Die Straße war leer, aber die Häuser schienen voller Leben. In den Fenstern konnte man sehen, wie die Leute um bunt geschmückte Weihnachtsbäume herum saßen und feierten. Alle Eingangstüren waren mit Kränzen und roten Bändern verziert.

Wenn jemand die Frau beobachtet hätte, dann hätte er sie vermutlich erkannt: Das aristokratische Profil, die auffallend blauen Augen, die elegante und fotogene Figur. Er hätte sie aus Filmen und von Illustrierten gekannt. Aber es waren keine Beobachter in der Nähe – es war überhaupt niemand da.

Endlich war sie bei der Tiefgarage, zwei Straßen von der Party entfernt, von der sie gerade weggegangen war. Normalerweise hätte sie einen Chauffeur gehabt; normalerweise hätte ein Bediensteter ihr Auto geholt. Aber es war Weihnachten, und der Chauffeur hatte den Abend freigenommen. Was mit dem Bediensteten war, wußte niemand.

Sie sah ein, daß sie keine Wahl hatte. Sie mußte ihr Auto selbst holen.

Die hohen Absätze ihrer Schuhe klapperten deutlich hörbar auf der glatten Oberfläche des Gangs, der in die Tiefgarage führte. Der eisige Winterwind folgte ihr, sein Pfeifen drang in das unterirdische Gewölbe.

Auf dem Parkdeck C sah sie ihren Mercedes. Aber zu ihrem Ärger hatte jemand die ganze Fahrerseite bis zum hinteren Kotflügel mit einem Ölstreifen verunziert. Das war selbstverständlich nicht zu entschuldigen, aber vor morgen konnte man nichts deswegen unternehmen.

Sie ließ den Motor an und nahm ihre Kontaktlinsen heraus, weil sie sie nur noch irritierten. Statt dessen setzte sie eine getönte Brille

auf, mit der sie die Welt deutlich sehen konnte.
Sie blickte in den Rückspiegel, um beim Zurücksetzen nicht gegen ein Auto zu fahren.
Ein Paar dunkler Augen starrten ihr aus dem Spiegel entgegen, dann das ganze Gesicht eines Mannes.
Zuerst dachte sie, es sei ein Geist, oder der Spiegel würde auf Grund irgendwelcher Lichtreflexe jemanden widerspiegeln, der weit weg war.
Aber es war keine Erscheinung, kein Lichtreflex.
Alles war plötzlich wie im Traum: dumm, langsam, unerbittlich. Ein Schrei erstickte in ihrer Kehle. Die Hand des Mannes griff nach vorne und schloß sich eng um ihren Hals.
Zu spät reagierte sie und versuchte, seinen Griff zu lockern. Sie war stärker, als der Mann vermutet hatte. Sie bog zwei seiner Finger so weit zurück, wie sie nur konnte. Darauf konzentrierte sie ihre ganze Aufmerksamkeit, nicht auf den Schmerz, der ihr die Kehle zuschnürte. Sie wußte nicht, ob sie das Knacken seiner Finger hörte, oder ob sie es sich nur einbildete, doch der unterdrückte Schrei, den der Mann ausstieß, war Wirklichkeit.
Aber er gab nicht auf. Im Gegenteil, er verdoppelte seine Anstrengung. Die Frau wand sich, zuckte auf dem Sitz hin und her, die Augen traten ihr aus den Höhlen, auf ihren Lippen sammelten sich Blutstropfen; dann sackte ihr Körper plötzlich in sich zusammen, und sie leistete keinen Widerstand mehr.
Einen Augenblick lang betrachtete der Mann seine zerschundenen Finger, aber mehr Zeit konnte er nicht darauf verschwenden. Er mußte seine Arbeit fortführen. Ohne die Leiche der Frau zu bewegen, griff er nach vorne und manövrierte den Mercedes aus der Parklücke heraus, lenkte ihn mühsam Richtung Rampe zum Deck D, dann brachte er den Wagen zum Halten.
Er stieg aus, nahm sein Feuerzeug und zündete den Ölstreifen an der Karosserie an. Er öffnete die Vordertür, löste die Handbremse und schlug dann die Tür wieder zu.
Das teure weiße Auto fuhr schlingernd die Rampe hinunter und wurde dabei immer schneller. Dann gab es einen fürchterlichen Knall, der durch die Akustik der unterirdischen Garage noch verstärkt wurde.

Der Mann beobachtete, wie im Rückfenster ein fahles orangenes Licht aufflackerte. Und während das Feuer stärker wurde und sich in das Wageninnere hineinfraß, färbte sich das Orange langsam rot, dann nahm es wunderschöne Blau- und Bernsteintöne an. Bald würde von dem Mercedes nur noch ein schwarzverkohlter Haufen übrig sein und von der Frau nur noch ein Häufchen Asche.

Der Mann erwartete, gleich die dröhnende Erschütterung einer Explosion zu hören. Er konnte nicht verstehen, warum es so lange dauerte. Er wartete, bis er glaubte, es nicht länger riskieren zu können. Aber die Explosion kam nicht. Das Auto und seine Insassin brannten nur und brannten und brannten...

1

Gleich hinter dem Eingang konnte man seitlich fünf Schreibtische sehen, durch Glas abgetrennt. Dahinter befanden sich Aktenschränke und Bücherregale. Alles war sehr sauber und sehr leer. Fünf Untersuchungstische standen hier, makellos und ebenfalls leer. Über jedem hing eine Fleischwaage. Auf den Regalen an der Wand waren Organproben, die in etikettierten Flaschen auf ihre Auswertung warteten: traurige Stücke von Menschen, die in Formaldehyd schwammen.

Michael Reiss horchte auf das Geräusch, das seine Schritte auf dem blanken Fußboden machten. Er hielt abrupt inne, weil er spürte, daß ihn jemand beobachtete. Als er sich umdrehte, sah er, daß es einer der Hausmeister war. Er war der einzige, der zu dieser späten Stunde noch da war. In seinen Augen konnte Reiss die stumme Bitte lesen, er möge ihn doch nach Hause gehen lassen.

»Brauchen Sie mich noch, Doktor?« Jorge redete alle Mitarbeiter so an, auch diejenigen, die keinen Doktortitel hatten.

»Nein, Sie können gehen. Ich gehe auch gleich nach Hause.«

Jorge interessierte sich nicht dafür, was Reiss heute abend noch vorhatte. Er hatte seinen Schrubber und Eimer bereits in den Materialraum gebracht, zog den Mantel an und packte sich warm ein. »Herr Doktor«, rief er noch, bevor er ging, »vergessen Sie nicht wieder Ihren Mantel, wie letztes Mal. Es ist sehr kalt draußen.«

Diese Ermahnung war nicht unberechtigt. Reiss neigte dazu, Dinge, wie zum Beispiel Mäntel, zu vergessen.

Reiss sah aus wie jemand, der gut sein Leben damit verbringen könnte, sich im Labyrinth einer Universitätsbibliothek zu vergraben. Stattdessen spürte er im Gerichtsmedizinischen Institut von New York die Geheimnisse der Toten auf. Trotzdem wirkte er etwas professoral: Er sah relativ gut aus, und seine Augen machten den Eindruck, als bemühe er sich dauernd, etwas zu erkennen, das nie richtig zu sehen war. Seine Haare wurden an den Schläfen langsam grau.

Er war durchschnittlich groß, einszweiundsiebzig, und sein Körper war nicht mehr so durchtrainiert wie früher. Er trieb zu wenig Sport, hielt sich nicht an geregelte Zeiten. Er gehörte zu den Leuten, die sich immer wieder fest vornehmen, demnächst in einen Fitnessclub einzutreten. Aber die Zeit! Wer hatte für so etwas Zeit?

Reiss mochte klassische Musik und technische Spielereien und Kriminalromane. Seinen Beruf empfand er nicht als morbide. Für ihn war seine Arbeit nichts anderes als eine Möglichkeit, im wirklichen Leben hinter ein Geheimnis zu kommen – wie bei seiner Krimilektüre. Beides erfüllte ihn mit der gleichen Befriedigung. Das heißt, wenn er die Lösung herausfand.

Früher hatte er den Ehrgeiz gehabt, Chirurg zu werden. Aber die Lebenden machten ihm Probleme. Sie litten zu sehr; viele starben ihm weg. Er hatte es nicht geschafft, richtig zu lernen, wie man jemandem mitteilt, daß er nicht durchkommen wird. Es hatte ihm nicht gutgetan, sich mit Krankheit und Tod herumzuschlagen – jedenfalls solange der Tod noch nicht eingetreten ist.

Nach seinem Eintreten empfand Reiss den Tod dann als eine Art Zuflucht.

In dem Augenblick klopfte der Tod an die Tür, wollte eingelassen werden. Der Tod war sehr laut.

Kein Telefonanruf hatte Reiss vorbereitet; plötzlich sah er sich mit vier Mitarbeitern der Polizeidienststelle von New York City konfrontiert.

Die Leiche, die sie in sein Büro brachten, hatte kaum noch Ähnlichkeit mit einem Menschen. Die Haut war versengt und verkohlt, und das, was früher einmal ein Gesicht gewesen war, hatte seine Form völlig verloren: Nase und Augen waren nur noch verbrannte Fleischklumpen. Die Lippen waren überhaupt nicht mehr vorhanden.

Einer der Beamten ächzte, als Reiss das Laken hochhob, um sich das entstellte Untersuchungsobjekt, das er da vor sich hatte, genauer anzusehen. »Wieder mal ein Patient für Sie«, meinte er.

»Irgendwelche Identifizierungsunterlagen?«

»Verbrannt. Alles verbrannt. Wir haben die Autonummer überprüft. Der Wagen gehörte einer Maia Stevens.«

»Die Schauspielerin?«

Der Beamte zuckte mit den Schultern. Er hieß Kinkis. »Keine Ahnung, war sie Schauspielerin?«
Ein zweiter Polizist meldete sich zu Wort. »Ich glaube, wir sollten die Staatsanwaltschaft benachrichtigen und herausfinden, ob sie dort schon Bescheid wissen.« Er wandte sich an Reiss. »Haben Sie sie in irgend etwas gesehen? Was hat sie gemacht? Film? Fernsehen? Ich habe sie nie im Fernsehen gesehen.«
»In der Talkshow von Johnny Carson«, meinte einer seiner Kollegen.
»Die Sendung habe ich gesehen«, sagte ein anderer. »Die Frau war nicht schlecht. Toller Busen.«
»Naja, jetzt ist nicht mehr viel davon übrig«, meinte der erste.
Reiss wollte wissen, warum sie als Routinefall hierher ins Gerichtsmedizinische Institut gebracht wurde. Warum hatte man ihn nicht über den Unfall informiert, gleich als man ihn entdeckt hatte? »Man hätte die Leiche an Ort und Stelle lassen sollen.«
»Das kann ich Ihnen auch nicht erklären, Doktor. Irgend jemand hat Mist gebaut. Ich weiß es nicht. Aber wenn Sie sich die Unfallstelle ansehen wollen, dann kommen Sie mit, wir zeigen Ihnen alles.«
Das paßte ihm nicht. Aber es war wohl die einzige Alternative, die er hatte. Er hielt sich für jemanden, der sich, wenn nötig, veränderten Umständen anpassen konnte.
»Gut, gehen wir.«
Er dachte an seinen Mantel. Jorges Worte waren hängengeblieben.

Das Feuer war schon lange gelöscht, aber es war immer noch warm im Parkdeck D. Der strenge Geruch von Rauch und Gas hing in dem unterirdischen Bau, und die Wände und Säulen waren schwarz.
Ein Mordkommissar namens Berger kam auf sie zu, um Reiss zu begrüßen, und informierte ihn kurz. »Wir gehen von der Hypothese aus, daß sie Selbstmord begangen hat. Sie nahm ihr Auto und raste vom Deck C bis hier runter. Sie ist entweder bei dem Aufprall umgekommen oder verbrannt, das ist schwer zu sagen. Ich nehme an, das ist dann Ihr Ressort. Aber es besteht kein Zweifel, daß sie die Kontrolle über den Wagen entweder verloren oder freiwillig aufgegeben hat, als sie von Deck C runterfuhr. Auf dem Weg hier runter sind Bremsspuren, und an der Mauer dem Fußweg entlang kann man Spuren des Aufpralls sehen.«

»Irgendwelche Zeugen?« fragte Reiss.
»Keine Zeugen. Die beiden diensthabenden Wärter haben oben Karten gespielt. Sie haben von dem Knall nichts gehört. Dann sind sie nach unten gerannt und haben das Feuer gelöscht. Nur gut, daß es sich nicht ausgebreitet hat. Nur der Mercedes des Opfers ist total ausgebrannt.«
»Der Wagen ist also nicht explodiert?«
»Nein, nicht mit einem Dieselmotor – Diesel brennt nur. Ein Benzintank wäre mit Sicherheit hochgegangen, und Sie hätten keine Leiche mehr, die Sie untersuchen könnten.«
Der Mercedes selbst, oder das, was davon noch übrig war, war mit einem anderen Auto verschmolzen, das nicht ohne weiteres identifiziert werden konnte. Während der Kofferraum kaum gelitten hatte, war die Kühlerhaube hoffnungslos zerquetscht. Die Kotflügel waren so stark eingedrückt, daß sie fast wie zerknülltes Papier aussahen. So konnte man auch sterben, aber Reiss hätte sich diese Todesart nicht ausgesucht.
Er machte einen Schritt über eine Pfütze und ging mit Berger näher an das Auto heran. Durch das zerbrochene Fenster konnte man den Vordersitz sehen; es roch nicht nur nach verbranntem Auto, sondern auch nach verbranntem Fleisch. Von dem süßlichen, widerwärtigen Geruch wurde Reiss fast schlecht. Der Eindruck von Maias Körper war noch auf den Polsterfetzen zu erkennen, die an den Überresten des Sitzes klebten.
»Warum wurde die Leiche entfernt, ehe ich hierher kommen konnte?«
Berger sagte, er wisse es nicht, dafür sei jemand anderer zuständig. Er entschuldigte sich überschwenglich.
Reiss sah keinen Sinn darin, einen Streit anzufangen. Statt dessen fragte er: »Können Sie mir sagen, weshalb Sie glauben, daß die Frau Selbstmord begangen hat?«
»Das ist nur eine Hypothese. Sie kam gerade von einer Party, und dort hat sie sich angeblich sehr seltsam verhalten. Ich habe mit den Leuten dort gesprochen, ehe ich hierher gekommen bin. Und sie waren sich alle einig, daß sie wegen irgend etwas sehr angespannt war. Rogin, könnten Sie bitte das Beweismaterial rüberbringen?«
Ein Beamter brachte ihm vier Plastiktüten. In einer war ein ange-

schwärzter Gegenstand, der noch seine ursprüngliche Form hatte. Reiss sah sofort, daß es sich um einen Inhalator handelte, wie ihn Asthmatiker oft bei sich haben. Zwei weitere Tüten enthielten Tabletten, die allerdings unter dem Einfluß der Hitze zum großen Teil geschmolzen waren; unten in der Tüte befand sich nur noch körniges Pulver. In der vierten war etwas, das früher einmal eine Brille gewesen war, das Glas war zu einem formlosen Klumpen geschmolzen, und der Rahmen war ganz kaputt.

»Das ist so ziemlich alles, was wir retten konnten. Das übrige war zerstört. Manches zerfiel, sobald man es in die Hand nahm. Wir müssen die Brille und den Inhalator zur Untersuchung in unser Labor schicken. Die Tabletten sind für Sie. Sie können damit sowieso mehr anfangen.«

»Das dürfte nicht allzu schwierig sein.«

»Gut. Wir werden uns dann ihre medizinische Akte ansehen. Es ist sicher relativ einfach, die notwendigen Informationen zu bekommen, wenn es sich um eine so berühmte Frau wie diese Stevens handelt.«

»Sie wissen ja sicher, daß man mit berühmten Leuten auch seine Probleme haben kann.«

»Allerdings. Ich kenne mich aus mit Berühmtheiten.«

In seinem Büro holte Reiss das medizinische Nachschlagewerk heraus, um den Inhalt der Tüten zu bestimmen. Mit geübtem Blick konnte er drei verschiedene Tablettensorten unterscheiden, ein Detail, das der Polizei entgangen war. Eine erkannte er sofort – es war eine Pille, die sehr viel Östrogen enthielt und früher als Verhütungsmittel verwendet worden war. Seltsam, daß sie ausgerechnet diese Pillensorte verwendete; ihr Gynäkologe hätte ihr sagen müssen, daß sie krebserregend ist.

Als er die Tüte genauer durchsuchte, entdeckte er eine weiße Tablette, die dem Feuer irgendwie entgangen war. Er blätterte in seinem Nachschlagewerk, bis er eine Abbildung fand, die dieser Pille entsprach. Es war Reserpin, ein Medikament, das eingesetzt wurde, um hohen Blutdruck zu kontrollieren. Es wurde aber nur noch selten verschrieben. Warum so ein veraltetes Medikament? überlegte er. Die Tatsache, daß Maia Stevens einen Inhalator bei sich hatte, legte die Vermutung nahe, daß sie an Asthma litt, und das

erklärte wohl auch das dritte Medikament, eine Theophyllinsorte. Ihr seltsames Verhalten bei der Party konnte man allerdings auf keines dieser Medikamente zurückführen.
Ihre Krankheitsgeschichte wurde sicher verständlicher, sobald der Staatsanwalt die ärztlichen Unterlagen angefordert hatte.
Bis dahin hatte er immerhin die Leiche. Sie war da, wo die Polizisten sie hingelegt hatten, auf Untersuchungstisch 2, unter einem Metalldeckel. Reiss beschloß, Flüssigkeitsproben zu entnehmen, außerdem Zellen der Organe zu sichern, die am ehesten vom Verfall bedroht waren; mit dem Rest der Autopsie wollte er bis morgen warten. Er ging davon aus, daß der Staatsanwalt in einem Fall wie diesem hier die Information so bald wie möglich haben wollte.
Er hatte zwar vor, seine Frau anzurufen und ihr zu sagen, daß er erst spät nach Hause kommen würde, aber er vergaß es, sobald er den Metalldeckel hochgehoben hatte und sich sein neuestes Geheimnis anschaute. Neuanfänge versetzten ihn immer in gute Laune. Aber sein Enthusiasmus wurde etwas gedämpft, weil von dem zerstörten Körper ein fürchterlicher Geruch ausging. Es war noch viel schlimmer als an der Unfallstelle. Verbranntes Fleisch: So roch es bestimmt in der Hölle, da war Reiss sicher; es war ein Geruch, der an einem hängenblieb, gleichgültig, wie oft man duschte.
Nachdem er den Abzugsventilator auf die stärkste Stufe gestellt hatte, ging er in den Umkleideraum, um einen Arbeitsmantel und Handschuhe überzuziehen. Normalerweise hätte er eine Obduktion wie diese nicht ohne einen Assistenten angefangen, aber er konnte nicht erwarten, daß jemand so leidenschaftlich mit seiner Arbeit verwachsen war wie er selbst, und immerhin stand Weihnachten vor der Tür; da wollten alle Leute mit ihrer Familie zusammensein oder irgendwo feiern und sich betrinken. So wie Maia.
Ihre linke Hand existierte nicht mehr, sie war durch die Hitze zusammengeschrumpft und von den Flammen aufgefressen worden. Der Rest war relativ intakt, obwohl nichts mehr seine ursprüngliche Form hatte. Es war, als hätte Gott das prototypische Design einer Frau verschrottet und alle wesentlichen Bestandteile zusammengepreßt, um wieder ganz von vorne anfangen zu können.
Reiss begann mit seiner Untersuchung, indem er den beweglichen Röntgenapparat über dem Tisch aufstellte und nacheinander Auf-

nahmen vom Kopf, der Brust, dem Unterleib und den Extremitäten machte. Weil eine besondere Technik notwendig war, um das Gebiß aufzunehmen, wodurch die Identifizierung der Leiche erhärtet wurde, beschloß er, damit bis morgen früh zu warten. Er brachte den Röntgenfilm in die Dunkelkammer und ließ ihn dort im Entwickler liegen, während er mit seiner Arbeit fortfuhr.

Es war relativ einfach, die Blase mit einer Nadel zu punktieren und Urin zu entnehmen. Blut und Rückenmarksflüssigkeit würde er dann zum gegebenen Zeitpunkt entnehmen.

Als Reiss die Leiche genauer untersuchte, sah er seine anfängliche Vermutung bestätigt – Maia Stevens hatte sehr viel schlimmere Brandwunden erlitten, als es normalerweise bei Opfern von Autounfällen der Fall ist. Aber der Tod und seine verschiedenen Spielarten hörten nie auf, Reiss zu faszinieren. Alles geschah immer das erste Mal.

Für die Auswertung seiner Untersuchungen benützte er ein Diktaphon, das er mit einem Fußpedal bediente. Aber plötzlich hielt er inne. Am linken Oberschenkel, an einer Stelle, die den vernichtenden Flammen zum großen Teil entgangen war, entdeckte er eine kleine Tätowierung, so klein, daß er sie fast übersehen hätte. Auf den ersten Blick sah es aus wie ein blauer Fleck, aber dann schaute er genauer hin. Der Fleck entpuppte sich als eine gewundene Schlange. Er war sicher, daß er so etwas schon einmal gesehen hatte – aber wo? Es wollte ihm nicht einfallen.

Als die Röntgenbilder fertig waren, hängte er sie an die Lichtwand, um die Ergebnisse genauer studieren zu können. Am Kopf waren keine Verletzungen zu sehen. Der rechte Arm wies zwar einen Bruch auf, aber es war eine alte, verheilte Fraktur, die nur wegen der starken Hitze wieder aufgebrochen war. Chirurgische Schnitte auf den Unterleibsaufnahmen schienen darauf hinzuweisen, daß sich die Schauspielerin irgendwann einmal einer Gallenblasenoperation unterzogen hatte. Weitere Schnitte im Beckenbereich legten die Vermutung nahe, daß die Eierstöcke abgebunden worden waren. Aber wenn das zutraf, weshalb dann die Antibabypillen?

An den unteren Extremitäten war nichts Ungewöhnliches zu beobachten, aber bei den oberen war es anders. Die Aufnahme von Hals und Nacken zeigte, daß der Hals zwar nicht gebrochen war, daß aber

ein Knochen, das Zungenbein, verschoben war. Konnte es sein, daß sie erdrosselt worden war?
Diese Hypothese mochte zwar provokativ sein, aber was Reiss noch stärker beschäftigte, waren die Aufnahmen des Brustkorbs. Hier entdeckte er nämlich zwei runde Stellen, die völlig symmetrisch gewesen wären, hätte das Feuer sie nicht verändert. Es waren Silikonimplantate, und sie waren auf den Röntgenbildern so gut zu sehen, weil Silikon von radioaktiven Strahlen nicht durchdrungen werden kann.
Er hatte also entdeckt, was hinter diesem perfekten Busen steckte. Manche Geheimnisse konnte man nicht mit ins Grab nehmen.
Nun wandte er sich wieder der Leiche zu. Er drehte sie auf die andere Seite, um routinemäßig nach Einschußwunden oder anderen Hinweisen auf Verletzungen zu suchen. Aber er konnte nichts finden, außer verkohlter Haut, die an seinen Handschuhen kleben blieb.
Statt sich nun an den Kopf zu machen, was er normalerweise getan hätte, fing er an, den Brustkorb zu untersuchen. Mit dem Seziermesser kratzte er das verbrannte Fleisch weg und machte einen Schnitt unterhalb der linken Brust, so daß das Silikon sichtbar wurde. Er mußte nicht sehr tief schürfen; ein Teil des Silikons war mit der Hitze durch die Hautoberfläche gedrungen und auf den Unterleib getropft, wo es sich dann wieder erhärtet hatte.
Er ging noch einmal zum Anfang zurück und untersuchte den Kopf, um herauszufinden, ob er eventuell irgendwelche Hinweise auf Verletzungen finden konnte, die auf dem Röntgenbild nicht zu sehen waren. Nichts dergleichen. Er brach den Mund auf und leuchtete mit einer Taschenlampe in den Hals. Er konnte keinen Ruß entdecken, obwohl er das bei jemandem, der bei einem Brand ums Leben gekommen war, erwartet hätte. Manchmal erstickte ein Opfer und blockierte so die Atemorgane; das würde erklären, warum kein Ruß da war, aber Reiss bezweifelte es. Um ganz sicherzugehen, mußte er eine Blutprobe entnehmen und die Kohlendioxydmenge überprüfen. Wenn das Blut zu viel Kohlendioxyd enthielt, war das ein Beweis dafür, daß Maia noch atmete, als das Feuer sie tötete.
Mit dem Seziermesser machte Reiss jetzt einen Schnitt durch den Brustkorb, von der Kehle bis hinunter zum Bauchnabel. Unterhalb

des Nabels führte er das Messer scharf nach links, dann nach rechts. Dadurch entstand ein umgedrehtes Ypsilon, und er konnte die Bauchhöhle öffnen. Vorsichtig erweiterte er den Einschnitt, legte die Rippen bloß und trennte sie mit einer großen Schere vom Brustbein. Die Knochen knackten mit einem lauten und scharfen Geräusch, es klang wie ein Revolverschuß. Nachdem alle abgetrennt waren, drückte er die Rippen auseinander, damit er die Lungen richtig sehen konnte.

Indem er diesen Einschnitt noch ein wenig nach oben verlängerte, brachte er den Kehlkopf zum Vorschein. Wie die Röntgenaufnahme hatte vermuten lassen, war er eingedrückt. Aber warum das so war, das war eine andere Frage; die Verletzung konnte auch ein Nebeneffekt des Unfalls sein – vielleicht war Maia Stevens mit dem Kopf gegen das Lenkrad geprallt.

Mit einer Nadel holte er aus dem Herzen das Blut, das er für die toxikologischen Tests brauchte. Bei dem Zustand, in dem sich die Leiche befand, war das Herz die zuverlässigste Blutquelle. Dann machte er sich daran, das Herz herauszuschneiden und zu wiegen. Dreihundertfünfzig Gramm. Ein schweres Herz für eine Frau von Maias Größe.

Er schloß eine Pumpe an die Luftröhre an, um damit die Lungen aufzublasen, damit er sie besser untersuchen konnte. Sie waren glitschig und voll mit Schleimablagerungen. Nachdem er seinen Kommentar festgehalten hatte, fing er an, die Lungen von der Brustwand und dann von den Bronchien zu lösen. Maia konnte froh sein, daß sie diese Lungen los war, denn sie hatten ihr nichts als Ärger gemacht.

Jetzt stand er vor dem unangenehmsten Teil der Autopsie; er mußte den Bauch aufschneiden und in die Schambeinsymphyse. Dabei wurde ein penetranter Gestank freigesetzt, der eigentliche Geruch des Todes. Wegen der inneren Verletzungen war der Stuhl aus dem Darm ausgetreten, und das stank fürchterlich. Die ganze Zeit über dachte Reiss: Es gibt gewisse Dinge, an die wir uns einfach nicht gewöhnen können. Aber er machte trotzdem weiter, legte die Leber frei, holte sie heraus und wog sie.

Er suchte die Organe zusammen, die am schnellsten verderben, wog sie und legte sie in die entsprechenden Gefäße, wobei er Formalin-

stücke dazugab, um sie zu fixieren, damit er sie dann später mikroskopisch untersuchen konnte. Als er auf seine Uhr schaute, sah er, daß es schon nach zehn war. Ihm fiel ein, daß er vergessen hatte, seine Frau anzurufen. Ob Betsy wohl sehr verärgert war? Es war zwar nicht das erste Mal, daß er vergessen hatte, sie zu informieren, aber solche Präzedenzfälle bedeuteten keineswegs, daß er auf Milde hoffen konnte.
Er wollte gerade den Deckel über Maia schließen und sie in die Kühlhalle zurückrollen, als ihm die Schnitte wieder einfielen, die er auf den Röntgenbildern gesehen hatte. Er fand es notwendig, sie zu dokumentieren, ehe er Maia heute abend verließ. Aber als er unter die Bauchdecke griff, konnte er nichts finden. Er konnte nicht einmal die Eierstöcke ausfindig machen. Hatte sie eine Hysterektomie gehabt? Waren ihre Eierstöcke entfernt worden? Aber wenn ihre Gebärmutter und ihre Eierstöcke nicht mehr da waren, warum nahm sie dann die Antibabypille? Das war doch unlogisch.
Vielleicht erwischte er sie nur nicht richtig. Er müßte noch genauer untersuchen, um ganz sichergehen zu können. Aber für heute reichte es. Er schloß den Deckel und rollte Maia Stevens in ihre neue, kühle Unterkunft. »Gute Nacht«, sagte er zu ihr. Irgendwie erwartete er fast eine Antwort.
Nachdem er geduscht und sich wieder angezogen hatte, wollte er sich auf den Weg machen. Aber er fühlte sich nicht ganz wohl dabei. Bei einem Fall wie diesem hätte er längst von Lucius von der Staatsanwaltschaft hören müssen. Aber Lucius hatte nicht angerufen, Simpson hatte nicht angerufen. Das sah ihnen eigentlich nicht ähnlich. Ach, aber schließlich war gleich Weihnachten. Nichts war so wichtig, daß es nicht acht Stunden warten konnte.
Die kalte Nachtluft war erfrischend. Ein befreiender Wind wehte durch die Dunkelheit und trug den hartnäckigen Geruch des Todes mit sich fort.
Der diensthabende Nachtwächter hatte offensichtlich beschlossen, in einem der Gebäude des Komplexes Zuflucht zu suchen, denn Reiss konnte ihn nirgends sehen. Nicht, daß er ihm deswegen Vorwürfe gemacht hätte; in einer Nacht wie heute sollte niemand zu lange draußen sein.
Der Parkplatz war leer, bis auf sein Oldsmobile, das den Schein der

Lampen unübersehbar widerspiegelte. Selbst als Reiss in das Auto stieg, fiel es ihm schwer, dem Impuls zu widerstehen – er hätte am liebsten kehrtgemacht, wäre in sein Büro zurückgegangen und hätte die verdammte Obduktion zu Ende gebracht. Aber gut, wenn die Staatsanwaltschaft warten konnte, dann konnte er das auch. Die Toten können immer warten. Aber er war noch unter den Lebenden, und zu Hause wartete das Abendessen auf ihn. Obwohl es wahrscheinlich inzwischen genauso kalt war, wie Maia morgen früh sein würde.

2

Als Reiss schließlich sein Haus in Sea Cliff erreichte, mußte er die Gedanken an Maia Stevens bewußt aus seinem Kopf verdrängen. Sein Magen knurrte, und er konnte seine körperliche Müdigkeit nicht mehr ignorieren.

Sea Cliff war eine dichtbesiedelte Gemeinde, und die besser gestellten Einwohner konnten, wie schon der Name andeutete, jeden Morgen beim Frühstück auf die Bucht hinausblicken. Das Haus der Familie Reiss, ein großes weißes Gebäude, lag relativ hoch. In Winternächten wie heute rüttelte der Wind an den Fenstern und heulte klagend durch die nahegelegenen Wälder.

Betsy stand in der Tür, den Wind bemerkte sie anscheinend gar nicht. Sie war vier Jahre jünger als ihr Mann, zart gebaut, mit entwaffnend großen, braunen Augen, kurzen weizenblonden Haaren und ausgesprochen schönen Beinen.

Sie küßte ihn, dann schimpfte sie. »Du hättest wenigstens anrufen können, wenn du so spät nach Hause kommst. Es ist schon nach elf.«

»Ich habe gar nicht gemerkt, daß es bereits so spät ist.« Eine kleine Lüge.

»Ich weiß. Du merkst es nie.«

Sie schloß die Tür hinter ihm. »Übrigens hat gerade dein Freund von der Staatsanwaltschaft angerufen. Ich habe ihm gesagt, er soll versuchen, dich im Büro zu erreichen, aber er hat dich bestimmt verpaßt.«

»Simpson?«
»Genau.«
»Na, der hat sich ja Zeit gelassen.«

Simpson nahm den Hörer ab, noch ehe das Telefon richtig geklingelt hatte. »Bist du's, Michael?«
»Wie geht's, Jerry?«
»Nicht schlecht. Hör mal zu, es wäre mir recht, wenn du den Fall Stevens der Presse gegenüber nicht erwähnen würdest.«
Reiss war beleidigt. Er hatte seine Befunde noch nie der Öffentlichkeit zugänglich gemacht, und er hatte nicht die geringste Absicht, es jetzt zu tun. Weshalb sah sich Simpson veranlaßt, ihn zu warnen? Mit neutraler Stimme sagte er: »Natürlich nicht.«
»Ich habe ja auch nicht angenommen, daß du das machen würdest, aber... na ja, bei so einem Fall muß man mit einigem Wirbel rechnen.«
»Wie meinst du das?«
»Berühmte Schauspielerin, du weißt ja.« Simpson klang nicht direkt ungeduldig, aber doch leicht gereizt. »Wie läuft es denn? Ich meine, die Autopsie. Hast du schon damit angefangen?«
»Sagen wir mal, ich komme nur langsam vom Fleck.«
»Na ja, es ist ja auch nicht eilig«, sagte Simpson orakelhaft und legte auf.
Betsy sah an Reiss' Gesichtsausdruck, daß irgend etwas nicht stimmte.
»Probleme?«
»Ich glaube, ja.«
Reiss setzte sich an den Tisch und begann mechanisch zu essen, ohne darauf zu achten, was er zu sich nahm. Tabitha, die zwölfjährige Schäferhündin, zeigte mehr Interesse und stieß Reiss immer wieder an, um etwas abzubekommen.
»Willst du darüber reden?« Normalerweise drängte Betsy Michael nicht gerne dazu, von seiner Arbeit zu erzählen, und er seinerseits teilte selten etwas mit: Welche Frau war schon scharf darauf, von den Leichen zu hören, mit denen er sich bei der Arbeit beschäftigte? Aber in diesem Fall konnte er die Geschichte nicht für sich behalten.
»Heute abend wurde Maia Stevens eingeliefert.«

»Die Schauspielerin?«
»Ja, die Schauspielerin. Wußtest du, daß sie Silikonimplantate hatte?«
»Wirklich?« Betsy wartete darauf, daß er weiterredete, aber er schien wieder in Trance versunken zu sein. »Wie ist sie denn gestorben?«
»Autounfall. Angeblich. Ich habe das Gefühl, sie wurde umgebracht. Na ja, es ist eigentlich mehr als ein Gefühl. Es kann sein, daß jemand sie umgebracht hat und dann den Unfall vorgetäuscht hat, um die Polizei hinters Licht zu führen. Ihre Leiche wurde von der Unfallstelle wegtransportiert, ehe ich hinkam. Es gibt noch mehr Ungereimtheiten, aber es dauert eine Weile, um das alles auseinanderzudividieren.«
»Und was hatte Simpson zu sagen?«
»Er hat mich gewarnt, ich soll den Medien nichts mitteilen. Ich teile den Medien nie etwas mit. Mich ärgert diese Unterstellung.«
»Hast du ihm das gesagt?«
»Nein. Es wäre sinnlos, ihn jetzt zu provozieren.«
Betsy schwieg einen Augenblick und dachte nach. »Weißt du, eigentlich solltest du der Presse gegenüber etwas durchsickern lassen, wenn du glaubst, Maia Stevens wurde umgebracht. Du brauchst ja deinen Namen nicht anzugeben.«
Reiss hatte zwar großen Respekt vor den Ansichten seiner Frau, weil er sie für ausgeglichener und oft für vernünftiger als sich selbst hielt, aber diesen Vorschlag konnte er nicht annehmen. »Das geht eigentlich gegen meine Moralvorstellungen. Und außerdem würden sie es schnell herausfinden. Ich warte mit meiner Aussage bis zur Gerichtsverhandlung.«
»Wenn es je soweit kommt.«
»Was meinst du damit, Betsy?«
»Angenommen, es ist ein abgekartetes Spiel? Vielleicht ist das der Grund für Simpsons Anruf. Oder sie wollen dich zum Sündenbock machen.« Sie hatte Angst um Reiss; sie machte sich Sorgen um seine Zukunft. Er war aus politischen Motiven übergangen worden, als es um die Ernennung zum Leiter des Gerichtsmedizinischen Instituts ging; andere Gründe konnte es ihrer Meinung nach dafür nicht geben. Er war kompetent und intelligent, aber er war nicht mit

dem Bürgermeister befreundet. Und manchmal vertiefte er sich so in seine Arbeit, daß er gar nicht merkte, was um ihn herum passierte. Sie hatte das Gefühl, daß er einen Beschützer brauchte, und sie hatte diese Rolle übernommen, ohne daß er sie darum gebeten hätte.

»Abgekartetes Spiel? Sündenbock?« Reiss verzog das Gesicht. »Wovon redest du denn? Ich wußte nicht, daß du eine Anhängerin von Verschwörungstheorien bist.«

»Du hast gesagt, sie sei umgebracht worden.«

»Ich habe gesagt, es könnte sein, daß sie umgebracht worden ist. Und selbst wenn es stimmt, heißt das noch lange nicht, daß es sich um ein abgekartetes Spiel handelt. Ich mache bei vielen Leuten Autopsien, die umgebracht wurden.«

»Bei viel zu vielen.«

»Das stimmt, bei viel zu vielen.«

Aber Betsy war noch nicht überzeugt. »Ich habe neulich ein Interview mit ihr gelesen. Deine Miss Stevens hatte Verbindungen zur Mafia. Zu einem Typen, der sich Carlo D. nennt. Und es hieß, sie hätte etwas mit einem Senator gehabt, allerdings wurde kein Name genannt.«

»Wie kommt es, daß du solche Sachen weißt?«

Sie zuckte die Schultern. »Ich habe eine Schwäche für Klatsch.«

Wie ihre Freunde, dachte Reiss. Ihre Freunde, nicht seine. Aber wie viele Freunde hatte *er* denn überhaupt, wenn man es sich genau überlegte?

»Du meinst also, es war ein Mafiamord? Carlo D. beendet die Affäre, indem er die Frau umbringt? Das klingt sehr unwahrscheinlich, sogar für die Mafia. Ich hatte immer den Eindruck, sie hätten mehr Ehrgefühl, wenn es darum geht, Frauen loszuwerden.«

»Ich glaube trotzdem, du solltest vorsichtig sein«, sagte Betsy. Sie wollte nicht mehr darüber reden. Es beunruhigte sie, daß es schon so spät war. Sie brauchte ihren Schlaf. Sie gähnte unverhohlen – ein Signal dafür, daß sie ins Bett gehen wollte. »Kommst du auch bald?«

»Gleich«, antwortete Reiss vage. Nach allem, was sie gesagt hatte, war er jetzt noch mehr durcheinander als vorher. Und keineswegs in Schlaflaune.

Vor zwölf Jahren hatte Reiss Urlaub in Paris gemacht, um sich zu überlegen, ob er Betsy heiraten sollte. Plötzlich hatte sie vor ihm gestanden, mitten auf dem Boulevard St. Germain des Prés. Er hatte ihr nur ganz unklare Informationen über seine Reiseroute gegeben und hatte selbst vorher nicht gewußt, daß er um die Zeit in Paris sein würde. Aber sie war einer Eingebung gefolgt und einfach am Abend vorher von New York abgeflogen, weil sie das Gefühl hatte, er sei in Paris. Sie war gerade eine halbe Stunde in der Stadt, als sie ihm in die Arme lief.

Sie war der festen Überzeugung, wenn in ihrer Ehe je irgend etwas schieflaufen sollte, müßten sie nur nach Paris fahren, und alles würde wieder ins Lot kommen. Ab und zu dachte Reiss, sie hätten diese Reise schon längst machen sollen. Nicht, weil mit ihrer Ehe etwas nicht stimmte. Ihr Zusammenleben war nur langweilig geworden, ereignislos. Er hatte den Eindruck, daß sie nichts Neues mehr aneinander entdecken konnten.

Hatte Betsy das gleiche Gefühl? Wenn sie es fertigbrachte, ihn in Paris zu finden, dann merkte sie bestimmt auch, daß der Motor, der ihre Ehe funktionieren ließ, langsam rostete.

Aber ihr ausgeprägtes Gespür für die Zukunft konzentrierte sich auf weniger wichtige Dinge. »Heute ist irgend etwas mit dem Auto los«, beharrte sie, »da bin ich ganz sicher.« Und tatsächlich versagte das Getriebe oder ein Rücklicht ging kaputt.

War es möglich, daß sie mit der gleichen Weitsicht in die Zukunft sehen konnte, wenn es um Mord ging?

So gerne er Betsys Warnungen ignoriert hätte, er konnte es nicht. Vielleicht war an dem, was sie gesagt hatte, doch etwas dran. Ohne zu überlegen, was er eigentlich sagen wollte, ging er zum Telefon und wählte Simpsons Privatnummer.

Simpson klang nicht überrascht, als er Reiss' Stimme hörte. Sein Tonfall war allerdings etwas kühl. »Was kann ich für dich tun?«

»Es ist wegen dieser Sache mit Maia Stevens. Geht es da auch um Politik?« Reiss versuchte, seine Frage diplomatisch zu formulieren. Er wollte Simpson – oder irgend jemand anderem – nicht korruptes Vorgehen vorwerfen.

»Um Politik? Wie meinst du das?«

Reiss spürte, daß Simpson genau wußte, was er meinte. Trotzdem sagte er, es störe ihn, daß Simpson ihn gebeten habe zu schweigen. Er erwähnte nicht, was Betsy ihm erzählt hatte.

»Na ja, sagen wir mal, wir versuchen, die Sache nicht publik zu machen. Diese Frau hatte mit ein paar ziemlich hohen Tieren zu tun. Ich weiß nicht, ob dir das klar ist. Heute abend sollte sie einen gewissen Senator treffen, dessen Name ungenannt bleiben soll. Er war nicht auf der Party. Nach allem, was wir wissen, war sie möglicherweise ein unschuldiges Opfer. Vielleicht hätte der Senator sterben sollen, nicht sie.«
»Willst du damit sagen, daß sie umgebracht wurde?«
Simpson verneinte, daß er das gemeint hatte. »Nein, nein, keineswegs. Das gehört ja in deinen Bereich, nicht wahr, du mußt herausfinden, woran die Leute gestorben sind. Aber ich habe da meine Quellen, und die sagen, daß sich vielleicht der FBI einschalten wird. Das alles könnte wahnsinnig kompliziert werden, und deshalb ist es um so besser, je weniger man sagt. Ich habe nur die Vermutung, daß du Anrufe von irgendwelchen Zeitungstypen bekommst, und da wollte ich dich warnen. Das ist alles.«
Reiss hatte das Gefühl, daß Simpson die meisten seiner Gedanken erst beim Reden entwickelte und in Wirklichkeit über die Fakten so wenig Bescheid wußte wie Reiss. Vielleicht sogar noch weniger.
»Verlaß dich auf mich. Das geht schon alles in Ordnung, wenn du's gelassen angehst«, sagte Simpson noch, bevor er auflegte.
Reiss wußte aus Erfahrung, daß man sich auf jemanden, der sagt, man könne sich auf ihn verlassen, nicht verlassen kann. Er hatte Simpson angerufen, um sich zu versichern, daß nichts Besonderes los war. Statt dessen war er jetzt noch aufgeregter.
Warum er überhaupt ins Bett ging, war ihm selbst nicht klar, aber schließlich konnte er nicht die ganze Nacht hier in der Küche herumrumoren und immer wieder die Ereignisse des Abends durchgehen.
Der Fernseher lief noch, aber Betsy war schon eingeschlafen. Reiss stellte den Apparat ab und zog sich aus. Die ganze Zeit über beobachtete er Betsy aus den Augenwinkeln.
Sie wachte nicht auf. Reiss wunderte sich immer, wie mühelos sie einschlief, wie mühelos sie weiterschlief.
Er sollte ja eigentlich auch schlafen. Der Wind hämmerte unerbittlich gegen die Fensterläden, und das erinnerte ihn daran, wie bitterkalt es heute in diesem Teil der Welt war und wie froh er sein konnte, daß er jetzt neben Betsy unter die warme Decke kriechen

durfte. Aber so erschöpft er auch war, er konnte nicht abschalten. Er stammte aus einer Familie, die an Schlaflosigkeit litt; sein Vater hatte nachts nie mehr als vier oder fünf Stunden geschlafen, das gleiche galt für seinen Großvater und seinen Urgroßvater. Womöglich ging diese fürchterliche Unfähigkeit, sich dem Schlaf hinzugeben, schon hundert Generationen zurück; er hoffte nur, daß keines seiner Kinder dieses zweifelhafte Erbe mitbekommen hatte.
Er konnte nicht anders, er mußte über die Arbeit nachdenken. Er wußte, daß er viel gesünder leben würde, wenn er seine Arbeit einfach im Büro lassen könnte. Viele Jahre lang war es ihm gelungen, die Toten nach fünf Uhr nachmittags sich selbst zu überlassen. Aber in letzter Zeit ging das nicht mehr; die Toten drangen in sein Haus und in seine Familie ein. Es war, als hätte er ihnen gegenüber eine besondere Verantwortung. In einer Hinsicht hatte er wenigstens Glück: die Toten hätten ihn im Traum verfolgen können, aber wegen seiner Schlaflosigkeit schlief er so selten, daß sie keine Gelegenheit dazu hatten.
Er konnte es nicht mehr aushalten. Leise stand er auf, er wollte Betsy nicht wecken. Aber sie schlief fest, nichts konnte sie stören, es sei denn, ein Tornado wäre durchs Schlafzimmer gefegt. Er wollte nicht auf den Wecker sehen. Er schaute trotzdem hin. Kurz nach ein Uhr morgens. Eine idiotische Zeit, um aus dem Haus zu gehen. Vielleicht war es sinnlos, aber er war entschlossen, die Autopsie von Maia Stevens zu Ende zu führen.

Erst als er mit dem Auto auf den Parkplatz neben seinem Büro einbog, merkte er, daß irgend etwas nicht stimmte. Einen Moment lang begriff er gar nicht, was eigentlich los war. Dann bemerkte er ein Fahrzeug auf dem Parkplatz, das nicht dagewesen war, als er vor etwa drei Stunden weggefahren war. Es war ein Leichenwagen. In gewisser Weise war das natürlich sehr passend, aber trotzdem, was hatte er nachts um ein Uhr vierzig hier verloren?
Reiss stieg aus und ging Richtung Büro. Er fühlte sich angespannt, weil er in seinem normalen Alltagsleben nicht an Gefahren gewöhnt war. Im Kriegsfall war er zu Hause geblieben und hatte eine Zeitlang die Lebenden versorgt, später dann die Toten. Vielleicht würde er es einmal bedauern, daß er keine Kampfhandlungen

mitbekommen hatte, weil er sich auf die Auswirkungen der Gewalt beschränkt hatte und der Gewalt selbst aus dem Weg gegangen war.
Der Wind fegte über den ungeschützten Parkplatz, und Reiss hatte das Gefühl, als ginge er ihm direkt durch die Knochen. Die Lampen vertrieben die Dunkelheit nicht ganz. Im Schatten des Gebäudekomplexes konnte sich ohne weiteres ein Mann verbergen.
Als Reiss sich dem Leichenwagen näherte, stolperte er und verlor fast das Gleichgewicht. Er blickte sich um, weil er wissen wollte, worüber er gestolpert war. Da sah er einen Mann auf dem Boden liegen. Als er sich über ihn beugte, bemerkte er, daß es der Sicherheitsbeamte war. Sein Puls schlug kräftig, er atmete regelmäßig; er schien nicht in Lebensgefahr zu schweben. Vorsichtig fuhr Reiss mit der Hand über den Kopf des Mannes, weil er annahm, daß er eine Kopfverletzung hatte. Er spürte eine Schwellung hinten am Kopf, und als er die Hände wieder wegnahm, waren seine Handflächen blutig. Er zog sein Jackett aus und legte es über den Mann, um ihn möglichst warm zu halten.
Da wurde ihm klar, daß die Leute, die den Beamten überfallen hatten, das gleiche mit ihm machen könnten. Er rannte zur nächsten Straßenecke und suchte eine Telefonzelle.
»Hier ist Doktor Michael Reiss«, teilte er dem diensthabenden Kommissar mit. »Ich arbeite für das Gerichtsmedizinische Institut, und ich glaube, daß jemand in das Gebäude eingebrochen ist. Höchstwahrscheinlich wird staatliches Beweismaterial vernichtet. Ein Sicherheitsbeamter ist zusammengeschlagen worden, deshalb sollten Sie gleich auch einen Krankenwagen herschicken.«
Die Polizeiwache war nur ein paar Straßen entfernt, und innerhalb weniger Minuten kam ein Streifenwagen. Die Ambulanz ließ etwas länger auf sich warten.
»Sie sind Dr. Reiss?« fragte einer der Polizisten.
»Richtig.«
»Wo ist der Sicherheitsbeamte?« Reiss, der neben seinem Auto stand, deutete auf den Mann. Er wies auch auf den mysteriösen Leichenwagen hin.
»In Ordnung, Doktor, warum warten Sie nicht in unserem Wagen. Sie sollten sich nicht unnötig in Gefahr begeben.«
Reiss war einverstanden, obwohl er sich fragte, warum er in einem

leeren Streifenwagen sicherer sein sollte als in seinem eigenen Oldsmobile.
Die beiden Polizisten gingen Richtung Büro, die Pistolen gezückt. Solche Szenen waren zwar in New York keineswegs ungewöhnlich, aber Reiss konnte sich nicht so recht daran gewöhnen. Er hatte dann immer das Gefühl, er sei im Kino; es kam ihm einfach nicht normal vor, nicht so, wie er das wirkliche Leben sah.
Bevor die Polizisten noch die Tür erreichen konnten, hörte man die schrille Sirene des Krankenwagens, der seine Ankunft von der First Avenue ankündigte. Niemand hatte die Sanitäter darauf hingewiesen, daß Stille erforderlich sei.
Gerade als der Krankenwagen in den Parkplatz einbog, sah Reiss, wie die Tür des Gerichtsmedizinischen Instituts aufflog.
Ein Mann tauchte aus der Dunkelheit auf. Reiss versuchte mühsam, zu begreifen, was passierte. Trotz der Kälte öffnete er das Fenster beim Fahrersitz und lehnte sich hinaus.
»Polizei! Sofort stehenbleiben!« hörte er.
Aber der Mann, dem dieser Zuruf galt, machte keinerlei Anstalten, stehenzubleiben. Reiss sah nicht, wie der Eindringling die Pistole zog, aber er hörte einen unglaublich lauten Knall. Noch einer. Dann in schneller Abfolge mehrere Schüsse. Die Sanitäter, die aus der Ambulanz ausgestiegen waren, rannten schnell wieder zurück in den Wagen und schlugen die Türen hinter sich zu.
»Wo ist er hin?« hörte Reiss einen der Polizisten rufen. Es wurde nicht mehr geschossen. Alles war sehr schnell gegangen. Die beiden Polizisten rannten Richtung First Avenue, weil sie annahmen, daß der Einbrecher dorthin geflohen war.
Die Sanitäter öffneten vorsichtig die Türen des Krankenwagens; sie wußten nicht recht, ob es inzwischen ungefährlich war, herauszukommen. Nach kurzem Zögern beschlossen sie, daß keine Gefahr mehr bestand, und sprangen auf den Boden, ihre Erste-Hilfe-Kästen in der Hand.
Reiss kam sich blöd vor, daß er jetzt, nachdem alles vorbei war, immer noch im Streifenwagen saß. Er stieg aus und sah, daß die Polizeibeamten zurückkamen. Sie machten nicht gerade einen glücklichen Eindruck. Einer von ihnen ging zum Auto, um das Hauptquartier anzurufen. Der andere wandte sich an Reiss. »Wir haben sie verloren.«

»Sie? Ich dachte, es sei nur einer gewesen.«
»Zwei. Aber es war dunkel.« Er entschuldigte damit einerseits Reiss, daß er nicht richtig beobachtet hatte, und gleichzeitig sich selbst, weil es ihm nicht gelungen war, die Einbrecher festzunehmen.
»Immerhin haben Sie ihren Leichenwagen«, meinte Reiss.
»Und einen bewußtlosen Zeugen. Aber bei solchen Sachen stellen sich Spuren oft als nutzlos heraus. Ich habe das Gefühl, wir haben es hier mit Profis zu tun.«
»Profis?« Die Frage blieb unbeantwortet stehen.
Obwohl es unwahrscheinlich war, daß sich noch jemand im Gebäude befand, forderten die Polizisten Reiss auf, zurückzubleiben.
Ein paar Minuten später kamen sie wieder. Sie mußten unbedingt frische, kalte Luft einatmen.
»Ist noch jemand da?«
»Leer. Aber es ist ein absolutes Chaos. Sie werden sich nicht darüber freuen, Doktor.«
»Ich nehme an, Sie müssen ein paar Leute herschicken, wegen der Fingerabdrücke und der Spurensicherung. Wieviel Beweismaterial ist Ihrer Meinung nach vernichtet worden?«
Die Polizisten sahen einander betrübt an. Der erste wandte sich dann wieder Reiss zu und antwortete ruhig: »Ich würde sagen, so ziemlich alles.«

3

Ihm blieb nichts anderes übrig, als sich das Durcheinander anzusehen, das die Eindringlinge hinterlassen hatten. Anfassen konnte er nichts, bis die Kriminalbeamten ihre Untersuchung abgeschlossen hatten, aber andererseits hätte er angesichts des Zustandes, in dem sich der Obduktionsraum befand, auch gar nichts anfassen wollen.
Er wußte nicht, welchem der neun Kreise von Dantes Inferno der Raum glich, aber er war sicher, daß es einer der letzten sein mußte. Überall herrschte Chaos. Der Kühlraum war geplündert worden, die Schubfächer aufgerissen und die Leichen herausgezerrt. Drei oder

vielleicht auch vier Leichen (man konnte es nicht mit Bestimmtheit sagen) lagen auf dem Fußboden herum, ihre Gliedmaßen kläglich ausgestreckt oder gewaltsam abgerissen, genauso gewaltsam, wie sie aus ihrer provisorischen Unterkunft herausgeholt worden waren. Die Gesichter der Toten starrten in die Neonleuchten über ihnen; ihre blinden Augen schienen erfüllt von Horror angesichts dieses ungeheuerlichen Frevels. Nicht einmal im Tod konnten sie Frieden finden.

Aber die überall verstreuten Leichen waren noch nicht einmal das Schlimmste. Immerhin waren sie mehr oder weniger intakt. Es lagen auch Leichenteile herum, rücksichtslos über den ganzen Raum verteilt: ein abgeschnittener Fuß, ein Herz, aus dem das Blut herausgepumpt war, eine sezierte Leber, ein Stück Gehirn, dessen graue Windungen feucht schimmerten, Gedärme, auf denen Fußspuren zu sehen waren, alles verschmiert. Die Glasbehälter waren systematisch von den Regalen heruntergefegt worden und zerbrochen, ihr Inhalt war verschüttet, wobei auch reichlich Formaldehyd ausgeflossen war.

Noch unerträglicher als der Anblick dieser grauenvollen Zerstörung war der Geruch. Es war ein Geruch, der sich aus Formaldehyd und den Fäkalien zusammensetzte, die aus den zerquetschten Gedärmen ausgetreten waren, dazu kam noch der Geruch, den totes Fleisch bei Zimmertemperatur entwickelt.

Dieser überwältigende Gestank, den nicht einmal jemand mit Reiss' Erfahrung ohne weiteres aushalten konnte, machte die Arbeit der Kriminalbeamten fast unmöglich. Sie konnten immer nur ein paar Minuten am Stück arbeiten, selbst wenn sie Mund und Nase mit Taschentüchern bedeckten (sie sahen dadurch selbst wie Gangster aus), dann mußten sie wieder an die frische Luft rennen. Sie konnten nur weitermachen, indem sie sich abwechselten: einer schüttete den Puder aus, der für Spuren von Fingerabdrücken notwendig war, und der nächste, der gerade draußen neue Kraft geschöpft hatte, machte die Arbeit dann fertig. Selbstverständlich brauchte die Untersuchung deshalb über eine Stunde länger, als sie unter erträglicheren Bedingungen gedauert hätte.

Aber ganz unabhängig davon, was diese Männer herausfinden würden – Reiss hatte nicht den geringsten Zweifel, was die Motive der Eindringlinge gewesen waren. Die Antwort lag direkt vor ihnen, für alle sichtbar.

Maia Stevens.

Ihre verkohlte Leiche war rücksichtslos auf eine Bahre geworfen worden, die immer noch zwischen den Überresten ihrer Kühlraumgefährten stand. Zum Glück konnte man ihr entstelltes Gesicht nicht sehen, nur dichte, angeschwärzte Haarbüschel. Ihr Körper war halb mit einem Leintuch bedeckt. Die Beine ragten grotesk angewinkelt heraus.

Aber die Männer waren nicht nur wegen Maias Leiche gekommen. Das Büro war in ganz ähnlichem Zustand wie der Obduktionsraum, obwohl man hier etwas besser atmen konnte. Aus den Schränken waren Unterlagen herausgerissen worden, viele lagen auf dem Boden herum. Als Reiss es sich genauer ansah, merkte er, daß nur bestimmte Schubladen durchwühlt worden waren: G–I; R–S; W–Z. Es waren bestimmt Hunderte von Berichten, die da herumlagen; Dokumente und Röntgenaufnahmen waren zerrissen und verschmiert worden. Ähnlich war es bei den Tonbändern. Reiss wunderte sich nicht, daß das Band, das er über Maia diktiert hatte, fehlte. Maia selbst hatten sie zwar nicht bekommen, aber sie besaßen einen Bericht über die vorläufigen Untersuchungsergebnisse, einschließlich seiner Spekulationen über die genaue Todesursache.

Sein Arbeitsbereich war nicht der einzige, der durchsucht worden war; alle fünf waren teilweise verwüstet.

Reiss ging zum Telefon.

Diesmal holte er Simpson aus dem Schlaf. Er knurrte: »Schläfst du denn nie?« Er dachte zweifellos, Reiss wolle mehr Information von ihm. »Es gibt nichts Neues über den Fall«, sagte er. »Geh wieder ins Bett.«

»Du irrst dich. Es gibt etwas Neues. In unser Büro wurde eingebrochen. Es wundert mich, daß dich noch niemand informiert hat.«

»Scheiße. Ich nehme an, sie haben Lucius angerufen. Das kommt vor.« Sein Ärger war verständlich. Oft wurden wichtige Informationen nicht sofort an Simpson weitergeleitet; sie gingen erst durch andere Kanäle, bis jemand beschloß, man sollte ihn einweihen. Trotzdem verhandelte Reiss lieber mit Simpson. Nicht, daß er ihn besonders sympathisch gefunden hätte; er glaubte nur, daß er bei

Simpson eher als bei sonst jemandem in der Behörde die Kooperationsbereitschaft finden würde, die er brauchte. Außerdem verheimlichte Simpson die Informationen, über die er verfügte, nie besonders gut; irgendwie konnte Reiss sie immer aus ihm herausholen. Deshalb fand er Simpsons ausweichendes Verhalten heute abend besonders beunruhigend.

Simpson wollte von Reiss alle Einzelheiten über den Einbruch heute abend wissen.

Wieder ermahnte er Reiss, Stillschweigen zu bewahren. »Erzähl niemandem davon.« Anscheinend fiel ihm nichts Besseres ein.

»Du kannst sicher sein, daß die Bullen hier in jeder Kneipe und in jeder Dienststelle davon reden werden. Wart's nur ab.«

»Scheiße«, sagte Simpson wieder. Es fiel ihm schwer, richtig aufzuwachen. »Laß mich überlegen.«

Reiss wartete eine Weile. Aber nicht lange genug. »Du sagst, die Stevens ist noch da?«

»Es kann sein, daß die Leiche irgendwie beschädigt wurde, ich habe es noch nicht überprüft, aber sie ist noch hier. Aber so, wie es hier aussieht, wird es schwierig sein, die Obduktion vor morgen am späten Nachmittag abzuschließen.«

»Ach, na ja, Montag ist ein Feiertag. Mach dir da keine Gedanken. Ich verstehe sowieso nicht, warum du überhaupt noch mal in die Stadt gekommen bist. Es ist eine schreckliche Nacht.«

Reiss wies ihn darauf hin, daß Maia Stevens jetzt ganz weg wäre, wenn er nicht noch einmal ins Büro gegangen wäre.

»Ja, da hast du recht«, sagte Simpson. Es klang nicht besonders erfreut. »Bis später.« Er wollte unbedingt weiterschlafen, gähnte in den Hörer und legte auf.

Inzwischen waren die Polizisten mit Maia beschäftigt. Mit der Untersuchung der Räumlichkeiten waren sie fertig. »Ist das jemand Besonderes?« fragte einer der Kriminalbeamten. Er sah, daß sie die einzige Leiche war, der die Ehre einer Tragbahre zuteil geworden war.

»Früher mal«, sagte Reiss. Er konnte nur durch den Mund atmen.

»Ach ja? Wer war sie?«

Reiss sagte es ihm. Er empfand eine seltsame Art von Stolz, als würde die Tatsache, daß Maia Stevens hier zu seinem Aufgaben-

bereich gehörte, ihm eine besondere Macht verleihen. Der Beamte war von der Mitteilung offensichtlich beeindruckt.
»Kriegen Sie hier immer berühmte Leute?« fragte ein anderer.
»Nicht oft.« Er kam sich vor wie der Talkshowmaster Johnny Carson, der über seine abendlichen Gäste befragt wird.
Der erste Kriminalbeamte schüttelte nachdenklich den Kopf. »Lieber Gott, was für eine Art zu sterben, was? Haben Sie eine Idee, warum die Einbrecher ihre Leiche haben wollten?«
Reiss zuckte die Schultern. »Ich habe keine Ahnung. So was ist noch nie vorgekommen.« Er hatte das Gefühl, er sollte möglichst wenig darüber sagen. Simpsons hartnäckige Ermahnungen hatten ihre Wirkung getan.
Er sagte allerdings, daß die Männer vielleicht Motive hatten, die man nur makaber nennen konnte. »Manche Leute haben was mit Berühmtheiten, die sterben. Vor allem, wenn sie noch jung sind. Wissen Sie noch, wie viele Leute kamen, als Elvis Presley gestorben ist? Oder erinnern Sie sich an die Beerdigung von Valentino? Da kommen manchmal bei Leuten, die sonst einen ganz vernünftigen Eindruck machen, die seltsamsten Seiten zum Vorschein.«
»Also an Valentino kann ich mich nicht erinnern«, sagte der Beamte.
»Und dann gibt es natürlich noch die Nekrophilen«, fügte Reiss hinzu, hauptsächlich um zu sehen, welche Reaktionen er hervorrufen konnte.
»Nekro- was?«
»Nekrophile. Leute, die ein sexuelles Interesse an Toten haben.«
»Also, so was habe ich noch nie gehört«, brummelte der Kriminalbeamte. »Haben Sie eine Ahnung, wie die wissen konnten, daß die Leiche hier ist?« Er blickte auf den Notizblock, den er in der Hand hielt.
»Ich nehme an, aus den Nachrichten im Radio oder im Fernsehen.«
»Ja, das kann sein.« Er schaute sich um. »Na ja, so weit ich sehe, sind wir hier gleich fertig. Aber ich würde Ihnen raten, alles so zu lassen, wie es ist, solange Sie keine Genehmigung bekommen.«
Er schien sich nicht ganz sicher zu sein, wer Reiss eine Genehmigung erteilen sollte.
»Ich würde eigentlich gerne etwas arbeiten.«

»Jetzt?« Dem Detektiv blieb vor Staunen der Mund offenstehen. »Doktor, es ist nach drei Uhr. Sie können doch nicht allen Ernstes jetzt noch arbeiten wollen.«
»Doch, das will ich.«
Der Detektiv war eher sprachlos als irritiert. »Ich kann mir nicht vorstellen, wie Sie in diesem Chaos arbeiten wollen, aber meinetwegen. Wo ist ein Telefon?«
Reiss zeigte es ihm. »Wenn irgend möglich, hätte ich gerne einen Ihrer Männer für den Rest der Nacht hier... falls die Einbrecher beschließen sollten, zurückzukommen.«
»Ich glaube, das geht.« Er fixierte einen der uniformierten Männer, der gleich beim Ausgang stand und darauf wartete, entlassen zu werden. Der Gestank würgte ihn.
Ein paar Minuten später war der Kommissar zurück, nachdem er mit seinem Vorgesetzten gesprochen hatte. »Doktor, Sie können sich wieder an die Arbeit machen. Kein Problem.« Dann wandte er sich dem unglücklichen Beamten an der Tür zu. »O'Neill, der Chef sagt, Sie sollen hierbleiben, bis der Doktor fertig ist. Kümmern Sie sich um alles, und sorgen Sie dafür, daß es keine Störungen gibt.« Er fügte hinzu, er werde als zusätzliche Sicherheitsmaßnahme einen zweiten Mann an der Außentür postieren.
O'Neills Gesicht fiel in sich zusammen. Er warf dem Detektiv einen kalten, wütenden Blick zu, dann schaute er Reiss vorwurfsvoll an. Er wußte nicht genau, wen er für seine mißliche Lage verantwortlich machen sollte.
Nachdem die Polizei weg war, zog Reiss seine Arbeitskleidung über, inklusive Handschuhe, dann ging er wieder in den Obduktionsraum. Aber da fiel ihm ein, daß er ja den alten Obduktionsraum – der jetzt als Lagerraum diente – benutzen könnte; dort war ein Waschbecken und ein Abfluß, mehr brauchte er eigentlich nicht. Er forderte den zögernden O'Neill auf, ihm zu helfen, die Leiche in den Lagerraum zu bringen. Dort räumte er einen Tisch ab, damit er mit seiner Untersuchung beginnen konnte. O'Neill war sehr blaß.
Reiss gab ihm ein Paar Handschuhe.
»Wozu das?«
»Ziehen Sie sie bitte an. Sie müssen mir ein bißchen helfen.«
Das Blut wich nun völlig aus O'Neills Gesicht.

»Es dauert nur einen Augenblick, dann können Sie gehen. Ich wäre Ihnen wirklich sehr dankbar. Es ist auch nicht unangenehmer als das, was Sie heute abend schon durchgemacht haben.«

»Das reicht mir schon vollauf«, antwortete der Beamte matt. Er zog langsam die Handschuhe an. »Und jetzt?«

»Helfen Sie mir, die Beine zu spreizen.«

Es war nicht einfach. O'Neill war überrascht, daß der Widerstand so groß war. Und während er sich bemühte, die Beine in die richtige Position zu bringen, sah er aus wie jemand, der schlimme Schmerzen hat.

Als die Beine gespreizt waren, schaute O'Neill kurz nach unten, um das Ergebnis ihrer Bemühungen zu begutachten. Peinlich berührt schaute er schnell wieder weg. »Haben Sie das vorhin gemeint, Doktor?«

»Wovon reden Sie?«

»Das mit der Nekrophilie.«

Reiss lächelte. »Es kommt darauf an, wie man weitermacht.«

O'Neill blieb da, verkrampft und angespannt, weil er befürchtete, er müßte womöglich noch so eine makabre Aufgabe ausführen. Aber Reiss teilte ihm mit, er könne etwas Normaleres tun und die Tür bewachen. O'Neill zog sich dankbar zurück.

Ehe Reiss weitermachte, diktierte er seine bisherigen Ergebnisse aus dem Gedächtnis auf ein neues Band.

Dann faßte er wieder mit den Händen in die Öffnung im Bauch, die er geschnitten und untersucht hatte, kurz bevor er gegangen war, und suchte nach einer Gebärmutter und nach Eierstöcken. Aber er hatte auch nicht mehr Erfolg als beim ersten Mal.

Zum Glück hatte das Feuer die Schamgegend nicht weiter beschädigt; die Haare waren angesengt, aber ansonsten war der Schaden minimal. Aber irgend etwas stimmte nicht; sowohl die Klitoris als auch die Vagina waren kleiner, als man es bei einer Frau von Maias Größe vermuten würde. Reiss nahm ein Spekulum und versuchte, den Gebärmutterhals zu lokalisieren, aber auch da hatte er kein Glück. Mit den Händen tastete er jetzt die Scheidenwand ab. Sein Zeigefinger berührte eine Naht.

Er machte sich wieder an den Symphysenschnitt von vorher und brachte zwei weitere Schnitte an, in jede Beckenhälfte einen. So

konnte er den Unterleib öffnen, wo die weiblichen Geschlechtsorgane lagen. Keine Gebärmutter. Keine Eierstöcke. Es gab auch keine Zeichen von uterinären Arterien oder Venen, die man abgebunden hätte, wenn die Organe operativ entfernt worden wären.
Er wollte aber noch nicht aufgeben. Mit dem Seziermesser schnitt er die Vagina auf, um ganz sicherzugehen. Das brachte ihn nicht weiter. Leider konnte er nicht mehr auf Maias Röntgenaufnahmen zurückgreifen, weil sie entweder gestohlen waren oder in dem Chaos in seinem Büro unauffindbar. Aber ehe er sich die Mühe machte, die Aufnahmen zu wiederholen, beschloß er, die Schamgegend zu untersuchen, denn dort konnte er eine Bestätigung dafür finden, daß er es mit einer Frau zu tun hatte. Bei Frauen ist das Becken im allgemeinen breiter; außerdem gibt es oft besondere Kennzeichen an der Vorderseite der weiblichen Schamgegend, vor allem eine diagonale Kammlinie. Wenn er den Kopf des Oberschenkelknochens vermaß, konnte er daraus vielleicht weitere Schlüsse ziehen.
Es gab allerdings einen Test, der bei der Bestimmung des Geschlechts ein eindeutiges Ergebnis erbringen würde: Man mußte die Zellen auf Barrkörperchen untersuchen – jene kleinen Punkte in den Zellkernen –, denn daraus würde ersichtlich werden, ob X-Chromosomen vorhanden waren. Diese paar Zellen waren das einzige an Maia, das noch am Leben war, und Reiss unterzog jede einzelne einer sorgfältigen mikroskopischen Untersuchung. Aber er entdeckte keine Barrkörperchen.
Jetzt war ihm klar, welchem Zweck die Östrogentabletten dienten. Sie waren nicht als Empfängnisverhütungsmittel gedacht, sondern sollten das Hormongleichgewicht herstellen, das ihr Körper andernfalls nicht gehabt hätte.
Es konnte keinen Zweifel mehr geben. Maia Stevens, die strahlende Schauspielerin, die Senatoren und Mafialeute verzaubert hatte, war keine Frau, sondern ein Mann. Oder zumindest hatte sie als solcher angefangen.

4

Das Klingeln des Telefons weckte sie sofort auf. Aber sie machte keinerlei Anstalten, darauf zu reagieren, weil sie davon ausging, daß ihr Ehemann das machen würde. Aber er tat es nicht, er konnte es gar nicht tun; denn er lag nicht neben ihr im Bett. Betsy öffnete langsam die Augen und starrte ungläubig auf das leere Laken neben ihr, auf dem Michaels Körperabdruck zu sehen war, aber sonst war nirgends eine Spur von ihm.

»Hallo?«

»Betsy.«

»Michael! Von wo rufst du an?«

»Von der Arbeit. Ich bin gegangen, als du noch geschlafen hast, und ich wollte dich nicht stören.« Er war vermutlich auf ihre Fragen vorbereitet und redete immer weiter, so daß sie gar nicht zu Wort kam. »Ich kann es jetzt nicht erklären. Ich wollte nur, daß du weißt, wo ich bin, damit du dir keine Sorgen machst.«

»Wann kommst du denn nach Hause? Heute ist Samstag, vergiß das nicht.«

»Ich weiß. Wahrscheinlich um die Mittagszeit, vielleicht auch früher. Mach dir keine Sorgen, es ist alles in Ordnung.« Und er legte auf.

Sie schaute den Hörer an, den sie noch in der Hand hielt, als könnte sie dort eine Erklärung finden. Michael hatte nervös geklungen. Sie war sicher, daß es irgend etwas mit der toten Schauspielerin zu tun hatte.

Sie war zwar nicht mehr müde, aber sie hatte keine Lust, aufzustehen, deshalb schlüpfte sie noch einmal unter die Decke. Gerade als sie es sich bequem gemacht hatte, klingelte das Telefon wieder. Das muß Michael sein, dachte sie; er hat vergessen, mir etwas zu sagen. Aber es war nicht Michael. Es war eigentlich gar niemand. Das einzige, was sie am anderen Ende hörte, war das Ticken einer Uhr, kein lautes Ticken, nur ein monotoner, einschläfernder Takt.

»Hallo? Hallo?«

Aber niemand antwortete. Nur das Ticken. Sie legte verärgert den Hörer auf. Dann überlegte sie es sich anders und legte ihn neben das Telefon.

Der Polizist, der die Leiche gebracht hatte, kam wieder ins Büro. Reiss mußte angestrengt nachdenken, bis ihm der Name einfiel. Kinkis. Kinkis keuchte, als er hereinkam. »Was ist denn hier passiert?« Er blickte von Reiss zu O'Neill.
Reiss erklärte es ihm oder versuchte es wenigstens.
»Ich habe gehört, sie wollten die Stevens abschleppen.« Kinkis hielt sich mit den Fingern die Nase zu und schüttelte verdrossen den Kopf. »Wie können Sie das nur aushalten?«
Reiss antwortete nicht. Er wollte nur wissen, was Kinkis zu sagen hatte.
»Haben Sie mit dem Staatsanwalt gesprochen?«
Kinkis zögerte einen Augenblick länger als nötig. »Nicht direkt. Ich bin sicher, irgend jemand hat ihn informiert.« Er reichte Reiss einen Ordner. »Hier ist der Unfallbericht. Leider ist nicht viel darin, was Sie nicht sowieso schon wissen.« Er schaute sich um, weil er sehen wollte, was mit der berühmten Schauspielerin passiert war. Aber Reiss hatte sie in den Kühlschrank zurückgebracht, von wo sie so unsanft entfernt worden war.
»Haben Sie irgend etwas herausgefunden?«
Reiss spürte ein perverses Verlangen, ihm alles zu erzählen, nur um sein Gesicht zu sehen. Statt dessen sagte er, er arbeite immer noch an dem Bericht, aber bis jetzt habe er nichts Ungewöhnliches entdeckt. Kinkis schien mit dieser Antwort zufrieden.
Er wollte schon wieder gehen, aber Reiss hielt ihn fest.
»Wann können Sie mir eine Krankengeschichte geben, glauben Sie?«
Kinkis hatte entweder noch nicht daran gedacht, oder er war dafür nicht zuständig. Er wich aus. »Wir sind dabei.«
»Es ist Ihnen sicher klar, daß Sie unbedingt schnell handeln müssen. Hier wurde offizielles Beweismaterial zerstört, und es kann sein, daß die Leute, die hinter der Stevens-Leiche her sind, auch an ihre Krankengeschichte herankommen wollen. Es wäre gut, wenn Sie die notwendigen Informationen in Händen hätten, ehe sie Ihnen einer wegschnappt.«
»Ja, Sie haben völlig recht, Doktor. Aber wissen Sie überhaupt, wie viele Krankenhäuser es hier in der Stadt gibt? Und ich nehme an, daß sie auch ein Krankenhaus in Los Angeles benutzt hat.«

Wie er es darstellte, klang es so schwierig wie eine Marslandung. »Erstens glaube ich, daß Miss Stevens sicherlich nicht in ein Krankenhaus wie Bellevue gegangen wäre. Die städtischen Krankenhäuser können Sie also ausklammern. Versuchen Sie es bei den Universitätskliniken und bei den privaten Krankenhäusern. Wenn Sie sich die Sache ein bißchen erleichtern wollen, dann wenden Sie sich an die Staatsanwaltschaft und fragen, bei welcher Versicherung Maia Stevens war. Der Staatsanwalt kann das Krankenhaus über die Versicherung kontaktieren.«

»Das ist eine gute Idee. Aber vergessen Sie nicht, daß vor Dienstag niemand etwas machen kann. Es ist Weihnachten, Doktor.«

»Verdammt. Das habe ich vergessen. Weihnachten.« Feiertage mochten für andere eine willkommene Abwechslung sein, aber für Reiss waren sie Hindernisse, die ihn davon abhielten, seine Arbeit abzuschließen. »Na ja, dann müssen Sie eben heute noch anfangen, die Krankenhäuser durchzugehen. Wir können nicht bis Dienstag warten. Das sind immerhin drei Tage.«

Kinkis seufzte. »Wir werden unser möglichstes tun, Doktor. Vielleicht habe ich schon im Verlauf des Tages etwas für Sie.« Als er zur Tür ging – O'Neill machte sie für ihn auf –, sagte er: »Sie sollten wirklich etwas unternehmen wegen dieses fürchterlichen Gestanks. Oder sich einen neuen Tätigkeitsbereich suchen.« Und damit war er zur Tür hinaus.

Ein Hausmeister, dessen Name Reiss nie genau wußte, kam herein, kurz nachdem Kinkis gegangen war. Er war klein und gedrungen, und seine ethnische Abstammung war undefinierbar. Er hatte immer einen Dreitagebart, weshalb er wie ein etwas zu klein geratener Yasir Arafat wirkte. Reiss merkte, daß er betrunken war, aber er konnte sich nicht vorstellen, daß er zu blau war, um den Zustand des Obduktionsraumes nicht zu bemerken, ganz zu schweigen von dem Gestank. Aber abgesehen von dem vorwurfsvollen Blick, den er Reiss zuwarf, zeigte er keinerlei Reaktion. Er gab nur ein muhendes Geräusch von sich, das man von einer brünstigen Kuh erwartet hätte, und machte sich dann daran, den Autopsieraum wieder in den Zustand zu bringen, in dem er sich vor dem morgendlichen Überfall befunden hatte.

Reiss überließ ihn seinem Schicksal und ging an seinen Schreibtisch zurück. Dort begann er mit einer mühsamen Arbeit: Er versuchte, die Akten wieder zu ordnen. Aber Ordnung war nicht das einzige, woran er interessiert war, obwohl er anders nicht richtig arbeiten konnte. Er hoffte, durch das Sortieren der Unterlagen herauszufinden, welche besonders durchwühlt und welche gestohlen worden waren. Bei solchen müßte er auf Duplikate zurückgreifen, die bei der Staatsanwaltschaft aufbewahrt wurden.

Ihm war klar, warum die Eindringlinge die Schublade mit R–S durchsucht hatten. Vermutlich waren sie davon ausgegangen, daß bestimmte Informationen über Maia Stevens schon abgelegt worden waren, obwohl die Autopsie noch nicht abgeschlossen war. Aber warum hatten sie auch die Schubladen mit G–I und W–Z geplündert? Wenn sie nicht nur das Büro durcheinanderbringen wollten, indem sie irgendwelche Berichte beliebig herausgriffen und auf den Boden warfen, dann mußten sie an diesen Buchstaben des Alphabets ein bestimmtes Interesse gehabt haben.

Aber er kam bei seiner Suche nicht richtig weiter. Es war eine anstrengende und gleichzeitig monotone Arbeit und außerdem nicht besonders vielversprechend. Es war nicht sicher, ob es irgendwo hinführen würde. Auf einmal wurde er entsetzlich müde, und er mußte sich bemühen, nicht einzuschlafen. Er wußte, er sollte nach Hause gehen. Aber er blieb und pflügte sich durch den chaotischen Berg aus alten Berichten, blies den Schmutz und den Staub von den Hüllen und legte sie alphabetisch geordnet übereinander.

Er merkte gar nicht, daß es draußen hell wurde. Sein Büro hatte keine Fenster, und die Tageszeit kümmerte ihn sowieso nicht.

Dann verlangte das Telefon seine Aufmerksamkeit. Wieder irgendein Polizist. Er sagte, er habe zu dem Untersuchungsteam gehört, das wegen des Einbruchs angerückt war. Reiss hatte Mühe, sich daran zu erinnern, wer all diese Polizeibeamten waren und welche Rolle sie bei den Ereignissen der vergangenen Nacht gespielt hatten – er war einfach zu erschöpft.

»Ich dachte, Sie wüßten vielleicht gerne, was wir herausgefunden haben«, sagte der Beamte.

Reiss meinte, das würde er sehr gerne erfahren.

»Der Leichenwagen ist von einem Bestattungsunternehmen gestohlen worden, irgendwann gestern vormittag. Dort hat es niemand gemerkt. Offensichtlich haben sie da eine ganze Menge Leichenwagen und haben gar nicht gesehen, daß einer fehlte. Gestern waren wohl nicht viele Beerdigungen.«

»Haben Sie Fingerabdrücke?«

»Das kann man noch nicht sagen. Wir haben jede Menge Fingerabdrücke – von dem Leichenwagen und von Ihrem Büro –, und wir sind dabei, sie zu analysieren und sie beim FBI in Washington zu überprüfen, aber ehrlich gesagt, Doktor, ich habe nicht allzu viel Hoffnung, daß das irgendwas bringt.«

»Na ja, lassen Sie mich wissen, was Sie herausfinden.«

»Selbstverständlich.«

Kaum hatte er den Hörer aufgelegt, da klingelte das Telefon schon wieder.

»Bist du das, Michael?«

»Ja. Wer ist da?«

»Lew Tilson, Ihr Lieblingsjournalist und Schnüffler.«

»Tut mir leid, ich habe Ihre Stimme gar nicht erkannt.«

Tilson war ein guter Nachrichtenreporter und hatte – passenderweise – als Verfasser von Nachrufen angefangen und sich dann zum Enthüllungsreporter hochgearbeitet. Reiss fand, daß er im Grunde immer noch Nachrufe verfaßte, nur aus einem anderen Blickwinkel.

»Bei euch im Büro gibt es ja einige Aufregung, habe ich gehört. Maia Stevens verbringt die Nacht bei euch, dann brechen ein paar Verehrer von ihr ein und versuchen, sie abzuschleppen. Ich dachte, ich komme gleich mal vorbei und frage Sie ein paar Sachen, wenn Ihnen das recht ist.«

Reiss war nicht mit Tilson befreundet, aber er war ihm oft genug über den Weg gelaufen, bei Untersuchungsterminen und Anhörungen, und sie hatten sich immer gut verstanden. Tilson ging natürlich davon aus, daß Reiss bereit war, ihm einige Details mitzuteilen. Er wollte nicht nur seine Informationen bestätigt haben; er war hinter einer Geschichte her, die mit Sicherheit auf der Titelseite erscheinen würde.

»Ich habe unheimlich viel zu tun, Lew. Ich kann Sie erst nach den Feiertagen treffen.«

Aber bis dahin wäre Maia Stevens Tod kein so sensationelles Thema mehr wie heute. Tilson ließ sich nicht ohne weiteres abwimmeln. Er wurde hartnäckiger.

»Es geht wirklich nicht. Und selbst wenn ich Sie treffen könnte«, erklärte Reiss, »es würde Ihnen sowieso nicht viel bringen. Bis die Staatsanwaltschaft beschließt, den Bericht zu veröffentlichen, ist es mir nicht erlaubt, Ihnen meine Ergebnisse mitzuteilen.«

»Was soll das? Haben sie Ihnen einen Maulkorb angelegt? Haben Sie Anweisung von der Staatsanwaltschaft, nicht mit der Presse zu reden?«

»Hören Sie zu, Lew, ich habe keine besonderen Anweisungen.« Die Lüge kam ihm mühelos über die Lippen. Fast mühelos. »Das ist die übliche Verfahrensweise. Inzwischen sollten Sie das doch wissen.«

»Es gibt noch andere Leute in Ihrem Büro, mit denen ich reden könnte –«

Reiss unterbrach ihn. »Dann reden Sie mit ihnen.«

»Sie sind allerdings der einzige Pathologe, der sich mit der Stevens beschäftigt hat. Deshalb will ich Sie.«

»Tut mir leid, Lew.«

»Einen Moment, legen Sie noch nicht auf.« Tilson wollte nichts unversucht lassen. »Was können Sie mir über den Einbruch sagen? Ich weiß, ihr habt einen Wachposten, der mit einer Gehirnerschütterung im Krankenhaus liegt. Und nach allem, was die Bullen sagen, wurde euer Büro verwüstet, überall liegen Leichen rum. Stimmt das?«

»Hier herrscht Chaos«, gab Reiss zu.

»Glauben Sie, daß diese Typen nur hinter der Stevens her waren, oder wollten sie noch was anderes? Ich habe gehört, sie haben auch die Akten durchwühlt.«

Im Grund wollte Reiss nicht einmal das bestätigen, obwohl Tilson seine Informationen offensichtlich aus zuverlässigen Quellen hatte. Reiss war zu verwirrt und zu unsicher, um an diesem Punkt etwas sagen zu wollen. Selbst wenn jemand sich nach dem Wetter erkundigt hätte, wären ihm die Motive des Fragenden wahrscheinlich verdächtig vorgekommen.

»Sagen wir mal so, sie haben die Hausmeister sehr in Aufregung versetzt.« Er konnte jetzt den Pförtner im Obduktionsraum hören, wie er vor sich hin brummelte, während er mit viel Lärm die Glasscherben einsammelte und alle möglichen blutigen Organteile auf die Kehrichtschaufel fegte. »Aber ich möchte keine Vermutun-

gen darüber anstellen, hinter was die Eindringlinge her waren. Es können ja auch irgendwelche Rowdies gewesen sein, die einfach nur randalieren wollten.«
»Ich merke schon, daß ich von Ihnen keine Hilfe erwarten kann, Michael. Sie haben offensichtlich Ihre Anweisungen. Ich kenne Trappistenmönche, die gesprächiger sind als Sie.«
»Ich habe Ihnen doch schon gesagt, ich richte mich nur nach den Grundsätzen, die hier gelten, und nach meinem Gewissen. Ich habe keine Anweisungen.«
»Natürlich nicht«, sagte Tilson. Er glaubte nichts von dem, was Reiss sagte. »Aber glauben Sie nur nicht, daß Sie so einfach davonkommen. Ich werde Ihnen Tag und Nacht auf der Pelle sitzen, bis Sie beschließen, ein bißchen mehr rauszulassen. Und sollten Sie plötzlich in Laune sein, dann rufen Sie mich doch gleich an. Sie haben ja meine Nummer.«
Als Reiss auflegte, fiel ihm wieder ein, was seine Frau gesagt hatte. Vielleicht hätte er sich mit Tilson verabreden sollen. Aber er wußte nicht, was er sagen sollte und ob es klug wäre, irgend etwas preiszugeben.
Aber es gab noch einen Grund, weshalb er schwieg. Er war überzeugt, daß er das Rätsel irgendwie allein lösen und vielleicht Maia Stevens' Leben und Tod entschlüsseln konnte, ohne seinen Schreibtisch zu verlassen. Soweit er sehen konnte, gab es nur zwei Möglichkeiten – entweder gab es keine Maia Stevens, bevor nicht der Mensch, der da drüben herumlag, eine Geschlechtsumwandlung durchführen ließ, oder aber es hatte eine gegeben. Und wenn die zweite Möglichkeit richtig war, was war dann aus der ersten Maia Stevens geworden – aus der weiblichen?
Reiss blickte auf und sah, daß er Gesellschaft hatte – es war Carl Hersh, sein Kollege. Hersh war groß, fleißig und zielstrebig, aber ohne jede Neugier und völlig humorlos. Das Leben war für ihn eine gut funktionierende Maschine, die am College entworfen worden war: Man macht Examen, man heiratet, hat Kinder, nimmt ein Darlehen auf für ein Haus mit acht Zimmern in Westchester, verdient genug, um vor der Steuerbehörde sicher zu sein, und die Maschine läuft.
Reiss arbeitete schon drei Jahre mit ihm zusammen, und das

genügte, um eine ziemliche Verachtung für ihn zu entwickeln. Teilweise lag das daran, daß Hersh Eli Bennett sehr verehrte, der inzwischen Leiter der Behörde war. Und allem Anschein nach bewunderte Eli Bennett seinerseits Carl Hersh. Hersh hoffte auf Bennetts Job, wenn Bennett in Ruhestand ging. Und so, wie er arbeitete und wie seine Maschine lief, erwartete Reiss auch, daß Hersh den Job bekommen würde. Vielleicht hätte Betsy ihn heiraten sollen.

Hersh mochte zwar nicht besonders neugierig sein, aber die Unordnung, die im ganzen Büro herrschte, konnte er doch nicht übersehen. Sein eigener Schreibtisch war durcheinander, und das erregte seine Aufmerksamkeit – und seinen Zorn. Sein Schreibtisch war nie durcheinander. »Was ist denn hier passiert?«

»Vandalen.«

»Vandalen?« Das verwirrte ihn. »Haben sie viel Schaden angerichtet?«

»Sie haben die Akten durcheinandergebracht. Keine allzu große Katastrophe.«

»Meinen Sie, ich kann diesen Mist hier auf einen anderen Schreibtisch legen?« fragte er, während er schon den Aktenstapel zusammensuchte und weglegte. »Ich brauche Platz zum Arbeiten. In einer Stunde muß ich fertig sein. Wir müssen noch Weihnachtsgeschenke kaufen.«

»Ich bin überrascht, Carl. Sind Sie nicht ein bißchen spät dran?«

Der Sarkasmus in Reiss' Stimme entging Hersh. »Ach, na ja, Mary und die Kinder, wissen Sie«, sagte er, als würde das alles erklären.

»Ja ja, ich verstehe«, antwortete Reiss, und damit fand das Gespräch über Weihnachtseinkäufe, Arbeit und Störungen durch nächtliche Vandalen ein Ende.

Trotzdem konnte Reiss der Versuchung nicht widerstehen – er mußte erzählen, daß Maia Stevens gebracht worden war, weil er sehen wollte, wie Hersh reagierte.

»Die Filmschauspielerin? Wie ist sie denn gestorben?«

Reiss sagte nur, es sei ein Autounfall gewesen, sonst nichts.

»Betrunken, ganz bestimmt. Die Leute im Filmgeschäft sterben oft jung, das kann man allgemein beobachten.«

Er wirkte wie ein Schulmeister, der mit einem nicht besonders intelligenten Schüler spricht.

Aber Reiss war das egal. Es war eine typische Reaktion von Hersh. Reiss kehrte zu seinen Akten zurück. Die Buchstaben verschwammen ihm vor den Augen, und sosehr er sich auch zu konzentrieren versuchte, er mußte sich immer wieder ins Gedächtnis rufen, was er gerade machte. Alphabetische Ordnung, sagte er zu sich selbst. Ich muß alles alphabetisch ordnen und eine Liste anlegen.
Hershs Gesicht tauchte auf. »Haben Sie etwas gesagt?«
»Nein, nein, ich rede nur mit mir selbst.«
Hersh schaute Reiss an, als sei er ein nicht ganz zurechnungsfähiger Penner Ecke St. Mark's und Bowery. Reiss kam sich langsam selbst ein bißchen verrückt vor. Seltsamerweise war es gar kein unangenehmes Gefühl, so nah am Rand des Abgrunds zu stehen. Ihm war leicht schwindlig, er fühlte sich frei wie ein Drachenflieger, der ins Blaue segelt und keine Ahnung hat, wo und wie er wieder herunterkommt. Es war ein Gefühl, von dem er sich nicht vorstellen konnte, daß Hersh es je haben könnte.
Nach anderthalb Stunden war Reiss immer noch zu keinem Ergebnis gekommen. Dem Aktenberg waren seine Bemühungen nicht anzusehen. Aber was erwartete er denn? Es waren Akten aus drei Jahren, die er durchgehen mußte. Er befand sich nicht nur in einem Zustand, der an Wahnsinn – oder zumindest an extreme Besessenheit – grenzte, sondern er nahm sich eine Aufgabe vor, die Wochen dauern konnte. Und er hatte ja noch andere Sachen zu tun. Er hatte einfach nicht genug Zeit dafür. Da muß ich wirklich einen Glückstreffer landen, dachte er. Das Telefon klingelte. Er merkte es gar nicht, bis Hersh sagte: »Wollen Sie nicht rangehen?«
»Michael?«
»Ja.« Er erkannte die Stimme nicht.
»Du hast ja seltsame Arbeitszeiten.«
»Wer ist bitte am Apparat?«
»Hier ist Hardin, Hardin Mull.«
»Hardin? Entschuldige bitte. Wie geht es dir?«
»Nicht schlecht. Und dir?«
»Ein bißchen müde, aber sonst ganz gut. Welchen Umständen verdanke ich diesen Anruf?«
»Ach, nichts Besonderes. Ich mußte heute in die Stadt fahren, wegen einer dieser vielen blöden Konferenzen, die hier im Center

stattfinden, und da habe ich dein Auto auf dem Parkplatz stehen sehen. Dein Oldsmobile ist ja nicht zu übersehen.«
»Stimmt vermutlich.«
»Und da wir nun schon beide hier sind, dachte ich, wir könnten uns doch zum Mittagessen treffen. Wir haben uns schon lang nicht mehr gesehen. Ich lade dich ein. Warum kommst du nicht rüber in mein Büro, und wir essen oben.«
Reiss dachte nach. Das Center war nur ein paar hundert Meter entfernt. Wenn man schnell ging, war man gleich dort. Eine Pause wäre sicher ganz gut. »Warum nicht?«
»Komm so gegen halb eins. Dann haben wir genug Zeit.«
Zeit wofür? fragte sich Reiss, als er auflegte.

5

Wie die Fassade mit ihrer Verkleidung aus glattem weißem Stahl und grüngetöntem kaltem Glas, so war auch das Innere des Centers für Rehabilitations-Chirurgie unterkühlt und gleichzeitig elegant. Eigentlich bestand es aus mehreren Gebäuden, und nicht alle waren so hoch und glitzernd wie dieses hier. Aber seit 1977 war das Camden-Institut der Mittelpunkt eines riesigen Komplexes, der sich über drei Morgen Land in einer erstklassigen Gegend von Manhattan erstreckte.
Reiss dachte immer, er kenne sich aus, denn schließlich war er schon oft genug im Center gewesen. Aber sooft er auch schon in den verschiedenen Büros und Leseräumen und Operationssälen des Centers zu tun gehabt hatte – er verirrte sich jedesmal. Das lag an dem Fanatismus der Designer und Architekten, die für das Center arbeiteten. Aus Gründen, die selten wirklich praktisch erschienen, nahmen sie dauernd irgendwelche Veränderungen vor, legten ganze Zimmerfluchten still, eröffneten neue Trakte, änderten die Farbe in der Krankenhaushalle, möblierten die Sprechzimmer der Ärzte neu und vergrößerten den ganzen Komplex, in der einen Richtung bis zur Park Avenue, in der anderen bis zur First Avenue. In manchen Stockwerken mochte es zwar schon labyrinthisch sein, aber im Untergeschoß war es am schlimmsten. Dort gab es eine Reihe

miteinander verbundener Tunnels, die von einem Sektor in den anderen führten, aber manchmal endeten sie auch in einem alten U-Bahnhof oder in einem Abwasserkanal, der auf keiner neueren Karte des unterirdischen Manhattans angegeben war. Um den verwirrten Besuchern zu helfen, hatte irgendein Planer einen komplizierten Farbenschlüssel entworfen, der jeweils dem Teil des Centers entsprach, den man besuchen wollte. Gelbe Pfeile führten zum Camden-Institut, rote Pfeile zum Krankenhaus, grüne zur Bibliothek, blaue zum Operationstrakt, orangefarbene zur Cafeteria, weiße zur Bank. Und so weiter. Es waren aber einfach zu viele Farben und Pfeile, die in alle Richtungen deuteten, als daß dieses System einem Neuling wirklich hätte helfen können. Andere, die sich in dem System auskannten, fanden sich auch ohne diese Farbpfeile zurecht.

Das Ergebnis war, daß Reiss immer, wenn er das Center betrat, das Gefühl hatte, er sei das erste Mal da. Nur die Halle des Camden-Instituts, mit ihrer hohen Kuppel, die an eine mittelalterliche französische Kathedrale erinnerte, war so, wie er sie in Erinnerung gehabt hatte. Das winterliche Licht drang durch die hochliegenden, undurchsichtigen Fenster. Unter einer Statue der Hekate, die sich beständig drehte, stand ein Schreibtisch. Und an dem Schreibtisch saßen gelassen zwei Sicherheitsbeamte. Sie trugen die leicht erkennbare olivgrüne Uniform des Centers, waren freundlich und gewissenhaft und überprüften die Namen und Anliegen aller Besucher.

Nachdem Reiss kontrolliert worden war, reichten sie ihm einen Tagespaß und wünschten ihm einen schönen Nachmittag.

Ein Aufzug, der zu den fünf oberen Stockwerken führte, brachte ihn schneller, als ihm lieb war, zum Verwaltungstrakt. Oder zu einem der Verwaltungstrakte. Wie alle großen Unternehmen, ob medizinisch oder nicht, so hatte auch das Center eine Bürokratie entwickelt, die schwerfällig und anonym war. Und wie viele Bürokratien hatte auch sie die Tendenz, sich auszubreiten. Jedesmal, wenn eine neue Cafeteria oder ein neuer Krankenhausflügel eröffnet wurde, suchte man sofort nach neuen Verwaltungsangestellten. Dem Center mangelte es offensichtlich nie an Geld. Oder falls es doch der Fall sein sollte, dann war es für Außenstehende nicht ersichtlich.

Die höchste Instanz dieser unbeweglichen Bürokratie wurde schlicht als »das Komitee« bezeichnet. Hardin Mull war ein assoziiertes Mitglied des Komitees, aber Reiss wußte nicht, was der Unterschied zwischen einem vollen und einem assoziierten Mitglied war.

Mull bewies immer guten Geschmack, wenn es um die Auswahl seiner Sekretärinnen ging. Die jetzige fand Reiss ausgesprochen attraktiv, mit der entsprechenden Zuvorkommenheit, und sehr charmant.

»Dr. Mull wird gleich bei Ihnen sein, Dr. Reiss«, sagte sie. »Möchten Sie vielleicht kurz Platz nehmen?«

Sie deutete auf einen Polstersessel an der Wand, dann beantwortete sie verschiedene Anrufe. Hardin Mull war ein sehr beschäftigter Mann, selbst an einem Samstagnachmittag wie heute.

Reiss und Mull kannten sich schon seit Jahren, wenn auch eher oberflächlich. Sie hatten beide in San Francisco gelebt. Mull war Oberarzt für Schönheitschirurgie an dem Krankenhaus gewesen, an dem Reiss als Assistenzarzt arbeitete, als er noch eine Laufbahn als Chirurg anstrebte. Reiss war zwar inzwischen zur Gerichtsmedizin übergegangen, aber er interessierte sich immer noch sehr für Immunologie und machte selbständige Forschungsarbeit in einem Labor, das er in der Nähe seines Büros mit einem anderen Wissenschaftler teilte.

Mull interessierte sich ebenfalls für Immunologie, aber sein Interesse richtete sich auf Hauttransplantationen, während Reiss sich damit beschäftigte, wie das Immunsystem im Krankheitsfall reagierte. Trotzdem hatten sie so immer etwas, auf das sie bei einer Unterhaltung zurückgreifen konnten, wenn ihnen sonst nichts mehr einfiel.

In dem Moment kam Mull. Reiss erschien er älter und etwas fülliger, aber doch bei guter Gesundheit. Er hatte einen kugelförmigen Kopf, und die wenigen Haare, die noch übrig waren, bildeten einen Halbkreis um seinen kahlen Schädel. Seine Augen hatten ein ausdrucksloses Grau, und sie gingen dauernd hinter den Bifokalgläsern seiner Brille auf und ab, damit er genau sehen konnte.

Er begrüßte Reiss mit einem kräftigen Händedruck und führte ihn aus dem Büro Richtung Fahrstuhl.

Mull fing sofort an, von der Konferenz zu erzählen, an der er am Vormittag teilgenommen hatte. »Obwohl jetzt gleich die Feiertage kommen, gibt es hier keine Pause«, klagte er. Reiss schloß aus seinen Bemerkungen, daß es bei der Konferenz um die Entwicklung der Gesichtschirurgie gegangen war. Aber Mull ließ sich nicht weiter darüber aus, sondern wollte wissen, was Reiss machte. »Ich habe ein paar von den Artikeln gelesen, die du in *Transplant* und *The Journal of Immunology* veröffentlicht hast«, sagte er.
»Das ist ja schon eine Weile her.«
»Trotzdem... sie waren gut durchdacht. Ich finde, es ist wirklich schade, daß du dieses Labor an der Uni benutzt. Wir haben doch hier Möglichkeiten, die sehr viel besser sind.«
»Für meine Zwecke reicht es.«
Mull überging das. »Und außerdem zahlen wir sehr viel mehr als die Stadt. Vor allem, wenn es um jemanden mit deinen Fähigkeiten und deiner Begabung geht. Ich verstehe wirklich nicht, warum du mich immer wieder abweist.«
»Ich weise dich nicht ab, Hardin. Mir ist die Pathologie einfach lieber.«
Jedesmal, wenn sie sich trafen, führten sie dieses Gespräch. Reiss hatte keine Ahnung, warum Mull darauf beharrte, ihm dieses eigentlich sehr ambivalente Angebot zu machen. Er konnte ihn nicht mehr so richtig ernst nehmen.
»Na gut, mein Angebot gilt. Du brauchst es nur zu sagen, und ich werde unser Komitee informieren...«
Erst als sie oben im Speiseraum waren, erkundigte sich Mull nach Reiss' Familie. Da er selbst keine hatte, schien er sich für die Antwort nicht so richtig zu interessieren. Er achtete mehr auf die Aussicht: von der Fensterfront an der Längswand hatte man einen wunderbaren Blick auf das Panorama von Manhattan.
Nachdem diese Formalitäten erledigt waren, wartete Mull mit dem Geschäftlichen nicht bis zum Kaffee, sondern ging gleich zum Wesentlichen über – oder zumindest zu dem, was Reiss für das Wesentliche hielt.
»Wann kommt dein Obduktionsbericht über den Fall Stevens heraus?«
Reiss wunderte sich nicht so sehr über die Frage, als über die

Direktheit, mit der sie gestellt wurde. Mull konnte sich ja ohne weiteres zusammenreimen, daß Reiss an Maia arbeitete, er brauchte nur die Zeitung zu lesen.
»Vermutlich bald«, sagte er neutral.
Mull schüttelte den Kopf; die Antwort genügte ihm nicht. Er ließ sich einen Augenblick ablenken, weil der Kellner die Bestellungen entgegennahm, dann redete er weiter. »Bist du mit der Obduktion fertig? Ich nehme doch an. Schließlich giltst du als sehr effizient. Ich weiß noch gut, wie du in San Francisco gearbeitet hast.«
Sie waren sich in San Francisco zwar oft begegnet, auf Parties und bei Fakultätsveranstaltungen, aber sie hatten nie länger miteinander gesprochen, bis sie beide etwa zur gleichen Zeit nach New York kamen. Einen Augenblick lang hatte Reiss John Traxton vor sich, seinen Professor und Mentor. Immer, wenn er an Traxton dachte, sah er ihn mit einer Pistole in der Hand. Die Pistole, mit der er sich in den Kopf geschossen hatte.
Reiss versuchte, die Erinnerung wegzuschieben. Er starrte Mull an. Plötzlich merkte er, daß Mull einen Angriff vorbereitete, daß er sich auf ihn stürzen wollte. Er spürte einen Adrenalinstoß. Sein Herz begann zu klopfen. Er wurde das Gefühl nicht los, daß er ausgequetscht werden sollte. Er mußte sich zwingen, ruhig sitzen zu bleiben.
Er überlegte, ob er lügen sollte, aber es kam ihm sinnlos vor. Er vermutete, daß Mull die Antwort auf seine Fragen bereits wußte und nur austesten wollte, wie mitteilsam Reiss war.
»Ja, ich bin fertig.«
»Ich verstehe.« Mull starrte mürrisch in sein Glas Perrier.
»Du bist offensichtlich an diesem Fall interessiert.«
»Nicht persönlich. Das Center ist daran interessiert. Miss Stevens war eine unserer Klientinnen. Es war alles sehr geheim. Du verstehst, daß wir das Privatleben unserer Patienten schützen müssen. Wenn irgendeine berühmte Schauspielerin oder ein Diplomat oder ein König hierherkommen, dann möchten sie schließlich nicht, daß es an die Öffentlichkeit dringt. Kosmetische Chirurgie ist immer noch ein sehr umstrittenes Gebiet, das brauche ich dir ja nicht zu sagen. Natürlich verstehen die Leute, welchen Zweck unsere Arbeit beispielsweise bei Brandopfern erfüllt, und wir sind Pioniere auf

dem Gebiet der Hauttransplantation und können die armen Leute wieder so herstellen, daß sie ein normales Leben führen können...«

Mull hatte einen Hang dazu, sich als Fürsprecher des Centers aufzuspielen; wäre er nicht Arzt geworden, so vermutete Reiss, dann hätte er sicher einen Job als Fremdenführer angenommen. Reiss war in Versuchung, ihn zu unterbrechen.

Selbst Mull spürte, daß er sich hinreißen ließ. Er zuckte mit den Schultern, als wollte er sich entschuldigen. »Was ich damit sagen will, Michael, ist folgendes: Das Auge der Öffentlichkeit wäre für das Center unter bestimmten Umständen sehr unzuträglich. Wir hängen zum großen Teil von Regierungsgeldern und von anderen Beiträgen ab, und wir würden es nicht gerne sehen, wenn eine dieser Quellen durch Sensationsartikel oder Ähnliches aufs Spiel gesetzt würde. Kannst du mir folgen?«

»Ich glaube schon.«

»Natürlich kannst du mir folgen.« Er schaute auf den gedünsteten Lachs und den Salat, der vor ihm stand. »Ich mache eine neue Diät«, verkündete er. »Ich bekomme immer Ratschläge von den besten Ernährungswissenschaftlern. Und was nützt es?« Er tätschelte seinen Schmerbauch. »Mein Körper scheint fest entschlossen, immer dicker zu werden. Mit dem Kopf hat das gar nichts zu tun – es sind diese Fettzellen, die unbedingt erhalten bleiben wollen. Aber jetzt würde ich gerne wissen, was du bei der Autopsie herausgefunden hast.«

»Ich glaube nicht, daß es angebracht wäre, wenn ich das hier erörtern würde.«

»Diese Antwort habe ich erwartet.« Mull blickte aus dem Fenster auf Manhattan, fast so, als würde ihn das Thema jetzt nicht mehr interessieren.

Nach einem unangenehmen Schweigen sagte er: »Ich habe gehört, daß gestern abend in dein Büro eingebrochen wurde.«

»Für jemanden, der so viel zu tun hat wie du, bist du erstaunlich gut informiert.«

»Na ja, ich habe nur die *Times* gelesen.«

»Steht es da drin? Ich habe heute noch gar keine Zeitung gesehen.«

»Das kommt daher, weil du so viel arbeitest. Du übernimmst dich einfach. Ich weiß aber zufällig noch ein bißchen mehr als das, was in der Zeitung stand – vor allem, daß der Versuch gemacht wurde, die Leiche von Miss Stevens zu entführen. Eine gruselige Angelegenheit.«

»Die Absichten der Einbrecher sind nicht so eindeutig.«

Mull schaute Reiss mit traurigen Augen an. »Es gibt keinen Grund, Ausflüchte zu machen, Michael. Ich bin sicher, daß die Leute, die den Diebstahl initiiert haben, das Center in Verlegenheit bringen wollten.«

Reiss versuchte mühsam, trotz seiner Müdigkeit eine Verbindung zu sehen.

»Wir können doch offen miteinander reden, oder? Du hast gemerkt, daß Miss Stevens künstliche Brüste aus Silikon hatte.«

»Mehr als das.«

Mull lächelte schwach. Reiss begriff, daß er Mull das gegeben hatte, was er wollte – die Bestätigung, daß er das Geheimnis von Maia Stevens' wirklichem Geschlecht entdeckt hatte.

»Ja, es ging um mehr als nur eine Vergrößerung der Brust. Es ist bedauerlich, daß Miss Stevens im Tod nicht dieselbe Diskretion genießen konnte wie zu Lebzeiten. Aber Vorwürfe wären da fehl am Platz. Vor allem dir gegenüber. Aber es wäre doch sehr schade, wenn diese Art von Information der Öffentlichkeit zugänglich gemacht würde.«

»Und du gehst davon aus, daß die Einbrecher einen Auftrag hatten und genau dies beabsichtigten?«

»Ich weiß natürlich nicht, was sie letzten Endes getan hätten, aber ich bin sicher, daß sie die Leiche eingesetzt hätten, um das Center irgendwie in Mißkredit zu bringen. Ich hoffe nur, daß du es nicht für sie machst.«

»Was willst du damit sagen?« Reiss wollte es von ihm selbst hören, obwohl er schon wußte, was er meinte.

»Wenn du in deinem offiziellen Bericht erwähnst, daß Miss Stevens sich einer Schönheitsoperation unterzogen hat, enttäuscht das vielleicht ein paar ihrer Fans, aber es wäre akzeptabel. Aber wenn alles aufgedeckt wird, kann man nicht voraussehen, welche Kontroversen das auslösen würde. Und was hat es schon zu bedeuten? Wenn du die ganze unselige Angelegenheit unerwähnt läßt, ändert das nicht deine Aussage über die Todesursache.«

»Soll das heißen, daß das Ansehen des Centers geschädigt würde, wenn Maia – Miss Stevens – mit euch in Verbindung gebracht würde?«
»Nur, wenn herauskäme, was das Center für sie gemacht hat. Wir bevorzugen in solchen Fällen Diskretion.«
»Im Grunde habt ihr also Maia Stevens geschaffen? Wie Pygmalion.«
»Man könnte es so ausdrücken.«
Wenn Mull redete, hatte Reiss manchmal das Gefühl, daß er begriff, was er von ihm wollte und warum, aber immer gerade dann, wenn er die Bedeutung der ganzen Sache erfaßt hatte, entglitt sie ihm wieder. Er war völlig übermüdet, und in seinem Kopf breitete sich ein dumpfer, pochender Schmerz aus.
Aber langsam wurde ihm klar, daß es eigentlich Mull war, der Schwierigkeiten hatte. Er suchte nach Worten, ließ Tatsachen aus, die problematisch sein könnten.
Auf einmal fiel Reiss eine der problematischsten Fragen ein. Das machte ihn so nervös, daß er sich plötzlich stocksteif hinsetzte.
»Wann war Miss Stevens bei euch in Behandlung?«
»Ich weiß die genauen Daten nicht. Aber du kennst dich ja aus, du weißt, daß sich so was lange hinzieht. Es hat ein Jahr gedauert oder sogar noch länger. Ich habe keinen Zugang zu den Akten.«
Reiss glaubte ihm nicht. Aber das war im Moment auch nicht so wichtig. »Aber könntest du mir ungefähr sagen, in welchem Jahr die Operation stattgefunden hat?«
»Ich weiß, was du wissen möchtest, Michael. Wenn ich dir ein Datum nenne, dann könntest du die Unterlagen durchgehen und genau sagen, an welchem Punkt es die Person Maia Stevens noch nicht gegeben hat – oder jedenfalls nicht diese Frau. Und wenn du die heutige Zeitung durchblätterst und die Nachrufe liest, dann wirst du feststellen, daß Maia Stevens 1952 geboren wurde.«
»Gut, Mull, nachdem du nun das Dilemma so schön beschrieben hast – wie habt ihr es gelöst?«
»Das ist gar nicht so schwierig. Maia Stevens, das wirst du wahrscheinlich auch herausfinden, ist ein Künstlername. Vorher war sie...«
»Sie?« Reiss fand allmählich ein gewisses perverses Vergnügen an

der Sache. Aber er war sich immer noch nicht sicher, ob er bei diesem Austausch im Vorteil war; es konnte genausogut sein, daß Mull ihn in die Ecke trieb.
Mull erlaubte sich ein Lächeln. »Nennen wir sie der Klarheit halber ›sie‹. So würde sie wahrscheinlich auch gerne in der Erinnerung weiterleben. Also, weiter. Den Künstlernamen legte sie sich zu, nachdem sie aus unserer Klinik kam. Sie erfand auch einen Lebenslauf – bei ihrem Beruf konnte sie schließlich nicht plötzlich aus dem Nichts auftauchen. Sie mußte den Leuten irgend etwas erzählen. Sie wollte kein Monstrum sein. Wer würde denn einem Transsexuellen die weibliche Hauptrolle geben? Du siehst das Problem.«
»Das Problem sehe ich. Ich kann nur die Lösung noch nicht sehen.«
Mull sah zufrieden aus. Er war ein Mann, dem Ratespiele Spaß machten. »Judith Loess.«
»Judith Loess?«
»Die Lösung lautete Judith Loess. Wir gaben unserem Patienten die Vergangenheit und die Biographie von Judith Loess.«
»Und was hatte die wirkliche Judith Loess dazu zu sagen?«
»Sie war ganz und gar einverstanden. Das ist bei allen Leuten so, wenn man ihnen nur genug Geld gibt. Sie hat geheiratet und verschwand in der Menge. Die Spuren wurden in beide Richtungen sorgfältig verwischt.«
»Ihr habt einen Mann genommen und ihm eine Vergangenheit und eine Zukunft gegeben, zusammengesetzt aus zwei verschiedenen Identitäten?«
»Das ist gar nicht so kompliziert. Du hast doch sicher schon von dem Relokalisierungsplan der Regierung gehört. Wenn Zeugen gegen die Mafia ausgesagt haben und dadurch sich selbst oder ihre Familien in Gefahr bringen, dann werden sie umgesiedelt, bekommen eine neue Identität, einen neuen Beruf, alles. Wir hatten ursprünglich mit bestimmten Regierungsausschüssen an der Entwicklung dieses Plans mitgearbeitet und bei anderen Plänen auch, über die ich hier nicht sprechen kann.«
Reiss starrte ihn verwundert an. »Ich wußte gar nicht, daß die Verbindungen zwischen euch und Washington so eng sind.«
»Wenn du dir die Mitglieder des Komitees ansehen würdest, dann könntest du feststellen, daß mehrere von ihnen in früheren Regie-

rungen gearbeitet haben. Wir haben Leute dabei, die zu Trumans Beratern gehörten. Ja ja, wir haben gute Kontakte.«

»Ihr habt also noch nie irgendwelche Schwierigkeiten gehabt?«

»Schwierigkeiten?«

»Auf Grund eurer Verbindung mit Maia oder Judith Loess oder wer auch immer euer Patient ursprünglich war.« Reiss hatte sich überlegt, ob er Mull fragen sollte, wer Maia eigentlich war, aber er tat es nicht, weil er keine Antwort erwartete.

»Warum denn? Wir arbeiten doch professionell.«

Professionell. Genau das Wort verwendete die Polizei auch dauernd.

»Das bringt mich wieder zum eigentlichen Thema unserer Diskussion. Du mußt nichts fälschen, Michael. Um so etwas würde ich dich nie bitten.« Er lehnte sich halb über den Tisch. Man konnte ihm sein Unbehagen ansehen. Offensichtlich war ihm bei der ganzen Angelegenheit nicht wohl; sicher hatte ihn das Komitee beauftragt, mit Reiss zu sprechen. »Hör zu. Die Konsequenzen, die eine Veröffentlichung dieser Art von Information hätte, sind schwerwiegender, als du dir vorstellen kannst. Du weißt vermutlich, daß Maia verschiedene Liebhaber hatte.«

Reiss gab es zu.

»Einige waren ziemlich hohe Tiere.«

»Du meinst damit einen gewissen Senator?«

Mull lächelte. Vielleicht hatte er das Gefühl, daß er Reiss endlich erreichte. »Du bist doch nicht so weltfremd, wie ich dachte. Gerüchte können bis zu dir vordringen. Also, da gab es diesen Senator, und es gab auch noch andere. Kannst du dir vorstellen, wie peinlich und erniedrigend es für diese Leute wäre? Das sind Männer, die sich etwas darauf einbilden, daß sie mit den schönsten Frauen der Welt ins Bett gehen. Wenn man sie dann als Idioten hinstellt, die nicht einmal ein Geschlecht vom andern unterscheiden können – aber wie hätten sie es auch merken sollen? Die Chirurgen des Centers gehören auf diesem Gebiet zu den besten der Welt. Aber du verstehst sicher.«

»Ja, ich verstehe.« Der potentielle Schaden, den eine solche Enthüllung anrichten könnte, kümmerte ihn allerdings nicht sonderlich.

»Nein, ich glaube nicht, daß du verstehst. Manche dieser Männer würden eine solche Peinlichkeit nicht ertragen – und sie würden es

auch nicht dulden, daß in gewissen Fällen ihre Karriere darunter leidet.«
»Was willst du damit andeuten?«
»Ich will damit andeuten, Michael, daß du in Gefahr kommen könntest. Und deine Familie ebenfalls. Wenn du hingehst und diese Information publik machst.«
»Bist du da ganz sicher?«
»Nein, nein, ich will nur, daß du die Situation wirklich verstehst. Es ist schwierig für Leute in deiner Position – oder in meiner. Wir sehen manchmal den Wald vor lauter Bäumen nicht.«
»Ich kann ja noch verstehen, daß ich gefährdet sein könnte, aber meine Familie?«
»Du kennst diese Leute nicht, Michael. Die machen vor nichts halt, wenn sie sich bedroht fühlen.«
»Jetzt wirst du aber ein bißchen melodramatisch.«
Mull schien diese Bemerkung lustig zu finden. »Hast du je erlebt, daß ich melodramatisch bin?«
»Nein, eigentlich ist das nicht dein Stil.«
»Die Rolle macht mir jedenfalls keinen Spaß. Ich will dich ja auch nur zur Vorsicht gemahnen, nicht erschrecken. Es ist für alle Beteiligten besser, wenn du die Fakten klar siehst. Dann kannst du die angemessenen Schlüsse ziehen.« Er zog sich auf das nichtssagende Vokabular einer Anwaltskanzlei oder einer Vorstandssitzung zurück.
»Ich muß dir noch eine Frage stellen. Du bist zwar so an Diskretion interessiert, aber glaubst du nicht, daß die Polizei eure Unterlagen über die Stevens haben möchte? Die Staatsanwaltschaft wird sie doch bestimmt anfordern.«
»Kann sein, aber ich würde da nicht mein Vermögen verwetten.«
Das machte Reiss stutzig. »Willst du damit sagen, daß die Staatsanwaltschaft irgendwie reingezogen wurde?«
»Nein, das sage ich nicht. Ich persönlich habe keinerlei Kontakt mit der Staatsanwaltschaft.«
»Und was ist mit dem Komitee?«
»In dieser Sache kann ich nicht für das Komitee sprechen.«
Reiss stand abrupt auf. »Danke für das Mittagessen, Hardin.«
»Michael, geh bitte nicht wütend weg. Wenn ich dich nicht als

Freund und Kollegen sehen würde und als hochbegabten Arzt dazu, der eines Tages zu uns ans Center kommen könnte, dann hätte ich doch diese Unterhaltung gar nicht mit dir geführt. Ich hätte mich jeglicher Verantwortung entzogen. Ich muß dich ja nicht daran erinnern, wie...« Er schien nach dem richtigen Wort zu suchen. »Wie *unbefriedigend* es wäre, wenn du von Leuten gewarnt worden wärst, die du gar nicht kennst. Leute, die sehr viel weniger Geduld haben als ich.«

Reiss wußte nicht, was er sagen sollte. Er ging zur Tür.

»Ich hätte gerne spätestens morgen um zwölf eine Antwort«, rief Mull ihm nach. »Danach kann ich nicht mehr garantieren, daß das Center dir hilft.«

»Mir hilft?« Reiss drehte sich um. »Das ist aber ein komisches Wort in diesem Zusammenhang.«

»Warum komisch, Michael? Wir haben in der Vergangenheit schon vielen Leuten geholfen. Manche haben einflußreiche Posten. Die hören auf uns. Wir können sie in dieser Angelegenheit bremsen. Aber nicht sehr lange.«

»Meinst du den Senator? Oder Carlo D.?«

Mull schüttelte bedeutungsvoll den Kopf. »Du glaubst doch nicht im Ernst, daß ich Namen nenne, oder?«

»Wenn statt Diesel Benzin im Auto gewesen wäre, dann wäre es explodiert, und es gäbe jetzt keine Probleme.« Das war nicht als Frage gemeint.

»Aber das Auto ist nicht in die Luft gegangen, und es gibt ein Problem.« Mull lächelte ihn seltsam entwaffnend an. »Bis morgen.«

Reiss war mehr als müde. Er war zu erschöpft, um über die Konsequenzen von Mulls Worten nachzudenken. Er stand vor zwei entscheidenden Fragen. Die erste Frage war, ob er Mull vertrauen konnte. Die andere Frage war, ob Mull nur versuchte, ihm Angst einzujagen, oder ob er die Wahrheit sagte – zumindest was die Gefahr betraf, die ihm und seiner Familie drohte.

Vermutlich mußte man die erste Frage verneinen, überlegte er sich auf dem Weg zu seinem Büro. Mull war nicht wirklich ein Freund, nur ein grobschlächtiger Chirurg, dessen Weg sich manchmal mit dem seinen gekreuzt hatte. Aber seine Aussage, daß Reiss und seine Frau und seine Kinder in Gefahr schwebten, schien ernst gemeint.

Dieses Dilemma war zwar ganz persönlicher Natur, aber es erinnerte Reiss an Pascals Überlegung: Wenn man auf Gott setzte, und es gab ihn nicht, dann verlor man nichts. Aber wenn man andererseits gegen ihn setzte, und es stellte sich heraus, daß es ihn doch gab, verlor man alles.
Er mußte also von der Annahme ausgehen, daß die Gefahr real war. Es kam ihm wie eine Ironie des Schicksals vor, daß er in eine ähnlich verzweifelte Situation gedrängt wurde wie John Traxton vor sechs Jahren, jene Krise, die seinem Selbstmord vorangegangen war.

Es war ein strahlender Junimorgen. Es schlug gerade neun Uhr, als Reiss über den Campus zu seinem Labor ging.
Ein Kollege, der im Fakultätsgebäude das Büro neben Reiss hatte, rief Reiss aufgeregt etwas quer über den Rasen zu, bis er stehen blieb und ihn beunruhigt ansah. Wie kam es, überlegte er sich, daß Lionel Rollings so früh am Morgen schon derart in Fahrt war?
Rollings, ein pfeiferauchender Pedant mit einem aufgeblasenen Selbstbewußtsein, bewegte sich eigentlich nie schnell vom Fleck, aber jetzt rannte er mit seinen kurzen Beinen, so schnell er konnte, über den gepflegten Rasen.
Er fuchtelte mit dem *San Francisco Chronicle* in der Luft herum. Als er Reiss erreichte, war er außer Atem und konnte gar nicht reden. Er drückte ihm die Zeitung in die Hand. Als erstes sah Reiss ein Bild von John Traxton, der bis vor einem Monat der Direktor ihrer Abteilung gewesen war. Reiss begann, den ersten Abschnitt des dazugehörenden Artikels zu lesen, und war auf schockierende Enthüllungen gefaßt. In den vergangenen Wochen waren die Zeitungen voll mit Artikeln über Traxtons Verbindungen zum Gerichtsmedizinischen Institut gewesen. Diese Verbindung existierte zwar nicht mehr, als Traxton seine Stelle an der Universität angetreten hatte, aber seine angeblichen Gesetzeswidrigkeiten waren erst jetzt ans Tageslicht gekommen. In der einzigen Stellungnahme, die Traxton der Presse zukommen ließ, bestritt er, daß er je Obduktionsgutachten gefälscht habe, und daß er je absichtlich Leichen durch Kremation habe verschwinden lassen und gleichzeitig wichtige Organproben zerstört habe. Er gab nur zu, daß es »damals auf seiten mehrerer Personen beim Leichenbeschauer unentschuldbare

Schlampereien« gegeben habe, und fügte hinzu, er sei oft zu beschäftigt gewesen, um »ihr Tun angemessen zu überprüfen«. Reiss hatte ihm glauben wollen; er mochte Traxton viel zu gerne, um zu glauben, daß er das Vertrauen, das seine Behörde in ihn setzte, mißbraucht haben könnte. Aber mit jeder neuen Enthüllung wurde es schwieriger, an diesem Glauben festzuhalten. Reiss hatte das Gefühl, persönlich hintergangen worden zu sein. Aber wenn Freunde oder auch Betsy ihn fragten, dann verteidigte er Traxtons Ehre immer ganz entschieden. Es war fast so, als würde er seine eigene Ehre verteidigen.

Aber der Artikel, den Rollings ihm da zu lesen gab, hatte nur indirekt etwas mit dem Skandal zu tun, der eine vielversprechende Karriere so abrupt beendet hatte. In dem Artikel stand vielmehr in kurzen, klaren Sätzen, daß sich Traxton in der vergangenen Nacht mit einer .38-Kaliber-Pistole das Leben genommen habe. Er hatte keinen Abschiedsbrief hinterlassen.

Rolling bekam langsam wieder Luft. Er hatte Traxton ebenfalls gekannt, aber er gehörte nicht zu seinen Freunden. »Kannst du dir das vorstellen? Hättest du das jemals für möglich gehalten?« Er schien auf seltsame Art stolz darauf zu sein, daß er die Unglücksbotschaft überbrachte; seine Augen leuchteten angesichts dieser persönlichen Katastrophe. Reiss konnte verstehen, warum Könige manchmal die Überbringer schlimmer Nachrichten hinrichten ließen.

»Nein«, hatte Reiss geantwortet. »Nein. Ich hätte das nicht für möglich gehalten.«

Er war zu benommen, um mehr zu sagen. »Wir hatten keine Ahnung, unter welchem Druck er stand«, sagte er abends zu Betsy. »Nicht die geringste Ahnung.«

An diesem kalten Wintertag, mehr als ein halbes Jahrzehnt später, fing Reiss langsam an zu verstehen, was für ein Druck das gewesen sein mußte. Die Umstände, die Traxton in eine ausweglose Situation gebracht hatten, und die Umstände, die Reiss nun in eine ganz ähnliche Situation brachten, mochten zwar verschieden sein, aber das Dilemma war ähnlich, und das war ein unangenehmes Gefühl. Was hatte Traxton dazu gebracht, seine Daten und seine Proben zu verändern oder zu zerstören? War es Profitgier gewesen oder

Erpressung? Das würde er nie herausfinden, aber zum ersten Mal in all den Jahren fühlte er sich imstande, Traxton zu vergeben, daß er ihn und das Vertrauen, das er in ihn gesetzt hatte, betrogen hatte. Er mußte es tun, wenn er sich selbst verzeihen wollte.

Er ging in sein Büro zurück. Dankbar stellte er fest, daß Hersh weg war, um seine verspäteten Weihnachtseinkäufe zu erledigen. In diesem Augenblick wünschte Reiss sich nichts sehnlicher, als so sorglos, so ahnungslos wie Carl Hersh zu sein. Oder mit irgendwelchen Zaubertricks oder mit göttlicher Kraft die Uhr auf gestern abend, acht Uhr, zurückdrehen zu können; er hätte nicht so pflichtbewußt sein und einfach nach Hause gehen sollen.

Als er seinen Schreibtisch sah, mit den Aktenstapeln, die er dort geordnet hatte, und daneben die noch größeren Stapel, die er noch durchgehen mußte, überkam ihn eine solche Verzweiflung, daß er beschloß, nach Hause zu gehen. Dann fielen ihm Mulls Warnungen wieder ein, und er fragte sich, wie er Betsy und Mark und Susie gegenübertreten und so tun konnte, als sei alles so wie immer. Da war es doch besser, sich wieder in die Arbeit zu stürzen, denn er konnte sich trotz aller Müdigkeit nicht aufraffen, heimzugehen.

Die monotone Arbeit versetzte ihn in eine Art Trance. Aber er mußte weitermachen; er hatte keine Wahl. Bis morgen mittag. Dann würde er mehr Wahlmöglichkeiten haben, als ihm lieb war.

Das Telefon war so laut, daß er zusammenzuckte. Er antwortete zögernd.

Es war Betsy. »Michael, ich mache mir solche Sorgen um dich. Was machst du denn? Es ist gleich sechs Uhr.«

»Schon?«

»Ist irgend etwas nicht in Ordnung?«

»Nein, natürlich nicht. Es ist nur so, daß alles hier sehr kompliziert ist.«

»Gestern nacht wurde in dein Büro eingebrochen.« Ihre Stimme klang vorwurfsvoll. Reiss wußte schon, was jetzt kommen würde.

»Du hast kein Wort darüber gesagt, als ich heute morgen mit dir gesprochen habe.«

Reiss wollte gerade sagen, er habe es schlicht vergessen, aber dann wurde ihm klar, daß das angesichts der Umstände etwas dumm wäre. So gedankenabwesend war er dann doch nicht.

»Ich wollte dich nicht beunruhigen, Betsy.«
»Du wolltest also lieber, daß ich es im Radio höre?«
Sein Verstand arbeitete nicht annähernd so schnell wie sonst, deshalb fiel ihm keine Ausrede ein. »Es tut mir leid, ich hatte nicht gedacht...«
»Ich möchte, daß du jetzt heimkommst. Schließlich bist du kein Chirurg, der Bereitschaftsdienst hat. Wenn ich mich richtig entsinne, war es doch genau das, was du vermeiden wolltest, als du dich entschlossen hast, Pathologe zu werden. Es gibt doch Kühlräume, die Leichen werden also nicht kaputtgehen.« Ihre Stimme wurde sanfter. »Michael, ich mache mir wirklich Sorgen. Ich habe die Sache mit dem Sicherheitsbeamten gehört. Die Vorstellung, daß du da so spät noch arbeitest und sonst niemand in der Nähe ist...«
»Wir haben jetzt Polizeischutz. Draußen steht ein Beamter. Es gibt wirklich keinen Grund, sich Sorgen zu machen, Betsy.« Reiss war zu beschäftigt gewesen, um darauf zu achten, ob irgendwelche Aufpasser da waren. Aber er mußte seine Frau beruhigen. »Hör zu, ich habe hier noch ein paar Sachen zu erledigen, dann komme ich nach Hause.«
»Wenn du in einer Stunde nicht hier bist, Michael Reiss, dann rufe ich dich alle fünf Minuten an, bis du gehst, verstanden?« Sie wartete gar nicht ab, ob er verstanden hatte oder nicht.
Als er nach Hause kam, war Betsy überraschend gut gelaunt, wenn man bedachte, wie wütend sie am Telefon geklungen hatte.
Er fand schnell heraus, was der Grund dafür war.
»Die Sekretärin deines Freundes Hardin hat vor einer Stunde hier angerufen, um uns zu sagen, daß Hardin uns in das neue französische Restaurant einladen möchte, das gerade in Roslyn eröffnet wurde – La Mouette. Die Sekretärin sagte, es sei alles arrangiert. Für acht Uhr ist ein Tisch reserviert.«
»Kommt Hardin auch?«
»Es klang so, aber ganz sicher bin ich nicht.«
»Ich bin wirklich sehr erschöpft, Betsy...« Er bemerkte ihren Blick und unterbrach sich sofort.
»Weißt du, wie lange es her ist, daß wir das letzte Mal ausgegangen sind?«
Er kapitulierte. »Ich dusche schnell und rasiere mich. Habe ich dafür noch Zeit?«

»Du hast genug Zeit.«
Als er nach unten kam, erfrischt durch die Dusche, wenn auch nicht gerade fit, stand Betsy an der Tür. Sie trug ein schlichtes schwarzes Kleid, das tief ausgeschnitten war und bei jeder Bewegung raschelte. Er pfiff anerkennend. »Wo hast du das her?«
»Aus Paris. Kannst du dich nicht erinnern? Du hast es mir gekauft. Es ist nur so, daß ich selten Gelegenheit habe, es zu tragen.«
Noch ein Vorwurf. Er beschloß, ihn zu überhören, und küßte sie. Genau in dem Augenblick hörte man draußen eine Autotür, und Betsy machte sich los. »Das muß Anne sein«, sagte sie und öffnete die Tür für die Babysitterin.
Angestellte des Centers für Rehabilitations-Chirurgie konnten sich vielleicht den gedämpften Luxus und die *nouvelle cuisine* von La Mouette leisten, aber nicht jemand, der als Gerichtsmediziner arbeitet. Genau das wollte Mull vermutlich betonen, denn offensichtlich war dieses Abendessen Teil von Mulls Verführungsstrategie.
Über der Tür war kein Name angebracht, nur eine kleine Goldplakette neben der Tür, ein wichtiger Hinweis darauf, welche Preise drinnen verlangt wurden.
Es stellte sich heraus, daß Mull nicht da war. Das war eine Erleichterung. Zumindest konnte Reiss die Mahlzeit genießen.
Betsy wollte unbedingt wissen, warum Mull diese Einladung arrangiert hatte. Reiss erzählte es ihr. Er vermied es, die Stevens-Autopsie zu erwähnen und redete nur von dem Stellenangebot.
»Und was hast du gesagt?«
»Ich habe gesagt, daß es mir da, wo ich bin, gut gefällt.«
Sie runzelte die Stirn. Sie war nicht zufrieden mit seinem Job. »Du weißt, du würdest viel mehr Geld verdienen, und denk doch mal daran, wieviel Zeit du hättest – wieviel Zeit wir hätten. Ich würde meinen Mann ab und zu gerne sehen. Und für seine Kinder gilt das auch, nehme ich an.«
»Betsy ...«
Sie hatten das schon tausendmal besprochen. Er war jetzt doppelt wütend auf Mull. Zuerst mischte er sich in seine Arbeit ein, und jetzt mischte er sich auch noch in seine Familie ein.
»Und du müßtest nicht in dieses winzige Labor gehen, das du gemietet hast, um deine eigene Forschungsarbeit zu machen.«

»Ich habe gesagt, ich würde es mir überlegen.«
»Das glaube ich nicht. Du bist doch viel zu stur.«
Dieses Gespräch hatte etwas seltsam Beruhigendes an sich. Er hatte das Gefühl, als müsse er sich nur noch Gedanken darüber machen, wie seine Karriere weiterlaufen sollte, und wenn dieses Problem gelöst war, dann gab es keine Probleme mehr. Die versteckten Drohungen, die Mull am Nachmittag ausgesprochen hatte, schienen in dieser eleganten Atmosphäre, in der das einzige störende Geräusch das Klappern des Bestecks war, geradezu lächerlich.
Seine Erschöpfung machte sich wieder bemerkbar. Ein halbes Glas Wein, und er war schon fast im Koma.
Beim Kaffee erkundigte sich Betsy, wie die Obduktion verlaufe. Aber als er darauf bestand, er sei zu müde und wolle nicht darüber sprechen, drang sie nicht weiter in ihn. Sie war aber sichtlich enttäuscht.
»Wir sollten jetzt dann nach Hause gehen und ins Bett«, sagte Reiss und winkte dem Kellner.
»Was kann ich für Sie tun?«
»Die Rechnung, bitte.«
»Das ist alles bereits erledigt.« Als er sah, daß Reiss nach seinem Geldbeutel griff, um ein Trinkgeld dazulassen, winkte er ab. »Es wurde alles bereits bezahlt. Keine Sorge.«
Reiss wußte nicht, ob er nun Angst haben sollte, umgebracht oder bestochen zu werden. Betsy freute sich, das sah er ihr an. Als sei der Kellner auf ihrer Seite.
Beim Aufstehen stieß er mit einem anderen Gast zusammen und verlor fast das Gleichgewicht.
Der Mann hielt ihn an den Schultern fest. »Nicht so hastig, junger Mann«, sagte er. »Entschuldigen Sie bitte vielmals.«
Irgend etwas an der Stimme – der Tonfall und der leicht britische Akzent – machte Reiss stutzig. Er schaute dem Mann ins Gesicht. Einen Moment lang begegneten sich ihre Blicke.
Der Mann war groß und sehr gut angezogen. Er lächelte Reiss kurz zu und ging dann weiter.
»Was ist los?« Betsy sah, daß alles Blut aus seinem Gesicht gewichen war. »Was ist denn, Michael? Du siehst aus, als hättest du ein Gespenst gesehen.«

»Ich weiß nicht. Ich weiß nicht, ob ich ein Gespenst gesehen habe, aber ich glaube, ich habe eines gehört. Dieser Mann...«
»Kennst du ihn?«
»Vielleicht...« sagte er zögernd.
»Wer ist es denn?«
Reiss wußte nicht, wie er sich ausdrücken sollte. Das Gesicht war anders, aber die Stimme und irgend etwas an den Augen... Es gab sonst niemanden, der so redete.
»Ich bin nicht ganz sicher.«
»Michael?«
Sie ergriff seine Hand, als könnte dieser Kontakt ihn auf den Erdboden zurückholen.
»Das Problem ist, daß der Mann unmöglich der sein kann, für den ich ihn halte.«
»Und warum nicht?«
Er beruhigte sich langsam wieder. Es war ein Zufall, das war alles. Er hatte den Mann verwechselt, einfach weil er übermüdet war. Er brachte es sogar fertig, Betsy beruhigend zuzulächeln. »Ich weiß auch nicht, warum, aber einen Moment lang habe ich geglaubt, ich sei John Traxton begegnet.«

6

»Michael, das geht doch nicht. Und heute ist der Tag vor Weihnachten. Schläfst du denn nie? Gibt es für dich nur noch die Arbeit?«
Reiss hatte es wieder geschafft, Simpson aus dem Schlaf zu holen, und Simpson war verständlicherweise ärgerlich.
»Entschuldige bitte. Aber es ist sehr wichtig. Du weißt, ich würde dich sonst nie um einen Gefallen bitten.«
»Hat es was mit dem Fall Stevens zu tun? Du hast doch mit niemandem darüber gesprochen, oder? Ich meine nicht nur die Presse.« Er führte es nicht weiter aus.
»Nein, ich habe dir doch gesagt, daß ich es nicht tun würde. Und meine Bitte hat absolut nichts mit Maia Stevens zu tun.« Das stimmte zwar nicht, aber er wollte Simpson keinen Vorwand geben, ihn abzuweisen. Er erläuterte, was er brauchte.

»Hör zu, Michael, ich weiß nicht, ob ich jetzt an dem Wochenende mit den Feiertagen an die Unterlagen herankomme.«

»Du schaffst es. Ich traue dir alles zu. Du wirst schon eine Möglichkeit finden. Wenn es warten könnte, dann würde ich nicht so drängen.«

»Kann es nicht wenigstens bis heute nachmittag warten? Mein Gott, Michael, es ist erst acht Uhr morgens.«

Reiss war seit sechs Uhr wach. Er war zwar sofort eingeschlafen, als er ins Bett ging, was für ihn ganz ungewöhnlich war, aber er war während der Nacht immer wieder aufgewacht und hatte schließlich beschlossen, die Hoffnung auf Schlaf ganz aufzugeben.

»Nein, es kann nicht warten. Ich würde dich am liebsten gleich treffen, aber ich gestehe dir gern noch zwei Stunden zu. Zehn Uhr. In Ordnung?«

Simpson war einverstanden, aber nur sehr zögernd. »Aber dann schuldest du mir was, Michael. Vergiß das nicht.«

Sobald er aufgelegt hatte, ging es Reiss besser. Bis jetzt hatte er das Gefühl gehabt, als würde ein schweres Gewicht auf ihm lasten, als müßte er an die Oberfläche kommen, um wieder atmen zu können. Die Erinnerung an den Mann im Restaurant war heute morgen wiedergekommen, wie ein stechender Schmerz. Er erklärte es sich so, daß er irgendwie die Unruhe in seinem Kopf auf die Wirklichkeit projiziert hatte und das Bild seines früheren Mentors heraufbeschworen hatte, auf Kosten seines gesunden Menschenverstandes. Auf diese umständliche Art teilte ihm sein Gewissen mit, er solle das Autopsiegutachten unverändert veröffentlichen. Sonst würde ihn das gleiche Schicksal ereilen wie Traxton.

Während er sich wusch und anzog, war er fast eine Stunde lang fest überzeugt, daß er wußte, was er Mull sagen wollte. Aber langsam und beharrlich waren Bedenken aufgetaucht: Was würde mit Betsy und seinem Sohn und seiner Tochter passieren, und die ganze Entschiedenheit verflog. Ihm wurde klar, daß weder sein Verstand noch der liebe Gott ihm ein sicheres Zeichen geben würden, was er denn nun tun sollte.

Statt bis zum Mittag herumzusitzen und völlig angespannt hin und her zu überlegen, hatte er beschlossen, etwas zu unternehmen. Das hieß, er mußte Simpson anrufen.

Etwas Besseres fiel ihm nicht ein.
Ihm fiel überhaupt nichts anderes ein.

Simpson war pünktlich. Das war seine Art. »Ich nehme an, du willst nicht, daß ich Stratler etwas davon erzähle.« Stratler war der Staatsanwalt. Ob er etwas davon erfuhr oder nicht, war Reiss im Augenblick ziemlich gleichgültig. So, wie es aussah, würde er es ohnehin zu hören bekommen.

»Das überlasse ich dir.«

Simpson nickte. Das hieß, er sollte nichts sagen.

Der Raum mit den Akten war ungemütlich und funktional. Der Platz reichte nicht aus, um die ständig wachsende Zahl von Unterlagen unterzubringen. Also wurden Bündel mit Dokumenten auf Regale über den Aktenschränken gelegt.

Simpson zeigte ihm die Unterlagen, die er einsehen wollte, dann ließ er ihn alleine. »Wenn du fertig bist, ruf meine Durchwahl an, und ich schließe wieder ab.«

Reiss setzte sich an einen Tisch und holte die Liste aus der Tasche, die er am Tag zuvor aufgestellt hatte. Darauf waren alle Akten festgehalten, die von den Einbrechern durchgegangen worden waren. Er wollte diese Liste mit der Liste der Duplikate vergleichen, die hier in dieser Behörde aufbewahrt wurden. Er hoffte, auf diese Art herauszufinden, welche Unterlagen gestohlen worden waren. Ob er mit dieser Information etwas anfangen konnte, wußte er nicht. Das war der nächste Schritt.

Er fing mit den G–I-Unterlagen an. Nach einer Stunde stieß er auf einen Namen, der auf seiner eigenen Liste nicht auftauchte: Gregory Hanson. Er hatte die Leiche von Gregory Hanson vor drei Jahren selbst obduziert. Hanson war sehr schnell gestorben, auf grauenhafte Art und Weise: sein Gesicht war zerschossen worden. Man hatte ihn vor allem an seinem Gebiß identifiziert.

Hanson war Börsenmakler gewesen, und zwar einer von der konservativen Sorte, wenn man den Zeitungsausschnitten, die an die Akte geklammert waren, Glauben schenken wollte. Das Maklerbüro, für das er arbeitete, hatte ihm einen integren Charakter bescheinigt. Außerdem war er ein treuer Familienvater mit drei Kindern gewesen. Warum er von unbekannten Tätern erschossen und in der

Bronx in einen Teppich gerollt von einem verlassenen Kai in den East River geworfen wurde, war für die *Times* so rätselhaft, daß ihm in einer Spalte drei Absätze gewidmet wurden.
Reiss schaute auf die Uhr. In fünfundvierzig Minuten mußte er Mull anrufen.
Fünfundvierzig Minuten. Was konnte er in fünfundvierzig Minuten herausfinden, das ihn aus der Gewissensnot, in der er sich befand, befreien würde? Er bezweifelte, daß Gregory Hanson ihm die notwendige Erleuchtung bringen würde. Aber Hanson war alles, was er im Moment hatte. Er fing an, das Gutachten zu überprüfen, das er, vor drei Jahren und vor vielen Leichen, diktiert hatte.
Nichts fiel ihm auf, bis er an die Stelle kam, wo ein Bruch am Handgelenk erwähnt wurde. Maia Stevens hatte auch einen Bruch gehabt. An sich bedeutete das gar nichts. Aber da war noch etwas – eine kleine blaue Tätowierung: ein Schmetterling am Schenkel. Maias Leiche hatte an dieser Stelle ebenfalls eine Tätowierung gehabt, allerdings eine aufgerollte Schlange. Ein seltsamer Zufall, dachte er, aber vermutlich nicht weiter wichtig.
Könnte es sein, daß Gregory Hanson gestorben und dann durch ein Wunder wieder auferstanden war, um als transsexuelle Filmschauspielerin erneut zu sterben? Was bedeuten würde, daß Reiss am Freitag abend dieselbe Autopsie gemacht hatte wie schon vor drei Jahren.
Du bist dabei, überzuschnappen, sagte er zu sich selbst. Du denkst nicht richtig.
Weil er keine Zeit mehr hatte, schob er den Rest der Unterlagen beiseite und steckte die Dokumente über Hanson in seine Aktentasche. Gestern morgen noch wäre er selbst vor einem so temporären Diebstahl zurückgeschreckt. Aber weil die Welt inzwischen sowieso auf dem Kopf stand, kümmerten ihn solche juristischen Details nicht mehr.
Er rief Simpson in seinem Büro an und sagte, er gehe jetzt. Er wartete nicht, um sich persönlich von ihm zu verabschieden.
Als er in sein Büro kam, klingelte gerade das Telefon.
»Doktor? Hier ist Kommissar Kinkis. Ihre Frau sagte, Sie seien hier. Es wundert mich, daß Sie am Sonntag vor Weihnachten arbeiten.«
Reiss schaute ganz automatisch auf die Uhr. Zwei Minuten vor

zwölf. Die Spannung, die an ihm nagte, machte sich auch in seiner Stimme bemerkbar. »Die meisten Leute sind überrascht«, gab er zu.
»Arbeitssucht«, meinte Kinkis. Er schien redseliger Laune zu sein und viel Zeit zu haben.
Reiss versuchte, ihn aufs Wesentliche zu bringen. »Haben Sie irgendwelche Neuigkeiten für mich?«
»In gewisser Weise. Aber Sie werden sicher nicht zufrieden sein. Es sieht so aus, als hätte Ihre Filmschönheit nie irgendein Krankenhaus in Manhattan betreten. Wir sind alle durchgegangen, die in Frage kämen, Lenox Hill, Doctors, University... Wir haben auch in Los Angeles angerufen und lassen dort die Unterlagen überprüfen, aber Sie wissen ja, Weihnachten und alles.«
Wieder verfluchte Reiss im stillen die Feiertage, weil sie solchen Einfluß auf sein Leben hatten. »Herr Kommissar, haben Sie das Center für Rehabilitations-Chirurgie hier in Manhattan kontaktiert?«
»Lassen Sie mich mal auf meine Liste hier schauen... Nein, es sieht nicht so aus, als hätten wir dort nachgefragt. Ich meine, es gehörte nicht zu unseren Prioritäten. Wissen Sie denn mit Sicherheit, daß sie dort operiert wurde? Rehabilitations-Chirurgie?« Das Wort schien ihm nicht ganz richtig vorzukommen.
»Schönheitsoperationen, wissen Sie.«
»Sich die Titten und den Arsch wieder herrichten lassen, meinen Sie das? Hat sie das gemacht?«
»Es ist möglich. Ich wäre Ihnen dankbar, wenn Sie es überprüfen würden.«
»Wie Sie meinen, Doktor. Das ist Ihr Ressort, nicht meines. Ich glaube aber nicht, daß ich mich vor Dienstag morgen wieder bei Ihnen melden werde.«
»Geht in Ordnung«, sagte Reiss resigniert. »Dienstag reicht.«
Er machte sich keine Illusionen, daß das Center Kinkis in irgendeiner Weise helfen würde; aber vielleicht konnte er doch etwas in Erfahrung bringen. Sich an Strohhalmen festzuhalten, war eine subtile und anstrengende Kunstform – und notwendig.
»Oh, Doktor. Fröhliche Weihnachten.«
Er beschloß, daß der Kommissar es nicht nur ironisch meinte, und wünschte ihm dasselbe.

Den toten Telefonhörer in der Hand, wählte er jetzt die Nummer des Centers, legte aber sofort wieder auf, fast in Panik. Nein, zuerst wollte er das Stevens-Gutachten mit dem von Hanson vergleichen. So hatte er einen Vorwand, den Anruf noch hinauszuschieben.
Seit dem Einbruch hatte Reiss die Daten, die er über Maia Stevens gesammelt hatte, sorgfältig verwahrt. Er hatte die Namen auf den entsprechenden Organprobenflaschen verändert und bei dem Bericht dasselbe gemacht. Außerdem hatte er den Bericht und das Tonband in einer Schublade zwischen lauter gerichtsmedizinischen Zeitschriften versteckt.
Alles war noch da, wo er es hingetan hatte. Auch Maia selbst. Gut aufgehoben wartete sie nun darauf, entlassen und in die Erde versenkt zu werden.
Als erstes schaute er sich die neuen Röntgenaufnahmen an, die er gemacht hatte, um die gestohlenen zu ersetzen. Er hielt die Röntgenbilder beider Personen gegen die Lichtwand, aber daraus konnte man keine Schlüsse ziehen. Sowohl an Stevens' als auch an Hansons rechtem Handgelenk war ein Bruch zu sehen. Die beiden Brüche glichen sich zwar oberflächlich, aber Reiss konnte nicht sagen, ob sie genau übereinstimmten. Das Feuer, dem Maias Körper ausgesetzt worden war, machte solche Schlußfolgerungen unmöglich. Knochenbrüche konnten auch durch starke Hitze hervorgerufen werden. Es gab außerdem keine Anzeichen dafür, daß Hanson sich je einer Unterleibsoperation unterzogen hätte; auf den Aufnahmen waren keine Schnitte festzustellen. Und als Reiss die Gebisse verglich, sah er sehr schnell, daß sie verschieden waren. Gut, beide Leichen hatten am linken Schenkel eine Tätowierung, aber was hieß das schon? Schließlich waren die Tätowierungen nicht identisch.
Entmutigt stellte er fest, daß er seine Entscheidung lange genug hinausgezögert hatte. Es war schon fast halb eins.
Das Klingeln des Telefons schreckte ihn auf. Mull?
»Hallo, Dr. Reiss? Hier ist Miss Kenyon von der Daley-Schule.«
»Ja?«
Die Schule seiner Kinder. Was sollte das bedeuten?
Miss Kenyon fuhr fort. »Ich habe versucht, Ihre Frau zu Hause zu erreichen, aber sie war nicht da, deshalb habe ich mir erlaubt, Sie im Büro anzurufen.«

»Selbstverständlich. Was kann ich für Sie tun?« Beeil dich, Frau, dachte er, ich will nicht, daß der Apparat belegt ist.
»Ja, also, vor einer Weile hat eine Frau hier angerufen und gefragt, ob Mark und Susie von ihrer Großmutter abgeholt werden können, aber Ihr Sohn sagt, er geht nicht mit. Er besteht darauf, daß ich bei Ihnen anrufe.«
»Ich verstehe nicht ganz. Weshalb sind die Kinder heute in der Schule? Es ist doch Sonntag.«
»Wir haben heute unseren jährlichen Weihnachtsbasar«, sagte Miss Kenyon. Sie klang ein bißchen irritiert, weil Reiss nichts davon wußte. »Alle unsere Kinder nehmen daran teil.«
»Ich glaube, Sie irren sich.«
»O nein, Herr Doktor. Diese Frau drückte sich ganz unmißverständlich aus. Sie fragte nach Mark und Susie Reiss.«
»Und sie sagte, sie sei die Großmutter?«
»Genau.«
»Aber das ist unmöglich. Sie haben keine Großmutter. Ihre Großmütter sind beide tot.«
Am anderen Ende war es lange still.
»Hören Sie gut zu. Niemand holt meine Kinder ab, außer meiner Frau, verstehen Sie?«
»Selbstverständlich. Machen Sie sich keine Gedanken. Ich werde dafür sorgen, daß die Kinder ihr übergeben werden.«
Sobald er aufgelegt hatte, rief er Betsy an. Aber das Telefon klingelte und klingelte. Es war zwölf Uhr fünfunddreißig. Eine Großmutter: Eine fremde Frau, die die Namen der Kinder kannte und wußte, in welche Schule sie gingen, und die – besser als er – wußte, daß sie am heutigen Sonntag den jährlichen Weihnachtsbasar besuchten. Und die darüber hinaus wußte, daß Betsy die Kinder dort abgesetzt hatte und nicht bei ihnen geblieben war.
Das sollte ein Signal für ihn sein. Und er wußte genau, von wem.
Als das Telefon wieder klingelte, hob er sehr schnell ab, in der Hoffnung, es sei Betsy.
Sie war es nicht.
»Hallo, Michael. Hier spricht Hardin. Wie geht es dir denn?«
»Ganz gut, danke.« Seine Stimme klang vorsichtig.
»Hat dir das Essen gestern abend Spaß gemacht?«

Reiss hatte die üppige französische Mahlzeit, auf die er lieber verzichtet hätte, schon fast wieder vergessen. »Es war eine freundliche Geste«, sagte er tonlos. Er wollte Mull jetzt nicht gegen sich aufbringen. »Und unerwartet.«

»Ich habe dir gesagt, Michael, daß das Center Interesse an dir und an dieser ganzen Angelegenheit hat. Ich habe auch *persönlich* Interesse an dir.«

»Freut mich.«

»Ich nehme an, du hast dich entschieden?«

»Ja.«

»Und?«

»Und...« Reiss versuchte mühsam, die Worte herauszubringen. Er hatte das Gefühl, er müßte an ihnen ersticken. »Du kannst dich auf meine Kooperationsbereitschaft verlassen.«

»Es freut mich sehr, daß du das sagst. Vielleicht können wir uns bald nach Weihnachten treffen –«

Reiss konnte die Unterhaltung unmöglich fortsetzen. »Ich muß jetzt los, Hardin. Ich melde mich dann.«

»Schöne Feiertage«, sagte Mull, der sein Elend spürte. »Und sei nicht zu streng mit dir selber. Es gibt Dinge auf der Welt, die wir nicht kontrollieren können.«

»Stimmt«, sagte Reiss und zwang sich, den Telefonhörer nicht allzu grob auf die Gabel zu knallen. »Stimmt, du verdammter Schuft«, wiederholte er für die Wände seines Büros.

Dann begann er, den Schluß seines Gutachtens für den amtlichen Leichenbeschauer zu tippen. »Der Tod wurde nicht durch kriminelle Handlung ausgelöst oder durch Fahrlässigkeit oder mangelnde Sorgfalt von seiten einer anderen Person oder anderer Personen. Eine gerichtliche Untersuchung ist nicht erforderlich. Den Vorschriften entsprechend habe ich die Leiche der oben genannten Verstorbenen zum (...) Bestattungsunternehmen (...) bringen lassen – in Erwartung weiterer Anweisungen (...) hinsichtlich der Bestattung.«

Er zögerte einen Moment, dann unterschrieb er.

In Wirklichkeit hatte er die Leiche nirgendwohin bringen lassen, und er wußte auch nicht, welches Bestattungsunternehmen beauftragt werden sollte oder von wem er Anweisungen wegen des

Begräbnisses bekommen sollte. Aber das war gleichgültig. Es gab immer Leute, die die leeren Stellen ausfüllten.

7

Nicholas Cantwell – für seine Freunde (deren er sehr viele hatte) und für seine Feinde (deren er noch mehr hatte) einfach nur Nick – hatte eine Leidenschaft für Computer, Rennpferde, exklusive Restaurants, Penthouse-Wohnungen, schöne Frauen und für Geschäfte, die hohe und schnelle Profite versprachen. Wenn auch nicht unbedingt in dieser Reihenfolge.

Cantwell war nicht besonders groß, aber er war trotzdem eine imposante Erscheinung. Er hatte eine theatralische Persönlichkeit, und es gehörte zu seinem Naturell, jeden Aspekt des Lebens in ein Schauspiel zu verwandeln.

Es war schon immer Cantwells Traum gewesen, sein eigenes Restaurant zu haben, das ihm als Basis dienen und gleichzeitig Berühmtheiten und Legionen von schönen Frauen an seine Bar locken sollte. Mit der Zeit wurde das Restaurant, das selbstverständlich »Nick's« hieß, tatsächlich zu einer Institution in der Second Avenue.

Und genau wie er es erträumt hatte, kamen auch die Berühmtheiten und mit ihnen die schönen Frauen, die seine Bar schmückten und ihrerseits für gute Geschäfte sorgten.

Das Leben bestand für Cantwell aus Geschwindigkeit. Es war ungewöhnlich, daß er am Abend vor Weihnachten alleine in seiner Bar saß und mit dem Barkeeper ein paar oberflächliche Bemerkungen austauschte und dabei ein Glas des teuersten Cognacs, den sie im Haus hatten, konsumierte.

Es gab genug Parties, zu denen er hätte gehen können; aber er war heute abend melancholisch und ein bißchen misanthropisch; ein Menschenfeind in seinem eigenen Saloon.

Um halb elf kam ein Mann in das Restaurant, den Nick noch nie in seinem Leben gesehen hatte. Er setzte sich auf einen Hocker am anderen Ende der Bar. Er sah aus wie ein Mann von einer Marlboro-Reklame, der gerade noch rechtzeitig gemerkt hat, daß er vom Pferd

steigen und seine Jeans und seine Cowboystiefel gegen einen dreiteiligen Anzug umtauschen sollte. Er hatte einen eleganten Haarschnitt, wie ein männliches Fotomodell, ausgeprägte Gesichtszüge, die aber nicht klassisch wirkten, und sein Verhalten erweckte den Eindruck, als habe er sein Leben im Griff. Warum, überlegte Nick, sollte er aber dann am Heiligen Abend in einer Bar wie hier herumsitzen, wenn er sein Leben im Griff hatte?
Nick starrte ihn an und versuchte, an den blauen Augen, die nichts preisgaben, abzulesen, was der Mann beruflich machte, welche Sorte Frauen oder Männer ihm gefielen. Es gelang ihm nicht. Er machte sich also wieder daran, seinen Cognac zu trinken.
»Sind Sie Nicholas Cantwell?« fragte der Mann auf eine Art, die vermuten ließ, daß er ganz genau wußte, wen er vor sich hatte.
»Man nennt mich Nick.«
»Kann ich mich kurz mit Ihnen unterhalten, Nick?«
Normalerweise hätte Nick ihn freundlich abgewiesen, aber da es offensichtlich war, daß er alleine war, fiel ihm so schnell keine Ausrede ein. »Natürlich, kurz. Ich muß gleich gehen.«
»Mein Name ist Matthew Watkins.«
»Sehr erfreut, Matthew.« Er bemerkte, daß zwei Finger des Mannes verbunden und geschient waren. Ein bißchen reduzierte das die elegante Aura, die er ausstrahlte.
»Nicht viel los heute abend«, meinte Watkins in einem halbherzigen Versuch, Konversation zu machen.
»Heiligabend, was kann man da anderes erwarten?«
»Ach, ja«, sagte Watkins, als hätte Nick ihn gerade an etwas ganz Ungewöhnliches erinnert. »Heiligabend. Ich hätte angenommen, daß Sie auf irgendeiner Party sind.«
»Oh, und warum hätten Sie das angenommen?«
Watkins zündete sich sorgfältig eine Zigarette an, eine Gauloise, keine Marlboro. »Sie gelten schließlich als Partylöwe.«
»Selbst mir sind die Parties manchmal über.«
Watkins lächelte. »Das kann ich mir kaum vorstellen.«
Cantwell spürte, daß er den Mann nicht leiden konnte, daß er ihm zu neugierig und gleichzeitig zu gut informiert war.
»Aber ich werde zu Hause erwartet. Ich hoffe, es stört Sie nicht, wenn ich mich jetzt verabschiede.« Er wandte sich an den Barkee-

per. »Paul, wenn der Herr hier noch einen Drink möchte, geht das auf meine Rechnung.« Er fand, daß diese Geste als Ausdruck weihnachtlicher Gastfreundlichkeit genügte.
»Ach, Sie müssen doch bestimmt noch nicht gleich gehen«, sagte Watkins mit beunruhigender Sicherheit.
»Warum, sind Sie etwa für meine sozialen Verpflichtungen zuständig?«
Watkins fand diese Bemerkung anscheinend lustig, denn er lachte. »Nicht, daß ich wüßte. Aber ich versichere Ihnen, ich würde Ihre Zeit nicht in Anspruch nehmen, wenn ich nicht gute Gründe dafür hätte.«
Das einzige, was Cantwell sich vorstellen konnte, war, daß dieser Mann vom Finanzamt kam. Oder von der Polizei. Er hatte schon lange einen Besuch von einer dieser beiden Behörden erwartet. »Bloß nicht. Nicht noch eine Steuerprüfung.«
»Irrtum, Nick. Ich komme nicht vom Finanzamt. Ich arbeite auch nicht für die Mordkommission der Polizei.«
Cantwell reagierte darauf nicht. Der Mann war kein Gedankenleser; er las wahrscheinlich nur die *New York Post*.
»Ich bin hier als Vertreter von ein paar Leuten, die sich Sorgen um Sie machen. Große Sorgen.«
»Wie rührend. Und würden Sie mir bitte sagen, warum diese Leute sich so für mich interessieren?«
»Da gibt es mehrere Gründe. Also, erstens, wenn ich offen mit Ihnen sprechen soll...«
»Schießen Sie los.« Cantwell dachte, daß es ihm vielleicht Spaß machen könnte. Er sah es – was immer »es« sein mochte – als eine Art Duell. Der Mann verteilte Scheinhiebe, um ihn aus der Reserve zu locken, damit er ihn dann richtig angreifen konnte. Aber diese Möglichkeit sollte er nicht haben.
»Sie stecken in großen Schwierigkeiten. Ich glaube nicht, daß das eine Übertreibung ist. Bis jetzt haben Sie den Albaner abgewiesen und seine Drohungen, er werde Ihnen die Knie durchschießen und Sie mit einem Zementblock an den Füßen in den East River werfen, ignoriert.«
Cantwell schwieg und überlegte krampfhaft. Nur sehr wenige Leute wußten von dem Albaner und von seinen Versuchen, in Nicks

Geschäft einzusteigen. Der Albaner gehörte nicht direkt zur Mafia, aber er war trotzdem ein rücksichtsloser Gegner. Er hatte eine Familie, die ihm absolut ergeben war. Dieser gottverdammte Albaner, dieser Schuft, dachte er. Und wieso wußte dieser Clown da Bescheid?

»Sie arbeiten für den Albaner, was?«

»Wieder ein Irrtum, Nick. Ich habe nichts mit ihm zu tun, und ich hoffe auch, daß ich nie etwas mit ihm zu tun haben werde.«

»Das zeigt, daß Sie einigermaßen bei Verstand sind.«

»Ich nehme an, daß Sie dem Albaner die halbe Million Dollar, die er von Ihnen möchte, nicht geben werden.«

»Wenn Sie nicht für den Albaner arbeiten, woher, in drei Teufels Namen, wissen Sie dann, was er haben möchte?«

Die Summe stimmte.

»Das ist im Augenblick unwichtig. Sie sollen wissen, daß meine Leute Ihre Hartnäckigkeit und Ihren Mut bewundern.«

»Und meine Dummheit.«

»Denn Sie haben offensichtlich genug Geld, um ihn zu bezahlen«, fuhr Watkins fort.

»Ach, da liegen Sie aber falsch. Das Geld ist alles fest angelegt. Kein Bargeld. Es ist heutzutage schwierig, an Bargeld ranzukommen. Da muß man allerhand Scheiße durchmachen.«

Watkins antwortete mit einem herablassenden Lächeln, das Cantwell sehr ärgerte. Er überlegte, ob er ihn stehen lassen sollte, aber seine Neugier hielt ihn zurück.

»Ich verstehe, warum Sie Ihre Situation so darstellen. Sie müssen ans Finanzamt denken. Aber wir wissen bereits, daß Sie fast eineinhalb Millionen Dollar bei verschiedenen Banken in Basel und Zürich angelegt haben.«

Cantwell hätte das sehr gerne bestritten, aber es ging nicht. Der Mann hatte recht. Watkins holte einen Zettel hervor, auf dem sechs Zahlenreihen standen. »Ich weiß nicht, ob Sie diese Zahlen kennen oder nicht – Sie können den Zettel haben und ihn mit Ihren Unterlagen vergleichen. Aber Sie werden feststellen, daß es die Nummern Ihrer Bankkonten sind.«

»Sie sind geheim!« protestierte Cantwell hilflos.

»Sie sind jetzt ein öffentliches Geheimnis, Nick.«

»Wie sind Sie da rangekommen, verdammt noch mal?« Er überlegte kurz, ob er den Mann in sein selbstzufriedenes Gesicht schlagen sollte, aber es war ihm klar, daß das nichts nützen würde. Die Leute, die hinter Watkins standen, waren zu mächtig, als daß man einfach blindlings zuschlagen konnte: viel mächtiger, als es sich der Albaner und seine ganze Großfamilie je erträumen konnten.
»Ich muß wieder sagen, daß es um solche Einzelheiten im Moment nicht geht. Ich versichere Ihnen, daß wir nie etwas unternehmen würden, was die Unversehrtheit dieser Konten gefährden würde. Ich versuche nur, Ihnen begreiflich zu machen, wie verzweifelt Ihre Situation ist.«
»Glauben Sie, daß ich das nicht selbst kapiere?«
»Manchmal können Außenstehende eine objektivere Sichtweise vermitteln, weil sie emotional nicht so engagiert sind, wissen Sie. Und Sie würden ja nie einen Psychiater aufsuchen.«
»Wie sollte mir auch so ein blöder Irrenarzt gegen einen Erpresser helfen können?«
»Das könnte er nicht. Wir können es.«
»Wir? Sie sagen dauernd ›wir‹. Wer ist ›wir‹?«
»Alles zu seiner Zeit, Nick. Haben Sie Geduld.«
»Hören Sie mal, ich weiß nicht, was hier gespielt wird. Sie wissen sehr viel über mich, Sie haben Ihre Hausaufgaben gut gemacht. Aber es wäre mir eigentlich lieber, Sie würden Ihr Glas austrinken und sich verabschieden und mein Leben mir überlassen.«
Watkins ließ sich nicht so leicht abschütteln. »Ich befürchte, daß Sie Ihr Leben bald nicht mehr selbst bestimmen können. Es gibt neue Beweise im Fall June Graham. Genug, um den Fall noch einmal aufzurollen. Genug, um möglicherweise nachzuweisen, daß Sie sie umgebracht haben.« Er sagte das alles ganz sachlich, fast so, als würde es ihn langweilen. Vielleicht war es auch so.
Er war wie ein Professor, der ein Seminar hält: Er wäre enttäuscht, wenn seine Studenten versagen würden, aber letztlich würde es ihm wenig ausmachen. In diesem Fall war das Seminar das Leben und das klägliche Schicksal des Nick Cantwell. Cantwell zuckte mit den Achseln und tat so, als sei ihm das gleichgültig. In Wirklichkeit hatte er keine Ahnung, wovon der Mann redete. Er wußte nur, daß er Angst hatte.

Wenn er an June dachte, fiel ihm nicht die wirkliche June ein, sondern das Foto von ihr, das die Mittagszeitungen an dem Tag nach dem Mord gebracht hatten, unter einer dicken Überschrift – auf dem Foto konnte man sehen, was von der früher einmal so hübschen Frau übriggeblieben war. Ihr Gesicht war teilweise verdeckt durch die wirren roten Haare, ihr Körper lag ausgestreckt auf dem Fußboden ihrer Wohnung, die nackten Gliedmaßen ragten aus einem durchsichtigen Nachthemd heraus, die Handflächen nach oben gedreht, als wolle sie Buße tun, und seitlich konnte man den Telefonhörer herabhängen sehen. Sie hatte sich gerade am Telefon mit einer Freundin unterhalten, als ihr Mörder an die Tür geklopft hatte. Die Freundin hatte gehört, daß die Tür aufging, dann etwas, das wie ein Handgemenge klang, und schließlich Stille.

Es hieß, Cantwell habe sich einige Monate zuvor in June verliebt und sei sehr gekränkt gewesen, als sie ihn fallen ließ. »Warum muß ich mir immer so komische Weiber aussuchen?« hatte er gefragt. Mit »komisch« meinte er, daß sie eine Hure sei und zu sehr dazu neige, ihren Körper Männern anzubieten.

Die Anklage gegen Cantwell beruhte ausschließlich auf Indizien. Was seine Anwälte in Erstaunen versetzte, war, daß er kaum Interesse zeigte, eine entschiedene Verteidigung vorzubringen – er leugnete nur einfach seine Schuld. Und die Reporter waren auch nicht fähig, ihm irgendeine bedauernde Stellungnahme zu entlokken, die ihm die Sympathie der Öffentlichkeit eingebracht hätte. »Es tut mir leid, daß sie tot ist«, sagte er. »Es tut mir immer leid, wenn jemand stirbt, und es ist schrecklich, daß es auf diese Art passiert ist. Aber sie war verrückt, und verrückten Leuten passieren verrückte Sachen.«

Er wurde nie offiziell angeklagt, weil die Indizien zu wacklig waren oder weil gar keine vorlagen. Weil es keine anderen Verdächtigen gab, erlahmte die Untersuchung, und im Frühherbst war sie schließlich ganz eingeschlafen.

Aus den gleichen Gründen wurde Nick's Restaurant eine noch größere Attraktion denn je zuvor, und Cantwell sonnte sich im Glanz der perversen Berühmtheit, die einem angeblichen Mörder anhängt und die seiner sexuellen Anziehungskraft den Kitzel des Gefährlichen und der Möglichkeit eines abrupten Abschieds von der

Welt verlieh. Das war zwar nicht gerade das Bild, das Cantwell von sich haben wollte, und eine Zeitlang hatte er sich aus der Gesellschaft von Männern und besonders aus der Gesellschaft von Frauen zurückgezogen. Aber das hätte er nicht tun müssen, denn die Frauen schienen sich noch zahlreicher von ihm angezogen zu fühlen als zuvor. Vielleicht dachten sie, daß sie das gleiche Schicksal wie June riskierten, wenn sie sich mit ihm einließen, obwohl keine von ihnen ein gewaltsames Ende erlitt. Andererseits reagierte er auf diese todesfixierten Frauen nicht so, wie er auf June reagiert hatte. Aber jetzt, am Heiligen Abend, sah es aus, als sei June zurückgekommen, um ihn heimzusuchen. June auf der einen Seite, auf der anderen der Albaner: Skylla und Charybdis. Es gab kein Entrinnen.
»Dann gibt es eben neue Beweise. Ich mache mir da keine Sorgen.«
»Es hat sich ein neuer Zeuge gemeldet«, sagte Watkins.
»Ein neuer Zeuge«, sagte Cantwell ausdruckslos. »Macht nichts. Ich hab's nicht getan. Also macht es nichts.«
»Mir ist das gleichgültig, Nick.«
Es folgte ein langes Schweigen. Dann fragte ihn Cantwell, was passieren würde – natürlich eine völlig hypothetische Frage –, wenn er sich bereit erklärte, die Hilfe zu akzeptieren, die Watkins »besorgte« Auftraggeber ihm anbieten wollten. Vielleicht war alles Bluff, dachte er, natürlich war es Bluff, aber es schadete nichts, sich anzuhören, was der Typ zu sagen hatte.
»Was passieren würde, ist folgendes, Nick. Es würde Ihnen absolute Sicherheit garantiert. Sie sind auf alle Zeiten die Polizei los, das Finanzamt oder alle anderen Leute, die Ihnen das Leben schwermachen oder Sie bedrohen. Aber es bedeutet, daß Sie Opfer bringen müssen. Beträchtliche Opfer, sollte ich hinzufügen. Es bedeutet, daß Sie Ihr Leben völlig verändern müssen, und zwar grundlegender, als ich Ihnen jetzt sagen kann. Sie werden als jemand anderer in einem anderen Teil der Welt leben. Ihr Leben hier ist dann vorbei.«
»Ich glaube, ich verstehe, worauf Sie hinaus wollen. Es kommt mir so vor, als müßten die Leute sehr abenteuerlustig oder sehr verzweifelt sein, die sich auf Sie einlassen.«
»Das ist eine ziemlich zutreffende Beschreibung«, sagte Watkins. Ein teilnahmsloses Lächeln spielte wieder um seine Lippen. »Und sehr wohlhabend.«

Cantwell glaubte, daß er die Enthüllung der Schweizer Konten begriff. »Diese Dienstleistung kostet einiges, nehme ich an.«
»Ja, allerdings. Ich vermute, daß es Sie Ihr gesamtes Vermögen kosten wird.«
Nichts von dem, was Watkins bisher gesagt hatte, empörte Cantwell so wie diese Ankündigung. »Unmöglich!« sagte er. »Das können Sie vergessen!«
»Ich würde das Angebot nicht so schnell ausschlagen, Nick. Überlegen Sie sich, was Sie dafür bekommen. Außerdem liefern meine Leute ihren Klienten hervorragende Möglichkeiten, in ihrem neuen Leben ihren Unterhalt zu verdienen. Sie müssen zwar Ihr Leben aufgeben, aber nicht Ihren Lebensstil. Und denken Sie daran: Die Dienstleistung, die wir Ihnen anbieten, ist sehr viel angenehmer, als wenn Sie den Rest Ihres Lebens auf Rikers Island im Gefängnis verbringen müßten.« Er hielt inne, um dies wirken zu lassen. »Oder wenn Sie auf dem Grund des East Rivers enden würden.«
Er stand auf und ging langsam zur Tür. »Ich melde mich wieder, Nick. Und...«
Cantwell erwartete einen neuen Tiefschlag; er war nicht sicher, ob er das ertragen konnte.
»Und was?«
»Und fröhliche Weihnachten.«

8

Reiss erwachte. Er roch den Angstschweiß, der an seinem Körper klebte und das Leintuch durchtränkte. Es dauerte eine Weile, bis er sich zurechtfand. Es war sein eigenes Bett, sein Zimmer, aber er begriff es nicht sofort. Er konnte sich nicht an seinen Traum erinnern, aber er war sicher, daß er irgend etwas mit Maia und mit Mull zu tun gehabt hatte. Der Traum, der seinem Gedächtnis entglitt, vergiftete jetzt seinen Körper.
Von seinem Blickwinkel aus konnte er durchs Fenster nur den Himmel sehen, eingerahmt von den halbgeschlossenen Nylonvorhängen. Ein orangefarbenes Band, das langsam immer schmaler wurde, war zu sehen – der Tag, den Reiss verschlafen hatte, ging seinem Ende entgegen.

Drunten im Wohnzimmer fand Reiss aufgerissene Schachteln, bunte Bänder und zerknülltes Geschenkpapier um den Weihnachtsbaum. Der Baum war mit Girlanden geschmückt, auf den Zweigen waren kleine rote, blaue und gelbe Glühbirnen angebracht, die ständig blinkten. In der Mitte des Zimmers sah er das Geschenk, das er selbst für seinen Sohn besorgt hatte, ein kompliziertes Computerspiel, bei dem man geschickt und schnell sein mußte. Das Spiel hieß »Verbindungen«. Reiss wollte es ausprobieren, schaffte es aber nicht.

Das Zimmer war unordentlich; volle Aschenbecher und Gläser, deren abgestandener Inhalt den Geruch von Alkohol ausströmte, bezeugten, daß eine Party stattgefunden hatte, und er hatte nichts davon mitbekommen.

In der Küche fand er einen Zettel von Betsy. »Wollte dich nicht stören. Ich bin mit den Kindern bei Edie. Ruf an, wenn du wach bist. B.« Das Problem war nur, daß ihm im Moment nicht einfiel, wer Edie war. Vermutlich eine Freundin von Betsy, sicher von der Fahrgemeinschaft.

Er hatte zwar achtzehn oder neunzehn Stunden am Stück geschlafen, aber er fühlte sich nicht ausgeruht. Er war kaputt und erschöpft.

Tabitha, die sich vernachlässigt fühlte, kam an und wollte, daß er mit ihr spielte. Sie war eine brave Hündin. Am liebsten schlief sie, aber sie regte sich auf, wenn viele fremde Leute im Haus waren. Jetzt waren keine Fremden da. Nur er. »Geh weg, Tabitha. Ich habe keine Zeit, um mit dir zu spielen.«

Sie lief hinter ihm her, mit hoffnungsvollen, großen Hundeaugen.

War ein Drink in seinem Zustand das Richtige? Er war nicht sicher, aber er goß sich einen großzügigen Scotch ein, aus einer Flasche »Black Label«, offensichtlich ein Geschenk.

Er wollte zwar seine Frau anrufen, aber instinktiv wählte er eine andere Nummer.

»Siebzehnter Bezirk.«

»Könnten Sie mir bitte Kommissar Kinkis geben.«

»Tut mir leid, aber er ist nicht hier. Möchten Sie mit dem diensthabenden Polizeiwachtmeister sprechen?«

»Nein, danke.« Reiss legte auf und wählte eine andere Nummer.

Simpson war nicht zu Hause. Was erwartete er eigentlich? Warum sollte jemand an Weihnachten zu Hause sein? Außerdem hätte er gar nicht gewußt, was er Simpson sagen sollte. Das, was er wollte, würde er sowieso nicht bekommen, nämlich Informationen, die Hand und Fuß hatten.

Dann dachte er, daß er eigentlich genug getan hatte. Er hatte Maias eigentliches Geschlecht in seinem Obduktionsbericht nicht erwähnt, er war sogar noch weiter gegangen und hatte keinerlei Hinweise darauf gegeben, die der Schlußfolgerung widersprochen hätten, daß ihr Tod entweder ein Unfall oder Selbstmord war. Nichts von Erdrosselung, nichts von Mord.

Und wer könnte ihm deswegen Vorwürfe machen? Er hatte es getan, um seine Familie vor Schaden und möglicherweise vor dem Tod zu bewahren. Trotzdem – sein Verhalten mochte zwar gerechtfertigt sein, aber er hatte dennoch das Gefühl, daß er unnötigerweise einen Teil seiner selbst geopfert hatte, den er nie wieder finden würde. Er war befleckt.

Es gibt einen Ausweg, sagte er sich immer wieder. Es gibt einen Ausweg. Er war nur zu dumm und zu blind, um ihn zu sehen.

In den nächsten Tagen suchte er nach diesem Ausweg. Er rief Kinkis an, weil er hoffte, dieser könnte irgendeinen Informationsfetzen gefunden haben, der dem Ganzen eine neue Perspektive geben würde. Aber es gab nicht nur keine neuen Informationen, sondern Kinkis war auch noch versetzt worden. Seinen Platz hatte ein Detektiv namens Walsh übernommen, der sich erst noch mit dem Fall vertraut machen mußte. Er meinte aber trotzdem, was ihn betreffe, sei der Fall abgeschlossen. Und hatte nicht Reiss mit seiner Unterschrift unter dem Obduktionsbericht genau darauf hingearbeitet?

Simpson konnte er nicht erreichen. Er war immer weg oder in einer Sitzung. Aber schließlich und endlich, was bedeutete das schon? Simpson konnte ihm sowieso nicht helfen.

Reiss hätte wahrscheinlich ganz aufgegeben, wenn er nicht am Dienstag morgen einen Artikel über den Tod der Schauspielerin gelesen hätte, drei Tage, nachdem es passiert war. Was ihm zuerst auffiel, war das Foto des Parkhauses und des ausgebrannten Auto-

wracks, das ihr Grab geworden war; neben diesem Katastrophenbild war ein Porträt von Maia selbst: leuchtende Augen, ein herausforderndes Lächeln und ein großzügiges Dekolleté.
Der Bericht über Maia wurde ergänzt durch einen Artikel von einem prominenten Psychologen, in dem all die alten Klischees wieder aufgewärmt wurden, daß es um die Weihnachtszeit mehr Selbstmorde gebe. Aber es war der Bericht selbst, der Reiss interessierte. Sein Name wurde nicht erwähnt, aber es wurde klar gesagt, seine Behörde sei zu dem Schluß gekommen, daß Maia entweder durch einen Unfall oder durch Selbstmord ums Leben gekommen sei. Betont wurde, es bestehe keinerlei Verdacht, daß irgendwo falsch gespielt wurde. Eine nicht näher spezifizierte Quelle aus der Polizeibehörde wurde zitiert: Da die Schauspielerin häufig an Depressionen gelitten habe, sei am ehesten anzunehmen, daß es sich um einen selbstverschuldeten Tod handle.
Im vorletzten Absatz kam ein Sprecher des Senators, der angeblich eine Romanze mit Maia Stevens gehabt hatte, zu Wort. Er bestritt mit aller Bestimmtheit, daß der Senator je »ein intimer Freund der Verstorbenen« gewesen sei. »Der Senator hat die Schauspielerin über ein Jahr nicht gesehen, nicht einmal bei gesellschaftlichen Anlässen«, schloß die Stellungnahme.
Was Reiss allerdings am meisten interessierte, war der letzte Abschnitt. Dort wurde erwähnt, es gebe zwar keine Beerdigung, aber einen Gedenkgottesdienst, der am Mittwoch um fünf Uhr in einer Kirche nicht weit vom Times Square stattfinden solle, in der Nähe der Theater, in denen Maia früher aufgetreten war.
Reiss riß den Artikel heraus und steckte ihn in die Tasche. Vielleicht würde er zu dem Gottesdienst gehen, und sei es auch nur aus Neugier, um zu sehen, was für Freunde sie hatte. Immerhin wußte er vermutlich mehr über Maia als sie.
Sicherlich hätte kein normaler Gerichtsmediziner so etwas getan. Aber schließlich war Maia Stevens auch keine normale Leiche gewesen.

9

Reiss schaffte es, zu der Feier zu gehen. Er war nur ein paar Minuten zu spät dran. Vor der Kirche zögerte er kurz und starrte auf die hohe Holztür. Dann gab er sich einen Ruck, öffnete die Tür und ging hinein.

Der Gottesdienst hatte noch nicht begonnen. Die Leute standen in der Vorhalle herum und unterhielten sich flüsternd.

Ein schwaches Licht, das von einer antiken Deckenlampe ausging, erhellte den Gang wie ein blasser, zitternder Mondstrahl. Der Altar wirkte wie eine Silhouette und wurde nur durch die zahlreichen Kerzen, die rund um ihn herum brannten, richtig sichtbar.

Reiss hatte mehr Leute erwartet, und zwar deswegen, weil er angenommen hatte, Maia Stevens habe eine große, fanatische Fan-Gemeinde gehabt, wie Marilyn Monroe oder Judy Garland. Aber Maias Anhänger waren weder zahlreich noch fanatisch. Die meisten der Trauergäste schienen zwischen zwanzig und Anfang dreißig zu sein; und auf Grund ihrer Erscheinung und ihrer Lebhaftigkeit hatte Reiss den Eindruck, daß es lauter Schauspieler und Schauspielerinnen waren – oder Leute, die es gerne wären. Alle zeigten erschütterte Mienen, aber Reiss kam es vor, als sei für sie diese Gedächtnisfeier eine Art Schauspielübung und als sei ihr Schmerz nicht echt.

Es waren auch ein paar Fotografen da, aber sie schienen sich für die Vorgänge nicht sonderlich zu interessieren, vielleicht weil sie enttäuscht waren, daß sich nicht mehr Stars eingefunden hatten.

In diesem Moment ging die Kirchentür auf, und vier Männer kamen hereingeeilt. Sie sahen aus, als müßten sie unbedingt den Zug um fünf Uhr sechzehn nach Babylon bekommen. Drei von ihnen hatten allem Anschein nach keine andere Funktion, als dafür zu sorgen, daß der vierte sich wohl fühlte.

Es war deutlich zu spüren, daß dieser Mann wichtig war und die hier Versammelten in Aufregung versetzte. Plötzlich verstummte alles – es war das erwartungsvolle Schweigen, das eintritt, wenn der Vorhang aufgeht. Dann ein aufgeregtes Stimmengewirr.

Reiss wandte sich an die junge Frau, die neben ihm stand. »Wissen Sie, wer das ist?« fragte er und deutete auf den eindrucksvollen

Mann, dessen schwarzer Ledermantel offenstand, so daß man das ebenfalls schwarze Abendjackett darunter sehen konnte.
Die junge Frau schaute Michael mit ihren leuchtend blauen Augen an. »Das ist Nigel Farr«, sagte sie. Als sie sah, daß Reiss mit dem Namen nichts anfangen konnte, fügte sie hinzu: »Er war früher mal Maias Agent. Er ist sehr berühmt, wissen Sie. Aber dann ließ sie ihn fallen. Er war sehr verbittert, und es gab viel böses Blut. Deshalb sind alle erstaunt, daß er jetzt hier ist. Niemand hat erwartet, daß er kommt.«
»Wer ist ihr jetziger Agent?«
»Marty irgendwas. Sie heißen alle Marty oder Sid. Er ist schon drinnen.«
»Haben Sie Maia gut gekannt?«
»Niemand hat Maia gut gekannt«, antwortete die Frau.
Aus dem Kircheninnern hörte man, wie die Orgel donnernd die ersten Takte einer Bachfuge intonierte. Der Gottesdienst begann. Reiss fühlte sich nicht wohl. Er ging zu den anderen, die schon auf den Bänken saßen.
Der Pfarrer war ein kräftiger Mann mit einem kleinen Kopf, der aussah, als sei er im nachhinein draufgesetzt worden. Als er hereinkam, verstummte die Orgel. Der Pfarrer trat an ein Lesepult, das im Vergleich zum damastbedeckten Altar dahinter ganz kahl aussah. Er sprach von der »Theatergemeinde« und von den »reichen Traditionen, die uns alle verbinden«, und dann fuhr er fort: »Es gibt jene traurigen Augenblicke, wenn der Vorhang fällt und das Bühnenbild abgebaut wird und die Kulissen weggeräumt werden und die Bühne leer ist – Schauspieler und Publikum spüren den kalten Hauch der Wirklichkeit, vor dem uns all die Lichter und der Glanz und die Masken nicht retten können. – In den Worten des Psalms...« sagte er, aber Reiss konnte nicht mehr zuhören.
Plötzlich hörte der Pfarrer auf zu reden. Reiss blickte sich nach der Empore um und sah, daß dort drei Frauen standen, die zu singen begannen: »Every Time We Say Good-bye«, eines von Maias Lieblingsliedern. Das Lied wurde wie ein Klagegesang vorgetragen, die Wörter bewußt gedehnt: good-bye, good-bye, good-bye.
Dann wurden Gedichte von A. E. Housman und Carl Sandburg rezitiert. Reiss schloß daraus, daß die beiden Maias Lieblingsdichter gewesen waren.

Aber welche Maia?
Als der Gottesdienst zu Ende war, standen die meisten Trauergäste sehr schnell von den Bänken auf und verschwanden in der kalten Nacht.
Ein schlanker Mann in einem Jackett aus dickem Wollstoff kam jetzt mit einer Frau aus der Kirche. Die Frau kam Reiss irgendwie bekannt vor; hatte er sie bei einem seiner seltenen Kinobesuche gesehen? Sie war nicht eigentlich schön, aber sie hatte etwas Faszinierendes an sich; ihr Gesicht war schmal, fast eckig, umrahmt von dichten braunen Haaren. Sie hatte ungewöhnlich dunkle, sehr große Augen, die ihr Gesicht beherrschten. Ihr Gang strahlte das Selbstbewußtsein einer Frau aus, die sich sicher ist, daß sie das, was sie will, auch bekommt.
Sie schien Reiss' Blick zu spüren, denn sie schaute plötzlich in seine Richtung und lächelte. Ihr Begleiter schaute Reiss gleichfalls an, aber ohne jedes Interesse.
Der Mann sah zwar sehr gut aus, aber irgendwie war er zu glatt. Er machte den Eindruck, als könnten ihm Zeit und Kummer nichts anhaben.
Sie gingen an Reiss vorbei, ohne ihn eines weiteren Blickes zu würdigen, und verließen das Gebäude. Sie waren die letzten. Reiss sah, daß es keinen Sinn hatte, noch länger herumzustehen, also ging er schließlich auch. Er war enttäuscht, daß der ganze Aufwand zu nichts geführt hatte.
Sobald er aus der Kirche trat, hörte er, daß jemand seinen Namen rief. Die Stimme kannte er, auch wenn er sie nicht gleich identifizieren konnte. Er drehte sich um und sah, wer es war. Lew Tilson, mit Stift, Notizblock und Tonbandgerät: der unermüdliche Reporter, der, genau wie Reiss selbst, nicht aufgeben wollte, bis er dem Geheimnis der Maia Stevens auf die Spur gekommen war.
Wenn dieses Geheimnis gelüftet wurde, konnte es für Reiss das Todesurteil sein. Zumindest würde es das Ende seiner Karriere bedeuten und mit Sicherheit eine Gefängnisstrafe. Er tat so, als höre er Tilson nicht, und ging schnell weiter. Tilsons Stimme verfolgte ihn, als sei es die Stimme seines Gewissens.
Reiss blickte sich nicht um. Er hatte keine Ahnung, ob Tilson hinter ihm war oder nicht. Auf alle Fälle ging er in die erstbeste Bar, an der

er vorbeikam, in der Hoffnung, den Journalisten so abschütteln zu können. Offensichtlich war es ihm gelungen, denn Tilson tauchte nicht auf.
In der Bar ging es laut und lebhaft zu, was gut zu der Feiertagsstimmung paßte. Reiss ignorierte die Leute und setzte sich in eine Ecke. Er bestellte einen Drink, und den hatte er auch nötig.
»Entschuldigen Sie bitte, könnten Sie mich bitte kurz vorbeilassen, damit ich mir etwas zum Trinken bestellen kann?«
Reiss blickte auf und sah, daß neben ihm eine Frau stand. Trotz der spärlichen Beleuchtung war er sicher, daß es die Frau war, die ihm in der Kirche zugelächelt hatte.
»Warum setzen Sie sich nicht einfach an meinen Platz?«
»Sehr freundlich, danke.« Es klang, als sei sie solche höflichen Gesten nicht gewöhnt. Sie schaute ihn aufmerksam an und sagte dann: »Habe ich Sie nicht gerade bei dem Gottesdienst gesehen?«
Reiss gab zu, daß er dort gewesen sei.
»Kristin Landis«, sagte sie und streckte ihm die Hand entgegen.
Er nannte seinen Namen, erwähnte aber nicht, daß er einen Doktortitel hatte.
»Haben Sie Maia gut gekannt?«
Das war eigentlich seine Frage.
»Unsere Wege haben sich gekreuzt.«
»Oft genug jedenfalls, daß Sie zum Gottesdienst gekommen sind.«
»Ja, wir hatten gemeinsame berufliche Interessen.«
Sie zog ihre eigenen Schlußfolgerungen. »Finanzielle Interessen?«
»Gewissermaßen.« Er wollte sich nicht weiter dazu äußern.
»Na, Sie sind aber geheimnisvoll!« Sie lachte und bestellte beim Barkeeper, der sie zu kennen schien, einen Martini Dry.
»Waren Sie mit Maia befreundet?« fragte er.
»Eine Zeitlang, ja. Im letzten Jahr weniger. Die Leute verändern sich.« Sie schien es nicht nötig zu finden, näher darauf einzugehen.
»Das ist bei allen Leuten so. Hieß sie eigentlich immer Maia Stevens?«
Das brachte Kristin durcheinander. »Was meinen Sie damit?«
»Ich habe in der Zeitung gelesen, es sei ein Künstlername, sie habe vorher anders geheißen.«
Was hieß ›vorher‹? fragte er sich.

»Das weiß ich nicht. Für mich war sie immer Maia. Aber sie war nie besonders offen, auch Freunden gegenüber nicht. Es kann also sehr gut sein.«
Einen Augenblick lang herrschte Schweigen. Sie wußten beide nicht, was nun kommen sollte.
Schließlich sagte Reiss, so beiläufig er konnte: »Wissen Sie, ich hätte nie gedacht, daß Maia bei so einem Unfall umkommen würde.«
»Unfall? Meinte die Polizei nicht, es sei Selbstmord?«
Reiss zögerte. »Ich vermute, das wird man nie mit Sicherheit herausfinden. Im Zweifelsfall sollte man vielleicht ihr zuliebe von einem Unfall ausgehen.«
»Ihr zuliebe? Okay.« Sie schaute Reiss forschend an. »Warum haben Sie das gerade gesagt? Daß Sie nicht erwartet hätten, sie würde bei einem Unfall umkommen?«
»Es kam so... ich weiß auch nicht... unerwartet. Man ist einfach überrascht, wenn so etwas passiert.«
»Aber Sie haben es so bestimmt gesagt. Als wüßten Sie etwas über sie, das sonst niemand weiß.«
»Wie ein Wahrsager?«
»Manche Leute brauchen gar keine Kristallkugel.«
Ein Stuhl wurde frei, und Reiss setzte sich. Er merkte, daß Kristins nacktes Bein das seine leicht berührte. Er nahm sein Bein vorsichtig weg, aber in diesem Augenblick setzte Kristin sich anders hin, um ihn besser sehen zu können, und der Kontakt war wieder hergestellt. Reiss war ein Mann, der nicht daran gewöhnt war, von attraktiven Frauen, mit denen er nicht verheiratet war, Aufmerksamkeit zu bekommen. Er konnte nicht einmal mit Sicherheit sagen, ob es Absicht war oder nicht.
Er schwieg.
Sie war beharrlich. »Ich warte. Woran hätte sie Ihrer Meinung nach sterben sollen?«
»Ich habe gehört, sie hatte Asthma. Sehr schlimmes Asthma.«
»Nicht daß ich wüßte. Aber wenn Sie es sagen, dann will ich Ihnen glauben. Nur stirbt man normalerweise nicht an Asthma.«
»Aber an hohem Blutdruck.«
»An hohem Blutdruck?« Sie runzelte die Stirn. »Wie haben Sie das alles erfahren? Waren Sie ihr Arzt?«

»So etwas Ähnliches.«

»So etwas Ähnliches«, wiederholte sie mißtrauisch.

Um ihren Verdacht nicht noch mehr zu erregen, versuchte er, dem Gespräch eine andere Wendung zu geben. »Sie haben mir noch nicht erzählt, wie Sie Maia kennengelernt haben«, sagte er.

»Wir haben eine Weile zusammen gewohnt. Vor fünf Jahren, als sie nach New York kam.«

»Und sie hieß damals schon Maia Stevens?«

»Ja, natürlich. Ich habe Ihnen doch gesagt, ich weiß nichts von einem anderen Namen. Wir lernten uns kennen, als wir uns beide um eine Rolle bewarben. Damals habe ich noch gehofft, ich könnte Schauspielerin werden.«

»Sie sind keine Schauspielerin?«

Sie lachte erfreut. »Nein, ich bin Textildesignerin. Da verdient man sehr gut. Aber ich hatte ja keine Ahnung. Wie Millionen anderer Leute dachte ich, ich könnte mich durchsetzen, ich würde Erfolg haben, mit meiner Entschlossenheit und meinem Talent. Und ich hatte Talent, ich habe es immer noch. Ich wollte berühmt werden, viel Geld machen und Affären mit Stars und berühmten Leuten haben.« Sie lachte wieder. »Ich hatte zwar Affären, aber ich würde nicht sagen, daß die meisten von ihnen besonders glorreich waren.«

Reiss interessierte sich zwar für Kristin Landis, aber er wollte wieder auf Maia zurückkommen. In seinem Kopf wiederholten sich immer wieder die Worte »vor fünf Jahren«. Hieß das, daß Maia vor sechs oder sieben Jahren noch nicht Maia gewesen war, sondern eine Frau, die im Körper eines Mannes gefangen war?

»Sie haben sich also kennengelernt, als Sie vorsprachen.«

»Es war eine Rolle in Genets *Balkon*. Wir bewarben uns für die Rollen der Huren. Intelligente Huren. Das ist etwas anderes, wissen Sie.«

Reiss hatte das Gefühl, daß sie ihn hochnehmen wollte, aber er war sich nicht sicher. »Woher stammte sie?«

»Ursprünglich? Irgendwo aus dem mittleren Westen. Evanston, Illinois, glaube ich. Ich weiß es nicht mehr. Ich weiß, sie ging in Boston in die Schule. Aber man konnte bei ihr nie ganz sicher sein. Nicht, daß sie gelogen hätte, sie übertrieb nur gerne und veränderte ihre Geschichte, um zu sehen, ob sie gut ankam. Sie war immer auf

Wirkung bedacht. Maia machte großen Eindruck auf die Leute, das kann niemand bestreiten.«
»Hat sie die Rolle bekommen?«
»Nicht für den *Balkon*, aber später hat sie viele Rollen bekommen. Sie war die einzige, die so gut wie nie arbeitslos war. Und wenn Sie Schauspieler kennen...«
»Ich kenne keine.«
»Da können Sie froh sein. Die reden nur über sich selbst.«
»Wie lange haben Sie zusammen gewohnt?«
»Mmmm, etwa acht Monate, glaube ich. Wir hatten eine Wohnung in der Jane Street, im fünften Stock, man mußte zu Fuß gehen, es war mörderisch, vor allem, wenn man um vier Uhr morgens nach Hause kam.«
Sie trank ihr Glas leer und unterbrach ihre Erzählung, um sich noch einen Martini zu bestellen. Reiss bestand darauf, zu bezahlen, und sie lehnte sein Angebot nicht ab.
»Und dann hat sie also Geld verdient. Nicht mit den Theaterstükken, die werden schlecht bezahlt, sondern sie kam in eine Fernseh-Serie, und dann machte sie noch ein paar Werbespots, die lange liefen. Mit dem Geld, das sie verdiente, konnte sie es sich leisten, auszuziehen. Sie nahm sich ein Apartment im Manhattan Plaza. Mit Blick über den Hudson, wir schauten uns immer von ihrer Terrasse den Sonnenuntergang an und tranken auf das Wohl von New Jersey. Dann zog sie wieder um. Maia zog dauernd um, sie konnte nicht stillhalten. Sie ging an die Westküste, dann kam sie wieder an die Ostküste. Nach einer Weile haben wir den Kontakt verloren. Wir haben uns nicht gestritten oder so, wir haben nur einfach den Kontakt verloren. Sie wissen ja, wie das ist.«
»Und die Männer?«
»Was soll mit den Männern schon sein?« Sie lachte wieder, berührte Reiss am Arm und sagte: »Sie sind ein Mann. Sagen Sie es mir doch.« Dann wurde sie wieder ernst. »Die Männer haben ihr Herz an Maia verloren. Das war nicht schwer. Ich habe getan, was ich konnte, um meine Freunde von Maia fernzuhalten. Wenn sie ihr vorgestellt wurden, war schon alles zu spät.« Sie schlug die Hände zusammen, um Reiss zu demonstrieren, daß damit wirklich alles vorbei war. »Ich hätte sie ihr genausogut als Geschenk überreichen

können. Ich weiß, was Sie jetzt denken. Ja, es gab Zeiten, da habe ich sie gehaßt. Aber Maia war so spontan. Man konnte einfach nicht böse auf sie sein. Es war, als sei man auf ein Kind böse. Ich werde nie vergessen, wie einer meiner Ex-Liebhaber sagte, als er Maia kennengelernt habe, als er ihr Gesicht gesehen habe, da sei er verloren gewesen. Den Ausdruck hat er benützt. Verloren. ›Wenn ich zu dir komme und mich über sie beschwere‹, hat er gesagt, ›wenn ich mich bei dir ausheulen will, dann darfst du das nicht akzeptieren. Ich weiß, was ich tue, und ich verdiene das, was ich bekomme. Weil ich ein absoluter Idiot bin.‹ Und er war ein Idiot, glauben Sie mir. Sie waren alle Idioten.«

»Sogar Senator...?«

»Sogar Senator Wie-hieß-er-doch-gleich und alle anderen auch.«

»Carlo D.?«

»Sie haben also die gleichen Klatschspalten gelesen wie wir alle. Ich hätte nicht gedacht, daß Ärzte Zeit für solchen Unsinn haben. Sagen Sie mal, haben Sie vielleicht zu Hause ein Bild von Maia an der Wand? Gehören Sie zu denen?« Sie meinte es nicht ganz ernst, aber sie meinte es auch nicht ganz unernst. Sie konnte Reiss noch nicht so richtig einschätzen und seine Motive durchschauen.

»Nein, ich bin glücklich verheiratet, und die Bilder, die an der Wand hängen, sind von meinen Kindern.«

Glücklich verheiratet? Stimmt das denn wirklich? dachte er.

»Rettungslos bürgerlich«, neckte sie.

»Rettungslos«, sagte er.

»Ich muß Ihnen etwas sagen. Nachdem Maia Sie offensichtlich so fasziniert, würden Sie vielleicht gerne zu einer Silvesterparty kommen, die ein paar Freunde von mir geben. Es ist zwar nicht so wie der Gottesdienst, den wir besucht haben, aber die Party soll auf ihre Art schon auch eine Gedenkfeier sein. Sie ist in Sagamore Hill, auf Long Island. Von Manhattan sind das anderthalb Stunden.«

»Ich wohne auf Long Island«, sagte er. Warum hatte er ihr das erzählt?

»Gut. Dann sollte es ja nicht zu schwierig für Sie sein, hinzukommen.« Sie schrieb die Adresse auf eine Serviette und malte noch eine grobe Straßenskizze dazu, wie er fahren mußte. »Es lohnt sich bestimmt. Ein paar von den Leuten, die Sie heute abend in der Kirche gesehen haben, kommen auch. Zum Beispiel Marty.«

»Marty?«
»Der Mann, mit dem ich zusammen war.«
»Der Agent?«
Sie lächelte. »Für einen Arzt wissen Sie wirklich erstaunlich viel.« Sie legte die Serviette vor ihn auf den Tisch. Er schaute sie an und merkte, daß Kristin auch ihre Privatnummer und ihre Büronummer daraufgeschrieben hatte.
»Die Telefonnummern habe ich dazugeschrieben, falls Sie irgendwelche Fragen haben«, sagte sie. Ziemlich geheimnisvoll, fand er.
»Ich glaube nicht, daß ich kommen kann. Meine Frau und ich haben schon Pläne für Silvester.«
»Wie schade. Versuchen Sie es wenigstens. Ich verspreche Ihnen, daß Sie es nicht bereuen werden.« Sie nahm seine Hand, verabschiedete sich und war verschwunden.
Eines war ihm klar: Zwischen ihm und dieser Frau war mehr vorgefallen, als es oberflächlich den Anschein hatte. Trotz allem, was sie gesagt hatte, war sie immer noch Schauspielerin, spielte sie immer noch eine Rolle, und er war das Publikum.
Das einzige Problem war, daß er nicht wußte, ob das Stück schon zu Ende war oder ob es nur kurz wegen einer Pause unterbrochen wurde.
Vielleicht lag die Entscheidung bei ihm. Er schaute sich die Serviette mit der Lageskizze noch einmal an. Dann faltete er sie sorgfältig zusammen und steckte sie in seine Brieftasche. Das war im Grunde schon eine Entscheidung.

10

»Wissen Sie, Sie sind ja inzwischen schon eine Berühmtheit«, sagte Ed Nathanson und sorgte dafür, daß die Leute, die um ihn herumstanden, es ja auch hörten. Sofort drehten sich einige nach Reiss um.
Er stand da, ein Glas in der Hand, das er längst ausgetrunken hatte, und kam sich vor wie ein Idiot. »Eine Berühmtheit? Ich glaube, Sie verwechseln mich.«
Ed Nathanson war ein humorloser Mensch, aber er tat, was er

konnte, um dies zu überspielen. Das bedeutete, daß er schlechte Witze erzählte und im falschen Moment lachte. Und genau das machte er jetzt. Er warf dabei den Kopf zurück, als hätte Reiss etwas unglaublich Witziges gesagt. »Ach, Sie wollen ja nur bescheiden sein. Wir wissen doch alle über Sie und Maia Stevens Bescheid.«
Es war seltsam, daß er mit Maia Stevens in Zusammenhang gebracht wurde. So wie Ed es formulierte, klang es, als hätte Reiss eine heimliche Affäre mit der Frau gehabt und nicht ihre Leiche obduziert. »Ich verstehe nicht, warum ich deshalb eine Berühmtheit sein soll.«
»Wie oft hat man denn Gelegenheit, eine berühmte Schauspielerin zu zerschneiden, sagen Sie mir das mal.«
Reiss zuckte zusammen, als er diese Formulierung hörte. Es war ganz natürlich, daß die Leute nichts mit dem Sterben und dem Tod zu tun haben wollten, und da war es eigentlich nicht verwunderlich, daß sich diese Abwehr manchmal auf den Pathologen übertrug, der sich mit dieser unangenehmen Sache beschäftigte. Reiss wollte von Ed Nathanson weg und sagte deshalb, er müsse sich ein neues Glas holen, aber er brauchte sich gar nicht die Mühe zu machen. Nathansons Aufmerksamkeit war nämlich durch eine Frau abgelenkt worden, die verhindern wollte, daß man ihr Gesicht, das im Kampf gegen die Zeit unterlegen war, zu lange studierte, und deshalb ein Kleid trug, das bis zum Bauchnabel ausgeschnitten war.
Erleichtert entfernte sich Reiss. Ganz in der anderen Ecke des Zimmers sah er Betsy, in ein Gespräch mit zwei Männern vertieft, die er von früheren Parties bei Nathansons flüchtig kannte. Es war noch mehr als eine Stunde bis Mitternacht. Reiss wußte nicht, wie er es bis dahin hier aushalten sollte – oder sogar noch länger. Auf einmal war ihm klar, daß er gehen wollte, mit oder ohne seine Frau. Aber erst als er zu Betsy hinüberging, begriff er, warum er gehen wollte. Es war nicht nur aus Langeweile, obwohl das sicher bei seiner Entscheidung eine Rolle spielte. Es war das zwanghafte Bedürfnis, auf die Party zu gehen, zu der Kristin ihn eingeladen hatte. Wahrscheinlich war es dort ganz furchtbar, und er würde sich bestimmt völlig fehl am Platze fühlen, aber er konnte der Versuchung nicht widerstehen.
Aber wie sollte er es Betsy sagen? Angenommen, sie war bereit, mit

ihm zu gehen? Er vermutete, daß Kristin nichts dagegen hätte, aber für ihn wäre Betsy eine Belastung. Wenn sie an seinem Arm hing, was konnte er dann herausfinden? Was *wollte* er denn eigentlich herausfinden?
Betsys fragender Blick ließ vermuten, daß er störte. Sie ahnte schon, was er sagen wollte. »Es ist noch nicht einmal Mitternacht. Laß uns wenigstens bis zum neuen Jahr hier bleiben.«
Er zog sie in eine Ecke und erklärte ihr, sie könne ja bleiben, wenn es ihr gefalle.
»Und was ist mit dir?«
»Ich gehe nach Hause und ruhe mich aus. Wenn du gehen willst, komme ich und hole dich ab.«
»Das finde ich wirklich unmöglich«, sagte sie. »Da gehen wir einmal im Jahr miteinander aus, und du willst nach Hause.«
Sie schmollte, aber schließlich gab sie nach. »Du brauchst nicht aufzubleiben meinetwegen. Ich bin sicher, daß Roger und Edie mich nach Hause bringen können.«
Dankbar verabschiedete er sich. Dem Gastgeber gegenüber gab er vor, er habe eine Virusinfektion und müsse deshalb so früh nach Hause.
Die Entschuldigung wurde ohne weiteres akzeptiert. »Dieses Jahr erwischt es alle«, lautete die einhellige Meinung.

Weil es eine Adresse in Sagamore Hill war, erwartete er selbstverständlich ein großes Haus, aber so groß hatte er es sich dann doch nicht vorgestellt. Nur um den Eingang zu finden, mußte er mehr als anderthalb Kilometer eine hohe Steinmauer entlang fahren.
Auf der kurvigen Straße, die nach den Schildern mit »Zutritt verboten/Privatgrundstück« kam, waren überall Autos geparkt, völlig chaotisch. Manche waren auf den gefrorenen Rasen gefahren. Viele Fenster des riesigen Hauses waren hell erleuchtet. Das Haus wirkte von seiner Struktur her so, als hätte ein Räuberbaron es nicht nur für sich und seine Familie gebaut, sondern auch noch für mehrere nachfolgende Generationen.
Reiss fand nicht heraus, wem das Haus gehörte oder wer Kristins Freunde eigentlich waren, denn er wurde sofort von einem Bediensteten durch mehrere Räume und einen endlosen Korridor geleitet, bis sie zu dem Teil des Hauses kamen, wo das Fest stattfand.

Ein Fernsehschirm mit einem Durchmesser von fast zwei Metern beherrschte den Raum, in dem sich nun die meisten der Gäste einfanden. Sie kamen aus anderen Zimmern und Sälen und aus dem Raum, den Reiss für das Schlafzimmer hielt. Zwei Minuten vor Mitternacht. Alle wollten unbedingt sehen, wie die Goldkugel am Times Square herunterkommt, um die Geburt des neuen Jahres anzuzeigen. Viele Tausende waren an der Kreuzung Broadway und Seventh Avenue versammelt und warteten voll Spannung auf den großen Augenblick.

Hier in diesem Palast herrschte die gleiche Stimmung: erwartungsvoll und ein bißchen aufgeregt, als würde etwas viel Entscheidenderes passieren als nur eine Veränderung im Kalender. Alle konzentrierten sich auf den Bildschirm und warteten auf den letzten Countdown. Aber Reiss interessierte sich mehr für die Leute um ihn herum als für die immer weniger werdenden Minuten des Jahres. Wenn diese Menschen keine Schauspieler, keine Fotomodelle, keine Berühmtheiten waren, dann waren sie zumindest näher dran als alle anderen Leute, denen Reiss je begegnet war. Er kam sich vor wie ein kleiner Junge, der von zu Hause weggelaufen ist und eine Welt erforscht, von der er nie geahnt hat, daß es sie wirklich gibt.

Er war zwar schon vorher nervös gewesen, aber jetzt fühlte er sich völlig eingeschüchtert, umgeben von diesen strahlenden, geistsprühenden, erfolggewohnten Menschen. Nur mit größter Mühe widerstand er der Versuchung, davonzulaufen. Nein, jetzt war er schon so weit gegangen, da konnte er auch bleiben. Wenigstens eine Weile.

»Zehn, neun, acht, sieben...« zählten die Partygäste unisono.

Reiss blickte immer wieder vom Bildschirm in die Runde. Kristin war nirgends zu sehen. Konnte es sein, daß er auf der falschen Party gelandet war? Würde das irgend etwas ändern?

»Sechs, fünf, vier, drei...«

Vielleicht sollte er ein Telefon suchen, die Nathansons anrufen und nach Betsy fragen, um ihr zu sagen, er würde... Er würde was?

»Zwei, eins! Prost Neujahr!«

Viele Umarmungen, viele heiße Küsse. Jeder kannte jeden. Reiss war der einzige, der nicht dazugehörte, er konnte niemanden küssen, er hatte niemanden, mit dem er das neue Jahr begrüßen konnte. Nicht einmal ein Glas in der Hand, verdammt noch mal. Er hatte noch nicht einmal herausgefunden, wo die Bar war. Zu viele Leute standen im Weg und jubelten vergnügt, so, wie die Leute auf dem Times Square jubelten. Das Bild auf der Leinwand wechselte nun zu einem etwas dekorativeren Ambiente, zu einem Tanzsaal in einem Hotel; Guy Lombardos Nachfolger, wie hieß er denn gleich, war damit beschäftigt, die Band dazu zu bringen, das unvermeidliche »Auld Lang Syne« zu spielen. Ältere Paare, die aussahen, als könnten sie kaum noch gehen, geschweige denn tanzen, lächelten beschwipst; groteske Partyhüte wackelten auf ihren Köpfen.

»Michael, Michael, ich freue mich ja so, daß Sie es geschafft haben.« Kristin gab ihm den Kuß, den er bisher vermißt hatte: warm und direkt auf den Mund.

Sie war von hinten gekommen, und erst jetzt konnte er sie richtig sehen.

»Sie sehen blendend aus!« sagte er und ließ seinen Blick über das karminrote Kleid gleiten, das ihre üppige Figur umschloß.

Sie lachte, nahm ihn bei der Hand und führte ihn weg. »Kommen Sie. Ich möchte Sie gerne ein paar Leuten vorstellen. Und wir müssen Ihnen was zu trinken holen.«

Sie ging mit ihm den engen Flur hinunter. Auf beiden Seiten hingen Porträts von irgendwelchen ernst dreinblickenden Vorfahren.

»Wo ist Ihre Frau?«

»Sie konnte nicht kommen.«

»Ich verstehe«, sagte sie auf eine Weise, daß er das Gefühl hatte, sie habe wirklich verstanden.

Überall war Musik zu hören, immer die gleiche Musik, die über Lautsprecher in bestimmten Abständen sehr diskret im ganzen Teil des Hauses gespielt wurde.

»Wer wohnt hier?«

Kristin antwortete, aber wegen der Musik konnte er sie nicht richtig hören, und überhaupt, war es denn so wichtig?

»Ach, hier bist du«, sagte Kristin, als sie in ein Zimmer kamen, das, wäre es in einem Museum gewesen, man mit Seilen abgetrennt hätte. Ein Bett mit Baldachin bildete den Mittelpunkt. Auch hier verzierten Gemälde die Wände.

Der Mann, den sie gerade angesprochen hatte, lehnte lässig gegen die Wand, einen Drink in der Hand. Seine Haltung, die Kleidung, die er trug, das Eau de Cologne, nach dem er roch – alles wies darauf hin, daß er ein intimes Verhältnis zum Geld hatte.

»Hier, das ist der Mann, von dem ich dir erzählt habe. Michael Reiss.«

Der Mann lächelte und nickte. Er streckte die linke, nicht die rechte Hand aus, um Reiss zu begrüßen. Seine rechte Hand hielt er nach oben. Zwei Finger waren bandagiert. »Kleiner Unfall«, erklärte er, als er sich vorstellte. »Mein Name ist Matthew Watkins.«

»Matthew«, sagte Kristin, »war früher einmal mein Agent. Während meiner Theaterzeit.«

»Sind Sie immer noch Agent?« fragte Reiss.

»So etwas Ähnliches. Hauptsächlich Globalverträge.«

Reiss überlegte sich, was das wohl heißen mochte, beschloß aber, im Moment nicht nachzufragen. Kristin drückte ihm zärtlich die Hand und entschuldigte sich. Sie sagte, sie sei gleich wieder da und bringe ihm einen Drink mit.

Reiss war mit Watkins alleine.

»Ich habe gehört, Sie seien ein Freund von Maia«, begann Watkins.

»Ja, das stimmt.«

»Kristin hat mir erzählt, Sie würden sich sehr für ihre Lebensgeschichte interessieren.« Abrupt deutete er auf ein Bild an der Wand. Es war ein Porträt von Maia. Reiss hatte einen Augenblick lang geglaubt, Watkins habe das Interesse an Maia verloren, aber das war nicht der Fall, er hatte nur den Schwerpunkt verlagert, von den Wörtern zum Bild.

»Es ist ein gutes Porträt. Kristin hat es gemalt, als sie mit Maia zusammengewohnt hat. Eine sehr begabte Frau, diese Kristin. Sie sollten sie näher kennenlernen. Eigentlich sollte sie an ihren künstlerischen Fähigkeiten arbeiten und nicht Stoffmuster entwerfen. Ich nehme an, das Geld hat für sie im Moment den Vorrang.«

»Wir müssen alle unseren Lebensunterhalt verdienen«, meinte Reiss zu ihrer Entschuldigung.

»Aber Sie verdienen Ihren Lebensunterhalt auf besonders seltsame Art, nicht wahr, Herr Doktor?«

Was wollte er damit sagen? Wußte Watkins, daß er Pathologe war? Aber Watkins gab ihm keine Gelegenheit, darauf einzugehen,

sondern zuckte nur mit den Achseln, als wollte er damit zu verstehen geben, daß er seine Frage rein rhetorisch gemeint hatte, als Witz.
Gleich darauf erschien Kristin in der Tür, einen Drink für Reiss in der Hand.
»Scotch mit Soda«, sagte sie. »Stimmt's? Ich weiß es noch von unserem letzten Zusammentreffen.«
Reiss war überrascht, daß sie sich dieses Detail gemerkt hatte. Er hatte langsam den Eindruck, daß ihr nichts entging, was ihn betraf. Der Gedanke, daß dieser Watkins alles mögliche über ihn wußte, war ihm unbehaglich.
»Wir haben gerade über dich gesprochen, Kristin.«
»Ach, ja?« Sie schaute immer noch Reiss an, obwohl sie mit Watkins redete.
»Wir haben beschlossen, daß du zu deiner eigentlichen Berufung zurückkehren solltest.« Er deutete mit einer Kopfbewegung auf das Bild an der Wand.
»Die vielseitig begabte Miss Landis zieht es vor, einen angemessenen Lebensunterhalt zu verdienen, wenn du gestattest.«
»Kristin!« rief eine junge Frau vom Flur. »Kristin, es ist Zeit!«
»Also, dann.« Sie schaute Reiss an. »Wir machen jetzt gleich etwas ziemlich Ungewöhnliches, Michael. Aber Sie können gerne mitmachen. Ja, ich würde mich sogar sehr freuen, wenn Sie mitmachen würden.«
»Darf ich fragen, um was es geht?«
»Oh, das werden Sie schnell genug merken.« Als sie sah, daß er zögerte, nahm sie ihn an der Hand und sagte: »Mögen Sie denn keine geheimnisvollen Geschichten?«
Er zuckte zusammen. Womöglich wußte sie sogar über seine Lesegewohnheiten Bescheid. »Ich muß nur noch schnell telefonieren.«
Es beunruhigte ihn zunehmend, daß Betsy nach Hause kommen könnte und ihn nicht vorfinden würde.
»Selbstverständlich. Das Telefon ist gleich da drüben. Wir sind im Wohnzimmer.«
Er war froh, daß er ungestört war. In Watkins' Gegenwart hatte er kein gutes Gefühl. Bei Kristin eigentlich auch nicht. Es war nur anders.

Das Telefon klingelte ein paarmal, bis die Babysitterin sich mit gelangweilter Stimme meldete.
»Anne? Betsy hat noch nicht angerufen, oder?«
»Nein.«
»Gut. Hören Sie zu – falls sie anruft oder vor mir nach Hause kommt, sagen Sie ihr doch bitte, daß... daß ein unvorhergesehener Notfall eingetreten ist und ich ins Büro mußte.« Seine Frau würde gleich wissen, daß es eine Lüge war. Was für eine Art von Notfall kann das wohl sein, würde sie denken, weshalb er an Silvester in sein Büro muß? Aber es war die einzige Ausrede, die ihm einfiel, also beließ er es dabei. Als er auflegte, hatte er immer noch ein schlechtes Gewissen.
Als er aus dem Schlafzimmer kam, merkte er, daß die Lichter gelöscht worden waren. Er konnte keine Stimmen mehr hören: die Stille war so überraschend und so total, daß er fast dachte, alle seien gegangen.
Aber nein, langsam konnte er in der Dunkelheit Gestalten unterscheiden. Alle waren ganz still. Kristins Gäste hatten sich einfach dort niedergelassen, wo sie gerade einen Platz fanden: auf Sofas, Sesseln und auch auf dem Fußboden, als der Vorrat an Sitzmöglichkeiten erschöpft war. Reiss setzte sich auf den Boden, neben eine hübsche Frau, die einen türkisfarbenen Jogginganzug trug.
»Wir lassen jetzt einen Korb herumgehen«, sagte der Mann, »und ich möchte gerne, daß Sie einen Zettel und einen Bleistift nehmen und den Namen der Person, über die Sie Fragen stellen wollen, darauf schreiben. Falten Sie den Zettel zusammen, und schreiben Sie bitte in ganz kleinen Buchstaben Ihren Namen außen drauf. Werfen Sie den Zettel dann einfach in den Korb. Das ist alles.«
Dieser Mann war offensichtlich zuständig für das, was jetzt kam – was immer das war, denn Reiss begriff es noch nicht so richtig. Er wußte nicht, ob er um eine nähere Erklärung bitten sollte; früher oder später würde er die Bedeutung dieses seltsamen Rituals schon verstehen.
Aber plötzlich war Kristin neben ihm und drückte ihm ein Blatt Papier in die Hand. »Ich erkläre es Ihnen schnell, Michael. Der Mann heißt Simon Lash.« Sie flüsterte, um die anderen nicht zu stören. »Simon ist ein ganz ungewöhnlicher Mensch.«

Ungewöhnlich oder nicht – mit seinen erstaunlich schönen, fast weichen Gesichtszügen und seiner violetten Kleidung würde Simon überall auffallen. »Ganz schön aufgemotzt, oder?«

»Ja«, sagte Kristin, als sei dieser Aspekt seiner Persönlichkeit nicht besonders ernst zu nehmen. »Aber er hat spirituelle Fähigkeiten. Sie werden es selbst sehen.«

»Ah«, murmelte Reiss und dachte an Betsy, die an Dinge glaubte, für die die Wissenschaft keine Erklärung hatte. »Spirituelle Fähigkeiten. Ich verstehe.«

»Es ist ganz einfach. Schreiben Sie nur Ihre Frage auf und wem Sie sie stellen wollen.«

»Ich habe anscheinend den ersten Teil verpaßt. Wem soll ich eine Frage stellen und warum?«

»Na ja, das müssen Sie selbst entscheiden. Aber es gibt doch bestimmt jemanden, den Sie nicht selbst erreichen können. Simon wird diese Person für Sie kontaktieren.«

»Ich verstehe es immer noch nicht. Soll ich daraus schließen, daß Simon Kontakt zu den Toten aufnehmen kann?«

»Ja«, erklärte Kristin schlicht. »Die Toten fallen in diese Kategorie.« Dann entschuldigte sie sich und suchte sich einen Weg zu dem Sofa am anderen Ende des Zimmers. Jemand rückte zur Seite, damit sie sich setzen konnte.

Obwohl er eigentlich aus Prinzip etwas dagegen hatte, an solchen Veranstaltungen teilzunehmen, empfand er doch auch eine gewisse Neugier, die er bei aller Skepsis und bei aller wissenschaftlichen Überzeugung nicht unterdrücken konnte. Vielleicht fiel ihm irgendeine Testfrage ein, um zu beweisen, daß Simon ein Scharlatan war – nicht vor den anderen, denn er hatte nicht die Absicht, irgend jemanden in Verlegenheit zu bringen, sondern vor sich selbst.

Er saß da, den Bleistift in der Hand, und sein Kopf war so leer wie das Papier. Angenommen, dachte er, angenommen, es war doch etwas dran. Hier war eine Gelegenheit, die er noch nie gehabt hatte. Also schrieb er das auf, was ihn mehr als alles andere auf der Welt interessierte, faltete das Papier zusammen, schrieb aber absichtlich seinen Namen nicht auf die Außenseite. Ehe er es sich wieder anders überlegen konnte, warf er den Zettel in den Bastkorb, der herumgereicht wurde.

Dort, wo Simon stand, war die Beleuchtung so schlecht, daß er Katzenaugen haben mußte, um lesen zu können, was auf den Zetteln stand, die jetzt den Korb bis oben hin füllten.
»Ich bedaure sehr, daß ich mich nicht aller Fragen annehmen kann«, sagte Simon Lash jetzt. »Ich muß mich auf einige wenige beschränken – vielleicht gehören Sie ja zu den Glücklichen.« Man konnte sein Gesicht im Schatten kaum sehen; in seinen Augen war ein seltsames Flackern. Seine Lippen waren geöffnet, und einen Moment lang tauchte seine Zunge auf, um sie zu befeuchten.
Man konnte die Spannung förmlich spüren. Die Frau in dem türkisfarbenen Jogginganzug, die neben Reiss saß, beugte sich nach vorn, die Finger aufgeregt ineinander verknotet. Sie war so hingerissen, daß sie einen fast entrückten Gesichtsausdruck hatte.
Lash griff in den Korb und holte mit einer schnellen Bewegung einen Zettel heraus. Er hielt ihn in die Höhe, aber soweit Reiss sehen konnte, warf er keinen einzigen Blick darauf. »Ist eine Clara Wingate im Raum?«
Einen Augenblick lang herrschte erwartungsvolle Stille. Dann hob jemand die Hand, und eine Frau gab sich mit zitternder, kaum hörbarer Stimme zu erkennen.
»Ihr Bruder Dennis ruht in Frieden. Die rastlose Unruhe seines Lebens ist vorüber, und er hat zu sich selbst gefunden. Er möchte, daß Sie wissen, daß er und Ihre Mutter Sie sehr lieben, und er bittet Sie, sich keine Sorgen mehr zu machen. Der Kummer ist aus Ihrem Leben verschwunden. Von jetzt an können Sie voll Harmonie in die Zukunft schauen.«
Ein lautes und beunruhigendes Geräusch war zu hören, das Reiss zuerst gar nicht richtig einordnen konnte. Dann merkte er, daß es ein Schluchzen war, das von Clara Wingate kam, ein Schluchzen, das sie nicht unterdrücken konnte. Sie begrub ihr Gesicht in den Händen und weinte leise vor sich hin.
Na ja, vielleicht ist sie Schauspielerin, vielleicht ist das alles nur Theater; anders konnte Reiss nicht damit umgehen. Trotzdem war ihm die ganze Sache unangenehm.
Nach einer höflichen Pause ließ Simon Lash, der offensichtlich an die Art von Reaktion, wie Miss Wingate sie zeigte, gewöhnt war, seine Hand wieder in das Papiergewühle im Korb tauchen. Und

wieder hielt er den Zettel seiner Wahl mit der rechten Hand in die Höhe, und mit einer Stimme, die auch für Segenssprüche geeignet gewesen wäre, rief er: »Ist hier eine Sarah Humphries?«
Die Frau im türkisfarbenen Jogginganzug reagierte, als sei sie angeschossen worden, dann wurde sie ganz starr. »Ja, ich bin Sarah Humphries«, sagte sie, und ihre Stimme klang nicht weniger nervös als die von Clara Wingate.
»Sie haben eine Frage gestellt, auf die viele von uns hier im Raum gerne eine Antwort hätten. Denn Sie haben nach einer lieben Freundin gefragt.«
Maia Stevens, dachte Reiss. Sein Herz schlug schneller, er fühlte das Pochen in den Schläfen. Er war zwar ein Skeptiker, aber er war trotzdem aufgeregt, weil er irgendwie doch fast glaubte, daß dieser extravagant gekleidete, homosexuelle Wahrsager eine geheime Verbindung zur anderen Seite haben könnte, zu der Welt, wo die Geister der Verstorbenen ruhten.
Es war Maia Stevens. Eine Art kollektives Aufstöhnen ging durch den Raum.
Simon Lash hatte mehr theatralisches Talent als die meisten Leute. Er machte eine lange Pause, um die dramatische Spannung zu steigern. Endlich sagte er: »Leider muß ich sagen, daß Maia noch keinen Frieden gefunden hat. Sie möchte, daß Sie wissen, wie sehr sie Sie liebt, wie gerne sie mit Ihnen zusammen wäre, aber sie sagt, sie hat sich noch nicht mit ihrem gegenwärtigen Zustand ausgesöhnt.« Er schien einen durchdringenden Blick auf Reiss zu richten, aber Reiss dachte, daß er es sich vielleicht auch nur einbildete.
»Maia teilt uns mit, daß sie noch keinen Frieden gefunden hat, weil diejenigen, die noch auf der Erde sind, an ihr zerren. Sie zerren an ihr, weil sie sie nicht gehen lassen wollen. Manche zerren aus Liebe. Andere...« wieder die dramatische Pause, »andere zerren aus Wut und aus Habgier und dringen ein in die Privatsphäre, die sie im Leben genoß, und sie glauben, sie dürften dies tun, weil Maia nicht mehr unter uns weilt.«
Er schien immer noch in Reiss' Richtung zu starren. Sollte das eine Warnung sein? So ein Quatsch, dachte er, billige Manipulation. Der einzige Grund, weshalb er nicht einfach ging, war die Tatsache, daß er zu viel Aufmerksamkeit erregt hätte. Er wollte nicht als... als

was gelten? Als Feigling? Als Ungläubiger? Er wußte es wirklich nicht, aber er blieb da, wo er war.
Lash senkte seine Hand erneut in die vielen noch verbliebenen Mitteilungen an die Verstorbenen, bis er dann wieder mit einem Zettel aufwartete.
»Ist ein Michael Reiss hier im Raum?«
Seine Augen waren verschleiert, auf nichts Bestimmtes gerichtet. Reiss war so überrascht, ja, schockiert, daß er dachte, er hätte sich vielleicht verhört.
»Michael Reiss?«
Er hatte richtig gehört, aber er reagierte immer noch nicht, bis er sah, daß Kristin ihn anschaute und ihm signalisierte, er solle sich melden.
»Das bin ich.« Die Worte kamen ihm körperlos vor. Im Moment fühlte er sich gar nicht wie Michael Reiss. Er fühlte sich ohne jede Identität, schmerzlich dumpf. Schweiß trat ihm aus den Achselhöhlen; er hätte nicht dieses Jackett und die Krawatte anziehen sollen; er sah zu förmlich aus und wirkte deplaziert, außerdem war ihm zu warm. Ich hätte nicht hierher kommen sollen, dachte er. Betsy war inzwischen bestimmt schon zu Hause und überlegte sich, was mit ihrem verrückten Ehemann passiert war.
»Michael Reiss, ich befürchte, daß die Frage, die Sie gestellt haben, nicht beantwortet werden kann.«
Reiss war erleichtert und gleichzeitig enttäuscht. Seine Frage hatte Maia Stevens gegolten und hatte folgendermaßen gelautet: Wer waren Sie, bevor Sie Maia Stevens waren?
»Aber ich habe eine Botschaft für Sie, die von jemand anderem stammt, der mit Ihnen kommunizieren möchte. Von Ihrem Lehrer, Ihrem Mentor, Ihrem Freund, dem verstorbenen John Traxton.«
Reiss war sprachlos, er suchte nach einer Erklärung. Das mußte ein Taschenspielertrick sein, irgend jemand schaute ihm über die Schulter und gab die Information irgendwie an Lash weiter. Aber er hatte John Traxtons Namen nirgends hingeschrieben; er hatte nicht einmal an ihn gedacht.
Lash redete weiter. »Seit seinem tragischen Verscheiden in San Francisco hat Dr. Traxton Frieden gefunden und sogar Glück. Er gibt seinem tiefen Bedauern Ausdruck, daß er Ihnen Kummer

bereitet hat und daß Sie damals so enttäuscht waren. Aber er möchte, daß Sie wissen, für das, was er tat, gab es Gründe, die bis heute verborgen sind. Und er möchte außerdem, daß Sie wissen, daß Sie bald erfahren werden, was diese Gründe waren. Er sagt, Sie und er werden trotz der großen Barrieren, die der Tod aufbaut, versöhnt sein und Ihre Freundschaft wiederfinden.«

Lash erklärte sich zwar bereit, eine weitere Antwort vorzutragen, aber Reiss hörte nicht mehr zu. Es wollte ihm nicht in den Kopf, daß Lash die Details über die Ereignisse damals in San Francisco so genau kannte, daß er wußte, wie er unter Traxtons Verfehlungen und unter seinem Selbstmord gelitten hatte, das war ihm einfach unbegreiflich. Irgendein wichtiges Element in dem Mechanismus seines Gehirns funktionierte nicht mehr; sein Gehirn weigerte sich, die Information zu verarbeiten, die seine Sinne dorthin sendeten.

Als Lashs Vorstellung beendet war und das Licht wieder anging, nützte Reiss die dabei entstehende Verwirrung aus und floh. Das schien ihm im Moment die beste Lösung – zum Auto zu gehen und nach Hause zu fahren und zu schlafen (hoffentlich schlief Betsy schon, damit er mit seinen Erklärungen bis morgen warten konnte). Aber an der Tür wurde er von Kristin aufgehalten.

»Sie können doch nicht einfach so gehen, ohne sich zu verabschieden.«

»Ich habe Sie nicht gesehen«, sagte Reiss, »und ich fürchte, es ist schon sehr spät. Ich muß nach Hause.«

»Das kann ich gut verstehen, Michael. Für jemanden wie Sie ist es schwierig, das zu akzeptieren, was Sie heute abend gehört haben. Sehen Sie, mir fällt es auch schwer. Obwohl ich es schon ein dutzendmal erlebt habe und es mir auch schon widerfahren ist. Ich kann es ja selbst immer kaum glauben. Aber es stimmt. Simon ist nicht der einzige. Ich habe das gleiche gesehen, als ich an zwei Sonntagvormittagen im Ansonia-Hotel an Sitzungen teilgenommen habe, die von Spiritisten geleitet wurden. Wenn Sie möchten, können Sie gerne einmal mitkommen.«

»Nein, danke. Ich glaube, da passe ich lieber. Einmal reicht mir.«

»Gut, also dann...« Sie schien nicht weiterzuwissen.

Es war ein peinlicher Augenblick. Reiss stand reglos da. Dann schlang Kristin die Arme um ihn, beugte sich vor und gab ihm einen

Kuß, der etwas länger dauerte, als die Etikette es gestattete. Gleichzeitig preßte sie ihren Körper gegen den seinen. Ihr Geruch hüllte ihn ein wie Rauch. »Sie haben meine Nummer. Rufen Sie mich an«, sagte sie und ging zu ihrer Party zurück.

Reiss war vor allem verwirrt. Na ja, Schuldgefühle hatte er auch. Machte er eine Midlife-Krise durch, und war Kristin Landis ein Symptom dafür? Der Gedanke, daß ihm so etwas passieren könnte, war ihm bisher noch nie gekommen.

Er hörte Schritte hinter sich, das Eis knirschte unter dem Druck. Als er sich umdrehte, konnte er zuerst niemanden sehen. Hinter dem Rasen, der von den Lichtern des Hauses erleuchtet war, lag alles im Dunkeln.

»Sind Sie es, Dr. Reiss?«

Reiss schaute in die andere Richtung. Es war Matthew Watkins. Er war nur ein paar Schritte von ihm entfernt und hatte seine Autoschlüssel in der Hand.

»Ich sehe, Sie haben auch beschlossen, die Party zu verlassen.«

»Ja«, antwortete Watkins. »Ich muß morgen leider früh aufstehen und zur Arbeit.«

»Macht ein Agent nie Pause?«

»Die Klienten sind auf uns angewiesen.«

Als Reiss in sein Auto einstieg, rief Watkins ihm zu: »Passen Sie gut auf beim Fahren! Heute nacht sind viele Betrunkene unterwegs.«

»Ich bin schon vorsichtig, danke.«

Aber er war nicht vorsichtig. Zweimal kam er fast von der Straße ab. Er war zu sehr mit seinen Gedanken beschäftigt, um sich auf das Fahren zu konzentrieren.

Betsy war schon zu Hause und im Bett. Aber sie schlief noch nicht. Sie hatte das Licht im Schlafzimmer angelassen, so daß er keine Schwierigkeiten hatte, ihren Gesichtsausdruck zu erkennen.

»Wo warst du?«

Offensichtlich hatte sie die Geschichte nicht geglaubt, die ihr die Babysitterin aufgetischt hatte. Es gab ja auch keinen Anlaß.

»Ich bin noch eine Weile herumgefahren. Ich war nicht müde.«

»Du bist noch herumgefahren? Hast du eine Ahnung, wie spät es ist?«

Es war fast drei Uhr morgens. So spät war es schon.

»Um die Wahrheit zu sagen – ich war noch auf einer Party.« Er konnte nicht gut lügen, das war das eine Problem. Außerdem gab es etwas, weswegen er lügen mußte, das war das andere Problem. »Ich hätte dich mitgenommen, aber es war etwas, das ich alleine tun mußte.« Schon beim Reden merkte er, wie idiotisch das alles klang, wie wenig plausibel.

»Warum hast du es mir nicht wenigstens gesagt?«

Sie gab sich alle Mühe, die Fassung zu bewahren. Aber es fiel ihr nicht leicht. Sie sah finster aus, ihr Körper war angespannt.

Er war todmüde. »Ich möchte lieber morgen früh darüber reden. Wir sollten jetzt schlafen.«

»Nein. Nein, ich möchte nicht bis morgen früh warten. Ich möchte jetzt darüber reden. Ich möchte jetzt über alles reden.«

Und sie redete. Er hörte kaum zu. Wenn er atmete, roch er Kristins Parfüm; wenn er die Augen schloß, dann sah er Kristins Bild vor sich. Plötzlich hörte Betsy auf zu reden. Sie hatte offensichtlich eine Frage gestellt und wartete auf seine Antwort. Er schaute sie an, schwieg aber.

Die Frage stand unbeantwortet zwischen ihnen, wie ein Fluch.

11

»Also, Michael, ich habe mehrere Leute wegen dieser Sache interviewt, und ich habe den Eindruck, daß Sie vielleicht etwas Licht in die Sache bringen könnten.«

Warum Reiss sich bereit erklärt hatte, mit Lew Tilson zu reden, war ihm selbst nicht klar. Er wußte, daß es wahrscheinlich zu Problemen führen würde. Aber er konnte ihm einfach nicht länger aus dem Weg gehen, und er dachte, daß er es vielleicht schaffen würde, seinen Verdacht auszuräumen und ihn loszuwerden.

Tilson hatte ein zerfurchtes, verwittertes Gesicht. Er sah aus wie ein Hummerfischer aus New England. Alle Leute in Costellos Restaurant schienen ihn zu kennen; er war Stammgast hier und arbeitete gleich um die Ecke. Vermutlich war es ein Fehler gewesen, daß Reiss sich auf seinem Territorium mit ihm verabredet hatte.

Tilson brauchte nicht immer Stift und Papier oder einen Kassettenrecorder. Er war bekannt für sein gutes Gedächtnis.

»Ich dachte, die Sache mit Miss Stevens hätten wir hinter uns«, sagte Reiss, der bereits in der Defensive war. »Wir haben bereits Mitte Januar, und sie ist am Weihnachtswochenende gestorben. Wer denkt noch an sie? Dreieinhalb Wochen. Amerika hat kein so gutes Langzeitgedächtnis.«
»Hören Sie zu. Ich habe da eine Spur. Zumindest meine ich, daß ich eine habe. Wenn dieser Artikel herauskommt, dann werden sich die Leute schon wieder daran erinnern.«
»Na ja, vielleicht kann ich Ihnen helfen.« Reiss wollte sein Angebot nicht näher ausführen, aber zu einem späteren Zeitpunkt würde er das sicherlich tun. Es war keine Frage, er war gerne bereit, Tilson irgendwelche Informationen zukommen zu lassen, aber Maia war verbotenes Terrain; er hatte sich von ihr losgesagt, wollte nichts mehr mit der Angelegenheit zu tun haben, weil er spürte, welche Gefahren damit verbunden waren. Aber es war wie bei jemandem, der aufgehört hat zu rauchen und sich in einer Bar wiederfindet, in der alle Leute rauchen – die Versuchung machte sich immer wieder bemerkbar. Er mußte also sehr vorsichtig sein.
Tilson schaute ihn zweifelnd an, beschloß dann aber, fortzufahren. »Wenn ich Ihnen sage, was ich herausgefunden habe, dann bin ich sicher, daß Sie sich verpflichtet fühlen, mir zu helfen.«
Reiss war durcheinander und ziemlich nervös. Er hatte Angst, daß Tilson wirklich auf etwas Entscheidendes gestoßen sein könnte.
»Also zuerst einmal, ich habe mit ein paar Leuten gesprochen, die auf derselben Party waren, auf der die Stevens kurz vor dem Unfall war.« In das Wort »Unfall« legte er soviel Zweifel, wie er nur irgend konnte. »Da ist zum Beispiel ein Rechtsanwalt, ein gewisser Jeff Lewis, der behauptet hat, er sei ihr Liebhaber gewesen und habe vor etwa zweieinhalb Jahren mit ihr eine Woche am Kap verbracht. Es war nicht ihr Tod, der Lewis durcheinanderbrachte. Er kam nicht darüber hinweg, daß sie ihn nicht wiedererkannte. Es brach ihm das Herz, daß sie ihn völlig vergessen hatte.«
»Glaubte er, sie sei dieselbe Person?«
Tilson ließ die Eiswürfel in seinem Glas klirren. Er wußte nicht, was er mit dieser Frage anfangen sollte. »Was meinen Sie damit, ›dieselbe Person‹?«
Reiss zuckte die Achseln. »Nur so eine Redensart. Ich meine, fand

er, daß sie anders war, irgendwie... versponnen? Manche Leute, mit denen ich gesprochen habe, fanden das.«
Tilson grunzte: »Ja, diese Beobachtung wird von den Leuten, die ich interviewt habe, bestätigt. Nur ihr Agent, Marty –«
»Shapiro, ich weiß.«
»Sie wissen mehr, als ich vermutet habe, Dr. Reiss.« Er blickte sich zerstreut um. »Haben Sie den Kellner irgendwo gesehen?« Er wartete die Antwort nicht ab. »Marty Shapiro fand sie großartig. Er verteidigt seine Klientin noch nach ihrem Tod. Das ist anerkennenswert.«
»Haben Sie mit dem Agenten gesprochen, den sie vorher hatte, mit Nigel Farr?«
»Sie haben wirklich Ihre Hausaufgaben gut gemacht. Ich bin beeindruckt. Ja, ich habe mit ihm gesprochen. Das hat nicht viel gebracht. Er ist sauer auf Shapiro, aber er ist nicht gerade scharf darauf, von der verstorbenen Miss Stevens zu hören, wenn es nicht unbedingt sein muß. Ich habe noch mit einigen anderen Leuten gesprochen, die mit dem Fall zu tun hatten«, fuhr er fort. »Sie erinnern sich vielleicht an Kommissar Kinkis.«
»Ja, ich erinnere mich. Er wurde mit einem anderen Fall beauftragt.«
»Er hat bis zum heutigen Tag keine Ahnung, warum. Aber er hat mir erzählt, er sei von Anfang an fest überzeugt gewesen, daß Maia ermordet wurde.«
»Ermordet?« Reiss runzelte die Stirn und tat so, als sei er schockiert. »Wie kommt er denn darauf?«
»Intuition. Die Art, wie das Beweismaterial in dem Parkhaus aussah. Die Unwahrscheinlichkeit, daß jemand auf diese Art ums Leben kommt, ob es nun ein Unfall ist oder Selbstmord. Und er hat nie begriffen, warum die Leiche entfernt wurde, ehe Sie an die Unfallstelle kamen.«
»Es passieren doch dauernd unwahrscheinliche Sachen«, entgegnete Reiss. »Und mir gegenüber hat Kinkis nie angedeutet, daß er diesen Verdacht hatte. Ich war der zuständige Gerichtsmediziner. Ich halte mich für kompetent, was meine Arbeit angeht. Und ich habe keine Hinweise darauf gefunden, daß sie umgebracht wurde.« Er versuchte, empört zu klingen, aber Tilson schien nicht überzeugt.

»Natürlich, Kommissar Kinkis hatte keine Gelegenheit, seine Untersuchungen weiterzuführen, und der Beamte, der nach ihm kam – Walsh hieß er, glaube ich –, sah keinen Anlaß, ihren Tod als Mord zu bezeichnen. Im Gegenteil, er schloß den Fall so schnell wie möglich ab. Es gab ja auch keinen Grund, der dagegen sprach, weil Ihr Gutachten einen Unfall konstatierte.«
»Ich bin sicher, er hatte genug andere Fälle am Hals. Einer weniger, über den er sich Gedanken machen mußte.«
Tilson ignorierte diese letzte Bemerkung. Er fuhr fort: »Ich habe auch mit ein paar Freunden von Ihnen bei der Staatsanwaltschaft gesprochen. Unter anderem mit Jerry Simpson. Er hat mir erzählt, daß Sie sich an dem Wochenende von Maias Tod ziemlich seltsam benommen haben. Er bezeichnete Ihr Verhalten als ›launisch‹. Sie haben ihn am Sonntag morgen ganz früh aus dem Bett geholt und darauf bestanden, ein paar alte Unterlagen einzusehen. Nicht nur das, Sie haben sich offensichtlich auch ein paar Akten ausgeborgt und versäumt, sie zurückzubringen.«
Die ganze Zeit über dachte Reiss: Dieser verdammte Kerl, es war ein Fehler, ihm zu vertrauen. Seine eigene Rolle in der ganzen Angelegenheit hatte Simpson selbstverständlich nicht erwähnt. Reiss bekam allmählich das Gefühl, daß er abgeschossen werden sollte, wenn Tilson den Fall noch einmal aufs Tapet brachte.
Tilson redete weiter. Er stellte jetzt Vermutungen an, weil er keine hieb- und stichfesten Informationen mehr hatte. Er schien sehr beharrlich bei seiner Spurenverfolgung – es war ein Wunder, daß er nichts über Reiss' Anwesenheit bei Kristins Party in Erfahrung gebracht hatte.
»Michael« – seine Stimme wurde etwas sanfter – »wir kennen uns jetzt schon zehn Jahre. Ich halte Sie für einen liebenswerten Menschen und für intelligent, für zu intelligent, als daß Sie sich darauf einlassen würden, einen Mord zu vertuschen. Wenn ich falsch liege, müssen Sie mich korrigieren.«
»Das habe ich schon getan. Mein Gutachten ist in die Akten aufgenommen worden. Ich bin nicht verpflichtet, mehr zu sagen.«
»Es sei denn, man holt Sie vor Gericht. Sonst nicht. Vielleicht bin ich Ihre letzte Chance. Denken Sie noch einmal darüber nach, Michael. Wenn ich kann, halte ich Sie da raus.«

Reiss wußte genausogut wie Tilson, daß es unmöglich war, ihn rauszulassen; er war unentrinnbar in den Fall verwickelt.
Tilson stand vom Tisch auf, aber er war noch nicht fertig. »Sie wissen, ich habe mir Hintergrundinformation über Sie besorgt, und ich weiß, daß Sie in San Francisco bei einem Pathologen namens Traxton studiert haben, John Traxton. Es wäre mir nicht recht, wenn Ihnen dasselbe widerfahren würde wie ihm.« Und damit ging er.
Wieder Traxton, dachte Reiss.
Warum waren die Toten so darauf aus, sich die Lebenden zu greifen?

Es schneite, als Reiss sich endlich entschließen konnte, das Restaurant zu verlassen. Der weiße Flockenwirbel in den dunklen Straßen kam ihm ganz unwirklich vor. Als er zur Grand Central Station kam, waren die Gehwege so verstopft mit Leuten, die alle eilig irgendwohin wollten, daß Reiss dauernd angestoßen wurde. Es schien, als sei er der einzige, der nicht in Eile war. Er hatte mehr Zeit als genug.
Da fiel ihm ein, daß er Kristin anrufen sollte. Je mehr er über die Idee nachdachte, desto notwendiger erschien ihm dieser Schritt. Angesichts der Begeisterung, mit der Tilson Informanten ausfindig machte, war es möglich, daß er auch bald auf Kristin stoßen würde. Das letzte, was er wollte, war, daß Tilson mit ihr redete.
Er mußte ihre Nummer gar nicht heraussuchen. Er hatte sie bereits auswendig gelernt.
»Es tut mir leid«, sagte die Sekretärin, als er eine Verbindung bekam, »sie spricht gerade an einem anderen Apparat. Kann sie zurückrufen?«
»Nein, das geht schon in Ordnung. Könnten Sie mir bitte die Adresse geben?« Er beschloß, einfach persönlich aufzutauchen. Die Sache war zu wichtig, als daß sie warten konnte.
Als er auflegte, überlegte er, daß er auch Betsy anrufen sollte, um sie wissen zu lassen, wann er nach Hause kam. Aber er rief nicht an. Und er wußte gleichzeitig, daß sie vermutlich selbst das nicht mehr von ihm erwartete. Seit Silvester war sie sehr verschlossen, machte ihre Zweifel und ihre Unruhe schweigend mit sich selbst ab. Sie

sorgte immer dafür, daß das Essen pünktlich auf dem Tisch stand, sie war höflich, aber distanziert, und sie war immer vor ihm im Bett und schlief schon.
So gehen Ehen zugrunde, dachte er. So gehen die Leute auseinander. Er hatte nicht geglaubt, daß es möglich sein könnte, und trotzdem passierte es. Und mit welcher Zwangsläufigkeit! Es war, als wäre eine Ehe-Zerstörungsmaschine am Werk, die ihre Arbeit mit wunderbarer, rücksichtsloser Effizienz erfüllte.
Andererseits hatte diese Maschine vielleicht ihre Arbeit schon lange vorher getan. Er klammerte sich an die Idee der Ehe, nicht an die Frau, die seine Partnerin war. Es wäre das Beste, überlegte er, die Karten auf den Tisch zu legen und sich Betsy anzuvertrauen. Aber irgendwie war es schon zu spät dafür. Er wüßte nicht einmal, womit er beginnen sollte.
Seine Füße schienen besser zu wissen, wohin er wollte, als sein verwirrter Kopf. Er ging nach Südwesten, direkt in Richtung auf das Viertel der Textilindustrie. Hier waren die Straßen voll mit Leuten, die mühsam versuchten, von einer Straßenecke zur anderen zu kommen, wie bei der Grand Central Station, während der Verkehr in beiden Richtungen zusammengebrochen war und einige der Autofahrer ihrer Frustration durch ein Hupkonzert Ausdruck gaben. Durch das allgemeine Chaos schlängelten sich Schwarze und Puertoricaner; mit zerknitterten Gesichtern und gekrümmten Armen schoben sie Handwagen mit Hemden, Hosen, modischen Kleidern vor sich her und riefen unaufmerksamen Fußgängern zu, ihnen aus dem Weg zu gehen.
Irgendwie hatte er sich Kristin nie in einem Büro vorgestellt, aber da war sie, umgeben von Schreibmaschinen und Telexmaschinen, die Bestellungen aus Hongkong und London ausspuckten. Dauernd klingelte irgendein Telefon; Jungen, die im Lager arbeiteten, rannten mit Paketen, die fast so groß waren wie sie selbst, die Korridore entlang und riefen unverständliche Wörter.
Kristin schien jedoch das ganze Durcheinander gar nicht zu bemerken. In ihrem grauen Flanellkostüm wirkte sie heiter und gelassen. Als die Sekretärin Reiss in Kristins Büro führte, war sie gerade am Telefon. Sie lächelte und gab ihm zu verstehen, er solle sich setzen. Endlich war sie mit ihrem Gespräch fertig. Ohne irgendwelche

Formalitäten stand sie auf, zog ihren Mantel an und sagte: »Gehen wir. Ich bin für heute fertig.«
Kristin sagte zwar, sie sei überrascht, ihn zu sehen, aber nichts in ihrer Stimme oder in ihrem Verhalten deutete darauf hin. Im Gegenteil, sie benahm sich, als sei es ganz alltäglich, daß Reiss an einem verschneiten Winternachmittag unangemeldet in ihr Büro spaziert kam.
»Sie sehen blaß aus«, sagte sie. »Stimmt irgend etwas nicht, Michael? Sind Sie krank?«
»Nein, nein, ich bin nicht krank.« Obwohl er jetzt, da sie davon sprach, merkte, daß ihm warm war, fast ein bißchen fiebrig fühlte er sich, aber er konnte sich im Augenblick keine Gedanken über seinen Gesundheitszustand machen. Sein Geisteszustand war das größere Problem.
»Gut«, erklärte Kristin, »Sie sehen jedenfalls aus, als könnten Sie einen Drink gebrauchen.«
Er hatte erwartet, daß sie in eine der vielen überfüllten Bars gehen würden, die es hier in der Gegend gab, aber statt dessen fand Kristin wie durch ein Wunder ein Taxi. Sie nannte dem Fahrer eine Adresse in Yorkville, vermutlich ihre Wohnung.
Die höflichen Phrasen, die sie im Auto austauschten, die unverbindlichen Bemerkungen über den unerwarteten Wetterumschwung, all das vermied das eigentliche Thema, auf das Reiss zu sprechen kommen wollte, ja, mußte.
»Um ehrlich zu sein, ich hatte nicht gedacht, daß Sie anrufen würden«, sagte Kristin zu ihm. »Nicht, nachdem Sie von der Party weggelaufen sind.«
»Ich habe auch nicht gedacht, daß ich Sie wiedersehen würde.« Aber Reiss erklärte nicht, warum er es sich anders überlegt hatte. Das konnte bis später warten.

Ihre Wohnung war ganz in Weiß gehalten, geräumig, sparsam möbliert. Morgens kam bestimmt sehr viel Licht aus Richtung Queens durch die doppelte Glastür der Terrasse.
Kristin brachte ihm aus der Küche einen Drink mit. Er brauchte den Drink gar nicht. Dann entschuldigte sie sich und verschwand im Schlafzimmer. Als sie zurückkam, sah sie nicht mehr wie eine

Karrierefrau aus, sondern lässig und locker: eine glänzende blaue Bluse, weiße Hosen und keine Schuhe.
Sie setzte sich auf den Teppich, blickte zu Reiss auf und sagte: »Ich höre.«
Er versuchte mühsam, die Worte zu finden, die er brauchte. Er wollte sein Dilemma beschreiben, ohne allzu viel preiszugeben. Deshalb begann er ganz neutral: »Haben Sie jemals mit einem Reporter namens Lew Tilson gesprochen?«
Der Name sagte ihr offensichtlich nichts. »Hätte ich mit ihm reden sollen?«
»Es wäre mir recht, wenn Sie nicht mit ihm sprechen würden. Vor allem nicht über mich.«
»Darf ich fragen, warum?«
Er zögerte. »Ich befinde mich möglicherweise in Schwierigkeiten.« Er redete nicht weiter.
»Und dieser Tilson bedroht Sie?«
»Genau. Er könnte... na ja, er könnte Dinge aufdecken.«
Sie sah erstaunt aus, und dazu hatte sie ja auch allen Grund. »Es hat etwas mit Maia zu tun, stimmt's?« Als er nicht antwortete, fuhr sie fort: »Ich habe beobachtet, wie Sie auf das reagiert haben, was Simon an dem Abend gesagt hat. Sie hatten Angst. Was für eine Beziehung hatten Sie denn eigentlich zu Maia?«
»Ich habe Ihnen erzählt, wann wir uns kennengelernt haben.«
»Einen Quatsch haben Sie mir erzählt, wenn ich das mal so sagen darf.« Sie lächelte rätselhaft und beunruhigend. »Das einzige, was Sie gesagt haben, ist, daß Sie irgendwelche Finanzgeschäfte mit ihr hatten, wenn ich mich recht entsinne. Und was soll das heißen?«
»In Wirklichkeit...«
Er wollte gerade sagen, daß er Maia gar nicht gekannt hatte, als sie noch lebte, aber sie schnitt ihm das Wort ab. »In Wirklichkeit hatten Sie nie irgendwelche geschäftlichen Beziehungen mit ihr, wollen Sie das sagen? Haben Sie je mit ihr geschlafen?«
Er war nicht sicher, ob er richtig gehört hatte. »Was? Nein, natürlich nicht.«
Sie schaute ihn ungläubig an. »Sie brauchen sich nicht zu schämen. Viele Männer würden Sie beneiden.«
»Ich schwöre, es war nur eine... eine beruflich bedingte, professio-

nelle Beziehung.« Wieder dieses Wort: professionell. Professionelle Vandalen, professionelle Pathologen, professionelle Mörder.
Sie schien nicht überzeugt. »Wenn Sie es sagen.« Sie rückte näher, und dann, ohne jede Vorwarnung, ergriff sie seine Hand, führte sie zwischen ihre Schenkel und hielt sie dort fest, indem sie ihre Beine zusammenpreßte. »Ich glaube, Sie und ich, wir kennen beide Maias Geheimnis.«
Er war so perplex, daß er nicht sofort reagieren konnte. Und als er reagierte, lag sie schon auf ihm und zog ihn mit sich hinunter auf den tiefen, weichen Teppich. »Du siehst viel zu ernst aus«, sagte sie. »Du solltest nicht so ernst dreinblicken.«

In dem warmen, gedämpften Licht der Wohnung schien Kristins Haut zu leuchten, als ginge von ihr ein Licht aus. Ihr ganzer Körper schimmerte, der durchtrainierte Körper einer Tänzerin, der Körper einer Athletin. Und mit jeder Bewegung schien sie auf einen musikalischen Rhythmus zu reagieren, den Reiss' Ohren nicht hören konnten.
»Ist mein Körper so gut wie der von Maia?«
War er es, der von ihr besessen war? Oder war sie es?
»Was für eine Frage. Besser, viel besser.«
Sie schnurrte, entzückt über seine Antwort, und ließ ihre Hände über die Beine gleiten, als wollte sie überprüfen, ob sie auch wirklich symmetrisch und glatt waren.
»Du hast also die ganze Zeit über gewußt, daß sie transsexuell ist?«
»O ja«, sagte sie, »o ja.«
»Und du weißt, was das Center mit ihr gemacht hat? Wie sie geschaffen wurde?«
Ihr Gesicht, er konnte ihr Gesicht nicht sehen, sie war zu nahe, es war zu dunkel. Aber ihre Augen glänzten wie Leuchtfeuer.
»Sie hat mir vom Center erzählt«, sagte sie ruhig. Reiss erwartete, daß sie noch etwas sagen würde, aber sie schwieg. An ihrem Tonfall merkte man, daß sie nicht mehr über das Thema reden wollte.
Mit unserem Liebesakt haben wir uns eine Wahrheit eingestanden, dachte er; vielleicht war es das Vorspiel zu einer weiteren Wahrheit.
»Ich muß ein Geständnis ablegen...« begann er, und dann erzählte er ihr Stück für Stück, wer er war und woher er Maia Stevens

kannte. Und doch merkte er schon beim Reden, daß er das alles eigentlich gar nicht sagen sollte, daß es viel zu gefährlich war, es aufzudecken, wie spaltbares, radioaktives Material. Aber er konnte nicht aufhören.
Es wunderte ihn, wie teilnahmslos sie seine Geschichte hinnahm. Es stimmte, er ließ gewisse wichtige Einzelheiten aus, aber er teilte ihr immerhin mit, daß er der Gerichtsmediziner war, der ihre Freundin seziert und herausgefunden hatte, daß sie ein Mann war. Ihm fiel ein, daß er ihr ja nichts Neues sagte und daß sie schon aus der Zeitung wußte, wer er war. Wer hatte hier eigentlich wen getäuscht?
Zuerst sagte sie nur: »Du hast also wirklich nie mit ihr geschlafen.« Ihre Stimme klang seltsam zufrieden.
»Ist das wichtig?«
»Für mich, ja.«
Sie konnte einen wirklich auf die Palme bringen. Er war wütend auf sich selbst, daß er ihr nachgegeben hatte. Es war das erste Mal, daß er seiner Frau untreu war, und doch war das im Moment nicht der Grund, weshalb er sich nicht wohl fühlte; es war Kristins Reaktion auf sein Geständnis – oder besser, ihre fehlende Reaktion.
Sie beobachtete ihn mit halb geschlossenen Augen. Irgend etwas schien ihr plötzlich zu dämmern. »Es stand in keiner Zeitung, daß Maia transsexuell war.«
Jetzt wird es schwierig, dachte er. Er gab zu, daß sie recht hatte.
»Du hast es nicht in dein Gutachten aufgenommen, stimmt's? Deshalb machst du dir Sorgen, daß dieser Tilson etwas herausfinden könnte.«
Er hätte es wissen müssen. Er hätte ihr nichts erzählen dürfen. Es war entweder alles oder nichts; er konnte ihr nicht kleine Mosaikstücke aus der Geschichte mitteilen, ohne das ganze Bild zu enthüllen. Daß er geglaubt hatte, er könnte das tun, war ein Irrtum, hervorgerufen durch Alkohol, Erschöpfung und Panik.
»Du bist in Gefahr, hab ich recht?« Sie war einfach zu schlau. Zu schlau für mich, dachte er.
»Ich muß jetzt gehen. Es ist schon spät.« Er stand auf.
Sie griff nach seiner Hand. »Wer ist es? Wer bedroht dich?«
»Das kann ich dir nicht sagen.«

»Du hast das ursprüngliche Gutachten noch, nicht wahr?«
Er sagte nichts. Er hatte es, aber das wollte er auf keinen Fall zugeben.
Aber sie nahm sein Schweigen als Zustimmung. »Damit hast du doch ein Druckmittel in der Hand, merkst du das denn nicht? Das kannst du einsetzen.«
»Ich gehe jetzt, Kristin. Es tut mir leid.«
»O nein, sag das nicht. Sag das nie wieder.«

Es schneite immer noch, allerdings nicht mehr ganz so stark wie vorher am Abend. Der Portier schippte wild entschlossen den Schnee weg, um einen Zugang zum Gehweg frei zu bekommen. Es gab schon einen anderen Pfad, der nicht freigeschaufelt worden war, sondern dadurch entstanden war, daß Dutzende von Leuten denselben Weg eingeschlagen hatten, und Reiss tat das auch.
Er hatte eigentlich keinen Grund, sich noch einmal umzudrehen und zu der Vorhalle zurückzublicken, aus der er gerade gekommen war. Aber er tat es. Er sah einen Mann, der dem Portier zunickte und dann das Gebäude betrat. Reiss sah ihn nur von hinten und war sich deshalb nicht ganz sicher, aber er hatte trotzdem das Gefühl, daß er diesen Mann irgendwie kannte.
Er versuchte angestrengt, sich daran zu erinnern, wer der Mann war, während er durch die hohen Schneeberge stapfte, die ihn zwangen, vom Gehweg herunter auf die Straße zu gehen. Als er endlich am U-Bahnhof war, der ersten Station auf seinem langen Heimweg, da fiel ihm plötzlich ein, wer es war, den er erkannt zu haben glaubte. Es war Matthew Watkins.

12

Er hätte in Sibirien sein können; hinter den Fensterscheiben des Zuges war Queens zu sehen – weiß, Long Island – weiß, die ganze Welt war weiß und menschenleer.
Ich habe mein Leben nicht mehr im Griff, dachte er. Ich habe es nicht mehr in der Hand. Aber wer hat die Kontrolle übernommen? Gott? Tilson? Das Center für Rehabilitations-Chirurgie?

Ich hätte nicht zu Kristin gehen sollen, sagte er sich immer wieder. Aber angesichts der Tatsache, daß Tilson überall herumschnüffelte, hatte es da überhaupt noch etwas zu bedeuten? Auf diese Art hatte er dem Reporter vielleicht mindestens eine Quelle abgeschnitten. Aber um welchen Preis?

Warum hatte er nicht geleugnet, daß er das ursprüngliche Gutachten hatte? Sein einziger Trost war, daß er auch nicht ausdrücklich gesagt hatte, daß er es noch hatte. Und außerdem wußte sie ja nicht, wo er es versteckt hatte. Kristin konnte er nicht trauen, noch nicht. Aber inwiefern unterschied sie das von all den anderen Menschen in seiner Umgebung?

Er war so in Gedanken versunken, daß er fast seine Haltestelle verpaßt hätte. Außer ihm stiegen nur noch zwei andere Leute an dieser dunklen U-Bahn-Station aus.

Sein Wagen stand auf einem Parkplatz ganz in der Nähe, völlig zugeschneit, der Schnee war mehr als zehn Zentimeter hoch. Er mußte im Kofferraum herumsuchen, bis er die Plastikschaufel fand, die er für solche Notfälle dort aufbewahrte. Mehrere Minuten lang kratzte er energisch die Fenster wenigstens so weit frei, daß er einigermaßen sehen konnte, wohin er fuhr und woher er kam.

Aber klare Sicht allein reichte nicht, um ihn direkt nach Hause zu bringen. Er hätte normalerweise nicht länger als zehn Minuten gebraucht, aber die Straßen waren noch nicht geräumt, deshalb blieb er immer wieder stecken.

Endlich stand er vor seinem Haus. Er merkte, daß es ganz unmöglich war, den Wagen in die Einfahrt zu fahren, also ließ er ihn am Straßenrand stehen.

Ein Licht war noch an, über der Vorhalle. Sonst lag das Haus im Dunkeln.

Erst als er an der Tür war, wurde ihm klar, daß er sich diesmal keine Ausrede überlegen mußte, weshalb er so spät kam. Der Schnee reichte. Die Bahn nach Long Island war stundenlang steckengeblieben, das war eine ausreichende Erklärung.

Betsy schlief schon. Seit Silvester lebten sie beide wie die Deutschen und die Franzosen bei Verdun, bereit, sofort loszuschlagen, wenn der Waffenstillstand vorüber war. Der Waffenstillstand war teilweise wegen der Kinder. Er war aber auch eine Verzögerungstaktik, bis

einer von beiden seine Streitkräfte zusammenbrachte und den entscheidenden Schlag durchführte.
Oder Betsy tat nur so, als schliefe sie. Gleichgültig, was der Grund war – offensichtlich interessierte sie sich nicht mehr für seine Entschuldigungen, Schnee hin oder her.
Er konnte nicht einschlafen. Kristin beherrschte seine Gedanken. Sie schien ihm im Blut zu stecken, wie eine leicht giftige Substanz. Unter anderen, unter normaleren Umständen hätte er sich nie zu einer Frau wie Kristin hingezogen gefühlt. Wenn er einen Typ bevorzugte – und er vermutete, daß er das tat –, dann entsprach sie diesem Typ jedenfalls nicht. In gewisser Weise mochte er sie nicht einmal. Aber irgendwie war er offenbar doch anfällig.
Seine Gedanken kehrten immer wieder zu dem Obduktionsgutachten zurück, das er in dem großen Schrank im Keller versteckt hatte. Das lag zu sehr auf der Hand, es war die erste Stelle, wo jemand suchen würde. Andererseits, wo wäre es sicherer? Er wußte es nicht, aber er würde keine Ruhe haben, bis er es irgendwo anders versteckte.
Er glitt aus dem Bett, griff nach seinem Morgenmantel, schlüpfte mit seinen kalten Füßen in die Pantoffeln und tappte nach unten. Dann stellte er die Alarmanlage ab, damit sie nicht ausgelöst wurde, wenn er in den Keller ging.
Um zu dem Schrank zu kommen, wo die Kiste aufbewahrt war, mußte Reiss durch den ganzen Keller gehen, an den Bücherregalen vorbei. Neben dem großen Raum lag noch einer kleinerer, dort stand ein Kühlschrank, in dem normalerweise Wein gelagert wurde, außerdem noch weitere Regale für Bücher. Dann kam der Schrank. Im Hintergrund hörte er das monotone Summen des Boilers, der das Haus heizte und dabei ein kleines Vermögen verschlang.
Genau in dem Moment, als er die Kiste öffnete, ging das Licht aus. Er blinzelte, weil er dachte, mit seinen Augen würde etwas nicht stimmen. Nein, es war das Licht. Stromausfall? Vielleicht hatte der Schnee die Leitungen beschädigt. Egal warum – es war jedenfalls ärgerlich, daß es gerade jetzt passieren mußte.
Er versuchte, das Gutachten zu finden, indem er ungeschickt tastend zwischen abgelegten Röcken von Betsy, alten Anzügen von ihm selbst und zu klein gewordenen Kindersachen von Mark und Susie

herumsuchte. Da hörte er im Nebenraum das leise, aber unverkennbare Geräusch von Schritten. Er erstarrte.
Es waren nicht Betsys Schritte.
Er begriff, daß die Lichter absichtlich gelöscht worden waren. Sie waren nicht ausgemacht worden, sondern jemand hatte einfach die Sicherung herausgedreht. Der Sicherungskasten war bei der Treppe, die in den ersten Stock führte. Man konnte ihn mühelos finden. Reiss versuchte, die Möglichkeiten durchzugehen, die ihm offenstanden, aber es gab im Grund nicht allzu viele. Er konnte die Schranktür hinter sich schließen und hoffen, daß der Einbrecher ihn nicht finden würde. Oder er konnte dem Einbrecher entgegentreten, ihn vielleicht angreifen, wenn er irgend etwas finden würde, das er als Waffe nehmen konnte. Aber selbst während er diese beiden Alternativen erwog, weigerte sich sein Körper, eine von beiden durchzuführen. Er blieb da stehen, wo er war, über die Kiste gebeugt, die Schranktür offen, so daß man ihn trotz der Dunkelheit sehen konnte. Absurderweise wünschte er, er wäre angekleidet; wenn er schon sterben mußte, dann wollte er das gern mit Anstand und Würde tun.
Wer immer es war, der da draußen herumschlich, er ließ sich jedenfalls Zeit. Die Schritte wurden lauter, aber auch der Einbrecher hatte seine Probleme mit der Dunkelheit. Er konnte sich nicht sehr schnell vorwärtsbewegen, weil sonst Gefahr bestand, daß er über irgend etwas stolperte.
Endlich gehorchte Reiss sein Körper wieder, wenn auch widerwillig, und folgte den Anweisungen seines Kopfes, er solle sich in Bewegung setzen. Als er sich aufrichtete, schoß ihm der Schmerz in die Beine. Genau in dem Augenblick fiel sein Blick auf eine Ansammlung von Kartons, die an der Rückwand des großen Schrankes standen. Sie enthielten Flaschen mit Wein und anderen alkoholischen Getränken. Reiss mußte sich nur vorbeugen, in einen dieser Kartons greifen, und schon hatte er eine Flasche »Crown Royal« in der Hand.
Er umklammerte sie fest, aber der Schweiß trat ihm aus allen Poren, und seine Handflächen waren so feucht, daß er das Gefühl hatte, die Flasche könnte ihm unversehens entgleiten. Aber wenigstens war er jetzt nicht mehr ganz wehrlos. Und in gewisser Hinsicht hatte er ja

einen Vorteil wegen der Dunkelheit. Aber wie groß war dieser Vorteil, wenn sein Gegner eine Pistole und eine Taschenlampe hatte?
Irgendwann einmal – vielleicht in einem Sportkurs an der Uni oder bei der Darstellung einer berühmten militärischen Schlacht – hatte er gelernt, daß es lebenswichtig war, die Initiative zu ergreifen, in die Offensive zu gehen, wenn man hofft, eine Auseinandersetzung zu gewinnen. Jeder Boxer, der etwas taugt, lernt diese Lektion.
Aber Reiss brachte es nicht fertig, sich von dem Schrank zu entfernen. Die Vorstellung, in den anderen Raum zu gehen, die Flasche »Crown Royal« hoch erhoben in der Hand, kam ihm absurd vor. Aber in diesem Wandschrank zu bleiben, schien andererseits auch nicht besonders klug.
Plötzlich spürte er einen kalten Luftzug. Es hatte eine Weile gedauert, bis die kühle Luft ihn erreichte. Er vermutete, daß der Einbrecher durch das Kellerfenster gestiegen war und daß die Kälte daher kam. Er mußte es reparieren und irgendwie sichern. Falls er am Leben blieb.
Die Schritte verstummten; Reiss nahm an, daß der Mann rechts von der Tür stand, so daß er ihn gerade nicht sehen konnte. War so eine ganze Minute vergangen? Reiss wußte es nicht. Er versuchte mühsam, den Mann irgendwie zu hören, aber das einzige Geräusch, das zu ihm drang, war das ferne Heulen des Windes draußen.
Ihm kam der Gedanke, der ungeladene Gast würde vielleicht darauf hoffen, ihn herauslocken zu können, ihn zum Handeln zu zwingen. Aber wenn das seine Strategie war, dann funktionierte sie nicht. Reiss dachte, daß er gar nicht zum Handeln gezwungen werden konnte, selbst wenn er gewollt hätte. Er wünschte nur, es wäre ein bißchen wärmer gewesen; sein Morgenmantel bot nicht besonders viel Schutz gegen die Kälte.
Da tauchte er auf, stumm, eine schattenhafte Gestalt, gesichtslos in der Dunkelheit. Er wirkte riesig, vermutlich größer, als er tatsächlich war, weil er einen schweren Wintermantel trug. Er konnte Reiss von da, wo er stand, genau sehen – aber ganz sicher war sich Reiss nicht.
Reiss war so entsetzt, daß er sich weigerte, in dem Wandschrank gefangen zu bleiben. Der Anblick des Eindringlings brachte ihn

dazu, plötzlich nach vorn zu springen und auf den Mann loszugehen. Er holte mit der Flasche aus, und ohne daß er die geringste Idee hatte, worauf er zielte, schlug er zu. Er traf irgend etwas – war es vielleicht das Holz des Bücherregals? Auf alle Fälle war es ein lauter Knall. Er stieß mit dem Mann zusammen, oder der Mann stieß mit ihm zusammen, aber Reiss war noch so in Schwung, und er konnte seine rechte Hand immer noch frei bewegen, also schlug er noch einmal mit der Flasche zu, hart, mit letzter Kraft.

Diesmal schaffte er es, den Mann zu treffen, und zwar zwischen den Rippen. Der Mann schrie auf und packte Reiss. Er erwischte seinen Morgenmantel. Reiss kam gerade noch an ihm vorbei. Er drehte sich ungeschickt um, holte ein drittes Mal aus und traf den Mann zwar nicht direkt, aber immerhin streifte er ihn an der Schulter. Das hatte zur Folge, daß der Mann das Gleichgewicht verlor und rückwärts taumelte, aber gleichzeitig rutschte Reiss die Flasche aus der Hand – sie sauste durch die Luft und knallte gegen die Wand. Die Flasche explodierte, die Scherben flogen bis an die Decke und kamen in einem Whiskyregen wieder nach unten.

Reiss wartete nicht ab, um sehen zu können, was er angerichtet hatte; das einzige, was ihn interessierte, war die Flucht aus dem Keller. Er rannte zur Treppe, verlor unterwegs einen Hausschuh. Er merkte nicht, ob er verfolgt wurde oder nicht, er hörte nur, wie seine eigenen Füße auf dem kalten Linoleum klatschten, und er spürte, wie weh es ihm tat, tief Luft zu holen, während er versuchte, seine Beine dazu zu bringen, schneller zu laufen.

Dann ein ohrenbetäubender Knall, ein kurzer Blitz und der durchdringende Geruch von Kordit. Der Mann hat gerade auf mich geschossen, dachte er innerlich völlig unberührt, wie jemand, der ungefährdet und bequem in weiter Entfernung von einem Flugzeug aus einen Krieg verfolgt.

Er war zu hastig und stolperte, als er die Kellertreppe halb oben war; aber er hielt nicht inne, sondern krabbelte auf allen vieren weiter. Er war sicher, daß ihn jeden Augenblick ein zweiter Schuß in den Rücken treffen und sein Leben beenden würde. Und wer würde seine Familie beschützen? Wie wollte er sie jetzt schützen?

Aber es kam kein zweiter Schuß. Reiss griff nach der Tür, öffnete sie, machte sie schnell hinter sich zu und ließ das Schloß einschnap-

pen, so daß sie verriegelt war. Er rannte in die Küche und drückte auf den Lichtschalter. Erst als nichts passierte, fiel ihm ein, daß es ja kein Licht geben konnte, weil die Sicherungen herausgedreht worden waren. Aber das Telefon... das Telefon müßte funktionieren, es sei denn, jemand hatte die Verbindung abgeschnitten.
Oben hörte er Geräusche, er hörte Betsy rufen: »Was ist? Was ist denn los? Michael, bist du das?«
Als er nicht gleich antwortete, kam sie die Treppe herunter. »Michael! Michael!« rief sie immer wieder.
Als er sie sah, bat er sie inständig, wieder nach oben zu gehen. »Geh bitte wieder rauf, Betsy, geh nach oben und warte da auf mich! Kümmre dich um die Kinder.«
Sie blieb wie angewurzelt stehen, gelähmt vor Angst. Aber sie schien nicht vor irgendeiner drohenden Katastrophe Angst zu haben, sondern davor, daß ihr Mann diesmal tatsächlich den Verstand verloren hatte.
Er flehte sie an: »Bitte, bitte. Ich komme gleich nach oben, aber du mußt hier weg.«
Er schaute zu der verschlossenen Kellertür. Betsy stand genau davor. Vielleicht kam der Einbrecher auf die Idee, das Schloß zu zerschießen. Dann würde er auch Betsy treffen.
Endlich gab sie nach, wenn auch zögernd. Sie zog sich zurück, die Augen weit aufgerissen vor Angst und vor Staunen, die Arme schützend über der Brust verschränkt, als würde sie jeden Augenblick erwarten, daß Reiss auf sie losging. Sie erfaßte die Situation nicht, und Reiss hatte keine Zeit, ihr jetzt alles zu erklären. »Geh nach oben, bitte«, sagte er noch einmal. »Bleib bei den Kindern.«
Sie nickte langsam. Wollte sie etwas sagen? Die Worte blieben ihr im Halse stecken. Dann ging sie Schritt für Schritt nach oben, unfähig, den Blick von Reiss abzuwenden.
Aber er griff bereits zum Telefon. Und genau in diesem Augenblick klingelte es.
»Nicht jetzt, verdammt noch mal«, schrie er und nahm den Hörer ab. »Hallo?«
Aber es war niemand am anderen Ende der Leitung. Es war wie letztes Mal: nur das regelmäßige Geräusch einer tickenden Uhr, tick-tack-tick-tack-tick... Reiss knallte den Hörer auf die Gabel,

daß diese empört klingelte. Dann hob er wieder ab, um die Polizei anzurufen, aber er hörte kein Amtszeichen. Derjenige, der gerade angerufen hatte, hatte nicht wieder aufgelegt, und deshalb war es unmöglich, zu wählen.

»Verdammt, leg auf!« schrie Reiss heiser, aber selbstverständlich rührte sich nichts; es wurde ihm nicht einmal der zweifelhafte Genuß zuteil, eine menschliche Stimme antworten zu hören.

Immer wieder legte er den Hörer auf, aber es half überhaupt nichts. Er erinnerte sich vage, daß es eine zeitliche Begrenzung gab, nach der die Verbindung automatisch wieder hergestellt wurde. Oder er glaubte jedenfalls, sich daran zu erinnern. Und wie lange dauerte diese zeitliche Begrenzung? Er wußte es nicht. Und er konnte auf keinen Fall warten.

Er ging zur Kellertür und horchte. Nichts war zu hören, nur das Summen des Boilers, das im Augenblick besonders laut war, weil er gerade heizte.

Es war sogar möglich, daß der Mann nicht mehr im Keller war, daß er auf dem gleichen Weg wieder verschwunden war, auf dem er hereingekommen war, nämlich durch das Fenster. Das hieß, daß er durch eine andere Tür oder ein Fenster wieder ins Haus eindringen konnte. Die hintere Veranda war ein Hindernis, das er leicht überwinden konnte; jeder, der nur einigermaßen in Form war, konnte heraufklettern und von dort durch eines der Schlafzimmerfenster einen Weg ins Haus finden.

Dann wäre er alleine hier unten, alleine und wehrlos, während seine Familie oben in Schach gehalten würde.

Er ging wieder zum Telefon. Immer noch keine Möglichkeit, durchzukommen.

Entweder bringen sie mich um, dachte er, oder sie treiben mich in den Wahnsinn. Im Augenblick wußte er nicht, welche Alternative schlimmer war.

Im Wohnzimmer, neben dem offenen Backsteinkamin, der selbst jetzt in der kalten Jahreszeit nur gelegentlich benutzt wurde, holte sich Reiss einen schweren, schwarzen Feuerhaken, aber auch mit diesem Instrument in der Hand fühlte er sich nicht sicher. Er wußte jetzt, daß sein Gegner eine Pistole hatte. Gegen eine Pistole hatte man keine Wahl – man mußte sich ergeben.

Er glaubte auch nicht, daß die Kraft, mit der er den Tag bis jetzt überstanden hatte, noch ausreichen würde. Erst Tilson, dann Kristin, außerdem war sein Auto zweimal steckengeblieben, und jetzt das noch. Er unterdrückte das Verlangen zu weinen; hilflos wie ein Kind, wollte er zusammenbrechen wie ein Kind – jemand anderer sollte alles machen. Es war ihm einfach alles zu viel. Der Kopf tat ihm weh, weil er sich bemühte, genau zu überlegen. Aber alles, was er als Handlungsmöglichkeiten in Gedanken durchspielte, schien ihm völlig zwecklos, wenn nicht schlichtweg dumm.

Oben hörte er Susie wimmern, dann stieß sie einen Schrei aus.

Ohne zu überlegen rannte er die Treppe hinauf. Es war ihm gleichgültig, welches Risiko er damit einging, das einzig Wichtige war, seine Familie zu retten.

Zerzaust, die Haare schweißverklebt, die Augen mit wildem Blick und blutunterlaufen, mit zerrissenem Morgenmantel und nackten, zerschundenen Füßen, einen Feuerhaken in der Hand – für seine verängstigte Familie mußte er ein Bild des Schreckens sein.

Seine Kinder waren beide im Schlafanzug und saßen auf dem Bett in Marks Zimmer, ihre Mutter, in einem blauen Morgenmantel aus Seide, hielt sie beide umschlungen. Hinter ihnen sprangen an der Wand Elefanten, Tiger, Giraffen und Zebras vor einem gelben Hintergrund herum.

Susie weinte, er hatte es sich nicht nur eingebildet, aber sie weinte nicht, weil jemand sie bedrohte. Es sah eher so aus, als sei sie verstört, weil ihre Mutter sie aus dem Schlaf geholt hatte, oder vielleicht hatte sie auch schlecht geträumt und war noch nicht richtig wach. Wie ihr Bruder und Betsy starrte sie ihn an, als sei er gerade von einem anderen Planeten auf die Erde gekommen.

»Michael...« sagte Betsy. »Was ist denn in dich gefahren?« Sie schaute entsetzt auf den Feuerhaken; womöglich dachte sie, er wolle wirklich gleich losschlagen.

»Ist alles in Ordnung? Ist alles in Ordnung?« wiederholte er immer wieder ungläubig.

»Papa? Warum hast du das Ding da in der Hand?« fragte Mark schläfrig und unsicher, ob er vielleicht nicht träumte.

»Bleibt, wo ihr seid.« Er ging zum Fenster, überprüfte den Griff, um zu sehen, ob das Fenster auch wirklich verschlossen war, und ließ die Jalousie noch weiter herunter. Dann ging er zum zweiten Fenster.

Er schaute hinaus und blickte auf den Garten, der durch die Lichter im zweiten Stock und durch eine Glühbirne, die an der Garagenseite befestigt war, teilweise erleuchtet war; diese Lichter hingen an Sicherungen, die der Einbrecher nicht herausgedreht hatte.
Er konnte eine Fußspur sehen, die der frisch gefallene Schnee noch nicht zugedeckt hatte. Sie führte vom Kellerfenster weg, das durch die Terrasse überdeckt war. Je länger er schaute, desto sicherer war er, daß es zwei verschiedene Spuren waren, die sich hier und da überschnitten, aber noch öfter auseinandergingen; beide führten zum hinteren Zaun, wo sie sich im Schnee und in der Dunkelheit verloren.
Zum ersten Mal entspannte sich Reiss ein bißchen. Vorausgesetzt, es war nur ein Mann – und er hatte keinen Anlaß, etwas anderes anzunehmen –, dann bedeuteten die beiden Spuren, daß er jetzt weg war.
»Bleibt hier, bewegt euch nicht, und schreit, wenn irgend etwas passiert«, warnte er Betsy, die ihn verständnislos anschaute.
»Was ist denn mit Papa los?« hörte er Mark fragen, als er aus dem Zimmer ging. Und er hörte, wie Betsy antwortete: »Ich weiß es nicht, Mark, ich weiß es wirklich nicht.«
Er durchsuchte das untere Stockwerk, ging von Zimmer zu Zimmer, wobei er dauernd erwartete, daß sich der Einbrecher auf ihn stürzen würde. Aber das passierte nicht. Voll banger Erwartung hob er den Telefonhörer ab. Zu seiner Überraschung und Freude stellte er fest, daß es funktionierte. Er rief die Polizei an und teilte dem diensthabenden Beamten mit, bei ihm sei eingebrochen worden.
Der Polizeibeamte sagte ihm, er sollte nicht in Panik geraten, obwohl dieser Ratschlag sowohl verspätet als auch sinnlos war, und dann versicherte er, er werde möglichst bald jemanden vorbeischikken. Er warnte Reiss gleich, daß er wegen des Schnees und wegen der vielen Verkehrszwischenfälle vielleicht länger als normalerweise warten müsse.
»Er ist möglicherweise noch hier im Haus, ich weiß es nicht.«
»Ach, in diesem Fall haben Sie natürlich Vorrang.«
Reiss war nicht erleichtert über diese Antwort.
Er setzte sich in die Küche, um auf den Polizeiwagen zu warten. Den Feuerhaken legte er allerdings nicht beiseite.

Die Polizei kam erstaunlich schnell. Zwei Beamte rannten von ihrem Wagen zum Haus, ihre .38er-Pistolen schußbereit, offenbar waren sie auf alles gefaßt, auf eine Erstürmung des Hauses, einen Schußwechsel, auf einen plötzlichen Ausbruch von Gewalttätigkeiten.
Reiss hörte, wie der Wagen vorfuhr, wie die Reifen gegen die hohe Schneedecke auf der Straße ankämpften. Er ging zur Tür, um die beiden Polizisten hereinzulassen.
»Dr. Reiss? Sie haben einen Einbruch gemeldet?« fragte der eine Polizist.
Reiss führte sie ins Haus und teilte ihnen mit, daß der Einbrecher möglicherweise immer noch im Kellergeschoß sei. »Er hat eine Pistole«, fügte er hinzu, weil er dachte, das sei ein wichtiges Detail, über das sie vermutlich gerne Bescheid wußten.
Er öffnete die Tür zum Keller für sie, sie gingen nur bis zur ersten Stufe und riefen nach unten: »Hier spricht die Polizei. Kommen Sie mit erhobenen Händen heraus.«
Es klang zu melodramatisch.
Aber das Melodrama endete auch schon an dieser Stelle. Niemand antwortete. Die Polizisten faßten Mut und gingen weiter in die Dunkelheit hinunter. Es stellte sich heraus, daß der Keller leer war. Der Wind blies immer noch durch das offene Kellerfenster herein. Es war keine Frage, daß der Mann auf diesem Wege hereingekommen und auch wieder hinausgeklettert war.
Die Suche im Garten und auf dem Nachbargrundstück verlief ergebnislos, was sowohl Reiss als auch die beiden Beamten erwartet hatten. Trotzdem mußten sie auf Nummer Sicher gehen. Die Fußspuren führten nur bis zu einer bestimmten Stelle, dann verschwanden sie in einer Schneeverwehung, die fast zwei Meter hoch war, und tauchten danach nicht wieder auf.
Reiss suchte in der dunklen Küche herum und fand in der Zigarrenschachtel, in der Betsy sie aufbewahrte, eine Sicherung. Während die Polizisten noch einmal durchs Haus gingen, sorgte er dafür, daß im Keller und im Erdgeschoß wieder Strom war.
Im Keller war eine unangenehme Mischung aus verschiedenen Gerüchen: der Dunst des Crown Royal, der Gestank des Kordit von der Patronenhülse, die in der Wand ein kleines, gezacktes Loch hinterlassen hatte. Und Rauch.

Der Rauch kam aus dem Schrank. Jemand hatte ein kleines Feuer gelegt, und dieses Feuer verwandelte die Wolldecken und Pullover, die in der Kiste waren, langsam zu Asche. Es war kein Problem, es zu löschen, aber bis es soweit war, waren von dem Obduktionsgutachten nur noch verschmorte Bandfetzen und verkohltes Papier übrig. Der Einbrecher hatte beschlossen, den Bericht zu zerstören, ohne sich die Mühe zu machen, danach zu suchen. Die Dokumentation hatte sich in Rauch aufgelöst, genau wie Maia. Reiss hatte nichts mehr in der Hand.

13

Ein Berg von Papieren türmte sich auf seinem Schreibtisch und wartete darauf, erledigt zu werden. Mehrere telefonische Nachrichten waren für ihn gekommen. Eine von Kristin, drei von Tilson. Er war sich nicht sicher, ob der Einbruch etwas mit dem zu tun hatte, was er ihr am Tag zuvor erzählt hatte, aber es könnte möglich gewesen sein. Auf alle Fälle wollte er nicht mit ihr sprechen. Und es war sowieso keine Frage, daß er nicht mit Tilson sprechen wollte. Die Leute, die in sein Büro kamen, taten es unter dem Vorwand, schnell »Guten Tag« sagen zu wollen. Sie schauten ihn seltsam an – vermutlich wird so ein zum Tode Verurteilter kurz vor seiner Hinrichtung angestarrt, dachte Reiss. Er hatte dabei immer das Gefühl, daß sie schon etwas wußten, was er noch nicht wußte.

Es war mitten am Nachmittag, und sein Kopf dröhnte. Ich bin einfach zu alt für so viel Aufregung, dachte er. Der menschliche Körper, sein Körper, war nicht dazu da, an einem einzigen Tag so viel einstecken zu müssen. Reiss war eigentlich nur deshalb zur Arbeit gekommen, weil er sein Gewissen beruhigen wollte, aber jetzt, da er hier war, hatte er nicht die Energie, irgend etwas zu tun. Es kam ihm alles völlig absurd vor. Es hatte ihn noch nicht einmal aufgerüttelt, als Betsy heute morgen nach einigem Zögern vorgeschlagen hatte, sie sollten es mit einer zeitweiligen Trennung versuchen.

Sie sagte, es sei nicht nur wegen des Einbruchs am vorhergehenden Abend, es sei nicht nur wegen seines unberechenbaren Verhaltens

an Silvester oder wegen der Frau, mit der er sich – da war sie sicher – häufig traf. Nein, es war die Gesamtsumme all dieser Dinge, eine Anhäufung von Klagen.
Reiss hatte die ganze Zeit über das Gefühl, daß sie erwartete, er würde ihr widersprechen, protestieren, um eine neue Chance bitten – wenn er das getan hätte, wäre sie wahrscheinlich darauf eingegangen. Aber er tat nichts dergleichen, er stimmte einfach zu, daß es wohl für alle Beteiligten besser wäre, wenn er vorübergehend ins Stadtzentrum ziehen würde. Er war dankbar, daß er es seinen Kindern nicht beibringen mußte, weil Betsy sie schon vor einer Stunde in die Schule gebracht hatte. Er versprach ihr, abends anzurufen und ihr zu sagen, wo er wohnte. Mark und Susie sollte nur gesagt werden, er sei wegen seiner Arbeit nicht da; es war keine Frage, daß sie diese neue Situation eine Weile akzeptieren würden, solange sie hin und wieder einen Ausflug nach Manhattan machen konnten, um ihn zu besuchen.
Wenn so etwas, ein noch nie dagewesenes Ereignis in ihrer Ehe, vor einigen Wochen passiert wäre, hätte ihn das völlig fertig gemacht. Aber jetzt, nach all den anderen Sachen, war er nur müde und erschöpft, seine Nerven waren angespannt. Er machte sich daran, sein Leben von Sea Cliff nach Manhattan zu verpflanzen, ohne jede Gefühlsregung.
Sein Familienleben war zerbrochen und seine Arbeit bedeutete ihm nichts. Trotzdem war es irgendwie interessant, so in der Luft zu hängen.
Hersh kam herein, und als er Reiss ansah, schüttelte er bedeutungsvoll den Kopf. »Bennett ist auf dem Kriegspfad«, sagte er.
»Was wollen Sie damit andeuten? Bennett ist doch immer auf Kriegspfad.«
»Aber nicht so.«
Hersh wußte ganz genau, was los war, aber er tat so, als hätte er keine Ahnung.
Aber Reiss mußte nicht lange warten, um herauszufinden, wovon Hersh redete. Sein Telefon klingelte, Bennetts Sekretärin war am Apparat. Sie bat Reiss, unverzüglich in Bennetts Büro zu erscheinen.
Eli Bennett sah aus wie ein Redner aus dem alten Griechenland, wie

Demosthenes mit den Kieselsteinen im Mund. Er war eine imposante Erscheinung, mit beginnender Glatze und mit Augen, die wie Perlen schimmerten. Er war gebaut wie ein Football-Spieler und hatte die dominante Präsenz eines Mannes, der noch nicht an die Grenzen seines Talents gestoßen ist und nicht gemerkt hat, daß es solche Grenzen gibt. Bei der Arbeit war er schnell, geschickt, aber ohne Ausdauer im Detail – die mechanische Seite und die Routine überließ er seinen Untergebenen. Er war ein meisterhafter Politiker, häufig beim Bürgermeister zu Gast, und er hatte seinen Posten übernommen mit der Auflage, das Gerichtsmedizinische Institut aufzuräumen und es von dem Ruch der Korruption und der Schlamperei zu befreien, der den bisherigen Verwaltungen angehaftet hatte.

Was ihm zu fehlen schien, war Mitleid oder auch nur Verständnis für andere Leute, zumindest für die, die noch lebten und atmeten; diejenigen, die ihre sterbliche Hülle abgelegt hatten, schien er recht gut zu verstehen. Es hieß, er habe eine Ehefrau und einen Sohn, der aufs College gehe, aber weil Bennett sein Privatleben geheimhielt, wußte es niemand genau. Reiss konnte sich nicht vorstellen, daß Bennett eine Familie hatte.

Wir sind alle für den anderen ein Buch mit sieben Siegeln, dachte er. Wir sind für uns selbst ein Buch mit sieben Siegeln.

Bennett war offensichtlich nicht gerade guter Laune, er sah wütend und mißmutig aus. Er saß hinter seinem Schreibtisch und drehte sich dauernd in seinem Stuhl hin und her, wobei er eindringlich auf irgendeinen unglücklichen Anrufer am anderen Ende der Leitung einredete und sich gleichzeitig Notizen auf einen linierten gelben Block machte.

Als er mit dem Anruf fertig war, drehte er sich um und blickte zu Reiss, der sich bereits gesetzt hatte.

»Michael«, sagte er, »Sie sind heute zu spät gekommen. Sie sind in den letzten Wochen ziemlich oft zu spät gekommen.«

»Bei uns ist gestern abend eingebrochen worden«, antwortete Reiss. Er bemühte sich gar nicht, es näher zu erklären. Er war fast in Versuchung, hinzuzufügen, daß seine Frau ihn aus dem Haus hinausgeworfen habe, beschloß aber, daß dies den Rahmen des Gesprächs sprengen würde.

»Das mag ja durchaus sein«, fuhr Bennett desinteressiert fort, »aber das erklärt nicht, warum Sie so häufig zu spät kommen und mitten am Tag Ihren Arbeitsplatz ohne Begründung verlassen, und es erklärt auch nicht, warum Sie als einziger der Angestellten hier mit Ihrer Arbeit so weit hinterher sind.« Ehe Reiss sich verteidigen konnte, wozu er im Grunde gar keine Lust hatte, hob Bennett die Hand, um ihm zuvorzukommen. »Aber darüber wollte ich heute gar nicht mit Ihnen sprechen.«

Reiss wußte nicht, ob er erleichtert sein sollte oder sich noch größere Sorgen machen. Letztlich war es ihm gleichgültig, was nun kam; es hatte auch gewisse Vorteile, wenn man sich so abgestumpft fühlte.

»Ich habe gestern nachmittag einen Anruf von einem Reporter namens Lew Tilson bekommen.«

Jetzt sitze ich in der Scheiße, dachte Reiss unbeteiligt.

»Sie wissen von dieser Angelegenheit, nehme ich an.«

»Ja.«

»Ich brauche also seine Anschuldigungen nicht zu wiederholen. Was ich nun von Ihnen wissen möchte, ist, ob an dem, was er sagt, irgend etwas dran ist.«

Reiss hatte kaum die Kraft, zu lügen. »Nein«, antwortete er. »Ich stehe zu meinem Bericht.«

Bennett warf ihm einen prüfenden Blick zu. Er wartete auf mehr, aber Reiss wollte nicht mehr sagen.

»Stimmt es, daß Sie Verbindungen zu Freunden der Verstorbenen aufgenommen haben?«

»Nur im Zusammenhang mit meinen offiziellen Nachforschungen.«

Diese Antwort befriedigte Bennett nicht. »Sie sind sich darüber im klaren, wenn diese Geschichte veröffentlicht wird, dann wird das meiner Abteilung irreparablen Schaden zufügen.«

Reiss sagte nur: »Ich glaube nicht, daß es irreparablen Schaden anrichten würde. Diese Geschichte entbehrt jeder Grundlage. Tilson hat sich das alles selbst zusammengebastelt.«

»Michael, ich habe die Leitung dieser Behörde übernommen, weil der Bürgermeister und die Wählerschaft mir vertrauen und wissen, daß es unter meiner Leitung keine Korruption gibt, keine Gesetzeswidrigkeit und keine Inkompetenz wie in der vorhergehenden

Verwaltung. Keine Proben, die verschwinden, keine falsch ausgezeichneten Röntgenaufnahmen, keine Aufseher, die die Leichenhalle nachts als improvisiertes Wettbüro benutzen. Wenn nun diese Geschichte an die Öffentlichkeit dringt, gleichgültig, welche Fehlinformationen sie enthält – ich komme dadurch in eine peinliche Situation. Solche Dinge geraten leicht außer Kontrolle.«

Offensichtlich machte sich Bennett kaum Gedanken darüber, ob tatsächlich etwas vertuscht worden war, ihn interessierte viel mehr, ob er womöglich selbst auf die Abschußliste kommen könnte, falls jemand herausfinden sollte, daß irgendwelche Sachen verdeckt worden waren. Daß Bennett gezwungen sein könnte, zurückzutreten und sein Amt in Unehren zu verlassen, wäre vielleicht noch das einzig Gute, was sich aus dieser Affäre ergeben könnte.

Bennett redete weiter; seine Ausdrucksweise zeigte, daß er zu häufig an Pressekonferenzen teilnahm, rhetorische Phrasen, zitierbare Sätze, denen er mit gebieterischer Stimme Nachdruck verlieh. Nur leider hörte Reiss nicht zu.

»Verstehen Sie, was ich meine?« Bennett schien zum Schluß zu kommen.

Reiss starrte ihn an und nickte.

»Ich möchte Sie bitten, zwei Wochen Urlaub zu nehmen. Ab heute.«

Er mußte irgend etwas verpaßt haben. Er hatte seinen Tagträumen nachgehangen, hatte an Kristin gedacht, an die Kugel, die ein Loch in der Kellerwand hinterlassen hatte, er hatte an Betsy gedacht. Keinerlei Konzentrationsfähigkeit.

»Urlaub?«

»Ich glaube, das wäre für alle Betroffenen das Beste. Dann kann sich alles etwas abkühlen.«

»Und dann?«

»Und dann werden wir sehen, wie die Sache steht, und wir werden wieder darüber sprechen.«

Als Reiss gerade gehen wollte, bat ihn Bennett um alle Unterlagen, die in diesem Zusammenhang wichtig waren. »Ich möchte mich gerne in den Fall einarbeiten, falls dieser Reporter noch einmal anruft.«

»Ich werde mich darum kümmern.«

Die Dokumentation, die er ihm gab, gefälscht wie sie war, würde Reiss' Version der Dinge belegen. Aber wenn sie einer genaueren Prüfung unterzogen wurde, dann war anzunehmen, daß Bennett Reiss' Entlassung beantragen würde, wenn er von seinem Zwangsurlaub zurückkehrte. Als er weiter darüber nachdachte, hatte er das Gefühl, daß Bennett sowieso wollte, daß er kündigte. Und im Augenblick war er nicht sicher, ob ihn das überhaupt kümmerte.

Drei Uhr nachmittags. Die Sonne war so warm, daß der Schnee schmolz und von den Dächern und aus den Dachrinnen auf die Straße tropfte, wo er sich prompt in Matsch verwandelte und brackige Wasserlachen bildete.

Reiss kaufte die *Post* und setzte sich damit in ein Schnellrestaurant. Es war nicht leicht, sich an die neue und unerwartete Freiheit zu gewöhnen.

Das Drama seines eigenen Lebens beschäftigte ihn so, daß er sich kaum die Mühe machte, die weltweiten und die trivialen Dramen zu verfolgen, welche die Seiten der Zeitung füllten. Viel Platz wurde der Verhaftung eines sozialen Aufsteigers und Restaurantbesitzers namens Nick Cantwell eingeräumt, der ohne Kaution festgehalten wurde, weil er letzten Sommer seine Geliebte umgebracht haben sollte. Heute abend würde er hinter den Gittern von Rikers Island schlafen.

Heute abend würde Reiss in einem Hotel im Stadtzentrum schlafen, an der Lexington Avenue, nicht etwa, weil ihm das Hotel oder die Gegend besonders gut gefielen, sondern einfach deshalb, weil er nichts anderes finden konnte, was seinen Preisvorstellungen entsprach.

Das Zimmer, das er bekommen hatte, war zwar nicht gerade unfreundlich, aber es unterschied sich doch stark von Heim und Herd; es war rein funktional, nicht einladend, notdürftig möbliert: Bett, Stühle und ein Schreibtisch, in dem sich Briefpapier mit dem Briefkopf des Hotels befand, und außerdem eine Bibel, die Reiss vielleicht lesen sollte. Wenn man die Schubladen schloß, machte es ein hohles, klapperndes Geräusch. Der Schrank sah auch nicht besser aus als vorher, nachdem er zwei Jacketts und einen Wintermantel hineingehängt hatte; eigentlich wirkte er sogar noch deprimierender.

Das Fenster ging auf eine Seitenstraße hinaus. Sie wurde nach Einbruch der Dunkelheit von Prostituierten frequentiert, die jedes männliche Wesen, das vorbeikam, unterschiedslos anmachten. Gelegentlich drang ihr lautes Reden bis in Reiss' Zimmer hinauf.
Wie versprochen rief er Betsy an. Ihre Unterhaltung verlief höflich und sachlich. Reiss erwähnte sein Gespräch mit Bennett gar nicht, auch nicht, daß er gezwungen worden war, Urlaub zu nehmen. Er bat sie nur, ihn im Hotel und nicht bei der Arbeit anzurufen, eine Bitte, die sie kommentarlos hinnahm. Sie störte ihn sowieso selten in seinem Büro, nur im Notfall. Obwohl angesichts der Lage der Dinge Reiss' ganzes Leben ein Notfall war.
Er redete kurz mit seinen Kindern, Mark am einen Anschluß, Susie am anderen. Es war unmöglich, auch nur zu Wort zu kommen, weil die beiden Geschwister um die Wette ihrem Vater von ihrem Schultag erzählen wollten. Reiss versuchte immer wieder zu vermitteln, indem er einen von beiden beruhigte, damit der andere reden konnte. Natürlich mußte er ihnen zusagen, daß sie demnächst nach Manhattan kommen könnten.
»Wann, Papa?« fragten beide gleichzeitig.
»Wann es eurer Mutter paßt.«
Schweigen am anderen Ende. Sie schienen zu merken, daß das Einverständnis ihrer Mutter keineswegs garantiert war.
»Aber bestimmt bald«, fügte Reiss schnell hinzu.
»Diesen Samstag, Papa?« fragte Susie.
»Nicht diesen Samstag, Schatz, aber vielleicht nächsten.«
Er hatte erwartet, daß Betsy noch einmal mit ihm sprechen wollte. Aber es stellte sich heraus, daß dem nicht so war.
Allein in dem Zimmer, in dem es immer dunkler wurde, merkte er, wie seine Abgestumpftheit ein bißchen nachließ. Es war, wie wenn eine Spritze vom Zahnarzt langsam ihre Wirkung verliert und man das Zahnfleisch und die Lippen und das Innere des Mundes wieder spürt. Aber die Erleichterung darüber, daß man das Gefühl wieder bekommt, wird durch den dazugehörenden Schmerz relativiert.
Er legte sich hin, sein Kopf hämmerte vor Schmerzen, die wahrscheinlich schon die ganze Zeit über dagewesen waren – er hatte sie nur noch nicht richtig registriert. Er war zwar völlig erschöpft, konnte aber nicht schlafen. Immer wieder öffnete er die Augen und

starrte auf das Telefon, in der Hoffnung, es könnte klingeln und Betsy würde ihn auffordern, nach Hause zu kommen. Aber das Telefon schwieg beharrlich.

Schließlich überkam ihn ein vager, schlafähnlicher Trancezustand; ein kleiner Teil seines Bewußtseins hielt sich hartnäckig wach, aber der Rest seines Gehirns hatte aufgegeben. Seine Uhr lag auf dem kleinen Tisch neben dem Bett, aber das Zifferblatt war abgewandt, und er hatte kein Gefühl dafür, wie spät es war. Irgendwie merkte er aber trotzdem, daß die Zeit verging, während die Uhr kaum hörbar vor sich hin tickte.

Er wachte spät am Morgen auf, erstaunt, daß er so lange geschlafen hatte. Aber es fiel ihm schwer, in Schwung zu kommen. Und außerdem, wohin sollte er auch gehen? Es war der erste Tag seines Zwangsurlaubs. Die Stunden dehnten sich endlos vor ihm aus.

Das einzige, was er erledigen mußte, war, ein paar persönliche Dinge aus seinem Büro zu holen. Weil Samstag war, konnte er unbemerkt hineinschlüpfen; es war niemand da, der ihm peinliche Fragen stellen konnte.

Aber nachdem er diese triviale Aufgabe hinter sich gebracht hatte, fiel ihm nichts anderes mehr ein. Er wanderte lustlos die Third Avenue entlang, ohne richtiges Ziel.

Er war an der Ecke zur 57. Straße, als eine Frau dicht an ihm vorbeiging und die Straße überquerte. Die Ampel schaltete gerade auf Rot. Reiss sah sie nur kurz von der Seite, aber das genügte. Es war eine außergewöhnlich attraktive Frau, aber solche Frauen gab es in den Straßen von New York viele. Was ihn völlig durcheinanderbrachte, war ihr Gesicht.

Es war Maias Gesicht. Genauso, wie er es auf Fotos gesehen hatte. Er schaute sich nach ihr um. Sie hatte die Straße halb überquert und entging mit knapper Not einem heranfahrenden Taxi. Sie war schon weit von ihm entfernt. Aber der kurze Blick, den er auf sie geworfen hatte, war geradezu eine Offenbarung. Die blonden Haare, die wunderschöne Figur...

Es konnte natürlich auch sein, daß er sich wünschte, Maia zu sehen, und deshalb ihr Gesicht auf eine andere Frau projiziert hatte. Oder daß es einfach eine Frau war, die der toten Schauspielerin sehr ähnlich sah.

Aber war es nicht auch möglich, daß es eine wirkliche Maia gab, und daß es diese Frau war?
Er konnte nicht widerstehen. Er machte sich auf den Weg und nahm die Verfolgung auf. Das einzige, was er von ihr sehen konnte, waren die leuchtenden Haare und ihr weißer Mantel. Die Gehwege waren voll mit Menschen; es bestand die Gefahr, daß sie zwischen ihnen verschwand.
Autos hupten, Bremsen quietschten, als er über die 57. Straße rannte, ohne auf die Gefahr zu achten.
Sie war fast hundert Meter vor ihm. Reiss mußte dauernd gegen die Fußgänger ankämpfen, die in die andere Richtung drängten. Er konnte sie nicht mehr sehen.
Gleich darauf entdeckte er sie wieder. Sie betrat gerade Bloomingdale's.
Dort begrüßte ihn ein verwirrendes Lichtermeer, das von glänzenden schwarzen Säulen, von goldverkleideten Deckengewölben und von Spiegelwänden zurückgeworfen wurde. Manchmal sah er sie nur in diesen spiegelnden Flächen, ein verschwommenes Bild aus Blond und Weiß. Er rannte einen Gang entlang, in dem Frauen, die in weiße Tuniken gehüllt waren, anderen Frauen, die auf Hockern saßen, irgendwelche Behandlungen mit erhitztem Paraffin zuteil werden ließen. Er rannte an Reklameschildern vorbei, die Nina Riccis »L'Air du Temps« anpriesen, eine Rolltreppe hinauf, durch die Sportabteilung, dann durch eine Reihe von Räumen, die mit rotem Teppich ausgelegt waren. Hier saßen Frauen vor goldgerahmten Spiegeln und ließen sich die Haare frisieren und die Lippen schminken und die Augenbrauen dramatischer gestalten. Dann zur Plaza mit den Accessoires, immer hinter ihr her, eine Rolltreppe hinunter, wo kleine Kinder vor der Kinderabteilung auf einem grünen Teppich spielten, und weiter hinunter, er sah sie am unteren Ende der Rolltreppe, während er am oberen stand, unfähig, zu ihr zu kommen, weil so viele Leute zwischen ihnen waren – bis er schließlich wieder im Erdgeschoß landete, wo Schwarz die vorherrschende Farbe war, und die Disco-Musik spielte die ganze Zeit »I'm tired of being alone, I'm tired of being alone«. Dann lockte sie ihn wieder tiefer in das Kaufhaus hinein, so daß er gezwungen war, noch einmal an den Frauen vorbeizugehen, die ihre Gesichter angemalt

bekamen. Sie ging weiter, er entdeckte sie, wie sie die Rolltreppe zum Erdgeschoß hinunterfuhr, wo Damenhüte und Schals und kleine Jadeskulpturen angeboten wurden. Inzwischen war er so darauf versessen, zu ihr zu kommen, daß er gar nicht merkte, daß ganze Horden von Käufern in das Kaufhaus drängten. Er stieß frontal mit einer sehr dicken Frau zusammen und stolperte, als er gerade versuchte, die Drehtür zu erreichen. Jemand hielt ihn am Arm fest, damit er nicht hinfiel. »Vorsicht, Vorsicht, junger Mann.«
Reiss schaute auf und erblickte den Mann, den er zuletzt in dem französischen Restaurant mit Betsy gesehen hatte: Es war der Mann mit John Traxtons Stimme, der Mann mit John Traxtons Augen.
Ehe er die Frage stellen konnte, die sich in seinem Kopf formte, war der Mann in der Menge verschwunden. Wie die Frau, die er für Maia gehalten hatte. Verschwunden.
Aber er war keineswegs alleine. Zwei Männer kamen auf ihn zu, von beiden Seiten, und führten ihn diskret, aber mit energischem Griff zur Lexington Avenue hinaus. Dort wartete ein Auto auf sie. Reiss hatte keine Gelegenheit, Widerstand zu leisten. Für einen Beobachter mußte es so aussehen, als würden drei gute Freunde gemeinsam in ein Auto einsteigen, nichts weiter.
Als er fragte, wohin er gebracht werden sollte, machte sich keiner der beiden Kidnapper die Mühe, ihm zu antworten.

14

Als sie dann unterwegs waren, brach einer von ihnen das Schweigen. »Kein Grund zur Beunruhigung, Doktor. Bitte bleiben Sie ruhig.«
Die Männer an seiner Seite beherrschten ihre Aufgabe offensichtlich gut, sie waren effizient und, wenn nötig, auch rücksichtslos, aber wahrscheinlich froh, wenn sie diese Rücksichtslosigkeit mit vornehmer Höflichkeit mildern konnten. Sie waren gesichtslos, weder gutaussehend noch häßlich, außerdem gut rasiert. Reiss fühlte sich an FBI-Agenten oder an Leute vom Geheimdienst erinnert.
Zuerst dachte er, es seien vielleicht Kriminalbeamte, die ihn verhaf-

ten wollten, weil er mit staatlichem Beweismaterial durchgebrannt war, aber dieser Eindruck verflüchtigte sich schnell. Nein, es war eher anzunehmen, daß sie vom Center geschickt waren, um ihn abzuholen. Vielleicht war es tatsächlich besser so. Das Komitee, der leitende Ausschuß des Centers, hatte allem Anschein nach etwas mit ihm vor – wozu sollten diese Spielchen sonst dienen? –, und er wollte es lieber jetzt hinter sich bringen, als die Sache weiter in die Länge zu ziehen.

Er verlor das Gefühl dafür, in welche Richtung der Wagen fuhr, aber sie fuhren sehr schnell und erreichten ihr Ziel – das seiner Vermutung nach in der Nähe der 20. Straße lag, nicht weit vom Fluß – in weniger als zehn Minuten.

Das Gebäude, in das er, flankiert von seinen Bewachern, geführt wurde, stammte vermutlich aus den späten vierziger Jahren. Es hatte sechs Stockwerke und war architektonisch völlig uninteressant; jedes zweite Fenster war mit einer alten, sperrigen Klimaanlage verziert.

Ein Fahrstuhl brachte sie zum vierten Stock. Seine beiden Begleiter deuteten auf eine Tür, auf der eine Zahl stand, die aber sonst nicht gekennzeichnet war. Sie öffneten die Tür für ihn.

»Dr. Reiss, wenn Sie bitte hier warten würden«, sagte der Freundlichere der beiden. »Es dürfte nur ein paar Minuten dauern.«

Die beiden verließen den Raum, schlossen die Tür hinter sich ab, und Reiss konnte sich nun Gedanken darüber machen, was wohl in ein paar Minuten geschehen mochte.

In der Mitte des Zimmers standen ein Tisch, ein paar Stühle und eine Couch. Das Seltsame an dem Raum war allerdings, daß man sehr gut sehen konnte, daß es aber keine Lichtquelle zu geben schien. Keine Lampen, keine Deckenbeleuchtung, keine Glühbirne, nichts. Erst langsam wurde Reiss klar, daß das Licht von der Wand hinter ihm ausging. Von da, wo er saß, sah es aus wie eine Wand, die in einem langweiligen Grau gestrichen war, aber wenn er näher heranging, sah er, daß das Grau zu leuchten begann, und wenn er direkt davor stand, konnte er so etwas wie ein anderes Zimmer sehen, als würde er durch durchsichtiges Glas schauen. Dieser zweite, möglicherweise eingebildete Raum war genauso groß wie der, in dem er sich befand, es war ein Zimmer voller Nebel, mit einem intensiven, seltsam grauen Licht. Aber sobald er einen Schritt zurücktrat, verschwand das Zimmer hinter der Wand. Diese optische Täuschung – wenn es das war – hatte einen faszinierenden und gleichzeitig beunruhigenden Effekt. Reiss fand, daß man ihn eigentlich nicht noch mehr verwirren mußte, als er sowieso schon war.

Genau in diesem Augenblick ging die Tür auf.

Zwei Männer kamen herein. Der erste war Hardin Mull, der zweite Matthew Watkins.

»Guten Abend, Michael«, sagte Mull.

Watkins sagte nichts. Sie setzten sich auf das Sofa.

Mull begann zu reden. Er deutete auf die Leuchtwand und sagte: »Gefällt dir das?« Ohne eine Antwort abzuwarten, fuhr er fort: »Es ist das Ergebnis eines ganz besonderen Lichtes. Die Wirkung ist ziemlich interessant, findest du nicht? Man sieht einen Raum, den es nicht gibt. Genau wie du eine Frau gesehen hast, die es nicht gibt. Einen Monat lang bist du jetzt einer Illusion nachgelaufen. Es wird Zeit, daß deine Suche ein Ende findet.«

Er klang ernst, aber nicht verärgert.

»Du hast mich überzeugt. Ich scheine in dieser Sache keine große Wahl zu haben.«

»Eine vernünftige Schlußfolgerung.«

»Und Kristin? Sie hat etwas damit zu tun, nehme ich an.«

Er war plötzlich sehr müde.

»Sie hat nur ihre Anweisungen befolgt. Und sie wird es auch weiterhin tun, möchte ich hinzufügen.«

»Ich will sie nicht wiedersehen.«

Er wußte nicht, ob das wirklich stimmte.

»Das mag ja sein«, sagte Mull geduldig, »aber die Entscheidung liegt nicht mehr bei dir.«

»Was willst du noch von mir?«

Statt ihm direkt zu antworten, sagte Mull: »Ich weiß nicht, ob du Bescheid weißt, aber ich habe erfahren, daß dein Name demnächst in der Zeitung erscheinen wird, allerdings in einem Zusammenhang, der für dich nicht besonders angenehm ist. Michael, du bist in der äußerst unglücklichen Situation, daß du von der Presse an den Pranger gestellt wirst und von der Regierung wegen gesetzeswidriger Handlungen im Amt und wegen Diebstahls staatlichen Beweismaterials angeklagt wirst. Ganz zu schweigen von der Möglichkeit, daß du wegen Beihilfe zum Mord vor Gericht gezogen werden kannst.«

Beihilfe, dachte er. Komplize. Diese Rolle paßte doch gar nicht zu ihm. »Ich nehme also an, Hardin, daß du eine Alternative hast?«

»Allerdings. Ich biete dir die Chance, ein neues Leben anzufangen.«

»Du klingst wie der Moderator eines Fernsehquiz.«

Diese Bemerkung gefiel Mull nicht, er überhörte sie bewußt. »Ich meine es ernst.« Er winkte Watkins, der gehorsam aufstand, zur Tür ging und sie öffnete.

Der Mann, der jetzt hereinkam, war derselbe Mann, den er vor zwanzig Minuten bei Bloomingdale's gesehen hatte.

»Ich nehme an, ihr beide kennt euch«, sagte Mull.

»Wir sind uns schon einmal begegnet«, meinte Reiss.

»Mehr als das, Michael«, sagte der Mann. »Ich bin es, John. John Traxton.« Als er den ungläubigen Ausdruck auf Reiss' Gesicht sah, ging er auf ihn zu und fuhr fort: »Ich weiß, wie schwierig es für Sie ist, das zu glauben.« Er stand neben Reiss und drückte ihm die Hand. »Aber es stimmt.«

»John Traxton hat Selbstmord begangen.«

»Nein, Michael, das habe ich nicht.«

»Tut mir leid, aber ich muß Ihnen widersprechen. Es stand ganz eindeutig in der Zeitung. Ich war auf Dr. Traxtons Beerdigung. Wenn Sie also nicht wieder auferstanden sind, dann können Sie leider nicht der John Traxton sein, den ich in San Francisco gekannt habe.«

Was Reiss durcheinanderbrachte, war die Tatsache, daß dieser Mann, ganz unabhängig davon, wer er nun wirklich war, genau die gleiche abgehackte Redeweise hatte wie Traxton, fast ein Stakkato. Und die Art, wie er auf dem Sofa saß, die Beine übereinander geschlagen und den Oberkörper leicht vorgebeugt, die raschen, übertriebenen Handbewegungen – genauso hatte Traxton sich bewegt, wenn er in eine angeregte Unterhaltung verwickelt war.

»Es gab einen Todesfall, das stimmt«, sagte der Mann und versuchte geduldig, eine Diskrepanz zu erklären, die unerklärbar schien. »Aber das war nicht ich. Es war ein Ersatz. Eine Leiche, die so hergerichtet wurde, daß sie mir ähnlich sah.«

Hundert Fragen gingen ihm durch den Kopf, aber Reiss beschloß, keine davon zu stellen.
»Du mußt verstehen«, unterbrach Mull, »daß das Center für Rehabilitations-Chirurgie Operationen durchführt, von denen die breite Öffentlichkeit nichts weiß und auch nicht immer wissen darf. Ich habe dir ja erzählt, daß wir der Regierung geholfen haben bei ihrem Plan, Kronzeugen zu relokalisieren, aber ich bin nicht in Einzelheiten gegangen. Wir versorgen die Leute nicht nur mit neuen Papieren – Führerschein, Versicherungsnummer und ähnliches – und wir finden nicht nur einen neuen Ort irgendwo auf der Welt für sie, wo sie leben können. Nein, wir sind weit über die bescheidenen Pläne der Regierung hinausgegangen und haben ein sehr viel differenzierteres Programm entwickelt. Wir sorgen dafür, daß ein Individuum neu geschaffen wird.« Er hielt inne, vielleicht weil er sich überlegte, ob das der richtige Ausdruck war. »Ja, neu geschaffen. Wir verändern das Gesicht, wir verändern die Haare, wir entfernen Narben, an denen eine Person identifiziert werden könnte. Wir fügen Gewebe hinzu, oder wir entfernen welches.«
»Willst du damit sagen, ihr nehmt eine Leiche als Ersatz, und alle Welt akzeptiert, daß es der Mensch ist, für den ihr diese Leiche ausgebt?«
»Es ist nicht ganz so einfach. Wir suchen einen Toten aus – normalerweise eine Leiche, die nie identifiziert wurde und die dem lebenden Menschen, den wir ersetzen wollen, äußerlich in groben Zügen gleicht. Da Tote nicht heilen, müssen wir eine Rekonstruktion vornehmen, beispielsweise das Gebiß verändern, die Augen herausnehmen, solche Sachen. Und selbstverständlich müssen wir die Ersatzleiche für die entsprechenden Umstände einkleiden und sie so verstümmeln, daß nur die Teile, die wir eingesetzt haben, deutlich sichtbar sind und untersucht werden können. Die menschlichen Bestandteile, die nicht dupliziert werden können, wie etwa Fingerabdrücke, vernichten wir. Feuer eignet sich da gut. Oder ein längerer Aufenthalt im Wasser, mit besonders gefräßigen Fischen. Aber das Problem stellt sich eigentlich nur selten. Wie viele Leute kennst du, deren Fingerabdrücke irgendwo registriert sind?«
Jetzt mischte sich John Traxton wieder ein. »Michael, erinnern Sie sich an die Party, die unser Kollege Rolling gab? Es war das letzte

Mal, daß wir uns gesehen haben. Sie erinnern sich, daß ich mit Ihnen ins Arbeitszimmer gegangen bin und Ihnen gesagt habe, daß wir eines Tages zusammen arbeiten würden. Ich habe gesagt: ›Michael, wir müssen immer auf Veränderungen gefaßt sein, aber unser Leben hört hier in San Francisco nicht auf.‹«

Er schaute Reiss ruhig in die Augen. Reiss wandte den Blick ab. Er erinnerte sich. Er konnte sich nicht vorstellen, daß sonst irgend jemand über dieses fünfminütige Gespräch im Arbeitszimmer Bescheid wußte. »Diese Unterhaltung mag ja stattgefunden haben«, sagte er, »aber das heißt nicht, daß Sie es waren, mit dem ich gesprochen habe.«

»Ich weiß, daß es sehr schwierig für Sie ist. Glauben Sie mir, ich weiß es. Und ich erwarte auch nicht, daß Sie das alles an einem einzigen Abend richtig aufnehmen können. Aber wenn Sie mir in die Augen blicken, dann werden Sie sehen, daß ich Sie nicht belüge.«

Seine Augen, ja – es bestand kein Zweifel, es waren John Traxtons Augen. Und wenn er lange genug hinschaute, dann konnte Reiss auch erkennen, daß im Knochenbau, in der Grundstruktur der Gesichtszüge etwas war, was ihn an John Traxton erinnerte: Er kam sich vor wie ein Archäologe, der vor einer offenen Ausgrabungsstätte mit verschiedenen Schichten alter und zerstörter Städte steht und der sich ein Bild davon zu machen versucht, wie all die Steine und das Geröll ausgesehen haben, als die Stadt noch intakt war.

Aber wenn es tatsächlich Traxton sein sollte, dann war seine Nase jetzt knolliger, sein Kinn fester; seine Ohren standen nicht mehr so stark ab, seine Augenbrauen waren nicht mehr so fein; und seine Haare waren oben nicht mehr so dünn und an den Schläfen grau, sondern genau im Gegenteil, sie waren dunkel und voll und im Nacken sogar ein bißchen zu lang.

»Du bist John zu Dank verpflichtet«, sagte Mull. »Er hat sich sehr für dich eingesetzt. Ich habe natürlich auch mein Bestes getan, aber es war John, der alle seine Beziehungen spielen ließ.«

»Willst du damit andeuten, daß ich sonst umgebracht worden wäre?«

Er hätte nie gedacht, daß er diese Frage stellen würde. Es überraschte ihn, wie ruhig er war.

»Um ganz offen zu sein, dazu möchte ich mich lieber nicht äußern«, antwortete Mull. »Aber ich würde die Möglichkeit nicht ausschließen. Ich habe dir ja schon angedeutet, was passieren könnte, wenn du auf deinem unnötig« – er suchte nach dem Wort und fand es schnell – »auf deinem unnötig zwanghaften Verhalten beharren würdest. Du hast keine Ahnung, wie sehr wir uns bemüht haben, dich nicht nur vor Schaden zu bewahren, sondern auch... sagen wir mal, dich aus deinem Leben hier in New York langsam herauszulösen. Ich glaube, du bist jetzt in einer Situation, in der du sehr viel eher bereit bist, auf die Stimme der Vernunft zu hören.«
»Was ist mit Tilson? Steckt ihr da auch dahinter?«
»Ich versichere dir, Michael, mit ihm hatten wir nichts zu tun. Manchmal arbeitet der Zufall für uns und sorgt für gute Ergebnisse.«
»Ich weiß, was Sie durchgemacht haben«, unterbrach ihn Traxton – oder der Mann, der vorgab, Traxton zu sein. »Ich habe ja selbst etwas Ähnliches mitgemacht. In San Francisco –«
Mull brachte ihn mit einem wütenden, fast drohenden Blick zum Schweigen. Traxton zuckte die Achseln, eine Geste, von der er offensichtlich hoffte, sie würde Reiss von seinem Mitgefühl überzeugen.
»Na, gut«, fuhr er fort. »Ich verdanke dem Center sehr viel. Dank seiner Hilfe ist es mir möglich, meine Forschungsarbeit weiterzuführen, und die Ergebnisse, die ich erzielt habe, sind schlicht umwerfend. Sie sind, in aller Bescheidenheit, Nobelpreis-Kaliber.«
Diese Begeisterung, diese Redewendung – »Nobelpreis-Kaliber« –, das war ganz typisch Traxton.
Aber Mull wurde ungeduldig. Er war offenbar nicht in der Stimmung, Traxtons redselige Exkurse zu ertragen. »Später, John, warten Sie damit bis später. Wir wollen erst einmal das Geschäftliche erledigen, das jetzt ansteht.«
»Das Geschäftliche, das jetzt ansteht, ist mein vorgetäuschter Tod, oder?«
»Ja, das stimmt. Er soll in etwa drei Wochen eintreten, auf welche Art, das muß noch entschieden werden. Wir haben noch nicht die Einzelheiten ausgearbeitet, aber bis Ende Februar ist dann alles erledigt.«

»Und wenn ich nicht mitmache?«

»Ach, aber, mein lieber Michael«, sagte Traxton, »haben Sie denn noch nicht begriffen? Sie haben keine Wahl.«

»Du hast eine Wahl. Ein langer Prozeß vor Gericht, der auf eine Verurteilung und auf eine Gefängnisstrafe hinausläuft.« Mull erwähnte diese Möglichkeiten mit sichtlicher Genugtuung. »Aber ich glaube kaum, daß du das wirklich willst. Wir geben dir eine Chance, und zwar kostenlos. Andere bezahlen uns buchstäblich Millionen dafür. Schlag die nicht so einfach in den Wind.«

»Das Problem ist nur, daß mir mein Leben eigentlich ganz gut gefällt. Oder zumindest war es bis vor einem Monat so.«

»Also, bitte«, sagte Mull. »Alles verändert sich. Es gibt kein Zurück. Du mußt der Wirklichkeit ins Gesicht sehen. Du mußt pragmatisch sein. Gerichtsmedizin ist sicherlich pragmatisch. Und in diesem Fall ist es pragmatisch, daß du dich kooperativ verhältst. Es ist für alle Beteiligten das Richtige.«

»Aber meine Familie –«

»Du hast genug Zeit, um sie zu sehen. Es hängt von der Entwicklung deiner Eheprobleme ab. Aber du darfst auf keinen Fall deiner Frau oder deinen Kindern gegenüber irgend etwas andeuten. Oder sonst jemandem. Wir müssen dich leider weiterhin überwachen. Sehr streng überwachen. Und ich befürchte, daß auch die Polizei bald nach dir suchen wird. Du solltest dich sehr unauffällig verhalten. Ich muß dich nicht daran erinnern, in welche Gefahr du andere bringst, wenn du irgend etwas von dem, was du heute abend gehört hast, weitererzählst.«

Für eines war Reiss dankbar: Mull tat nicht mehr so, als würde irgendein Mafia-Gangster oder ein verängstigter Senator sein Leben bedrohen. Es war das erste Mal, daß Mull so direkt mit ihm gesprochen hatte.

Wie Alice im Wunderland oder eine Figur aus einem Roman von Jules Verne, die auf den Mond geschossen wird oder zwanzigtausend Meilen unter dem Meeresspiegel landet, so war er in eine andere Welt gebracht worden, in der nichts war wie sonst, in der alle Regeln ungültig waren. Er wanderte durch eine unbekannte Landschaft, verwirrt und betäubt, und er war nur noch eine passive Gestalt, ein Opfer der Umstände, wie in einem Traum. Alles, selbst seine Gefühle – alles war verdächtig.

»Komm morgen früh um acht Uhr in mein Büro, damit wir die Arbeit beginnen können«, sagte Mull unvermittelt. »Und ich möchte dich noch einmal daran erinnern, daß du niemandem irgend etwas erzählen darfst. Ach ja, noch eine Sache. Es ist anzunehmen, daß die Polizei demnächst mit dir sprechen möchte.«
»Die Polizei? Ich dachte, ihr hättet darauf Einfluß.«
»Natürlich haben wir Einfluß, aber den üben wir nur bei außergewöhnlichen Anlässen aus. Im allgemeinen ziehen wir es vor, daß alles seinen Gang nimmt. Falls also die Polizei dich wegen der Sache mit Maia Stevens verhört, dann leugne einfach alles. Ich kann dir versichern, daß die Nachforschungen sehr langsam vom Fleck kommen werden, und wenn sie dann genügend Beweismaterial an der Hand haben, um einen Haftbefehl auszustellen, bist du schon...« Sein Lächeln war fast grotesk. Es brachte die ganze Symmetrie seines Gesichtes durcheinander. »Bis dahin bist du schon tot. Was macht es also?«
»Tot«, wiederholte Reiss, als ob er den Klang des Wortes überprüfen wollte.
»Allem Anschein nach, muß ich hinzufügen. Hast du alles verstanden?«
»Verstanden.« Reiss erhob sich vom Sofa.
»Dein Fahrer wartet drunten in der Vorhalle. Er wird dafür sorgen, daß du in dein Hotel zurückgebracht wirst.«
Ehe Reiss die Tür öffnete, wandte er sich noch einmal zu den drei Männern um. »Ach, übrigens, die Sache am Silvesterabend, mit Simon Lash. Wie gut ist seine Verbindung zur Geisterwelt denn tatsächlich?«
»Nicht so gut, wie wir es gerne hätten, muß ich leider sagen. Er hat eine gewisse Begabung, aber das meiste ist Hokuspokus. Sehr viel Hokuspokus.«
»Das habe ich mir gedacht«, sagte Reiss und trat in den Korridor, wo die Wände mit einer Farbe gestrichen waren, die aussah wie alte Karamelbonbons. Eine einsame Farbe.
Im Aufzug und bei der ganzen Fahrt zu seinem Hotel konnte er nur ein Wort denken, Hokuspokus, Hokuspokus, wie ein Zen-Gesang, der hilft, den Kopf freizumachen.

15

Er hätte ein Schlafwandler sein können. Er brachte irgendwelche Aufgaben hinter sich, die schnell ihre Bedeutung für ihn verloren, wenn sie je eine gehabt hatten. Die Tage waren nicht mehr durch den Einbruch der Nacht festgelegt, denn die Tests, denen Reiss sich unterziehen mußte, fanden in einer zeitlosen Umgebung statt, wo es im allgemeinen keine Fenster gab, durch die man sehen konnte, ob die Sonne am Himmel stand oder nicht. Er war von allen Verbindungen abgeschnitten.

Die meiste Zeit über war er damit beschäftigt, irgendwelchen Pfeilen zu folgen, die durch die Korridore führten, überirdisch und unterirdisch, durch das Gebäudelabyrinth, aus dem sich das Center für Rehabilitations-Chirurgie zusammensetzt.

Und auf Schritt und Tritt war Kristin Landis bei ihm. Sie war beauftragt worden, auf ihn aufzupassen und dafür zu sorgen, daß er sich an den Stundenplan hielt, den das Center für ihn ausgearbeitet hatte.

Zuerst versuchte er, sie zu ignorieren, aber das war unmöglich, weil sie ihn nicht nur überall im Center begleitete, einen Ordner mit Röntgenaufnahmen in der Hand, der immer dicker wurde, außerdem Analysen von Blut, Urin, Chromosomen, Antikörpern und Gewebetypen – nein, sie ging auch mit ihm nach Hause, wenn er das tägliche Testpensum hinter sich hatte. Er wohnte jetzt in einer Hotelsuite am Central Park South. Leuten, die bald verschwanden, wurde ein gewisser Luxus zugestanden. Ähnlich wie die Henkersmahlzeit eines zum Tode Verurteilten, dachte Reiss.

Und es war auch wirklich so, daß Reiss in seinem halluzinatorischen Zustand Kristin manchmal als eine Art priesterliche Henkerin sah. War sie eine Henkerin? Er bezweifelte es. Aber er wußte es nicht. War sie eine Frau? Sie war mindestens genauso sehr eine Frau wie die Frauen, denen er bisher begegnet war, faszinierender als die meisten, aber auch da war er letzten Endes nicht sicher, ob es stimmte. Er brachte es nicht fertig, sie zu hassen, obwohl er es sehr gern getan hätte.

Sie kam abends zu ihm, sie vertauschte ihr Bett mit dem seinen. Er leistete keinen Widerstand, weil er es für sinnlos hielt. Sein Tod mochte nur vorgetäuscht sein; trotzdem hatte er das Gefühl, daß er im Grunde demnächst ausgelöscht werden sollte. Und je näher das Ereignis heranrückte, desto stärker machten sich seine sexuellen Bedürfnisse bemerkbar. Kristin spürte das sofort; vielleicht war sie an dieses Phänomen gewöhnt. Wie viele andere Männer hatte sie schon durch diese seltsame Übergangsphase begleitet?

Wenn er eine Weile von ihr weg gekonnt hätte, dann wäre er vielleicht imstande gewesen, dem Zauber zu entkommen, den sie auf ihn ausübte. Aber die Gelegenheit bot sich nie. Selbst in seinen Träumen wanderte er durch die endlosen Korridore, folgte den bunten Pfeilen zu irgendwelchen Bestimmungsorten, die alle nach antiseptischen Mitteln und nach Jod und nach einer Spur von trocknendem Blut rochen, ein Geruch, der nicht verschwand. Und bei ihm, neben ihm, war Kristin, immer.

Wenn er es vergaß – was ihm oft passierte –, dann erinnerte ihn Kristin daran, daß er zu Hause anrufen und den Kontakt mit Betsy und den Kindern aufrechterhalten sollte.

Er war ein besserer Schauspieler, als er gedacht hatte. Er brachte es ohne weiteres fertig, eine freundliche, wenn auch nicht unbedingt befriedigende Unterhaltung mit seiner Familie zu führen. Seiner gleichmäßigen Stimme konnte man zwar eine gewisse Spannung und auch ein Unbehagen anhören, aber Betsy nahm an, das habe mit den Auswirkungen ihrer Trennung zu tun. Und ihre Besorgnis war nie so groß, daß sie ihn gebeten hätte, nach Hause zu kommen. Statt dessen deutete sie an, daß vielleicht ein Eheberater helfen könnte, und als er es ablehnte, diese Möglichkeit in Erwägung zu ziehen, schlug sie vor, sie sollten sich doch treffen und über alles reden. »Damit keine dicke Luft mehr ist«, meinte sie.

Reiss sagte, er werde sich wieder melden. Das paßte ihr nicht, aber was sollte er machen? Er konnte kein Treffen vereinbaren, ohne daß das Center es vorher genehmigte.

Aber Kristin hatte keinerlei Einwände. »Du mußt nur dafür sorgen, daß es entspannt bleibt«, sagte sie.

Er schaute sie an und überlegte, ob sie das tatsächlich ernst meinte. Wie konnte es unter den gegebenen Umständen entspannt bleiben? Trotzdem rief er Betsy zurück und sagte ihr, sie solle ihn in der Bar seines Hotels treffen. Das war Kristins Entscheidung, nicht seine eigene.

Am folgenden Tag teilte ihm Kristin mit, sie habe neue Anweisungen bekommen. Er sollte Betsy sagen, er arbeite jetzt für das Center und habe seine Stelle beim Gerichtsmedizinischen Institut gekündigt.
»Warum? Was soll das jetzt noch bezwecken? Es sind ja nur noch zwei Wochen.«
»Ich gebe nur weiter, was mir gesagt wurde, Michael. Sag es ihr. Was schadet es? Sie reagiert vielleicht positiv. Sie war nicht glücklich darüber, daß du als Gerichtsmediziner immer so lange gearbeitet hast, oder? Und mit deinem Gehalt war sie auch nicht zufrieden.«
»Wie kommt es eigentlich, daß du alles über mich weißt, und ich weiß nichts über dich?«
Sie lachte sanft und küßte ihn.
»Du beantwortest alle Fragen mit einem Kuß. Manchmal reicht das nicht.«
»Bis jetzt hat es immer ganz gut funktioniert.«

Betsy war noch nicht da. Vermutlich war sie im Verkehr steckengeblieben, denn normalerweise war sie pünktlich. Zehn Minuten später sah er, daß eine Frau auf ihn zukam. Eine Fremde, dachte er. Ich kenne sie nicht. Nein, es ist meine Frau. Ich kenne sie nicht.
In dem gedämpften Licht der Cocktailbar sah sie immer noch sehr hübsch aus, aber älter – vielleicht lag es daran, daß sie die Haare nach hinten frisierte –, reifer, mehr die Situation beherrschend. Das muß sie ja auch, dachte Reiss.
Sie entdeckte ihn und kam an seinen Tisch. Einen Augenblick lang schien es, als wisse sie nicht genau, wie sie ihn begrüßen sollte, welche Regeln für diese Begegnung galten. Es war ganz ähnlich wie bei ihrem ersten Rendezvous.
Sie entschied sich für einen Kuß auf die Wange, wie eine Schwester.
»Du siehst gut aus«, sagte er.
»Und du siehst müde aus. Bist du müde?«
»Ja, ein bißchen.«
Am Nachbartisch saßen zwei Männer. Sie sprachen nicht miteinander; es war durchaus möglich, daß sie ihre Unterhaltung belauschten. Oder vielleicht war irgendwo am Tisch eine Wanze angebracht.

Er dachte daran, daß der CIA winzige Mikrofone in Oliven versteckte. Alles war möglich.
Auf alle Fälle hatte er nicht die geringste Absicht, irgend etwas zu sagen, was dem Center verdächtig vorkommen könnte.
»Wie geht es Mark und Susie?«
»Sie vermissen dich.«
»Sag ihnen, daß sie mir auch fehlen.«
»Du mußt kommen und sie besuchen. Bald.«
»Das habe ich auch vor.«
Es würde eine Weile dauern, bis sie sich so weit entspannten, daß sie diese verkrampfte Situation hinter sich bringen konnten. In einer Stunde würden sie das nicht schaffen. Vielleicht war es überhaupt nicht möglich.
»Betsy, ich habe einen neuen Job.«
»Ach, ja?«
»Ich habe Hardins Angebot doch angenommen. Ich arbeite jetzt für das Center.«
»Bist du zufrieden?«
»Ja... ja, ich bin zufrieden. Die Arbeitszeit ist günstig, die Bezahlung ist ausgezeichnet. Die Laborausstattung ist ganz hervorragend.«
»Das klingt aufregend.«
»Aufregend? Ja, das ist es.«
Es folgte ein langes, furchtbares Schweigen, das wie ein hochwirksames Gift in die Poren drang.
»Weißt du, wo hier die Toiletten sind?«
Reiss war noch nie hier gewesen. Er wußte es nicht.
»Macht nichts. Ich finde mich schon zurecht. Würdest du bitte auf meine Tasche aufpassen?«
Die Tasche war nicht ganz zu. Ein kleiner Plastikbehälter, in dem sich irgendwelche verschreibungspflichtigen Tabletten befanden, war zu sehen. Reiss holte ihn heraus. Valium. Betsy hatte noch nie Valium genommen. Er hatte nicht gewußt, unter welchem Druck sie stand. Aber das galt auch für ihn. Er nahm sich ein paar Tabletten heraus, weil er dachte, daß sie in der nächsten Zeit vielleicht nützlich sein könnten. Er stellte sich vor, tief und traumlos schlafen zu können, und das war im Augenblick nur mit einem starken Beruhigungsmittel möglich.

Betsy kam zum Tisch zurück, entschlossener als vorher, aus dem Treffen etwas zu machen. »Michael, hast du über unsere Ehe nachgedacht?«

»Ich denke die ganze Zeit darüber nach.«

»Und?«

Was konnte er sagen? Daß sie ihre Ehe am besten vergessen sollte, daß sie ihn vergessen sollte? Daß sie bereits am Ende des Monats seinetwegen Trauerkleidung tragen würde? »Ich brauche noch mehr Zeit.«

»Mehr Zeit«, wiederholte sie zweifelnd. »Ich möchte, daß du zurückkommst, das mußt du wissen. Aber nur, wenn ich sicher sein kann, wer du eigentlich bist, was du bist. Verstehst du, was ich meine? Du bist nicht der Mann, den ich geheiratet habe. Du bist jemand anderer.« Sie wartete, weil sie dachte, er würde sich irgendwie verteidigen. Aber er tat es nicht. Er dachte nur: Selbst ohne das Center wäre ich vermutlich nicht fähig, zu ihr zurückzukehren. Sie fuhr fort: »Diese Frau. Bist du immer noch mit dieser Frau zusammen?«

»Welche Frau? Von wem redest du denn?« Er konnte sich nicht vorstellen, daß sie über Kristin Bescheid wußte.

»Das weißt du ganz genau. Lüg mich nicht an, das ist etwas, das ich nicht ertrage. Die Frau, auf deren Party du an Silvester warst.«

»Das war eine oberflächliche Bekanntschaft, Betsy. Sie heißt Kristin Landis und sie bedeutet mir überhaupt nichts.«

»Endlich ein Name. Und wenn sie dir nichts bedeutet, warum lebst du dann jetzt mit ihr zusammen? Seit Wochen sieht man dich mit ihr, wie ihr in diesem Hotel aus und ein geht. Das ist für mich mehr als eine oberflächliche Bekanntschaft.«

Wie konnte sie das wissen? Hatte sie ihm nachspioniert? Hatte sie einen Privatdetektiv angestellt? Aber es war eher anzunehmen, daß es jemand wie Tilson war, der ihm bewußt Schwierigkeiten machte. Ja, das konnte er sich vorstellen, daß Tilson ihm überall hin folgte und dann Betsy informierte, in der Hoffnung, von ihr irgendwelche Informationen zu bekommen. Aber Reiss war klug genug, Betsy nicht danach zu fragen.

»Ich schwöre dir, du bist die einzige Frau, die mir etwas bedeutet.« Der Klang seiner eigenen Stimme gefiel ihm nicht, es fehlte die richtige Überzeugungskraft. Betsy stand abrupt auf. Tränen liefen ihr über die Wangen, aber sie wischte sie schnell mit den Händen weg. »Sag mir, wann du kommen kannst. Die Kinder möchten dich sehen.« Sie wandte sich ab und eilte aus der Bar.

Einen Augenblick lang saß Reiss wie gelähmt am Tisch. Dann rannte er hinter ihr her und folgte ihr auf die Straße, wo sie verzweifelt versuchte, ein Taxi zu bekommen.

Er hielt sie fest. »Betsy, ich liebe nur dich. Du mußt es mir glauben.«

Sie schaute ihn lange und forschend an, ihr Gesicht drückte nichts als Ungläubigkeit aus. Neben ihnen hielt ein Taxi. »Bitte«, sagte sie und machte sich los, »ich muß jetzt gehen.«

Und das tat sie auch.

Kristin war offensichtlich über das, was zwischen Betsy und ihm vorgefallen war, genau informiert, und nichts von dem, was sie gehört hatte, mißfiel ihr. War es möglich, daß sie eifersüchtig war auf Betsy? Oder war es schlicht berufliches Interesse?

»Du hast genau das gemacht, was du solltest«, sagte sie zu ihm.

Ein Lob von Kristin war so etwa das letzte, was er wollte.

»Haben die beiden Männer am Tisch neben uns sich über unseren Ehestreit amüsiert?«

»Liebling, wovon redest du denn?«

»Wie sonst habt ihr unsere Unterhaltung mitgekriegt?«

»Die technischen Sachen sind doch so uninteressant.« Sie saß auf dem Bett, nur mit einem dünnen Morgenmantel bekleidet. »Mach dir nicht so viele Gedanken. Komm her, ich massiere dich.« Sie bog ihre schönen Hände, ihre Finger sahen jetzt aus wie Krallen.

Aber Reiss ließ sich nicht so einfach abspeisen. »Warum tust du das, Kristin? Warum tust du alles, was dir das Center sagt? Sie besitzen dich. Ich habe wahrscheinlich keine andere Wahl, aber du? Ich kann das einfach nicht verstehen.«

Plötzlich stand sie vom Bett auf und löste mit einer geschickten Handbewegung die Schleife, die den Morgenrock zusammenhielt. Mit einer Schulterbewegung schüttelte sie dann den Morgenmantel ab, so daß sie nackt vor ihm stand. Er hatte sie schon unzählige Male so gesehen, aber jetzt wirkte ihre Nacktheit aggressiv, was er zuvor noch nie so empfunden hatte.

»Du möchtest wissen, warum ich die Befehle des Centers befolge?« Ihre Stimme klang ungewöhnlich schrill. Sie machte einen Schritt auf ihn zu. »Weil ich ihm meinen Körper verdanke.« Mit einer langen, geschmeidigen Bewegung fuhr sie mit den Händen über ihre Brüste, über ihren flachen Bauch und zwischen die Beine, als wollte sie auf dramatische Art verdeutlichen, welche Rolle das Center bei der Schaffung dieser kalten, faszinierenden Schönheit gespielt hatte. »Ich verdanke dem Center alles, siehst du das? Siehst du das?«

Er stand also immer noch vor dem Geheimnis, das er eigentlich schon gelöst zu haben glaubte. War Kristin eine Frau gewesen, die nicht besonders gut aussah und die vom Center zu der attraktiven Frau gemacht worden war, die sie jetzt war? Oder war sie ein Mann, wie Maia? Er war nicht sicher, ob er wirklich die Wahrheit herausfinden wollte, selbst wenn er es könnte. Aber eines wußte er ganz genau: daß sie nie wieder dasselbe Bett teilen würden.
Nach diesem Ausbruch wurde Kristin mürrisch und still. Sie rührte das Essen kaum an, das sie für sich und Reiss aufs Zimmer bestellt hatte. Selbst bei einer Routineangelegenheit wie der Auswahl des Essens bestand sie nämlich darauf, es selbst in die Hand zu nehmen, und nur ganz selten fragte sie Reiss, was er gerne hätte. Aber sie trank einiges mehr als sonst.
Reiss wollte nur noch weg von ihr, wenigstens für ein paar Stunden. Er wollte nicht nur dem Druck ihrer Gegenwart entkommen, obwohl das teilweise der Grund war. Es gab noch etwas anderes, das erledigt werden mußte, und dafür brauchte er Freiheit, und er mußte alleine sein.
Sie hatte keinen Verdacht, und da sie so gedankenabwesend und launisch war, fiel es ihm nicht schwer, drei Schlaftabletten in die Weinkaraffe zu schmuggeln. Zusammen mit dem Alkohol würden sie dafür sorgen, daß Kristin eine ganze Weile schlief.
Er wartete, bis er sicher war, daß sie tief schlief, dann glitt er vorsichtig aus dem Bett, zog sich an und verließ das Zimmer. Es war noch Nacht, und er mußte jetzt noch nirgends hin, erst in ein paar Stunden. Aber das war ihm ganz recht – solange er für sich sein konnte, ohne Kristin, wenn auch nur vorübergehend.

Und um halb neun am nächsten Morgen, unausgeschlafen, aber trotzdem in bester Stimmung, war Reiss der erste Kunde, der vor der Chemical Bank an der Ecke 28. und Dritte Straße darauf wartete, daß geöffnet wurde.
Er hatte drei Konten, aber nur das Sparkonto, das ausschließlich auf seinen Namen ausgestellt war, spielte jetzt eine Rolle. Er löste dieses Konto auf und verstaute das Geld, die ganzen 13 240 Dollar, in einem Bankfach bei derselben Filiale.
Es war möglich, daß er nie wieder an dieses Geld herankam und es erst recht nicht ausgeben konnte. Aber trotzdem beruhigte es ihn, zu wissen, daß er irgendwo auf der Welt Bargeld hatte, von dem das Center nichts wußte.
Vielleicht machte er sich ja etwas vor, und es war eine vergebliche Maßnahme. Vielleicht arbeitete der Schalterbeamte oder die grauhaarige Frau, die mit finsterem Blick hinter ihm in der Schlange gewartet hatte, für das Center.
Verdammt noch mal, er war jedenfalls froh, daß er es getan hatte. Ein kleiner Sieg war auch nicht zu verachten.

Kristin war noch schlapp, aber wach, als er zurückkam, und sie war sichtlich aufgebracht. Und wütend, nicht nur auf ihn, sondern auch auf sich selbst, daß ihr der Schlaf bei der Erfüllung ihrer Pflicht in die Quere gekommen war. Selbst wenn sie gemerkt hatte, daß er ihr Schlafmittel gegeben hatte – Reiss gegenüber erwähnte sie es nicht. Und weil man genau merkte, daß sie noch nicht lange wieder bei sich war – sie war immer noch nicht ganz wach –, hatte sie keine Ahnung, wie lange er fort gewesen war.
»Mach das nie wieder. Ich muß immer genau wissen, wo du bist. Wenn du mir wegläufst, dann geben sie dir einen neuen Aufpasser, der sehr viel weniger nachgiebig ist als ich.«
»Wie du meinst, Kristin.« Reiss war immer noch so glücklich über seinen Erfolg, daß er bereit war, sich mit allem einverstanden zu erklären.

16

Der Samstagmorgen dämmerte trübe herauf, die Sonne war durch einen schweren Wolkenstreifen am östlichen Horizont verdeckt. Genau um sieben Uhr kam ein müder Aufseher in Nick Cantwells Zelle und weckte ihn auf. Cantwell hatte eine halbe Stunde, um sich für eine Fahrt nach Manhattan fertigzumachen.
Erst nachdem er sich geräkelt hatte, fiel ihm wieder ein, welchem Zweck diese Fahrt diente. Noch eine Anhörung wegen der Kaution. Sie würde wahrscheinlich genauso ungünstig verlaufen wie die letzte.
Er wusch sich, rasierte sich, zog sich an und war fertig, als der Aufseher zurückkam.
Er wurde durch den H-Block geführt, und als sich die Stahltür öffnete, kamen noch zwei weitere Aufseher dazu. Cantwell konnte sich kein schöneres Geräusch vorstellen als die Stahltür, die sich hinter ihnen schloß.
Eine Aufseherin war in der Nähe der Stahltür postiert, ein Gewehr im Arm, eine Pistole im Halfter an der Hüfte. Sie hatte den gleichen teilnahmslosen Gesichtsausdruck wie alle Leute, denen Cantwell hier begegnete.
Nachdem sie das eigentliche Gefängnis verlassen hatten, marschierten sie durch die kalte, windige Luft, an einem Sicherheitswagen vorbei, wo Besucher ihre Ausweise vorzeigen mußten. In der Nähe wartete ein Gefängnisbus.
Zwei der Aufseher stiegen mit dem Gefangenen hinten ein. Eine Minute verging, ohne daß irgend etwas passierte. Dann hörte man das Brummen des Motors, und das Fahrzeug setzte sich in Bewegung. Es beschleunigte, als es an der Mautstation vorbeikam und auf die Brücke fuhr.
Richtung Queens war nur wenig Verkehr, und der Wagen fuhr mit einer Geschwindigkeit von 80 Stundenkilometern die Rikers Street hinunter, zu der Autobahn von Brooklyn nach Queens. Man konnte ein Flugzeug hören. Aber abgesehen davon hätte es, bis auf das gleichmäßige Motorengeräusch, ein Stummfilm sein können, in dem Nick Cantwell die Hauptrolle spielte. Seine beiden Aufseher sahen ihn nie an, und sie ließen sich auch nicht dazu herab, mit ihm zu reden.

Dann blieb der Gefängnisbus ohne Vorwarnung plötzlich stehen. Die Reifen quietschten wie wild gewordene Tiere. Die Wachen tauschten ängstliche Blicke aus.
»Was ist los?« fragte Cantwell, aber er bekam keine Antwort.
Die hinteren Türen wurden aufgerissen. Zwei Gestalten standen vor ihnen, Gewehre in der Hand, mit denen sie auf die Köpfe der Aufseher zielten. Diese hatten keine Möglichkeit, ihre Waffen zu ziehen.
»Auf den Bauch legen, Hände nach vorn«, befahl einer der Männer.
Die Aufseher folgten nach einem kurzen Zögern.
»Cantwell, Sie steigen aus«, sagte derselbe Mann.
Das kann nur der Albaner sein, dachte Cantwell. Er sollte entführt werden.
Die beiden Männer richteten ihre Schußwaffen auf ihn.
»Ich komme schon, ich komme schon«, sagte er und bewegte sich auf die offenen Türen zu.
Cantwell sah, daß sie sich auf einer verlassenen Straße befanden, die fast ganz im Schatten einer Überführung lag. Ein paar Meter entfernt war ein Cadillac geparkt. Er sollte ihn offensichtlich zu seinem Bestimmungsort bringen, wo immer das sein mochte. Vielleicht der Grund des East River.
»Einsteigen, Cantwell.«
Er tat es, und sofort band ihm jemand eine Binde über die Augen.
Ein Cadillac, dachte er, das war genau der Stil des Albaners, vor allem ein so extravagantes Modell. Und eine Augenbinde, das paßte auch zu ihm.
Er konnte hören, daß die Türen des Gefängnisbusses zugeschlagen wurden, ein schicksalhaftes Geräusch, und dann setzte sich der Cadillac in Bewegung.
Sie waren noch nahe genug bei dem Bus, um mitzubekommen, wie er zertrümmert wurde. Er wurde vom Aufprall eines riesigen Kühllasters zerquetscht, der aus dem Nichts zu kommen schien. Es klang, als ginge die halbe Welt unter – klirrendes Metall und eine Explosion, die manche Leute in der nahegelegenen Union Avenue denken ließ, der Krieg sei ausgebrochen.

Als Reiss um elf Uhr an eben diesem Samstag morgen nach Sea Cliff kam, sah er, daß Betsy gerade gehen wollte.
Er war überrascht. Er hatte eigentlich angenommen, sie würden den Tag gemeinsam verbringen, aber er konnte verstehen, warum sie lieber nicht da sein wollte. Weil ihr letztes Treffen so kläglich verlaufen war, hatte sie beschlossen, nicht einen ganzen Tag mit ihm zu riskieren. Schließlich hatten sie es nicht einmal eine Stunde lang geschafft, sich nicht zu streiten. Niemand wußte, wie unglücklich sie einander machen würden, wenn sie ein paar Stunden hatten, um aneinanderzugeraten.
»Die Kinder spielen draußen«, sagte sie. »Sie freuen sich bestimmt, wenn sie hören, daß du da bist.«
»Und wo gehst du hin?«
»Ich gehe mit Edie und Dorothy zum Essen. Am späteren Nachmittag bin ich wieder hier.«
So, wie sie mit ihm sprach, hätte er gut der Mann sein können, der dafür bezahlt wird, zu putzen und für die Kinder zu sorgen. Aber er konnte ihr eigentlich keine Vorwürfe machen. Einen Augenblick lang ging ihm der Gedanke durch den Kopf, ihr zu sagen, er komme zurück zu ihr, zum Teufel mit dem Center. Aber er würde ihr nur Hoffnungen machen, und dazu gab es keinen Grund. Das Center würde eine Versöhnung nicht zulassen, nicht einmal für die letzten beiden Wochen, die ihm in seiner gegenwärtigen Identität noch blieben.
»Betsy, das Center schickt mich heute abend zu einer Konferenz nach Boston. Meinst du, du könntest mich vielleicht mit dem Auto nach Farmingdale bringen, oder wäre das zuviel verlangt? Dort wartet eine Chartermaschine auf mich.«
Das hatte man ihm jedenfalls gesagt. Kristin hatte ihm versichert, die Konferenz finde wirklich statt und Traxton werde ihn bei der Ankunft am Logan Airport erwarten. Sie fügte hinzu, er werde am Dienstag morgen wieder in New York sein, und dann werde die nicht endenwollende Testserie, der er sich in den letzten beiden Wochen hatte unterziehen müssen, weitergeführt.
»Eine Chartermaschine, nur für dich!« staunte Betsy. »Du bringst es ja wirklich zu etwas. Um wieviel Uhr ist dein Flug?«
»Zwanzig vor acht.«

»Kein Problem. Ich bin rechtzeitig wieder da.«
»Wenn du es aus irgendwelchen Gründen nicht schaffst, kann ich auch ein Taxi nehmen.«
»Nein, nein, ich bestehe darauf.« Erst jetzt bemerkte sie die Pakete, die Reiss im Arm hatte.
»Geschenke für die Kinder«, erklärte er.
»Der liebevolle Vater«, sagte sie, aber es klang nicht so, als sollte es ein Kompliment sein.

Noch ein Computerspiel für Mark, und zwar eines, das man an den Fernseher anschließen mußte. Und ein überdimensionaler Teddybär mit einer Schleife um den Hals für seine Tochter. Er war fast so groß wie sie selbst.
Später fragte er sich, ob es überhaupt eine gute Idee gewesen war, die Geschenke mitzubringen. Weil sie die Aufmerksamkeit seiner Kinder so stark beanspruchten. Mark und Susie schienen gar nicht richtig wahrzunehmen, daß ihr Vater da war. Sie gingen mit ihm in den Wald, um herumzurennen, aber es war zu kalt, um lange draußen zu sein, und sie wollten unbedingt nach Hause, damit sie mit ihren neuen Sachen spielen konnten.
Weder Mark noch Susie bemerkten, daß ihr Vater in den Keller hinunterging. Nur Tabitha zeigte Interesse an dem, was er machte, sie kam langsam auf ihn zu und gab ihm mehrere feuchte Küsse. Sie freute sich mehr als alle anderen darüber, ihn zu sehen, aber es beunruhigte sie sehr, als er anfing, in dem Raum, in dem die Waschmaschine und der Trockner installiert waren, ein Stück Linoleum, das nicht mehr ganz fest war, zu entfernen. Als er eine Ecke freigelegt hatte, schob er den Schlüssel für sein Bankfach darunter und drückte dann das Linoleum wieder fest.
Er wandte sich dem Hund zu und sagte: »Das ist jetzt unser kleines Geheimnis, okay?« Er gestand Tabitha das Privileg eines weiteren feuchten Kusses zu. »Und wir wollen hoffen, daß Betsy nicht in der nächsten Zeit auf die Idee kommt, einen neuen Boden zu verlegen.«

Betsy brachte Edie mit nach Hause. Sie erzählte irgendeine Geschichte, Edie habe sich zu Hause ausgeschlossen, aber Reiss glaubte ihr nicht so recht. Wahrscheinlich sollte Edie dafür sorgen, daß der Waffenstillstand nicht gebrochen wurde, weil ihre Anwesenheit es ihnen erschwerte, sich gegenseitig Vorwürfe zu machen.

Edie war eine etwas rundliche Frau mit einem außergewöhnlich hübschen Gesicht, das etwas Unschuldiges und Jenseitiges an sich hatte. Aber dieser unschuldige Eindruck verschwand sofort, wenn sie den Mund aufmachte. Tratsch – über Leute, die sie kannte, und auch über sehr viele, denen sie noch nie begegnet war – kam über ihre Lippen, ohne Rücksicht auf Diskretion oder guten Geschmack. Es war ein Wunder, daß ihr Mann, mit dem sie seit zehn Jahren verheiratet war, sie ertragen konnte, denn er war noch öfter als alle anderen das Opfer ihrer geistlosen Attacken. Selbstverständlich war Reiss für sie das perfekte Opfer, und sie schaute ihn mit einem respektvollen Blick an, den man sonst Mördern oder kriminellen Irren vorbehält.

Ohne Edie, dachte er, wäre seine Ehe vielleicht noch intakt. Nein, das war Unsinn. Mit oder ohne Edie, es machte keinen Unterschied. Er war nicht böse auf sie.

Viertel vor sieben nahm Betsy Mark und Susie und gurtete sie sicher auf dem Rücksitz des Oldsmobile fest. Edie und Reiss stiegen vorne ein, wobei sich Edie strategisch geschickt zwischen Betsy und ihren Mann setzte.

Edie redete ununterbrochen, Mark und Susie stellten andauernd irgendwelche irrelevante und sich wiederholende Fragen an die Erwachsenen, während Betsy und Reiss gedankenverloren schwiegen. Die Fahrt schien ewig zu dauern, und Reiss war erleichtert, als er irgendwo über Broad Hollow Road das Dröhnen eines Flugzeuges hörte, ein Zeichen dafür, daß sie sich dem Flughafen näherten. Er beschloß, sich direkt vor dem Flughafen zu verabschieden.

»Seid brav und kümmert euch um eure Mutter, versprecht ihr mir das?« sagte er zu seinen Kindern. »Wir sehen uns dann, wenn ich wieder hier bin, okay?«

Mark und Susie blickten zu ihm auf, als würden sie nicht so ganz verstehen, wovon er eigentlich redete. Ihr Vater war im letzten Monat für sie eine so ferne Gestalt gewesen, daß seine Reise nach Boston ihnen auch nicht wichtiger vorkam, als wenn er den Zug nach Manhattan nehmen würde. Sie hatten sowieso ihre Zweifel, ob sie ihn je wiedersehen würden.

Betsy küßte ihn auf die Lippen, aber er hatte das Gefühl, daß sie das nur machte, weil die Kinder sie genau beobachteten.
»Papa, willst du dich scheiden lassen?«
Marks Frage kam für Reiss völlig überraschend. Er bemerkte, daß Betsy errötete; Edies Gesicht konnte er nicht sehen, weil sie sich verlegen abwandte.
»Nein, auf keinen Fall. Ich gehe nur ein paar Tage nach Boston, das ist alles.«
Diese ausweichende Antwort stellte Mark nicht zufrieden; der fragende Blick blieb auf seinem Gesicht, und er hätte sicher noch eine Bemerkung gemacht, wenn ihn Betsy nicht beiseite gezogen und gesagt hätte: »Komm, Mark, wir gehen zum Auto zurück und sehen von dort aus zu, wie Papa wegfliegt.«
Betsy winkte Reiss zum Abschied zu, und er eilte auf den kleinen Flughafen.
Ein Mann, an den er sich vom Center vage erinnerte, wartete auf ihn.
»Wie geht es Ihnen, Sir?«
»Gut, danke.«
Der Mann schaute auf den Koffer, den Reiss in der Hand hatte. »Ist das alles, was Sie bei sich haben? Ich werde Ihnen Ihr Gepäck abnehmen.«
Auf dem Flughafen schien sehr wenig los zu sein. Soweit Reiss sehen konnte, wartete nur ein Flugzeug auf den Start, nämlich seines.
Der Wind wurde stärker, und auf der Rollbahn war er besonders schlimm. Reiss schlug den Kragen hoch. Als er gerade die Treppe zum Flugzeug hinaufgehen wollte, gab ihm sein Begleiter den Koffer zurück. Das wunderte ihn.
»Ich glaube, Sie werden ihn brauchen.«
»Kommen Sie denn nicht mit?«
»Leider nicht. Sie sind alleine.« Er schien langsam zu verschwinden, als er in die eisige Dunkelheit des Rollfeldes zurückging.
Das Innere des Flugzeugs wirkte recht einladend. Die gepolsterten Sitze, jeder mit einem kleinen Tisch davor, waren so verteilt, daß für die acht Passagiere, die das Flugzeug aufnehmen konnte, mehr als genug Platz war. Nur war das kaum der Überlegung wert, weil Reiss

alleine war. Nichts wies darauf hin, daß sonst noch jemand an Bord kommen würde.
In diesem Augenblick setzte sich die Maschine in Bewegung und fuhr die Rollbahn entlang, auf dem Weg zum Abflug. Reiss wartete darauf, daß er eine Stimme hören würde, die ihm mitteilte, er solle seinen Sitz aufrecht stellen und den Sicherheitsgurt anlegen. Aber es kamen keine Anweisungen vom Piloten. Reiss wurde immer nervöser.
Er stand von seinem Sitz auf und ging nach vorne. Eine Tür trennte den Passagierraum vom Cockpit. Reiss versuchte die Tür zu öffnen und merkte, daß sie offen war.
Das Cockpit war leer. Am Armaturenbrett blinkten verschiedene Lämpchen, Zeiger bewegten sich flatternd – ein Zeichen dafür, daß es funktionierte, aber es war kein Pilot da. Vielleicht wurde die Maschine elektronisch gesteuert. Das mochte zwar eine völlig sichere Methode sein, um nach Boston zu kommen, aber es wäre Reiss doch lieber gewesen, ein menschliches Wesen zu sehen.
Jetzt blieb das Flugzeug stehen. Reiss ging gerade zu seinem Sitz zurück, als sich die Tür öffnete. Er dachte: Also ist in letzter Minute doch noch jemand gekommen.
Aber so war es nicht.
Zwei Männer, die er beide nicht kannte, kamen an Bord, packten ihn an den Armen und führten ihn aus dem Flugzeug, die Treppen hinunter, auf die Rollbahn.
»Ich verstehe das nicht, was geht hier vor?« fragte Reiss immer wieder. »Was machen Sie eigentlich?«
Aber die Männer hatten nicht die Absicht, ihm zu antworten. Sie stießen ihn in eine Limousine, die unter der Flugzeugspitze wartete. Vom Flughafengebäude oder vom Parkplatz aus konnte man unmöglich sehen, was hier vor sich ging, weil der Rumpf des Flugzeuges den Wagen verdeckte. Außerdem befanden sie sich in einem so entlegenen Winkel des Flugfeldes, daß kein Beobachter in der Nähe sein konnte.
Reiss war auf einem der Rücksitze eingequetscht. Als er sich umschaute, um herauszufinden, wer da rechts neben ihm saß, erkannte er Matthew Watkins. Der beunruhigend allgegenwärtige Matthew Watkins.

»Guten Tag, Doktor«, sagte Watkins freundlich.
»Was soll das alles? Ich müßte eigentlich auf dem Weg nach Boston sein.«
»Sie gehen nicht nach Boston, Doktor. Wo Sie hingehen – das ist weit weg von Boston.«
Die Limousine schoß unter dem Flugzeug hervor, fuhr am Rand des Flugfeldes entlang, bis sie schließlich auf die Autobahn kamen.
»Wollen Sie damit sagen, daß Sie beschlossen haben, daß ich heute abend verschwinde?«
»Ja, das wurde beschlossen.«
Reiss konnte kaum sprechen. »Aber meine Familie! Man hat mir zwei Wochen versprochen. Sie können das nicht einfach so machen.«
»Es gibt Veränderungen«, sagte Watkins nur. »Und es hat keinen Sinn, mit mir zu streiten. Ich bin nicht derjenige, der die Entscheidungen trifft.«
»Gut, dann möchte ich mit demjenigen sprechen, der entscheidet. Ich will Verbindung zu Hardin aufnehmen.«
Watkins schüttelte den Kopf. »Dafür ist es zu spät, Michael. Viel zu spät.«

Eine zweite Limousine kam dorthin vorgefahren, wo die erste gerade geparkt hatte. Zwei Männer wurden herausgezogen. Sie konnten sich nicht alleine bewegen; ihre Beine knickten ein, sie wären sofort hingefallen, und sie hatten auch nicht die Kraft, den beiden Männern Widerstand zu leisten, die sie in das Flugzeug führten und sie dort einschlossen. Sie waren zwar mit Medikamenten betäubt, aber sie waren doch noch wach genug, um zu verstehen, was mit ihnen passierte, und sie versuchten deshalb, allerdings ohne Aussicht auf Erfolg, die Tür wieder zu öffnen und vor dem Abflug aus dem Flugzeug herauszukommen.
Die zweite Limousine war etwa einen halben Kilometer entfernt, als das Flugzeug langsam wendete und dann an Geschwindigkeit zunahm.
»Endlich«, sagte Edie, »ich dachte schon, die fliegen nie los.«
»Schau, da fliegt Papa!« riefen die Kinder. Sie stritten miteinander, um besser aus dem Fenster sehen zu können, das teilweise von ihrem Atem beschlagen war.

Betsy hatte den Motor angestellt und wartete, bis das Flugzeug in der Luft und außer Sicht war, damit sie zurückfahren konnten.
Aus der Ferne sah es so aus, als habe das Flugzeug abgehoben und fliege los, aber dann schien es vornüber zu kippen und nach rechts abzudrehen, so daß ein Flügel kurz den Boden berührte, bis er zur Hälfte abgerissen wurde, so glatt, als wäre er mit einem Rasiermesser abgetrennt worden, und als das passierte, machte das Flugzeug einen scharfen Bogen.
Und während die vier wie gelähmt von ihrem Auto aus zuschauten, stürzte das Flugzeug nach unten und raste in die Dunkelheit des Flugfeldrandes, bis es dann in einem Feuerball aus orangefarbenen Flammen aufging – das Flugzeug samt seinen Insassen regnete in tausend Stücken auf das schwarze Flugfeld herunter.

Das laute Geräusch der Explosion veranlaßte Reiss, sich umzudrehen und zu schauen: da, eingerahmt vom Rückfenster des Lincoln, erglühte der Himmel. Kurz darauf erschien am Horizont eine Rauchwolke, wie dichter Nebel.
Watkins beantwortete Reiss' unausgesprochene Frage. »Ihr Leben als Michael Reiss ist gerade zu Ende gegangen. Schauen Sie nicht so unglücklich drein. Es war ein Unfall. Oder zumindest wird es für die Leute, die Nachforschungen anstellen, so aussehen. Ihre Familie ist gut versorgt, mit Versicherungen und allem.«
»Aber sie haben zugeschaut. Sie glauben, sie hätten mich gerade sterben sehen.«
»Das ist nicht meine Sache, Doktor Reiss. Sie hätten schon vorher lernen sollen, wie man sich an Katastrophen gewöhnt.«

Sie kamen schließlich zu einem anderen Flughafen. Zu einem anderen Flugzeug, das alleine auf einem entlegenen Teil des Feldes stand.
»Ich kann Ihre Besorgnis verstehen, aber haben Sie keine Angst«, sagte Watkins. »Bei diesem Flug wird nichts schiefgehen. Die Mannschaft hat Erfahrung.«
Dies beruhigte Reiss keineswegs. Watkins, der sein Zögern bemerkte, erinnerte ihn daran, daß es doch wohl nicht sehr sinnvoll wäre, wenn man ihn bis zu diesem Flugzeug gebracht hätte, nur um ihn

dann auszuschalten. »Sie hätten genausogut in der anderen Maschine sein können, wenn wir es gewollt hätten.«
»Aber es war niemand in dem Flugzeug, oder?«
Watkins sah beleidigt aus angesichts dieser Vermutung. »Der einzige Insasse des Flugzeuges war eine Leiche, die eindeutig als Michael Reiss identifiziert werden wird, wenn die Stücke erst wieder zusammengesetzt sind.«
Derselbe Mann, der ihn im ersten Flugzeug an Bord gebracht hatte, tauchte wieder auf, um sich auch bei diesem zweiten und hoffentlich glücklicheren Flug um ihn zu kümmern. Er stellte sich als Mr. Schoenfeld vor. »Freut mich, Sie wiederzusehen«, sagte er.
Reiss ging unter den aufmerksamen Blicken von Watkins und seinem schweigsamen Begleiter die Treppe zu dem viermotorigen Lockheed Jetstar hinauf.
Diesmal war er nicht alleine. Es war noch ein anderer Passagier da. Er blickte auf und lächelte und hob sein Glas, um Reiss zuzuprosten: »Willkommen an Bord.« Der Mann kam ihm irgendwie bekannt vor.
Reiss fühlte sich etwas benommen. Er stand reglos da, bis der Mann ihn aufforderte, er solle doch neben ihm Platz nehmen. »Mein Name ist Nicholas Cantwell«, sagte er und gab Reiss die Hand. »Aber alle nennen mich Nick.«
Reiss überlegte einen Augenblick und versuchte sich zu erinnern, wo er den Namen schon einmal gehört hatte. »Der Barbesitzer?«
»Genau der. Und mutmaßliche Mörder, der allem Anschein nach heute morgen bei einem tragischen Autounfall ums Leben gekommen ist. Und wer sind Sie? Haben Sie auch angeblich jemanden umgebracht?«
Reiss nannte seinen Namen, den er vermutlich bald würde aufgeben müssen, und erklärte, er sei zwar kein Mörder, aber er sei mit den Ermordeten gut bekannt.
Kurz darauf fingen die Motoren des Jetstars an zu dröhnen, und die Wände der Kabine vibrierten. Das plötzliche Geräusch überraschte Reiss. »Wissen Sie übrigens, wohin wir fliegen? Mir hat es keiner gesagt.«
»Peru«, antwortete Cantwell. »Wir fliegen nach Peru.«
»Warum Peru?«

»Ich nehme an, weil es weit weg ist und weil es dort viele hohe Berge gibt, in denen man verschwinden kann. Und das ist es, was die meisten Klienten des Centers wollen, sie wollen sehr weit weg, und sie wollen verschwinden. Ich nehme an, daß das Center außerdem ein Übereinkommen mit den dortigen Behörden hat, wenn wir das mal so nennen wollen, das ihm wesentlich mehr Spielraum gibt, als es in den USA oder in Europa je bekommen könnte. Das sind nur Spekulationen, aber als professioneller Spieler würde ich sagen, es ist ein ziemlich sicherer Tip.«

Das Flugzeug fuhr jetzt die Flugbahn hinunter auf einen Punkt zu, der etwa einen Kilometer entfernt war, um dort die Starterlaubnis abzuwarten.

Und wieder heulten die Motoren auf.

Reiss blickte aus dem ovalen Fenster auf die Landschaft, die langsam unter ihnen versank.

»Sehen Sie es sich genau an, mein Lieber«, sagte Cantwell. »Es ist das letzte Mal, daß Sie Amerika sehen.«

Und das tat Reiss auch, er versuchte angestrengt, das flimmernde Lichtermeer, das New York City von seiner Umgebung unterscheidet, zu erkennen, und er sah zu, wie die Lichter immer weiter zurückwichen, bis schließlich nichts mehr von ihnen übrig war, nur noch die Dunkelheit des Himmels über ihnen und des Meeres unter ihnen.

2. TEIL

Exil

17

Vom Grollen des Donners wachte er auf. Er schreckte aus seinem Bett hoch, völlig desorientiert. Das ist nicht mein Zuhause, es ist auch nicht mein Hotelzimmer, es ist nicht New York, es ist irgendwo anders auf der Welt. Dann fiel es ihm wieder ein. Peru. Irgendwo mitten in den Anden.

Gestern abend hatte ein Flugzeug ihn und seinen Mitreisenden, Nick Cantwell, hierher gebracht. Die Maschine war in einem Tal oder auf einer Hochebene gelandet, in einer überraschend flachen Gegend, umgeben von Berggipfeln, die viertausend Meter hoch waren. Grelle gelbe Lichter, die an der Landebahn angebracht waren, signalisierten dem Piloten des Flugzeuges, wo er herunterkommen sollte. Ein unheimlicher roter Scheinwerfer leuchtete von einem Turm in die Dunkelheit.

Reiss erinnerte sich an eine Fahrt in einer Limousine mit getönten Fenstern, so daß er nicht sehen konnte, wo er war und in welche Richtung sie fuhren. Er war alleine gewesen. Ein zweiter Wagen hatte auf Cantwell gewartet. Und keine Zeit, um sich voneinander zu verabschieden.

Soweit er es noch wußte, war er im Seitentrakt eines großen Hauses untergebracht worden. Aber er war sofort ins Bett gefallen, zu erschöpft, um seine Umgebung zu erforschen. Er hatte keine Ahnung, wie spät es war. Er hatte auch keine Ahnung, wo in den Anden sich seine neue Heimat befand oder was jetzt mit ihm geschehen sollte.

Er stand auf und prüfte den Boden mit den Füßen, als würde er erwarten, daß er bei der leisesten Berührung einstürzte. Der Fußboden bestand aus festen Kacheln; er gab nicht nach.

Seine Unterkunft war zwar bescheiden, aber nach einer ersten Überprüfung hatte er den Eindruck, daß sie den Umständen entsprechend durchaus zufriedenstellend war. Es waren zwei große Räume, daneben ein Badezimmer und eine kleine Küche. Ein

geräumiger Schrank und eine Kommode aus Mahagoniholz waren mit Kleidungsstücken gefüllt, die nicht nur auf Reiss zugeschnitten waren, sondern auch in Farbe und Stil genau seinem Geschmack entsprachen. Er mochte dem Center gegenüber zwar sehr negativ eingestellt sein, aber er mußte bewundern, wie sehr man dort auf Einzelheiten achtete.
Die Tür nach draußen war offen, was ihn zuerst wunderte, aber als er dann darüber nachdachte, leuchtete es ihm vollkommen ein. Wohin konnte man von hier schon fliehen?
Seine Eindrücke von der vergangenen Nacht waren ziemlich richtig gewesen. Sein Quartier gehörte zu einem längeren Gebäudeteil, der an ein großes weißes Stuckhaus angebaut war, dessen Zweck unklar war. Ansonsten war es schwierig, festzustellen, wie nun seine Lebensumstände genau aussahen; in der Umgebung des Hauses waren so viele Büsche und Zitrusbäume, daß er nicht darüber hinaus blicken konnte. Was dahinter lag, konnte man nur vermuten. Er konnte auch keine Spuren von irgendwelchen Lebewesen entdekken, obwohl das nichts hieß.
So etwa das einzige, das er mit Sicherheit beurteilen konnte, war das Wetter. Der Himmel bedeckte sich langsam mit dunklen Wolken. Es sah so aus, als könnte jeden Augenblick eine Sintflut beginnen. Die Luft war elektrisch geladen, hin und wieder blitzte es, wodurch erst die eine Seite des Gebirges, dann die andere sich deutlich sichtbar vom Himmel abhob und das ganze Gebiet von einem schrillen grünen Licht erhellt wurde.
Aber als der Regen kam, verschonte er das Gelände, das Reiss' neue Heimat war.
Er ging in seine Räume zurück, immer noch müde und benommen. Wenn ich wieder bei Kräften bin, dachte er, dann werde ich einen Fluchtweg finden. Er war nicht unbedingt davon überzeugt, daß es möglich sei, aber er hielt es für wichtig, die Entschlossenheit aufrechtzuerhalten.
Plötzlich ging die Tür auf und drei Männer erschienen. Ihre grünen Mäntel waren naß. Regnete es also in anderen Teilen des Geländes?
»Dr. Reiss?« Einer der drei hatte einen Ordner in der Hand. Als Reiss seine Identität bestätigte, machte der Mann mit seinem Stift ein Zeichen. »Draußen wartet ein Wagen. Wären Sie bitte so freundlich und würden uns folgen?«

»Wie bitte? Wohin soll ich Ihnen folgen?«
»Zum Qenco. Dort werden Sie über alles in Kenntnis gesetzt, und Ihre Daten werden aufgenommen.«
Ein zweiter Mann trat neben Reiss und befestigte ein Identitätsarmband an seinem Handgelenk.
»Zum Qenco?«
»Das ist das zentrale Verwaltungsgebäude«, erläuterte der Mann mit dem Ordner.
»Kann ich dort eine Tasse Kaffee bekommen?«
»Ich nehme an. Das dürfte kein Problem sein.«
Denn das war es, wonach Reiss sich sehnte. Ehe er sich Gedanken über seine Zukunft hier machen oder herausfinden konnte, welche Fluchtmöglichkeiten es gab, war eine Tasse mit starkem Kaffee lebensnotwendig.
Das Qenco war ein hohes, schmales Gebäude, dessen Außenwände, die aus Glas und Stahl bestanden, ein Trapezoid bildeten.
Nach allem, was Reiss sehen konnte, war das Qenco in Ringen gebaut. Am Eingang mußte er sich in ein Logbuch eintragen und erhielt einen Paß, der ihm erlaubte, zu seinem Bestimmungsort innerhalb des Gebäudes zu gehen. Der Paß hatte einen bestimmten Farbencode, je nachdem, in welchen Teil des Gebäudes man gehen mußte. Der äußere Ring war allem Anschein nach öffentliches Terrain, hell und luftig, ausgeschmückt mit Mosaiken und großen präkolumbianischen Wandteppichen. Reiss vermutete, daß die Sicherheitsvorschriften immer strenger wurden, je weiter man in das Qenco eindringen wollte.
Um diese Zeit am Morgen – und die Uhr am äußeren Ring zeigte an, daß es noch sehr früh war – waren nur wenig Leute unterwegs, und die meisten von ihnen waren Aufseher oder gehörten zum Personal, Krankenschwestern, Krankenwärter, Ärzte. Die einzige Ausnahme waren zwei Leute, die Reiss kurz sah und die wie er in den inneren Ring geleitet wurden. Ihre Gesichter waren verbunden.
Ihm war zwar mitgeteilt worden, daß er über alles informiert werden würde, aber das stimmte nicht. Er wurde sofort in eine Art Wartezimmer geführt und gebeten, Platz zu nehmen. Seine Begleiter ließen ihn alleine.
Ihm gegenüber befand sich auf einem Gestell in einem Glaskasten

ein mumifizierter Körper, höchstwahrscheinlich der eines Kindes, ganz aus lederner Haut und leeren Öffnungen. Die Beine der Mumie waren eng an die Brust gedrückt, das Gesicht ruhte auf den angezogenen Knien; die Augen waren Löcher, durch die man einen Finger hätte stecken können.

Diese Mumie war nicht das einzige Kunstwerk im Raum. Auf einem Regal rechts von ihm standen mehrere kleine Lehmskulpturen, die sehr viel primitiver aussahen als die Inka-Statuen, die Reiss von seinen Museumsbesuchen noch im Gedächtnis hatte.

Aber ganz abgesehen von ihrer Herkunft – die Statuen waren obszön: Frauen und Männer in verschiedenen Positionen, schamlos irgendwelche absurd lang angeschwollenen Organe ablutschend oder streichelnd, oder aber sie steckten diese Organe in alle möglichen Öffnungen, die sich dem Besitzer darboten. Die Gesichter zeigten keine Ekstase, sondern eher Gleichgültigkeit und Spott. Man hatte den Eindruck, daß die Skulpturen von Leuten stammen mußten, die nie richtig verliebt gewesen waren.

»Entschuldigen Sie bitte, daß Sie warten mußten, Doktor«, hörte er. Er blickte auf und sah einen kleinen Mann mit beginnender Glatze vor sich, der aus der gegenüberliegenden Tür kam. Er hatte die Aura eines europäischen Intellektuellen. Eine hochgewachsene Krankenschwester begleitete ihn.

Der Mann kam auf Reiss zu und gab ihm die Hand. Er stellte sich als Russell Karp vor. Er sprach mit einem Akzent, den Reiss nicht identifizieren konnte, und sagte, er werde seinen Fall behandeln.

Reiss bemerkte, daß die Krankenschwester einen Rasierapparat in der Hand hatte.

Die Krankenschwester, sagte Karp, werde ihm jetzt die Haare abrasieren.

»Was sagen Sie da?«

»Leider ist das erforderlich, ehe wir mit den ersten chirurgischen Eingriffen beginnen können.«

Irgendwie hatte Reiss gar nicht mehr an die Operationen gedacht, die man ihm angekündigt hatte. Es war auch nichts, worauf er sich freute. Er hatte sich an sein Gesicht gewöhnt und hatte es nicht eilig damit, daß irgendwelche Veränderungen vorgenommen wurden. Eigentlich hatte er erwartet, daß man ihm wenigstens ein bißchen

Spielraum lassen würde, ein paar Wochen, um sich an die dramatischen Veränderungen in seinem Leben zu gewöhnen.
»Bitte, Doktor«, sagte Karp mit einer gewissen Ungeduld. »Wir sollten nicht so viel Zeit vertrödeln. Die Operation findet in einer Stunde statt.«
»In einer Stunde?«
»Hat man Ihnen das nicht mitgeteilt?« fragte Karp, offensichtlich verwundert.
»Ich bin erst gestern nacht angekommen. Niemand hat mir irgend etwas gesagt.«
Karp schüttelte den Kopf. »Ach, das ist ja schrecklich. Zweifellos liegt da irgendein bürokratischer Irrtum vor.«
Einen Augenblick lang glaubte Reiss, er habe ihn vielleicht dazu gebracht, die Operation zu verschieben. Aber Karp hatte nicht die Absicht, sich darauf einzulassen. »Ich würde Ihnen gerne einen späteren Termin anbieten, aber das ist unmöglich.« Er wandte sich von Reiss ab und ging zur Tür. »Ich sehe Sie wieder, wenn Sie vorbereitet sind«, sagte er.
Reiss wollte gerade hinter ihm herrennen, aber ehe er irgend etwas tun konnte, setzte die Krankenschwester den Rasierapparat an und begann, mit einer schnellen Abwärtsbewegung die Haare hinten im Nacken abzurasieren. Jeden Augenblick konnte der Rasierapparat ausrutschen. Reiss blieb genau da stehen, wo er war.

Als das Beruhigungsmittel seine Wirkung verlor, machte sich der Schmerz wieder bemerkbar und breitete sich aus: von der Nase bis unter die Augen und dann die Backenknochen abwärts. Reiss kam mit beängstigender Plötzlichkeit wieder zu Bewußtsein.
Noch schlimmer als die Schmerzen im Gesicht waren die Schmerzen in der Schulter. Er hatte gar nicht gemerkt, daß es ihm da wehtat, bis er versuchte, den linken Arm zu bewegen. Sein Schrei holte Dr. Karp herbei.
Er konnte den Mann kaum sehen. Seine Augen waren Schlitze, und der Ausblick auf die Welt, den diese Schlitze zuließen, war vernebelt und unscharf. Karp schien in der Luft zu schweben, er hielt nicht einen Augenblick lang still.
»Wir geben Ihnen ein Mittel gegen die Schmerzen«, sagte er mit

einer Stimme, die beruhigend klingen sollte. »Ich befürchte, daß etwas schiefgegangen ist.«
So gut er konnte, richtete Reiss sich im Bett auf. Es sah so aus, als befinde er sich wieder in dem Zimmer, in das er gleich zu Anfang gebracht worden war. »Was soll das heißen, etwas ist schiefgegangen?« Bei der Vorstellung, er könnte für immer verstümmelt sein, packte ihn das Entsetzen.
»Nein, machen Sie sich keine Sorgen. Es ist nichts Ernstes«, sagte Karp, der den Grund seiner Angst spürte. »Leider sind Sie bei dem Eingriff vom Operationstisch gefallen.«
»Ich bin gefallen? Wie ist denn das passiert?« Sein Mund war ganz trocken, es tat weh, wenn er redete, es tat noch stärker weh, wenn er brüllte.
»Bitte, Doktor. Wir alle bedauern dieses Mißgeschick. Es lag daran, daß eine unserer Krankenschwestern nicht richtig aufgepaßt hat. Sie versuchte, Sie auf den Tisch zu heben, und irgendwie packte sie nicht richtig zu. Und...« – er zuckte die Achseln angesichts der Launen des Schicksals – »Sie sind heruntergefallen. Es ist nicht zu entschuldigen, und ich darf Ihnen versichern, daß diese Schwester ihrer Pflichten enthoben wurde. Mir ist klar, wie unangenehm es für Sie ist, aber wenn es Sie beruhigt – die Röntgenaufnahmen zeigen, daß es nur ein kleiner Bruch ist, der gut verheilen sollte.«
»Sie wissen, daß ich nicht zögern würde, Sie und diese Institution vor Gericht zu zitieren, wenn wir in den Vereinigten Staaten wären.«
»Das ist mir klar. Aber ich garantiere Ihnen, daß so etwas nicht noch einmal vorkommen wird.«
Reiss war nicht davon überzeugt. »Und was ist mit meinem Gesicht?«
»Oh, alles verlief ausgezeichnet«, sagte Karp mit sichtlichem Stolz. »Wenn diese Behandlung in vier oder fünf Monaten abgeschlossen ist...«
»In vier oder fünf Monaten!« Reiss hatte nicht gedacht, daß die Veränderungen, die das Center geplant hatte, so viel Zeit in Anspruch nehmen würden.
»Ja. Es geht schrittweise, genau durchdacht, sehr elegant. Aber Sie werden staunen, wie großartig Sie dann aussehen.«

»Wie großartig«, wiederholte Reiss spöttisch. »Gibt es eigentlich einen Grund dafür, Doktor, weshalb ich nicht mitreden kann, wenn es um mein zukünftiges Aussehen geht? Es soll ja immerhin das Gesicht sein, mit dem ich den Rest meines Lebens herumlaufen werde.«

Wieder zuckte Karp die Achseln. »Das ist nicht meine Sache«, sagte er. »Ich mache die Operation. Alles andere muß zwischen Ihnen und den Direktoren in Amarucancha besprochen werden.«

»Amaru-was?«

»Amarucancha. So heißt der Ort hier, wo Sie jetzt sind. Amarucancha. Es wäre gut, wenn Sie sich den Namen merken. Falls Sie verlorengehen.«

Dr. Karp lachte. Er fand es witzig. Für Reiss wäre es schwierig gewesen, zu lachen, weil die obere Hälfte seines Gesichtes einbandagiert war, und wegen der Schmerzen, die seine Nervenenden vibrieren ließen. Er hätte aber sowieso nicht gelacht. Es war kein Witz; er war schon verlorengegangen.

Als er wieder in seiner Wohnung war, studierte er sich selbst im Spiegel. Er erblickte ein Gesicht, das ihn erschreckt hätte, wenn es nicht ihm selbst gehört hätte. Eigentlich konnte man vom Gesicht selbst nur wenig sehen; der Verband, den Karp angelegt hatte, war undurchsichtig und diente dem Zweck, Bakterien abzuhalten und Sauerstoff durchzulassen. Alles, was Reiss sehen konnte, war ein seltsames Muster aus Hell und Dunkel, das keinen Hinweis darauf gab, was denn nun eigentlich mit ihm gemacht worden war.

Flucht war nicht mehr sein Hauptproblem. Er wollte die Schmerzen loswerden, das war ihm wichtiger. Er wollte herausfinden, wie er aussah, das war ihm wichtiger.

Aber er hatte nicht den Eindruck, als würde einer dieser beiden Wünsche demnächst in Erfüllung gehen.

Dauernd fanden irgendwelche Operationen statt; die meisten waren unbedeutend und dauerten nicht länger als eine halbe Stunde, aber sie fügten trotzdem neue Schmerzen zu der Gesamtsumme der Schmerzen in seinem Gesicht hinzu. Kaum erholte er sich ein bißchen von einem Schmerz, da tauchten die drei Männer (immer die gleichen drei Männer) frühmorgens auf, um ihm mitzuteilen,

daß ein Wagen warte, der ihn zum Qenco und in die Praxis von Dr. Karp bringen sollte.
Nicht alle Operationen betrafen sein Gesicht. Seine Zähne galten als besonders interessantes Gebiet, und zwei Zahnärzte widmeten sich ihnen, ein Rumäne und ein Schwede. Reiss fand, daß es doch sicher genügen würde, ein paar Backenzähne zu ziehen und ein paar Plomben zu erneuern, aber diese beiden Herren hielten es für angebracht, sehr viel gründlicher vorzugehen. Auf Reiss' Fragen konnten sie keine wirklich zufriedenstellende Antwort geben. Aber sie wiesen darauf hin, daß bei ihm einiges ausgebessert werden müsse und daß es nicht nur darum gehe, sein Gebiß zu verändern, sondern daß sie auch an der Verbesserung der Zähne interessiert seien. Reiss hatte seine Zweifel, obwohl er zugeben mußte, daß es schon einige Jahre zurücklag, seit er das letzte Mal beim Zahnarzt war.
Anfangs war es ihm nicht gestattet, mit den anderen Patienten zusammen zu sein. Diese Anweisung kam von einem Mann, der täglich nach ihm schaute und ihm sein Essen und seine Medikamente brachte. Er hieß Sven. Kein Nachname. Sven sah genauso nordisch aus, wie sein Name vermuten ließ, mit dichten blonden Haaren und immer zu einem Lächeln bereit.
Reiss erzählte ihm, er habe bisher noch keinen Patienten gesehen, mit dem er hätte reden können – außer von weitem im Qenco. Diese Tatsache ließ Sven völlig gleichgültig. Es würden schon bald Leute auftauchen, und Reiss hätte dann die Gelegenheit, mit ihnen etwas gemeinsam zu machen. Aber zuerst, so sagte Sven wie ein besorgter Vater, müsse er sich auf seine Genesung konzentrieren.
Damit er sich nicht zu Tode langweilte, wurde ihm eine kleine Bibliothek geliefert, darunter viele Krimis. Wie bei seinen Kleidungsstücken zeigte das Center auch hier, daß es genau auf seinen Geschmack eingestellt war.
Obwohl außer den indianischen Dienstmädchen und den Gärtnern niemand in Amarucancha Spanisch zu sprechen schien, beschloß Reiss, da er nun schon in Peru war, die Gelegenheit wahrzunehmen, und sein Spanisch aufzufrischen, eine Sprache, mit der er sich seit dem zehnten Schuljahr nicht mehr beschäftigt hatte.
Sven sorgte auch dafür, daß ihm ein Fernsehapparat gebracht

wurde. Zwar war es nicht möglich, irgendeinen regionalen Sender zu empfangen. Die Berge, die Amarucancha einschlossen, verhinderten das. Aber der Fernsehapparat diente dazu, Videokassetten abzuspielen, und Reiss erhielt ziemlich viele, ähnlich wie bei den Büchern.

»Bald viele Leute«, versicherte ihm Sven. »Bald Sport und Unterhaltung. Warten Sie. Aber während Sie warten, schauen Sie.«

Also schaute Reiss. Zu der Kassettensammlung gehörten mehrere bekannte Spielfilme und Fernsehsendungen, und Reiss wählte sie zuerst aus, weil er unbedingt etwas haben wollte, was ihn an sein vorheriges Leben erinnerte.

Das Heimweh war wie eine Krankheit. Es verschlimmerte die Schmerzen, es machte sein Exil zu einer Qual. Er wollte wieder in Sea Cliff sein, bei seiner Familie. Er hatte Sehnsucht nach Betsy. Und doch war ihm gleichzeitig klar, daß es eigentlich gar nicht Betsy war, nach der er sich sehnte, er konnte sich nicht einmal mehr richtig erinnern, wie sie aussah. Aber er brauchte die Verbindung. Wenn er die Filme anschaute, an die er sich noch erinnerte, hatte er das Gefühl, als hätten auch sie sich verändert. Er konnte nicht mit Sicherheit sagen, daß es so war, aber es kam ihm vor, als seien sie neu geschnitten worden, als seien Szenen ganz oder teilweise herausgenommen oder die Filme verlängert worden, mit neuen Sequenzen, die nicht im Original waren. Er war überzeugt, daß jetzt mehr Sex und mehr Gewalt vorkamen und daß das Center an dem Material herumgepfuscht hatte, obwohl er sich eigentlich nicht vorstellen konnte, was der Grund dafür sein sollte. Oder lag es nur an seinem Verfolgungswahn? Ging seine Phantasie mit ihm durch?

Während der ersten paar Monate seines Aufenthaltes in Amarucancha war Reiss gezwungen, seinen Gesichtsverband zu tragen, unabhängig davon, ob es wirklich notwendig war oder nicht. Andere Patienten mochten vielleicht glauben, dies sei für den Heilungsprozeß erforderlich, aber Reiss merkte, daß der Verband nicht so wichtig war, wie Karp und seine Assistenten behaupteten. Nach einer gewissen Zeit gab es eigentlich keinen Grund mehr, warum er den Verband nicht hätte ablegen sollen. Es wäre etwas anderes gewesen, wenn er sein Gesicht hätte verstecken müssen, um anderen den Anblick von Narben und wunden Hautstellen zu ersparen,

aber da er fast völlig isoliert war, gab es niemanden, den man hätte schonen müssen.
Die Erklärung lag woanders, argwöhnte Reiss. Das Center schien aus irgendwelchen undurchschaubaren Motiven genauso an der Psyche seiner Klienten interessiert zu sein wie an der Veränderung ihrer körperlichen Erscheinung, falls Reiss ein typisches Beispiel war. Welchen Zweck konnte die Schockoperation zehn Stunden nach seiner Ankunft in Amarucancha sonst haben? Das Center ging genauso vor wie die Armee bei neuen Rekruten: Werft sie ins kalte Wasser, nehmt ihnen jede Orientierung, aber das Wichtigste ist, übernehmt die Kontrolle über ihr Denken. Brecht ihnen das Rückgrat.
Reiss wußte nicht, ob sein Rückgrat schon gebrochen war. Es war möglich, aber er konnte es nicht beurteilen. Das Center war wie eine schwarze Leinwand, auf die man alle möglichen Emotionen projizieren konnte. Den einen Tag sah Reiss das Center als eine tyrannische Institution, bösartig und willkürlich. Am nächsten Tag änderte er dann seine Meinung, vielleicht war es doch gar nicht so schlecht. Er war nicht mißhandelt worden. Das Personal brachte ihm Respekt entgegen. Seine Ärzte und seine Zahnärzte (vor allem die Zahnärzte) waren zwar ein bißchen kühl und distanziert, aber sie verhielten sich professionell und waren immer höflich. Seit dem Unfall mit dem gebrochenen Schlüsselbein war nichts dergleichen mehr vorgekommen.
Wenn ich nur andere Leute kennenlernen könnte, dachte er oft, vielleicht würde dann das Leben in Amarucancha etwas erträglicher.
Die Temperaturen deuteten schon langsam auf den bevorstehenden Sommer hin, und der Regen war zwar immer noch sehr stark, aber doch nicht mehr so häufig, und mit der Zeit wurde er sicher noch weniger. Bücher und Videokassetten reichten zu seiner Unterhaltung nicht mehr aus.
Aber immer, wenn er Sven fragte, wann er mehr Freiheit bekommen würde, lautete die einzige Antwort, die er ihm abringen konnte: »Bald, sehr bald, nur Geduld.«
Reiss war jedoch der Meinung, daß er lange genug geduldig gewesen sei.

Alles, was er bis jetzt von Amarucancha gesehen hatte, war das Innere des Qenco und das Innere des Wagens, der ihn von seiner Wohnung zum Qenco brachte. Er wußte immer noch nicht, wie groß Amarucancha war, wie viele Leute dort wohnten oder wie die Umgebung aussah. Er wußte, es mußte einen Flughafen geben, und ganz offensichtlich waren da auch Berge, aber das konnte ja nicht alles sein.

Die Tür zu seinen Zimmern war nicht immer verschlossen. Gelegentlich merkte Reiss, daß sie offen war, aber immer, wenn er nach draußen ging, tauchte plötzlich Sven oder jemand wie Sven auf, als sei es ein Zufall. Nichts wurde gesagt, aber die Botschaft war trotzdem klar: er wurde sorgfältig überwacht, und er sollte nicht auf die Idee kommen, er könnte dieser Überwachung entkommen.

Schließlich wurden Reiss aber doch ein paar zusätzliche Freiheiten zugestanden. Er hatte jetzt die Erlaubnis, die sportlichen Einrichtungen zu benutzen, von denen es im Center sehr viele gab. Es gab Squashplätze, Tennisplätze, Basketballplätze, eine Sauna, ein Schwimmbad, eine Halle mit Geräten, die ein bißchen an mittelalterliche Folterinstrumente erinnerten, die aber in kürzester Zeit die Muskeln aufbauten: man wählte den Körperteil aus, den man stärken wollte, und schon war da eine Maschine, die diese Aufgabe übernahm.

Reiss war zwar oft alleine, wenn er Sport machte – abgesehen von dem Mann, der die Aufgabe hatte, auf ihn aufzupassen –, aber manchmal waren auch andere Patienten in der Nähe.

Wie er selbst waren sie normalerweise mit einem Verband maskiert. Sie sagten selten etwas, man tauschte nur eine flüchtige Begrüßung aus, selbst wenn man miteinander spielte.

Sven hatte Reiss gewarnt und ihm gesagt, das Center habe seine Agenten unter den Patienten, um die Sicherheit zu garantieren. Der Mann mit dem Verband, den man abends beim Squash besiegte, tauchte vielleicht am nächsten Morgen im Qenco als Aufseher wieder auf, und man hatte keine Ahnung davon. Es konnte natürlich auch sein, daß es keine Agenten gab. Das Center mußte nur das Gerücht ausstreuen, es gebe welche, und der Effekt war derselbe.

Außerdem hatten die meisten Patienten kein Interesse daran, viel mit anderen zu reden; sie waren im Grunde noch mehr als das

Center daran interessiert, ihre Identität zu schützen, vor allem ihre frühere.
Die Patienten in Amarucancha waren Leute, die auf der Flucht waren: Gestürzte Herrscher, korrupte Unternehmer, Mörder auf der Flucht, Leute, die Geld unterschlagen hatten, Verräter, Despoten.
Reiss war enttäuscht. Er hatte die Vorstellung gehabt, er würde hier neue Freunde finden, denen er sich anvertrauen konnte. Eine oberflächliche Unterhaltung über das Wetter – mehr konnte er anscheinend nicht erwarten.
Trotzdem genoß er die Stunden, die er außerhalb seiner Räume und der Ringe des Qenco verbringen durfte. Zum einen konnte er dadurch, daß er von einem Sportplatz zum anderen ging, ein besseres Gefühl dafür bekommen, wie Amarucancha angelegt war. Es wirkte wie eine Honigwabe aus niedrigen Stuckgebäuden und Innenhöfen und Gärten, die so arrangiert waren, daß das Qenco genau im Zentrum lag. Das Tal hinter den Mauern schien sich in alle Richtungen meilenweit auszudehnen, flach und trocken, aber da die Berge es von allen Seiten umschlossen, wirkte es doch etwas klaustrophobisch.
In der Ferne, am Fuß eines Berges im Nordosten, konnte man eine Ansammlung von Hütten aus gebranntem Lehm sehen, die im Schatten einer rosaroten Stuckkirche lagen, aber das war, soweit er es beurteilen konnte, der einzige bewohnte Ort in der Nähe. Und die verarmten Indios, die vermutlich dort wohnten, hielten sich auf alle Fälle von Amarucancha fern.
Die Anlage konnte sich selbst versorgen; das, was an Vorräten gebraucht wurde, brachten kleine Flugzeuge mit, die aussahen wie das, mit dem Reiss und Cantwell hierher geflogen waren. Jede Woche landeten sie auf dem kleinen Flugfeld in der Talebene. Dieser Flugdienst aus Lima transportierte nicht nur Vorräte, sondern auch Menschen, neues Personal und neue Patienten.
In einem der Bücher, die Reiss bekommen hatte, entdeckte er eine Karte von Peru, und zwar eine relativ genaue. Aber er konnte keinen Ort finden, der Amarucancha hieß. Für die Außenwelt gab es Amarucancha einfach gar nicht.
Als er Sven fragte, in welchem Teil der Anden sie sich befanden,

verweigerte Sven die Antwort, wie nicht anders zu erwarten. Vielleicht war er selbst gar nicht in dieses Geheimnis eingeweiht. Aber Reiss war nicht überrascht; niemand in Amarucancha sagte ihm irgend etwas. Man teilte ihm nicht mit, wann sein Verband abgenommen werden sollte oder wann er entlassen würde oder wohin man ihn schicken wollte – wenn man ihn überhaupt entlassen würde.

Reiss verbrachte möglichst viel Zeit in der Sporthalle und sorgte dafür, daß er in Form kam. Er verlangte mehr von sich als je zuvor in seinem Leben, selbst während seiner unruhigen Pubertät. Teilweise tat er es, um die Langeweile zu vertreiben. Teilweise wollte er sich von der unerbittlichen Einsamkeit ablenken, zu der er verurteilt war.

Wenn er an Betsy oder an die Kinder oder sogar an Kristin dachte, fragte er sich, ob sie ihn wohl wiedererkennen würden. Nicht sein Gesicht – wie stark es verändert war, würde sich ja erst noch herausstellen –, sondern seinen Körper. Er hatte ihn selbständig, ganz unabhängig vom Center, enorm gestählt. Die Leute, die geglaubt hatten, er sei ein Opfer der gefährlichen mittleren Jahre (die schlaff werdende Haut, der Wanst in der Taillengegend), hätten bestimmt gestaunt.

Wenn sie nur wüßten...

Eines Tages kam Sven zu ihm und verkündete, Dr. Karp wolle ihn sehen.

Reiss wies darauf hin, daß heute kein Termin für ihn angesetzt sei.

Das spiele keine Rolle, antwortete Sven, er solle sofort zum Qenco kommen.

Reiss saß also wieder in Karps Wartezimmer und tauschte traurige Blicke mit der Mumie aus, bis der Chirurg erschien. Er wirkte sehr gehetzt.

Die Krankenschwester, die große, ungelenke, an die Reiss sich inzwischen schon gewöhnt hatte, stand direkt hinter ihm.

Karp schaute Reiss an und runzelte die Stirn. Einen Augenblick lang sah es aus, als könne er sich nicht erinnern, wer Reiss war oder was er hier machte. Dann verzog sich sein Gesicht zu dem Versuch eines Lächelns. »Heute«, sagte er und wedelte mit der Schere herum, die

er in der Hand hielt, »heute wollen wir uns einmal das Ergebnis meiner Arbeit ansehen.«
Mit der gleichen Sorgfalt, die er an den Tag legte, wenn er Reiss fünfmal in der Woche rasierte, begann er nun, den Verband aufzuwickeln, der vier Monate lang Reiss daran gehindert hatte, herauszufinden, wie er nun eigentlich aussah. Als es nicht weiterging, schnitt er den Verband auf, bis er ihn abnehmen konnte.
Dann machte er einen Schritt zurück und rückte seine Brille zurecht, um das Gesicht, das er geschaffen hatte, genau zu betrachten. Er überlegte eine Weile, und Reiss wurde schon unruhig. War es ein Fehlschlag? Mußte er noch mehr operieren? Dann nickte Karp und sagte: »Nicht schlecht, wenn ich das mal selbst sagen darf, nicht schlecht.« Er wandte sich der Krankenschwester zu und fragte sie, was sie davon halte.
Sie stimmte ihm selbstverständlich zu.
Reiss hatte das Gefühl, als würden die beiden bei jedem Patienten, den sie auswickelten, die gleiche Nummer abziehen.
Sein Gesicht fühlte sich empfindlich und zerkratzt an. Ganz automatisch hob er die Hand, um seine Haut anzufassen, aber er brachte es dann doch nicht über sich.
Karp, der das beobachtete, sagte, er solle sich keine Sorgen machen. »Fassen Sie Ihr Gesicht ruhig an. Es fällt nicht ab. Es gehört jetzt Ihnen.«
Reiss tat es und war überrascht, wie weich die Haut war, gar nicht rauh und faltig, wie er erwartet hatte.
»Ich nehme an, Sie möchten jetzt gerne wissen, wie Sie eigentlich aussehen.«
Reiss war nicht ganz sicher, ob er das wirklich schon wollte, aber er sagte ja, und die Krankenschwester holte einen Spiegel.

Als er aufwachte, merkte er, daß er Tränen in den Augen hatte, und diese Tränen hatten etwas damit zu tun, daß er von seinen Kindern geträumt hatte. Aber der Traum war verschwunden, er hatte sich schneller verflüchtigt als seine Tränen. Mit den Fingern berührte Reiss seine Augen und war überrascht, daß der Verband nicht mehr da war. Erst dann fiel ihm wieder ein, daß er ja am Tag zuvor entfernt worden war.

Monatelang war er nicht fähig gewesen, sich genau zu erinnern, wie Betsy eigentlich ausgesehen hatte. Jetzt passierte ihm das gleiche ironischerweise auch mit seinem eigenen früheren Selbst. Er hatte sich in Karps Spiegel gesehen und war dann in sein Zimmer zurückgekehrt, aber er hatte das Ergebnis der Bemühungen des Arztes in seinem eigenen Spiegel noch nicht näher inspiziert. Vermutlich hatte er Angst.

Aber irgendwann mußte er sich ja daran gewöhnen. Er ging ins Badezimmer, knipste das Licht an, und zu seiner großen Verwunderung stellte er fest, daß überall Spiegel waren, die ihn von allen Wänden anschauten. Sie mußten über Nacht installiert worden sein. Das Center wollte ihm wieder einmal etwas mitteilen. Das Problem lag nur in der Interpretation.

Als er sich jetzt anschaute, sah er dauernd den alten Reiss, der halb von dem neuen überdeckt wurde, wie eine Doppelbelichtung. Es kostete ihn einige Überwindung, das frühere Gesicht aus dem neugeschaffenen herauszufiltrieren.

Seine Stirn kam ihm breiter vor, höher, die Augen irgendwie intensiver, wissender (obwohl es sein konnte, daß er sich das nur einbildete); seine Nase war schmaler und erinnerte an eine klassische Nase, das Kinn straffer, was ihm einen leicht trotzigen Anstrich gab. Seine Augenbrauen waren dünner, seine Haare länger und mit grauen Strähnen durchsetzt, obwohl das nichts mit Dr. Karp zu tun hatte. Aufs Ganze gesehen war das Ergebnis nicht unbefriedigend. Reiss dachte, wenn er einem Mann begegnen würde, der so aussah wie er jetzt, dann würde er ihn sicher näher kennenlernen wollen. Sein Gesicht war in gewisser Weise eine Herausforderung – er sollte auch seine Persönlichkeit verändern, so wie er es mit seinem Körper gemacht hatte, damit sie seinem neuen Image entsprach.

Man konnte noch die Narben sehen, an manchen Stellen waren sie leuchtend rot, an anderen blasser. Aber Reiss zweifelte nicht daran, daß sie bald verschwinden würden. Einer Sache war er sich ganz sicher: Leute, die ihn von früher kannten, würden ihn jetzt nicht wiedererkennen.

Er hatte gerade noch genug Zeit, sich anzuziehen, als er hörte, daß jemand an der Tür war. War es Sven? überlegte er. Oder vielleicht einer der anderen Aufpasser, die sein Leben kontrollierten?

Es war nicht Sven. Es war niemand, den er kannte. Ein Mann stand in der Tür, lächelte ihn an, als wisse er, wer er sei, und wartete darauf, erkannt zu werden. Er war schlank, trug eine randlose Brille und einen dichten, lockigen Bart, wodurch er aussah wie ein intellektueller Guerillaführer. Er trug einen Morgenmantel aus blauem Seidenstoff und Sandalen. Zwischen den Lippen hatte er eine Pfeife.
»Na, Dr. Reiss, wie geht's Ihnen denn?« sagte er. »Die haben das ja ganz gut gemacht bei Ihnen, wie ich sehe.«
Die Stimme kam ihm bekannt vor, das Gesicht nicht. Aber es dauerte trotzdem eine Weile, bis er die Stimme einordnen konnte.
»Wollen Sie mich denn nicht hereinbitten?«
Jetzt wußte er es. Es war Nick Cantwell. Reiss hatte gedacht, er sei schon lange wieder fort. Aber hier war er, leibhaftig. Auch wenn dieser Leib ein wenig umorganisiert worden war.
»Kommen Sie herein, bitte, kommen Sie herein.«

18

Reiss holte den Kaffee, den er sich gerade gemacht hatte. »Haben Sie die Erlaubnis, hierherzukommen? Ich hatte den Eindruck, daß es eigentlich für immer sein sollte, als man uns trennte.«
Cantwells Augen wanderten durchs Zimmer. »Meine Wohnung ist besser als Ihre. Aber man kann hier schon wohnen, nehme ich an.« Es klang, als hätte er seine Zweifel. Dann wandte er sich Reiss zu und sagte: »Was haben Sie gefragt? Ah, nein, vermutlich nicht. Ich richte mich selten nach den Vorschriften.« Er nahm sich den bequemsten Stuhl und streckte sich darauf aus. »Um ganz offen zu sein, ich habe eine ganze Weile nicht mehr an Sie gedacht – Sie wissen ja, wie das ist, man ist so beschäftigt. Gefällt es Ihnen übrigens, was sie bei mir gemacht haben?«
Reiss merkte, wie selbstverständlich er die bizarre Situation akzeptierte, in der sie sich hier befanden. Menschen machten ganz routinemäßig Metamorphosen durch, oder sie verschwanden einfach, ohne jede Erklärung. Er war gar nicht auf die Idee gekommen, etwas zu Cantwells Verwandlung zu sagen. Es war nicht anders als auf einer völlig überfüllten Faschingsfete. Zuerst findet man die

Kostüme ganz amüsant und interessant, aber mit der Zeit bemerkt man sie dann kaum noch.
»Sehr gut. Es sieht aus, als würde alles gut verheilen.«
Cantwell zupfte an seinem Bart. »Ich wollte schon immer einen haben. Außerdem verdeckt er ein paar scheußliche Narben, die wahrscheinlich nie so ganz verblassen.«
»Und warum kommen Sie mich jetzt nach all der Zeit besuchen?«
»Ich hatte gestern einen Termin im Qenco. Ich habe zufällig Ihren Namen im Logbuch gesehen.«
»Ich wußte gar nicht, daß das geht. Das Buch ist doch geheim. Und jeder unterzeichnet mit einem ganz bestimmten Code.«
Cantwell schaute ihn fast gönnerhaft an. »Selbstverständlich. Aber es ist kein Problem, den Code und die Namen zu vergleichen.«
»Wie?«
Cantwell überging diese Frage. »Sie wären überrascht, wenn Sie wüßten, was für Leute hierher kommen.« Er rasselte ein paar Namen herunter, die Reiss tatsächlich in Erstaunen versetzten.
Ein Name erregte seine Aufmerksamkeit ganz besonders. »Sind Sie sicher, daß er hier ist? Ich erinnere mich, daß ich vor Monaten gehört habe, er sei abgesetzt worden. Durch einen Putsch. Es hieß, er sei in seinem Palast erschossen worden.«
»Was soll ich sagen? Es hat nicht gestimmt. Er sitzt wahrscheinlich gerade beim Frühstück, nicht mehr als einen halben Kilometer von uns entfernt.«
»Nick, wie haben Sie das herausgefunden?«
Ein geheimnisvolles Lächeln. »Ich habe da so meine Methoden. Ein Hansdampf bleibt ein Hansdampf. Vielleicht werde ich Sie eines Tages einweihen, wer weiß.«
Es gab immer solche Leute, dachte Reiss, die sich sofort ihrer Umgebung anpassen, gleichgültig, wie seltsam und fremd diese Umgebung ist, und die sofort das Beste aus der Situation herausholen können.
»Ich verstehe das nicht. Die Sicherheitsmaßnahmen sind doch hier so streng.«
»Nicht so streng, wie Sie glauben. Vielleicht in New York. Aber das hier ist Peru. Hier arbeiten zwar keine Peruaner, außer ein paar Köchen und ein paar Zimmermädchen, aber irgendwie färbt das

Land doch ab. Eine gewisse Lässigkeit, so wie man sie in den Staaten oder in Europa nie finden würde. Vergessen Sie nicht, die Leute möchten alle lieber hier sein als dort, wo das Gefängnis auf sie wartet oder der Tod oder Schimpf und Schande. Das Center ist hauptsächlich daran interessiert, die Identität seiner Patienten zu schützen. Aber sie müßten sich schon die Mühe machen, jeden einzelnen auf unbegrenzte Zeit zu isolieren, sonst können sie das unmöglich garantieren. Man denke nur an unsere Unterhaltung hier.«

Trotz seiner Privilegien auf athletischem Gebiet waren Reiss' Bewegungsmöglichkeiten in Amarucancha begrenzt. Ihm wurde klar, daß es bestimmte Dinge gab, die für ihn unzugänglich waren. Cantwell wohnte offensichtlich in einem dieser verbotenen Sektoren.

»Wo wohnen Sie?« fragte er ihn.

Cantwell deutete vage in Richtung Tür. »Da drüben. Viel schöner als hier. Bei uns ist auch mehr los. Man könnte sagen, das hier ist der Slum von Amarucancha. Aber nach allem, was Sie mir im Flugzeug erzählt haben, müssen Sie dem Center ja auch kein Geld geben wie wir anderen. Also ...«

Reiss ärgerte sich über die Andeutung, daß er zu einer niedrigeren Schicht gehörte, aber vermutlich stimmte das in dieser geschlossenen Gesellschaft.

»Sie sind doch so gut informiert über alles, was hier vor sich geht – können Sie mir auch sagen, wohin Sie geschickt werden, wenn Ihre Zeit hier vorbei ist?«

»Das ist eine Sache, die selbst ich nicht herausfinden kann. Ich habe ihnen gesagt, ich würde am liebsten an die Riviera gehen. Oder Südspanien, vielleicht auch Nordafrika. Aber die schicken mich dahin, wo es ihnen paßt. Nur habe ich das Gefühl, daß ich irgendwie wieder nach New York zurückgehen werde. Da gefällt es mir einfach so gut. Die Stadt liegt mir im Blut. Da bin ich am meisten zu Hause.«

»Aber damit würden Sie die Regeln des Centers übertreten.«

»Allerdings«, sagte Cantwell lächelnd.

Nach dieser Begegnung am frühen Morgen dachte Reiss, er werde Cantwell sicher nicht wiedersehen. Es mochte zwar möglich sein, daß man dem Sicherheitsapparat des Centers einmal entkam, aber ein zweites Mal, das war sehr unwahrscheinlich.

Er irrte sich. Einen Tag später kam Cantwell wieder. Er hatte ein Mini-Computerspiel bei sich, mit einer Tastatur aus Lämpchen und Knöpfen, die eine melodische Tonsequenz von sich gaben, wenn man sie drückte.

»Eine komplette alphanumerische Tastatur«, sagte Cantwell, als erwarte er, daß Reiss von dieser Information beeindruckt sein würde. »Man spielt Anagrammspiele damit. ›Henker‹, zum Beispiel. Oder ›Schnelle Hände‹.«

»›Schnelle Hände‹?«

»Also, sieh mal«, er duzte jetzt Reiss freundschaftlich, »die Tasten leuchten in regelmäßigen Abständen auf, aber beliebig, und es wird immer schneller. Der Witz bei der Sache ist, die Tasten zu drücken, sobald sie aufleuchten. So.« Er demonstrierte es.

Reiss beobachtete seine Fingerfertigkeit mit wachsender Bewunderung.

»Versuch's mal.«

Reiss versuchte es. Aber er hatte weder Cantwells Geschick noch seine Übung und brachte es nicht sehr weit bei den »Schnellen Händen«.

»Vielleicht«, sagte Cantwell, »möchtest du lieber ›Was gibt's Neues‹ spielen. Bei ›Was gibt's Neues‹ muß man versuchen, eine Lichter- und Tonsequenz zu wiederholen, aber jedesmal kommt ein neues Signal dazu, man muß also schnell machen.«

Reiss lehnte das Angebot ab.

»Auf solche Sachen hätte ich mich spezialisieren sollen.«

»Aber die Bars fandest du interessanter?«

»Bars und Frauen. Und Drogen. Eine sehr gefährliche Kombination.«

»Das kann ich mir vorstellen.«

»Du glaubst nur, daß du es kannst. Bis du es ausprobiert hast, ist es wie ›Was gibt's Neues‹. Man kann nicht nur einfach zuschauen, man muß es selber machen.«

»Hattest du das Ding da bei dir?«

»Nein, ich habe es mir schicken lassen.«

Reiss schaute ihn aufmerksam an. »Was meinst du damit, du hast es dir schicken lassen?«
»Es kam mit dem Flugzeug aus Lima. Sprich mit den richtigen Leuten, dann läßt sich einiges arrangieren. Ich mag Computerspiele, also frage ich danach.« Er machte eine Pause und fügte dann hinzu: »Und sie kommen.«
»Du nimmst das gute Leben mit, wohin du auch gehst.«
»Genauso mach ich das, mein Freund.«
»Warum bist du wieder hierher gekommen? Warum hast du mich überhaupt aufgesucht?«
»Mißtrauisch bist du ja gar nicht, was? Ich bin neugierig. Ist da was Schlechtes dran? Ich habe dir sogar Bier mitgebracht.«
Er griff in die Tasche, aus der er auch das Computerspiel herausgeholt hatte, und zauberte zwei Flaschen »Cuscena« hervor, ein regionales Gebräu. Der Himmel wußte, was er sonst noch alles in dieser Tasche haben mochte.
»Bier?« Reiss hatte seit seiner Ankunft keinen Alkohol angerührt, er hatte nicht einmal gewußt, daß es in Amarucancha Alkohol gab.
»Da, wo wir wohnen, können wir soviel zu trinken haben, wie wir wollen.«
Entweder suchte Cantwell einen Freund oder das Center hatte ihn angeheuert, um Reiss nachzuspionieren. Das würde erklären, warum er sich so frei bewegen konnte. Reiss war sich unschlüssig. Aber zweifellos hatte Cantwell sein Interesse an dem Teil von Amarucancha geweckt, wo er wohnte. Wenn man Cantwell glauben konnte, dann waren dort die Wohnungen besser, es gab reichlich zu essen, der Alkohol floß in Strömen, und man konnte jede Menge Leute treffen. Vielleicht suchte Cantwell nicht seine Freundschaft. Vielleicht brauchte er nur jemanden, den er mit einem Blick auf den unerreichbaren Garten Eden quälen konnte.
Aber das war noch nicht alles, was es dort gab. Es gab dort auch einen Psychiater, der immer da war, sagte Cantwell. »Ein ganz berühmter Typ, du würdest den Namen kennen, wenn ich ihn sagen würde. Er hat eine Praxis in der Park Avenue. Sie bezahlen ihm ein Vermögen, daß er einen Monat lang hier rüberkommt und sich um die verwundeten Seelen der Insassen kümmert. Das Problem ist nur, daß er ein orthodoxer Freudianer ist. Er hatte von meinem Fall

gehört. Wollte wissen, ob ich die Frau wirklich erwürgt hätte. Die, die ich umgebracht haben soll. June Graham.«

»Ja, ich erinnere mich.«

»Aber er war sehr vorsichtig und versuchte, es aus mir rauszuholen. Er forderte mich auf, frei zu assoziieren, und wollte meine Träume wissen. Ich hab ihm ein paar Träume erzählt. Alle erfunden. Das Center hat nie herausgefunden, ob ich sie nun getötet habe oder nicht. Der Irrenarzt kommt auch nicht weiter.«

Reiss hätte nun die Gelegenheit gehabt, nachzuhaken, aber er entschied sich dagegen. Cantwell wartete, aber als die Frage nicht kam, seufzte er und redete weiter, vermutlich enttäuscht, daß er Reiss nicht quälen konnte, wie er es bei seinem Psychiater aus der Park Avenue gemacht hatte.

»Das ist das Komische daran, daß das Center nicht über die Graham Bescheid wußte. Weil sie bei meinen finanziellen Angelegenheiten sich ganz genau auskannten, das kann ich dir sagen. Sie haben mich gezwungen, ein paar Pseudounternehmen zu gründen und mein Geld von den Unternehmen, die ich in der Tasche hatte, dorthin zu transferieren. Diese Pseudounternehmen sind nichts als ein Stück Papier und eine Telefonnummer. Natürlich gibt es nichts, was sie mit dem Center in Zusammenhang bringen könnte. Um also noch zu meinen anderen Sünden beizutragen, habe ich meine eigenen Unternehmungen geplündert. Ich vermute, daß die übrigen Aktienbesitzer bei meinem Begräbnis gefeiert haben.«

Aber es waren offensichtlich die Frauen und nicht das Geld, wovon Cantwell besessen war.

Reiss wollte wissen, wie er ohne sie leben konnte.

Cantwell schaute ihn verständnislos an. »Ich weiß nicht, wovon du redest, mein Freund.«

»Die einzigen Frauen, die ich hier in Amarucancha zu Gesicht bekomme, sind die Dienstmädchen und die Krankenschwestern. Zweimal habe ich von weitem eine Patientin gesehen, aber die ist bestimmt schon auf die Siebzig zugegangen.«

»Die letzte kaiserliche Witwe«, scherzte Cantwell. »Nun, mein Freund, dein Problem ist, daß du in der falschen Gegend wohnst. Das sage ich ja schon die ganze Zeit.«

»Willst du damit sagen, daß es dort, wo du wohnst, Frauen gibt?«

»Selbstverständlich. Manche sind Patientinnen. Manche werden eingeflogen.«
»Personal, meinst du?«
»Na ja, so könnte man es nennen. Aber es sind keine Krankenschwestern, du verstehst schon.«
Reiss dachte, daß er ihn sehr wohl verstehe.

Das war es, was ihn zu einem Entschluß brachte. Er hatte genug über die paradiesischen Zustände in Cantwells Wohngegend gehört. Die Vorschriften waren ihm gleichgültig, er war entschlossen, selbst herauszufinden, wie es dort aussah.
Es war noch früh am Abend, als Cantwell sagte, er müsse jetzt gehen. Der Himmel hatte ein tiefes Blau, und im Osten konnte man den Mond sehen.
Reiss wünschte seinem Besucher eine gute Nacht und schaute ihm nach, bis er praktisch außer Sichtweite war, eine immer kleiner werdende Gestalt auf einem gewundenen Pfad. Sonst schien niemand in der Nähe zu sein. Reiss ergriff die Gelegenheit beim Schopfe und ging hinter ihm her. Er wollte Cantwell so weit folgen, wie er irgend konnte.

19

Als er Cantwell nachschlich, kam er in eine Gegend, in der er noch nie gewesen war. Selbst der Geruch war anders, die Luft war von tausend verschiedenen Düften erfüllt: Zimt, Kokosnuß, Banane, Beeren, Gewürznelken, Minze. Wenn man tief einatmete, wurde man von einer Erinnerungslawine überrollt – nicht nur Erinnerungen an die eigene Vergangenheit, sondern auch an eine Vergangenheit, die man hätte leben können, aber nie gelebt hat.
Manchmal war Cantwell zu weit entfernt, und sein Schatten ging über in die Schatten der dichten Büsche, die den Pfad, dessen Ziel er nicht kannte, von beiden Seiten einrahmten, aber dann tauchte er wieder auf, immer in seinem lockeren Schlenderschritt.
Es war, als würde man in den Dschungel kommen. Wasser gurgelte in Schluchten und Bächen, die man nicht sehen konnte, und überall

waren Zweige und Ranken, die manchmal über dem Pfad zusammenwuchsen, als würden sie sich an der Hand halten. Nußbäume und Orangenbäume boten der erstaunlichen Orchideenvielfalt Schutz. Es waren Orchideen in allen Farben, so groß wie menschliche Gesichter.

Reiss erwartete jeden Augenblick, daß ihn jemand festhalten würde. Er horchte auf Schritte, aber er hörte nur seine eigenen und die von Cantwell. Ansonsten nur die Zikaden und das Gezwitscher der Vögel. Das ganze Unterholz vibrierte vom Summen und Brummen der Geschöpfe, die zu klein waren, als daß man sie mit dem bloßen Auge hätte entdecken können.

Wie lang der Pfad war, konnte Reiss nicht sagen, weil er so viele Biegungen hatte und man deshalb jedes Gespür dafür verlor, welche Entfernung man eigentlich zurücklegte. Reiss wußte auch nicht, wieviel Zeit vergangen war, seit er sich auf den Weg gemacht hatte. Aber es war anzunehmen, daß die Zeit für sein Abendessen schon vorüber war; Sven hatte ihm bestimmt seinen abendlichen Besuch abgestattet, mit seiner Mahlzeit, und er mußte bemerkt haben, daß Reiss nicht da war. Ob er einfach wieder ging, oder ob er wohl Alarm schlug? Da es bisher noch nicht vorgekommen war, konnte Reiss nur spekulieren. Er hatte zwar Angst, aber im Vergleich zu seiner Neugier war die Angst bedeutungslos. Er wußte nicht, ob er erleichtert oder enttäuscht wäre, wenn sich herausstellen sollte, daß Cantwell übertrieben hatte und seine Wohngegend genauso ruhig und bescheiden war wie die von Reiss.

Unvermittelt wurde der Weg breiter und ging um einen runden Platz herum, der von Palmen gesäumt war. Überall waren Blumen, Orchideen und andere Pflanzen, die nachts aufblühten. Man konnte auch Lichter sehen, aber aus der Entfernung war es schwer zu sagen, woher sie kamen. Aber daß Menschen da waren, stand außer Frage. Ihre Schatten flatterten über die Mosaikmuster, aus denen sich der Fußboden des Platzes zusammensetzte. Ihre fernen Stimmen gingen in das Zirpen der Zikaden und das Gurren der Vögel über.

Cantwell überquerte den Platz.

Eine Frauenstimme begrüßte ihn. »Nick!«

Sie klang jung. Es waren also Frauen hier. Cantwell hatte nicht gelogen.

Reiss wollte nicht gesehen werden und schlug deshalb nicht denselben Weg ein wie Cantwell, sondern ging um den Platz herum.
Die Stimmen wurden deutlicher. Man hörte Lachen und Musikfetzen, jazzig und schnell. Beim Näherkommen konnte Reiss Gestalten erkennen. Es waren genauso viele Männer wie Frauen. Sie standen um ein großes Schwimmbecken herum. In dem chlorgrünen Wasser konnte man ihre sich verjüngenden Spiegelbilder sehen, aber sie selbst hatte Reiss bis jetzt nicht erblickt.
Rauch kräuselte sich in der ruhigen Luft, erfüllt mit dem Geruch von Gewürzen und Fleisch; von Zeit zu Zeit hörte man einen lauten Knall – irgendwo wurde eine Sektflasche geöffnet.
Reiss ging weiter. Er konnte einfach nicht anders. Er konnte sich nicht erinnern, wie lange es her war, seit er so viele Leute auf einem Fleck gesehen hatte. Mehrere Minuten lang stand er reglos da, wie gelähmt. Dieser Teil von Amarucancha war wie all die Parties, zu denen man nie eingeladen wird. Noch nie hatte Reiss sich so deutlich als Außenseiter gefühlt. Seine Einsamkeit wäre sicherlich noch viel unerträglicher gewesen, wenn er gewußt hätte, daß es so etwas hier gab. War es jeden Abend so, oder war es irgendein besonderer Anlaß? Aber eigentlich war das gleichgültig, er wollte auf jeden Fall dazugehören.
Niemand schien seine Gegenwart zu bemerken. Er machte einen Schritt nach vorne und noch einen. Sein Magen verkrampfte sich vor Spannung. Er fröstelte trotz der warmen Abendluft.
Jetzt konnte er besser sehen, wer diese Leute waren. Das heißt, er konnte ihre Körper sehen, aber nicht ihre Gesichter, denn ihre Gesichter waren hinter Masken versteckt. Und wer wußte, was sich hinter diesen Masken verbarg? Ein Gesicht, das demnächst umgestaltet werden sollte? Ein undurchsichtiger Verband? Oder ein Gesicht, das die Schönheitschirurgen des Centers neu modelliert hatten? Hinter den Masken waren nur wieder andere Masken.
Auch Stimmbänder wurden operiert, um eine Stimme tiefer oder sanfter zu machen – bei Reiss war es so –, und solange die Maskerade aufrechterhalten blieb, war die Sicherheit nicht gefährdet.
Aus irgendwelchen Gründen war Cantwell eine Ausnahme. Das Center hatte zwar sein Gesicht verändert, aber er ließ sich immer noch bei seinem eigenen Namen nennen. Er war ein Gefangener

seiner Bekanntheit, sein Name war zu einer Gewohnheit geworden. Das leuchtete ein. Das einzige, was Reiss nicht verstehen konnte, war, wie er es fertigbrachte, daß ihm das erlaubt wurde.

Reiss sah ihn jetzt, wie er sich zwischen den maskierten Gestalten bewegte, fast wie ein Zeremonienmeister. Seine Aufmerksamkeit galt vor allem den Frauen (was keine Überraschung war), er legte den Arm um sie, drückte sie an sich, küßte sie auf die Lippen und genoß es wahrscheinlich, daß alles so geheimnisvoll war; denn wie sollte er wissen, wessen Lippen es waren? Oder ob die Frau, zu der sie gehörten, nun schön oder häßlich war, oder ob sie vielleicht gestern noch schön war, aber heute schon nicht mehr? Alle Frauen, die er sah, verdienten Cantwells Zuneigung. Alle Frauen waren schön. Alle Frauen konnten einem das Herz brechen.

Aber es war vor allem eine Frau, auf dies Reiss' Blick fiel. Sie trug ein langes, wehendes Gewand, das leicht durchsichtig war, und wenn sie an einem der Scheinwerfer vorbeiging, erschien ihr Körper als kurvenreiche Form; einen Augenblick lang sah es aus, als sei sie nackt, aber das konnte auch eine optische Täuschung sein, ein raffiniertes Zusammenspiel von Beleuchtung und Material. Ihr Gesicht war nicht hinter einer Maske versteckt, sondern verschleiert, so daß man, wie bei einer Araberin, nur ihre Augen sehen konnte, dunkel und durchdringend. Ihre Lippen konnte man durch den Stoff des Schleiers ahnen, der dort feuchter war.

Unvermeidlich kam Cantwell auch zu ihr. Er stand neben ihr und redete leise. Reiss hatte den Eindruck, daß Cantwell genau wußte, wer sie war. Er schien nicht mehr so zu Scherzen aufgelegt, sondern wirkte wie ein Mann, dem sehr viel durch den Kopf geht. Die Frau sagte nichts, aber sie nickte immer wieder, um zu zeigen, daß sie ihn verstanden hatte. Einmal schienen sie beide in Reiss' Richtung zu blicken. Aber er stand im Schatten einer Palme und konnte sich nicht vorstellen, daß man ihn sehen konnte.

Cantwell legte die Arme um die Frau und zog sie an sich, eine intime Geste, ganz anders als das oberflächliche Flirtverhalten, das er bei den anderen Frauen an den Tag legte. Dann ließ er sie los und verschwand in der Menge.

Die Frau blieb da, wo sie war. Langsam drehte sie sich um, so daß sie wieder zu Reiss herüberschaute, aber aus einer Entfernung von über

hundert Metern. Dann hob sie die Hand und schob den Schleier nach unten. Ein Gesicht wurde sichtbar, das einen Mann um den Verstand bringen konnte. Wenn Gott für dieses Gesicht verantwortlich war, dann reichte das, um Reiss gläubig zu machen. Wenn andererseits das Chirurgenteam des Centers dahinterstand, dann fragte sich Reiss, welchen faustischen Pakt sie geschlossen hatten, um diese Fähigkeiten zu bekommen. Das Gesicht war nicht nur schön, es strahlte etwas Magisches aus. Reiss schaute sie an, ehrfurchtsvoll und gleichzeitig verärgert darüber, daß eine Frau eine so starke Wirkung auf ihn haben konnte.
Die Frau blickte immer noch in seine Richtung. Reiss wurde das Gefühl nicht los, daß sie wußte, wo er stand, und daß sie ihr Gesicht seinetwegen enthüllt hatte.
Es war vielleicht nur eine halb Minute, daß sie so dagestanden hatten – er starrte sie an, sie sah zu ihm hin, wenn auch ihr Blick nicht unbedingt ihm galt –, aber eine halbe Minute kann sehr lang sein, wenn man sich intensiv konzentriert. Vermutlich hatte die Erschaffung der Welt nicht einmal so lange gedauert.
Die Frau hat etwas Erschreckendes an sich, dachte Reiss, etwas Jenseitiges. Seiner Phantasie, die wie sein ganzer Körper vor Aufregung vibrierte, war nicht zu trauen.
Auf jeden Fall legte sie plötzlich den Schleier wieder an, so daß nur noch ihre Augen sichtbar waren. Und dann war sie verschwunden. Einfach so. Reiss schaute sie immer noch an, er hatte gar nicht registriert, daß sie verschwunden war. Es war unheimlich; vielleicht war sie überhaupt nie dagewesen.

Er beschloß, daß es besser sei, wieder zurückzugehen. Für heute abend hatte er genug riskiert. Er hatte sozusagen das Wasser getestet, aber er war nicht sicher, wie weit er hineingehen konnte. Er würde wiederkommen, beschloß er. Nachdem er solche Wunder erblickt hatte, konnte er gar nicht anders.

Es bestand kein Zweifel, daß Sven, oder jemand wie Sven, in seinen Räumen gewesen war. Auf dem Tisch stand ein Serviertablett mit einer längst kalt gewordenen Mahlzeit. Reiss hatte das erwartet, deshalb war er nicht überrascht. Es war allerdings ungewöhnlich, daß neben dem Tablett ein Packen Zeitschriften lag.

Als er das Bündel öffnete, entdeckte er mehrere Ausgaben der Zeitschriften, die er in seinem Büro regelmäßig bekommen hatte. In einigen hatte er sogar etwas veröffentlicht, etwa in *The Journal of Immunology and Transplantation, Human Pathology* und *The Yale Journal of Biology and Medicine.*
Es war schon eine gute Weile her, seit er das letzte Mal Gelegenheit gehabt hatte, sich über neuere Entwicklungen auf seinem Gebiet zu informieren. Er wunderte sich zwar über dieses unerwartete Geschenk, aber er war so erleichtert, daß er ohne größere Zwischenfälle wieder zurückgekommen war, daß er nicht weiter darüber nachdachte. Er war sowieso inzwischen daran gewöhnt, daß sich in Amarucancha seltsame und überraschende Dinge ereigneten.
Er war zu aufgeregt, um mehr zu tun, als die Zeitschriften durchzublättern. Dann legte er sie beiseite, bis zum nächsten Morgen. In dieser Nacht schlief er sehr unruhig, in seinen Träumen tauchten Cantwell und die Frau mit dem Schleier auf. Er erwachte früher als sonst und blieb eine ganze Stunde im Bett, um seine nächste Reise zur anderen Seite des Geländes zu planen. Dann beschloß er, Cantwell gegenüber nichts von dem, was er gesehen hatte, zu erwähnen, falls er ihn wieder besuchte.
Aber Cantwell kam an diesem Tag nicht. Reiss blieb bei seinen Zeitschriften. Seit seinem Verschwinden hatte ein englischer Wisserschaftler namens Ralph Lloyd offenbar mit seinen Arbeiten über das Gewebeverträglichkeitsproblem einiges Aufsehen erregt. Reiss konnte sich nicht erinnern, diesen Namen schon einmal gehört zu haben, aber die Artikel, die er überflog, deuteten alle darauf hin, daß er groß im Kommen war. Leute, die sich angeblich auskannten, erörterten bereits seine Chancen, für seine Forschungsarbeit den Nobelpreis in Biochemie zu bekommen. Um dahin zu kommen, wo Lloyd war, brauchte man normalerweise Jahre, wenn nicht Jahrzehnte, aber wenn die Artikel stimmten, hatte Lloyd seine erstaunlichen Erfolge innerhalb von neun oder zehn Monaten erzielt. Es war, als trete ein unbekannter Amateur das erste Mal beim Marathonlauf von Boston zum Start an und gewinne im Endspurt auf Anhieb.
Aber das Schicksal des bisher unbekannten britischen Biochemikers war nicht faszinierend genug, um Reiss' Aufmerksamkeit allzu

lange zu fesseln. Er wartete nur darauf, daß es endlich dunkel wurde und er sich wieder davonstehlen konnte.
Diesmal blieb er, bis Sven das Essen gebracht hatte. Als Sven kam, waren sein Gesichtsausdruck und sein Verhalten auch nicht anders als sonst. Er war höflich und heiter wie immer, und man hatte den Eindruck, er habe vielleicht gar nicht bemerkt, daß Reiss gestern abend nicht da war.
Reiss rührte sein Essen kaum an, er hatte keinen Hunger. Er war unruhig vor Erwartung, als er wieder den Pfad einschlug, den er gestern abend gegangen war. Eine Weile war er zuversichtlich, aber dann bekam er langsam das Gefühl, daß er irgendwo falsch abgebogen war. Nichts kam ihm bekannt vor. Die Vegetation am Wegesrand wirkte verkümmert im Vergleich zu den üppigen Pflanzen, durch die er am Tag zuvor gegangen war. Es roch nach Moos und Moder, verschwunden waren die berauschenden Düfte, die ihn bei seiner Wanderung begleitet hatten.
Er schaute sich nach dem Qenco um. Es war das höchste Gebäude in der Gegend, und weil es auch nachts beleuchtet war, konnte man sich an ihm am besten orientieren. Aber es war nirgends zu sehen. Reiss konnte auch gar nicht sagen, in welche Himmelsrichtung er ging, denn der Weg machte so viele Biegungen, daß man im Grunde auch nach Süden oder nach Osten gehen konnte, selbst wenn man einen nordwestlichen Kurs einschlug.
Etwas fiel ihm auf den Kopf. Es war kalt und feucht wie ein Wischlappen. Aber dann bewegte es sich. Es war kein Lappen, sondern eine kleine Echse, die sich mit ihren kurzen Beinen einen Weg durch seine Haare suchte. Er packte sie und warf sie auf den Boden. Sie richtete sich auf und kroch dann voller Verachtung ins Unterholz.
Kurz darauf trat er mit dem rechten Fuß auf etwas, das nicht der Weg war, sondern eine ganz seltsame Konsistenz hatte, brüchig und weich. Ein krachendes Geräusch, und Reiss steckte bis zum Knöchel in etwas, das sich wie Schlamm anfühlte.
Aber es war kein Schlamm. Es strömte einen Gestank aus, der ihn an die Leichenhalle erinnerte, in der er gearbeitet hatte. Er schaute nach unten und sah, daß er gerade auf – und in – eine Leiche getreten war.

Entsetzt machte er einen Schritt zurück. Aber er war doch zu neugierig und mußte die Leiche näher inspizieren. Er stellte fest, daß er oder sie – das Geschlecht konnte man nicht ohne weiteres bestimmen – vor vielen, vielen Jahren gestorben war. Es war eine Mumie, wie die in Dr. Karps Wartezimmer. Was sie hier verloren hatte, gottverlassen auf diesem unerkennbaren Pfad, konnte Reiss sich nicht erklären.
Die leeren Augenhöhlen und das wilde Grinsen der Mumie schienen ihn zu verhöhnen, oder vielleicht starrte sie ihn auch wütend an, weil er ihr ein so großes Loch in die Brust getreten hatte.
Reiss versuchte, den Weg, den er gekommen war, zurückzugehen, aber es dauerte noch über eine Stunde, bis er die Lichter des Qenco sah und sich wieder zurechtfand.
Er hoffte, Cantwell würde kommen, damit er ihm wieder folgen konnte. Er wartete einen Tag und noch einen, aber Cantwell kam nicht. Ihm wurde klar, daß er es alleine versuchen mußte, wenn er zu jenem zauberhaften Ort zurückkehren wollte.
Wieder ging er zu dem Pfad. Er wollte sich diesmal etwa alle zwölf Schritte genau umsehen, aber irgendwie verirrte er sich doch wieder. Er war plötzlich auf einem völlig anderen Weg, der zu einem Platz führte, auf dem sich lauter zerbrochene Statuen und eine verfallene Villa befanden. Es war auch eine alte Zisterne da, auf deren Grund sich Sedimente abgelagert hatten, und ein Brunnen, der längst ausgetrocknet war. Allem Anschein nach handelte es sich hier um einen Teil von Amarucancha, der verlassen worden war und wieder zur Wildnis zurückkehrte, die ihn jetzt aufzufressen drohte.
Reiss fand zwar besser zu seiner Wohnung zurück als das letzte Mal, aber als Erfolg konnte er diese Unternehmung kaum verbuchen. Seinem Ziel war er nicht näher gekommen. Er fühlte sich wie ein frommer Gläubiger, der merkt, daß er trotz all seiner Bemühungen und Gebete nicht zum Himmel vordringen kann.
Nein, beschloß er, das einzige, was er tun konnte, war, ganz dreist vorzugehen. Nachts verirrte er sich zu leicht; das nächste Mal mußte er es am hellichten Tag versuchen. Und wenn er geschnappt und zurückgebracht wurde, dann war das eben das Risiko, das er eingehen mußte. Er wollte unbedingt zu diesem Ort zurückkehren. Er mußte herausfinden, ob es ihn wirklich gab oder ob alles nur ein

Produkt seiner Phantasie war. Vor allem aber mußte er herausfinden, ob diese Frau Wirklichkeit war. Ihre Schönheit war unwirklich. Und doch, war nicht ganz Amarucancha unwirklich?

Niemand hielt ihn auf, was aber nicht hieß, daß er nicht beobachtet wurde. Je weiter er ging, desto mehr Patienten sah er; viele trugen denselben undurchsichtigen Gesichtsverband, den er selbst noch vor kurzem getragen hatte, und die unförmigen Krankenhausroben machten ihre Körper unkenntlich. Sie bewegten sich wie Geister, schweigend und weiß, durch die intensiven Farben der Landschaft. Wenn Reiss an ihnen vorbeikam, blieben sie stehen und starrten ihn an, als sei er und nicht sie das eigentlich seltsame Phänomen, weil sein Gesicht den Blicken ausgesetzt war.

Aber ihre beunruhigende Erscheinung schüchterte Reiss nicht ein. Im Gegenteil, er ging schneller, und die Überzeugung, daß er sich endlich auf dem richtigen Weg befand, beflügelte seinen Schritt. Die Luft war gesättigt vom Duft der Gewürze und Früchte und Orchideen, ein sicheres Zeichen dafür, daß er dort war, wo er sein wollte. Der Pfad wurde breiter, genau wie er sich erinnerte, und ging dann in den Platz über. Als er näher kam, sah er hinter dem Schwimmbad eine Reihe von Villen, jede mit einem anderen Design und Farbmuster. In der Nacht hatte er diese Häuser nicht sehen können. Es stimmte, was Cantwell gesagt hatte: Die Unterbringung war in diesem Teil besser als seine eigene. Aber Reiss war nicht neidisch, er freute sich viel zu sehr, daß er den Ort gefunden hatte, daß es ihn auch mitten am Tag gab und nicht nur im Schutz der Dunkelheit. Schon aus dieser Entfernung konnte er sehen, daß einige Leute am Schwimmbecken lagen und sich von der Junisonne wärmen ließen, verschwommene Hautflecken im grünen Gras.

Er erwartete jeden Augenblick, daß jemand kommen würde und ihn fragen, was er hier mache. Er kam nicht nur aus einem anderen Teil, ohne die Erlaubnis, nach Belieben herumzulaufen, er fiel auch auf, weil er ein Hemd und eine Hose trug, wodurch er sich von allen anderen Leuten hier unterschied.

Aber als er näher kam, sah er, daß die Sonnenbadenden keineswegs vollständig nackt waren. Sie hatten ihre Augen bedeckt, entweder mit reflektierenden Sonnenbrillen oder noch häufiger mit Masken aus Stoff oder Leder, die sie sich um den Kopf gebunden hatten.

Es war nicht die Kleidung, wodurch Reiss auffiel. Wieder war es die Tatsache, daß man sein Gesicht sehen konnte.
Er war zwar nicht mehr weit von den Sonnenbadenden entfernt, aber er konnte keinen Ton hören. Sie lagen da, genossen träge das schöne Wetter, bräunten ihre Haut, cremten sich Arme und Brüste und Hintern ein; manche lasen, die meisten aber hatten die Augen geschlossen und gaben sich der Verführung der Sonne hin, aber kein Wort kam über ihre Lippen. Nur ganz selten ein zufriedenes Murmeln, ein gedehnter Seufzer.
Nun war er also hier – und was jetzt? Es würde helfen, wenn er Cantwell finden könnte. Cantwell war seine einzige Verbindung zu dieser Welt, aber wenn sich Cantwell unter diesen Leuten befinden sollte, machte er sich jedenfalls nicht bemerkbar. Und die Frau? Beim letzten Mal waren ihre Augen das einzige gewesen, was sie enthüllt hatte, und jetzt konnte es sein, daß die Augen das einzige waren, was sie verbarg. Wie sollte er sie von den anderen Frauen unterscheiden? Die schlanken Körper, die glatten langen Beine und die perfekten Brüste könnten alle genausogut die ihren sein.
Das Schweigen, das über dieser Versammlung von Sonnenanbetern lag, war unheimlich. Reiss bekam das Gefühl, daß sie ihn nicht ignorierten, sondern daß sie seine Anwesenheit gar nicht bemerkten. Ihre Bewegungen waren so träge, ihre Teilnahmslosigkeit so kraß, daß es wahrscheinlich nichts geändert hätte, wenn sie ihn plötzlich bemerkt hätten. Sie schienen sich ja nicht einmal gegenseitig wahrzunehmen. Es war nicht wie an einem öffentlichen Strand, wo man Paare sehen konnte, die sich unterhielten. Das Wasser war leer, niemand schien Interesse daran zu haben, schwimmen zu gehen, obwohl es so warm war.
Auf Grund dieser extremen Trägheit hatten die schönen Körper, die Reiss da so direkt vor sich hatte, mit der Zeit gar keine Wirkung mehr auf ihn. Auf einem Foto oder Gemälde hätte er die Perfektion der Formen und der Haut sicher bewundert, erstarrt in der Darstellung durch das Medium, und der Anblick dieser wunderschönen Frauen hätte ihn vielleicht erregt. Aber da sie nicht lebendiger wirkten als auf einer Fotografie, übten sie auf ihn keinen Reiz aus.
Er setzte sich auf den Rasen und beobachtete sie aus der Ferne. Er wartete darauf, daß jemand aufstehen oder zumindest mit seinem

Nachbarn eine Unterhaltung anfangen würde. Aber das geschah nicht. Es waren bestimmt über zwanzig Leute, und jeder einzelne wirkte wie betäubt. Nachdem fast eine halbe Stunde vergangen war, fing Reiss an, sich mehr für die Bewegung des Rasensprengers zu interessieren, der die große, gepflegte Wiese bewässerte.
Mit der Zeit hatte Reiss genug von dieser zwecklosen Warterei, und er ging zu den Villen. Umgeben von Rhododendron und Palmen lagen sie auf dem Kamm eines kleinen Hügels, diskret und eindrucksvoll. Vögel saßen auf den Dächern, Wespen summten in den Büschen.
Reiss blickte sich noch einmal nach den Sonnenbadenden um, die wieder nur hautfarbene Flecken auf grünem Untergrund waren. Er blinzelte in die Nachmittagssonne und wandte sich ab, als plötzlich jemand von hinten an ihn herantrat und ihm etwas über den Kopf zog.
Einen Augenblick lang sah er nichts mehr, und er wehrte sich mühsam gegen die Person, die da gerade versuchte, ihm die Augen zu verbinden.
Da hörte er das Lachen einer Frau und merkte, daß es keine Augenbinde war, sondern eine Maske. Sie mußte nur richtig angepaßt werden, damit seine Augen die entsprechenden Öffnungen finden konnten.
Als er das geschafft hatte, sah er eine Frau in einem orangefarbenen Kaftan, der ihre Beine umschmeichelte. Sie trug ebenfalls eine Maske.
»Es wird hier nicht gern gesehen, wenn man keine trägt«, erklärte sie. »So passen Sie dazu, verstehen Sie.«
Ehe er noch fragen konnte, wer sie war, ehe er noch diese Frau, die ihn da überrumpelt hatte, mit der Frau in Verbindung bringen konnte, die er bei seinem nächtlichen Besuch gesehen hatte, überraschte sie ihn damit, daß sie ihn bei seinem Namen nannte. »Nick hat mir gesagt, ich solle Sie erwarten.«
»Nick? Wo ist er?«
»Fort.«
»Fort?«
»Das Center gibt, und das Center nimmt. In seinem Fall war es das letztere.«

»Wohin?«
»Ja, wohin wohl?«
Er merkte zu seinem Erstaunen, daß ihn diese Nachricht enttäuschte. Er hatte angefangen, sich auf Nicks Besuche zu freuen. Daß er ihn nie wiedersehen würde, war zwar zu erwarten gewesen, aber es schien unfair.
»Ich habe ihn auch gern gehabt«, sagte die Frau. Und aus der Art, wie sie das sagte, schloß Reiss, daß ihre Zuneigung zu Cantwell tiefer ging. »Er war der einzige, der hier für ein bißchen Leben gesorgt hat.« Sie deutete in die Richtung, wo ihre Gefährten in der Sonne dösten. »Es ist nicht klug, sich hier zu sehr auf andere Leute einzulassen.«
»Woher wußten Sie, wer ich bin?«
»Ich habe Sie neulich abends gesehen.«
»Ach.« In Amarucancha, dachte er, sollte man sich immer so verhalten, als würde man beobachtet. Weil es auch immer der Fall war.
Wegen der Maske konnte man nicht sehen, wie sie wirklich aussah, ob sein erster Eindruck verzerrt gewesen war oder nicht. Aber es war keine Frage, daß sie selbst mit der Maske eine attraktive Frau war, vielleicht nicht ganz so berauschend schön, wie er dachte, aber dennoch faszinierend. Ihr Aussehen hatte eine magische Anziehungskraft, dachte er; es gab immer etwas Neues, was man sehen und beobachten konnte. Aber wessen Aussehen? Ihres oder das des Centers?
»Wie heißen Sie? Sie haben mir nicht gesagt, wie Sie heißen.«
Sie reichte ihm die Hand. »Corry Folger.« Sie ließ seine Hand nicht los, sondern führte ihn zu ein paar Palmen im Schatten einer Terrasse, die von Steinsäulen getragen wurde und an eine Villa gleich in der Nähe grenzte. Hier standen Liegestühle; sie setzte sich und streckte ihre Beine aus, so daß sich ihr Kaftan öffnete. Und Reiss setzte sich neben sie.
»Jetzt können wir sie abnehmen«, sagte sie und legte ihre Maske ab. Sie hatte leicht schrägstehende Augen, was eine orientalische Abstammung vermuten ließ, die echt sein mochte oder auch nicht. Wenn kein Licht auf ihre Haare schien, waren sie dunkel, fast schwarz, und sehr fein, etwa schulterlang.

Reiss nahm seine Maske ebenfalls ab. »Ist hier jeden Tag Karneval?«
»Und jeden Abend. Niemand soll wissen, wer der andere ist. Nicht nur aus Sicherheitsgründen. Es gibt auch noch andere Gründe. Wie kann man sich wirklich einem Menschen anvertrauen, dessen Gesicht man nicht einmal kennt? Außerdem gibt es jedem seine Freiheit.«
»Freiheit?«
Sie antwortete nur mit einem Achselzucken.
Sie ging sehr schnell vor. Sie hatte gewußt, er würde kommen, sie hatte ihn erwartet, und sie legte ganz offensichtlich nicht das diskrete Verhalten an den Tag, das die übrigen Leute hier in Amarucancha auszeichnete. Warum öffnete sie sich ausgerechnet ihm? Er beschloß, sie zu fragen.
Die Frage kam nicht unerwartet. »Ich werde es Ihnen nach und nach erzählen. Wir sind Geheimnisse füreinander. Und das sollten wir auch eine Weile so lassen.«
»Aber gibt es eine Erklärung?«
»Ich glaube schon. Vielleicht kann ich Ihnen weiterhelfen, vielleicht können Sie mir weiterhelfen. Das ist wechselseitig.«
Sie schaute auf ihre Füße und schlüpfte aus ihren Sandalen. Dann bohrte sie ihre Zehen in einen Teppich, der sorgfältig von allem Schmutz gereinigt worden war. »Sie waren Arzt, hat Nick mir erzählt.«
»Ein Arzt, der zu spät kommt, um noch jemanden zu retten.«
Sie verstand nicht. Er erklärte ihr, er sei Pathologe gewesen und habe eine Weile für die Stadt New York gearbeitet. Warum etwas verheimlichen? Es war das Center gewesen, das darauf bestanden hatte, daß er seine Vergangenheit abstreife wie eine Schlangenhaut. Im Gegensatz zu all den anderen Leuten hier, die auf der Flucht waren vor dem Gesetz, vor prozeßsüchtigen Ehegatten oder aufständischen Völkern, war Reiss nicht besonders darauf bedacht, seine Identität zu schützen, weder seine alte, noch seine neue.
Aber wenn er erwartet hatte, Corry würde sich ihm gegenüber ähnlich offen verhalten, dann sollte er eine Enttäuschung erleben. »Ich bin einfach nur Corry Folger. Akzeptieren Sie das. Vor Amarucancha war nichts.«
»Sind Sie schon lange hier?«

»Und Sie?«
»Eine Frage als Antwort auf eine Frage.«
»Und was soll's? Ist ein Monat hier zu lange? Ich glaube schon.«
»Ein halbes Jahr?«
Ihr Lächeln war ein bißchen spöttisch. »Zu lang.«
Diese Information entmutigte Reiss. Zwar hatte niemand eine genaue zeitliche Begrenzung angegeben, aber er war immer von der Voraussetzung ausgegangen, daß sechs Monate das Maximum für einen Zwangsaufenthalt in Peru seien. Daß er unbegrenzt hierbleiben könnte, war etwas, woran er gar nicht denken wollte.
»Aber Nick –«, begann er.
»Sie haben ihn ganz schön schnell weggeholt, nicht wahr? Ach ja, Nick. Nick war schon ein bißchen eine Ausnahme. Ich habe Ihnen ja gesagt, daß er vieles in Bewegung gebracht hat. Er fand es unmöglich, den ganzen Tag über in der Sonne zu liegen. Er ist ein Spieler. Er bringt es fertig und spielt um Strohhalme, wenn sonst nichts da ist. Er hat nie Angst gehabt. Unglücklich war er, ja, aber Angst hatte er nicht. Es gab ein paar Leute hier, einflußreiche Leute, vermute ich, die ihn nicht mochten. Sie haben Angst vor jemandem, der schlauer ist als sie. Vielleicht ist er deswegen so schnell von hier weggekommen. Vielleicht hat er den Mann im Qenco, der über solche Sachen entscheidet, mit seinem Charme überredet, ihn gehen zu lassen. Er hat es mir nie erzählt.«
»Und Sie? Haben Sie eine Ahnung, wann Sie gehen?«
Sie zögerte. »Nein, nicht die geringste Ahnung.«
Dies war ein derart ernüchternder Gedanke, daß sie ein paar Augenblicke in tiefes Schweigen versanken.
Dann fragte Reiss sie: »Was, glauben Sie, wird mit mir passieren, weil ich hierher gekommen bin?«
Sie zuckte die Achseln. »Das kann ich Ihnen nicht sagen, weil ich so etwas hier noch nie versucht habe. Vielleicht nichts. Sie stellen alle möglichen Regeln und Vorschriften auf. Manchmal setzen sie sie durch. Manchmal nur bei bestimmten Leuten. Sie haben alle diese Psychogramme in ihren Akten, und sie denken, daß sie besser voraussagen können, was wir tun, als wir es selber können. Deshalb sind die Regeln und Vorschriften vielleicht gar nicht so wichtig. Jedenfalls nicht, wenn sie voraussagen können, welche man befolgen wird und gegen welche man verstößt.«

»Und wir haben einen freien Willen.«
»Ja«, lachte sie, »wir haben einen freien Willen.«
»Und was ist mit den Leuten da drunten beim Swimmingpool?«
»Was soll mit ihnen sein? Sie haben kein Verlangen, irgendwohin zu gehen. Es ist jeden Tag dasselbe. Wenn das Wetter schlecht ist, gehen sie hinein und sonnen sich unter der Höhensonne beim Hallenbad. Abends... abends, na ja, wer weiß, was sie da eigentlich machen. Wenn sich je einmal etwas ändern würde, dann würden sie verrückt werden.«
»Das klingt so monoton.« Reiss amüsierte sich über diese zynische Beschreibung, aber er war auch enttäuscht. Man will schließlich nicht, daß das Paradies so viele Mängel hat.
»Ist es auch. Aber die Drogen, die man bekommt, machen es erträglich.«
»Drogen?« Cantwell hatte von Alkohol gesprochen, aber nicht von Drogen. »Was für eine Art von Drogen?«
»Drogen, die einen tagsüber völlig lahmlegen und die ganze Nacht über wachhalten.«
»Ich verstehe.« Er verstand überhaupt nichts. »Nehmen Sie diese Drogen?«
»Ich habe sie genommen. Aber jetzt nicht mehr.«
»In welchem Leben? In diesem oder in dem vorherigen?«
»Spielt das eine Rolle?«
Wieder eine Frage als Antwort auf eine Frage. Wie das Center selbst.

Eins vom ersten, was die Männer, die sich in sie verliebten, wollten, war, sie festlegen: Name, Adresse, Telefonnummer, Eltern, Verwandte, Freunde, Geschichte, Wünsche, Ambitionen. Nichts davon nützte ihnen irgend etwas. Wenn man diese Informationen bekommen hatte, stellten sie sich als falsch heraus, oder sie veränderten sich, wie Veränderungen im Zugfahrplan: ohne vorherige Ankündigung.

Sie lud ihn ein, zum Essen zu bleiben. Das Essen fand im privaten Rahmen statt – das hatte Reiss erwartet –, aber der Tisch war für zwei gedeckt. Reiss machte eine Bemerkung deswegen. Corry sagte: »Ich habe den Koch wissen lassen, daß ich einen Gast erwarte.«

Und wer war der Koch? Und wie hätte sie wissen sollen, daß er ausgerechnet heute kommen würde? Er war drauf und dran, wütend zu werden.
»Wo bleibt denn Ihr Humor, Doktor?«
So wie sie das Wort »Doktor« aussprach, klang es fast frivol.
»Was wollen Sie von mir?«
Er konnte es sich nicht erklären. Was könnte es sein? Es war ihm unvorstellbar, daß er irgendwie von Nutzen für sie sein könnte. Es war nicht wie bei Kristin. Er war für niemanden eine Bedrohung, er verfügte über keine vertraulichen Informationen.
»Das werden Sie schon noch herausfinden.« Sie ergriff seine Hand, und sein Ärger war nicht so groß, daß er sie ihr entzogen hätte. »Haben Sie Geduld.«
Er trank den Wein, den sie ihm eingoß, und er merkte, daß das vermutlich ein Fehler war. Ein Glas oder auch zwei, vielleicht. Aber er hatte längst den Überblick verloren, wie oft sie ihm nachgeschenkt hatte. Da er außer Cantwells Bier seit fast sechs Monaten keinen Alkohol angerührt hatte, war er ungewöhnlich empfänglich dafür. Corrys Nähe trug das ihre dazu bei. Er wußte nicht, ob er vom Wein betrunken war oder von ihr.
Irgendwann hörte er eine Uhr schlagen. Das Geräusch kam aus einem anderen Zimmer; die Uhr schien unzählige Male zu schlagen und eine unmögliche Zeit anzuzeigen. Trotzdem verstand Corry anscheinend die Bedeutung dieser Schläge und sagte: »Kommen Sie, ich zeige Ihnen unseren Teil von Amarucancha.«

20

Alles war still, bis auf das wispernde Geräusch des Wassers, das vom Rasensprenger kam. Kein Wunder, daß der Rasen so grün ist, dachte Reiss; er wird ununterbrochen bewässert.
Reiss hatte erwartet, daß er ein ähnliches Schauspiel miterleben würde wie in jener Nacht. Aber wenn es am Swimmingpool irgendwelche Festivitäten gegeben hatte, waren sie offenbar schon vor einiger Zeit zu Ende gegangen. »Wo sind all die Leute?«
Corry antwortete nicht.

Sie trug ein langes Gewand und war barfuß. Wenn sie den Schritt beschleunigte, blitzte ein goldenes Fußkettchen auf.
Nach einer Weile kamen sie an eine Stelle, wo es plötzlich bergab ging, und dort, unter ihnen – die Dunkelheit konnte auch der fast volle Mond nicht erhellen – lag eine alte, burgartige Festung. Sie bestand aus massiven Felsblöcken. Die Schutzmauern ragten zickzackförmig in der Ferne.
»Was ist das?«
»Kennen Sie das Indio-Dorf ganz am Ende des Tales?«
Reiss sagte, er kenne es.
»Man hat mir gesagt, die Indios, die dort leben, seien die Nachkommen des Stammes, der diese Anlage hier Hunderte von Jahren vor den Inkas gebaut habe. Sie waren früher große Krieger und Ingenieure. Jetzt sind sie nur noch arm und hungrig und unwissend.«
»Sind Sie schon einmal in dem Dorf gewesen? Es klingt so, als würden Sie sich da auskennen.«
»Nein, nein, ich war noch nie dort. Aber das ist nicht wichtig. Soviel ich weiß, kontrolliert das Center das ganze Tal. Selbst dort, in Tococache, gibt es kein Entrinnen.«
»Tococache?«
»So heißt der Ort.«
Irgendwie hilft es, dachte Reiss, wenn man die Namen für die Dinge weiß.
Corry führte ihn nun den Hügel hinunter auf die Ruinen zu. Der Abhang wurde immer steiniger, man kam schlecht voran. Riesige Felsblöcke lagen auf dem Boden, angeschlagen und verwittert. Der Wind war stärker geworden, und wenn er in die Ruinen eindrang, rief er ein unheimliches, pfeifendes Geräusch hervor. Es war ein Wunder, daß je ein Bauwerk aus derart großen Steinen entstanden war. Wie hatte es dieser Stamm irgendwo in den Anden geschafft, diese enormen Felsen an einen bestimmten Ort zu transportieren, ganz zu schweigen vom Bau einer Festung? Reiss hatte gelesen, daß kein Stamm vor den Inkas – und auch kein Inkastamm – je bis zur Erfindung des Rads vorgedrungen war.
Trotz ihres langen Gewandes bewegte sich Corry mit geübten Schritten vorwärts und umging geschickt die Hindernisse, die ihr in den Weg kamen, oder sie kletterte darüber. Reiss kam öfter ins Stolpern.

Die Topographie um die Festung herum war sehr unterschiedlich, manchmal ging es steil hinauf, beim nächsten Schritt war es dann schon wieder ganz abschüssig.
Ohne Vorwarnung blieb Corry stehen. Sie befanden sich anscheinend auf einem Schutzwall, von dem aus früher Bogenschützen die Angreifer abwehrten. Aber Reiss konnte nicht verstehen, was die Festung hier unten verloren hatte; der Gipfel des Hügels wäre eine strategisch viel bessere Lage gewesen.
»Sie ist abgerutscht«, sagte Corry. »Es war ein Erdbeben, und die Erde hat nachgegeben. Der Boden ist weggesunken.«
Jetzt gab sie Reiss ein Zeichen, er solle nach unten schauen. Die Mauer fiel steil ab in die Dunkelheit und tiefer, als er sich vorstellen mochte. Ihre Position hier auf dem schmalen Schutzwall erschien dadurch um einiges riskanter. Aber das war es nicht, worauf sie seine Aufmerksamkeit lenken wollte. »Dort drüben, links von Ihnen, können Sie das sehen?«
Seine Fähigkeit, nachts zu sehen, war aus unbegreiflichen Gründen seit seiner Ankunft in Amarucancha viel besser geworden, aber trotzdem konnte er kaum erkennen, worauf Corry deutete. Mit der Zeit sah er etwas, das wie eine Höhle aussah, allerdings schien der Eingang zu symmetrisch, als daß es sich um eine natürliche Öffnung handeln konnte.
»Das königliche Grab«, sagte sie. »Hören Sie.«
Er horchte, aber anfangs konnte er nichts hören.
»Konzentrieren Sie sich«, drängte sie ihn.
Er versuchte es, und nach einer Weile nahm er ein Geräusch wahr, zuerst ganz schwach. Sie nahm ihn bei der Hand und führte ihn weiter hinunter, bis sie am Eingang des Grabes waren. Das Geräusch wurde lauter. Musik.
»Was ist das?«
Sie führte ihn in das Grab. Von irgendwoher schien Licht zu kommen, aber nicht viel. Die Dunkelheit wurde dichter, es war ein Gefühl, als würde sie faßbar – wenn sie weitergingen, würden sie in ihrem Griff bestimmt ersticken. Aber Corry hatte anscheinend keine Angst.
Es war eine sehr ätherische und eindringliche Musik. Welche Instrumentierung konnte denn solche Töne hervorrufen? Welche Kombination von Stimmen?

»Ich verstehe nicht.«
»Bleiben Sie ganz in meiner Nähe. Wenn Sie mich verlieren, kann es sein, daß Sie für immer verloren sind.«
Das sollte kein Witz sein. Er blieb dicht in ihrer Nähe.
Der Weg durch das Grab wurde feucht, aber Reiss hatte keine Ahnung, warum. Die Musik, wie auch immer sie zustande kam, war auch weiterhin zu hören.
Aber jedesmal, wenn er versuchte, sie genau zu lokalisieren, kam sie plötzlich aus einer anderen Richtung.
»Es ist wie ein Zauber«, sagte er.
»Ja, genau das ist es. In manchen Nächten kann man die Musik nicht hören. In anderen Nächten ist es so wie heute. Ich habe gehört, daß man versuchen kann, der Musik immer weiter zu folgen, aber man kommt nie ans Ziel. Sehen Sie, dieses Grab ist Teil einer Höhle, und die Höhlen gehen unterhalb von Amarucancha immer weiter. Man kann sich verirren, wenn man der Musik folgt.«
Wenn er plötzlich sterben sollte und sich im Himmel wiederfinden würde, dann würde er so eine Musik erwarten.
»Was in Gottes Namen...?«
»Vielleicht ist es der Wind oder ein unterirdischer Bach, und die Töne werden irgendwie vervielfacht. Oder es könnte ein Tonband sein. Die Leute vom Qenco experimentieren gerne mit uns, normalerweise ohne daß wir es merken. Man kann also nie wissen. Es kann diabolisch sein oder einfach nur so zum Spaß. Es kann zur Ermordung von Millionen Menschen führen oder dem zukünftigen Wohl der Menschheit dienen. Man weiß nie, was da auf einen zukommt.«
Er wußte nicht, was er dazu sagen sollte. Er wußte nur, daß er tatsächlich das Verlangen hatte, noch ein bißchen weiterzugehen – trotz der undurchdringlichen Dunkelheit –, weil die Musik so wunderschön war, so verlockend.
»Kommen Sie, wir müssen zurück.«
»Sind Sie schon einmal weitergegangen?«
»Einmal. Aber darüber möchte ich lieber nicht reden.«
Er drehte sie um. »Bei Ihnen ist alles ein Geheimnis.« Er wurde wütend. »Wie weit sind Sie gegangen?«
»Ich war mit Nick zusammen.« Ihre Stimme war kaum hörbar. Er mußte sich anstrengen, um sie zu verstehen. »Ich weiß nicht, ob ich

die Stelle wiederfinden würde.« Als er nichts sagte, fuhr sie fort, während sie gleichzeitig mit ruhigen Schritten dem Ausgang zuging. »Es war ein Raum, nicht einfach eine Höhle, sondern ein Raum. Die Mauern waren zu gerade, zu flach für eine Höhle.«

»Und was war in dem Raum?«

»Der Tod.«

Ein Schauder überlief ihn. Er glaubte ihr. Er glaubte ihr sofort. Aber eine Erklärung war trotzdem nötig.

»Es war fürchterlich. Da waren Leichen.«

»Mumien?«

Es könnte eine Gruft der Indios gewesen sein; das war sicherlich eine Möglichkeit.

»Ja, aber irgend etwas stimmte nicht... Es war vielleicht die Dunkelheit, vielleicht haben mich meine Augen getäuscht...«

»Aber?«

»Nicht alle waren Menschen... oder sonst irgend etwas.«

»Keine Tiere?«

»Sie sahen nicht aus wie Lebewesen, überhaupt nicht wie etwas, das man sich vorstellen kann.«

»Was war mit Nick? Was hat er gesagt?«

»Er war woanders. Er hat sie gar nicht gesehen. Ich habe es ihm nie erzählt. Verstehen Sie, ich weiß nicht, was diese Leichen waren, ob ich es mir einbildete, ob sie schon seit Jahrtausenden hier waren, von den Indios...«

»Oder?«

»Oder ob es sich um fehlgeschlagene Experimente des Centers handelte.«

Sie hatten das Königsgrab inzwischen verlassen, und die Musik war nicht mehr zu hören, nicht einmal schwach.

Er war erschüttert, desorientiert. Die Wirkung des Weins war zwar verflogen, aber er fühlte sich immer noch benommen, nicht richtig da. Er wollte wieder zu seiner Wohnung zurückgehen und über alles eine Weile nachdenken.

Corry mußte seine Reaktion gespürt haben. Sie waren wieder auf dem schmalen Schutzwall, als sie sich umdrehte, ihn bei der Hand ergriff und sich an ihn schmiegte. Unter ihrem Gewand trug sie nichts. Es hatte an der Seite einen Schlitz, durch den ihr Bein kam.

Sie schlang es um das seine, aber so schnell und unerwartet, daß es ihn aus dem Gleichgewicht brachte. Nur mit Mühe konnte er sich aufrecht halten. Aber Corry schien gar nicht zu merken, wie gefährlich ihre Situation war.
Ihre Augen schimmerten, als sie ihn anschaute. Ihre Kapuze war zurückgerutscht, so daß nun ihr ganzes Gesicht zu sehen war. In diesem Augenblick, nur im Licht der Sterne (der Mond war untergegangen), sah sie irgendwie alt aus, verletzlich, müde. Reiss hielt sie in den Armen. Wenn einer von beiden ausrutschte, würde der andere mit hinunterstürzen.
»Es ist zu spät«, sagte sie. »Es ist zu spät für dich, um nach Hause zu gehen. Bleib bei mir.«
Er wollte protestieren, sah aber keinen Sinn darin. Und doch, er mußte wissen, warum sie auf ihn gewartet hatte, warum sie ihn jetzt haben wollte. Er fragte sie, ob sie nicht den falschen Mann erwischt habe. In Amarucancha war ein Irrtum in bezug auf die Identität nicht auszuschließen.
Nein, versicherte sie ihm, er sei der richtige Mann.
»Warum ich?«
Sie küßte ihn. Der Wind heulte durch die steinerne Ruine und trug seine Frage von ihr fort. Ihr Haar wehte im Wind, fiel ihr ins Gesicht und verdeckte es besser als jede Maske. Reiss fuhr mit der Hand durch die wilden Strähnen und strich sie ihr aus dem Gesicht, damit er sie wieder sehen konnte. Sie möchte etwas von mir, dachte er, aber was habe ich zu bieten?
Seine Lippen begegneten den ihren. Sie reagierte mit so viel Begierde, daß er fast erschrak. Ihre Brüste drückten sich gegen seine Brust, sie schmiegte sich an ihn und riß ihn mit ihrer Leidenschaft mit sich, und so blieben sie, wie Akrobaten auf einem hohen Seil, die gerade noch das Gleichgewicht halten können, um nicht umschlungen in den Tod zu stürzen.

Zwischen den Vorhängen war ein grauer Streifen sichtbar: der Schein der Dämmerung. Oder einfach nur ein wolkiger Tag, zeitlos und voll Melancholie.
Sie schlief neben ihm, abgewandt; nur ihre wirren Haare konnte er sehen und die dunkle Biegung ihres Rückens. Und unter der Decke die Andeutung ihrer Beine.

Sein Blick schien sie zu wecken. Sie schaute ihn verschlafen an, mit schmalen Augen. Vielleicht erkannte sie ihn gar nicht.
Aber dann spielte ein kleines Lächeln um ihre Lippen. »Hallo«, sagte sie.
Sie drehte sich zu ihm um. Er war schon Frauen begegnet, die nicht gerne einen Mann am nächsten Morgen in ihrem Bett wiederfanden, gleichgültig, wie sehr sie diesen Mann in der Nacht zuvor begehrt hatten. Irgendwie hatte er erwartet, sie würde zu diesen Frauen gehören und ungeduldig darauf warten, ihre Privatsphäre wieder für sich zu haben.
Aber es stellte sich heraus, daß es nicht so war. Sie schien es nicht eilig zu haben, ihn wegzuschicken. »Bist du enttäuscht?« fragte sie.
Er fand, daß diese Frage irgendwie nicht zu ihr paßte. »Nein, nein«, versicherte er ihr. »Überhaupt nicht.« Er war viel zu glücklich, erstaunt über diese Situation, die eine günstige Konstellation der Sterne bedeuten mußte.
Sie berührte vorsichtig sein Gesicht, wie eine Blinde. »Ich frage mich, ob du mich gemocht hättest, so wie ich früher war.« Sie wollte gar nicht, daß er antwortete. »Nein, bestimmt nicht.«
»Ich bin sicher, daß du genauso schön warst.«
»Davon rede ich nicht.« Dann schlug ihre Laune um, sie wurde heiterer. »Also, Doktor, was machen wir heute?«
Er meinte, sie sollten sich vielleicht etwas zu essen besorgen; er war unglaublich hungrig und nach all dem Wein auch sehr durstig. Aber er dachte noch an etwas anderes als an Essen und Trinken. Er mußte zurück; man konnte nicht wissen, wie streng das Center auf sein Verschwinden reagieren würde.
»Nein, vergiß das Essen«, sagte sie. »Wir werden einander umarmen und dahinschwinden, und dann werden sie uns nicht mehr unterscheiden können.«

Schließlich war sie doch damit einverstanden, etwas zu essen. Das Dahinschwinden würde noch auf sich warten lassen.
Er sagte dann, er müsse gehen.
»Möchtest du gehen?«
Er gab zu, daß er nicht gehen wollte.
»Dann tu's nicht.«

Er wies auf gewisse praktische Gesichtspunkte hin, da er ein sehr praktisch veranlagter Mensch war.
»Wir werden alles, was du brauchst, hier bekommen. Kleider, Rasierapparat, Zahnpasta. Du brauchst nicht wegzugehen.«
Und was ist mit dem Center, fragte er sie, und mit all den Regeln, gegen die er jede Minute, die er hier war, verstieß?
Sie hielt das seltsamerweise für kein so großes Problem. Mit einem Achselzucken antwortete sie, wenn er bis jetzt damit durchgekommen sei, bestehe eigentlich kein Anlaß, warum es plötzlich anders sein sollte.
Er dachte darüber nach. Ihre Logik konnte er jedoch nicht so ganz nachvollziehen. Trotzdem, er hatte wirklich keine Lust zu gehen, er brauchte nur einen Vorwand, um zu bleiben. Sie wollte mit ihm Tennis spielen, danach schwimmen gehen, und er sagte, damit sei er einverstanden. Das ist alles, was ich mache, nur Tennis und Schwimmen. Dann gehe ich.

Sie spielte gut Tennis, leicht und elegant. Die sichtliche Mühelosigkeit erstaunte ihn. Sie waren sich ziemlich ebenbürtig, jeder gewann gleich viele Sätze, aber er mußte sich viel mehr anstrengen. Er war allerdings überrascht, als er dann zu ihr auf ihre Seite des Netzes herüberkam und hörte, wie schnell sie atmete auf Grund der Anstrengung, und als er sah, wie stark sie schwitzte. Er hielt seine Hand gegen ihren Arm und führte sie dann an die Lippen, um die salzige Feuchtigkeit zu schmecken, die aus ihren Poren kam.

Am Swimmingpool war niemand. Das hätte ihn nicht überraschen sollen. Auf dem Tennisplatz war auch niemand gewesen. Er wollte gar nicht wissen, was mit all den anderen los war; er hatte keine Lust, an sie zu denken oder an die seltsamen gescheiterten Experimente in der unterirdischen Höhle – ob es sie nun gab oder nicht. Er wollte an nichts anderes denken als an Corry.
Aus dem Morgen wurde Nachmittag. Aber Reiss konnte sich nicht auf den Weg machen, obwohl er es sich vorgenommen hatte. Der Abend kam. Noch eine Nacht. Und er ging immer noch nicht. Wie versprochen besorgte Corry die Kleidungsstücke und Toilettenartikel für ihn, die er brauchte.

Jeden Tag sagte sich Reiss, heute werde er gehen. Aber irgendwie konnte er sich nie so ganz dazu aufraffen. Wovor er am meisten Angst hatte, war, wegzugehen und zurückzukommen und Corry nicht mehr zu finden. Diese Möglichkeit erschien ihm schlimmer als jede Strafe, die sich das Center für ihn ausdenken mochte. Er war sowieso sicher, daß sie wußten, wo er war. Kein Agent war aufgetaucht, um ihn wegzuholen; war das denn nicht eine Art Genehmigung?

Manchmal war Corry verschlossen und trotzig. Wenn er versuchte, herauszubekommen, warum sich ihre emotionale Verfassung plötzlich änderte, wies sie ihn wegen seines Fragens zurecht. Er konnte nichts anderes tun als sie in Ruhe lassen. Aber wenn er anbot, zur anderen Seite von Amarucancha zurückzugehen, sagte sie, das sei außer Frage. In dieser Hinsicht war sie absolut unerbittlich und beharrte darauf, Reiss bei sich zu behalten.

Liebe konnte es nicht sein. Sie mochte ihn, das glaubte er, aber Liebe? Nein, sie war zu zerrissen – zwischen einer Vergangenheit, die sie auslöschen wollte, und einer Zukunft, über die sie keine Kontrolle hatte – um zu einer solchen Bindung fähig zu sein. Und außerdem, hatte sie ihm nicht gleich zu Beginn gesagt, daß eine Bindung das war, was man in Amarucancha unter allen Umständen vermeiden mußte? Nein, keine Liebe. Aber sie hing an ihm, hartnäckig, leidenschaftlich. Es mußte eine Erklärung geben, aber Corry behielt sie für sich, wie ihre Vergangenheit.

Noch etwas anderes störte ihn an seinem Leben in diesem Teil von Amarucancha. Es war alles zu üppig, zu luxuriös. Die Tage und die Nächte verschwanden wie in einem Nebel. Wie lange war er schon hier? Er wußte es nicht. Vielleicht blieb er jahrelang hier, wie Corry. Oder noch schlimmer: Vielleicht wurde es ihm gleichgültig. Hier gab es keine Verantwortung, keine Pflichten; Agenten und Verwaltungspersonal glänzten durch Abwesenheit. Dieser Sektor hatte seine eigene Dynamik, schien es.

Seine Gedanken änderten sich, sein Körper wurde schlaffer; die allgemeine Trägheit war so stark, daß er selten die Motivation verspürte, Sport zu treiben. Er merkte, daß er wie die anderen hier wurde, nichts als ein maskiertes Gesicht, ein Körper, der sich der Sonne und der Dumpfheit hingab.

Er spürte, daß er die Kontrolle über sich selbst verlieren würde, wenn er nicht bald wegging. Er hatte Corry zuerst als eine Retterin gesehen, jetzt sah er sie als seine Peinigerin. Sie wollte ihn hier behalten, bis sein Geist vernichtet war.
Das war irrational, merkte er, es war idiotisch, so zu denken. Er hatte angefangen zu glauben, daß er sie liebte – süchtig nach ihr war er auf jeden Fall –, und daß dies eine echte und sichere Sache war, auch wenn seine Liebe nicht erwidert wurde.
Was ihn am meisten beunruhigte, war die Möglichkeit, daß er nicht nur nie aus Amarucancha weggehen könnte ihretwegen, sondern daß er auch gar keine Lust mehr haben könnte, zu gehen. Selbst jetzt wußte er nicht, ob er in der Welt außerhalb der Mauern der Anlage noch zurechtkommen würde.
Eines Morgens hinterließ er ihr ganz spontan einen Zettel, auf dem er ihr versicherte, er werde zurückkommen. Er sagte nicht, wann. Sie war am Swimmingpool und sah gar nicht, daß er ging. Hätte sie es bemerkt, dann hätte sie versucht, ihn zurückzuhalten, da war er sicher.

Er fand den Pfad, der ihn dorthin zurückbringen würde, woher er gekommen war. Er folgte ihm ohne Schwierigkeiten, bis er sich im Schatten des Qenco befand. Es wunderte ihn, daß es je so ein Problem gewesen war, sich zurechtzufinden.
Als er zur Tür seiner Wohnung kam, mußte er gegen ein Gefühl der Panik ankämpfen. Er war zu lange fort gewesen. Er wußte nicht, was in seiner Abwesenheit geschehen war. Es konnte sein, daß jemand anderer hier wohnte. Er hatte eine Vision von sich selbst als Unperson, verloren in einem Niemandsland – das wäre die Strafe: verdammt zu sein, durch Amarucancha zu wandern, jeder Identität beraubt.
Aber als er die Tür öffnete, entdeckte er, daß sich praktisch nichts verändert hatte. Alles war so, wie er es zurückgelassen hatte. Die Räume waren sauber, sauberer als in seiner Erinnerung. Es gab keine Anzeichen dafür, daß irgend etwas fehlte.
Er sah, daß noch ein paar Zeitschriften zu seiner Sammlung hinzugekommen waren. Offenbar hatte man erwartet, daß er zurückkommt. Im Badezimmer fand er eine Videokassette, die wohl

besondere Beachtung verdiente; warum sonst sollte sie sich an diesem unpassenden Ort befinden. Er steckte sie in das Videogerät und wartete darauf, daß auf dem Bildschirm ein zusammenhängendes Bild erschien.

Innerhalb von Sekunden erschien eine Ansammlung von Villen. Die Kamera bewegte sich auf sie zu, ehe sie dann einen Schwenk von 180 Grad machte, um einen Innenhof zu zeigen. Und einen Swimmingpool. Und die ganze Zeit über dachte Reiss: Das sieht ja so bekannt aus. Dann merkte er, daß es der Ort war, wo er gerade herkam. Es dauerte nicht lange, bis man zwei Gestalten sehen konnte. Eine davon, das sah er sofort, war Corry; es gab keinen Zweifel, denn sie trug keine Maske. Die andere Gestalt war er selbst. Corrys Hand lag in der seinen. Er fand, daß er absurd glücklich aussah, aber beunruhigend nichtssagend, als hätte er sein Leben lang noch keinen ernsthaften Gedanken gedacht.

Aber da kam noch mehr, noch viel mehr. Manches konnte er sich kaum ansehen. Er stellte es leiser, weil seine Worte so dumm und unaufrichtig klangen und manchmal richtig peinlich. Wo waren die Kameras? Er hatte nie eine gesehen, und doch waren sie die ganze Zeit da und erlaubten weder ihm noch Corry je einen privaten Augenblick.

Er war zu erschlagen, um zu reagieren. Später würde er bestimmt platzen vor Wut. Aber jetzt konnte er diese verfilmte Zusammenfassung der letzten paar Wochen seines Lebens nur wie ein hilfloses Kind anschauen.

Dann verschwanden Corry und er vom Bildschirm und statt dessen kam das unerbittliche Gesicht von Matthew Watkins.

»Sie sind immer überwacht worden, Michael«, sagte er mit seltsam distanzierter Stimme. »Sie gehören zu uns, und wir wachen über unsere Leute. Denken Sie immer daran, und Sie werden nie Probleme mit uns haben.« So etwas wie ein Lächeln ging über sein Gesicht. »Morgen werden Sie uns verlassen. Wir wünschen Ihnen alles Gute.«

Das war alles. Sein Gesicht verschwand.

Morgen? Aber welcher Tag war dieses »Morgen«? Wann war das Band gemacht worden?

Dann erschien ein anderes Gesicht. John Traxton. Oder jedenfalls der Mann, der John Traxtons Identität für sich beanspruchte. Er wirkte erhitzt und aufgeregt. Hinter ihm sah Reiss etwas, das wie ein Labor aussah. Traxton bestätigte seine Vermutung. »Ich stehe hier in meinem Labor in Luzern in der Schweiz«, erklärte er, »und morgen werden auch Sie hier sein. Gleichgültig, was passiert, Sie können sich auf meinen Schutz verlassen. Gemeinsam werden wir die medizinische Wissenschaft revolutionieren. Wenn Sie kommen, Michael, ist alles klar, ich freue mich sehr auf Ihre Ankunft. Es wird bestimmt großartig, wenn wir wieder ein Gespann sind.«

Er starrte ausdruckslos in die Ferne. Die Kamera machte weiter, Traxton nicht. Dann war das Band zu Ende. Reiss blieb sitzen, wartete auf mehr. Aber es kam nichts.

Die Schweiz, dachte er. Ist das gut oder schlecht?

Dann sprang er von seinem Stuhl auf. Corry! Er mußte sie alarmieren. Sein einziger Gedanke war, daß er zu ihr zurück mußte.

Aber sie mußten ihn hier auch überwacht haben, denn als er die Tür öffnete, stand Sven da und verstellte ihm den Weg.

»Warten Sie«, sagte er.

Während Reiss in Sekundenschnelle seine Möglichkeiten abwog, hatte Sven ihn gepackt und ihn mit seinen starken Armen ins Zimmer zurückgeführt. Mit dem Fuß schloß er die Tür.

Er schaute Reiss entschuldigend an. »Bitte, sitzen Sie. Nicht wütend sein. Bald werden Sie sehen, alles in Ordnung.«

Er setzte sich Reiss gegenüber, die Arme verschränkt, und er schaute immer zwischen der Tür und seinem Gefangenen hin und her, bereit, ihn jederzeit zu überwältigen, falls er noch einen Fluchtversuch machen sollte.

Reiss protestierte, aber vergeblich. Sven sah gleichgültig drein. Hin und wieder sagte er: »Warten Sie, und nicht wütend sein.« Aber weiter ging seine Mitteilsamkeit nicht.

Nachdem mehrere Minuten so vergangen waren, hörte man draußen Motorengeräusche. Darauf folgte ein lautes Klopfen an der Tür. Sven öffnete. Reiss blickte auf und sah zwei Agenten des Centers. Man konnte sie von all den anderen Agenten und Helfern, mit denen Reiss seit seiner Ankunft in Amarucancha zu tun gehabt hatte, nicht unterscheiden.

»Dr. Reiss?« sagte einer von ihnen und trat nach vorne. Er reichte

Reiss einen Ordner. »Hier sind alle Dokumente enthalten, die Sie brauchen, um in die Schweiz zu kommen. Bitte studieren Sie sie sorgfältig. Und würden Sie jetzt bitte so freundlich sein und uns folgen?«

»Ich hatte keine Zeit, um zu packen. Keine Zeit...« Keine Zeit, um mich zu verabschieden, dachte er. Er sollte eigentlich inzwischen wissen, daß das Center keine Vorwarnung gab, wenn es handelte.

»Das ist nicht nötig. Alles, was Sie brauchen, finden Sie an Ihrem Bestimmungsort.« Er hielt inne. Als er die Zeitschriften auf dem Tisch sah, all die alten Hefte von *The Journal of Immunology* und die übrigen, nahm er sie und gab sie Reiss. »Sie wollen vielleicht im Flugzeug etwas lesen«, sagte er.

Ein Mercedes-Benz wartete auf ihn, das gleiche Modell, das ihn in der ersten Nacht hierher gebracht hatte, vor vielen Monaten. Die Seitenfenster bestanden aus getöntem Glas, so daß niemand Reiss' plötzliche Abreise beobachten konnte.

Die Tür wurde für ihn geöffnet. Er setzte sich auf den Rücksitz. Zu seiner Überraschung merkte er, daß da noch jemand saß.

Sie trug ein elegant geschnittenes Kostüm und einen weißen Hut mit breiter Krempe, so daß ihr Gesicht im Schatten lag. Ihre Haare waren zurückgekämmt, wodurch ihr Gesicht etwas strenger wirkte.

»Ich komme mit dir«, sagte sie sanft.

Er schaute sie forschend an. »Du hat es gewußt?«

»Die ganze Zeit. Nick hat es mir erzählt. Er hat es irgendwie herausgefunden. Ich wollte es dir erst nicht erzählen. Ich mußte erst herausfinden, wer du bist, was du bist. Ich habe gehofft, du wüßtest vielleicht, warum das Center uns zusammenbringen wollte.«

Das erklärt also, warum sie auf mich gewartet hat, dachte er, warum sie sich so an mich geklammert hat.

»Ich hatte nicht die geringste Ahnung.« Er merkte, wie wütend seine Stimme klang.

Der Wagen setzte sich in Bewegung. Amarucancha war fast schon eine Erinnerung.

»Bist du wütend auf mich?« Sie suchte seine Hand. »Ich wollte dich nicht verletzen. Aber ich mußte Bescheid wissen, verstehst du das nicht? Ich mußte wissen, wer du bist, was du bist.«

»Und weißt du es jetzt? Weißt du, wer ich bin?«
Sie lächelte ihn an, allerdings vorsichtig, aus Angst vor seiner Reaktion. »Vielleicht, ja. Vielleicht kennst du mich auch ein bißchen. Haben nicht früher Eltern für ihre Kinder die passenden Ehepartner ausgesucht? Das Center macht vielleicht dasselbe.« Diese Vorstellung schien sie zu amüsieren.
»Die Eltern wollten im allgemeinen das Beste für ihre Kinder. Ich bin nicht sicher, ob das Center dieselben Motive hat.«
»Das mag stimmen. Zum Teufel mit dem Center. Wir sind jetzt hier aufeinander angewiesen.« Sie hielt seine Hand immer noch fest, und als er hartnäckig schwieg, sagte sie: »Paare in arrangierten Ehen können sich auch mit der Zeit lieben lernen. Das ist durchaus schon vorgekommen.«

21

Mäuse – schwarze, weiße, graue und gefleckte – rannten in den Käfigen hin und her. Sie schienen eine sehr aktive Sippschaft zu sein und Reiss zu Ehren eine Vorführung zu machen.
John Traxton führte Reiss durch den Raum zu den vielen Mikroskopen, die auf einem langen grauen Metalltisch aufgereiht standen. Tausendfach vergrößerte Gewebeproben, die früheren Mäusegenerationen abgenommen worden waren, den Vorfahren der wilden Käfigbewohner, enthüllten dort langsam John Traxton und seinen drei folgsamen Schweizer Forschern, die alle einander irgendwie ähnlich sahen, ihre Geheimnisse.
Es war Reiss' erste Begegnung mit Traxtons Labor, das an einer kleinen Straße mit Kopfsteinpflaster lag, die durch die Altstadt von Luzern führte. Traxton war wie ein Fremdenführer, der eine Gruppe konfuser Touristen betreut, und erklärte alles sehr genau, auch das, was für Reiss völlig offensichtlich war.
»Im Grunde«, sagte er, »studieren wir die Interaktion zwischen B-Zellen/T-Zellen und tödlichen Makrophagen. Wir versuchen den Mechanismus zu verstehen, der die Immunreaktion des Körpers auslöst. Eigentlich ist das nur ein Forschungsaspekt, mit dem ich mich kurz nach meiner Tragödie zu beschäftigen begonnen habe.«

»Tragödie« war sein Wort für das, was in San Francisco passiert war. »Die andere Richtung, in der ich forsche, sind Steroide.«
Steroide werden eingesetzt, um die Reaktion des Immunsystems zu beeinflussen, damit Hautübertragungen und Transplantationen besser angenommen werden. Sonst identifiziert der Körper sie als Eindringlinge und wehrt sich gegen sie, als handle es sich um Bakterien, Viren oder irgendeine andere Infektion. Leider haben die Steroide eine Reihe unangenehmer Nebenwirkungen: Ödeme, größere Infektionsanfälligkeit und der Verfall von Muskeln und Proteinen.
Reiss erinnerte sich jetzt daran, daß er genau über diese Art von Forschungsarbeit in den Zeitschriften gelesen hatte, die das Center ihm gegeben hatte. Eigentlich hatten alle Zeitschriften, die er gelesen hatte, Artikel zu diesem Thema enthalten. »Gibt es nicht jemanden in London, einen Mann namens Lloyd, der sich auch damit beschäftigt?«
Traxton lächelte geheimnisvoll. »Es gibt tatsächlich einen Wissenschaftler namens Ralph Lloyd, über den Sie vielleicht gelesen haben. Seine Arbeit hat sehr viel Beachtung gefunden. Ich erwarte, daß er bald berichten wird, daß er Steroide synthetisch herstellen kann, die ganz selektiv ein einzelnes Zielorgan beeinflussen, Steroide ohne Nebenwirkungen.«
»Wie unterscheidet sich denn dann seine Arbeit von der Ihren?«
»Überhaupt nicht.«
Das wunderte Reiss. Einen Augenblick lang wußte er nicht, was er sagen sollte. »Ich bin nicht sicher, ob ich das richtig verstehe. Wollen Sie sagen, daß Sie auf einem ähnlichen Gebiet arbeiten?«
Traxton schüttelte heftig den Kopf. »Nicht ähnlich. Identisch.«
»Sie kopieren seine Arbeit? Aber wozu denn?«
»Nein, genau umgekehrt, Michael.« Er senkte plötzlich die Stimme, weil er merkte, daß einer seiner Assistenten, der direkt hinter ihm saß, alles mithören könnte. »Ich sollte Sie jetzt Louis Gault nennen und Sie mich Lawrence. Aber es ist schwer, alte Gewohnheiten aufzugeben.«
»Vor allem, wenn es so viele sind, die man aufgeben muß.«
Reiss versuchte, Traxton wieder auf das Thema zurückzubringen. »Wollen Sie mit ›genau umgekehrt‹ sagen, daß er Ihre Arbeit hier in Luzern kopiert?«

»Na ja, ich muß das etwas anders ausdrücken. Eigentlich kopiert er die Forschungsarbeit, die ich hier mache, gar nicht, sondern er stellt sie für mich vor. Sie müssen verstehen, daß ich nicht die Erlaubnis habe, direkt an die Öffentlichkeit zu treten. Daß ich anders aussehe, genügt ihnen nicht.« In seiner Stimme schwang eine gewisse Bitterkeit mit. »Ich glaube, sie befürchten, daß ich meine wahre Identität preisgeben würde, obwohl ich versucht habe, sie davon zu überzeugen, daß ich sie verborgen halten würde.« Er zuckte resigniert die Schultern. »Trotzdem, so ganz falsch ist es nicht. Ein Naturwissenschaftler kann nicht plötzlich aus dem Nichts auftauchen. Wenn Sie die Artikel über Lloyd gelesen haben, dann wissen Sie ja, daß er für den Nobelpreis vorgeschlagen ist, und das ist natürlich die Art von Öffentlichkeit, vor der sie Angst haben.«
»Ich dachte, Sie hätten Einfluß auf das Center.«
»Auf das Center habe ich ziemlichen Einfluß, ja, das stimmt. Aber Sie werden mit der Zeit herausfinden, daß es mehr gibt als das Center. Das Center für Rehabilitations-Chirurgie ist nur ein Teil des Ganzen.«
»Des Ganzen? Was ist das *Ganze*?«
»Bitte.« Traxton hob die Hand und gab Reiss zu verstehen, daß dies nicht der richtige Zeitpunkt sei, um solche Fragen zu stellen.
»Sie sagen also, daß Ralph Lloyd auf Grund Ihrer Leistungen berühmt wird. Aber das ist Betrug.«
»Genau. Ich hätte gedacht, Sie hätten sich inzwischen daran gewöhnt.«

Der Vierwaldstätter See – oder einfach: der Luzerner See – ist eingebettet in eine Landschaft von Talmulden und Vorgebirgen, umgeben von den Alpen. Am westlichen Ende liegt die Stadt, von der er einen seiner Namen hat, und dort wird er zu dem Fluß Reuss. Die Stadt selbst liegt an der Reuss. Es gibt wenig Industrie dort; Touristen mit Kameras, Landkarten und Skiern sind die wichtigste Einkommensquelle. Sie verbringen ein paar Nächte in den Pensionen, besichtigen alle Sehenswürdigkeiten und reisen dann weiter in die Berge und in andere Kantone.
Reiss selbst kam sich vor wie ein Tourist, der von seiner Gruppe zurückgelassen wurde. Wenn er zum Himmel hinaufblickte, sah er nur hohe Berge über sich. Es war genau wie in Peru.

Immer, wenn gutes Wetter war – und jetzt, Ende Juni, war es meistens so –, ging Reiss zu Fuß zur Arbeit. Er überquerte den Fluß, um in die Altstadt zu kommen. Die Brücke, über die er ging, gehörte zu den beiden berühmten Brücken, die über die Reuss führen. Es gibt die Kappelbrücke, die wegen ihres Wasserturms bekannt ist, aber die Spreuerbrücke war günstiger für ihn. Sie stammt aus dem vierzehnten Jahrhundert, und an der Innenseite befinden sich eine Reihe dreieckiger Tafeln, die über Kopfhöhe angebracht sind. Sie stellen den Totentanz dar. Allerdings ist es mehr ein hitziger Swing als ein Walzer. Der Tod ist ein Skelett, das eine Sense schwingt und sie wahllos einsetzt gegen diejenigen, die es verdienen, und diejenigen, die es nicht verdienen; seine gespenstische Erscheinung ist allgegenwärtig. Wie jemand, der uneingeladen auf eine Party kommt, macht er sich an einzelne Personen heran, die mit seinem Kommen nicht gerechnet haben und noch gar nicht richtig registrieren, daß er seine Arbeit schon begonnen hat.
Reiss und Corry, für ihre Mitbürger Dr. und Mrs. Louis Gault, wohnten in einem neueren Stadtteil, auf der Südseite des Flusses, nicht weit von der Pilatusstraße, die für ihre Restaurants, Cafés und Nachtclubs bekannt ist. In dieser Gegend ist alles teuer, aber für die Gaults war Geld kein Problem. Das Center sorgte dafür, daß sie genug auf dem Konto hatten, und wenn es sich auch nicht um unbegrenzte Geldmittel handelte, so war es doch eine beträchtliche Summe. Reiss konnte sich also einen Lebensstil leisten, den er nicht gewöhnt war. Und Corry? Da er so wenig über ihre Vergangenheit wußte, war Reiss nicht sicher, vermutete aber, daß immer mehr zur Verfügung stand, als zum Leben nötig.
Sie hatten eine Wohnung mit fünf Zimmern im zweiten Stock eines Gebäudes, das so gebaut war, daß es viel älter aussah, als es tatsächlich war, typisch schweizerisch, mit hohen, rechteckigen Fenstern, die auf eine wichtige Verkehrsstraße hinausgingen, und mit einem Giebeldach, auf dem sich zwei untersetzte Kamine befanden. Es war eine angenehme, ja, gemütliche Wohnung; die Holzvertäfelung in der Diele schimmerte, und die Sonne stand auf ihrem Weg von Osten nach Westen lange genug am Himmel, um fast den ganzen Nachmittag über in ihre Zimmer zu scheinen.
Auf der Straße unter ihnen, der Scheideggstraße, wimmelte es zwar

von Autos und Fußgängern, von morgens um sieben bis kurz nach Sonnenuntergang, aber der Lärm war nie störend. Ganz im Gegenteil, der ständige Fluß von Einkäufern und Geschäftsleuten, vor allem um die Mittagszeit, lieferte Corry Ablenkung und Unterhaltung, und das brauchte sie dringend, wenn sie keine Lust mehr hatte, zu lesen oder im Eigenbau das Cembalo zusammenzusetzen, das Traxton Reiss als Geschenk überreicht hatte, weil er wußte, wie gern er Puzzles mochte. Es kam in, wie es schien, tausend Einzelteilen an und stammte von einer Firma in Oklahoma. Irgendwie blieb es Corry überlassen, es zu bauen, da sie ja auch Zeit hatte, und die ersten sieben Schritte der Gebrauchsanweisung waren zwar einfach nachzuvollziehen, aber die verbleibenden zweihundertdreiundsechzig Schritte stellten sich als unüberwindliches Hindernis heraus; Corry war sich unschlüssig, ob sie das Cembalo nun als Geschenk oder als Fluch betrachten sollte. Obwohl das Ding sie oft auf die Palme brachte, war Corry trotzdem entschlossen, es eines Tages vollständig zusammenzubauen. Und dann mußte sie noch lernen, wie man spielte.

Als die Herausforderung, das Cembalo zusammenzubasteln, sie nicht mehr fesselte, nahm sie an der täglichen Parade auf der Scheideggstraße teil. Auf diese Weise entdeckte sie den Mann, dem sie den Spitznamen »Das Auge« gab.

»Das Auge« war mittelgroß und trug einen Filzhut oder manchmal auch einen traditionelleren Trachtenhut mit Feder. Er rauchte immer eine lange Pfeife, wenn er sich nicht gerade damit abmühte, sie anzuzünden. Sein Haar war braun, ging aber schon langsam ins Grau über, seinem Gesicht konnte man selbst aus der Ferne seine fünfzig Jahre ansehen. Die Wangen waren gerötet, vielleicht hatte er hohen Blutdruck, aber es war eher anzunehmen, daß die Röte von zu viel Neuchâteler Wein kam.

Er führte seine Überwachung von einer lokalen »Stube« aus durch. Es war ein Café, das fast genau gegenüber von ihrer Wohnung lag. Er verbrachte Stunden damit, an einem der Tische zu sitzen und Zeitungen und Illustrierte zu lesen; den Rest der Zeit ging er lässig die Straße auf und ab. Gegen Abend, wenn Reiss aus dem Labor nach Hause kam, verschwand er immer, dann hatte er seinen langweiligen Job wohl für den Tag hinter sich.

Zuerst hatte Corry keinen Grund, anzunehmen, daß er speziell an ihr interessiert sei, aber weil sie ihn jeden Tag sah, begriff sie allmählich, was es mit ihm auf sich hatte. Sie verließ ganz geplant das Haus, um ausgedehnte Einkaufstouren zu unternehmen, weil sie sehen wollte, ob er hinterherkam. Es war keine große Überraschung, als sie merkte, daß »Das Auge« sie tatsächlich weiterhin beobachtete. Er versuchte zwar, ganz diskret Abstand zu bewahren, aber er war nicht zu übersehen. Sie dachte, daß genau das beabsichtigt sei: Er sollte sie daran erinnern, daß das Center immer noch die Kontrolle hatte.

Im Grunde war es ganz ähnlich wie in Amarucancha, obwohl sich hier natürlich eine normalere Routine entwickelte. Es war jedoch nicht erlaubt, ohne offizielle Genehmigung die Stadt zu verlassen. Sie durften auch keine Bootsfahrt auf dem Vierwaldstätter See unternehmen oder mit der Seilbahn auf den Pilatus hochfahren, es sei denn, sie bekamen die Erlaubnis dafür. Niemand teilte ihnen je mit, mit welcher Strafe zu rechnen sei, falls sie gegen die Vorschriften verstoßen würden, aber man hatte ihnen zu verstehen gegeben, daß ihr Zugang zu den Bankkonten eingeschränkt oder sogar gesperrt werden würde. Und damit säßen sie auf dem Trockenen, denn sie hatten keine Papiere, die es ihnen ermöglicht hätten, sich selbst eine Arbeit zu suchen.

Reiss nahm die Nachricht über »Das Auge« relativ gelassen hin. Es war etwas, womit sie leben mußten, meinte er. Im Grunde ging er davon aus, daß es eine ganze Reihe solcher »Augen« gab, die Schichtdienst machten.

Er hatte sich ziemlich schnell an die neue Situation gewöhnt. Es war viel leichter als in Peru; diesmal war der Ortswechsel nicht halb so dramatisch. Außerdem genoß er es, wieder in einem Labor arbeiten zu können. Er war immer schon tendenziell arbeitssüchtig gewesen, und er stürzte sich mit einer Begeisterung, die nur noch von seinem Mentor übertroffen wurde, in die Forschung.

In gewissem Sinn war es für Reiss unwichtig, daß das Labor in Luzern lag. Er hatte kaum Gelegenheit, seine Umgebung richtig wahrzunehmen, da er so in seiner Arbeit aufging, bei Tag und bei Nacht, an Wochentagen wie an Wochenenden.

Aber Corry hatte genug von Luzern gesehen, sie hatte das Kunst-

museum besucht und das Verkehrshaus und das Rathaus. Es reichte ihr nicht.
Reiss hatte ein schlechtes Gewissen. Er wollte für sie das Beste, er wollte Rom, Paris und Rio für sie. Zudem hatte er das Gefühl, sie sollte mit einem Mann zusammensein, der ihr mehr entsprach. Mit jemand wie Cantwell, der unternehmungslustig war und nicht um zehn Uhr ins Bett ging, weil er um sechs wieder aufstehen mußte. Aber darüber konnte er nicht entscheiden.
Es gab Spannungen zwischen ihnen, sicherlich, aber sie blieben unter der Oberfläche. Reiss war sich zwar nie ganz sicher, ob Corry ihn liebte oder ob sie ihn genug liebte, um mit ihm zusammenbleiben zu wollen, aber während der ersten Monate kamen sie sehr gut miteinander aus. Corry sagte sogar öfter zu ihm, sie bedaure es, daß er nicht schon vor Peru in ihr Leben getreten sei. »Ich hätte einen Mann brauchen können, der zuverlässig und verantwortungsbewußt ist und mir einen Halt gibt.« Das war alles, was sie über ihre Vergangenheit verlauten ließ.
Aber so sehr sie auch versuchte, Reiss zufriedenzustellen und sich anzupassen, es war ihr sehr schnell klar, daß sie dieses eintönige, bequeme Schweizer Leben nicht unbegrenzt ertragen konnte. Reiss versprach ihr eine Urlaubsreise (in der Hoffnung, daß das Center es erlauben würde), aber er konnte nicht genau sagen, wann; es hing davon ab, wie die Experimente verliefen.
Aber sie brauchte viel mehr als einen Urlaub.
Was alles noch verschlimmerte, war die Tatsache, daß sie keine Freunde hatte. Traxton hielt sie für einen aufgeblasenen Angeber. Wenn sie für ihn ein Abendessen machte, wozu sie verpflichtet war, dann empfand sie das als eine sehr mühselige Aufgabe. Aber außer ihm und Reiss gab es niemanden. Angesichts ihrer Situation sah es das Center nicht gerne, daß sie sich auf Beziehungen einließ, die nicht vom Center vermittelt oder gebilligt worden waren.
Obwohl er es sich nicht richtig zugeben wollte, wußte Reiss, daß er einer Phantasievorstellung nachhing, und diese Phantasievorstellung sah folgendermaßen aus: Er würde sein Leben in Luzern so weiterleben, wie er es in Sea Cliff gelebt hatte, und Corry würde sich irgendwie in Betsy verwandeln, in eine idealisierte Betsy selbstverständlich, aber trotzdem eben Betsy. Es war ihm völlig klar, daß dies

nicht möglich war und daß es idiotisch war, zu versuchen, einen solchen Wunschtraum in die Wirklichkeit umzusetzen.
Es war mehr aus Verzweiflung, als aus einem anderen Grund, daß er ihr vorschlug, sie könnte ja, um sich die Langeweile zu vertreiben, sich zumindest überlegen, ob sie in Traxtons Labor arbeiten wollte. Er hatte es noch nicht mit Traxton abgeklärt, aber er konnte sich nicht vorstellen, daß es ein Problem sein würde, seine Zustimmung zu bekommen.
Zu seiner Verwunderung sagte Corry, daß sie es sich ernsthaft überlegen würde, wenn er ihr irgendeine Arbeit beschaffen könnte, die wenigstens andeutungsweise sinnvoll sei. Aber es mußte etwas sein, das sie wirklich in Anspruch nahm: Akten ablegen, Anrufe entgegennehmen oder Töpfe und Reagenzgläser reinigen – auf solche Sachen hatte sie keine Lust.

Reiss hatte vor, die Frage, ob Corry im Labor arbeiten könnte, am nächsten Nachmittag Traxton gegenüber zur Sprache zu bringen, aber er hatte keine Gelegenheit dazu.
Anscheinend war Ralph Lloyd unerwartet nach Luzern gekommen und hatte mit Traxton ein gemeinsames Mittagessen vereinbart. Traxton bat Reiss, ihn zu begleiten, vor allem als moralische Unterstützung, vermutete Reiss.
Reiss hatte nicht erwartet, daß er den geheimnisvollen Ralph Lloyd kennenlernen würde: Er war Traxtons »Doppelgänger«, ein Gespenst von der anderen Seite des Ärmelkanals, dessen Name innerhalb der vier Wände von Traxtons geheimem Labor immer nur flüsternd erwähnt und nie laut ausgesprochen wurde.
Aber plötzlich, in einem Restaurant zwischen dem Mühlenplatz und dem Alten Weinmarkt, fand sich Reiss diesem Lloyd gegenüber und tauschte höfliche Floskeln mit ihm aus, die so offensichtlich bedeutungslos waren, daß es schon peinlich war.
Lloyd war über einen Meter achtzig groß und recht korpulent. Man mußte eher an einen etwas abgewirtschafteten Rugbyspieler denken als an einen Wissenschaftler. Er hatte so wenig Haare, daß Reiss dauernd an einen Mönchsschädel erinnert wurde, der im Licht des Restaurants rosa schimmerte. Seine Augen waren kalt. Sie schienen blau zu sein, aber im nächsten Augenblick waren sie grün: es waren

nicht die Augen eines rücksichtslosen Menschen, dachte Reiss, sondern die Augen eines Mannes, der zu viel von der Welt gesehen oder zu viel davon aufgegeben hat.
Er trank wenig; andererseits hatte Traxton wohl beschlossen, daß es sinnlos sei, am Nachmittag weiter zu arbeiten, denn er schluckte einiges mehr, als er sollte. Er gab sich zwar Mühe, sich nichts anmerken zu lassen, aber es war deutlich zu spüren, daß Lloyds Auftauchen in Luzern ihn ziemlich durcheinanderbrachte.
»Wenn ich richtig verstehe, ist der Hauptteil Ihrer Arbeit jetzt abgeschlossen, Doktor«, sagte Lloyd, und Traxton nickte. »Wäre es möglich, daß Sie für den Rest des Projekts einen Zeitplan aufstellen? In den Daten, die Sie mir geschickt haben, gehen Sie darauf nicht ein.«
Traxton versicherte, er werde demnächst einen erhalten.
»Wegen der Sache mit dem Nobelpreis wäre es sicherlich angebracht, wenn Sie Ihr Arbeitstempo beschleunigten. Das soll allerdings nur ein Hinweis sein.« Es war kein Hinweis, es war ein Befehl, und beide Männer wußten es.
Reiss war erstaunt, wie unterwürfig Traxton war. Hier war Lloyd, der Traxtons ganze Forschungsarbeit übernahm und als seine eigene ausgab, aber statt sich irgendwie zu entschuldigen oder verlegen zu sein, legte er es darauf an, den Mann, dem er alles verdankte, zu demütigen. Es war eine derart empörende Szene für Reiss, daß er sich nur mühsam beherrschen konnte.
Der alte Traxton, der Mann, den Reiss in San Francisco gekannt hatte, hätte das alles nie so hingenommen. Aber den alten Traxton gab es nicht mehr, genausowenig wie den alten Reiss. Wieviel Lloyd über Traxtons vielschichtige Vergangenheit wußte, war unklar, weil er ihn immer mit Lawrence Ahearn anredete. So hatte das Center ihn getauft.
Während der ganzen Mahlzeit schenkte Lloyd Reiss keine Beachtung, sondern konzentrierte sich ganz auf Traxton. Aber als dann der Kaffee serviert wurde, wandte er sich an Reiss. Er kniff die Augen zusammen, als sei er überrascht, daß noch ein dritter Gast mit am Tisch saß.
Zu Traxton sagte er: »Ich hoffe, daß die Anwesenheit dieses Mannes nicht die Sicherheit unseres Unternehmens gefährdet. Die ›Dornen-

krone‹ würde es nicht gerne sehen, wenn die Sache an die Öffentlichkeit käme.«

Dornenkrone? Was zum Teufel ist das denn? dachte Reiss. Er schaute Traxton an, ob dieser irgendeine Reaktion zeigte, aber er konnte nichts feststellen; Traxton wirkte genauso teilnahmslos wie vorher, stoisch und tief unglücklich

»Ich kann Ihnen versichern, daß es keinerlei Probleme in puncto Sicherheit gibt. Dr. Gault ist ein alter Freund und Vertrauter. Und vielleicht darf ich Sie daran erinnern, daß Sie sich über Sicherheitsfragen keine Gedanken zu machen brauchen. Es gibt andere Leute, die sich darum kümmern.«

Das war alles, was Traxton Lloyd gegenüber als Tadel über die Lippen brachte.

Lloyd grunzte und winkte der Kellnerin wegen der Rechnung. Er studierte zuerst ihr Dekolleté, dann die Rechnung, für die er bezahlte; Traxtons Einladung lehnte er ab. »Das ist doch wohl das mindeste, was ich für Sie tun kann«, meinte er in einem unerwartet scherzhaften Tonfall.

Es ist wohl auch das einzige, was er kann, dachte Reiss.

»Wenn Sie nach London kommen«, sagte er und stand auf, »können Sie ja mich zum Essen einladen.«

Er entschuldigte sich, dann eilte er aus dem Restaurant und überließ Reiss und Traxton ihrem Schicksal.

Reiss wartete, aber Traxton sagte nichts; er sah aus wie jemand, der zu lange unter ständigem Beschuß im Schützengraben gelegen hat. Endlich machte er Reiss ein Zeichen, und sie traten wieder hinaus ans Tageslicht. In der frühsommerlichen Hitze war Luzern so heiter wie sonst nie, und die Menschen in den Straßen spiegelten das wider mit ihren munteren Schritten und ihren freundlichen Gesichtern. Reiss und Traxton schienen mit ihren ernsten, düsteren Mienen völlig deplaziert.

Sie gingen langsam Richtung Weinmarkt, mit seinen kunstvoll bemalten Fassaden, die aus der Zeit stammen, als dieser Teil Luzerns das Zentrum der mittelalterlichen Siedlung war.

»Hier wurden früher die Osterumzüge gefeiert«, bemerkte Traxton. »Und hier wurden auch die Leute aufgehängt.«

Dem Platz war jetzt nicht mehr anzusehen, daß dort jemals etwas Schlimmes geschehen war.

Sie kamen zu einem gotischen Brunnen. Dort blieb Traxton endlich stehen. Er hatte wohl beschlossen, daß er weit genug gegangen war. Er seufzte tief und wandte sich dann Reiss zu. »Die Taktik sieht so aus, daß sie es einem einfach unmöglich machen. Sie drängen dich in eine Ecke. Sehen Sie sich um. Diese Leute, sie leben in einer anderen Welt, die unserer Welt zwar ähnlich sieht, die wir aber nie wieder betreten können. Es sieht alles so einfach aus, oder? Aber die Welt, in der wir uns befinden, ist verriegelt. Sie müssen verstehen, Michael, daß ich Ihnen nicht nur aus Loyalität, aus Freundschaft und vielleicht aus dem Bedürfnis heraus, mich zu rechtfertigen, geholfen habe, so gut ich es eben konnte. Ich wollte Ihnen helfen, weil das Center mit Ihnen genau das gleiche gemacht hat wie mit mir.

Ehe ich den Lehrstuhl an der Universität übernahm, habe ich mit dem Gerichtsmedizinischen Institut zusammengearbeitet. Erinnern Sie sich? Da kamen diese Leute zu mir...«

»Wer genau?«

Traxton schien zu überlegen. »Ach, was kann es jetzt schon noch schaden. Es war unser gemeinsamer Freund Hardin Mull. Er war damals Chef der Zweigstelle des Centers an der Westküste. Dort wurden eigentlich alle wichtigen Entscheidungen getroffen. Ich kam in eine Situation, die ganz ähnlich war wie die Ihre mit dem Transsexuellen. Man brachte mich in eine Lage, in der ich mich kompromittieren mußte, an Obduktionsberichten herummanipulieren und einen Meineid leisten. Ich habe nie erfahren, warum. Ich sollte nur das tun, was man mir sagte.«

»Aber weshalb hatten sie Sie in der Hand?«

»Sagen wir mal, es war persönlicher Natur. Ich möchte lieber nicht darauf eingehen. Es ist auch letztlich bedeutungslos. Sie haben ja etwas ganz Ähnliches durchgemacht. Man wird in die Enge getrieben. Und sie machen das auf ganz ausgeklügelte Art. Manchmal geraten sie in Schwierigkeiten. Die Sache in San Francisco brachte sie dazu, nach Manhattan überzusiedeln. Mein angeblicher Selbstmord war das Ende ihres Abenteuers im Wilden Westen. Ich wurde dafür verantwortlich gemacht, so wie Sie, und das Center blieb unversehrt, dank seiner üblichen schlauen Vorgehensweise.«

»Warum haben Sie mir bisher nichts davon erzählt?«

»Wir hatten nie Gelegenheit dazu. Jedenfalls nicht bis heute.«
In dem Augenblick schaute Reiss über den Platz und sah den Mann, den Corry ihm gezeigt hatte. »Das Auge« machte keinerlei Anstalten, sich zu verstecken, sondern sonnte sich wohlig, paffte gemütlich seine Pfeife, von der jetzt eine feine Rauchwolke aufstieg. »Das Auge« hatte nichts Bedrohliches an sich; ganz im Gegenteil, er wirkte wie ein typischer Schweizer Geschäftsmann, der gerade in der Mittagspause einen kleinen Spaziergang macht. Er war lästig, sonst nichts – jedenfalls bis jetzt.
Traxton redete weiter, ohne zu merken, in welche Richtung sein Begleiter schaute. »Wir werden Lloyd mit den gewünschten Daten versorgen. Aber das Tempo bestimmen wir. Ich werde nicht wegen seiner Abgabetermine das gesamte Projekt gefährden.«
»Und dann?«
Traxtons Gesicht erhellte sich mit einem diabolischen Lächeln. »Dann werde ich ihn als den Betrüger, der er ist, entlarven und an die Öffentlichkeit treten, um das, was mir rechtmäßig zusteht, für mich zu beanspruchen.«
Reiss schaute ihn entsetzt an. Dieser Mann war entweder wahnsinnig oder wild entschlossen, sein Leben wegzuwerfen, um posthum berühmt zu werden. Als jetzt sein Blick wieder auf ihren wachsamen Beschatter fiel, sah »Das Auge« nicht mehr ganz so harmlos aus.

22

Obwohl Traxton ihn nicht darum gebeten hatte, schwor sich Reiss, daß er niemandem etwas von seinem Plan verraten würde, nicht einmal Corry. Er hatte das Gefühl, daß sein früherer Mentor keine Ahnung hatte, wie verrückt und aussichtslos sein Vorhaben war. Als Reiss seine Bedenken andeutungsweise äußerte, warf ihm Traxton einen fast herablassenden Blick zu. »Es wird klappen, glauben Sie mir. Ich habe mir alles genau überlegt. Vergessen Sie nicht, ich habe Zugang zu den höheren Kreisen des Centers.«
»Und zu der ›Dornenkrone‹?« Reiss fand, daß er nichts zu verlieren hatte, wenn er diese Frage stellte.

»Damit müssen wir noch eine Weile warten.«
Er schlug Reiss auf die Schulter, als wollte er sagen: Das reicht für heute.
Und so war es auch. In den nächsten Wochen erwähnte Traxton seinen Plan mit keinem Wort, sondern verhielt sich völlig normal. Er zeigte keinerlei ungewöhnliches Verhalten, auch nicht im privaten Rahmen, wenn er bei Reiss zu Hause war. Vielleicht hatte er beschlossen, das Ganze zu vergessen; das hoffte Reiss wenigstens. Das Risiko, den Mann zu verlieren, der schützend die Hand über ihn hielt, durfte er nicht zu leicht nehmen. Wo wäre er denn ohne Traxton?
Wie ein Seemann, der sein Schiff in einen flachen Kanal steuert und so sehr damit beschäftig ist, den Tiefenmesser zu überprüfen, daß er gar nicht merkt, wie hinter ihm ein Unwetter aufzieht, so war Reiss in Gedanken derart auf Traxton fixiert, daß er nicht sah, welche Probleme sich um ihn herum zusammenbrauten.
Als Reiss von Traxton die Erlaubnis erhielt, Corry als Forschungsassistentin einzustellen, dachte er, seine Schwierigkeiten mit ihr und ihre Schwierigkeiten mit Luzern seien gelöst. So einfach hatte er sich das vorgestellt.
Eine Zeitlang, bis zum August, sah es auch so aus, als sei Corry tatsächlich an der Arbeit interessiert, die ihr zugeteilt wurde. Wie Reiss nicht anders erwartet hatte, zeigte sich, daß sie schnell lernte und mit den Aufgaben, die sie zu bewältigen hatte, spielend fertig wurde. Selbst die Routineangelegenheiten, die erledigt werden müssen, damit in einem Labor alles reibungslos funktioniert, faszinierten Corry anfangs: Messungen vornehmen, Glasstreifen präparieren, experimentelle Daten tabellarisch festhalten. Sie lernte die wichtigsten Grundlagen des Programmierens und konnte schnell mit den elementaren Begriffen der Computersprache umgehen.
Jeden Tag setzte sie sich an ihren Computer und rief das Morris-Livingstone-Labor in London an, oder besser, den dortigen Computer. Sie mußte warten, bis ein hoher Pfeifton angab, daß die Verbindung hergestellt war; dann legte sie den Telefonhörer in die dafür vorgesehene Kontaktstelle und machte sich daran, die Daten einzutippen, die am vorhergehenden Tag erarbeitet worden waren. Das meiste, was sie eingab, verstand sie nicht, was auch gar nicht

möglich war, weil die Hypothesen und vorläufigen Ergebnisse des Projekts codiert waren. Der Code basierte auf abstrusen mathematischen Problemen, auf sogenannten Einwegfunktionen. Selbst wenn ein Dieb über hochentwickelte Computersysteme verfügte, hätte es unendlich lange gedauert, diesen Code zu knacken.
Diese komplizierte Sicherheitsmaßnahme war nicht nur eingerichtet worden, um die Information vor Diebstahl zu sichern, sondern auch, um zu garantieren, daß niemand herausfinden konnte, woher sie stammte. Denn dann wäre auch entdeckt worden, daß John Traxton verantwortlich war und nicht Ralph Lloyd.
Reiss bemerkte die Symptome für Corrys wachsende Unzufriedenheit nicht, weil er sie nicht bemerken wollte. Pipetten, Computer und Codes konnten sie nur begrenzte Zeit fesseln. Sie wurde unaufmerksamer. Manchmal redete Reiss mit ihr und merkte dann plötzlich, daß sie in einer anderen Welt war.
Sie dehnte ihre Mittagspause immer länger aus und ging ganz alleine irgendwohin (es sei denn, man sah das allgegenwärtige »Auge«, das sich durch den Wechsel der Jahreszeiten nicht abhalten ließ, als Begleiter an), und selbst Traxton, der normalerweise über solchen Dingen stand, beschwerte sich über ihr langes Fernbleiben.
Zu Hause war sie apathisch, fing mehrere Bücher auf einmal an und las keines zu Ende. Reiss ärgerte sich, weil sie wieder zu rauchen begann, denn in diesem Fall gab sie zu, daß sie diese Sucht in der Vergangenheit schon wiederholt bekämpft und überwunden hatte.
Um sich eine Freude zu machen, unternahm sie während ihrer ausgedehnten Mittagspausen manchmal große Einkaufstouren und räumte viele von Luzerns besten und teuersten Boutiquen und Kaufhäusern leer.
Die Kleidung, die sie auswählte, war für Reiss' konservativen Geschmack zu auffallend und zu offenherzig, vor allem, wenn man sich überlegte, wie gesetzt und anständig die Bürger von Luzern waren: Röcke, die viel zu hoch geschlitzt waren, Kleider, die zu weit ausgeschnitten waren, und Stoffe, die zu durchsichtig waren. Reiss konnte nicht anders – er mußte etwas sagen. Entweder ignorierte sie ihn, oder sie protestierte. Es ging ja noch, wenn ihr Männer bewundernde und manchmal auch begehrliche Blicke zuwarfen. Aber sie erwiderte diese Blicke mit großem Interesse. Reiss hatte das

Gefühl, als könnte er in die Vergangenheit blicken und eine andere Frau sehen, die den Schutzwall niederriß, den nicht nur das Center für Rehabilitations-Chirurgie, sondern auch Corry selbst um sich aufgebaut hatte.

Reiss wußte genau, wie wenig Luzern für Corry paßte, und er sah ein, daß er sie entweder verlieren würde oder sie einsperren mußte. Es war unwahrscheinlich, daß er selbst je von hier wegkommen würde, zumindest nicht in absehbarer Zeit; Traxton redete bereits von neuen Forschungsprojekten, an denen er und Reiss gemeinsam arbeiten sollten. Das beruhigte Reiss, weil er dachte, daß Traxton zumindest nicht die Absicht hatte, sein Leben wegzuwerfen, indem er Lloyd entlarvte, und vielleicht hatte Traxton ja die Idee ganz aufgegeben. Aber andererseits war es auch ein Zeichen dafür, daß er noch länger in dieser Stadt wohnen würde.

Eines Morgens wählte Corry wie gewöhnlich die Londoner Nummer. Es war kurz vor zwölf. Sie wartete auf das Piepzeichen, um den Hörer an die vorgesehene Stelle zu legen. Vor ihr lagen mehrere beeindruckende Blätter mit Buchstaben und Zahlen, die darauf warteten, tausend Kilometer entfernt entschlüsselt zu werden.

Aber als das Signal aus dem Hörer kam, hielt sie ihn einfach nur fest. Es war so, als sei sie auf einmal völlig verwirrt von der Technik, die sie gut hundertmal erfolgreich gemeistert hatte. Sie schaute das Telefon entgeistert an, während es immer weiter piepte; selbst aus der Nähe erinnerte es an das Pfeifen eines Wasserkessels.

Alle Anwesenden im Labor blickten zu ihr hin, um zu sehen, was los sei.

»Corry, stimmt etwas nicht?« Reiss sah von seinem Mikroskop hoch. Sein erster Gedanke war, daß der Computer in London ausgefallen sei.

Sie ließ den Hörer fallen, stand auf und sagte, ohne jemanden direkt anzusprechen: »Was habe ich hier eigentlich verloren?«

Natürlich wußte niemand eine Antwort darauf. Und sie wollte auch gar keine Antwort haben. Ohne es zu wissen, erlebte Reiss gerade eine Art Offenbarung mit, einen Augenblick der Erleuchtung.

Wortlos nahm Corry ihre Tasche, warf ihre Jacke über die Schulter und ging mit schnellen Schritten zum Ausgang.

Reiss wollte hinter ihr her, aber Traxton griff ein. »Nein«, riet er ihm, »sie muß nur Dampf ablassen. Sie soll ruhig den Nachmittag freinehmen. Morgen ist alles wieder in Ordnung, Sie werden schon sehen.«
Aber er irrte sich. Als Reiss abends nach Hause kam, war Corry verschwunden. Sie machte keinen Spaziergang und auch keine Einkäufe, sondern sie war wirklich fort. Alles gepackt und fort.

23

Sie hatte vieles gar nicht mitgenommen; die Schränke waren noch voll mit Kleidern, und die meisten Kosmetika und Parfüms hatte sie dagelassen. Den Schmuck hatte sie eingepackt, vermutlich, weil sie ihn verkaufen wollte, wenn sie kein Geld mehr hatte. Und selbstverständlich würde sie demnächst kein Geld mehr haben; das Center sperrte bestimmt die Konten. Reiss begriff nicht, warum das Center überhaupt zugelassen hatte, daß sie die Stadt verließ. Er war sicher, daß sie nicht weit gekommen war – er hoffte es auch –, aber er merkte gleichzeitig, daß er sie um ihren Mut beneidete. Es war schon sehr seltsam, daß das Center in diesem Fall fast ein Freund war, an den er sich zur Not wenden konnte.
Aber er war so schockiert, daß er minutenlang nur von einem Zimmer ins andere gehen konnte. Es wollte ihm nicht in den Kopf, daß dies Wirklichkeit war, und er suchte verzweifelt überall nach einer Notiz, nach einer Erklärung, nach einer Entschuldigung, in jeder Schublade, in seinen Jackentaschen, in den Schränken über der Spüle in der Küche – aber er fand nichts. Die Stille war wie eine Anklage. Er stellte das Radio an, aber es gab keinen Sender, der Bach oder Ravel spielte, nur endlose Nachrichtensendungen auf Deutsch und amerikanische Rockmusik von einem entfernten Sender, der immer wieder verschwand. Er fand sich mit der Stille ab.
Sein Blick fiel auf das Telefon. Er flehte zu allen Göttern, weil er dachte, irgend jemand müßte den Apparat doch zum Klingeln bringen. Wenn es doch Corry wäre. Er überprüfte das Telefon, um zu sehen, ob es überhaupt funktionierte. Alles war in Ordnung, es klingelte nur nicht.

Immer und immer wieder gingen ihm Corrys Worte durch den Kopf: *Paare in arrangierten Ehen können sich auch mit der Zeit lieben lernen.*
Es war nicht seine Art, ruhig abzuwarten, wenn entschiedenes Handeln nötig war. Aber ihm fiel nichts anderes ein, als Traxton anzurufen.
»Sie ist fort, John«, sagte er und vergaß in seiner Aufregung völlig, daß für ihre Namen bestimmte Regeln galten.
»Fort? Sie meinen Corry? Wohin ist sie gegangen?«
»Ich weiß nicht. Aber sie ist offensichtlich ausgezogen. Es kann sein, daß sie die Stadt verlassen hat.«
Schweigen am anderen Ende der Leitung. Dann: »Ich halte das für sehr unwahrscheinlich. Aber ich möchte Sie davor warnen, unüberlegt zu handeln. Das beste ist, wenn Sie einfach abwarten. Ich bin sicher, daß sie wieder Vernunft annimmt und zurückkommt.«
Er klang nervös. Es ging nicht, daß einer seiner Forschungsassistenten so mir nichts, dir nichts verschwand. Das Center ließ Leute verschwinden, aber die Leute sollten nicht selbständig verschwinden und dem Center davonlaufen.
»Ja, Sie haben vermutlich recht.«
»Es muß unter uns bleiben«, meinte Traxton außerdem. »Vielleicht kann die Sache ohne großes Aufsehen beigelegt werden.«
»Selbstverständlich.«
Aber weil keine Aussicht bestand, daß er einschlafen würde, und weil es für ihn eine Qual war, einfach abzuwarten, verließ er die Wohnung und ging in die Stadt, in der Hoffnung, er könnte irgendwelche Hinweise finden, wo Corry war.
Er sah wahrscheinlich etwas verstört aus, wenn nicht sogar bedrohlich, denn immer, wenn er ein Café oder eines der dezent beleuchteten Restaurants in der Pilatusstraße betrat, warfen ihm die Leute mißbilligende Blicke zu.
Ein dutzendmal beschrieb er den Besitzern, wie Corry aussah. Er hoffte trotz allem, daß jemand sie heute hatte hereinkommen sehen.
»Sie ist ja offensichtlich sehr schön«, meinte einer. »Da lohnt es sich schon, nach ihr zu suchen.«
Es war fast Mitternacht, als er wieder in die Gegend kam, wo er

wohnte, betrunken, aber nicht betrunken genug; der Alkohol trübte seine Sinne, und er wankte, aber den eigentlichen Zweck hatte er nicht erreicht, nämlich Corry aus seinem Denken zu vertreiben. Der Alkohol hatte genau die gegenteilige Wirkung. Je mehr Reiss trank, desto mehr war er von Corry besessen. Zuerst hatte er sie verflucht, weil sie ihn verlassen hatte; jetzt verfluchte er sich selbst, weil er sie vernachlässigt hatte. Aber so sehr er sich auch bemühte, er wußte nicht, was er sonst hätte tun können.
In seinem Kopf ging es hin und her; er hatte keine Kontrolle darüber, sondern gab sich seinem Kummer hin. Das Schicksal und die Umstände mußten etwas für ihn tun, weil er sich nicht vorstellen konnte, daß er selbst dazu fähig sei; er hatte weder die Willenskraft noch den Mut dazu. Es ist nicht meine Schuld, dachte er, und es ist auch nicht ihre; wir sind nicht füreinander bestimmt, es ist gar nicht überraschend. Wenn das Center dafür verantwortlich war, daß sie zusammengekommen waren, dann hatte es gleichzeitig einen selbstzerstörerischen Mechanismus in ihre Beziehung eingebaut. Und dieser Mechanismus hatte offensichtlich genau das erreicht, was er erreichen sollte.
Als er die Treppe zu seiner Wohnung hinaufging, hörte er, daß sich auf dem Treppenabsatz über ihm etwas bewegte. »Corry, bist du es?« rief er.
Aber es war ein Mann, der plötzlich auftauchte. »Guten Abend, Dr. Gault«, sagte er und tippte an seinen Hut.
Reiss wollte ihn gerade fragen, wer er sei, aber als er näher kam, merkte er, daß das gar nicht nötig war. Es war »Das Auge«.
»Darf ich mich vorstellen? Ich heiße Henryk Muller.«
Reiss gab ihm nicht die Hand. Aber Muller schien nicht gekränkt. Er baute sich vielmehr direkt vor Reiss auf und versperrte ihm den Weg zur Tür. »Ich glaube, ich könnte Ihnen behilflich sein.«
»Sie wissen, wo sie ist, stimmt's?«
»Nicht genau. Aber das ist kein Problem. Nein, nein, das ist überhaupt kein Problem. Ich kann Ihnen so viel sagen, daß sie den Zug nach Frankreich genommen hat. Die Riviera, vermute ich. Ihr Temperament entspricht eher dem Mittelmeer als den Bergen, würde ich meinen.«
Reiss ärgerte sich, daß Muller Corry so charakterisierte; wie sollte

er das wissen – er hatte sie nur Tag für Tag von der anderen Straßenseite aus beobachtet. Reiss ärgerte sich allerdings noch mehr darüber, daß Muller möglicherweise recht hatte.
»Warum die Riviera? Warum nicht Südspanien? Oder Nordafrika?«
Muller zuckte die Schultern. »Sie haben mit ihr zusammengelebt, nicht ich.«
»Sie hätten sie am Weggehen hindern können.«
»Ich war dazu nicht befugt.« Aber vielleicht weil er Mitleid mit Reiss hatte, fühlte er sich veranlaßt, hinzuzufügen: »Sie ist mir durch die Lappen gegangen. Sie ging in eine Boutique am Schwanenplatz, und fünfzehn Minuten später kam eine völlig andere Frau heraus. Eine bemerkenswerte Verwandlung. Und ich befürchte, daß meine Augen« – er faßte an das Gestell seiner Brille – »meine Augen sind auch nicht mehr so gut wie früher.«
Reiss merkte, daß es Muller peinlich war, und zum ersten Mal wurde seine Haltung ihm gegenüber freundlicher. Hier war ein möglicher Verbündeter; sie waren beide in gewisser Weise Corrys Opfer.
Reiss hatte allerdings schon kehrtgemacht und ging die Treppe hinunter.
»Wohin gehen Sie?« fragte Muller.
»Nach Frankreich.«
»Nach Frankreich, natürlich.« Er rannte hinter Reiss her. »Sie hätten bestimmt gerne Gesellschaft.«
Reiss warf ihm einen wütenden Blick zu, aber Muller ignorierte dies.
Als sie auf der Straße waren, sagte Muller: »Sie müssen wissen, daß wir alle in große Schwierigkeiten kommen, wenn sie nicht zurückgebracht wird. Die Tatsache, daß sie Verbindungen zu Dr. Ahearns Labor in Luzern hat, hat schwerwiegende Konsequenzen.« Genau das hatte Traxton auch schon angedeutet.
»Sie wird nicht das ganze Projekt gefährden. Selbst wenn sie es wollte – sie weiß nicht genug darüber. Die entscheidenden Daten sind sowieso codiert.«
»Das spielt keine Rolle. Sie hat in dem Labor gearbeitet, das genügt. Nun, bisher ist es eine regionale Angelegenheit. Aber das wird nicht lange so bleiben. New York und London werden sich mit Sicherheit einschalten.«

»Und was passiert dann mit ihr?«
Muller beantwortete diese Frage nicht direkt. »Wir werden erst einmal versuchen, sie zu finden. Ich hoffe um Corrys willen, daß Sie noch Einfluß auf sie haben.«
»Sie und ich gemeinsam.«
»Sie mag ja eine noch so begabte Schauspielerin sein, aber sie kann dem Center nicht unbegrenzt entgehen.«
»Schauspielerin?«
»Na ja, sagen wir mal so: Eine Frau, die ihre Erscheinung so radikal verändern kann, muß etwas von einer Schauspielerin an sich haben. Meinen Sie nicht auch?«

Wenn Reiss etwas klarer gedacht hätte, dann hätte er erst gar nicht versucht, Muller zurückzuweisen, denn ohne ihn war es unmöglich, aus Luzern herauszukommen. Und Muller hatte allen Grund, ihm helfen zu wollen; denn er würde sicher selbst bestraft werden, weil er nicht hatte verhindern können, daß Corry ihn abschüttelte.
Sie hat keine Ahnung, in welche Schwierigkeiten sie alle bringt, dachte Reiss. Sie glaubt immer noch, sie kann tun, was ihr gerade einfällt, ohne die Konsequenzen tragen zu müssen. Na ja, sie kann vielleicht aus Luzern weglaufen, aber das war auch alles.
Muller wollte lieber den Zug nehmen, wie Corry vor ein paar Stunden.
Als Reiss Muller direkt fragte, warum er so sicher sei, daß Corry an die Riviera gefahren sei, wurde er sichtlich aufgeregt. »Auf meine Quellen kann man sich verlassen. Und wenn ich jetzt sagen würde, es ist nicht die Riviera, sondern Malta oder Mexico City, dann würden Sie mir auch nicht glauben. Es ist immer schwierig, die Wahrheit herauszufinden, wenn so viele Täuschungen vorliegen. Verlassen Sie sich nicht zu sehr auf den Verstand. Sie können hier bleiben, Doktor, oder Sie können es riskieren, auf mein Wort zu vertrauen.«
Er wußte genau, wie Reiss reagieren würde; im Gegensatz zu Corry war Reiss ein sehr berechenbarer Mensch.
Der Zug nach Genf, von wo es eine Verbindung nach Nizza gab, ging erst Viertel nach zwei Uhr nachts. Reiss und Muller mußten also warten. Muller konnte gut warten, Reiss nicht. Sie gingen in

ein Gasthaus, wo eine leicht alpine Atmosphäre herrschte; die Kellner sahen alle aus wie frühzeitig pensionierte Skilehrer. Dort saßen sie und sprachen kein Wort. Muller trank ein Glas Bier, und es dauerte sehr lange, bis er es geleert hatte, während Reiss seine Trinktour fortsetzte und einen Cognac nach dem anderen hinunterkippte.

Als der Zug endlich kam, auf die Minute pünktlich, merkte Reiss, daß er sich alles andere als wohl fühlte; er mußte ein Auge schließen, sonst sah er alles doppelt; ein mörderischer Schmerz rumorte in seinem Kopf, sein Magen drehte sich um vor Übelkeit, und bei jeder plötzlichen Erschütterung hatte er das Gefühl, als würden seine Eingeweide herausfallen.

»Fühlen Sie sich nicht wohl?« fragte Muller.

»Nein, nein, es ist alles in Ordnung.« Da saßen zwei Mullers, zwei »Augen«.

Es war ein Intercity, und Muller hatte für sie ab Genf einen Schlafwagen reserviert. Reiss hatte ihn vorher gefragt, wer denn für die Reisekosten aufkomme. »Lassen Sie das meine Sorge sein«, war alles, was »Das Auge« antwortete.

Sobald Reiss seinen Platz gefunden hatte, schloß er die Augen und war schlagartig weg.

Genf hätte genausogut ein Traum sein können. Wenn er nicht aufgewacht wäre, weil die Sonne in das Abteil schien, und draußen das Schild GRENOBLE gesehen hätte, wäre ihm völlig entgangen, daß sie dort überhaupt gehalten hatten. Grenoble, dachte er. Dann: Was zum Teufel mache ich in Grenoble? Die Antwort fiel ihm allerdings sofort ein. Corry. Und mehr war nicht nötig, um die Schleusen zu öffnen. Keine Erinnerung war ohne Schmerz. Es waren zwei Arten von Schmerz, der Schmerz über den Verlust und der etwas banalere Schmerz, der mit seinem Kater zusammenhing. Sein Kopf fühlte sich an, als finde dort gerade ein Gewitter statt, und die Sahara konnte nicht trockener sein als seine Kehle.

Der Platz ihm gegenüber war leer. Es dauerte eine Minute, bis ihm einfiel, wer dort sitzen sollte. Das Bett, in dem derjenige geschlafen hatte, war ebenfalls leer. Aber seine Aktentasche lag hoch im Gepäcknetz. Er mußte also ganz in der Nähe sein.

Muller war sehr höflich, er hatte etwas von einem Kavalier der alten

Schule an sich, obwohl das nicht so richtig zu seiner Rolle als Spion für das Center paßte. Er wirkte eher wie ein Mann aus dem letzten Jahrhundert.
Aber gleichgültig, in welches Zeitalter er eigentlich gehörte – Reiss war froh, als er ihn wiedersah, mit einem Frühstückstablett in der Hand, das er aus dem Speisewagen mitgebracht hatte.
Reiss konnte nicht essen; schon beim Anblick von Brioche und Käse wurde ihm schlecht. Aber den Saft und den Kaffee trank er gierig. Es reichte zwar nicht, um ihn wiederherzustellen – das war auch kaum möglich –, aber immerhin ließen die Schmerzen ein bißchen nach.
»Wir sollen um ein Uhr fünfzig in Nizza ankommen.«
Reiss nickte apathisch. Es war ihm ziemlich egal, wann diese Reise zu Ende ging, da er das meiste sowieso verpaßt hatte.
»Wie fühlen Sie sich?«
»Beschissen.«
»Ja, das habe ich erwartet.«
Gedankenabwesend nahm Muller die Brioche, die Reiss verschmäht hatte, und schnitt sie mit dem Messer durch.
»Was für ein Tag ist heute?«
»Mittwoch.«
»Ich müßte eigentlich im Labor sein. John wird sich ganz schön über mich ärgern.«
»Keine Angst. Ich habe Dr. Ahearn angerufen und ihm mitgeteilt, daß Sie diese Woche nicht mehr kommen. Ich habe gesagt, daß Sie sich nicht auf die Arbeit konzentrieren könnten, weil Sie so durcheinander seien wegen Corrys Verschwinden. Er verstand das sehr gut. Selbstverständlich habe ich ihm versichert, daß Sie nicht so dumm sein würden und aus Luzern abreisen.«
»Er überprüft das bestimmt. Das wissen Sie doch, oder?«
»Vergessen Sie nicht, daß ich immer noch für die Einhaltung der Sicherheitsvorschriften zuständig bin. Das ist nicht Dr. Ahearns Ressort.«
»Er heißt Traxton, John Traxton. Sie wissen das. Warum wollen Sie mir etwas vormachen?« Weil er sich plötzlich so aufregte, kam der Schmerz mit aller Heftigkeit zurück, nachdem er vorübergehend durch den Saft und den Kaffee etwas gelindert worden war.
»Ich kenne ihn nur als Dr. Ahearn. Wie Sie ihn nennen, ist Ihre Sache.«

Reiss döste den ganzen Morgen mehr oder weniger vor sich hin. Wenn er es zwischendurch fertigbrachte, die Augen zu öffnen, war die Sonne so hell und der Himmel so strahlend blau, daß es ihn blendete. Ländliche Gegenden, die sich über weite Strecken hinzogen, wechselten sich mit Städten ab, die so wunderschön waren, daß sie ohne weiteres von Pissarro oder Manet in die Landschaft gemalt worden sein könnten.

Die Zugstrecke wurde immer kurvenreicher, als sie ins Gebirge hinauffuhren, durch endlose Tunnels, bis es dann langsam zur Riviera hinunterging.

Der Nachmittag hatte gerade richtig begonnen, der Bahnsteig war überfüllt mit den Mitgliedern einer Reisegruppe, die aussahen, als würden sie in dem grellen Sonnenlicht langsam vertrocknen. Die Hitze war so intensiv, daß Reiss dachte, er müsse sich übergeben; sein Magen rumorte immer noch und wollte sich seines Inhalts entledigen.

»Warten Sie hier. Ich muß kurz telefonieren«, sagte Muller. Reiss holte sich bei einem Verkäufer, der gerade die erschöpften Touristen versorgt hatte, eine Limonade. Flüssigkeit, sagte er sich immer wieder. Ich brauche mehr Flüssigkeit.

Als Muller zurückkam, hatte er Neuigkeiten. »Sie ist nach Antibes gefahren.«

»Corry? Nach Antibes?« Gut, Antibes, warum auch nicht, es war genauso gut wie Nizza.

»Ja, sie ist offenbar vor ein paar Stunden dort angekommen, sagt mein Informant.«

»Ihr arbeitet ja alle sehr effizient.«

»Nicht so effizient, daß wir sie daran hindern konnten, aus Luzern abzureisen.« Muller setzte sich auf eine Bank auf dem Bahnsteig. Reiss sah, daß er auch müde war, obwohl ihm immerhin die Qualen eines Katers erspart blieben. Er vermutete, daß Muller etwa Mitte fünfzig war, zu alt für solche Sachen. »Um drei Uhr kommt ein Zug aus Marseille, der nach Antibes fährt. Es lohnt sich also gar nicht, den Bahnhof zu verlassen.«

Auf der anderen Seite des Bahnsteigs drängte sich die Reisegruppe, einer nach dem anderen, in einen D-Zug nach Paris. Zurück blieben nur die beiden Männer und der Getränkeverkäufer, dessen gequäl-

ter Gesichtsausdruck darauf schließen ließ, daß der Umsatz heute schlecht gewesen war.
Reiss wollte Muller gerne fragen, was Corry eigentlich in Antibes machte, aber er tat es nicht, weil er befürchtete, Muller könnte ihm eine Antwort geben, die ihm nicht gefiel.
»Wissen Sie«, sagte Muller jetzt, »es ist nicht das erste Mal, daß so etwas passiert.«
»Heißt das, daß Sie schon früher hinter irgendwelchen Ausreißern herlaufen mußten?«
»Ja, leider. Es gibt immer Klienten, die sich nicht einfügen. Sie denken, sie könnten uns reinlegen. Das gelingt ihnen selbstverständlich nie. Aber ich bin nicht wie die anderen. Vielleicht bin ich zu weichherzig – das wurde mir schon vorgeworfen, und es stimmt auch möglicherweise. Man entwickelt eine gewisse Zuneigung zu den Leuten, die man dauernd beobachtet. Ich spreche nur für mich selbst, aber ich habe das Gefühl, daß ich Corry vielleicht besser kenne als Sie. Sehen Sie das aber bitte nicht als Beleidigung an.«
Reiss war nicht beleidigt; nach dem, was gestern abend passiert war, neigte er sogar dazu, Muller zuzustimmen. Und er merkte, daß Muller Corry gern mochte und sie beschützen wollte. Reiss war gerührt; er sah Muller fast als Freund.
»Ich hatte noch einen anderen Fall«, fuhr Muller fort. Er klang wie ein Arzt, der einen früheren Patienten beschreibt. »Ich mochte ihn, aber ich konnte ihn nicht verstehen.«
»Auch ein Ausreißer?«
»Genau. Er sagte mir seinen richtigen Namen, und das macht man sonst nicht. Ich will nichts wissen, was ich nicht wissen soll. Er war Börsenmakler, daran kann ich mich noch erinnern. Aber er war nicht gesund, Dr. Gault, das kann ich Ihnen mit Sicherheit sagen. Er hatte Asthma und noch irgend etwas. Hohen Blutdruck? Das war's. Und die Medikamente, die er brauchte, kamen alle aus Amerika. Eines davon hieß Reserpin oder so ähnlich. Sie kennen das Medikament wahrscheinlich. Er bestand darauf, es ganz gewissenhaft zu nehmen. Ich rannte dauernd von einer Apotheke zur anderen, um nach diesem Medikament und den anderen Sachen, die er brauchte, zu fahnden.«
»Theophyllin. Er nahm auch Theophyllin.«

»Was haben Sie gesagt?« Muller schien verblüfft. »Woher...?«
»Dieser Börsenmakler lebte eine Zeitlang in Schweden, nicht wahr? Er unterzog sich einer Geschlechtsumwandlung.«
»Haben Sie diesen Mann gekannt?«
»Gregory Hanson.« Reiss hatte gar nicht gewußt, daß er sich an den Namen erinnerte, bis er ihn aussprach. »Ja, man könnte sagen, daß ich ihn kannte, allerdings nur auf einer etwas seltsamen Ebene. Ich erinnere mich daran, daß er eine Tätowierung am Schenkel hatte. Nein, verstehen Sie mich nicht falsch. Ich hatte keine intime Beziehung zu ihm. Nur beruflich.«
Bei der ersten Autopsie war es nicht Hanson selbst gewesen, sondern eine Kopie. Auf diese Art war Hanson seine Identität als ehrenwerter Familienvater losgeworden und hatte sich dann in eine Frau verwandelt. Beim zweiten Mal war es Hanson, aber es war nicht Hanson. Es war Maia Stevens.
»Ja, so hieß er. Er erzählte mir, seine Ärzte in Peru seien wegen der Tätowierung nicht sehr glücklich gewesen. Man konnte sie nicht entfernen. Sie haben sie dann verändert.«
»In eine Schlange?«
Reiss hatte jetzt die Bestätigung für den Verdacht, den er schon lange hegte: Hanson und die Person, die alle Welt für Maia Stevens hielt, waren identisch. Der Schmetterling verwandelt sich in eine giftige Schlange. Sehr passend.
Muller sah etwas bekümmert aus, als er zugab, daß Reiss recht hatte. Schließlich sollte er derjenige sein, der sich auskannte, nicht Reiss.

Der Abend kam, und die hübschen Gouvernanten, die aus irgendwelchen Gründen größtenteils aus England stammten, tauchten im Zentrum von Juan-les-Pins auf und schoben ihre Zöglinge im Kinderwagen durch einen kleinen Park, eine einstündige Parade im Dämmerlicht. Reiss beobachtete sie teilnahmslos von seiner Bank. Neben ihm saß ein älteres Paar und unterhielt sich lautstark. Sie sahen aus, als seien sie sehr wohlhabend. Das war auch nicht erstaunlich: alle Leute hier wirkten wohlhabend. Die Alleen waren voll mit Rolls-Royces und Bentleys, einer größer als der andere, und es war fast normal, daß man am Ende jeder Straße eine Jacht sah, dort, wo der Gehweg in den Landesteg übergeht und das Meer beginnt.

Aber Reiss interessierte sich nicht für die hübschen Gouvernanten oder für die Anzeichen enormen Reichtums. Er interessierte sich im Moment nur für Muller. Er erwartete jeden Augenblick, daß er zurückkommen würde; wenn alles gut gegangen war, wußte er etwas Neues über Corry.
Muller war seit fast zwei Stunden weg; offensichtlich mußte er weitere Erkundigungen über Corrys Verbleib einziehen, und er gab deutlich zu verstehen, daß er nicht wollte, daß Reiss ihn begleitete. Sie hatten verabredet, sich hier im Park zu treffen, mit den Babys und den Gouvernanten und den flirtenden jungen Frauen, denen man ihre reiche Erbschaft an den Augen ablesen konnte. Aber Muller hatte sich verspätet, und Reiss machte sich langsam Sorgen, weil er Angst hatte, er könnte womöglich gar nicht kommen.
Aber Muller enttäuschte ihn nicht. Als er kam, machte er ein besorgtes Gesicht. »Kommen Sie mit«, sagte er. »Ich möchte Ihnen etwas zeigen.«
Er ließ Reiss spüren, daß es nicht der richtige Augenblick sei, um Fragen zu stellen. Also stellte er keine.
Sie gingen aus dem Park und bogen in ein Wohnviertel ein, wo eine fast andächtige Stille herrschte. In den feudalen Villen, die die Straßen säumten, gab es wenig Anzeichen dafür, daß sie überhaupt bewohnt waren.
Aber es war ein wunderschönes Panorama, im Hintergrund die Bucht, die sich im Licht der letzten Sonnenstrahlen korallenrot färbte.
Muller führte Reiss eine der engen Straßen hinunter; zwei Jachten und mehrere kleinere Motorboote wurden sichtbar, als sie unten anlangten.
»Tun Sie so, als würden Sie die Aussicht bewundern.«
Es war gar nicht nötig, so zu tun, aber Reiss folgte den Anweisungen.
»Links von Ihnen, direkt hinter uns«, fuhr Muller fort, »können Sie eine Villa sehen.«
»Die weiße?« Die Villa war größer als die benachbarten Häuser und auch etwas anders gebaut, höhere Mauern und weniger Fenster. Sie erinnerte ein bißchen an eine Festung.
»Was ist damit?«
»Das ist die Villa ›La Blanche Chine‹.«

»Hübscher Name.«
»Ich glaube, daß der Name etwas mit einer illegalen Droge zu tun hat. Ich erwähne das, weil es etwas über den Mann aussagt, der hier wohnt.«
»Es hat etwas mit Corry zu tun.«
»Allerdings. Ich hätte Sie sonst nicht hierher gebracht. Als Corry ankam, hat sie versucht, diesen Mann zu besuchen. Sie kennt ihn offensichtlich von früher.«
›Von früher‹ hieß wohl vor Luzern, vor Peru, vermutete Reiss.
»Sie wurde nicht eingelassen. Die Leute, die diesen Mann beschützen, sind sehr vorsichtig. Sie haben Corry nicht erkannt und sie wieder weggeschickt.«
»Und wo ist sie jetzt?«
»Nicht weit von hier. Aber ich möchte, daß Sie möglichst genau Bescheid wissen, ehe Sie ihr gegenübertreten.«
»Er hat also etwas mit Drogen zu tun?« Reiss deutete mit einer Kopfbewegung auf die Villa »La Blanche Chine«.
»Und mit Schiebereien und mit Mord. Er wurde gerade bei euch angeklagt, und nachdem er eine Kaution bezahlt hatte, ist er geflohen. Er hat Verbindungen zur französischen Unterwelt, vor allem in der Gegend von Marseille. Das erklärt wohl, warum er sich vorübergehend die Riviera als Zufluchtsort ausgesucht hat. Ich sage ›vorübergehend‹, weil ich glaube, daß die Franzosen bald merken werden, daß er hier ist, und dann werden sie vermutlich versuchen, ihn abzuschieben. Aber das wird natürlich nicht passieren.«
»Sie reden so, als ob Sie das ganz genau wüßten.«
Muller schaute auf seine Uhr. »Warten Sie.«
Reiss hatte in den letzten vierundzwanzig Stunden nichts anderes getan, also wartete er. Das Meer hatte inzwischen seine korallenrote Färbung verloren und der Himmel war dunkel geworden.
Dann hörte er einen Automotor. Das Auto fuhr die Straße herauf, kam näher und blieb dann stehen. Zwei Türen wurden zugeschlagen. Ein Mann und eine Frau stiegen aus dem Auto, einem grünen Bentley.
Selbst im Dämmerlicht hatte Reiss keine Schwierigkeiten, sie zu erkennen. Der Mann, der da mit entschlossenen Schritten den Kiespfad hinaufging, war Matthew Watkins. Aber seltsamerweise

war es die Frau, die bei ihm war, die bei Reiss ein unbehagliches Gefühl auslöste. Es war Kristin Landis, und sie sah zwar ungeheuer attraktiv aus, mit weißer Bluse und einem roten Rock, der ihre Beine vorteilhaft betonte, aber Reiss empfand nur einen tiefen Haß für sie. Es war so viel Zeit vergangen, und eigentlich hätte seine Wut nachlassen sollen, aber sie schien nur noch zugenommen zu haben. Es konnte gut sein, daß Kristin die gefährlichere der beiden war; Schönheit im Dienst unbekannter Mächte ist immer gefährlich.
Die Tür der Villa wurde sofort für sie geöffnet; ein bewaffneter Leibwächter forderte sie auf, hereinzukommen.
Es dauerte eine Weile, bis Reiss etwas sagen konnte. »Lassen Sie mich raten. Das Center ist dabei, das Verschwinden dieses Mannes zu organisieren?«
Muller sagte, das stimme.
»Wie heißt er?«
»Carlo Di Angelis. Allgemein bekannt als Carlo D.«

24

Seine Reise hierher, von den Bergen zum Meer, war weniger ein Ortswechsel gewesen als eine Zeitmaschine; die Vergangenheit veränderte sich vor seinen Augen, oder vielleicht war es auch so, daß er sie Schritt für Schritt neu entdeckte. Er sah sich selbst, wie er vor einem halben Jahr war, mit einem anderen Gesicht und einer anderen Identität, die rückblickend auch nicht realer war als die Identität, die er jetzt hatte. Er sah außerdem die Leiche einer Frau vor sich, entstellt, verkohlt und ausgebrannt, und er war hierher an die Riviera gekommen, um zu entschlüsseln, welches Geheimnis diese Leiche in sich getragen hatte.
Aber so sehr er auch seine Phantasie anstrengte, er brachte es nicht fertig, die Erinnerung an die Leiche des toten Transsexuellen mit der Wirklichkeit der Frau in Einklang zu bringen, die sich jetzt auf der belebten Tanzfläche vergnügte. Denn Corry hatte beschlossen, hier ihren Abend zu verbringen, in einem Club, der den lächerlichen, aber vieldeutigen Namen »Cha in Cha« trug.
Reiss beobachtete sie, aber sie ahnte nichts von seiner Anwesenheit.

Sie hätte sowieso nicht erwartet, daß er käme; er gehörte in eine andere Welt, in eine Welt, die von Bergen umschlossen war.
»Wie soll ich denn bei diesem Lärm mit ihr reden?« fragte Reiss. Er hatte das Gefühl, als würde ihn die Musik persönlich angreifen, und sie schien mit jeder Nummer nur noch lauter zu werden (obwohl er die einzelnen Titel gar nicht voneinander unterscheiden konnte). Aber Muller, an den er diese Frage richtete, war gar nicht mehr da. Vermutlich holte er sich etwas zu trinken.
Reiss war hin und her gerissen. Sollte er gleich auf sie zugehen oder sollte er sich noch nicht zu erkennen geben, ein außenstehender Beobachter bleiben? Maia Stevens, dachte er, verloren irgendwo im Vakuum zwischen zwei Leben; es war die Sehnsucht der Verzweiflung gewesen, die sie dazu gebracht hat, Carlo D. aufzusuchen. Ein Herrscher der Unterwelt – wer war besser geeignet, ihr zu helfen, der kontrollierenden Übermacht des Centers zu entkommen? Das hatte sie wahrscheinlich geglaubt. Sie hatte in der *International Herald Tribune* gelesen, daß Carlo D. geflohen war und sich angeblich in Frankreich niedergelassen hatte (Muller war ziemlich sicher, daß sie die Information aus der Zeitung hatte), und da hatte sie gewußt, wohin sie gehen mußte. Niemand konnte wissen, wie lange sie diese Flucht schon geplant hatte – die Meldung hatte vor einem Monat in der Zeitung gestanden –, ob sie seit Wochen darüber nachgedacht hatte oder ob es eine spontane Aktion gewesen war. So wie er Corry kannte (oder zumindest zu kennen glaubte), hielt er das letztere für eher wahrscheinlich.
Wie hätte sie ahnen können, daß sie von Carlos Gefolgsleuten abgewiesen würde? Sie konnten Corry ja gar nicht erkennen. Es war natürlich eine Ironie des Schicksals, daß Carlo D. gerade dabei war, sich eben der Organisation anzuschließen, der sie entkommen wollte. Schlechte Zeitplanung.
Corry war gefangen, ein Opfer, wie Reiss selbst. Er war nicht mehr böse auf sie; er wollte sie nur noch zurückhaben.

Irgendwie hatte er im Hinterkopf schon immer gewußt, daß Corry Maia war. Aber bis jetzt hatte er keine Beweise dafür gehabt, und vielleicht war es besser so. Geheimnisse sollten erst aufgedeckt werden, wenn man mit ihnen umgehen konnte.

Ein Mann... nein, zwei Männer tanzten mit ihr. Es war schwierig, bei all dem Durcheinander genau zu sagen, was vor sich ging; die Tanzfläche war voll mit strahlenden Menschen und teuren Kleidern; grelle Scheinwerfer holten verschiedene Paare aus dem Halbdunkel und ließen sie dann wieder verschwinden. Wenn Reiss auf die Stelle schaute, wo er Corry gerade eben gesehen hatte, war sie auch schon wieder weg. Sie tauchte immer wieder woanders auf, und Reiss mußte sich durch die Menge kämpfen, um sie nicht aus den Augen zu verlieren. Er hatte Angst, sie könnte plötzlich beschließen, wegzugehen – und er würde sie nie wiedersehen.
Es ging so turbulent zu, und die Beleuchtung war so unzuverlässig, daß Reiss Corry gar nicht richtig anschauen konnte. Aber er glaubte, auf ihrem Gesicht Verzweiflung zu lesen, in der Starre ihrer Augen. Sie bewegte sich allerdings sehr schwungvoll; mit einem gewissen Trotz und immer graziös gab sie sich der Musik hin. Ach, dachte er, ich bin langsam einfach zu alt für solche Sachen.
Ihre Tanzpartner wechselten ständig. Reiss fand, daß sie alle gleich aussahen: dunkelhaarig, gutaussehend, jung (vor allem ihre Jugend empfand er als Vorwurf), und wenn sie nicht verschieden angezogen gewesen wären, hätte er gedacht, es sei immer derselbe.
Diese Männer kommen wahrscheinlich jeden Abend hierher, um irgendwelche Frauen abzuschleppen, dachte Reiss. Und Corry wirkte auf jeden Fall so, als sei sie zu haben. Vermutlich war sie zu haben. Er beschloß bald zu handeln. Er schaute sich nach Muller um, aber Muller war nirgendwo zu sehen.
Reiss drängte sich auf die Tanzfläche, ohne auf die ärgerlichen Kommentare der Paare zu achten, die er beiseite schob. Langsam arbeitete er sich zu Corry vor.
Endlich erreichte er sie. Sie hatte ihn immer noch nicht gesehen; die Hälfte der Zeit hielt sie die Augen geschlossen. Nur das Tanzen interessierte sie, die Bewegung und das körperliche Vergnügen, das sie dabei spürte. Vielleicht war sie auch betrunken, oder sie hatte Drogen genommen. Oder beides.
Aber einem ihrer Tanzpartner war Reiss offensichtlich aufgefallen, und sein Gesichtsausdruck zeigte, daß er sich ärgerte. Er merkte, daß Reiss Amerikaner war und zischte auf englisch: »Was wollen Sie hier, Mann? Hauen Sie ab.«

Reiss beachtete ihn nicht. Er ging direkt auf Corry zu und ergriff ihre Hände, als wollte er sie verhaften.
Unwillig öffnete sie die Augen und schaute ihn an. Es war, als wäre eine dicke Milchglasscheibe zwischen ihnen. »Du!« sagte sie. Eine Anklage.
Der Mann, der ihn vorhin angesprochen hatte, packte ihn an den Schultern und drehte ihn herum. »Ich habe es Ihnen schon mal gesagt, Mann, hauen Sie ab. Lassen Sie die Dame in Ruhe.«
Um sie herum wurde weiter getanzt, niemand bemerkte die Auseinandersetzung. Die Scheinwerfer leuchteten gerade in eine andere Richtung und sie selbst befanden sich im Dunkel. Reiss konnte nur das leuchtend weiße Hemd seines Gegenspielers sehen, das fast bis zur Taille aufgeknöpft war.
Reiss schüttelte die Hand des Mannes ab und wandte sich wieder Corry zu.
Der Mann ließ sich das nicht gefallen und packte Reiss wieder. Reiss überlegte gar nicht, was er machte, sondern schlug blindlings zu. Er erwischte den Mann in der Magengegend, woraufhin dieser das Gleichgewicht verlor. Er taumelte rückwärts und stieß mit einer Frau zusammen. Die Frau fiel hin. Sie schrie, und ihr Partner schlug daraufhin auf den Übeltäter ein. Er hatte zwar nicht gut getroffen, aber jetzt begann eine Schlägerei, die sich ausgebreitet hätte, wenn die Rausschmeißer des Clubs nicht schnell eingegriffen hätten.
Reiss' Fingerknöchel schmerzten, möglicherweise waren sie gebrochen. Auf alle Fälle war die Haut aufgerissen, und er blutete. Das letzte, was Reiss im Augenblick wollte, war eine Prügelei mit einem Mann, der fast zwanzig Jahre jünger war als er selbst und zweifellos auch um einiges stärker.
Corry schaute die ganze Zeit über völlig passiv zu, unbeteiligt. Was sie betraf, so konnte das alles auch ein schlecht inszeniertes Theaterstück sein.
Reiss nahm sie an der Hand. »Wir müssen hier weg.«
Das klang auch wie eine Zeile aus einem billigen Stück. Reiss erwartete nicht, daß sie einverstanden war. Aber als er Richtung Ausgang ging, zog sie ihre Hand nicht zurück, sondern ließ sich führen. Hinter sich hörten sie die Leute kreischen, sie übertönten sogar die laute Musik.

Während er einen Weg durch das Getümmel bahnte, dachte er, daß sie nur darauf gewartet hatte, daß jemand kam und ihr sagte, was sie tun sollte. Vielleicht war es gleichgültig, wer.
Die Luft war erfrischend, eine kühle Brise kam vom Meer, die nach der saunaähnlichen Hitze im »Cha in Cha« besonders angenehm war.
Sie gingen ein Stück, in eine ruhigere Gegend. Reiss befürchtete, der Mann, den er geprügelt hatte, könnte ihnen aus dem Club folgen, aber das war nicht der Fall.
Sie sprachen kein Wort. Dann blieb Corry plötzlich stehen. Sie waren nicht weit von der Bucht entfernt; man konnte sie riechen und hören, obwohl man sie noch nicht sehen konnte.
Sie umschlang sich mit den Armen. »Ich habe meinen Mantel dagelassen«, sagte sie.
»Hier, nimm das.« Er legte sein Jackett um sie.
»Ich kann nicht zurück«, murmelte sie, aber er wußte nicht, ob sie das »Cha in Cha« meinte oder Luzern. Er wartete darauf, daß sie weiterredete. Aber sie sagte nichts mehr.
Eine ganze Nacht lang und den ganzen Tag über hatte er in Gedanken durchgespielt, was er ihr sagen wollte. Es war eine überzeugende und leidenschaftliche Rede, in der er zum Ausdruck brachte, wie wenig er ihr Verschwinden billigte, und gleichzeitig war die Rede mit Verständnis und Vergebung durchsetzt. Er wollte ihr sagen, daß sie sich in große Gefahr begeben hatte, indem sie wegrannte, und er wollte sie überzeugen, daß es für sie die einzige vernünftige Lösung war, mit ihm nach Luzern zurückzukehren.
Jetzt hätte er seine Rede vortragen können, aber er merkte, daß er es nicht fertigbrachte. Corry wirkte so verloren, so herzzerbrechend rührend, daß alle seine sorgfältig einstudierten Worte sinnlos waren. Er kam sich vor wie jemand, der dem Atlantik Vorwürfe machen will, weil sein Haus von einem Hurrikan davongetragen wurde.
Statt dessen sagte er nur: »Ich möchte dir gern eine Geschichte erzählen.«
»Ich will keine Geschichten hören.«
»Meine willst du bestimmt hören.« Er führte sie zu einer niedrigen Steinmauer auf der anderen Straßenseite und sagte ihr, sie solle sich

hinsetzen. Dann begann er zu erzählen, ruhig, unbeteiligt, als sei es die Geschichte eines anderen Menschen: »Es war kurz vor Weihnachten letztes Jahr, und ich arbeitete an einem Freitag abend noch spät in meinem Büro, im Gerichtsmedizinischen Institut in Manhattan...« Corry schaute weg, aber er spürte, daß sie ihm zuhörte. »Außer mir war niemand im ganzen Gebäude. Selbst der Pförtner war schon nach Hause gegangen. Es war etwa neun Uhr, als plötzlich die Polizei kam. Sie brachten eine Leiche, eine Frau, die bei einem Autounfall in der Nähe des Sutton Place schwere Brandverletzungen erlitten hatte. Zumindest dachte man, es sei eine Frau.«
Corry drehte sich zu ihm um und sagte mit ungewöhnlich schneidender Stimme: »Was soll das heißen, man dachte, es sei eine Frau?«
»Das erkläre ich gleich«, antwortete er geduldig und tat es auch, ohne Ausschmückungen.
Als er mit seiner Erzählung fertig war, schwieg Corry ein paar Sekunden lang. Dann sagte sie: »Und du denkst, ich bin Maia Stevens?«
»Die Indizien weisen darauf hin.«
»Und du glaubst, daß dieser Börsenmakler – wie hieß er gleich wieder?«
»Gregory Hanson.«
»Du glaubst, daß er mit Erfolg so tun konnte, als sei er Maia Stevens?«
»Eine Weile schien es zu klappen. Das Center isolierte ihn und gab ihm – oder sollte ich besser ›ihr‹ sagen – einen neuen Agenten, neue Freunde, einen neuen Bekanntenkreis.«
»Und warum das alles?«
»Da kann ich nur Vermutungen anstellen. Ich nehme an, daß die neu geschaffene Maia Stevens gefügiger war als die ursprüngliche. Und zu ihren Freunden gehörte einerseits ein Senator, andererseits ein Mafiaboß. Vielleicht glaubte man im Center, daß sie ihnen viele Türen öffnen könnte. Und als sie dann alle Türen geöffnet hatte, die sie konnte, oder vielleicht auch eine Tür mehr als gewünscht, wurde sie umgebracht. Oder er.«
Corry stand auf. Man konnte deutlich spüren, daß sie aufgebracht war. »Warum haben sie denn keine Frau genommen? Warum mußte es ein Transsexueller sein?«

»Vielleicht konnte man aus Gregory Hanson eine bessere Maia Stevens machen als aus einer Frau. Denk an all die Transvestiten und Transsexuellen, die hervorragende Imitationen von Mae West und Judy Garland geben. Welche Frau könnte da mithalten?«
»Vielleicht hast du recht. Aber du hast gesagt, du hättest vor drei Jahren die Leiche von Hanson obduziert. Wie kann er dann plötzlich ein paar Tage vor Weihnachten letztes Jahr wieder als Leiche auftauchen, und diesmal als Frauenleiche?«
»Das erste Mal war es gar nicht Hanson. Es war eine Ersatzleiche, der Tod von Hanson war nur inszeniert. So, wie sie es bei mir gemacht haben. Und bei dir. Jetzt verstehst du, warum keiner von uns auf die Welt zurück kann. Wir sind schon tot.«
»Tot«, wiederholte sie, als wollte sie das Wort prüfen. Sie setzte sich wieder hin. »Und was würde passieren, wenn ich tatsächlich Maia Stevens wäre? Hätte das für dich irgendeine Bedeutung?«
»Nein. Überhaupt nicht.«
»Bist du sicher?«
»Absolut sicher. Gibst du zu, daß du Maia Stevens bist – oder wenigstens warst?«
Ihr Lächeln war bezaubernd und rätselhaft zugleich. »Ich bin Corry Folger, das ist alles, was du wissen mußt. Bitte, nimm mir nicht mein Geheimnis. Es ist alles, was ich noch habe.«

Reiss hoffte zwar, Corry werde ihm irgendwann einmal die Wahrheit sagen, aber er erwartete nicht, daß es bald passieren würde. Wahrscheinlich kam er mit dem »Auge« weiter. Er glaubte, daß es ihm gelingen könnte, Mullers Vertrauen zu gewinnen und ihn zum Reden zu bringen. In gewisser Weise hatte er sich schon geöffnet. Reiss freute sich darauf, stundenlang mit Muller in irgendeinem gemütlichen Gasthof zu sitzen, Bier zu trinken und zu reden. Aber wo war Muller überhaupt? Reiss wunderte sich, daß er ihnen nicht aus dem Club gefolgt war. Auf keinen Fall wollte er in das »Cha in Cha« zurückgehen, nachdem er dort diese Schlägerei vom Zaun gebrochen hatte.
Er fragte Corry, wo sie ihre Sachen habe. Sie sagte, sie habe gleich nach ihrer Ankunft im Royal-Hotel ein Zimmer genommen. Es sei sehr teuer, fügte sie hinzu. Sie hatte außerdem keine Ahnung, wo es

war, weil sie nicht wußte, in welcher Gegend sie sich momentan befanden.
»Wie lange wolltest du hier bleiben?«
Sie zuckte die Schultern. Darüber hatte sie nicht nachgedacht.
»Hast du dir vorher überlegt, was du machen willst, wenn du Carlo D. nicht erreichst?«
Sie gab zu, daß sie sich das nicht überlegt hatte.
»Du bist einfach losgefahren?«
»Ich weiß nicht, wie ich sonst leben sollte.«
Sie fanden das Royal, aber sie brauchten eine Weile. Es war ein erstklassiges Hotel, mit Privatstrand, der sehr viel einladender war als die steinigen Strände, die der Öffentlichkeit zugänglich waren. Corry konnte nicht widerstehen; es war ein Privileg der Hotelgäste, deshalb zog sie die Schuhe aus und ging über den Sand. Sie versuchte, Reiss zu überreden, es ihr nachzumachen. Es war klar, was sie damit sagen wollte: Ich will nicht mehr so ernst sein. Ich möchte keine Verantwortung haben, ich will nicht denken.
Es war weder Maia Stevens noch Corry Folger, die da über den Sand lief und bis zu den Knien im Wasser watete, das im Licht des zunehmenden Mondes schimmerte: Es war einfach eine schöne junge Frau ohne Vergangenheit und ohne Zukunft. Sie hob die Arme zum Himmel, als bete sie zu den Göttern, die einst dort gewohnt hatten, und sie leuchtete im magischen Mondlicht. Sie hatte etwas fast Heidnisches an sich. Reiss wollte, daß sie bei ihm blieb, daß sie nicht wegging, aber er merkte gleichzeitig, daß er genau das am meisten an ihr liebte, was sie so ungreifbar machte. Ein unentrinnbarer Widerspruch. Wahrscheinlich verdiente er genau das, was ihm widerfuhr.
Sie spritzte ihn an und drängte ihn, auch ins Wasser zu kommen. »Es ist ganz warm«, rief sie. Dann rutschte sie aus und wäre beinahe ins Wasser gefallen. Als sie merkte, daß er keine große Lust hatte, mit ihr herumzuspielen, rannte sie zu ihm, nahm ihn bei der Hand und sagte: »Meinst du, es gäbe einen Skandal im Hotel, wenn wir uns hier lieben würden? Am Strand?«
Das ist verrückt, dachte er. Erst läuft sie mir davon, dann möchte sie am Strand des Royal-Hotel mit mir schlafen.
»Oder ist das ein bißchen zu unorthodox, Herr Doktor? Vielleicht

wäre mein Zimmer angemessener. Man kann es von hier aus sehen. Im vierten Stock, ganz links.«
Er schaute zu dem Fenster, auf das sie deutete.
»Warte mal, ich bin sicher, daß ich das Licht ausgemacht habe. Vielleicht war es das Zimmermädchen.«
Sie klang unsicher und umklammerte seinen Arm noch fester.
»Jemand ist da oben«, flüsterte sie. »Ich habe genau gesehen, wie sich etwas bewegt.«
Reiss hatte nicht so gute Augen wie sie, aber er zweifelte nicht an dem, was sie sagte. Vielleicht ist es Muller, dachte er, aber wenn er es nicht ist, wer dann?
»Wir sollten gehen«, erklärte er.
»Jetzt? Jetzt gleich?«
»Je eher wir wieder in Luzern sind, desto besser. Dort ist John, und er kann sich für uns einsetzen. Hier haben wir niemanden.«

Der Bahnhof schlief. Der erste Zug am Morgen würde ihn wieder aufwecken. Niemand war zu sehen; da um diese Zeit kein Zug fuhr, warteten auch keine Reisenden. Es war auch kein Stationsvorsteher da und kein Nachtwächter. Aber Reiss wußte nicht, wo sie sonst hingehen sollten. Antibes hatte längst die Bürgersteige hochgeklappt. Das eigentliche Problem war, daß er erschöpft war. Seine Hand tat noch immer weh, und wenn dieser hartnäckige Schmerz nicht gewesen wäre, hätte er viel besser geschlafen. Corry mußte sich sehr anstrengen, die Augen offenzuhalten, weil sie sich vorher so verausgabt hatte. Schließlich gab sie es auf und schlief ein. Ihr Kopf lag auf Reiss' Schulter.
Plötzlich schreckte Reiss hoch. Er schaute sich auf dem Bahnsteig um. Es war noch nicht richtig hell; die Luft war grau und diesig. Überall machte sich die Feuchtigkeit des Sommermorgens bemerkbar, und die Bank, auf der sie saßen, wurde unangenehm naß. Reiss glaubte, er hätte das Pfeifen eines Zuges gehört, aber wenn es wirklich so war, dann war es sehr weit weg gewesen.
Plötzlich war er sicher, daß auf der anderen Seite zwei Leute waren. Da er nicht genug Energie hatte, seine Brille aufzusetzen, kniff er die Augen zusammen.
Es sah aus wie Watkins und Kristin Landis. Sie schienen erstarrt und

erwiderten seinen Blick völlig teilnahmslos. Aber als Reiss versuchte, sich aufzuraffen und Corry zu wecken, waren sie verschwunden. Er rieb sich die Augen, starrte angestrengt in das Dämmerlicht, aber sie waren nicht mehr da – wenn sie überhaupt je dagewesen waren. War es ein Traum? Hatte er Halluzinationen? Er konnte nicht überprüfen, ob das, was er gesehen hatte, Wirklichkeit war, denn er war so kaputt, daß ihn sofort wieder der Schlaf übermannte. Er schlief unruhig und kam erst wieder richtig zu sich, als ein D-Zug Richtung Menton einfuhr.
Der Bahnsteig war nicht mehr leer. Eine Menge Leute warteten auf die lokalen Eilzüge, um nach Nizza und Cannes zu fahren. Ein verloren dreinblickender Algerier wischte mit einem riesigen Mop über den Fußboden im Bahnhof, das scheppernde Geräusch seines Putzeimers verschlimmerte Reiss' Kopfschmerzen.
Aber der Platz neben ihm auf der Bank war leer. Reiss geriet in Panik. Er hatte Angst, Corry wieder verloren zu haben, aber ehe er sich noch auf den Weg machen konnte, um nach ihr zu suchen, kam sie zurück. Sie war sichtlich müde, blaß und erschöpft. Das minderte zwar ihre Schönheit nicht, aber es veränderte sie; es war die Schönheit einer melancholischen jungen Frau, die zu sehr mit sich selbst beschäftigt ist, um noch daran zu denken, wie hübsch sie ist.
»Ich habe mir nur den Fahrplan angeschaut«, sagte sie. »In zwanzig Minuten geht ein Zug nach Genf. Wir haben doch noch genug Geld, oder?«
»Ja, es reicht, glaube ich. Sonst müssen wir aufspringen und im Gepäckwagen mitfahren.«
Zwei Landstreicher an der Riviera. Eine seltsame Vorstellung.
Corry setzte sich wieder neben ihn auf die Bank. »Das wäre genau das passende Ende für diesen Ausflug.« Sie bemerkte seine Hand. »Tut es weh?«
Die Hand war geschwollen, aber die Schmerzen waren nicht schlimmer geworden. Was aber noch wichtiger war: Er konnte die Finger bewegen. Nichts gebrochen. Er sagte, es werde bestimmt bald verheilen.
»Du weißt ja, ich mache nur Schwierigkeiten. Es lohnt sich nicht mit mir.«
»So würde ich das nicht sagen.«

»Nein, du nicht. Du bist geduldig und viel zu höflich.«
»Und hartnäckig.«
»O ja, und extrem hartnäckig.«

Es war nicht nötig, daß sie sich durch den Zug mogelten; Reiss hatte genügend Geld aus Luzern mitgebracht, um für die Fahrkarten zu bezahlen. Sie fuhren zweiter Klasse, und in ihrem Abteil saß nur noch ein säuerlich dreinblickender Mann, der dauernd las. In Monaco stieg er aus, und sie blieben die ganze Reise über alleine. Weil niemand da war, der sie in irgendeine nichtssagende Konversation verwickeln konnte, schlief Corry ziemlich bald ein. Reiss hatte sich gerade aus dem Speisewagen einen Espresso geholt und schaute hinaus auf die Landschaft, die am Fenster vorbeisauste. Vor sich konnte er andeutungsweise das Gebirge erkennen, das der Zug demnächst durchqueren würde. Von Zeit zu Zeit wurde seine Sicht ganz verdunkelt, weil sie durch unendlich lange Alpentunnels fuhren.

Es war ein D-Zug, und vor der Schweizer Grenze gab es keinen Halt mehr. Deshalb war Reiss überrascht, als der Zug mit einem schrillen Quietschen plötzlich stehenblieb. Es war so abrupt, daß er hören konnte, wie in den Nachbarabteilen die Koffer aus den Gepäcknetzen polterten. Ein Mann draußen im Gang fluchte wütend auf deutsch.

Corry, die fast von der Bank geschleudert worden wäre, wachte sofort auf. »Was ist los? Warum halten wir?«

Reiss schaute aus dem Fenster; der Zug hielt an einem hohen, kurvigen Bergvorsprung, so daß Reiss von seinem Fenster aus praktisch alle Wagen auf den Gleisen sehen konnte. Aber obwohl er diesen Überblick hatte, konnte er nicht feststellen, was passiert war.

»Probleme mit den Signalen«, meinte er halbherzig.

Corry lachte spöttisch. »Bei einem spanischen oder bei einem französischen Zug gibt es vielleicht Probleme mit den Signalen. Oder mit der Lokomotive. Oder sonst irgend etwas. Sogar bei einem amerikanischen Zug. Aber das hier ist ein Schweizer Zug.«

Sie war verärgert, weil sie nicht wollte, daß ihre Rückkehr nach Luzern irgendwie verzögert wurde, nachdem sie sich einmal dazu entschlossen hatte.

»Ich bin sicher, wir fahren gleich weiter.«
Aber fünf Minuten vergingen, dann zehn, dann fünfzehn, und der Zug stand immer noch. Die Leute im Gang, die auch nicht wußten, warum der Zug mitten auf der Strecke stehenblieb, beschwerten sich immer lauter. Und kein Schaffner kam, um alles zu erklären. Schließlich meinte Reiss, er werde nach vorne gehen, um herauszufinden, was los sei.
Es wurde immer schwieriger, von einem Wagen zum nächsten zu kommen; anscheinend machten die anderen Mitreisenden das gleiche wie er. Im vorletzten Wagen vor der Lokomotive sah Reiss dann allerdings eine Ansammlung von Passagieren, die alle zu den Fenstern auf der linken Seite hinausschauten.
Er versuchte mühsam, sich vorzudrängen, um etwas sehen zu können.
Erst da bemerkte er die Gesichter um sich herum. Die Leute sahen alle schockiert aus, und manche machten den Eindruck, als sei ihnen übel.
Als er auf die Schienen blickte, verstand er den Grund. Der Körper eines Mannes lag quer über den Gleisen, sein Blut hob sich purpurrot gegen das Braun der Erde ab. Man konnte ihn nur teilweise sehen, nur seinen Oberkörper, die untere Hälfte war offensichtlich zwischen die Räder der Lokomotive und des vorderen Wagens gekommen. Man konnte sehen, wo sein Blut über die Räder und die Achsen verschmiert war. Er war in zwei Teile gerissen worden.
Ein halbes Dutzend uniformierter Männer, Lokführer und Schaffner, hatten sich um den grauenerregenden Anblick versammelt. Sie schienen verwirrt und aufgeregt. Einer von ihnen war beiseite gegangen, um sich zu übergeben.
»Wir bleiben wahrscheinlich den ganzen Tag hier stehen, bis die Polizei kommt«, murmelte der Mann neben Reiss. »Dieser Idiot, hat nichts Besseres zu tun, als sich mit einem Zug anzulegen, der mit neunzig Stundenkilometern daherkommt.« Er sei Geschäftsmann, sagte er, und habe einen Termin in Genf. »Nächstes Mal nehme ich doch das Flugzeug.« Und das mache er nicht gerne, fuhr er fort. Er verdrehte die Augen und faßte sich an den Magen, um anzudeuten, daß ihm beim Fliegen schlecht werde.
Aber Reiss hörte ihm gar nicht zu. Einer der Schaffner war nämlich

jetzt von der Leiche weggegangen, und Reiss konnte das Gesicht des Toten sehen. Die Gesichtszüge waren durch den Schmerz und den Schock entstellt, aber er war trotzdem eindeutig zu erkennen – es war »Das Auge«: Henryk Muller.

Obwohl er mit dem Tod vertraut war und viele seiner unterschiedlichen Erscheinungsformen kannte, mußte Reiss doch an sich halten, um sich nicht zu übergeben. Plötzlich brauchte er unbedingt frische Luft. Mit unsicheren Schritten verließ er den Wagen und stand an der offenen Tür, die in den nächsten Wagen führte. Tief atmete er die sommerliche Luft der Alpen ein.
Als sich sein Magen beruhigt hatte, ging er zu Corry zurück. Sie war gar nicht richtig wach.
»Was war los?«
»Ein Unfall. Ein Mann ist vom Zug überfahren worden.«
»Das ist ja furchtbar. Wie ist es denn passiert?«
»Keine Ahnung«, antwortete Reiss und ließ sich auf seinem Platz nieder. Er beschloß, ihr nicht zu sagen, wer der Mann war. Und er wollte auch nicht erwähnen, daß es aller Wahrscheinlichkeit nach gar kein Unfall war.

25

Sie sehen aus wie seltsame Primordialorganismen; aus ihren kugelförmigen, schwammartigen Körpern ragen Fühler, die sich im Gegner verhaken und ihn vernichten. Aber es handelt sich nicht um irgendwelche Lebewesen aus den Tiefen des südlichen Pazifiks. Sie stehen uns viel näher, in jedem menschlichen Körper sind sie zu finden und verteidigen ihn gegen eindringende Fremdkörper.
Nur wenn sie auf elektronischen Aufnahmen mehrere tausendmal vergrößert werden, sehen sie fremd und bedrohlich aus. Für Ralph Lloyd waren sie der Schlüssel zu seinem Triumph und vielleicht zum Nobelpreis. John Traxton erinnerten sie immer wieder daran, daß er sich über seinen Erfolg nur im geheimen freuen konnte.
Die alljährliche Konferenz der Amerikanischen Makrophagen-Gesellschaft, die dieses Jahr in San Juan auf Puerto Rico stattfand, war

zwar kein Ereignis, das die allgemeine Öffentlichkeit beschäftigte, aber der Vortrag, den Lloyd dort hielt, blieb nicht unbemerkt. Seine Behauptung, er habe ein Mittel gefunden, um Makrophagen zu neutralisieren, so daß Organtransplantationen jederzeit möglich seien, und zwar ohne daß Steroide verabreicht werden müssen, erregte genug Aufmerksamkeit, um sofort von der *New York Times* aufgegriffen zu werden. Bald darauf erschienen in wissenschaftlichen Zeitschriften auf der ganzen Welt genauere Analysen von Lloyds bahnbrechenden Erkenntnissen. Über Lloyd selbst wurden in der internationalen Presse mehrere Artikel veröffentlicht. Denn das, was er herausgefunden hatte, schien eine Revolution in der medizinischen Therapie anzukündigen.
John Traxton, in seiner Luzerner Isolation, las all diese Berichte sehr begierig. Wenn er erfuhr, daß sein Forschungsprojekt in *Oggi* oder *Quick* oder *Le Figaro* erwähnt wurde, tat er alles, um sich ein Exemplar zu beschaffen. Manchmal sah es fast so aus, als vergesse er, daß es Lloyd war, der die Anerkennung und den Ruhm einheimste. Der Engländer wurde schon seit Monaten im Zusammenhang mit dem Nobelpreis erwähnt, aber erst seit seinem Vortrag bei der Amerikanischen Makrophagen-Gesellschaft erhärteten sich die Gerüchte, und die internationale Presse griff die Information auf, die bis dahin nicht viel mehr als ein Gemunkel in internationalen Naturwissenschaftlerkreisen gewesen war.
Aber unvermeidlich wurde Traxton immer wieder darauf gestoßen, daß er trotz seiner richtungweisenden Entdeckungen zu einem Leben im Schatten verurteilt war. In der Geschichte der Naturwissenschaften würde Lloyd unsterblich werden, nicht er. Was den Rest der Welt betraf, so war Traxton ein recht angesehener Pathologe, der seine Karriere und sein Leben unter skandalumwitterten Umständen beendet hatte.
Mehr Geld, eine elegante Stadtwohnung, ein Chalet auf dem Land – was nützte ihm das alles? Seine Arbeit war gestohlen worden, und es war ihm gleichgültig, daß er selbst an diesem Diebstahl beteiligt war.
Reiss spürte, daß sein Mentor wieder plante, an die Öffentlichkeit zu treten und das, was ihm rechtmäßig zustand, für sich zu fordern. Es beruhigte ihn nicht, daß Traxton nicht darüber redete – man

mußte ihn nur ansehen, dann wußte man schon, was er vorhatte. Außerdem war Traxton viel lebhafter als sonst, und das machte Reiss sofort mißtrauisch. Traxton nahm sogar wieder Reiss' Einladungen zum Abendessen an. Seit Corry und Reiss von der Riviera zurück waren, hatte er sonst immer abgelehnt.
Traxton war wütend auf Corry gewesen. Durch ihre Flucht hatte sie die Leute, denen Traxton Rede und Antwort stehen mußte, in Aufruhr versetzt. Wer diese Leute eigentlich waren, wußte Reiss nicht genau. Es war möglich, daß man erwogen hatte, Corry zu bestrafen, und daß man nur deswegen Abstand davon genommen hatte, weil Traxton immer noch ziemlich großen Einfluß hatte, vor allem jetzt, da seine Forschungsarbeit kurz vor dem Abschluß stand. Wie lange es noch so bleiben würde, wenn das Projekt erst einmal abgeschlossen war, das war eine andere Frage.
Um seinem Verdruß Ausdruck zu geben, hatte sich Traxton von Corry distanziert. Sie kam natürlich nicht mehr ins Labor, aber es sah auch nicht so aus, als hätte sie die Absicht, wieder wegzulaufen. Sie beschäftigte sich mit ähnlichen Sachen wie zu der Zeit, bevor sie für Traxton gearbeitet hatte: sie las viele Bücher, und manche las sie sogar aus, sie ging durch die Geschäfte, ohne allerdings in einen Kaufrausch zu geraten wie vorher, und ab und zu bemühte sie sich, die verwirrenden Teile des Cembalos zusammenzusetzen.
Ihr friedliches Verhalten war vermutlich mehr als nur eine Pose, es gab einen guten Grund dafür. Sie brauchte nur aus dem Fenster zu sehen, um zu begreifen, daß beim zweiten Mal eine Flucht sehr viel schwieriger wäre als beim ersten.
»Das Auge« war offensichtlich nicht mehr da, um sie zu bewachen und hinter ihr herzujagen, wenn sie Kleider und Perücken wechselte. Jetzt waren neue »Augen« da, wachsamer und sichtbarer, und vermutlich standen hinter jedem, den man sehen konnte, noch zwei oder drei, die nicht in Sichtweite waren.
Corry redete nicht über die Riviera und über Carlo D., und sie erwähnte auch die Überwacher nie, die hinter ihr her waren, ob sie nun spazierenging oder zu Hause saß und las.
Die Riviera war eine außergewöhnliche Zeit gewesen, fand Reiss. Es war der Moment, wenn das Bühnenbild abgebaut wird und man

sehen kann, welche mechanischen Einrichtungen dazu beigetragen haben, die Illusion zu schaffen. Der Moment der Enthüllung war vorüber, das Bühnenbild war wieder an seinem Platz, Maia Stevens war wieder in der Person Corry Folger verschwunden. Sie war nicht jemand, die leicht aufgab.

Aber wie lange konnte dieser unbehagliche Zustand weitergehen? Das Forschungsprojekt war in der Schlußphase, der größte Teil der experimentellen Daten war zusammengetragen und überprüft und dann nach London übermittelt worden. Es gab so wenig zu tun, daß sie demnächst arbeitslos sein würden, wenn das Geld nicht sogar noch eher zu Ende ging. Es sei denn, Traxton begann aus eigenem Antrieb oder auf Anordnung des Centers ein neues Projekt.

Mitte Februar verkündete Traxton, er wolle eine Pause einlegen. Seit mehreren Wochen hatte er die typischen Symptome eines manisch Depressiven an den Tag gelegt. Allerdings hatte Reiss nur die manische Seite gesehen. Traxton erinnerte ihn an einen Spieler, der gerade in Las Vegas angekommen ist und nicht an sich halten kann, bis er endlich im Casino ist und seine ganzen Ersparnisse beim Roulette auf Rot setzen kann. Er arbeitete mit einer Intensität, die überhaupt nicht den realen Erfordernissen entsprach, und wenn er keine Arbeit finden konnte, dann machte er sich welche. Er schlief wenig und sagte, vier Stunden Schlaf reichten völlig aus, Napoleon Bonaparte habe auch nicht mehr gebraucht. (Reiss wollte ihn lieber nicht darauf hinweisen, daß es Napoleon vielleicht ganz gut getan hätte, wenn er vor Waterloo ein paar Stunden mehr geschlafen hätte.) Er machte zwar einen ganz gesunden Eindruck und war auch immer guter Laune, aber Reiss war überzeugt, daß er bald zusammenbrechen würde. Er erklärte sich Traxtons rasantes und hektisches Tempo damit, daß er verzweifelt war über den Verlust seiner Arbeit.

Am auffallendsten war allerdings seine veränderte Haltung Corry gegenüber. Er war nicht nur höflich, sondern überschwenglich; er lobte sie und machte ihr Komplimente, auch wo gar keine angebracht waren, bewunderte ihre Schönheit und ihren Geschmack, was Kleidung und Musik und Wohnungseinrichtung betraf. Angesichts der Tatsache, daß diese Frau ihm vor sechs Monaten nichts als Probleme bereitet hatte, war das mehr als erstaunlich.

»Was will er eigentlich?« frage Corry Reiss.
Reiss wußte es auch nicht.
»Er hat irgend etwas vor«, meine Corry. »Entweder nimmt er Aufputschmittel, oder er hat irgend etwas vor. Das sind die beiden einzigen Erklärungsmöglichkeiten.«

»Ein Skiurlaub. In Zermatt. Sie und Corry begleiten mich.«
»Ich war schon ewig nicht mehr Skifahren«, meinte Reiss abwehrend.
Traxton ließ das nicht gelten. Als er tödliche Makrophage neutralisieren wollte, nun, da hatte er es gemacht, gleichgültig, wie viele Jahre seines Lebens er daranhängen mußte. Jetzt hatte er sich entschlossen, Urlaub zu machen. Es war der erste, den er sich zugestand, seit er mit dem Center zu tun hatte, und daran sollte ihn nichts und niemand hindern.
»Bei mir ist es auch eine Ewigkeit her. Aber es ist wie beim Radfahren. Es kommt sofort wieder, Sie werden schon sehen. Ich fahre jedenfalls nicht alleine.«
Traxton hatte schon immer eine autoritäre Seite gehabt. Ausreden waren völlig sinnlos, es war ganz klar, daß Reiss und Corry mitgingen.
»Ich habe mich um alle Formalitäten gekümmert, machen Sie sich keine Sorgen. Unsere Reise ist genehmigt. Am kommenden Wochenende haben wir drei Tage, an denen wir ausschließlich unserem Vergnügen nachgehen können.«
Das war auch typisch John Traxton: Selbst Genuß war etwas, woran man arbeiten mußte. Der Mensch wußte nicht, was richtige Ferien waren – man hätte ihn ebensogut in eine Cabana sperren und mit Daiquiris zwangsernähren können.

Ein Zweispänner, so leuchtend rot wie ein Granatapfel, erwartete sie am Hubschrauberflughafen. Kutschen und Fiaker sind die einzigen Fahrzeuge, die in Zermatt erlaubt waren. Autos sind verboten.
Neben der Kutsche stand ein Mann in einem Anorak, der fast die gleiche Farbe wie die Kutsche hatte. Auf dem Kopf trug er eine weiße Wollmütze. Er stellte sich ihnen vor und sagte, er sei ihr Begleiter für das Wochenende. Sein Name sei Julian Staubbach.

Er war Mitte zwanzig und sah aus, wie man sich einen Skilehrer vorstellt. Genau richtig für einen Reiseprospekt.
»Wir hatten eigentlich keinen Begleiter erwartet«, sagte Traxton.
»Man hat mir gesagt, ich solle hierher kommen.« Er sprach fast akzentfrei. »Wenn es Ihnen lieber ist, kann ich auch gehen, aber es würde mir großen Spaß machen, Ihnen die Berge zu zeigen. Seit fünf Jahren arbeite ich hier in Zermatt als Lehrer und Bergführer.«
Traxton meinte zu Reiss: »Sie haben nichts von einem Begleiter gesagt, aber ich habe eigentlich nichts dagegen einzuwenden. Wie ist es mit Ihnen? Schließlich ist er im Preis inbegriffen. Wir brauchen seinetwegen nicht mehr zu bezahlen.«
Es hätte Reiss nicht überrascht, wenn dieser Julian beauftragt gewesen wäre, sie zu überwachen, aber da er schon seit so vielen Jahren nicht mehr auf den Brettern gestanden hatte, war es nicht das Schlechteste, einen Skilehrer bei sich zu haben, der die Gegend kannte.
Er stimmte also zu. Julian war sehr erfreut und schüttelte ihnen sofort kräftig die Hand.
In Zermatt gab es sechsundneunzig Hotels und Pensionen, und wie beim Center so üblich, war wieder auf jedes Detail geachtet worden, und das Hotel, in dem sie untergebracht waren, gehörte zu den besten. Es wirkte wie ein übergroßes Chalet und lag an einem Abhang, im Schatten hoher Kiefern; von jedem Fenster aus hatte man einen wunderbaren Blick auf die Berge.
Nachdem sie sich in ihren Zimmern eingerichtet hatten und sich unten die bescheidene, aber außerordentlich teure Speisekarte angeschaut hatten, war der Nachmittag bereits vorüber, und sie mußten ihren ersten Ausflug in die Berge auf den nächsten Morgen verschieben.
»Wir sollten früh aufstehen«, schlug Traxton vor. Das hieß allerdings nicht, daß er auch früh ins Bett gehen wollte. Im Gegenteil. Vielleicht wollte er Reiss vorführen, daß er tatsächlich nur ein paar Stunden Schlaf brauchte. Jedenfalls bestand er darauf, so lange wie möglich am Nachtleben in Zermatt teilzunehmen. Er zeigte die gleiche manische Energie wie bei der Arbeit im Labor und übertrug sie auf jede Bar und jedes Lokal, das ihm irgendwie gefiel.
Reiss warf die Frage auf, ob diese nächtliche Tour sich nicht morgen

am Hang negativ auswirken würde. Aber Traxton versicherte ihm, er sei gesundheitlich so gut in Form, daß es gar keine Rolle spielte, und er gab gleichzeitig zu verstehen, daß er bereit sei, alleine weiterzuziehen, falls Reiss und Corry nicht mehr mitmachen wollten. Corry gab sich keine Mühe, ihre Müdigkeit zu verheimlichen, und nahm sein Angebot gerne an. Sie ging ins Hotel zurück, während Reiss beschloß, durchzuhalten. Er hatte das Gefühl, daß es sich irgendwie lohnen könnte.

Traxton war vermutlich der älteste Gast in den Lokalen, in denen sie einkehrten. Alle anderen sahen jugendlich aus und waren vom wochenlangen Skifahren gebräunt. Die Gesellschaft schien Traxton gut zu gefallen; immer wieder betonte er, wie wohl er sich fühle, umgeben von »jungen Leuten«, wie er sich ausdrückte.

Zum ersten Mal begriff Reiss, wie abgeschnitten Traxton gewesen war, wie isoliert von sozialen Kontakten; es beflügelte ihn, auszugehen und mit Leuten zusammen zu sein, die sich einfach nur amüsieren wollten. Das berauschte ihn, nicht das Bier, das er unermüdlich trank. Er hatte nie eine Familie gehabt, weder in seinem früheren Leben in San Francisco, noch jetzt in der Schweiz; sein Leben war die Arbeit. Vielleicht bedauerte er jetzt, da er nicht im Labor war, dieses doppelte Exil.

Er trank immer mehr und hörte nicht auf zu reden. »Wissen Sie, daß ich mir Skier gekauft habe, die zwei Meter lang sind?« sagte er.

»Zwei Meter?« So lange Skier nehmen normalerweise Leute, die sehr erfahrene Fahrer sind, weil man damit schneller fahren kann und weil sie andererseits schwieriger zu steuern sind. Reiss' Skier waren nur einen Meter fünfundsiebzig.

»Ach ja, ich habe mir gedacht: Warum denn nicht? Ich bin gut genug. Ich weiß nicht, ob Sie sich noch daran erinnern, aber ich bin in Kalifornien immer in den Sierras skifahren gegangen. Ich war damals wirklich topfit.«

»Aber das ist ein paar Jahre her, John. Und Sie sind ein bißchen älter.«

Noch ein paar Drinks, und er würde nicht mehr so diplomatisch reagieren.

Traxton ignorierte ihn. Aber er wechselte das Thema. »Ich habe Ihnen doch versprochen, daß ich Ihnen eines Tages sagen würde...«

»Daß Sie mir was sagen würden?«
Sie saßen an einem Tisch mitten in einer lauten Bar. Die Musik und die lebhafte Unterhaltung machten es schwierig, den anderen zu verstehen, auch wenn man nicht weit voneinander entfernt war.
»Was die ›Dornenkrone‹ ist. Sehen Sie, dort ist das eigentliche Zentrum der Macht, nicht beim Center für Rehabilitations-Chirurgie. Das ist ja nur ein Teilbereich. Meinen Sie denn, jemand wie Hardin Mull weiß wirklich, was gespielt wird? Ein paar Komiteemitglieder wissen natürlich Bescheid. Aber Hardin ist nichts als ein Angeber, ein Mitläufer, der nur in seinem kleinen Reich in Manhattan was zu sagen hat.«
Reiss verstand, warum Traxton eine besondere Abneigung gegen Mull hatte, denn schließlich war es Mull gewesen, der ihn in San Francisco in die ganze Sache hineingeritten hatte. Aber Mulls Position innerhalb der Organisation kümmerte Reiss wenig, er war zu sehr damit beschäftigt, herauszufinden, was Traxton ihm eigentlich mitteilen wollte.
»John, wovon reden Sie überhaupt? Was ist denn diese ›Dornenkrone‹?«
Einen Moment lang blickte Traxton gequält drein und verstand nicht, warum Reiss seine Worte nicht entschlüsseln konnte. Schließlich wußte er selbst genau, was er sagte. »Es ist nicht das, was Sie denken. Es bezieht sich nur sekundär auf die Passionsgeschichte. Es gibt angeblich einen Seestern, der aus dem südlichen Pazifik stammt und jetzt im Meer um Hawaii lebt. Er hat die dortigen Seesterne vernichtet. Er ist praktisch nicht tot zu kriegen. Und dieser Seestern wird ›Dornenkrone‹ genannt. Autonome Teile, verstehen Sie, darin besteht die Analogie. Da haben wir das Center, das ist einer der Arme. Aber es ist nicht der Körper. Wenn man das Center entfernt, lebt die ›Krone‹ weiter. New York weiß, was in Peru passiert; Peru weiß nicht, was in New York passiert, und weder New York noch Peru wissen so richtig, was in Luzern oder in London vor sich geht. Das ist das Faszinierende an der Organisation. Wie kommunistische Zellen, die autonom sind und doch miteinander verbunden, aber auf eine Art, die man selbst mit gezielten Nachforschungen nicht herausfinden kann. Selbstverständlich gibt es Überschneidungen. Die ›Krone‹ benützt oft die Einrichtungen

und die Experten des Centers, aber diese haben ihrerseits keinen Zugang zu der Instanz, wo die Entscheidungen fallen.«
Er schaute Reiss mit einem triumphalen Gesichtsausdruck an, als habe er selbst dieses grandiose Schema entworfen. Reiss vermutete allerdings, daß dieser Triumph mehr damit zu tun hatte, daß er von der Existenz der »Dornenkrone« wußte und daß er dieses Geheimnis jemandem mitteilen konnte.
»Sie haben mir aber immer noch nicht gesagt, wer oder was diese ›Dornenkrone‹ ist.«
»Ah!« Traxton nahm sein Glas und leerte es. »Kennen Sie die Legende aus dem Talmud von den sechsunddreißig gerechten Männern?«
Reiss kannte sie, aber nur vage.
»Dieser ehrwürdigen jüdischen Überlieferung zufolge sorgen diese sechsunddreißig Männer durch ihre Rechtschaffenheit dafür, daß die Welt nicht in Chaos und Bosheit untergeht. Diese sechsunddreißig wissen aber gar nicht, wer sie sind, und sie sollen es auch nicht wissen, das ist ja gerade das Entscheidende. Sie sind vielleicht bescheidene Diener, ein koscherer Metzger, ein Händler, ein Silberschmied, aber ihre Tugend ist so groß, daß ihre Stellung im Leben unwichtig ist.«
»Und was hat das mit der ›Dornenkrone‹ zu tun?«
»Warten Sie ab. Die ›Dornenkrone‹ arbeitet nach einem ähnlichen Prinzip. Da es allerdings nicht möglich scheint, Gott um Rat zu bitten, haben sie mehr oder weniger sich selbst zu Aufsehern über die Welt ernannt, oder zu Rettern der Welt, wenn Ihnen das lieber ist. Es sind vermutlich keine sechsunddreißig. Wie könnten sich auch sechsunddreißig Leute je auf etwas einigen? Nein, wahrscheinlich sind es ein Dutzend Leute, höchstens fünfzehn, würde ich annehmen. Die Mehrzahl sind Industrielle, Geschäftsleute, anonyme Männer.« Er deutete nach hinten, Richtung Theke. »Es kann gut sein, daß einer jetzt gerade hier ist. Sie sind absolut durchschnittlich.«
»Haben Sie je einen dieser Durchschnittsmänner kennengelernt?«
»Ich verwende diesen Ausdruck absichtlich. Aber um Ihre Frage zu beantworten, nein, ich habe noch nie mit Bewußtsein eines der Mitglieder kennengelernt, aber aus gewissen Quellen habe ich

erfahren, wie sie sind. Es sind Vertreter aus verschiedenen Ländern, und sie stehen für europäische und nordamerikanische Interessen, aber auch für asiatische. Nach dem Zweiten Weltkrieg ist die ›Dornenkrone‹ entstanden. Ihr Ziel war es, dafür zu sorgen, daß es nie wieder zu einer solchen Katastrophe kommt. Man kann wirklich verstehen, warum das Center eine derart nützliche Einrichtung ist. Mächtige und einflußreiche Männer suchen Zuflucht, verschwinden aus dem Blickfeld, entgehen der Gefangenschaft und manchmal sogar der Hinrichtung durch ihre Gegner. Als Gegenleistung für seine Dienste erhält das Center Geld, aber auch Informationen. Wir gehen einem Zeitalter entgegen, in dem Information – das heißt die Frage, wie hat man Zugang dazu, wie findet man etwas heraus – sehr viel wichtiger sein kann als irgendeine Form von Reichtum. Ein strategisches Computerprogramm kann in den Augen der Öffentlichkeit den gleichen Wert bekommen wie früher eine seltene Goldmünze, sagen wir mal. Das, worauf die ›Dornenkrone‹ aus ist, ist Information und die sich daraus ergebende Macht. Information ist ihr Lebensblut, und ihre ganze Daseinsberechtigung besteht darin, diese Information so einzusetzen, daß die Welt –«

Reiss konnte sich nicht mehr beherrschen. Er unterbrach Traxton: »– daß die Welt ein Ort ist, wo man ungefährdet Geschäfte und Profit machen kann?«

Traxton zuckte die Achseln. »Das ist eine sehr simplistische Vorstellung.«

Plötzlich hatte Reiss das Gefühl, daß er begriff, was hinter Traxtons Interesse an der »Dornenkrone« stand und warum er so elektrisiert war, wenn er darüber sprach, und warum er sich außerdem in den letzten Wochen wie ein Besessener aufgeführt hatte.

»Haben Sie vor, mit der ›Dornenkrone‹ direkten Kontakt aufzunehmen?«

»Gar nicht dumm. Nach allem, was ich mit meiner Arbeit über Makrophagen erreicht habe, glauben Sie da nicht, daß ich selbst entscheiden kann? Ich will mich nicht länger mit so stumpfsinnigen Scharlatanen wie Mull und Lloyd herumschlagen – das ist eine Demütigung, und ich werde es nicht länger dulden.« Um seine Aussage zu unterstreichen, knallte er das leere Bierglas auf den Tisch, und in Sekundenschnelle kam ein Kellner angelaufen.

»Ich verstehe das ja, aber was ist, wenn Sie abgewiesen werden?«
Traxton setzte sich stocksteif hin. Er sah sehr wütend aus, daß der Mann, den er für seinen Schüler hielt, so etwas auch nur denken konnte.
»Unmöglich«, erklärte er. »Ich habe bereits klar zu verstehen gegeben, daß ich, falls ich abgewiesen werde, der Presse mitteile, daß Lloyd ein Betrüger ist. Aber machen Sie sich keine Sorgen, Michael, ich habe meine Vorsichtsmaßnahmen getroffen. Ich habe eine Versicherung, könnte man sagen. Ich habe Ihnen gerade gesagt, daß der Schlüssel die Informationskontrolle ist. Und ich habe die Kontrolle.«
»Was meinen Sie damit?«
»Ich meine, daß mein Geist in New York wohnt, genauer gesagt, in der Dreiunddreißigsten Straße Ost, Nummer dreihundertneunundvierzig.« Sein Lächeln war genauso rätselhaft wie seine Worte.
»Dreiunddreißigste Straße Ost? Ihr Geist? John, wovon reden Sie eigentlich?«
Traxton sagte mit gebieterischer Gebärde: »Ich habe mehr als genug gesagt. Das geht Sie nichts an.« Er wollte nicht alle seine Geheimnisse preisgeben.
»Im Gegenteil. Meine Zukunft hängt mit der Ihren zusammen. Wo bleibe ich dann?«
Oder Corry? dachte er.
»Ich habe gedacht, das sei klar. Sie kommen mit mir.«
Und wohin? fragte sich Reiss.

Man konnte sich kaum einen schöneren Tag zum Skifahren vorstellen, der Himmel hatte ein klares, berauschendes Blau, und der Schnee glitzerte im Sonnenlicht, als wären die Hänge über Nacht mit Juwelen bestreut worden. Die Luft war frisch, aber warm, in höheren Lagen zwischen null und plus fünf Grad.
Traxton war vor den anderen wach, und um sieben Uhr klopfte er laut an ihre Tür, um sie zu wecken. Reiss fühlte sich elend und konnte kaum aufstehen, aber Traxton wirkte putzmunter. Vielleicht brauchte er wegen des Adrenalins, das er produzierte, wirklich nur vier Stunden Schlaf, unabhängig davon, wie er den vorhergehenden Abend verbracht hatte.

Durch die Skibrillen, die Reiss und Corry trugen – jede bestand aus drei sich überlagernden Linsen, die auf Lichtveränderungen reagierten – war die Landschaft ein endlose Szenerie aus Weiß und Grau. Durch die teurere Skibrille, die Traxton ausgewählt hatte, hatte die Welt ein Muster aus strahlendem Pink, Rosa und hellem Purpurrot. Wie die Landschaft durch Julians Brille aussah, wußte niemand, man konnte in den Gläsern nur das eigene Spiegelbild sehen.
Wie kaum anders zu erwarten, hatte Traxton einen Hang ausgewählt, der in der Broschüre für Touristen drei Sterne hatte: »steil bis schwer«. Man konnte nicht so recht sagen, was größer war: sein Vertrauen in seine seit langer Zeit nicht mehr erprobten Skikünste oder sein Vertrauen in seine wissenschaftliche Begabung.
Ein Lift, der über dreihundert Meter lang war, brachte die vier zu einer Stelle, die etwa 750 Meter hoch in der Stockhorn-Gornegrat-Kette lag. Wenn man hinunterschaute, konnte man die behütete Stadt sehen, die sie vor gut einer Stunde verlassen hatten.
Reiss hatte nicht gewußt, daß Corry eine ausgezeichnete Skifahrerin war, aber allem Anschein nach war sie mindestens genauso selbstbewußt wie Traxton.
Bei Reiss selbst war es anders. Selbst zu Zeiten, als er oft Skifahren gegangen war, hätte er sich nie an einen derart einschüchternden Hang gewagt. Er hatte das Gefühl, daß sein Ende kommen würde, ehe der Hang zu Ende war.
Julian fuhr natürlich großartig, er gehörte zu den Leuten, die auch bei Nebel mit neunzig Stundenkilometern den Abhang hinuntersausen können.
»Wir fangen jetzt mit dem Skiunterricht an, ja?« begann er und gab den dreien dann eine Stunde lang Anweisungen. Er ging allerdings von der Voraussetzung aus, daß seine Schüler bereits fortgeschritten waren, und ließ deshalb die elementaren Grundbegriffe beiseite und behandelte gleich die schwierigeren Aspekte des Sports. Corry und Traxton konnten mithalten, aber Reiss kam kaum nach. Julian war sehr um Höflichkeit bemüht, er rief ihnen immer ermutigend zu, aber Reiss hatte das Gefühl, daß er heute abend Anlaß zu Belustigung und Spott bieten werde, wenn Julian sich mit den anderen Skilehrern traf. Er hatte erwartet, Julian würde ihm vorschlagen, er solle sich doch besser einen Hang mit nur einem Stern

aussuchen, aber dieser Vorschlag kam nicht. Vermutlich handelte Julian nach der erprobten Devise: Der Kunde ist immer König.
Gegen zehn Uhr wurde es dann ernst. Reiss merkte, daß sein Körper trotz der mangelnden Erfahrung besser reagierte, als er erwartet hatte; Instinkt und früheres Training, irgendwann in Vermont und Colorado, sorgten dafür, daß es ganz gut klappte.
Eine Weile war alles fast perfekt, die Bewegung, das Hochgefühl, der Wind, die Konzentration auf die harmonische Abfahrt. Reiss war immer der letzte, und wenn er zwischendurch die Skibrille hochschob, waren seine Gefährten nur Farbflecke, die sich im Schnee bewegten, blau, grün und rot. Rot war Julian, ganz in der Ferne, wie er elegant den Berg hinunterfuhr.
Aber der Zauber hielt nicht an; es wurde immer steiler, abschüssiger, und die Fahrt ging nicht mehr so glatt. Die Schwierigkeiten des Geländes, die die anderen drei scheinbar mühelos meisterten, machten ihm immer mehr zu schaffen. Er bekam immer stärker das Gefühl, daß er die Kontrolle verliere, es wurde ein Kampf, und er wurde müde. Aber er gab nicht auf, obwohl er überzeugt war, daß er stürzen würde, und so war es denn auch, er nahm den Schwung nach links zu weit, zu schnell, knickte um, wurde in die Luft geschleudert, Skier, Arme und Beine wirbelten herum, und er fiel in den frischen Schnee.
Ehe er wieder aufgestanden war, waren Corry und Traxton schon zurückgekommen, um zu sehen, ob ihm etwas passiert sei.
Er wußte es selbst nicht, weil er zu sehr damit beschäftigt war, aus dem Schnee herauszukommen. Erst als er wieder aufrecht stand, spürte er den Schmerz, der von seinem rechten Knöchel ausging. Nicht gebrochen, vermutete er, aber auf jeden Fall verstaucht.
Zum Glück war gleich in der Nähe ein Restaurant, in das Skifahrer, die den Hang halb hinuntergefahren waren, einkehren konnten.
»Na, da hat Sie's erwischt. Das kann jedem passieren«, meinte Julian.
Reiss konnte sich nicht vorstellen, daß es Julian besonders oft passierte.
Was ihn ärgerte, war natürlich weniger der Schmerz im Knöchel, als die Demütigung. Traxton und Corry hatten keine Probleme und wollten unbedingt die Abfahrt am Nachmittag fortsetzen.

Traxton war noch überschwenglicher als am Vorabend, nachdem er jetzt seine Einschätzung seiner Fähigkeiten bestätigt sah. Er war allerdings weniger aufgeschlossen. Er sprach nicht vom Center oder der »Dornenkrone« oder seinem New Yorker Geist, er redete eigentlich nur vom Skifahren. Er konsumierte eine Menge Wein und behauptete, Wein sei vor allem für Skifahrer vom medizinischen Standpunkt aus sehr gesund. Worauf er diese Behauptung begründete, führte er nicht weiter aus.

Nachdem sie über eine Stunde beim Mittagessen verbracht hatten, warf Traxton einen sehnsüchtigen Blick auf die Piste, die sie noch vor sich hatten. Er ging und holte Julian.

»Macht es dir auch wirklich nichts aus, wenn du alleine hier bleibst?« fragte Corry.

Reiss versicherte ihr, es sei kein Problem. Sie vereinbarten, sich abends im Hotel beim Abendessen zu treffen. Corry ging und zog ihre Ausrüstung wieder an, die sie zwischenzeitlich abgelegt hatte.

Traxton hatte ihm schon in Luzern erzählt, das Skifahren in den Alpen und das Après-Ski, das dazugehörte, werde ihn bestimmt nicht enttäuschen. »Es gehört zu den Sachen im Leben, die wirklich halten, was sie versprechen.«

Und so war es auch, vor allem was dieses Restaurant betraf, das seine Wegstation geworden war.

Die Sonne schien auf die Sonnenterrasse neben dem eigentlichen Restaurant, und es war viel wärmer, als er für möglich gehalten hatte. Die Frauen hatten ihre Skianoraks und Daunenjacken mit Bikinioberteilen vertauscht, und ihre Haut war schon gebräunt. Es war eine Augenweide: Die Frauen waren sehr hübsch, obwohl irgend etwas an ihrem Verhalten einen davon abhielt, sie in eine Unterhaltung zu verwickeln.

Kellner kamen und gingen, brachten Drinks und Vorspeisen. Angesichts dieser luxuriösen Umgebung machte es Reiss nichts aus, hier herumzuhängen und nicht mit seiner Geliebten und seinem Freund zusammensein zu können, die jetzt zum Fuß des Berges hinunterfuhren.

Corry war ein Stück über ihnen, als zuerst Julian und dann Traxton stehenblieb. Erst als sie wieder bei ihnen war, fand sie heraus, warum sie so plötzlich haltgemacht hatten.

Traxton erklärte, Julian wolle ihm eine Piste zeigen, die vom Stockhorn-Grunsee abgehe.
»Offenbar ist das eine Art Mutprobe«, sagte er, und er klang sehr erfreut. Er hatte zweifellos das Gefühl, daß Julian ihm ein Kompliment machte, indem er ihn dazu einlud, von der normalen Strecke abzuweichen.
»Sehr steil, für Experten«, meldete sich Julian. »Möchten Sie gerne mitkommen, ja?«
Corry konnte sich nicht recht entschließen. Sie war zwar ganz zufrieden mit ihren Fortschritten und erstaunt, daß sie nach so langer Zeit noch so gut in Form war, aber sie wußte nicht, ob sie noch mehr riskieren sollte. »Ich seh's mir mal an.«
Und das tat sie auch. Der Weg war schmal und steil und gewunden, er führte an einem dunklen Abgrund vorbei, dessen Tiefe nicht zu erkennen war. Es sah aus, als könnte man leicht das Gleichgewicht verlieren und in die Schlucht hinunterstürzen. Ganz unten war die Baumgrenze zu sehen, ein grünes Dach auf weißem Untergrund.
»Ich weiß nicht, John...«
Selbst Traxton schien einen Augenblick lang sprachlos. Aber er faßte sich schnell. »Ja, ich glaube, ich versuch's mal.«
Julian belohnte ihn mit einem Lächeln. »Und Sie, Fräulein?«
»Das Fräulein will da leider nicht mitmachen.«
»Wir sehen uns unten im Tal.« Traxton setzte seine getönte Skibrille wieder auf und winkte. Dann fuhr er los, hinter Julian her.
Corry blieb noch eine Weile oben an dem Pfad stehen, der, soweit sie sehen konnte, aus gänzlich unberührtem Schnee bestand. Mit wachsender Bewunderung beobachtete sie, wie Traxton den schwierigen Hang hinuntersteuerte, den Körper nach vorn gebeugt. Das einzige, was man von seinem Kopf sehen konnte, war die Wollmütze. Nicht schlecht, dachte sie. Wer hätte je gedacht, daß er so sportlich ist?
Er war gerade außer Sichtweite, und Corry hatte kehrtgemacht, um zur Hauptpiste zurückzugehen, als sie einen Schrei hörte.
Der Schrei wollte nicht enden, das Echo der Felsspalte warf ihn zurück, und er hallte wider, fern und hohl.
Corry überwand ihre Angst und fuhr den Pfad hinunter, bis sie zu einem Kamm gelangte, von wo es dann noch steiler hinunterging.

Vor dort konnte sie den Weg, den Traxton und Julian eingeschlagen hatten, besser sehen.
Sie sah, daß einer der Männer über dem ausgestreckten Körper des anderen stand; durch ihre Brille waren es zwei verschieden graue Punkte, und erst als sie die Brille über die Augen geschoben hatte, konnte sie die Farben unterscheiden.
Rot stand, Grün war unten.
Traxton mußte gestürzt sein, schloß sie. Die Piste war zu schwer für ihn gewesen. Ein Ski war in eine Schneeverwehung rechts von ihm geflogen, der andere, der noch an seinem Stiefel befestigt war, ragte senkrecht in die Luft, im rechten Winkel zu seinem Körper.
Ganz ähnlich ragte ein einzelner Skistock aus dem Schnee, wie ein Mast, dessen Flagge fehlt. Julian schien daran zu zerren, um ihn herauszuziehen, aber den Grund dafür konnte sich Corry nicht vorstellen.
Um besser sehen zu können, fuhr sie weiter hinunter. Sie war sehr vorsichtig, weil sie wußte, wie gefährlich der Pfad war, und weil sie die tiefe Schlucht sah, in der sie landen konnte, wenn sie eine falsche Bewegung machte.
Jetzt sah sie, daß Julian den Versuch, den Skistock herauszuziehen, aufgegeben hatte. Aber der Skistock steckte nicht im Schnee, sondern in Traxtons Brust. Traxton mußte gestolpert sein und sich beim Sturz selbst aufgespießt haben. Das war eine der Gefahren, wenn auch eine sehr unwahrscheinliche, mit der man bei einer Abfahrt mit siebzig oder achtzig Stundenkilometern rechnen mußte.
Corry war wie gelähmt vor Entsetzen. Sie fuhr nicht weiter, sondern blieb da stehen, wo sie war. Etwa ein Viertel der Strecke hatte sie hinter sich. Sie starrte sinnlos vor sich hin und dachte immer nur, daß Traxton nicht tot sein konnte. Er war nur schwer verwundet, und sie oder Julian oder irgend jemand mußte Hilfe holen. Aber gleichzeitig wußte sie, daß Traxton tot war. Aus seiner Wunde quoll so viel Blut – das zeigte mehr als deutlich, wie schlimm die Verletzung war.
Erst da spürte Julian, daß er beobachtet wurde. Er blickte zu ihr hoch. Sie konnte seinen Gesichtsausdruck nicht erkennen. Es lag nicht nur an der Entfernung, die immer noch zwischen ihnen war.

Er schien sie herbeizuwinken. Aber gerade als sie zu ihm hinunterfahren wollte, hielt sie etwas zurück – eine Erinnerung, richtig oder falsch, sie wußte es gar nicht genau.
Sie sah Julian wieder vor sich, wie er über der Leiche stand und mit dem Skistock kämpfte, der gerade Traxtons Leben beendet hatte. Aber jetzt hatte sie das Gefühl, daß ihr erster Eindruck falsch gewesen war – Julian hatte nicht versucht, den Stock aus Traxtons Brust herauszuziehen, sondern hatte ihn noch tiefer hineingebohrt. Nicht in Panik geraten, sagte sie sich selbst. Ich muß zur Hauptpiste zurück. Dort konnte sie zwischen den anderen Skifahrern untertauchen. Hier war sie ganz alleine.
Julian rief ihr etwas zu. Das einzige, was sie verstehen konnte, war: »Unfall! Unfall! Kommen Sie schnell, Unfall!«
Sie tat so, als würde sie ihn nicht verstehen. Statt dessen wandte sie sich entschlossen ab. »Ich hole Hilfe!« rief sie zurück. Ihre Worte wurden verfremdet vom Echo zurückgeworfen.
Sie nahm ihre Skier ab und kletterte schnell den Hang hinauf. Der Aufstieg war besonders schwierig, weil es so wenig gab, woran man sich festhalten konnte. Sie verlor immer wieder den Halt und rutschte, bis sie sich damit abfand, daß sie krabbeln mußte. Mit den Händen kratzte sie am Schnee, und ihre Bewegungen waren so hektisch, daß ihr bald der Schweiß über das Gesicht lief. Sie wagte nicht, sich umzublicken, weil sie Angst hatte, Julian könnte ihr folgen. Alles, was sie hören konnte, war ihr keuchender Atem und das scharrende Geräusch, das ihre Skier, die sie in der Hand hielt, auf der eiskalten Oberfläche des Pfades machten. Deshalb hatte sie keine Ahnung, ob er tatsächlich hinter ihr her kam.
Sie schlug sich mühsam durch und erreichte endlich den Gipfelpunkt des Weges. Als sie sich gerade aufrichten wollte, verdunkelte sich plötzlich die Sonne, die im Westen stand.
Sie blickte auf und sah über sich einen Mann, der direkt vor der Sonne stand; das Licht umgab ihn wie ein Strahlenkranz, und sie konnte seine Züge unmöglich erkennen; er war ganz im Dunkel.
Der Mann schwang seine Skistöcke nach vorne. Offensichtlich wollte er geradeaus bergab fahren. Der Pfad war so schmal – er mußte die Absicht haben, sie zu überfahren – oder er wollte sie vom Berg hinunterstürzen.

Einen Augenblick lang geschah gar nichts; sie waren beide wie erstarrt, der Mann oben, die Frau unten im Schnee ausgestreckt. Dann holte der Mann mit seinen Stöcken aus und fuhr geradewegs auf sie zu.

26

Als Reiss das energische Klopfen an der Tür hörte, dachte er, es sei der Zimmerservice. Er hatte eine Flasche »Courvoisier« bestellt und eine Platte mit regionalen Käsesorten, weil er fand, das sei die beste Art, ihr Après-Ski einzuläuten.

Es war nicht der Zimmerservice, sondern ein Mann in Polizeiuniform.

»Ich möchte bitte Dr. Gault sprechen.«

»Ich bin Dr. Gault.«

»Ich bin Kurt Stecker. Polizei.«

Der Tonfall, in dem er »Polizei« sagte, klang so, als gehe er davon aus, daß Reiss noch nie einen Vertreter dieses Berufsstandes getroffen habe.

»Ja, was kann ich für Sie tun?«

»Sie kennen Dr. Lawrence Ahearn?«

Reiss nickte. »Was ist denn los?«

»Ich muß Ihnen leider mitteilen, daß Dr. Ahearn einen schlimmen Unfall erlitten hat.« Ehe Reiss etwas sagen konnte, erklärte der Polizist: »Er ist heute nachmittag auf dem Stockhorn ums Leben gekommen.«

Reiss konnte nicht sprechen. Es war zu unerwartet, zu erschütternd. Stecker beschrieb die näheren Umstände. »Sein Begleiter sagt, er sei direkt vor ihm gewesen, als der Unfall passierte. Er stürzte in seinen Skistock, bei einer Geschwindigkeit von etwa achtzig Stundenkilometern. Es ging ganz schnell.«

Reiss wollte gerade fragen, was ganz schnell gegangen sei, als er merkte, daß der Mann vom Tod sprach.

Der Beamte redete weiter, aber Reiss hörte gar nicht mehr, was er sagte. Er versuchte bereits, zu überlegen, was Traxtons Tod bedeutete. Dann unterbrach er sich. »Was ist mit der Frau, die bei ihm war?«

Stecker sah verwirrt aus. »Ich verstehe nicht, was Sie meinen.«
»Bei ihm war eine Frau, Corry Folger. Wo ist sie?« Er mußte sich sehr zusammennehmen, um den Mann nicht am Kragen zu packen.
»Ach ja, die junge Frau. Der Bergführer, Herr Staubbach, sagte, sie sei nicht mit dabei gewesen auf diesem Abhang. Anscheinend war es eine sehr steile und gefährliche Piste, wie das Schicksal Ihres Freundes zweifellos beweist.«
»Also, wo ist sie dann?«
Stecker konnte nur die Achseln zucken. »Herr Staubbach ging los, um Hilfe zu holen. Er konnte nicht auch noch auf die Frau aufpassen.«
»Sie müssen sie in den Bergen suchen gehen. Sie ist vielleicht gestürzt, vielleicht ist sie noch oben.« Er deutete auf die Berge, die man durch die Fenster sehen konnte; die weißen Hänge schimmerten silbern vor dem Hintergrund des Nachthimmels.
»Bitte, Herr Doktor, wenn ihr etwas passiert ist, dann suchen die Rettungsmannschaften und die Skipatrouillen jetzt nach ihr, da bin ich ganz sicher. Ich würde Ihnen aber auf alle Fälle raten, die Bergwacht zu alarmieren. Dies gehört nicht in mein Ressort.«
»Ich nehme an, Sie möchten, daß ich mich um die Leiche kümmere«, sagte Reiss. Seine Stimme klang unglaublich müde.
»Nein, das ist nicht nötig«, meinte Stecker. »Alle Formalitäten sind bereits erledigt.«
»Von wem?«
»Ich weiß es nicht. Das ist nicht...«
»Sie brauchen es gar nicht zu sagen. Es ist nicht Ihr Ressort.«

Als Stecker gegangen war, rief Reiss die Verwaltungsstelle im Tal an. Aber niemand hatte etwas gehört, ob irgendwelche Rettungsaktionen im Gange waren. Ein paar Knochenbrüche um die Mittagszeit. Sonst nichts. Als er sie dringend bat, den Stockhorn-Grunsee-Pfad abzusuchen, wurde ihm höflich mitgeteilt, dazu bestehe nicht der geringste Anlaß.
Reiss war schon drauf und dran, sich noch einmal anzuziehen und sich selbst auf die Suche zu machen, als er hörte, daß sich ein Schlüssel im Schloß drehte und die Tür aufging.
Einen Augenblick stand sie abwartend da; ihr Gesicht war blaß, die

Augen gerötet. Sie schloß die Tür hinter sich, rannte auf ihn zu und küßte ihn, innig, verzweifelt, und hinderte ihn so daran, all die Fragen zu stellen, die ihm auf der Zunge lagen.
»Ich möchte, daß du mich liebst, daß du mit mir schläfst.« Das war alles, was sie sagte.

In Gedanken ging sie die Ereignisse tausendmal durch, aber sie war nie ganz sicher, was sie eigentlich gesehen hatte, und gerade das machte sie wahnsinnig. War sie in Gefahr gewesen? Man konnte es nicht mehr feststellen.
Als der unbekannte Skifahrer den Hang herabgeschossen kam, offensichtlich in der Absicht, sie in die Schlucht zu stürzen, da hatte sie ganz instinktiv reagiert und hatte die Skier, die sie noch in der Hand hielt, weggeschleudert, direkt in seine Bahn. Aber er war nicht gestürzt, er hatte die Gefahr rechtzeitig erkannt. Mit beängstigendem und bewundernswertem Geschick war er in die Luft gesprungen, über Corry und die Skier hinweggesegelt und problemlos wieder heruntergekommen. Dann war er einfach den gewundenen Pfad weitergefahren, als seien solche akrobatischen Kunststücke für ihn eine Selbstverständlichkeit. Er hatte eine Skimaske getragen, man konnte nicht erkennen, wer es war, man konnte auch nicht wissen, ob er sie hatte umbringen wollen oder ob es ein Versehen gewesen war. Vielleicht hatte er sie einfach nicht gesehen. Aber Corry bezweifelte das sehr.
Stundenlang war sie über die Hänge gewandert, dann durch die Straßen von Zermatt, und hatte sich überlegt, was sie tun sollte, was sie Reiss erzählen sollte. Aber schließlich hatte sie beschlossen, möglichst wenig zu sagen und ihren Verdacht gar nicht zur Sprache zu bringen. Und Reiss akzeptierte ihre verkürzte Version, ohne seinen Verdacht zu erwähnen – ein fairer Tauschhandel.
Aber seit Reiss gesehen hatte, was mit Muller passiert war, machte er sich keine Illusionen mehr. Der Versuch, die »Dornenkrone« zu erpressen, war sicherlich ein Kapitalverbrechen. John Traxton war das zweite Mal eines gewaltsamen Todes gestorben. Aber wieder gab es keine Gewißheit. Er hatte nicht die Gelegenheit gehabt, die Leiche zu sehen (nicht, daß ihm das viel genützt hätte), und konnte deshalb nicht feststellen, ob es wirklich John Traxton war, der

umgebracht worden war. Es konnte ja sein, auch wenn es unwahrscheinlich schien, daß John Traxton gewonnen hatte und von der »Dornenkrone« angenommen worden war, aber erst, als der Mann, der Lawrence Ahearn hieß, als tot galt.

27

Reiss hatte die alte Redensart so oft gehört, daß er schon immer einmal selbst Paris im April erleben wollte. Jetzt war sein Traum Wirklichkeit geworden, obwohl die Wirklichkeit nicht ganz dem entsprach, was er sich vorgestellt hatte. Der April in Paris erwies sich als feucht und regnerisch, mit einem Himmel, der einem keine großen Hoffnungen auf ein andersgeartetes Wetter machte.

Nichtsdestoweniger war seine Laune so blendend, daß er es nicht zuließ, daß das Wetter seinen Feriengenuß beeinträchtigte. Bei Corry war das anders; ihre Laune wurde immer schlechter, je länger der Himmel trübe blieb. Sie hatte sich so lange danach gesehnt, endlich einmal aus Luzern, das sie seit jenem tragischen Wochenende in Zermatt nicht mehr verlassen hatten, herauszukommen, daß ihre Erwartungen jetzt viel zu hoch gesteckt waren. Sie wollte ganz da raus und nicht nur gelegentlich für ein paar Wochen, wenn es dem Center gerade einfiel, ihnen so etwas zuzubilligen.

Reiss erkannte in ihrer Verdrießlichkeit nicht, worum es wirklich ging. Er dachte, sobald die Sonne herauskäme, würde es ihr bestimmt besser gehen. Als Entschädigung für das trübselige Wetter vertrieb er ihr die Zeit mit Besuchen in Museen, Restaurants und Nachtclubs; er führte sie auf dem Montmartre, auf den Champs-Elysées und im Bois du Boulogne herum, als sei er hier zu Hause; die Wahrheit jedoch war, daß Jahre vergangen waren, seit er das letzte Mal in Paris gewesen war (im August, als die Stadt praktisch ausgestorben war), und daß er sich ohne einen Stadtplan dauernd verlaufen hätte.

Sie wohnten im Plaza-Atheneé auf der Avenue Montaigne. Aus irgendwelchen Gründen war dieses luxuriöse und sehr teure Hotel vor allem bei reichen Südamerikanern sehr beliebt.

Für Michael Reiss schien die Welt hier im Frühling von Paris voller

Verheißung zu sein. Trotz der Wolken und trotz des Nieselregens wurde die Luft milder, die Blumen begannen zu knospen, und das Gras und die Büsche in den Parks und in den öffentlichen Grünanlagen färbten sich durch den vielen Regen üppig grün.
Der Grund dafür, daß Reiss so gute Laune hatte, war leicht zu verstehen. Das Labor, das einst Traxton besessen hatte, gehörte jetzt ihm. In den letzten Wochen waren immer wieder Beauftragte des Centers bei ihm erschienen und hatten ihm mit opulenten Abendessen und Versprechungen auf gute Bezahlung und großzügige finanzielle Unterstützung seinen Verbleib im Labor schmackhaft gemacht; dabei hatte er sowieso eigentlich gar keine andere Wahl. Fragte er nach Sicherheiten, garantierten sie ihm diese ohne Zögern. Das alles brachte ihn dazu, sich selbst vorzustellen, wie er sich in den klösterlichen Räumen des Labors, fast ein bißchen wie Faust, abmühte, komplizierte Experimente entwickelte und die Grenzen des medizinischen Wissens erweiterte.
Außerdem machte man ihn glauben, auch wenn nie etwas Definitives geäußert wurde, daß Traxton noch am Leben und bei der »Dornenkrone« sei. Er stellte sich vor, es sei Traxton, der von ferne die Fäden zog und den Gang der Ereignisse so steuerte, daß sein Schüler das Erbe seiner Arbeit antreten und es an seiner Stelle fortsetzen konnte.
Aber hin und wieder befielen ihn Zweifel. Wenn Traxton wirklich ermordet worden war, weshalb wäre das Center dann wohl so großzügig? Das ergab keinen Sinn. Er zog es vor zu glauben, daß die Dinge sich optimal entwickelten.
Das war mehr, als Corry glauben konnte. Je mehr Zeit verstrich, je länger sie Gelegenheit gehabt hatte, über die Ereignisse in Zermatt nachzudenken, desto fester wurde ihre Überzeugung, daß Traxton tatsächlich tot war und daß Reiss sich etwas vormachte. Reiss versuchte ihr klarzumachen, daß das Center nicht unbedingt immer aus finsteren Motiven handelte. Von Traxton übernahm er das Image zahlreicher Geschäftsleute, deren einziges Interesse darin bestand, die Welt im Gleichgewicht zu halten und Profit zu machen. »Ich bin immer noch nützlich für sie, weißt du, meine Forschung ist von der Sorte, die sich für sie auszahlt.« Er hielt sein Verhalten in der ganzen Angelegenheit für äußerst pragmatisch.

Als sie ihm nicht antwortete, fuhr er fort: »Was sollte ich deiner Meinung nach denn tun? Ihr Angebot ablehnen? Mir die Gelegenheit entgehen lassen, Forschung zu betreiben, zu der ich bisher nie eine Chance hatte? Diesen Urlaub ablehnen? Und dann? Was wäre denn deine Alternative?«

Sie hatte keine Lösung anzubieten außer der einen, die von vorneherein nicht in Frage zu kommen schien: Fliehen.

Ihre Diskussion wurde niemals wirklich beendet, sie brannte weiter wie ein Feuer, das im Untergrund schwelte und sich unerbittlich einen Weg durch die Erde bahnte; es wühlte und nagte in ihnen und machte sich unweigerlich auf anderen Ebenen bemerkbar: in langem Schweigen, in einem plötzlichen scharfen Wortwechsel, in schlechtem Sex.

Reiss fand für Corry kein Verständnis, er hatte keine Sympathie für ihr überwältigendes Bedürfnis nach Freiheit, die sie sich für sich selbst wünschte.

»Du hast deine Arbeit«, sagte sie. »In ihr kannst du völlig aufgehen. Und was soll ich tun, soll ich etwa dieses gottverdammte Cembalo zusammenbauen?« Sie war bei Schritt 258 angelangt. Schritt 270, der letzte, schwebte über ihr wie etwas völlig Unerreichbares, so etwas wie Gott oder der schwarze Karategürtel neunten Grades.

»Wieso spielst du nicht wieder? Ich bin sicher, das Center hätte nichts dagegen.«

Er hatte sie natürlich immer noch nicht so weit gebracht, daß sie zugegeben hätte, tatsächlich Maia Stevens zu sein, aber er ging davon aus, daß diese Annahme richtig war.

Sie antwortete ihm leise: »Damit ist es aus und vorbei.« Aber die Auseinandersetzung zwischen ihnen ging weiter.

Ungefähr in der zweiten Woche ihres Aufenthaltes begann Reiss, mehr und mehr allein herumzustreifen. Corry blieb allein in ihrem Zimmer und grübelte vor sich hin. Zum ersten Mal fing er an, sich Gedanken über ein Leben ohne Corry zu machen. So malte er sich aus, an Corrys Stelle wäre eine andere Frau. Deren Präsenz war jedoch zu schattenhaft, als daß er sie wirklich hätte beschreiben können. Irgendwie aber erinnerte sie ihn vage an Betsy. Betsy würde sich niemals so aufführen wie Corry das tat, sie würde die

gegebene Situation akzeptieren und sich ihr anpassen, dachte er sich.
Er saß am Fenster in einem Bistro, das auf einer Seitenstraße des Boulevard St. Germain des Prés lag, und trank langsam seinen Espresso, als er sie sah. Er hatte seinen Blick über die Straße schweifen lassen, auf der sich um diese Zeit am späten Vormittag Studenten von der Sorbonne, Leute, die ihre Einkäufe erledigten, Polizisten und Straßenhändler drängten. Corry saß neben ihm, sie war sogar noch mehr als er in das Schauspiel, das sich ihnen auf der Straße bot, versunken, sie war zufrieden, daß sie einfach nur zuschauen konnte, denn sie hatte keinerlei Ehrgeiz, noch eine Stadtführung durch Paris oder eine Besichtigung seiner Galerien und Museen mitzumachen. Was genug war, war genug.
Plötzlich jedoch wurde sie auf die Intensität in Reiss' Blick aufmerksam. Er starrte ohne die geringste Spur von Verlegenheit ein Pärchen an, das offensichtlich einen gemütlichen Bummel an der Rive Gauche machte.
»Was ist los?« fragte sie.
Aber er hörte sie überhaupt nicht. Betsy, murmelte er vor sich hin. Von allen Menschen der Welt, die hier in Paris herumlaufen könnten. Ausgerechnet Betsy.

28

Vielleicht ist sie es ja gar nicht, dachte er. Dann: Doch, sie ist es, sie ist es ganz bestimmt. Aber sie hatte sich verändert, sie war – wie nannte man das doch? – schicker, nicht besser angezogen, aber modischer, eleganter. Sie sah aus, als fühle sie sich hier in Paris zu Hause. Das alles war jedoch nur ein Eindruck, der aus einem kurzen Blick resultierte. Denn jetzt waren sie und der unbekannte Mann an dem Bistro vorbeigegangen, und er konnte sie nicht mehr sehen.
Einen Moment lang blieb er wie gelähmt sitzen, den Blick weiterhin auf die Straße konzentriert, als erwarte er, sie würde umdrehen und wieder zurückkommen. Schließlich wurde ihm jedoch klar, daß das nicht passieren würde und daß er sie außerdem höchstwahrscheinlich ganz verlieren würde, wenn er nicht schnell etwas unternahm.

Und er konnte ganz bestimmt nicht damit rechnen, daß sich ein solcher Zufall ein zweites Mal einstellen würde.
»Entschuldige mich«, sagte er zu Corry. Seine Stimme war nur ein rauhes Flüstern. Sie schaute ihn verblüfft an. Sie konnte sich nicht erinnern, ihn jemals in einem solchen Zustand gesehen zu haben.
»Wohin gehst du?«
Er war bereits an der Tür.
»Michael!« Corry stand vom Tisch auf und ging zur Tür, merkte aber, daß es keinen Sinn hatte, ihm nachzulaufen. Er ging und rannte abwechselnd, und als er zu der Straßenecke kam, spähte er angestrengt in alle Himmelsrichtungen, bevor er sich für eine entschied. Corry kam zu dem Schluß, daß er offensichtlich jemanden entdeckt hatte, den er kannte. Sie war sich nicht sicher, ob sie wirklich herausfinden wollte, wer das war. Also machte sie sich auf den Weg zurück ins Bistro, um in aller Ruhe ihr Frühstück fertig zu essen.

Jetzt, wo er sie direkt vor sich hatte, konnte er sie sich genauer ansehen. Irgend etwas hatte sie mit ihrem Haar gemacht, das fiel ihm als erstes auf. Es war länger und üppiger und erinnerte ihn an die Art, wie sie es in der Zeit getragen hatte, als sie anfingen, miteinander auszugehen; auch damals hatte sie es mit Kämmen zurückgesteckt. Es schimmerte honigfarben in der Sonne, die gerade zwischen den Wolken hervorzuschauen begann. Den Kaschmirpullover mußte sie erst kürzlich gekauft haben, denn er hatte ihn noch nie gesehen, während ihm ihr grauer Rock vage bekannt vorkam. Ihr Gang war typisch Betsy. Selbst wenn sie eigentlich nur bummeln gehen wollte, machte sie große, ausladende Schritte. Auch die Aufmerksamkeit, die sie den Schaufenstern, an denen sie vorbeikamen, widmete, durch die sie ihren Begleiter – und auch Reiss selbst – zwang, langsamer zu gehen oder ganz stehenzubleiben – das alles war ebenfalls typisch Betsy.
Ihr Gesicht wurde beherrscht von einer großen ovalen, leicht lavendelfarben getönten Brille, die ihr eine Art großstädtischer Eleganz verlieh, die eigentlich nicht ihrem Wesen entsprach.
Anders war sie und doch die gleiche. Und trauerte sie um ihn? Das war die Frage. Wer zum Teufel war dieser Mann? Ein Liebhaber?

Oder vielleicht jemand, den sie auf der Reise kennengelernt hatte, im Flugzeug, innerhalb ihrer Reisegruppe, falls es eine solche überhaupt gab? Ja klar, er war eifersüchtig, er hatte gute Lust, zu den beiden hinzulaufen und ihnen zu sagen, wer er war, er würde Betsy an sich reißen und dem Traum, oder dem Alptraum, egal was es nun war, ein Ende bereiten. Und wo waren überhaupt seine Kinder, Mark und Susie? Sicher bei seiner Schwiegermutter, darauf hätte er wetten können. Wahrscheinlich war dies Betsys erster Urlaub seit seinem Tod. (Komisch, wie vertraut ihm dieser Gedanke geworden war.) Sie wollte mal alleine sein. Wie lange war es jetzt her? Fast eineinhalb Jahre. Offensichtlich hatte ihr Witwendasein ein Ende.

Der Mann jedenfalls war in Reiss' Augen schwer einzuordnen; er war weder häßlich noch besonders gutaussehend, er hatte regelmäßige Gesichtszüge, einen zurückweichenden Haaransatz und einen Körperbau mit den charakteristischen Zeichen eines Amerikaners mittleren Alters aus besseren Kreisen. Die Jahre hatten wie in Zusammenarbeit mit der Schwerkraft das Fleisch so lange gedehnt, bis es absackte, und ein kleiner, aber deutlich sichtbarer Hängebauch hervortrat. Kein Konkurrent, dachte Reiss. Denn er selbst war eher fitter und besser in Form als zu der Zeit, in der er New York verlassen hatte, er war durchtrainiert von all der Bewegung, die er in Peru gehabt hatte, wo Bewegung das einzige gewesen war, was es für ihn zu tun gab.

Er beschloß, es so einzurichten, daß sie ihn sehen würde. Er konnte dieser Versuchung einfach nicht widerstehen. Er hatte das Gefühl, diese Begegnung sei vom Schicksal arrangiert worden. Hatte sie ihn nicht auch damals in Paris gefunden, als er darüber nachdachte, ob er sie heiraten sollte? Und hatte sie nicht außerdem die Vorhersage gemacht, daß sie eines Tages in Paris wieder zusammenfinden würden?

Er überquerte die Straße und ging dann so wieder auf die ursprüngliche Straßenseite zurück, daß er jetzt etwa einen halben Häuserblock vor den beiden war. Vor einer Bäckerei blieb er stehen und tat, als betrachte er die torpedoförmigen Brotlaibe, die im Schaufenster lagen, dann aber stellte er sich so hin, daß Betsy ihn gut sehen könnte, wenn sie näherkam.

Tatsächlich sah sie ihn auch, nahm aber kaum Notiz von ihm. Sie lachte über etwas, das der Mann neben ihr gesagt hatte. Für sie gab es keinen Grund, einem Mann, der dastand und überlegte, ob er sich ein Brot kaufen sollte, besondere Aufmerksamkeit zu schenken.
Er war überrascht und auch ein bißchen verletzt, daß sie direkt an ihm vorbeigegangen war, ohne sich auch nur nach ihm umzudrehen. Aber andererseits war es natürlich so, daß man ihn für tot hielt; außerdem hatte sich ja auch seine äußere Erscheinung verändert. Weshalb also sollte ihn ihr Verhalten überraschen?
Der Wissenschaftler in ihm konnte nicht umhin, immer wieder etwas Irrationales in ihm zu entdecken, und er mochte das nicht besonders.
Betsy und ihr Begleiter machten jetzt immer öfter in Boutiquen und Galerien halt, in Geschäften mit Namen wie »Mic-Mac«, »Vicky Tiel« oder »Sonia Rykiel«, die alle an der Rue de Sèvres lagen. War der betreffende Laden voll genug, ging Reiss mit hinein und behielt die beiden aus angemessener Entfernung im Auge. War ein Laden mehr oder weniger leer, blieb er, um keinen Verdacht zu erwecken, draußen stehen. Er kam sich zugegebenermaßen reichlich lächerlich vor und hatte keine Ahnung, wie er das alles jemals Corry würde erklären können. Aber ihm fiel einfach keine andere Taktik ein. Auf ihrer Spur zu bleiben schien irgendwie das Richtige zu sein, obwohl ihm völlig unklar war, was er damit wohl eigentlich erreichen könnte.
Jetzt gingen sie in ein Spielzeuggeschäft, »L'Oiseau de Paradis«. Reiss folgte den beiden inzwischen seit zweieinhalb Stunden, und sie zeigten keinerlei Anzeichen dafür, daß sie ihn bemerkt hätten. Das gefiel ihm nicht besonders. Je länger er Betsy und den Mann, den sie übrigens Francis nannte, beobachtete, desto mehr fiel ihm auf, wie aufmerksam und zuvorkommend die beiden miteinander umgingen. Es waren die Blicke, die sie austauschten, kleine Gesten, die alle für sich allein bedeutungslos gewesen wären, in ihrer Gesamtheit aber eine ziemlich intensive Beziehung beinhalteten. Es war kein Wunder, daß sie nicht bemerkt hatten, daß er ihnen folgte wie ein Hund; sie waren viel zu sehr miteinander beschäftigt.
Betsy gab sich alle erdenkliche Mühe, genau die richtigen Geschenke für Mark und Susie zu finden. Reiss brauchte nicht einmal zu

verstehen, was sie und Francis sagten, um sich das zusammenreimen zu können. Sie entschied sich schließlich für Spielzeugsoldaten, sehr fein geschnitzt und bemalt und den Truppen Napoleons nachempfunden. Außerdem erwarb sie noch eine hölzerne Marionette.

An der Ladentheke kritzelte sie ihre Unterschrift auf Reiseschecks, während die Verkäuferin ihren Paß in Augenschein nahm, um ihre Identität zu überprüfen. Neben ihr stand unbeobachtet, mit offenem Reißverschluß, ihre Handtasche. Francis schaute sich noch anderswo im Laden um.

Reiss starrte gebannt auf die offenstehende Handtasche, zögerte einen kleinen Moment, packte die Tasche, klemmte sie unter den Arm und rannte hinaus auf die Straße. Schnell, allerdings nicht so schnell, daß er ungewöhnliche Aufmerksamkeit auf sich gezogen hätte, ging er die nächste Seitenstraße hinunter und machte nicht eher halt, als bis er die nächste Métro-Station erreicht hatte.

Noch nie in seinem Leben hatte er etwas auch nur annähernd Ähnliches getan. Aber welche andere Möglichkeit blieb ihm, wenn er herausfinden wollte, wie es seiner Frau ging, wie sie sich außer dem längeren Haar und der getönten Brille sonst noch verändert hatte? Es blieb ihm doch gar keine andere Wahl, als so etwas zu tun. Er beschloß, die Handtasche, sobald er ihren Inhalt durchforscht hatte, wieder zu Betsys Hotel zurückzubringen. Er rechnete fest damit, daß er auf einen Schlüssel, auf irgendwelche Papiere oder wenigstens auf eine Streichholzschachtel stoßen würde, die einen Hinweis darauf enthielt, wo sie wohnte.

Obwohl ihn niemand deswegen schief anzuschauen schien, war es schon übel genug, eine Frauenhandtasche mit sich in der Métro herumzuschleppen, aber das Risiko einzugehen, von Corry dabei erwischt zu werden, wie er in ihr herumkramte, war eine noch wesentlich schlimmere Aussicht. Was sollte er ihr sagen, etwa, daß er heimlich ein Doppelleben führte, in dem er Frauen die Handtasche stahl?

Also stieg er an einer Station auf dem rechten Seineufer, nicht weit vom Place de l'Etoile, aus und ging geradewegs in das erstbeste Café, an dem er vorbeikam und das aussah, als sei es einigermaßen gut frequentiert. Er. bestellte sich ein Glas *vin ordinaire* und zog sich dann sofort ins Herrenklo zurück, um dort seinen geraubten Schatz in Augenschein zu nehmen.

Erst bringt man ihren Mann um, dachte er, und dann bricht er einfach in ihr Leben ein und klaut ihre Handtasche. Die arme Frau. Die ganze Sache war vollkommen absurd; und das alles war nur passiert, weil er eines Abends kurz vor Weihnachten zu lange in seinem Büro geblieben war.

Betsys Tasche war gestopft voll, genau so, wie er sie in Erinnerung gehabt hatte. Eine Menge Taschentücher, ein Taschenspiegel, eine Lippenstifthülle, ein Augenbrauenstift, eine zweite Brille, ohne Zierat oder Tönung, eins dieser Plastikdinger, die man zu einem Regenmantel auffalten kann, eine Packung Halsbonbons, eine Dose mit einem halben Dutzend Tabletten gegen Gott weiß was, allerdings kein Valium, eine Rolle Pfefferminzbonbons, zwei Miniaturfläschchen Scotch, die wahrscheinlich aus dem Flugzeug stammten, die Taschenbuchausgabe eines Romans von Ken Follet und, wie er es geahnt hatte, ein Hotelschlüssel, und zwar für Zimmer 425 des Sheraton in der Rue Commandant Mouchotte Nummer 19. Er hätte alles darum gegeben herauszubekommen, ob es sich dabei um ein Einzelzimmer handelte, oder ob sie es mit Francis teilte. Aber dieses Geheimnis enthüllte ihm auch keines der übrigen Dinge, die er bisher ausgegraben hatte.

Der Schlüssel vom Sheraton war nicht der einzige. Er fand außerdem noch ein paar Schlüssel, die an einem Ring befestigt waren. Er wußte sofort, welche Türen mit ihnen aufgeschlossen werden konnten. Bevor sie ihn aus New York geholt und ihm seine persönliche Habe abgenommen hatten, hatte er genau den gleichen Schlüsselring besessen, mit Schlüsseln für sein Haus und für sein Auto. Er konnte sich den Grund in diesem Augenblick nicht erklären, er spürte nur das Bedürfnis nach irgendeiner Art von Verbindung, und steckte die Schlüssel in seine Hosentasche, während er alles übrige wieder in die Handtasche räumte. Nur ein Gegenstand blieb noch, den er sich genauer anschauen wollte. Er war auch der wichtigste, nämlich ihre Brieftasche.

Die Brieftasche war abgenutzt, das Leder abgeschabt, sie hätte sich längst eine neue kaufen sollen; vielleicht behielt sie sie aus Sentimentalität. Eine Fotosammlung in einer Plastikhülle öffnete sich wie ein Akkordeon, als er sie auseinanderfaltete. Wie vorauszusehen, waren Bilder von Mark und Susie unter den ersten, die sichtbar wurden; sie waren sogar verhältnismäßig neuen Datums. Es überraschte ihn, wie groß sie innerhalb dieses einen Jahres geworden waren.

Betsys Mutter war an dem Platz, an dem sie schon immer gewesen war, und auch sich selbst fand er zu seiner Genugtuung an seinem angestammten Platz; vielleicht verblaßte die Erinnerung an ihn, aber sie war jedenfalls nicht ausgelöscht. Diese gute Nachricht hatte allerdings ihr Gegengewicht in einem anderen Bild, das früher nicht dagewesen war; offensichtlich war das der Mann, den er heute früh zusammen mit Betsy gesehen hatte, dieser Francis. Sie waren sich also nicht erst im Flugzeug begegnet. Zwar war er der Meinung, es sei besser, die Wahrheit zu wissen, aber diese Wahrheit machte ihn ganz bestimmt nicht glücklicher. Er setzte seine Nachforschungen fort. Er fand ein paar Kreditkarten, aber es waren weniger, als er in Erinnerung hatte. Sicher hatte sie den Entschluß gefaßt, sparsamer zu leben, denn trotz der Summe, die ihr die Versicherung auszahlte, verfügte sie jetzt eben nicht mehr über sein festes Einkommen. Außerdem stieß er auf hundert Dollar in bar und den entsprechenden Betrag in Francs. Und dann war da noch etwas: ein Zeitungsausschnitt, der vom vielen Anfassen schon ganz gelb und brüchig geworden war. Er stammte aus *Newsday*, der Tageszeitung von Long Island, und er enthielt einen kurzen Bericht darüber, wie er ums Leben gekommen war.

»FLUGZEUGUNGLÜCK FORDERT ZWEI TODESOPFER«, lautete die Überschrift. »Motorschaden verschuldete den Tod eines bekannten forensischen Pathologen und des Piloten einer Lear-Chartermaschine am frühen Samstagabend«, las er da. Er fragte sich, wie viele Leute es wohl geben mochte, die ihre eigene Todesanzeige zu Gesicht bekamen. Er las weiter, obwohl in dem Artikel nicht viel mehr stand, was ihm neu gewesen wäre. Trotzdem machte ihn irgend etwas stutzig, und erst, nachdem er den Artikel noch mehrere Male durchgelesen hatte, kam er darauf, was es war. Es waren zwei Männer in diesem Flugzeug gewesen, der Pilot und der Mann, den man als ihn selbst identifiziert hatte. Also nicht nur die Leiche, die man so zurechtgemacht hatte, daß sie als Michael Reiss durchgehen konnte. Wer war dieser zweite Mann?

Jetzt klopfte jemand heftig an die Tür. »*Finissez-vous, monsieur?*« Reiss verstaute den Zeitungsausschnitt hastig wieder an seinem ursprünglichen Platz, nahm die Handtasche und räumte dem ungeduldigen Herrn das Feld.
Als er wieder bei seinem *vin ordinaire* saß, fielen ihm plötzlich die Schlüssel wieder ein, die seine Hosentasche ausbeulten. Er zog sie heraus, legte einen nach dem anderen auf die Papierserviette, die vor ihm lag, und machte sich daran, ihre Umrisse mit seinem Stift nachzuzeichnen. Wenn ihn in diesem Moment jemand gefragt hätte, was er da mache, wäre ihm eine Antwort ziemlich schwergefallen. Vielleicht war es wieder das Bedürfnis, irgendeine Form von Verbindung herzustellen, die ihn so handeln ließ. Die Serviette behielt er, während er den Schlüssel wieder in die Tasche zurückbeförderte.

Obwohl er schrecklich nervös war, schien dem Hotelangestellten an der Rezeption des Sheraton-Hotels nichts an ihm aufzufallen. »Wenn Sie wünschen«, bot dieser ihm an, »kann ich sie in ihrem Zimmer anrufen, dann können Sie es ihr persönlich übergeben.« Reiss wollte schon ablehnen, dann entschloß er sich aber doch, das Risiko einzugehen.
Wäre sie jetzt nicht dagewesen, hätte er sich weiter um seinen eigenen Kram gekümmert, und damit wäre die Sache erledigt gewesen. Aber sie war da, und innerhalb von zehn Minuten stand sie auch schon im Foyer.
»Mrs. Reiss?« sagte er.
»Ja?« Sie musterte ihn eingehend.
»Ich glaube, das hier gehört Ihnen.«
»O ja!« Sie nahm die Tasche in die Hand. »Wie haben Sie sie denn gefunden?«
»Ich entdeckte einen Mann, der mit ihr unter dem Arm davonrannte. Er sah aus, als habe er sie gestohlen. Also lief ich ihm nach.«
Natürlich, seine Stimme war völlig verändert; sie würde sie bestimmt nicht erkennen können. Auch sein Gesicht nicht.
Aber sie sah sehr verstört aus.
»Sind wir uns nicht schon irgendwo einmal begegnet?«
»Nein, das glaube ich kaum«, antwortete er schnell. »Ich habe die letzten Jahre in Europa verbracht.«

»Oh«, sagte sie nur. Die Antwort schien sie immer noch nicht ganz zufriedenzustellen. Und möglicherweise erinnerte sie sich auch gar nicht aus der Zeit, in der sie verheiratet gewesen waren, an ihn, sondern deshalb, weil sie ihn an diesem Tag schon einmal gesehen hatte, als er ihr nachgegangen war. »Das ist wirklich sehr aufmerksam von Ihnen.« Sie wandte den Blick von ihm ab und sah sich die Tasche genauer an. Als sie feststellte, daß ihr ganzes Geld noch da war, blieb ihr fast die Luft weg. »Ich muß Ihnen wirklich etwas dafür geben.«

»Nein, das ist nicht nötig, vielen Dank.«

Bevor sie noch etwas sagen konnte, machte er sich auch schon auf den Rückweg. »Guten Abend, Mrs. Reiss«, sagte er.

Na ja, dachte er, da sind wir uns also nun in Paris begegnet, aber falls wir wirklich jemals wieder zusammenfinden sollten, wird das nicht in diesem Leben geschehen und auch nicht in Paris, jedenfalls nicht in diesem Paris. Wer weiß... vielleicht wandern wir im Paris unserer Träume für immer zusammen durch Straßen und Gärten. John Traxton hatte recht gehabt. Er befand sich jetzt auf der anderen Seite und schaute von dort aus zu. Betsy dagegen lebte in einer Welt, zu der ihm der Zutritt versagt war.

Als Reiss zurückkam, war Corry nicht in ihrem Zimmer. Er duschte und zog sich um. Als er nach etwa zwanzig Minuten fertig war, kam sie zurück.

Ihr Gesichtsausdruck war kühl, fast feindselig. »Ich hätte nicht erwartet, dich hier vorzufinden«, sagte sie und schlug die Tür hinter sich zu.

Reiss zuckte die Achseln. »Es tut mir leid, daß ich dir heute früh einfach so davongelaufen bin.«

Sie blieb stehen und machte sich nicht einmal die Mühe, die Jacke auszuziehen. »Wer war die Frau? Eine ehemalige Freundin? Oder war es deine Frau? Es war deine Frau, nicht?«

Ihr Wahrnehmungsvermögen überraschte ihn so, daß er nicht einmal auf die Idee kam, es zu leugnen. Alles, was er sagte, war: »Ich konnte einfach nicht anders. Du an meiner Stelle hättest das gleiche getan.«

Ihr Blick blieb unbarmherzig. Es würde ihr sehr schwerfallen, ihm zu verzeihen, soviel war klar. »Keine Unterstellungen bitte. Sag mir lieber, was ihr beiden euch zu erzählen hattet. Oder bist du ihr einfach nur den ganzen Tag nachgeschlichen?« Dann, bevor er etwas antworten konnte, sagte sie plötzlich mit matter Stimme: »Nein, sag lieber nichts. Ich will es gar nicht wissen. Es geht mich ja sowieso nichts an. Oder?«

»Corry...«

Sie ließ sich auf die andere Seite des Doppelbetts fallen, die Hände auf dem Schoß verschränkt. Ihre Jacke hatte sie noch immer nicht ausgezogen. »Und was machen wir jetzt?«

»Ich verstehe nicht.«

Ihre Augen fixierten die Aussicht auf die Stadt, die sich ihnen, vom Fenster umrahmt, bot, und vermieden es, Reiss anzusehen. »Wie sollen wir denn jetzt weitermachen? Ich habe das Gefühl, daß wir irgendeinen Wendepunkt erreicht haben.« Jetzt schaute sie ihm ins Gesicht. »Du verstehst immer noch nichts, oder? Du denkst, wir könnten einfach so weitermachen wie bisher. Du denkst, wir könnten uns in Luzern niederlassen, du spielst dann in deinem Labor, und ich spiele die Hausfrau.«

»Das haben wir doch schon tausendmal durchgekaut... Jetzt ist wirklich nicht der Zeitpunkt, wieder damit anzufangen. Es war ein ziemlicher Schock für mich heute, Betsy wiederzusehen, und ich bin nicht in der Stimmung...«

»Betsy. Stimmt, ich hatte ihren Namen ganz vergessen. Hast du eigentlich überhaupt eine Vorstellung, was du mit deinem Leben anfangen willst, wenn du das Center mal für einen Moment außer acht läßt? Tu mal für einen Augenblick so, als hättest du absolute Freiheit. Was würdest du tun, sei mal ganz ehrlich. Würdest du zu Betsy und zu deiner Familie zurückgehen und zu all dem, was du in – wie hieß es doch gleich? – was du in Sea Scape hattest?«

»In Sea Cliff.«

»Sea Cliff also. Oder wäre dir dein Labor in Luzern lieber? Und hast du mal eine Sekunde darüber nachgedacht, welche Rolle ich in deinem Leben spielen soll? Denn, um dir die Wahrheit zu sagen, Michael, ich finde, daß sich dieses Spiel hier lange genug hingezogen hat, und ich habe genug davon, Center hin oder her. Ich mag dich, ich mag dich sehr sogar, aber ch bin kein exotisches Wesen das du dir zu deinem Vergnügen in einem Käfig halten kannst. Vielleicht siehst du es nicht so, aber für mich ist es genau das. Tut mir leid.«

»Liebe.«

»Was hast du gesagt?« Sie runzelte die Stirn; vielleicht hatte sie ihn tatsächlich nicht verstanden.

»Du hast gesagt, daß du mich magst, aber hast du mich jemals geliebt?«

»Liebe«, wiederholte sie. »Liebe, Liebe, Liebe. Wenn man es oft genug sagt, geht sie vorbei.« Sie stieß einen langen Seufzer aus. »Es tut mir leid. Ich fange an, zynisch zu werden. Ich mag es nicht, wenn ich so bin.«

»Wohin gehst du?«

Sie war schon an der Tür. »Ich weiß es nicht. Irgendwohin, überallhin. Ich muß nachdenken.«

»Wirst du zurückkommen?«

Sie überlegte einen Moment. »Ja, um meine Sachen zu holen.«

Und dann war sie weg.

Ich muß ihr nachlaufen, ich muß sie beruhigen, dachte er. Aber als er hinausschaute, konnte er sie nicht mehr sehen. Der Flur war menschenleer, sie war wohl schon mit dem Aufzug hinunter ins Foyer gefahren. Im Foyer waren eine Menge Leute, aber keine Corry.

Er ging auf die Straße hinaus, aber auch dort war sie nicht zu sehen. Die Sonne war jetzt nach langer Zeit endlich durchgekommen und färbte mit ihrem Licht die Häuser auf der gegenüberliegenden Straße golden, aber das war ihm kein Trost.

Er machte sich gerade auf den Rückweg zum Hotel, mit dem Gedanken, wahrscheinlich gleich in der Bar Anglais mit einem Drink vor sich hin zu grübeln, als ihn ein Mann beim Namen rief. Oder besser bei einem seiner Namen. »Michael Reiss?«

Hätte er eine Gelegenheit zum Nachdenken gehabt, wäre ihm sicher aufgefallen, daß nur Corry oder Vertreter des Centers ihn mit diesem Namen ansprechen würden und nicht mit »Dr. Gault«. So aber reagierte er nur instinktiv.

Er hatte den Mann, der ihn angesprochen hatte, noch nie zuvor gesehen. Er war einfach nur irgendein Mann im Geschäftsanzug, sehr wahrscheinlich ein Amerikaner. »Was gibt's?«

Seine Frage blieb unbeantwortet. Ein zweiter Mann trat jetzt neben ihn.
»Guten Abend, Dr. Reiss.«
Reiss wandte sich um, aber das wäre gar nicht notwendig gewesen. Er kannte diese Stimme.
Neben ihm stand jetzt Matthew Watkins. »Corry?« Er hatte Angst, daß sie ihr etwas angetan hatten. »Wo ist sie?«
Watkins schaute ihn verwundert an. »Ich weiß nicht recht, was Sie damit meinen. Ich bin nicht wegen Miss Folger nach Paris gekommen. Wegen Ihnen bin ich hier, Dr. Reiss.«
Obwohl sich etliche Leute in der Nähe befanden, schien ihnen niemand besondere Aufmerksamkeit zu schenken. Reiss war weniger erschrocken als verblüfft. »Was meinen Sie denn damit?«
»Ich will damit sagen, daß John Traxton in Paris ist und Sie unbedingt sofort sehen will.«
»Ich würde gern eine Nachricht für Corry hinterlassen.«
»Dazu haben wir keine Zeit. Es wird für Sie nicht lange dauern. Bitte...«
Ein schwarzer Citroën hielt neben ihnen am Straßenrand. Reiss versuchte, Watkins' Gesichtsausdruck zu ergründen, aber es war unmöglich herauszufinden, ob er die Wahrheit sagte. Sein Begleiter hatte sich jedoch jetzt unmittelbar hinter ihn gestellt; er bedrohte ihn zwar nicht direkt, ließ aber auch keinerlei Zweifel daran aufkommen, daß es hier nicht um etwas ging, bei dem die persönliche Entscheidungsfreiheit irgendeine Rolle spielte. Beim Center war das sowieso nie der Fall.
»Wenn Sie sagen, daß es nicht lange dauern wird...«
»Ganz und gar nicht. Aber rasches Handeln ist unbedingt erforderlich.« Er riß die Autotür auf, und Reiss stieg ein.

29

Corry war nicht erschrocken, als sie Reiss bei ihrer Rückkehr nicht im Hotel vorfand. Eigentlich hatte sie sogar fast damit gerechnet, daß er nicht da sein würde; bestimmt hatte er sich zum Schmollen in irgendeine Bar zurückgezogen. Sie kannte ihn inzwischen gut genug. Obwohl sie zu dem Ergebnis gekommen war, daß sie durchaus nicht unrecht hatte, sah sie doch auch ein, wo seine Argumentation stimmte; solange das Center für Rehabilitations-Chirurgie ihr Leben unter Kontrolle hatte, würden sie beide niemals wirklich eine Chance haben herauszubekommen, ob sie es zusammen schaffen würden. Was sie jetzt suchte, war nicht so sehr eine Versöhnung, als vielmehr einen Waffenstillstand.

Nachdem sie sich dies alles überlegt hatte, wurde sie nun doch deutlich nervöser, je mehr Zeit verstrich und Reiss immer noch nicht auftauchte. Irgendwann muß er doch schlafen, dachte sie. Er war viel zu sehr Pragmatiker, um nach einem Saufabend einfach abzuhauen. Sie konnte sich vorstellen, daß sie selbst tage- oder sogar wochenlang verschwand, aber nicht, daß er so etwas tat.

Als sie mit ihrer Geduld völlig am Ende war, ging sie hinunter ins Foyer und versuchte, an der Rezeption etwas über seinen Verbleib in Erfahrung zu bringen.

Nein, sagte man ihr, Dr. Gault hatte keine Nachricht hinterlassen.

War er vielleicht abgereist?

Nein, auch das war nicht der Fall.

Sie ging wieder nach oben; jetzt fing sie an, sich ernsthaft Sorgen zu machen. Das Telefon neben dem Bett wurde zum Brennpunkt ihres Interesses, auf den sich all ihre Aufmerksamkeit konzentrierte. Jeden Augenblick erwartete sie einen Anruf von ihm. Aber der Anruf kam nicht.

Vor ein paar Wochen noch hatte sie selbst ihn in die gleiche unangenehme Lage gebracht, als sie aus Luzern geflüchtet und an die Riviera gefahren war. Jetzt hat er den Spieß umgedreht, dachte sie.

Sie vergaß, etwas zu essen. Sie trank nur Wasser aus der Wasserleitung. Die Nacht schritt weiter voran. Jedesmal, wenn sie aus dem Fenster blickte, kam ihr die Dunkelheit noch undurchdringlicher vor, trotz der vielen Lichter, die überall leuchteten. Sie wollte das Zimmer auf keinen Fall verlassen, weil sie Angst hatte, sie könnte einen Anruf von ihm verpassen oder nicht da sein, wenn ihr von der Rezeption eine Nachricht übermittelt wurde. War er wohl mit Betsy durchgebrannt? Das war die Möglichkeit, die ihr als erste eingefallen war. Aber Reiss war viel zu anständig, um so etwas zu tun, jedenfalls nicht, ohne ihr vorher etwas davon zu sagen. Und hätte er dann nicht auch seine Sachen mitgenommen?

Vielleicht war ihm etwas Schreckliches zugestoßen. Sie wühlte in seinem Gepäck herum, in der schwachen Hoffnung, dort vielleicht auf irgendeinen Hinweis zu stoßen, der ein bißchen Licht in die Sache brachte. Aber das einzig Ungewöhnliche, das sie fand, war eine zusammengefaltete Papierserviette, auf die die Umrisse von etwas gezeichnet waren, das aussah wie ein Schlüssel. Das alles brachte sie nicht weiter.

An wen konnte sie sich jetzt bloß wenden? Der einzige, der gewußt hätte, was zu tun sei, wäre Traxton gewesen, aber Traxton war tot, davon war sie fest überzeugt. Sie hatte nicht nur Angst um Reiss. Sie machte sich auch Sorgen um ihre eigene Sicherheit. Sie war vollkommen allein. Nicht einmal Carlo D. war noch da. Sie hatte gehört, daß er bei einem Massaker in Marseille ums Leben gekommen war, wahrscheinlich als Opfer des Drogenkriegs zwischen rivalisierenden Heroinschmugglern. Es gab keinen einzigen Überlebenden.

Gegen Morgen fiel sie in einen unruhigen Schlaf, aus dem sie nach ungefähr einer Stunde erwachte und sich noch erschöpfter fühlte als vorher. Benommen versuchte sie, die bleierne Müdigkeit abzuschütteln. Sie bemerkte, daß sie noch die Kleider anhatte, die sie tags zuvor getragen hatte.

Sie konnte nicht mehr tun, als sich mühsam in Bewegung zu setzen und ins Foyer hinunterzugehen, um nochmals zu fragen, ob Dr. Gault sich gemeldet habe.

Was sie am Abend zuvor zur Antwort bekommen hatte, sagte man ihr auch jetzt: Er hatte nichts von sich hören lassen.

»Ist mit Ihnen alles in Ordnung?« wollte der Hotelangestellte wissen.

»Ja«, antwortete sie ihm, es gehe ihr gut. Ihr bleiches, blutleeres Gesicht strafte ihre Worte Lügen.

Mit einer Art grimmiger Entschlossenheit sprach sie verschiedene Hotelbedienstete, die durch das Foyer kamen, an, beschrieb ihnen Reiss und schaute zu, wie sie nachdachten und die Augen zusammenkniffen (so, als versuchten sie, sein Bild vor ihrem Auge heraufzubeschwören), nur um dann zögernd verneinend den Kopf zu schütteln.
Aber die negativen Antworten waren doch nicht alle gleichlautend. Der Portier, dessen weißes Haar und dessen von Falten zerfurchtes Gesicht Zeugnis ablegten von den Jahrzehnten, in denen er Menschen beobachtet hatte, die durch die Eingangshallen der Hotels ein und aus gingen, sagte, es könnte vielleicht sein, daß er tatsächlich einen Mann gesehen hatte, auf den ihre Beschreibung paßte.
»Wann haben Sie ihn denn gesehen?«
Er schürzte die Lippen und furchte seine Stirn noch tiefer: Gedanken wanderten langsam durch sein Gehirn, sie ließen sich Zeit, sich aneinanderzureihen. »Es war gestern am späten Nachmittag... Wohlgemerkt, ich bin mir wirklich gar nicht sicher, ob er es war.«
»Wo war er? Im Foyer?«
»Nein, nein. Er ging gerade nach draußen. Er sah aus, als müßte er dringend Luft schnappen. Dann sah ich, wie er sich mit zwei Männern unterhielt.«
»Und?« Sein plötzliches Schweigen brachte sie auf die Palme. Sie war so übermüdet und angespannt, daß jede Kleinigkeit sie die Wände hochgehen lassen konnte.
»Und als ich das nächste Mal wieder zu ihm hinsah, sah ich, wie die beiden Männer, mit denen er gesprochen hatte, in ein Auto stiegen, ich glaube, es war ein Citroën. Dann fuhren sie weg. Aber ob er bei ihnen war oder nicht, das kann ich Ihnen wirklich nicht sagen. Ich habe nicht gesehen, ob er eingestiegen ist, wohlgemerkt.«
Es muß doch bestimmt noch etwas geben, was ich ihn fragen könnte, dachte sie, aber was? Und als sie dann noch einmal in das ausdruckslose Gesicht des Portiers blickte, spürte sie, daß sie alles an Information aus ihm herausbekommen hatte, was er ihr geben konnte.
Zwei unbekannte Männer und ein Citroën, das war alles, was sie in der Hand hatte. Sie war überzeugt, daß das Center für seine Entführung verantwortlich war, aber sie hatte trotzdem keine Ahnung, was sie als nächstes tun sollte. Wohin würden sie ihn wohl

bringen – und warum? Und selbst wenn sie die Antwort auf diese Fragen herausfinden sollte, was in aller Welt konnte sie schon tun? Und das alles war auch nur ein Teil des Problems. Zuallererst hatte sie die Verantwortung für sich selbst. Sie nahm an, daß sie wahrscheinlich nach Luzern zurückgehen konnte, auch wenn ihr diese Aussicht ganz und gar nicht behagte. Sie konnte auch, jedenfalls, solange das Geld reichte – was übrigens nicht sehr lange sein würde –, bleiben, wo sie war. Aber das wäre letztlich nur ein Aufschub der Entscheidung und keine Lösung des Problems.

Trotzdem entschied sie sich schließlich dafür, zu bleiben, wo sie war. Halb erwartete sie, daß dieselben beiden geheimnisvollen Männer, die Reiss angesprochen und mitgenommen hatten, noch einmal in ihrem Citroën vorbeikommen und dasselbe mit ihr machen würden. Und sie war sich nicht einmal so ganz sicher, ob ihr das nicht sogar ganz gelegen kommen würde, einfach weil es ein Ausweg aus ihrem Dilemma wäre.

Am nächsten Morgen jedoch erwachte sie, obwohl sie in der Nacht nur wenig besser geschlafen hatte als in der vorhergehenden, mit dem Gedanken, daß sie nicht so leicht aufgeben wollte. Sie mußte nur einen günstigen Moment abwarten. Sie war ganz sicher, daß sie es schaffen würde, die kommenden Ereignisse zu ihren Gunsten zu beeinflussen. Ich bin so weit gekommen, dachte sie, jetzt muß ich nur noch ein bißchen weiter gehen, das ist alles.

Ein günstiger Moment bahnte sich an, wenn auch gar nicht in der Art, die sie erwartet hatte. Ihre Chance präsentierte sich in Gestalt eines schlanken jungen Mannes, etwa zehn Zentimeter kleiner und vielleicht sechs Jahre jünger als sie. Er war dunkelhaarig und recht gutaussehend, aber viel zu aalglatt mit seinen sorgfältig modisch gestylten schwarzen Haaren und seinen Augen, die zu einem lüsternen Blick erstarrt waren. Seine Ebenbilder, die auch seine Clones hätten sein können, sah man überall, Gigolos und gelangweilte Teenager, die körperlich, aber nicht emotional gereift waren unter der Sonne irgendeines Mittelmeerlandes und um so früher dem Verfall anheimfallen würden. Corry hatte seinesgleichen in den Diskotheken beobachtet, hatte gesehen, wie sie in den Cafés herumlungerten und nur darauf warteten, daß irgendeine ältere

begüterte Dame ihnen die Drinks bezahlen würde, die sie bereits konsumiert hatten.
Er hätte aus einer ganzen Anzahl verschiedener Gegenden stammen können: aus Spanien, Marokko, Italien, Israel, ja sogar aus Südamerika, vor allem, wenn man bedachte, wie sehr das Plaza-Athenée Leute aus diesem Teil der Welt anzog. Woher er stammte, war im Grunde jedoch vollkommen irrelevant, und soweit Corry es nach ihren Beobachtungen beurteilen konnte, schien er auch gar nicht im Hotel zu wohnen. Dafür stand er zu hartnäckig im Foyer herum und erweckte zu sehr den Anschein eines Außenseiters, der jeden Moment damit rechnen mußte, hinausgeworfen zu werden. Aber es bestand kein Zweifel daran, daß von all den attraktiven Frauen, die im Foyer ein und aus gingen, manchmal von Gepäck gefolgt, das für eine ganze Kompanie gereicht hätte, daß also von all diesen Frauen Corry absolut die einzige war, die sein Interesse erweckte.
Sie war sich ganz sicher, daß er ihr bis zum Abend mehrmals in Gedanken sämtliche Kleider vom Leib gerissen hatte, und obwohl er ihr in einer durchaus respektablen Entfernung folgte, folgte er ihr absolut verbissen. Sie war vom Auf und Ab der letzten sechsunddreißig Stunden nervös genug und hatte deshalb nicht die geringste Lust, von irgendeinem Schürzenjäger im Seidenhemd und einer Hose, die an seinen Beinen festgenäht zu sein schien, zu einer Art Heiligem Gral der Sexualität gemacht zu werden. Aber ihn zur Rede zu stellen und ihn wegen seiner penetranten Aufdringlichkeit zurechtzuweisen, hätte ihr bestimmt in ihrem Vorhaben mehr geschadet als genützt, also unternahm sie nichts. Am nächsten Morgen hatte sie seine Existenz schon fast völlig vergessen, er aber durchaus nicht die ihre. Er war im Foyer und wartete offensichtlich auf sie. Als sie erschien, ging ein Leuchten über sein Gesicht, als erwarte er, sie würde im nächsten Moment zu ihm herüberkommen und ihm einen guten Morgen wünschen. Als sie sich niederließ, um zu frühstücken, suchte er sich einen Tisch auf der anderen Seite des Cafés und tat das gleiche. Sein Blick ließ sie nicht los, er lächelte sie an und schien gegen ihren zornigen Blick, der ihn traf, vollkommen immun zu sein.
Was Corry am meisten aus der Fassung brachte, war die Tatsache, daß der Mann nichts anderes tat, als sie unentwegt anzustarren und

ihr überallhin in Paris zu folgen. Ein solches Verhalten hätte sie von einem Voyeur erwartet oder von jemandem, der krankhaft schüchtern ist. Das Verhalten dieses Mannes aber war viel zu auffällig, als daß er eines von beidem hätte sein können. An ihm war nichts Schüchternes, abgesehen davon, daß er einfach kein Gespräch mit ihr anfing.

Und noch etwas an ihm fiel ihr auf, und zwar, daß er immer eine schwarze Tasche über der Schulter trug. Sie konnte einfach nicht umhin, sich darüber Gedanken zu machen, was wohl in ihr sein mochte.

Sie überlegte, daß dieser Mann ein weiteres »Auge« sein könnte, ein Abgesandter des Centers, der den Auftrag hatte, sie zu beobachten, jetzt, wo Reiss von der Bildfläche verschwunden war. Aber er sah überhaupt nicht aus wie ein Agent und handelte noch viel weniger wie einer. Andererseits, überlegte sie, konnte es auch gerade diese Unstimmigkeit sein, die für ihn arbeitete. Vielleicht fand er sie auch nur wirklich attraktiv und wollte, daß sie es mitbekam – schließlich taten das viele Männer. Daß er sich ihr nicht näherte, hatte möglicherweise weniger den Grund, daß er es nicht wollte, als vielmehr, daß er die Anweisung hatte, es nicht zu tun.

Diese Hypothese kam ihr am einleuchtendsten vor. Vielleicht kann ich das für meine Zwecke irgendwie ausnutzen, dachte sie. Vielleicht konnte er ihr wenigstens sagen, was mit Reiss passiert war und womit sie selbst zu rechnen hatte. Natürlich würde er erst einmal alles abstreiten, aber es gab Möglichkeiten, damit fertig zu werden.

Die Kunst, sagte der Jazzpianist Cecil Taylor, liegt in einer Geste. Konnte man diesen Satz möglicherweise auch umkehren, fragte sich Corry.

Ihre Geste jedenfalls bestand darin, daß sie dem Gentleman an der Ecke einen Drink bezahlte und den Kellner bat, ihn ihm zu bringen. Es war noch früh am Abend, und die Hotelbar füllte sich gerade mit Geschäftsleuten, die sich nach irgendwelchen nicht endenwollenden Konferenzen (das jedenfalls entnahm Corry ihren Gesprächen) dazu entschlossen zu haben schienen, sich sinnlos zu betrinken. Ihr plötzliches und so zahlreiches Erscheinen machte es Corry jetzt unmöglich, den Mann im Auge zu behalten; der Blick auf ihn war

ihr verdeckt, und so konnte sie nicht wissen, wie er auf den Drink reagiert hatte.
Und während sie sich noch den Hals verrenkte in der Hoffnung, ihn doch irgendwo in der Masse ausfindig machen zu können, spürte sie plötzlich eine Hand auf ihrer Schulter. Die unerwartete Berührung ließ sie zusammenzucken. Sie wandte sich um und merkte, daß sie direkt ins Gesicht des Mannes blickte. In der Hand hielt er den Drink, den sie für ihn bezahlt hatte, fast, als wollte er seine Aufdringlichkeit damit erklären.
»Ich muß mich bei Ihnen bedanken. Das war sehr nett von Ihnen«, sagte er. Sie versuchte, seinen Akzent einzuordnen, konnte es aber nicht gleich. »Ich sehe Sie dauernd. Ich dachte, vielleicht sollte ich da einfach einmal das Eis brechen?« Er schien die Redensart zuerst nicht zu verstehen. »Ah, das Eis brechen. Ja.« Er streckte die Hand aus. »Elias Montera.«
»Corry Folger.« Sie schüttelte ihm kurz die Hand. »Aber ich nehme an, daß Sie meinen Namen sowieso schon längst wissen.«
Diese Bemerkung schien ihn etwas zu beleidigen.
»Na ja, Sie scheinen eben großes Interesse an mir zu haben«, fuhr sie fast tröstend fort. »Ich dachte einfach, daß Sie deshalb auch meinen Namen wüßten.« Er blickte zur Seite. Er sah überhaupt nicht entspannt aus. »Vielleicht...« murmelte er.
Vielleicht was? dachte sie, sagte aber nichts.
»Würden Sie mich jetzt vielleicht entschuldigen?«
»Das kommt aber ziemlich plötzlich. Haben Sie vor, wiederzukommen, oder war das alles? Ich will nicht aufdringlich sein oder so etwas, aber für jemanden, der mir durch halb Paris nachgelaufen ist, scheinen Sie doch jetzt, wo Sie die Gelegenheit haben, mit mir zu reden, auf einmal sehr wortkarg zu sein. So schüchtern können Sie doch eigentlich überhaupt nicht sein.«
Er lächelte nervös und verzog die Lippen dabei, so daß er fast grotesk aussah. »Ich bin nicht nervös, nein, aber ich fürchte, ich muß gehen.«
Achselzuckend beobachtete sie ihn, wie er sich einen Weg bahnte zu dem Tisch, an dem er gesessen hatte. Das Geheimnis blieb also so wenig gelüftet wie bisher, so viel schien jetzt klar zu sein.
Kurze Zeit später ging er, allerdings nicht ohne eine Art Aufwieder-

sehen. Der Kellner wartete, bis er gegangen war und brachte ihr dann einen zusammengefalteten Zettel. Auf ihm standen der Name eines Hotels, eine Adresse, eine Zimmernummer und eine Uhrzeit. Die Uhrzeit war acht Uhr, also in zwei Stunden.

»Sie sind gekommen«, sagte er. Seine Stimme klang nicht ganz so beglückt, wie sie es erwartet hatte. Er starrte aus dem Fenster seines kleinen Zimmers auf den Eiffelturm, der aussah wie ein überdimensionales Filigranspielzeug, von dem man nicht erwartete, daß es am nächsten Morgen noch da sein würde.
»Haben Sie nicht gedacht, daß ich kommen würde?« Sie stand an der Tür und wartete darauf, daß er ihr den Mantel abnahm und einen Stuhl anbot.
Schließlich tat er das auch und entschuldigte sich für seine Unhöflichkeit. »Ich habe Wein da. Außergewöhnlich guten Wein, einen Château Margaux Jahrgang 1970. Ist das okay?«
»Ja, gut. Kommen Sie von irgendwo aus Südamerika?«
»Aus Venezuela.«
»Was wäre, wenn ich Ihnen sagen würde, daß ich das nicht glaube?«
Er warf lachend den Kopf in den Nacken. Dann goß er den Wein ein.
»Es ist mir lieber, wenn Sie nicht allzu viel über mich wissen. Es ist gefährlich.« Er redete wie ein zweitklassiger Schauspieler in einem Melodram der vierziger Jahre. Überhaupt sah er aus, als gehöre er in ein Melodram der vierziger Jahre. Er überreichte ihr ein randvolles Glas.
»Gut, nicht?«
»Gut, doch. Was ist gefährlich? Daß ich hier bin?«
»Ja. Daß ich Sie eingeladen habe, daß Sie meine Einladung angenommen haben.«
Er setzte sich an das Fußende des Betts und blickte sie entschuldigend an. Sie saß auf einem Stuhl, dem einzigen, den sein bescheidenes Zimmer zu bieten hatte. »Dann sollte ich vielleicht doch lieber gehen.« Sie stand von ihrem Stuhl auf.
Er packte sie am Handgelenk, hielt sie zurück und zwang sie, sich wieder zu setzen. »Nein.«
»Nein«, wiederholte sie. Sie ließ ihre Augen durch das Zimmer schweifen. Nichts Außergewöhnliches, nichts, das fehl am Platz

wirkte, nichts, das ein Hinweis darauf gewesen wäre, welche Absichten dieser Mann verfolgte. Die schwarze Tasche, mit der sie ihn so oft gesehen hatte, war nirgends zu entdecken. »Jetzt sagen Sie mir bitte einmal ganz genau, was Sie eigentlich von mir wollen.«

»Nichts«, antwortete er viel zu schnell. »Nein, nichts. Ich will Sie.«

»Das habe ich mir fast gedacht.«

»Ich habe nicht damit gerechnet, daß Sie tatsächlich kommen würden. Vielleicht ist es wirklich besser, wenn Sie jetzt gehen.«

»Machen Sie jetzt einen Rückzieher?«

Er schwieg. Das Zimmer war so spärlich beleuchtet, daß sein Gesicht halb im Schatten lag; er sah aus wie einer jener tragischen Spanier auf den Gemälden von Goya. »Das Center hat Sie angestellt, nicht wahr? Das Center für Rehabilitations-Chirurgie?«

Dies schien ihn wie zuvor in der Bar wieder zu verwirren. »Man hat mich angestellt, ja.«

»Angestellt, um zu beobachten, wohin ich gehe?«

Er nickte.

»Aber Sie sollten nicht mit mir reden. Sie handeln gegen Ihre Anweisungen. Warum?«

Sie kannte die Antwort, aber sie wollte sie von ihm hören.

»Sie sind eine schöne Frau.«

»Beauftragt man Sie nie damit, schönen Frauen zu folgen?«

»Nie so einer wie Ihnen.«

Sie nippte an ihrem Wein. Wie mache ich jetzt bloß weiter? überlegte sie. »Der Mann, mit dem ich zusammen war, Dr. Louis Gault, wissen Sie, was mit ihm passiert ist?«

Montera bekam große Augen und hob die Brauen. »Ich kenne diesen Mann überhaupt nicht. Ist er Ihr Liebhaber?« Seine Stimme klang, als sei er eifersüchtig.

»Das geht Sie nichts an.«

Das Zimmer war kühl, selbst bei geschlossenen Fenstern zog es. Corry wollte hier nicht bleiben. Sie glaubte nicht, daß Montera ihr in irgendeiner Form hilfreich sein konnte. Er schien ihr die Antworten zu geben, von denen er annahm, daß sie ihr gefallen würden; es hatte fast den Anschein, als erfinde er sie einfach im Lauf des Gesprächs. Andererseits aber würde sie auch nichts damit erreichen, wenn sie jetzt ginge. Wenn es ihr doch nur gelingen würde, einen

Blick in diese Tasche zu werfen. Vielleicht würde sie da etwas finden, das interessant, wenn nicht sogar wertvoll für sie wäre.
Jetzt hellte sich Elias Monteras Miene auf, und er zeigte eine Reihe blitzender weißer Zähne. Er streckte die Arme nach ihr aus, um sie näher an sich zu ziehen.
»Wieso reden wir denn über solche Dinge?« fragte er.
Sie wappnete sich für das, was jetzt folgen würde, war sich aber durchaus nicht sicher, ob sie es durchhalten konnte.
Seine Hände massierten ihren Nacken. Er küßte sie einmal. »Werden Sie heute nacht bei mir bleiben?«
»Ich glaube nicht, daß das einen Sinn hätte. Ich kenne Sie doch überhaupt nicht, Elias.«
Er runzelte die Stirn und überlegte, was diese Bemerkung wohl alles bedeuten konnte.
»Ja, das ist sehr wahr.« Er zog seine Arme von ihr zurück. »Aber morgen, wer weiß, was morgen sein wird? Sie und ich, wir könnten irgendwo in der Welt sein, nicht?«
Sie stand auf. »Es tut mir leid, Elias, ich muß jetzt gehen. Sie würden mir einen großen Gefallen tun, wenn Sie sich in Zukunft nicht mehr so aufdrängen würden.« Sie dachte: Ich werde mit ihm dasselbe machen wie mit dem »Auge« in Luzern, ich werde mich verkleiden und einfach verschwinden.
Es war fast, als hätte er ihre Gedanken gelesen. »Wenn Sie jetzt gehen, werde ich Ihnen folgen müssen. Oder noch schlimmer: andere Leute, Leute, die Sie gar nicht kennen, werden da sein. Bleiben Sie doch noch eine Weile. Sehen Sie, vom Wein haben wir kaum getrunken. Noch ein Glas, und dann können Sie gehen, wenn Sie wirklich wollen. Bitte.«
»Na gut«, gab sie widerwillig nach und setzte sich wieder hin.
Ihr Entgegenkommen freute ihn ganz offensichtlich. »Versprechen Sie mir, daß Sie hierbleiben? Ich muß schnell noch einmal hinunter ins Foyer und einen Anruf erledigen. Wie Sie ja sehen, gibt es hier im Zimmer kein Telefon. Aber der einzige Ausgang geht durch das Foyer. Laufen Sie also bitte nicht weg. Ich möchte, daß es Ihnen gutgeht.«
Er nahm ihr Lächeln als ein Zeichen des Einverständnisses. Er goß ihr Wein nach und versicherte ihr, sein Telefongespräch werde

höchstens ein paar Minuten in Anspruch nehmen. Sie antwortete, er brauche sich deswegen keine Sorgen zu machen. »Nehmen Sie sich ruhig so viel Zeit, wie Sie wollen.« Nachdem er gegangen war, blieb sie fast eine halbe Minute sitzen, wo sie war. Sie war sicher, daß er zurückkommen würde. Als er das aber nicht tat, fing sie an, das Zimmer zu durchsuchen. Zum Glück war es nicht groß, und es gab nicht viele Plätze, wo man etwas hätte verstecken können. Der Schreibtisch war, abgesehen von hoteleigenem Briefpapier, leer; aus den Schubladen strömte Pariser Staubgeruch. Auch in der Kommode gab es nicht viel zu entdecken, die meisten von Monteras Kleidern waren im Koffer geblieben, den er unter seinem Bett verstaut hatte.

Der Kofferinhalt war enttäuschend, er enthielt nichts im geringsten Aufschlußreiches. Mit dem Wandschrank dagegen war es anders, denn dort entdeckte sie in dem Fach über der Kleiderstange die Tasche, die das Ziel ihrer Suche war.

Sie stellte sich ganz in die Nähe der Tür und horchte auf das Geräusch von Schritten, die ihr sein Zurückkommen verraten würden. Alles war ruhig. Sie untersuchte die Tasche und mußte feststellen, daß sie verschlossen war. Trotzdem versuchte sie, entgegen aller Voraussicht, das Schloß unter Einsatz ihrer ganzen Kraft aufzubekommen. Es klappte jedoch nicht, und sie begann, ihre Handtasche zu durchwühlen. Mit der Nagelfeile, die sie schließlich fand, machte sie sich noch einmal an dem Schloß zu schaffen. Ein kaum hörbares Klicken zeigte ihr an, daß sie diesmal ihr Ziel erreicht hatte. Das ging aber ziemlich leicht, dachte sie.

Der erste Gegenstand, den sie aus der Tasche beförderte, war ein Stadtplan von Rom. Der zweite war ein brauner Briefumschlag, auf dem eine Adresse an der Piazza Trinità dei Monti in Rom stand. Ein Name war darangeheftet: Claudia Sheff. Corry öffnete die Klammer, mit der der Umschlag verschlossen war, faßte hinein und zog den einzigen Gegenstand heraus, der sich darin befand: einen Paß. Der Paß war nicht auf Claudia Sheff ausgestellt worden, sondern auf eine gewisse Nina Carpenter. Und die Adresse, die in ihm angegeben war, befand sich in Köln, Deutschland, und nicht in Rom. Aber diese Unterschiede machten wenig Eindruck auf Corry. Was sie interessierte, war viel eher das Paßbild. Denn die Frau auf dem Foto war sie selbst.

30

Das Kolosseum war wegen der Luftverschmutzung geschlossen worden, und man hatte die Statue des Mark Aurel von seinem gewohnten Platz auf der Piazza Colonna entfernt und sie durch eine Kopie ersetzt – ebenfalls wegen der Luftverschmutzung. Die Zahl der Katzenweibchen war rapide gesunken, und so hatten die Horden wilder Katzen die Ruinen des Forums verlassen und sie dem Wind und den Touristen überlassen – und der Luftverschmutzung.

Rom war nicht mehr das, was sie in Erinnerung gehabt hatte. Vielleicht war Rom das niemals gewesen. Man kommt nach Rom schon das erste Mal mit Erinnerungen, von Bildern und aus Geschichtsbüchern. Corry war schon fünfmal in Rom gewesen, aber bei jedem ihrer Besuche hatte sie einen Mann dabeigehabt, meistens einen sehr reichen und verschwenderischen Mann. Sie brauchte nur den Mund aufzumachen und den Namen irgendeines Hotels zu nennen – eines Hotels der Super-Luxus-Klasse natürlich –, und schon wohnte sie dort. Für Unterhaltung war immer gesorgt; sie ließ all die Künstler, Regisseure, Starlets und Playboys der westlichen Welt, die nichts anderes zu tun hatten, als sich in irgendwelche Parties zu stürzen, in ihrem Gedächtnis vorbeidefilieren, wie sie ihr unter den Cinzano-Sonnenschirmen bei Doney's zuprosteten oder in den riesigen lüsterbeleuchteten Villen, die betagten Baronen und Baroninnen gehörten, auf deren Unterstützung einst Mussolini angewiesen gewesen war. Sie redeten sanft, mit angenehmem Akzent und trugen ihre dunklen Brillen zur Schau. Sie erinnerte sich an einen von ihnen (aber an welchen?), der darauf bestanden hatte, daß sie sich anhörte, wie sein Herz schlug; er sagte nämlich, es würde schneller werden, wenn sie ihn berührte. Und das tat es auch tatsächlich; während sie horchte, schien es sogar nahe am Zerspringen zu sein. Der Mann nahm, wie sie später herausbekam, regelmäßig Aufputschmittel ein; wahrscheinlich hatte das etwas damit zu tun.

Und wo waren sie geblieben? – die *artistes*, die Starlets mit den zerzausten Haaren und der Syphillis, die alternden Zweitrangigen mit den silbernen Zigarettenspitzen und den leuchtend blauen Augen? Und die Playboys, die ihren Alpha-Romeo auf der Via

Veneto spazierenfuhren und dabei das Ende des Kapitalismus und den nahe bevorstehenden Sieg des Proletariats proklamierten? Sie waren verschwunden, alle verschwunden. Denn auch wenn sie vielleicht doch noch da waren und denselben Leidenschaften, denselben Illusionen nachhingen wie immer, verfügte Corry jetzt nicht über den entsprechenden Status oder das entsprechende Geld, und sie hatte auch keinen reichen und verschwenderischen Begleiter, der sie in eine luxuriöse Umgebung einführte und sie greisen Baronen vorstellte.

Allein auf sich gestellt, mit der Aussicht vor Augen, bald kein Geld mehr zur Verfügung zu haben – auch wenn es bis jetzt noch nicht ganz so weit war –, fand sie eine Unterkunft in einer Pension, die trotz bescheidener Preise sowohl gemütlich als auch günstig gelegen war. Sie befand sich gegenüber von einem Hotel, in dem sie früher einmal gewohnt hatte, dem noblen Hassler nämlich, das von oben auf die Spanische Treppe herabblickte. Aber es war nicht die Nähe des Hassler, die ihr wichtig war. Auch Nostalgiegründe spielten keine Rolle bei der Wahl ihrer Unterkunft. Nein, einzig und allein auf die Adresse der Pension kam es ihr an: Auch sie lag in einer kleinen Seitenstraße, die direkt von der Piazza Trinità dei Monti ausging.

Sie hatte den Paß, den sie in Monteras Tasche gefunden hatte, nicht mitgenommen. Aber sie hatte ihn sich in der kurzen Zeit, die ihr zur Verfügung stand, gründlich angeschaut. Es war keine Frage, daß der Paß gefälscht war. Viele der Ein- und Ausreisestempel, die seine Seiten wie Tätowierungen bedeckten, datierten aus der Vergangenheit, aber mindestens drei Visa waren zu einem Datum ausgestellt, das noch in der Zukunft lag. Das erste davon, das ihr auffiel, war ein Visum mit dem Datum des zweiten Mai, das Nina Carpenters Einreise nach Peru dokumentierte.

Bis zum zweiten Mai waren es noch vier Tage.

Die Adresse, die Corry sich sorgfältig eingeprägt hatte (sie hatte Angst gehabt, sich irgend etwas aufzuschreiben), lag nur ein paar Schritte weit entfernt; sie brauchte nur die Piazza zu überqueren, und schon war sie da. Aber an ihrem ersten Tag in Rom vermied sie es ängstlich, dort hinzugehen. War sie abergläubisch? Möglicherweise war es Aberglaube, denn sie dachte nicht, daß sie es wirklich schaffen würde, die Identität von Nina Carpenter und Claudia Sheff herauszufinden (die nach allem, was sie wußte, höchstwahrscheinlich ein und dieselbe Person waren), sondern sie ging davon aus, endlich etwas über ihr eigenes Schicksal, das ihr bevorstand, in Erfahrung zu bringen.

Es wunderte sie eigentlich, daß sie bis hierher gekommen war, daß sie es mit ihrem eigenen Paß, der sie als Corry Folger, wohnhaft in Luzern in der Schweiz, ausgab, fertiggebracht hatte, aus Paris herauszukommen und ohne Zwischenfälle im Nachtexpreß »Palatin«, der zur Frühstückszeit in Rom ankam, die französisch-italienische Grenze zu überschreiten.

Bis jetzt hatte sie niemanden bemerkt, der die Rolle von Elias Montera übernommen hatte, auch kein entsprechendes Gegenstück des »Auges«, das jeden ihrer Schritte auf den Boulevards und auf den kleinen kopfsteingepflasterten Gäßchen überwacht hatte. Natürlich gab es Männer, die ihr nachgingen, die es sogar wagten, sie anzufassen und ihr mit einschmeichelnder Stimme, die andere sich für Liebesworte aufbewahren mochten, Obszönitäten zuflüsterten. Aber das war etwas grundsätzlich anderes, das war lästig, aber keinesfalls bedrohlich. Sie hatte Erfahrung mit diesen Straßenekken-Romeos, und es fiel ihr deshalb nicht schwer, sie sich vom Leib zu halten. Sie nahm kein Blatt vor den Mund und zahlte ihnen mit gleicher Münze heim, sie beschimpfte ihre Verfolger mit italienischen Ausdrücken, die die Legitimität ihrer Geburt anzweifelten.

Corry tat, was sie nur konnte, um ihr gutes Aussehen herunterzuspielen; sie bedeckte ihr Haar mit einem Kopftuch, ihre Brüste waren unter einem übereinandergeschlagenen Schultertuch praktisch nicht zu erkennen, und ihr Kleid erfüllte denselben Zweck für ihre Beine.

Man hätte sie unschwer für eine Pilgerin zur Peterskirche halten können. Sie war jedoch nicht unterwegs zur Peterskirche, sondern zu einem wesentlich unbekannteren Gotteshaus, das in einer Seitenstraße der Via Veneto lag. Sein Name war Santa Maria della Concezione – die Kirche der Kapuzinermönche.

Das Besondere an dieser Kirche der Kapuzinermönche waren die Mönche selbst, und zwar nicht die lebendigen, sondern die toten, die ihren Platz hatten in den Nischen der unterirdischen Gänge, deren Besuch auch der Öffentlichkeit gestattet war. Alle trugen sie noch die Robe ihres Ordens, bei manchen befanden sich noch Fleischreste auf den Knochen, was den Köpfen ein äußerst makabres Aussehen verlieh. Augen jedoch hatte keiner mehr, und trotzdem war es schwierig, das Gefühl loszuwerden, daß sie das Vorbeiziehen der Lebenden beobachteten und den Mönchen ebenso wie den Touristen die immer gleiche Frage stellten, deren Antwort sie vermutlich schon gefunden hatten.

Beim Anblick dieser verwesenden Mönche erinnerte sich Corry unwillkürlich an die unterirdischen Gänge von Amarucancha, wo sie Körper gesehen hatte (oder jedenfalls gesehen zu haben glaubte), die weder von Menschen noch von Tieren stammen konnten. Aber es hätten vielleicht auch Wachsfiguren sein können, soweit sie es in der Dunkelheit beurteilen konnte; vielleicht war das Ganze auch nur ein grauenvoller Scherz gewesen, den das Center sich ausgedacht hatte.

Hier zumindest konnte man sich dessen, was man sah, sicher sein. Ein Kameramann, der mit Fellini und Antonioni gearbeitet hatte, hatte sie früher einmal hierhergebracht. Er hatte ihr gesagt, daß ein Besuch in Santa Maria della Concezione die Dinge für ihn immer wieder in die richtige Perspektive rückte.

Es gab noch einen weiteren Grund, der Corry bewog, diese Katakomben aufzusuchen; für sie war es nicht so sehr eine Frage der Perspektive, sondern sie wollte sich näher mit dem Gedanken an den Tod vertraut machen.

Sie ging davon aus, daß der Tod etwas war, das ihr in sehr naher Zukunft bevorstand.

An diesem Abend merkte sie, daß sie sich zwar gelangweilt und ruhelos fühlte, aber daß sie hungrig war und weiterhin unter den Lebenden weilte, und deshalb machte sie sich auf die Suche nach einem geeigneten Abendessen. Pasta, Kalbfleisch, Scampi, Auberginen, alle diese Gerichte, die die italienische Küche weltberühmt gemacht hatten, konnten ihr Interesse heute aber nicht wecken. Sie sehnte sich nach etwas ganz und gar bodenständig Amerikanischem. Es dürfte eigentlich nicht sehr schwer sein, überlegte sie, so etwas in einer Stadt zu finden, auf deren Straßen man fast ebenso viel Englisch hörte wie Italienisch; und es war auch tatsächlich kein Problem.

Es war sogar so, daß sie ganz in der Nähe ihrer Pension auf ein Restaurant stieß, das ausschließlich amerikanische Gerichte servierte. Chili, Grillhähnchen nach Südstaaten-Art und hausgemachter Apple-Pie wurden unter anderem als Spezialitäten des Hauses angepriesen.

Sie hatte das Restaurant kaum betreten, als auch schon ein Kellner auf sie zustürzte und sie auf Englisch willkommen hieß. »Ah, Signorina Sheff, wie wunderbar, Sie endlich wieder einmal hier begrüßen zu dürfen! Sie waren schon so lange nicht mehr hier. *Prego*...« Er führte sie zu einem Tisch, der in einer Ecke ein wenig von den übrigen entfernt stand. »Wir haben Ihren Stammplatz für Sie freigehalten.«

Er lächelte sie an, daß das Gold seiner Zahnkronen nur so blitzte. Corry wurde klar, daß er sie für die Frau hielt, deren Gesicht sie auf dem Paßbild gesehen hatte. Sie beschloß, nichts zu unternehmen, was den Kellner von seiner Meinung abbringen würde. Sie wollte den Bann auch nicht dadurch brechen, daß sie etwas sagte, denn während es gut möglich war, daß sie dieser Claudia Sheff ähnlich sah, war es doch relativ unwahrscheinlich, daß sie die gleiche Stimme besaß.

»Und geht es Ihnen gut heute abend, *Signorina*?«

Sie lächelte, deutete dann aber auf ihren Hals und verstellte die Stimme so, daß sie ganz heiser klang und man sie kaum hören konnte. »Laryngitis«, sagte sie. »Eine üble Erkältung.«

Der Kellner hatte sie verstanden und verzog besorgt das Gesicht. »Darf es trotzdem das Übliche sein?«

»Aber natürlich.« Sie fragte sich, was »das Übliche« wohl sein mochte und hoffte, daß es etwas nach ihrem Geschmack war.

Obwohl der Kellner sich außer um sie noch um mehrere andere Kunden kümmern mußte – wie es schien, waren es sicher ebenso viele Italiener mit texanischem Gaumen wie echte Amerikaner –, galt Signorina Sheff doch seine ganz besondere Aufmerksamkeit.

Als das Geschäft etwas abflaute, nahm er sich die Freiheit und zog sich einen Stuhl an ihren Tisch, obwohl Corry das Gefühl hatte, daß

ein solches Verhalten eigentlich gegen die Grundsätze des Hauses verstieß. »Sie wissen gar nicht, wie tief betroffen ich war, als ich von Signore Roccellas Unglück hörte.«
»O danke«, sagte Corry, denn etwas Besseres fiel ihr im Moment wirklich nicht ein.
»Als wir davon erfuhren, waren wir äußerst beunruhigt. Daß einem solch mutigen Mann so etwas Furchtbares zustößt!«
»Ja, es war furchtbar.«
»Und die *polizia*!« Er gab einen Laut von sich, der seiner Mißbilligung Ausdruck verleihen sollte. »Die *terroristi*, die tun, was sie wollen! Die *polizia* ist völlig hilflos. Und wissen Sie auch warum?«
Corry verneinte.
»Die *polizia*, sie ist unterwandert. So sagt man doch, *si*? Unterwandert? Wir alle haben gebetet, daß Signore Roccella wieder gesund wird. Sie müssen dankbar sein, *Signorina*, dankbar, daß er nur ein Auge verloren hat. Es hätte ihn auch das Leben kosten können. Ich selbst habe die Jungfrau Maria angerufen.« Er wollte klarstellen, wie sehr er sich um Signore Roccellas Genesung gekümmert hatte – wer auch immer Signore Roccella sein mochte. Ihr Vater? Ihr Bruder? Ihr Liebhaber?
Er richtete den Blick auf Corrys Teller, den sie soeben leergegessen hatte, und fragte sie, ob das Fleisch ihr geschmeckt habe. Es war nicht schlecht gewesen, obwohl sie es sich normalerweise bestimmt nicht bestellt hätte. Dennoch versicherte sie ihm mit ihrer rauhen Stimme, es habe so gut geschmeckt wie eh und je.
»Ich bin überrascht, daß der *Signore* sie allein ausgehen läßt«, sagte er. »Er ist doch immer so überaus besorgt!«
Dann mußte er wohl ihr Liebhaber sein, folgerte Corry. Sie stellte sich einen Mann vor, der schon etwas älter war, eine Art Vaterfigur.
Mit einem verschwörerischen Augenzwinkern fuhr der Kellner jetzt fort: »Ah, sind Sie vielleicht allein, weil der *Signore* geschäftlich unterwegs ist?« Er wartete ihre Antwort nicht ab. Er lehnte sich im Stuhl zurück, und das Licht strahlte von seinen Goldkronen. »Ich hätte es wissen müssen. Er verbringt mehr Zeit auf Reisen als zu Hause, *si*? Sie sind bestimmt sehr einsam.«
Corry wußte nicht, ob er vielleicht stillschweigend davon ausging, daß die Möglichkeit bestand, er könne den finanziell zweifelsohne

sehr gutgestellten Signore Roccella ersetzen. Sie hielt es für das Beste, nein zu sagen, und daß sie außerdem das Alleinsein auch genieße.

»Aber Sie müssen auf der Straße sehr vorsichtig sein, *Signorina*. Es ist allgemein bekannt, daß die *terroristi* geschworen haben, den *Signore* umzubringen. Sie sind sehr wütend darüber, daß ihnen das bis jetzt noch nicht gelungen ist. Und auch Sie sind in Gefahr.«

»Das glaube ich nicht«, antwortete sie automatisch.

»*Si*, ich glaube das aber ganz bestimmt.«

Sie zuckte die Achseln. »Ich werde gut auf mich aufpassen.«

Jetzt runzelte er auf einmal die Stirn und blickte sie unschlüssig an.

»Geht es Ihnen gut, Signorina?«

»Ja, natürlich. Abgesehen von der Halsentzündung. Wieso fragen Sie?«

»Sie scheinen mir ein bißchen *pallida*. Wie heißt das Wort auf Englisch?«

»Bleich meinen Sie?«

»*Si*, bleich. Irgendeine Grippe geht um in Rom. Ich selbst fühle mich auch nicht gerade *bene*.«

Es war möglich, daß er anfing zu ahnen, daß es nicht Claudia Sheff war, mit der er sich da unterhielt; wahrscheinlich hatte er sie ein paar Monate nicht mehr gesehen, sicher seit dem mißglückten Attentatsversuch auf Signore Roccella. Aber er bekam nicht die Gelegenheit, sie sich noch genauer anzusehen; ein Mann, der aussah, als wäre er der Geschäftsführer, rief ihn und machte ihm unmißverständlich klar (selbst Corry, die nur sehr wenig Italienisch konnte, verstand ihn), daß er anderen Verpflichtungen nachzugehen hatte, als mit seiner hübschesten Kundin zu plaudern.

»*Scusí, Signorina*, ich muß mich wieder meinen Pflichten widmen. Bestellen Sie dem *Signore* meine besten Grüße. Werden Sie ihm sagen, daß ich in Santa Susanna jeden Tag zur Jungfrau Maria für seine Genesung gebetet habe?«

»Natürlich, gerne.«

»Sie erinnern sich doch an meinen Namen?« Er stellte sich darauf ein, gleich beleidigt zu werden, das sah Corry ihm an.

»Ja, das tue ich.«

Er zögerte, vielleicht, weil er sich nicht entschließen konnte, ob er

ihre Behauptung überprüfen sollte oder lieber nicht. Offenbar kam er aber zu dem Schluß, es sei besser, es dabei bewenden zu lassen.
»*Grazie, Signorina Sheff, grazie, grazie.*«
Corry gab ihm ein reichliches Trinkgeld. Sie wollte dem guten Ruf von Claudia Sheff auf keinen Fall schaden.

Der Kellner war nicht der einzige, der dachte, sie sei Claudia Sheff. Als sie am nächsten Morgen die Spanische Treppe herunterkam, sprach sie ziemlich genau auf der Höhe des Hauses, in dem der englische Dichter John Keats an Tuberkulose gestorben war, eine Frau an; Corry jedoch konnte außer dem Namen Claudia nichts von dem verstehen, was sie ihr sagte. Offenbar hatte Claudia die Sprache recht gut zu beherrschen gelernt, was ja auch durchaus einleuchtete, da sie schließlich mit einem Italiener zusammenzuleben schien. Alles, was Corry zu tun übrigblieb, war zu nicken, etwas vor sich hin zu murmeln und ansonsten das gleiche zu machen wie bei dem Kellner, nämlich auf ihren Hals zu zeigen. Die Frau schien sie nicht recht zu verstehen, und als Corry schnell das Weite suchte, starrte sie ihr völlig verblüfft nach.
Jeder, der Corry kannte, hätte vorhersagen können, daß sie nicht nach Rom kommen würde, ohne den Läden in der Via Condotti wenigstens einen einzigen Besuch abzustatten, egal, wie riskant ihre Lage auch sein mochte – beziehungsweise die Lage von Claudia Sheff. Sie wollte nicht einmal unbedingt etwas kaufen; sie verfügte ohnehin nicht über das nötige Geld, um sich die Leder-, Silber- und Glasartikel leisten zu können, die die Auslagen der Läden zierten. Aber sie konnte sie sich ansehen. Und dabei zog sie auch schon die Aufmerksamkeit der Ladenbesitzer und Verkäufer auf sich. Die meisten schienen sie zu kennen. »*Come sta, Signorina Sheff?*«
Ihr italienischer Wortschatz reichte – wenn auch mit Mühe – gerade aus, um zu antworten: »*Molto bene. E Lei?*«
Damit kam sie durch. Offenbar erwartete auch keiner dieser Leute ein längeres Gespräch mit ihr, obwohl sie deutlich enttäuscht zu sein schienen, wenn sie nicht in den Laden hereinkam, um sich die jeweiligen Angebote genauer anzusehen. Jedenfalls kam Corry zu dem Schluß, daß Claudia und sie mehr gemeinsam hatten, als sie gedacht hatte.

Es war ihr mittlerweile ganz klar geworden – durch diese unbeabsichtigte Zusammenarbeit von Kellnern, Verkäufern und flüchtigen Bekanntschaften –, daß man sie ohne Probleme als Claudia Sheff gelten ließ. Ebenso war ihr jetzt klar, daß man sie in Peru nicht nur deshalb dieser Veränderung unterworfen hatte, um ihre alte Identität auszulöschen, sondern auch, um sie zur Doppelgängerin einer ihr unbekannten Frau zu machen. Zu welchem Zweck das geschehen war, konnte sie im Moment jedoch noch nicht ergründen. Es war natürlich kaum anzunehmen, daß jemand wollte, daß sie mit dieser Maskerade weitermachte. Es ging hier nicht zu wie in *Prinz und Bettelknabe*; sie würde zum Beispiel Signore Roccella bestimmt nicht an der Nase herumführen können und auch nicht ewig heiser bleiben. Und ganz davon abgesehen mußte sie ja auch davon ausgehen, daß Claudia Sheff tatsächlich existierte, auch wenn sie noch so zurückgezogen lebte.
So weit bin ich gekommen, dachte Corry, nur um endlich herauszufinden, daß ich jemandes Doppelgängerin bin. Nachdem sie die Persona (wenn nicht sogar die Persönlichkeit), die vor ihrem Aufenthalt in Peru ihr gehört hatte, aufgegeben hatte, mußte sie jetzt erfahren, daß das das einzige war, was sie davon hatte: sie war die Zwillingsschwester einer Frau namens Claudia Sheff geworden.

Am Morgen des 30. April wurde Corry vom Klang einer dröhnenden Stimme, die aus einem Megaphon zu kommen schien, geweckt. Vom Fenster ihres Zimmers aus konnte man den Grund des Lärms nicht entdecken. Ganz im Gegenteil sogar: ihre Aussicht war so still und friedlich, wie man es sich nur vorstellen konnte, mit einem Panorama der Peterskirche weit jenseits des Tibers.
Erst als sie auf den Platz hinunterging, der sich vor der Kirche Trinità dei Monti mit ihren zwei Türmen ausbreitete, und zur Spanischen Treppe hinabsah, wurde ihr mehr oder weniger deutlich, worum es ging.
Auf der offenen Ladefläche eines uralten Lastwagens stand ein bärtiger Mann, der eindringlich auf die wenigen Zuhörer, die ihm ihre Aufmerksamkeit zu schenken bereit waren, einredete. Wäre nicht die rote Fahne gewesen, die an einer Stange über ihm im Wind flatterte, Corry hätte nicht wissen können, für welche Sache er sich

so engagierte. Worum es dem Kommunisten jedoch genau ging, verstand sie erst, als sie hörte, wie ein Touristenführer einer Gruppe verwunderter Amerikaner, die entweder auf dem Weg zu Keats' Haus waren oder gerade von dort kamen, die Situation erklärte. Am nächsten Tag nämlich sollte es offenbar einen Generalstreik geben. Einer der Touristen erkundigte sich nach den Gründen für den Streik. Der Führer erklärte, daß alle Leute, egal welchem Berufsstand sie angehörten, unter der Inflation litten, und daß sie, die keine Stellung hatten, sowohl unter der Inflation als auch zusätzlich noch unter der Arbeitslosigkeit litten. Und außerdem, fügte er hinzu, sei morgen der Erste Mai, also ein passender Tag, um die unzufriedenen Arbeiter zu mobilisieren.

Aber wie Corry später aus englischen Gesprächsfetzen und aus den Schlagzeilen der römischen Tageszeitungen, die sie mühsam entzifferte, erfuhr, ging es nicht nur darum, daß man sich wegen der bevorstehenden Stillegung des gesamten Handels und sämtlicher öffentlicher Einrichtungen Sorgen machte (denn so etwas dauerte erfahrungsgemäß nie sehr lange), sondern daß man befürchten mußte, daß die Terroristen, vor allem die Roten Brigaden, die Situation für ihre eigenen Zwecke ausnutzen würden. Und damit hatten sie auch tatsächlich schon gedroht.

Aber die Natur schien sich an diesem letzten Apriltag mit einem wolkenlosen, strahlend blauen Himmel und wunderbar warmem Sonnenschein über die immer gespannter werdende Lage lustig machen zu wollen. Seit den Tagen von Romulus und Remus war eine Krise auf die andere gefolgt, waren politische und religiöse Dramen inszeniert worden, aber die Tatsache, daß Rom den Anspruch erhob, ewig zu bestehen, war schließlich nicht aus der Luft gegriffen. Und so gingen die Einwohner der Stadt trotz Generalstreiks und Terrordrohungen ihren alltäglichen Verrichtungen nach.

Corry wußte sehr wohl, daß sie zu lange gezaudert hatte und daß das Haus an der Piazza Trinità dei Monti auf sie wartete. Trotzdem beschloß sie, ihren Besuch dort noch einmal um ein paar Stunden zu verschieben und statt dessen einen Spaziergang in den Ruinen des Forum und von dort auf den Palatin zu unternehmen. Der Streik jedoch hatte diese Gegend bereits einen Tag eher erreicht, und so

war die Kasse, an der man Eintrittskarten kaufen konnte, geschlossen und der Zutritt zum Forum ansonsten untersagt. Man erklärte ihr, daß die Wärter aller Museen und Denkmäler Roms sich für einen Tag im Streik befänden. Sie solle es am Wochenende noch einmal versuchen.
Vielleicht soll mir das etwas sagen, dachte sie. Sie nahm sich zusammen, machte kehrt und ging direkt zurück zu der Piazza, die sie erst vor einer knappen Stunde verlassen hatte. Sie ging am Hotel Hassler vorbei und von dort immer weiter, bis sie schließlich dem Haus, das Signore Roccella gehörte, direkt gegenüberstand. Obwohl die Fassade des Hauses weder einen besonders mächtigen noch einen besonders protzigen Eindruck machte – sie bestand aus massiven grauen Steinblöcken, durchbrochen von Bogenfenstern, deren Läden auf der zur Straße gelegenen Seite alle geschlossen waren –, hatte man als Betrachter doch das Gefühl, daß Reichtum und erlesener Geschmack hinter diesen Mauern wohnten. Gerade diese strenge Zurückhaltung und Schlichtheit, die das Äußere des Hauses bestimmten, machten es um so bedrohlicher.
Die Treppe zum Eingangstor hatte die Form eines umgekehrten V, das sich zur Straße hin öffnete. Dort standen drei dunkelgekleidete Männer, die nicht einmal den Versuch unternahmen, ihre Funktion zu verheimlichen, die darin bestand, Roccella und Claudia Sheff zu bewachen, die sich, soweit Corry es beurteilen konnte, möglicherweise beide in diesem Augenblick im Innern des Hauses befanden.
Jetzt, wo sie so weit gegangen war, sich das Haus wenigstens von außen anzuschauen (Palazzo war wahrscheinlich eher die passende Bezeichnung für ein solches Gebäude), wußte Corry auf einmal nicht mehr, was sie als nächstes tun sollte. Mit dem Gefühl, daß diese Konfrontation allzu plötzlich kam, machte sie sich auf den Rückweg zu ihrer Pension, blieb dort aber nur so lange, wie sie brauchte, um ihr Schultertuch loszuwerden und sich etwas Modischeres überzuziehen, etwas, das eher dem Stil entsprach, in dem Claudia Sheff sich vermutlich kleiden würde. Sie hatte nämlich beschlossen, ein kleines Experiment zu machen.
Als sie diesmal zu dem Haus kam, nahm sie all ihren Mut zusammen und benutzte die Straßenseite, auf der auch Roccellas Residenz lag. Aber als sie in die Nähe kam, überfiel sie auf einmal die kalte

Panik. Am besten kehre ich um und vergesse die Angelegenheit, dachte sie.
Aber sie konnte ihren Gedanken nicht in die Tat umsetzen. Denn gerade in dem Moment, in dem sie umkehren und den Rückweg zu ihrer Pension antreten wollte, lief sie direkt in die Arme eines Mannes. Er packte sie und hielt sie sanft, aber bestimmt fest.
Ein Schrei blieb ihr im Hals stecken.
»*Signorina!*« Der Mann hörte sich ganz entsetzt an. »Sie sollten nicht hier draußen sein. Das ist gefährlich. Signore Roccella wird sehr ungehalten sein.«
Hierauf gab es für sie nichts zu erwidern. Der Wachposten, der wie seine Kollegen einen Geschäftsanzug trug, führte sie zum Haus. Vielleicht konnte man der wirklichen Claudia Sheff nicht vollauf vertrauen, denn der Mann ließ ihren Arm auch jetzt noch nicht los.
»Was würde Signore Roccella sagen, wenn er wüßte, was Sie getan haben!«
Er schüttelte mit ernstem Gesicht den Kopf. »Ich habe Sie gar nicht herauskommen sehen. Sie sind klüger, als vielleicht gut für Sie ist.«
Damit, dachte Corry, hat er jedenfalls wahrscheinlich sogar recht. Sie konnte sich nicht entscheiden, ob sie versuchen sollte zu fliehen oder ob sie ohne weiteren Widerstand mit ihrem Möchtegern-Beschützer mitkommen sollte. Aber sie schien ohnehin eigentlich keine andere Wahl zu haben; die Entscheidung lag nicht mehr in ihrer Macht, der Stein war ins Rollen gekommen. Sie wagte gar nicht, daran zu denken, wie das alles wohl ausgehen mochte.
Die drei Männer, die unmittelbar vor dem Haus postiert waren, musterten sie mit grimmigen Blicken. Vielleicht hatten sie Angst um ihren Job, und die Vorstellung, daß sie ihnen entwischen konnte, brachte sie deshalb so aus der Fassung.
»Was haben Sie getan, *Signorina*? Sind Sie wieder durch den Dienstboteneingang entwischt?«
Sie zuckte die Achseln und wandte die Augen ab.
»Wie Sie wollen. Aber wir werden dafür sorgen, daß so etwas nicht noch einmal passieren kann.«
Sie nickte und hoffte, daß er sie endlich mit seinen hartnäckigen Fragen in Ruhe lassen würde.
Corry wurde die Treppe hinaufgestoßen, worauf der Wachposten

mit dem kupfernen Türklopfer an die Tür schlug. Corry kam es vor, als sei das Klopfen eine Art Code: drei Schläge, dann einer, dann wieder drei.
Das Zimmermädchen, eine Frau mit rundem Gesicht und Brüsten, die ihr bis über den Bauch herabhingen, erschien prompt. Der Wachposten, der damit seine Pflicht getan hatte, nickte ihr nur kurz zu und verschwand dann wieder die Treppe hinunter. Corry ließ er allein bei der Frau stehen.
Das Zimmermädchen hatte ein durchaus freundliches Gesicht, das auszudrücken schien, daß sie die Welt so hinnahm, wie sie nun einmal war. Als sie jedoch ihre dunklen Augen hob, um ihre Besucherin etwas genauer zu betrachten, sah sie aus, als würde sich in ihrem Innern irgend etwas zusammenziehen. Sie sperrte den Mund auf, als wolle sie eine Frage stellen, die sie aber nicht in Worte fassen konnte, und breitete die Arme nach beiden Seiten aus, wie um das Ausmaß ihrer Verblüffung bildhaft darzustellen.
Die Wahrheit war, daß sie einfach ihren Augen nicht traute. Ihr simpler Geist konnte nicht verarbeiten, was sie da vor sich sah. Ein leibhaftiges Gespenst hätte sie nicht heftiger aus der Fassung bringen können.
Zuletzt brachte sie doch einen Ton heraus, eigentlich war es mehr eine Art Keuchen. Ein Schauer lief durch ihren riesigen Körper, und das einzige, was sie tun konnte, war, all ihre Energien zusammenzuraffen und vor Corry zurückzuweichen, zurück in den Schutz des Korridors. Corry war vollkommen ratlos und wußte überhaupt nicht, wie sie reagieren sollte. Sie hätte die Frau gern beruhigt, aber sie konnte sich einfach nicht dazu bringen, auch nur ein Wort zu sagen. Auch für sie war diese Situation schließlich neu und einzigartig.
Jetzt schien sich das Zimmermädchen von ihrer Lähmung zu erholen. Mit einer Behendigkeit, die man von jemandem, der so dick war wie sie, gar nicht erwartet hätte, kam sie plötzlich aus dem Korridor herausgestürzt und raste schwer keuchend eine Treppe mit teppichbelegten Stufen hinauf, die Corry von dort, wo sie stand, gerade sehen konnte.
Corry war fest davon überzeugt, daß Claudia Sheff sich in einem der oberen Stockwerke aufhielt, vielleicht sogar zusammen mit Roccel-

la. Es war außerdem sehr wahrscheinlich, daß das Zimmermädchen sie eben erst gesehen hatte, und das war die Erklärung dafür, daß sie so entsetzt gewesen war, als sie sie auf einmal unten vor der Eingangstür hatte stehen gesehen.

Jetzt, wo niemand mehr da war, der sie hätte aufhalten können, betrat Corry den Korridor, der ganz von einer Atmosphäre aus Spiegeln und Chrysanthemen in Alabastervasen bestimmt war. Ein bläuliches, kristallklares Licht kam durch ein Fenster, das sie aber nicht sehen konnte. Sie konnte Lautenmusik hören, die offenbar aus irgendeiner weit entfernten Ecke des Hauses kam, aber so gedämpft, daß sie fast nicht wahrnehmbar war. Rechts von Corry befand sich eine Loggia, die sich bis zur entgegengesetzten Hausecke hinzog. Dort erschien das Licht reiner als draußen, fast silbern, und an der Wand, die der mit Glas eingefaßten Säulenreihe gegenüberlag, hingen alte, goldgerahmte Gemälde. Die aristokratische Abstammung, auf die sie hinwiesen, mochte echt oder aber Signore Roccellas unermeßlichem Vermögen zu verdanken sein, jedenfalls beobachteten streng blickende Barone und Dogen zusammen mit unheilverkündenden Frauen zweifelhafter Herkunft Corrys Weg durch die Loggia.

Ein großer, blendend weißer Flügel beherrschte die Loggia so, daß der Blick unweigerlich von ihm angezogen wurde. Es handelte sich um ein majestätisches Instrument der Marke Bösendorfer; man brauchte den Flügel nur anzusehen, um sich vorstellen zu können, welch klare Klänge er hervorbringen würde.

Auf dem Flügel stand ein Porträt, das jüngeren Datums war als diejenigen, die die Wände zierten. Irgend etwas an diesem Bild beunruhigte Corry, aber sie konnte in diesem Moment einfach nicht festmachen, was es genau war. Und sie hatte auch keine Gelegenheit dazu, näher darüber nachzudenken, denn sie hörte Schritte hinter sich.

Sie drehte sich um und blickte in das Gesicht der Frau, zu der sie gemacht worden war, in das Gesicht ihrer Doppelgängerin.

Claudia Sheff schien nicht weniger entsetzt zu sein als ihr Zimmermädchen. Corry war, jedenfalls für den Augenblick, ihr gegenüber im Vorteil, denn sie hatte wenigstens eine vage Vorstellung von dem gehabt, was sie hier erwartete. Sie konnte der Versuchung nicht widerstehen, das Gesicht ihrer Doppelgängerin genau zu studieren und nach irgendwelchen kleinen Unterschieden zu suchen, an denen man sie beide hätte auseinanderhalten können. Aber obwohl Claudias Haare auf ihrem Kopf zu einer Art Spirale aufgetürmt waren, was ihre hohen Wangenknochen betonte, konnte Corry in ihrem Gesicht nichts finden, was sie von ihr unterschieden hätte: die leicht schräg stehenden Augen, der Schwung der Lippen, die Wölbung der Nase – alles war gleich; sie hätten eineiige Zwillinge sein können. Und dann plötzlich begann Claudia zu schreien, ihre Hände wanderten zu ihrem Gesicht, die Fingernägel gruben sich in das Fleisch der Oberlippe. Mit einer solchen Panikreaktion hatte Corry nicht gerechnet; sie schien in dieser kultivierten Umgebung völlig fehl am Platz.

»Sie werden mich umbringen! Sie werden mich umbringen!«

Mit diesem Aufschrei stürzte sie fluchtartig aus dem Raum. Sie glaubte offenbar, die Terroristen holten zum langerwarteten Schlag aus, und Corry sei Teil ihres Plans.

Ihre Schreie hallten durch die unendlichen Zimmerfluchten. Die Tür wurde aufgerissen, und Wachposten mit gezückten Waffen kamen hereingestürmt.

Die Schreie hörten nicht auf, wurden aber leiser, je weiter Claudia ins Innere ihrer Wohnung Zuflucht nahm. Die Wachen waren vollkommen verwirrt; es blieb ihnen nichts anderes übrig, als ihr von einem Zimmer ins nächste hinterherzulaufen und zu hoffen, daß sie sie irgendwann einholen und erfahren würden, was eigentlich los war.

Corry nutzte die Gelegenheit, daß die Wachposten anderweitig beschäftigt waren und ihren Platz vor der Tür verlassen hatten. Sie schlüpfte unbeobachtet einfach zur Tür hinaus. Bald war sie in der Menschenmenge, die sich um die Mittagszeit auf der Piazza Trinità dei Monti drängte, untergetaucht.

Erst als sie den Schutz der Straße erreicht hatte, wurde ihr plötzlich klar, was sie an dem Bild, das sie auf dem Flügel gesehen hatte, so beunruhigte. Sie war sicher, daß es Signore Roccella darstellte; die Klappe über seinem linken Auge ließ eigentlich keinen Zweifel an seiner Identität aufkommen.

Und jetzt verstand Corry auf einmal auch sehr gut, wieso das Center sie in Peru mit Reiss zusammengebracht hatte.

Denn wenn man sich die Augenklappe wegdachte, hätte der Mann auf dem Porträt ebensogut Michael Reiss sein können.

31

Das Problem war nicht, daß sich die Belegschaft nicht um ihn gekümmert hätte, sondern daß niemand eine Ahnung zu haben schien, was eigentlich mit ihm geschehen sollte, und es konnte ihm auch niemand sagen, wie lange er im Qenco würde bleiben müssen. Watkins hatte ihm gesagt, er würde wegen eines weiteren chirurgischen Eingriffs nach Peru zurückgeschickt, aber Reiss war fest davon überzeugt, daß seine Entführung auf einem Irrtum beruhte, auf irgendeiner bürokratischen Fehlschaltung, die berichtigt werden würde, wenn er erst einmal zu der richtigen Autoritätsperson vorgestoßen war. Auch wenn er sich erkundigte, wer denn für seinen Fall zuständig sei, erntete er nur verständnislose Blicke. Wie er das meinte, wer zuständig sei? Zuständig für den chirurgischen Eingriff? Zuständig für die physiologischen Untersuchungen? Zuständig für die Behandlung seiner Zähne? Aus irgendeinem Grund schaffte er es einfach nicht, sich verständlich zu machen.
Wut und Ärger wurden abgelöst von Frustration, Ungeduld und Hilflosigkeit. Trotzdem verließ ihn die ganze Zeit nicht das Gefühl, daß er das alles gar nicht glauben konnte. Wie hatte das bloß passieren können? Gerade noch war er mit Corry in Paris gewesen und hatte vorgehabt, nach Luzern zurückzukehren und dort sein eigenes Labor zu übernehmen; und jetzt befand er sich in einem der inneren konzentrischen Ringe des Qenco, eingeengt in ein paar Zimmern, die anstelle von Fenstern mit Aussicht Landschaftsbilder an den Wänden hängen hatten.
Es war ihm klar, daß er ein Gefangener war, aber wenn er dies den Schwestern und Ärzten gegenüber zur Sprache brachte, reagierten diese ganz entrüstet. Sie betonten ausdrücklich, daß er ein Patient sei und ganz gewiß kein Gefangener. Die Tatsache, daß seine Bewegungsfreiheit im Innern des Gebäudes eingeschränkt war, ganz zu schweigen davon, daß man ihn nicht ins Freie ließ, sei eine temporäre Maßnahme, die aufgehoben werden würde, sobald der notwendige Eingriff vorgenommen worden sei.

Reiss wies darauf hin, daß er bei seinem letzten Aufenthalt diesen Beschränkungen nicht unterworfen worden sei, woraufhin man ihm erklärte, die Vorschriften seien inzwischen geändert worden. Als er dann den Einwand erhob, daß zusätzliche chirurgische Eingriffe doch wohl kaum vonnöten seien angesichts der Tatsache, daß er als Michael Reiss längst nicht mehr zu erkennen sei, sagte man ihm, vielleicht sei irgend etwas schiefgelaufen, das passiere von Zeit zu Zeit, und er solle die Notwendigkeit in dem Vertrauen akzeptieren, daß die Ärzte nur sein Bestes wollten.

Trotz allem hielt er an der Überzeugung fest, daß er nur die zuständige richtige Person zu fassen kriegen mußte, um sie – oder ihn – davon zu überzeugen, daß er eigentlich gar nicht hier in Peru sein sollte. Schließlich, dachte er, schließlich habe ich mich an ihre Spielregeln gehalten. Der einzige Mensch jedoch, an den er hätte appellieren können, wäre Traxton gewesen, aber langsam sah er sich gezwungen, die Richtigkeit von Corrys Behauptung anzuerkennen: daß Traxton nämlich höchstwahrscheinlich tot war.

In eher kühl-realistischen Stimmungen wurde ihm klar, daß er sich etwas vormachte. Er dachte darüber nach, daß die Möglichkeit bestand, daß er bald sterben würde. Man hatte ihn von den Menschen, die er liebte, weggerissen: zuerst von seiner Familie, dann von Corry. Und jetzt war er einsamer als jemals zuvor in seinem Leben. Es gab nicht einmal einen Nick Cantwell, der ihn in seiner Einsamkeit hätte unterhalten können. Es gab auch keine anderen Patienten, mit denen er reden konnte und die sich in derselben mißlichen Lage befanden wie er selbst – was für eine Lage das auch immer genau sein mochte. Wenn er dieser Isolation auf unabsehbare Zeit ausgesetzt bleiben sollte, so war er sich jedenfalls nicht sicher, ob der Tod tatsächlich das schlimmste Schicksal war, daß ihm bevorstehen konnte.

Und trotzdem... und trotzdem... sie hätten ihn doch schon vor langer Zeit umbringen können; wenn das Center ihn loswerden wollte, war es ziemlich aufwendig und unrentabel, ihn dafür aus Europa zu holen und den ganzen Weg nach Peru zu transportieren.

Eines Morgens weigerte er sich, denen, die ihn gefangenhielten zum Trotz, sich der täglichen Batterie von Untersuchungen zu unterziehen. Man hatte ihm Blut abgenommen, seinen Brustkorb

geröntgt, seinen Blutdruck gemessen, seinen Urin analysiert. Er konnte nicht einsehen, weshalb er unaufhörlich weiter irgendwelchen Tests unterworfen werden mußte, die in manchen Fällen außerdem noch langwierig und schmerzhaft waren.
Der junge Mann, der erschienen war, um ihn zum Augenarzt zu begleiten – denn das war an diesem Morgen sein erster Termin –, war verblüfft, ja sogar fast ein bißchen beleidigt, als Reiss ihm seinen Entschluß mitteilte.
Er fing jedoch keine Diskussion mit Reiss an und unternahm auch keinen Versuch, ihn mit Gewalt aus seinem Zimmer zu zerren. Er schüttelte nur nervös den Kopf und sagte, er werde jetzt gehen und jemanden holen, der über mehr Autorität verfügte.
In der Zeit, bis er zurückkam, hatte sich Reiss schon für eine Taktik entschieden, die er für noch effektiver hielt, als einfach im Zimmer hocken zu bleiben.
»Sie weigern sich, Ihren Termin einzuhalten?« fragte der Arzt, den der junge Mann geholt hatte. Er war ein Europäer, vielleicht ein Österreicher. Er war schon etwas älter und trug einen dreiteiligen Anzug.
Dem Klang seiner Stimme war anzuhören, daß er es sich einfach nicht vorstellen konnte, daß ein Patient seinen Anweisungen nicht nachkam.
»So ist es.«
»Aber die Untersuchung ist notwendig.« Der Doktor hatte offensichtlich keine Ahnung, wie er mit jemandem umgehen sollte, der so dickköpfig war.
»Notwendig wofür? Ich gehe außerdem in Hungerstreik. Außer Wasser werde ich bis auf weiteres jede Form von Nahrung verweigern.«
Reiss war von seiner Idee ganz begeistert. Da diese Leute den Untersuchungen und Analysen, die sie mit seinem Körper und dessen Inhalt anstellten, soviel Bedeutung beimaßen, nahm er an, daß ihnen sein Vorhaben einen ziemlichen Schrecken einjagen würde. Und die Reaktion des Arztes, dem alles Blut aus dem Gesicht wich, und der praktisch keinen Ton mehr herausbrachte, schien seine Annahme noch zu bestätigen.
»Das ist unmöglich«, sagte er schließlich. »Sie werden damit Ihre Gesundheit aufs Spiel setzen.«

»Das kann durchaus sein.«
»Wir werden uns darum kümmern.«
Dann schloß er die Tür und entfernte sich. Reiss horchte auf seine heftigen Schritte auf dem Korridor. Der Vorfall war seit seiner Ankunft hier vor einer Woche das erste, was ihn etwas aufmunterte. Ein Tag verging. Die einzigen Menschen, die er zu Gesicht bekam, waren die Schwestern, die ihm das Essen brachten. Seiner Ankündigung entsprechend, rührte er nichts davon an. Ein zweiter Tag verging. Keiner kam, um ihn zu irgendwelchen Untersuchungen abzuholen, nur die Mahlzeiten erschienen weiterhin regelmäßig. Trotz seines Hungers ignorierte sie Reiss.
Man nahm seinen Hungerstreik nicht ernst, jedenfalls am Anfang nicht. Eine Zeitlang wurde es sogar fast zu einer Art Spiel. Obwohl das Essen auch bislang alles andere als schlecht gewesen war, wurde es jetzt mit einer Hingabe zubereitet, die eines Chefkochs bei Maxim's würdig gewesen wäre. Köstliche Düfte stiegen von jedem Tablett auf, das ihm gebracht wurde. Die Speisen waren verführerisch zubereitet, genauso anziehend für seine Augen, wie sie für seinen Gaumen gewesen wären, hätte er jemals der Versuchung nachgegeben und etwas davon versucht. Und was für ein Essen das war, das sie für ihn auftischten! Wo hatten sie dieses Fleisch nur aufgetrieben, diese saftigen roten Tomaten, die in Orangensauce gesottene Ente, den persischen Kaviar und all die Garnelen und Sardellen? Sardellen waren früher in den peruanischen Gewässern heimisch gewesen, aber soweit er wußte, waren sie inzwischen alle abgewandert.
Reiss blieb hart. Er zog sich ins Bett zurück, und wenn es nicht anders ging, zog er sich eine Chirurgenmaske über Mund und Nase, um wenigstens den allerverführerischsten Düften zu entgehen, die diese täglichen Festmahlzeiten in seinem Zimmer verbreiteten.
An der Stelle, wo sein Kopf vorher ausgefüllt gewesen war mit Gedanken an Corry und Betsy und mit Spekulationen über seine Zukunft, herrschte jetzt nur noch eine Idee: Essen. In den Zeiten, wenn er schlief, egal ob bei Tag oder bei Nacht, träumte er vom Essen. Wenn er wach war, ging es so weit, daß er beinahe Bilder von Essen halluzinierte.
Der Hunger erreichte einen Höhepunkt, ließ dann etwas nach und

verwandelte sich in einen anhaltenden Schmerz in der Magengegend, den er fast, wenn auch leider nie vollständig, vergessen konnte. Sein einziger Trost war die sichere Überzeugung, daß diejenigen, die ihn hier gefangenhielten, sich wahrscheinlich mehr Sorgen über seinen Gesundheitszustand machten als er selbst. Unterdessen jedoch wurde er zusehends schwächer. Wenn er zu schnell von seinem Bett aufstand, oder manchmal auch schon, wenn er sich nur vom Stuhl erheben wollte, wurde ihm ganz flau, und er mußte sich zusammenreißen, um dem Gefühl nicht nachzugeben und einfach in sich zusammenzusinken.

Am Abend des fünften Tages seines Hungerstreiks tauchte ein vertrautes Gesicht bei ihm auf. Es war kein anderer als Dr. Karp, der Gesichtschirurg, der ihn bei seinem letzten Aufenthalt hier betreut hatte.

Dr. Karp war ein Mann, der ohne viel Umschweife direkt zur Sache kam: »Wir sind davon überzeugt, daß sie es ernst meinen, Doktor«, begann er. »Das haben Sie zur Genüge bewiesen.«

»Sind Sie hergekommen, um mir das mitzuteilen?«

»Nein. Nein, ich bin eben aus New York hier angekommen. Ihr Fall wurde bei einem Treffen des Komitees zur Sprache gebracht. Offenbar sind bei der Handhabung Ihrer Angelegenheit hier einige bedauernswerte Mißverständnisse vorgekommen. Ich möchte Sie in meinem eigenen und auch im Namen des Komitees aufrichtig um Entschuldigung bitten.«

Reiss fand zwar ganz und gar nicht, daß der Ton, den Dr. Karp anschlug, sehr zerknirscht klang, aber er sagte sich, er wolle die Dinge ja auch nicht noch zusätzlich komplizierter machen, als sie ohnehin schon waren. Sollte der Mann doch reden, was er wollte.

»Ohne jede Frage hätte man Sie im voraus von der Sache in Kenntnis setzen müssen«, fuhr er fort. »Es ist wirklich unentschuldbar, daß man Sie auf diese Art und Weise behandelt hat. Wäre ich hier gewesen, als man Sie einlieferte, wäre das alles gewiß nicht vorgekommen.«

»Sie werden mich also jetzt gehen lassen?«

»Nicht sofort. Soweit ich weiß, steht noch eine Zahnbehandlung an, die zu Ende geführt werden muß, vielleicht auch noch der eine oder andere Test, aber nichts mehr von der Art wie das, was Sie haben über sich ergehen lassen müssen, das versichere ich Ihnen. Und dann, ich schätze in etwa drei oder vier Wochen, werden Sie nach Luzern zurückkehren können, genauso, wie Sie es geplant hatten. Und ich freue mich, sagen zu können, daß Ihr eigenes Labor Sie erwarten wird. Übrigens...« Er öffnete seine Aktenmappe und zog ein Paket daraus hervor. »Übrigens sind hier ein paar Zeitschriften, die Sie möglicherweise interessieren könnten. Man wird sie Ihnen von jetzt an regelmäßig zukommen lassen, solange Sie noch hier sind. Wir wollen nicht, daß Sie den Kontakt mit den neuesten Entwicklungen in Ihrem Arbeitsgebiet verlieren.«

»Das ist sehr aufmerksam von Ihnen.«

Karp warf ihm einen fragenden Blick zu; Reiss war nicht leicht zu durchschauen und man mußte ihn am besten mit Samthandschuhen anfassen.

»Aber wir brauchen Ihre Zusicherung, daß Sie zur Zusammenarbeit mit uns bereit sind. Sie müssen essen, wissen Sie. Das ist sehr wichtig.«

»Ist Corry in Sicherheit?«

»Corry?« Damit hatte Karp offensichtlich nicht gerechnet, aber er faßte sich schnell wieder. »Es geht ihr gut. Wie ich höre, ist sie wieder in Luzern.«

»Ich möchte mit ihr selbst sprechen. Ich möchte sie anrufen.«

Karp nickte. »Ich werde sehen, was ich für Sie tun kann. Ich bin sicher, daß sich da was arrangieren läßt. Aber Sie geben mir Ihr Wort, daß Sie mit diesen Dummheiten aufhören werden?«

»Ich gebe Ihnen mein Wort.«

Zum ersten Mal erschien der Anflug eines Lächelns auf Karps Gesicht. »Und vergessen Sie nicht: am Anfang nur ein kleines bißchen Essen. Sie wollen doch nicht, daß Ihnen schlecht wird.«

Aber genau das war es, was Reiss passierte, ihm wurde übel. Es kam nicht daher, daß er zuviel gegessen hatte, das erlaubte man ihm sowieso nicht. Aber in dieser Nacht erwachte er mit fürchterlichen Schmerzen in der Magengegend. Es war ein Gefühl, als bearbeite ihn jemand mit Fußtritten. Er konnte sich nicht entsinnen, jemals in seinem Leben einen so intensiven Schmerz gefühlt zu haben. Er rief nach der Nachtschwester.

»Sie sehen ja aus wie ein Gespenst«, sagte sie. Reiss fand ihre Bemerkung nicht gerade professionell.
Sie holte den Arzt, einen Mann, den Reiss noch nie gesehen hatte. Dieser neue Arzt stellte sich als Jake Severin vor; er schien vorauszusetzen, daß dieser Name Reiss etwas sagen würde, was aber nicht der Fall war. Er nahm ihm Blut ab und palpierte Reiss' Bauch. Während der ganzen kurzen Untersuchung hörte er nicht auf, die Stirn zu runzeln. Und schließlich forderte er auch noch eine fahrbare Röntgenausrüstung an.
Reiss mißfiel das Stirnrunzeln, und noch weit mehr mißfiel ihm die Röntgenausrüstung. »Finden Sie nicht, daß Sie die Dinge ein bißchen überstürzen, Doktor?«
»In Ihrem geschwächten Zustand möchten wir kein Risiko eingehen. Wir brauchen ein diagnostisches Profil, das so genau ist, wie nur irgend möglich.«
Die Art, wie er ihn ansah, erinnerte Reiss an einen U-Boot-Kapitän, der durch sein Periskop spähte und drauf und dran war, den Befehl zum Beschuß eines unbewaffneten Frachters zu geben.
»Wir müssen die Untersuchungsergebnisse und die Röntgenaufnahmen abwarten, um ganz sicherzugehen, aber ich würde sagen, Sie haben einen entzündeten Blinddarm. Im rechten unteren Quadranten besteht jedenfalls eine Überempfindlichkeit.«
»Das möchte ich bezweifeln. Und ich glaube, daß die Untersuchungsergebnisse mir recht geben werden. Am McBurney besteht keine Überempfindlichkeit.« Eine Überempfindlichkeit an der so benannten Stelle im Unterleib war eines der Anzeichen für das Vorliegen einer Blinddarmentzündung.
Severin hatte jedoch nicht die Absicht, sich auf irgendwelche Diskussionen einzulassen. »Wir werden ja sehen«, war alles, was er sagte.
Nach fünfundvierzig Minuten kam er zurück, mit einem Gesichtsausdruck, der noch ernster war als zuvor. »Die Zahl der weißen Blutkörperchen ist stark erhöht, Doktor.«
»Und was ist mit den Röntgenaufnahmen?«
»Auf den Aufnahmen sind deutliche Anzeichen eines Darmverschlusses zu erkennen.«
»Ich würde die Aufnahmen gerne sehen.«

»Sie sind in der Röntgenabteilung, ganz am anderen Endes des Korridors. Aber an den Anzeichen für den Darmverschluß bestehen keinerlei Zweifel. Sehen Sie, das Beste wäre, die ganze Sache schnell hinter sich zu bringen. Unser Anästhesist ist dienstbereit, und wir haben hier Chirurgen, die zu den allerbesten der Welt zählen. Ich werde die Operation persönlich überwachen.«

Das war nun wirklich kein großer Trost.

Reiss war noch immer nicht zu überzeugen. »Ich erlaube mir, Ihnen zu widersprechen. Ich glaube, was ich habe, ist ein Virus-Syndrom. Ich möchte keine überstürzte Operation, die sich im nachhinein als unnötig herausstellt.«

Severin wurde nicht wütend, was Reiss eigentlich vermutet hatte. Aber er begann, Stück für Stück die Geduld zu verlieren. »Es hat wenig Sinn, über so etwas zu diskutieren. Alle Tests bestätigen meine Diagnose. Vielleicht gefällt es Ihnen nicht, die Tatsache anzuerkennen, daß Sie an einer Blinddarmentzündung leiden. Es ist auch bestimmt nicht angenehm, so etwas durchmachen zu müssen. Aber daß er herausgenommen werden muß, daran besteht überhaupt kein Zweifel.«

»Ich möchte trotzdem die Röntgenaufnahmen sehen, wenn Sie nichts dagegen haben.«

Severin stieß einen Seufzer aus. »Wenn Sie darauf bestehen.« Er gab einer Schwester durch Kopfnicken zu verstehen, was er wollte. Diese verließ augenblicklich das Zimmer mit dem mutmaßlichen Ziel, die Aufnahmen aus der Röntgenabteilung zu holen.

Reiss blieb mit Severin in unbehaglichem Schweigen allein.

»Arbeiten Sie hier schon lange?« fragte Reiss, um irgend etwas zu sagen, aber auch, weil es ihn wirklich interessierte.

»Ein paar Jahre.« Severin war offensichtlich kein Mann, mit dem man Konversation treiben konnte.

Reiss wollte ihn eigentlich noch etwas fragen, aber irgendwie schaffte er es nicht ganz, den Gedanken, den er äußern wollte, in Worte zu fassen. Severin schien sich auf einmal aufzulösen, das heißt, seine Arme schienen von seinem Körper wegzuschweben, sein Kopf hüpfte in die Luft und ließ sich nur hie und da herab, um seine Verbindung zum Hals wieder aufzunehmen. Er merkte, daß er jede Kontrolle über seine Augen verloren hatte, die sich einfach nicht mehr richtig einstellen ließen. Der Schmerz in seinem Unterleib schien von ganz weit her zu kommen, er war diffuser geworden und auch weniger stark. Er fühlte sich angenehm schläfrig, aber er ärgerte sich über sich selbst, daß er ein solches Bedürfnis nach Schlaf verspürte. Das hier war schließlich eine ernste Angelegenheit, er war sicher, daß sein Blinddarm nicht entzündet war und daß Severin einen großen Fehler machte; er mußte diese Aufnahmen zu Gesicht kriegen... er mußte...

Aber sein Bewußtsein war im Schwinden, und er konnte sich nicht mehr erinnern, was er eigentlich tun mußte, und es kümmerte ihn auch gar nicht mehr. Irgendwie war alles egal...

Stimmen drangen noch an sein Ohr, aus weiter Ferne, als kämen sie von den Bergen herab, die Amarucancha umgaben. Es waren Stimmen, wie man sie über Kurzwellensender empfängt, mal verzerrt, mal klar, manchmal lauter, manchmal leiser. Er spürte, wie man ihn auf eine Bahre hob, die irgendwohin geschoben wurde, höchstwahrscheinlich in den Operationssaal. Drei, vier, fünf, vielleicht ein halbes Dutzend Leute waren bei ihm; so viele Stimmen schienen in der Luft direkt über seinem Kopf zusammenzustoßen.

»Wir könnten doch das Auge auch gleich mit herausnehmen, wo wir ihn schon mal hier liegen haben.« Reiss war sich beinahe sicher, daß eine der Stimmen das tatsächlich gesagt hatte.

Nein, dachte er dann, das denke ich mir bloß aus, ich träume ja nur, ich schlafe ganz fest und träume.

»Nein«, sagte eine andere Stimme mit mehr Kompetenz. »Heute abend kommt nur der Blinddarm dran. Die Ausschälung kommt später. Wir haben uns hier an einen festen Fahrplan zu halten.«

Genau wie bei Mussolinis Zügen, dachte Reiss, genau wie bei Mussolinis Zügen.

32

Corry hatte keine Ahnung, ob Claudia ihre Nachricht wirklich bekommen hatte. Sie hatte den Zettel einem kleinen Jungen anvertraut, der bereit war, für fünfhundert Lire zur anderen Seite der Piazza zu laufen und ihn dort einer der Wachen, die vor der Eingangstür standen, in die Hand zu drücken.

Folgendes hatte sie ihr geschrieben: »Ich bin nicht Ihr Feind, das müssen Sie mir glauben. Vielleicht gibt es eine Verschwörung gegen Sie, aber ich gehöre nicht zu ihr. Ich bin selbst ein Opfer. Wir müssen miteinander reden.«
Sie fügte die Adresse ihrer Pension und ihre Zimmernummer bei – ein vertraulicherer Ort fiel ihr leider nicht ein. Als einen annehmbaren Termin für ihr Treffen schlug sie die Nachmittagszeit vor.
Bis jetzt hatte niemand für sie angerufen, und es war auch keine Nachricht eingegangen. Selbst wenn Roccellas Geliebte die Notiz gelesen hatte, bestand immer noch die Möglichkeit, daß sie zu verängstigt war, um sie zu beantworten. Corry konnte ihr nicht beweisen, daß sie tatsächlich keine Bedrohung für sie darstellte.
Trotzdem wartete Corry, mit ein bißchen Hoffnung und mit etlichen Befürchtungen (sie wußte eigentlich gar nicht so recht, was sie sagen sollte, sie wollte einfach nur mit dieser Frau reden). Ihre Fenster standen weit offen, draußen aber herrschte eine fast gespenstische Stille. Es war der Erste Mai, und anscheinend hatte sich der Streik ausgebreitet. Viele der Geschäfte in der Gegend um die Spanische Treppe waren geschlossen, und Corry vermutete, daß die Situation anderswo in der Stadt ähnlich war. Aber falls die geplanten Demonstrationen tatsächlich stattfanden, zogen sie durch weiter entfernte Stadtteile, denn an Corrys Ohr drangen weder lautsprecherverstärkte Rednerstimmen, noch der Lärm der Menge, die sich voller Wut für eine gemeinsame Sache einsetzte.
Der Nachmittag wollte und wollte nicht vorwärtsgehen, die Stunden dehnten sich endlos und näherten sich einer Ewigkeit. Um drei Uhr stand die Zeit praktisch still. Corry versuchte zu lesen, konnte sich aber nicht konzentrieren. Sie begann, im Zimmer auf und ab zu gehen. Claudia wird nie auftauchen, dachte sie, eigentlich hat sie ja auch gar keinen Grund dazu, wenn man von meinem eigenen, nämlich Neugier, absieht. Aber sie würde den Teufel tun, jetzt wegzugehen. Sie würde, wenn nötig, bis morgen warten, in der wenig wahrscheinlichen Aussicht, daß ihr gerade dieser Nachmittag nur einfach nicht paßte, oder daß sie es sich im letzten Moment doch noch anders überlegen würde.
Um Viertel nach vier klopfte es an ihrer Tür. Die Besitzerin des Hotels stand auf dem Flur, als Corry die Tür ein Stück weit öffnete.

»Sie haben Besuch, *Signorina.*«
Es war Claudia. Falls der Hotelbesitzerin die verblüffende Ähnlichkeit zwischen den beiden Frauen aufgefallen war, ließ sie es sich jedenfalls nicht anmerken. »Ich lasse Sie jetzt allein«, sagte sie und machte sich auf den Rückweg den Flur entlang.
Als sie Claudia richtig sehen konnte, verstand Corry, weshalb die Hotelbesitzerin keine Reaktion gezeigt hatte. Claudia trug einen schwarzen Bolerohut, den sie sich so weit in die Stirn gezogen hatte, daß er ihr ganzes Gesicht überschattete. Sie war eine elegante, schöne Frau, und einen Moment lang spürte Corry, wie sie eine Art Schuldgefühl überkam, daß sie dieser Frau ihre Einmaligkeit genommen hatte, auch wenn sie selbst ja überhaupt nichts dafür konnte.
»Kommen Sie herein«, sagte sie. »Bitte, kommen Sie herein.«
Claudia kniff die Augen zusammen; als sie Corrys Zimmer schließlich betrat, geschah das äußerst vorsichtig, als erwarte sie jeden Augenblick, von irgendwoher angegriffen zu werden.
»Setzen Sie sich doch ruhig.«
Corry wurde klar, daß sie die Sache würde in die Hand nehmen müssen. Claudia schien zu benommen und verunsichert zu sein, um selbst die Initiative zu ergreifen.
Aus der Nähe konnte Corry jetzt doch ein paar Unterschiede zwischen ihnen entdecken, die ihr zuvor entgangen waren. Claudia war im ganzen irgendwie zerbrechlicher, ihr Körper hätte auf die weißen Hochglanzseiten eines Modemagazins gepaßt. Man bekam von ihr das Gefühl, daß ein starker Wind sie jederzeit weit in die Stratosphäre tragen konnte. Ironischerweise war es Corry, ihre Doppelgängerin, die ihr Leben fest in der Hand zu haben schien.
Der Ausdruck ihrer Augen war im Schatten des breitkrempigen Hutes nur schwer zu lesen. »Wer sind Sie?« fragte sie.
Auch ihre Stimme war dünn und zitterte.
Corry wußte nicht, womit sie anfangen sollte, tat es aber trotzdem. Über ihre Vergangenheit erzählte sie nichts, denn die war sowieso nicht wichtig; aber über die Zeit, die sie in Peru verbracht hatte, und von der Zeit danach verheimlichte sie nichts. Claudia hörte ihr schweigend zu, bis Corry zu der Stelle kam, als sie den Paß gefunden hatte.

»Das hätte man aber nicht erlauben dürfen«, sagte sie in anklagendem Ton.
»Das hat man auch nicht«, sagte Corry, aber dann begann sie sich plötzlich zu fragen: Vielleicht doch, vielleicht habe ich genau das getan, was sie von mir wollten. Sie schauderte bei diesem Gedanken.
Plötzlich stand Claudia auf. »Das war es dann also. Sobald Armido nach Rom zurückkommt, werde ich ihm sagen, daß aus der ganzen Sache nichts wird. Wir können nicht mehr weitermachen, jetzt, wo unsere Sicherheit nicht mehr gewährleistet ist. Man hat mir gesagt, so etwas würde nicht passieren. Armido hat mir versprochen, es würde keine Probleme geben. Man hat mich betrogen.«
Corry wollte gerade fragen, wer denn dieser Armido war, als ihr klar wurde, daß Claudia damit Roccella meinen mußte.
»Bitte gehen Sie noch nicht.«
Claudia blickte sie verständnislos an.
»Verstehen Sie denn nicht, daß man mich absichtlich so verändert hat, daß ich aussehe wie Sie?«
»Doch, das verstehe ich schon. Natürlich, das sieht man ja. Aber warum?«
Diese Frau ist zwar hübsch und elegant, dachte Corry, aber die Schlaueste ist sie nicht gerade.
»Man wird mich töten. Und alle werden glauben, daß ich Sie bin. Auf diese Weise haben Sie die Möglichkeit, nach Peru zu gehen und sich selbst verändern zu lassen. Ich gehe davon aus, daß Armido sich dort zu Ihnen gesellen wird. Und kein Weg führt daran vorbei, daß man auch Sie irgendwann umbringen wird.«
Corry war selbst darüber überrascht, wie gelassen sie über ihre bevorstehende Ermordung redete. Der Gedanke an den Tod war für sie nicht mehr ganz so entsetzlich, das Schlimmste an ihm war eigentlich, daß man nicht wußte, wann genau er einen erwartete.
»Reden Sie doch nicht solches Zeug!« Claudias Stimme klang hysterisch. »Reden Sie doch nicht solches Zeug! Niemand wird umgebracht werden, hören Sie? Niemand! Ich werde Armido anrufen. Armido ist ein sehr einflußreicher Mann, er hat viele Beziehungen. Ich werde ihn noch heute anrufen, und Sie werden sehen, daß er der Sache ein Ende machen wird, und dann können Sie gehen und uns in Ruhe lassen.«

Corry war klar, was mit ihr los war; Claudia gab ihr die Schuld an allem. Sie war der Bote, der die Hiobsbotschaft überbracht hatte. Sie selbst war die Hiobsbotschaft.

»Ich glaube nicht, daß Sie oder Armido die Angelegenheit so einfach aus der Welt schaffen können. Wir stecken viel zu tief drin. Ich selbst bin ja der lebende Beweis dafür. Wie lange ich allerdings noch ein lebender Beweis sein werde und kein toter, das ist natürlich eine ganz andere Frage.«

»Wie können Sie bloß hier sitzen und solches Zeug daherreden? Das ist ekelhaft. Wissen Sie, wie das ist, wenn man Tag für Tag in diesem Haus eingeschlossen ist? Armido will mich überhaupt nicht mehr auf die Straße lassen. Aber er selbst ist dauernd unterwegs, er fährt nach Mailand und nach Turin, und denken Sie vielleicht, er ist vorsichtig? Die Roten Brigaden werden doch von ein paar Leibwächtern nicht abgeschreckt. Man hat doch gesehen, was mit Aldo Moro passiert ist. Er hatte seine Leibwächter, jedermann hat seine Leibwächter. Es ist eine Qual, jeden Tag auf Nachricht warten zu müssen, ob er noch am Leben ist. Das können Sie sich überhaupt nicht vorstellen.«

Corry hatte zwar durchaus Mitleid mit ihr, aber sie sah ganz klar, daß ihnen das nichts nützen würde. Sie hatte keine Angst vor den Roten Brigaden, sondern vor dem Center für Rehabilitations-Chirurgie.

»Wir werden weggehen. Es ist mir ganz egal, wie«, sagte Claudia jetzt. »Es ist unerträglich. Es ist bestimmt nur ein dummer Zufall, nichts weiter.«

»Was ist ein dummer Zufall?«

Claudia näherte sich ihr und schaute ihr dabei forschend ins Gesicht.

»Haben Sie einen Spiegel?«

»Hier drin.«

Corry ging mit ihr ins Badezimmer; ein großer Spiegel nahm dort die ganze Rückseite der Tür ein.

Claudia war gut zwei Zentimeter kleiner als Corry, ansonsten aber sahen sie aus wie eineiige Zwillingsschwestern, von denen die eine eine Zeitlang Diät gehalten hatte.

In einem spontanen Impuls nahm Claudia den Hut ab und setzte ihn ihrer Doppelgängerin auf den Kopf.

»Ich kann es nicht glauben. Und ich will es auch gar nicht glauben. Es ist mir einfach zuviel. Tun Sie mir einen Gefallen? Gehen Sie fort aus Rom! Am besten jetzt sofort, jetzt in diesem Moment!«
»Das wird Ihnen nichts nützen. Und mir auch nicht. Das Beste wäre, wenn wir beide weggingen. Das ist unsere einzige Chance. Wenn wir beide verschwinden, wird die ganze Sache für sie wesentlich komplizierter. Vielleicht vergessen sie uns dann sogar.«
Noch während sie das sagte, merkte sie, wie unlogisch es war. Sie hatten keine wirkliche Chance. Sie wollte nur einfach nicht kampflos aufgeben.
Claudia hatte ihr überhaupt nicht zugehört. »Sehen Sie mal, wenn es nur eine Frage des Geldes ist, wenn Sie Geld von mir wollen... Ich habe leider nicht viel bei mir.« Sie fing an, in ihrer Handtasche herumzuwühlen. »Aber ich habe Geld versteckt, in meinem Schlafzimmer. Armido weiß nichts davon. Er gibt mir ein Taschengeld, aber ich habe etwas davon gespart. Und ich könnte Ihnen etwas abgeben. Damit Sie weggehen.«
Es war klar, Claudia war davon überzeugt, daß Corrys Verschwinden die einzige Lösung all ihrer Probleme sei. Und eine andere Alternative wollte sie nicht einmal hören.
»Ich will Ihr Geld nicht.« Obwohl sie es bestimmt gut gebrauchen könnte.
»Dann meinen Schmuck. Ich habe Schmuck. Er ist sehr wertvoll. Armido kauft nur das Beste für mich.« Sie war schon auf dem Weg zur Tür. »Ich komme wieder. Lassen Sie mir nur eine halbe Stunde Zeit, ja?« Sie war so eifrig auf ihr neues Vorhaben bedacht, daß sie Corrys Einwänden gar keine Beachtung mehr schenkte.
Corry, die noch immer ihren Hut auf dem Kopf hatte, beobachtete verblüfft, wie sie tatsächlich wegging. Das ist doch absurd, dachte sie immer wieder. Schließlich raffte sie sich auf und rannte ihr nach.
»Claudia! Claudia, warten Sie doch!«
Aber Claudia dachte gar nicht daran zu warten. Die Wirtin der Pension folgte den beiden vollkommen identisch aussehenden Frauen mit bestürzten Blicken.
Sobald Claudia aus der Tür der Pension getreten war, beschleunigte sie ihre Schritte. Ihre Augen waren starr auf die gegenüberliegende Seite der Piazza gerichtet, so daß sie nichts anderes mehr wahrnahm, als dieses vor ihr liegende Ziel.

»Signorina!« ertönte die Stimme eines Mannes.

Sie blieb nicht ganz stehen, aber einen Augenblick lang zögerte sie, vielleicht war sie sich nicht sicher, wie sie auf den Ruf reagieren sollte.

Und genau in diesem Moment, in diesem kaum wahrnehmbaren Bruchteil einer Sekunde, in dem die Sonne die ganze Piazza füllte, als wolle sie ihren Segen über sie breiten, in diesem Moment begannen die Maschinenpistolen zu feuern. Die Menschen, die sich in unmittelbarer Nähe aufhielten, konnten zuerst gar nicht verstehen, was für ein Lärm das plötzlich war; als sie aber merkten, was geschah, versuchten sie sich in kopfloser Hektik in Sicherheit zu bringen.

Es war nicht genau auszumachen, ob es zwei Maschinenpistolen waren oder vielleicht auch drei, sicher schien aber jedenfalls, daß sie aus den Fenstern eines blauen Fiats abgefeuert wurden. Dieser Fiat raste jetzt an dem Obelisk vorbei und verschwand aus der Sichtweite. Später entdeckte man ihn verlassen auf der Via Consolato.

Die ersten Kugeln trafen Claudia mitten im Laufen. Jetzt blieb sie stehen und blickte verwundert auf das Blut, das durch den dünnen Seidenstoff ihres Kleides drang. Dann zuckte ihr Körper unter der nächsten Salve; ihr Kopf richtete sich auf, als wolle sie ganz sichergehen, woher das Krachen der Schüsse kam. Aber dabei stand ihr Mund weit offen, Blut rann heraus, und von ihren Augen war nur das Weiße des Augapfels zu sehen. Dann wirbelten sie die Kugeln noch einmal herum, und sie schien einen komplizierten Ballettschritt auszuführen. Dann hörte die Schießerei ebenso plötzlich, wie sie begonnen hatte, wieder auf, und Claudia klappte einfach zusammen und fiel zu Boden.

Dort blieb sie liegen. Sie war noch nicht tot, sie zuckte, und das Blut floß in Strömen aus ihren Wunden.

Dann lag sie auf einmal ganz still.

Die Leute schrien und rannten orientierungslos im Kreis herum, keiner konnte sich ganz sicher sein, ob die Gefahr jetzt vorüber war. Man rief nach der *polizia*, aber bis jetzt hatte sich noch kein Polizeibeamter blicken lassen. Zwei junge Männer, wahrscheinlich Studenten der hiesigen Universität, beugten sich über Claudia. Einer schob seine Jacke unter ihren Kopf, obwohl das bestimmt nichts mehr nützte. Er schien davon überzeugt zu sein, daß sie noch lebte.

Corry stand in der Tür ihrer Pension. Eine ganze Reihe anderer Leute drängte sich um sie herum, alle wollten etwas sehen, aber keiner traute sich, selbst auf die Piazza hinauszugehen.
Sie konnte sich einfach nicht losreißen. Es war, als müßte sie sich an dem Bild von Claudias Körper festsaugen, weil sie sonst Gefahr lief, ihren Bezug zur Realität ganz zu verlieren. Ihr Kopf weigerte sich, das Geschehene zu verarbeiten, es war einfach nicht möglich, daß so etwas passiert war. Schließlich machte sich ihr Bedürfnis geltend, irgend etwas zu tun, aber sie hatte keine Ahnung, was das sein sollte.
Wer war wohl als Opfer ausersehen gewesen? Claudia Sheff, die von Terroristen brutal niedergeschossen worden war? Oder Corry Folger, die die Abgesandten des Centers ermordet hatten, damit Claudia Sheff unter anderem Namen, mit einem anderen Gesicht am Leben bleiben konnte?
In dem ganzen Durcheinander bemerkte niemand, wie sie sich aus dem Foyer schlich, in ihr Zimmer zurückging und sich daranmachte, sich zu verkleiden. Sie benutzte dieselbe Perücke, dieselbe dunkle Brille und dasselbe formlose Kleid, das sie getragen hatte, als sie im letzten Herbst in Luzern ihren Verfolgern entschlüpft war. Sie machte sich nicht einmal die Mühe zu packen; sie verließ die Pension einfach, so schnell sie nur konnte.
Ich könnte immerzu weiter davonlaufen, dachte sie, obgleich sie nicht die blasseste Ahnung hatte, wohin sie fliehen sollte, wo sie Schutz suchen konnte. Nach allem, was sie wußte, gab es für sie wahrscheinlich keinen sicheren Ort. Und außerdem war da auch noch die Geldfrage. Davonlaufen, auch zielloses Davonlaufen, war äußerst schwierig ohne das nötige Geld.
Dann kam ihr die Bemerkung in den Sinn, die Claudia gemacht hatte, über das Geld und den Schmuck, der in ihrem Schlafzimmer versteckt war. Corry konnte nicht einschätzen, ob die Möglichkeit bestand, daß sie sich in Signore Roccellas Palazzo würde Zutritt verschaffen können, ob die Wachen glauben würden, sie sei Claudia, ob sie überhaupt glaubten, daß sie noch am Leben sei. Aber in ihrer momentanen Situation schien es Corry durchaus das Risiko wert zu sein.

33

Der Schmerz brachte ihn noch um. Man gab ihm Morphium, aber es half nicht viel. Der Schmerz war nicht die Art Schmerz, die einer Blinddarmoperation folgt. (»Sie haben ja vielleicht gedacht, die Operation sei nicht nötig, aber ihr Blinddarm war so entzündet, wie ein Blinddarm nur sein kann«, sagte ihm Severin später.) Die Operation mochte ihn in einem gewissen Maß geschwächt haben, aber der Schmerz, den sie ihm verursachte, war minimal. Nein, die wirklichen Schmerzen überfielen ihn erst, als der Zahnarzt begann, ihn in die Mangel zu nehmen.

Wie er diesen Zahnarzt haßte! Er war ein untersetzter Mann mit einem Kugelkopf und den Augen eines Wesens, das tief unten auf dem Meeresgrund lebt. Er verrichtete seine Arbeit schweigend, er erkundigte sich auch nie nach dem Befinden seines Patienten. Wahrscheinlich konnte er die Antwort, die ihn erwartete, ohnehin vorausahnen. Er stopfte einem gern eine Vielfalt von Instrumenten, Schläuchen und Sprays in den Mund und nahm Reiss damit jede Möglichkeit, mehr von sich zu geben als ein paar einsilbige gutturale Laute. Er rackerte sich ab ohne Pause, bog Backenzähne zurecht, erneuerte Kronen, entfernte Zahnstein und zerstörte alte Brücken, bis nichts mehr von ihnen übrigblieb.

Andauernd wurden Röntgenaufnahmen gemacht, ganze Serien, die übersichtlich waren und den Zweck hatten, daß der Zahnarzt ein Panorama von Reiss' Zähnen vor sich hatte, in dem diese von oben nach unten und von allen Seiten deutlich zu sehen waren. Reiss hatte die Befürchtung, daß ihm, wenn ihn nicht die Zahnbehandlung allein schon umbringen würde, die konzentrierte Röntgenstrahlung bestimmt den Rest geben würde.

Und sie ging immer weiter, diese Folter, Tag um Tag. Reiss versuchte zu protestieren. Es stimmte zwar, daß er sich die letzten Jahre geweigert hatte, zum Zahnarzt zu gehen (wie lange? drei Jahre? fünf? sechs? Er konnte sich nicht mehr daran erinnern), damals, als er noch in New York gelebt hatte. Aber er konnte sich einfach nicht vorstellen, daß er eine derart umfangreiche Behandlung brauchte, auch wenn er die Sache so lange hatte schleifen lassen. Außerdem, und das betonte er gegenüber Dr. Leck, dem

Zahnarzt mit den Unterwasseraugen immer wieder, außerdem hatten die Zahnärzte, die ihn zuletzt, vor weniger als einem Jahr, behandelt hatten, keinerlei Notwendigkeit für eine solche Generalüberholung gesehen, und sie arbeiteten schließlich, genau wie Leck, ebenfalls in Amarucancha. Offenbar interessierte sich Leck nicht im geringsten für die Ansichten seiner Kollegen.
»Was genau haben Sie eigentlich vor?« hatte Reiss ihn gefragt, obwohl ihm das Sprechen mit seinem schmerzenden Zahnfleisch und seinen in einem fort um Hilfe rufenden Nerven äußerst schwerfiel.
Dr. Leck gab widerwillig irgendeine Erklärung ab, aber Reiss konnte beim besten Willen nicht verstehen, worauf er hinauswollte. Die einzige Antwort, die er aus Dr. Leck herausbekam und die ihm einigermaßen klar verständlich war, erhielt er, als er ihn fragte, wie lange diese Folter noch so weitergehen würde.
»Höchstens noch eine Woche.«
Daraufhin fügte er sich in sein Schicksal, und er schluckte weiterhin sein tägliches Pensum an Pillen, die die Schmerzen lindern sollten. Jedoch war alles, was er mit dem Pillenschlucken zu erreichen schien, daß er seinen Geist umnebelte und in einen dauerhaften, nicht unangenehmen Zustand von Lethargie verfiel. Seine Zeitschriften wurden ihm nach wie vor gebracht, aber er rührte sie kaum an. Luzern und sein eigenes Labor waren weit weg, und je mehr Morphium er schluckte, desto weiter rückte dies alles von ihm weg.
Mit Corry war das anders. Sie schien immerzu im Raum zu schweben, immer gerade außerhalb seiner Reichweite. Manchmal dachte er, er müßte eigentlich nur um die nächstbeste Ecke biegen, um sie dort zu finden, wie sie auf ihn wartete. Aber jedesmal, wenn er Karp nach ihr fragte, wurde er mit unverbindlichen, nichtssagenden Antworten abgespeist. Er behauptete, die notwendige Genehmigung aus New York sei noch nicht eingegangen. Reiss konnte sich nicht vorstellen, weshalb die Zustimmung zu einem Telefongespräch nach Luzern eine dermaßen komplizierte Sache sein sollte. Und langsam konnte er sich des Verdachtes nicht mehr erwehren, daß Corry etwas zugestoßen war. Oder aber es war ihr gelungen, aus dem Machtbereich des Centers und seiner Mutterorganisation, der »Dornenkrone«, zu entkommen, wie ein Flugzeug, das so

niedrig fliegt, daß es für feindliche Radarschirme nicht mehr ausfindig zu machen ist. Aber die Drogen stumpften seine Gefühle der Wut und der Angst weitgehend ab. In seiner mit Watte gedämpften Welt waren alle Dinge eindimensional, alle außer den Schmerzen in seinem Mund. Nichts war ihm wichtiger, als diesen gottverdammten Schmerz loszuwerden. Nicht einmal sein Schlaf war tief genug, um ihn davon zu befreien.

Und dann merkte er eines Abends, daß sich irgend etwas verändert hatte, daß nämlich der Schmerz, mit dem er die letzten Wochen gelebt hatte, soweit nachgelassen hatte, daß er ihn ohne weiteres ertragen konnte. Der Schmerz hatte sich so plötzlich verzogen, daß Reiss völlig überrascht war. Es war etwas ganz Einfaches, aber er konnte sich nicht erinnern, wann er das letzte Mal so glücklich gewesen war. Hätte er die Möglichkeit dazu gehabt, hätte er vor Freude geschrien und wäre zum Feiern groß ausgegangen. Aber er war ja hier in Amarucancha, und hier mußte er das Feiern, wie auch fast alles übrige, was er tat, alleine machen.

Sein Glück war jedoch von kurzer Dauer. Nein, die Schmerzen begannen nicht von neuem. Die Zahnbehandlung schien wirklich ein für allemal erledigt zu sein. Das Problem war jetzt anscheinend sein linkes Auge.

Der Augenarzt war, ganz im Gegensatz zu dem zugeknöpften Dr. Leck, ein leutseliger und geschwätziger Mensch, der wahrscheinlich erst vor relativ kurzer Zeit aus Ungarn gekommen war, denn Reiss konnte dem, was er sagte, nur mit Mühe folgen, so stark war sein Akzent. Trotzdem konnte man den düsteren Gesichtsausdruck, den er nach Beendigung der Untersuchung an Reiss' Augen aufsetzte, kaum mißverstehen.

»Ist irgend etwas nicht in Ordnung?«

»Bitte, kommen Sie noch einmal hierher.«

Er führte Reiss zu einem ziemlich unheilverkündenden Gerät, in das er gerade hineingeschaut hatte, und das erst das eine, dann das andere Auge in durchdringendem Licht ausleuchtete.

»Ihr linkes Auge, bitte.«

Reiss preßte sein Auge an die Linse. Das Licht durchdrang wieder seine Netzhaut. Irgend etwas in dem Gerät reflektierte sein Auge so, daß er selbst es sehen konnte.

»Danke«, sagte der Arzt und schaltete den Apparat aus. Dann erklärte er Reiss, daß er im hinteren Teil seines linken Auges etwas gefunden habe. Er schien nur widerwillig mit der Sprache herausrücken zu wollen, worum es sich handelte. Schließlich schaffte es Reiss aber doch, ihm die Diagnose zu entlocken. »Ein Tumor.«

»Ein was?« Er dachte, er habe bestimmt nicht richtig gehört.

»Ein Melanom. Krebs höchstwahrscheinlich. Muß raus.«

»Was sagen Sie da?«

»Eine Ausschälung. Das Auge, wir werden es entfernen. Die einzige Art, Ihnen das Leben zu retten.« Er fügte hinzu, daß er von Glück sagen konnte, daß die Wucherung rechtzeitig erkannt worden war. Reiss verließ den Augenarzt völlig benommen. Ein Melanom? Es war schwer, das zu glauben. Erst jetzt kam ihm die Bemerkung wieder in den Sinn, die er, als man ihn vor drei Wochen operiert hatte, glaubte gehört zu haben. Bis zu diesem Augenblick hatte sein Gedächtnis jede Erinnerung daran ausgelöscht. Es gab nur zwei Möglichkeiten: Entweder war er unter der Wirkung der Beruhigungsspritzen in eine Dimension vorgestoßen, die ihn in die Zukunft blicken ließ – dies hielt er für wenig wahrscheinlich. Oder aber es war so, daß die Ärzte damals bereits wußten, daß sein linkes Auge würde entfernt werden müssen. Je länger Reiss über diese zweite Möglichkeit nachdachte, desto merkwürdiger fand er sie, vor allem, wenn man bedachte, daß der Arzt seine Diagnose erst vor einer Stunde gestellt hatte.

Diesen Teil von Amarucancha hatte Corry während ihres ganzen Aufenthalts hier noch nie zu Gesicht bekommen. Er war vom Rest der Anlage durch einen elektrischen Zaun abgetrennt, der jedoch so diskret zwischen den Palmen und sonstigem Blattwerk gezogen war, daß er, wenn man nicht direkt in seine Nähe kam, praktisch unsichtbar war. Der Zweck dieses Zauns war nicht, die, die er einschloß, gefangenzuhalten, sondern er diente dazu, sie vor der weniger gediegenen Kundschaft des Centers zu schützen, die ihren Platz außerhalb der Umzäunung zugewiesen bekommen hatten. Wenn ein Besucher dies wünschte, konnte er diesen Sektor jederzeit verlassen und sich den Rest der Anlage ansehen – es gab natürlich außerdem auch die notwendigen Ausflüge in den Qenco, wenn eine

Operation anstand. Soweit Corry es beurteilen konnte, verspürte aber keiner ihrer Nachbarn große Lust, das Gebiet zu verlassen. Alles, was sie brauchten, gab es an Ort und Stelle. Ihre Behausungen waren Villen; alle waren geräumig und elegant ausgestattet, außerdem waren sie weit genug voneinander entfernt, so daß jeder über ein ungestörtes Privatleben verfügte. Es gab nicht sehr viele von diesen Villen, eigentlich nur sieben, um genau zu sein. An der Farbe, in der ihre mit Stuck verzierten Außenwände gehalten waren, konnte man sie auseinanderhalten. Corry wurde das »Orangen-Haus« zugewiesen. Sie war die einzige Bewohnerin des »Orangen-Hauses«, verfügte aber über Dienstboten, die Anweisung hatten, für sie zu kochen und zu putzen und allerlei Botengänge zu erledigen. Von Angehörigen der Belegschaft wurde ihr immer wieder versichert, Signore Roccella werde innerhalb der nächsten vier Monate ebenfalls hier eintreffen, und man entschuldigte sich bei ihr für diese Zeit der erzwungenen Trennung.

Weil keiner der Leute, mit denen sie in Kontakt kam, Claudia Sheff persönlich gekannt hatte, hatte auch niemand einen Grund, auf die Idee zu kommen, sie könne jemand anderes sein. Und Corry, die ohnehin verblüfft war, daß sie mit ihrer Täuschung so weit gekommen war, wäre die letzte gewesen, die sich darüber hätte beklagen wollen.

Sie war sich jedoch auch gar nicht sicher, ob ihr die Art, wie die Dinge sich hier entwickelten, so sehr gefiel. Dadurch, daß sie zu Roccellas Haus zurückgegangen war, war sie wenigstens darauf vorbereitet, daß ihr so etwas wie hier durchaus würde passieren können. Die Wachen hatten sie ohne Probleme hereingelassen, aber sie hatte das Haus kaum betreten, als sich zwei Männer, die sie nie zuvor in ihrem Leben gesehen hatte, auf sie stürzten und durch den Dienstboteneingang wieder hinaus beförderten. Nachdem sie sie in eine dort wartende Limousine verfrachtet hatten, stellte sie zu ihrer Überraschung fest, daß diese bereits mit einer Unmenge Gepäck beladen war. Es gab keinen Moment, in dem irgend jemand die Tatsache, daß sie Claudia Sheff war, bestätigt haben wollte. Man ging davon selbstverständlich aus. Niemand hatte davon gewußt, daß Claudia zu Corrys Pension gegangen war: die Frau, die dort herauskam, konnte also niemand anderes sein als Claudia, so wurde

höchstwahrscheinlich argumentiert. Die Überlebende mußte also demzufolge Claudia sein. Außerdem trug Corry immer noch Claudias Hut.
Und so war sie jetzt also wieder in Amarucancha, lebte in absolutem Luxus und wußte genau, was ihr bevorstand – schließlich hatte sie die ganze Prozedur schon einmal über sich ergehen lassen. Bald stand ihr wieder eine ganze Batterie von allen möglichen Tests bevor, und dann würde sie eine schmerzhafte Operation über sich ergehen lassen müssen, um ihre äußere Erscheinung zu verändern. Und wieder würde sie einen neuen Namen bekommen, eine neue Identität. So, wie es war, fand sie es schwierig genug, im Kopf zu behalten, wer sie war oder was sie war, und das, ohne daß sie eine zweite Transformation durchgemacht hatte. Und selbst wenn sie alles durchhalten würde, ohne sich zu verraten (und sie war sich eigentlich ziemlich sicher, daß sie das konnte), was würde ihr das letztlich nützen? Das Schicksal, das sie erwartete, war das gleiche, egal, was sie machte. Man würde sie töten, damit jemand anderes, irgendeine Frau in einer unangenehmen Notlage, von der Erdoberfläche verschwinden konnte.
Und das war auch nicht ihr einziges Problem. Es war da noch Signore Armido Roccella. Er befand sich offenbar in dem Glauben, daß man seine Geliebte gekonnt hatte verschwinden lassen, und daß sie jetzt irgendwo in den peruanischen Anden wohlbehalten und gut aufgehoben war. Aus Gründen der Sicherheit waren Telefonanschlüsse in den Villen nicht zugelassen, aber man durfte Post bekommen und konnte selbst Briefe verschicken. Natürlich mußte man davon ausgehen, daß sie geöffnet, gelesen und zensiert wurden. Und was Signore Roccella auch immer sonst sein mochte, er war jedenfalls ein engagierter Briefpartner. Er schrieb in einem Mischmasch aus schlechtem Englisch und zweifellos wortgewandtem Italienisch. Immer wieder erging er sich in Worten, die seine Leidenschaft für sie ausdrücken sollten, und er beklagte sich über das internationale Postsystem, von dem er glaubte, daß es ihre Briefe nicht schnell genug beförderte.
Aber das internationale Postsystem war natürlich nicht daran schuld, daß Signore Roccella keine Briefe bekam. Corry schrieb ihm nicht, weil sie es nicht konnte, ohne sich damit selbst als Betrügerin

zu entlarven. Und das würde ihrem Luxusleben ein schnelles Ende bereiten, und ihrem Leben wahrscheinlich auch. Irgend etwas mußte sie mit diesem hartnäckigen Signore Roccella machen, denn irgendwann würde er merken, daß sie überhaupt nicht schrieb, und dann würde er wissen wollen, weshalb nicht.
Zusammen mit den Briefen kamen Zeitschriften, die Claudia offensichtlich besonders gemocht hatte: *Officiel*, *Linea*, die italienische Ausgabe von *Vogue*. Corry las sie, sie freute sich über jede Abwechslung, obwohl ihr etwas mit mehr Inhalt hin und wieder schon lieber gewesen wäre. Claudia hatte sich anscheinend wenig für die politischen Machenschaften interessiert, die letztlich an ihrem Unglück schuld waren.
Corry konnte entweder einen der Dienstboten schicken, um ihre Post abzuholen, oder sie konnte selbst zur Verteilungsstelle gehen. Sie entschied sich im allgemeinen für das letztere, schon um etwas Bewegung zu haben. Die Postverteilungsstelle war eigentlich nur ein Büro, dessen bürokratische Ausstattung sich über die rustikale hüttenartige Behausung, in der es untergebracht war, lustig machte. Hier fand die gesamte Kommunikation zwischen Amarucancha und Lima und der Welt draußen statt. Jedes Stück Korrespondenz, das für einen Bewohner der Anlage bestimmt war, trug eine Postfachnummer in Lima.
Für ein Kommunikationszentrum war es ein ausgesprochen stiller Ort, die Atmosphäre war so ruhig wie im Innern einer Kirche, kein Telefon klingelte, keine Schreibmaschine klapperte. Die Post wurde praktisch in vollkommener Stille sortiert und ausgegeben, alles andere wurde von Computerterminals erledigt, die fast gar kein Geräusch verursachten.
Corry traf nur selten andere Leute als einen oder auch mal zwei Dienstboten, wenn sie Signore Roccellas neueste Gunstbezeigungen abholte. Die eine Person, die zu sehen sie sich am allermeisten wünschte, war nirgendwo in Sicht. Sie hatte gehofft, wenn sie erst einmal in Amarucancha war, würde es kein allzu großes Problem sein, Reiss ausfindig zu machen. Aber es schien, als sei sie ihm hier kein bißchen näher, als sie es gewesen war, als ein ganzer Ozean zwischen ihnen lag. Sie konnte sich ziemlich gut vorstellen, was sie mit ihm vorhatten, sie würden ihn verändern, damit er innerhalb

von vier Monaten zum perfekten, oder jedenfalls fast perfekten Ebenbild von Armido Roccella werden würde. Sie würden sein linkes Auge herausoperieren, und dann würden sie ihn, wahrscheinlich irgendwo in Italien, umbringen. Aber wie sollte sie es anstellen, zu ihm zu kommen? Wie konnte sie ihn warnen? Hunderte, ja vielleicht mehr als tausend Leute wohnten innerhalb der Grenzen der Anlage: Patienten, Ärzte, Dienstboten, Funktionäre, Wachpersonal. Man konnte sich nicht so einfach mal nach einem Patienten erkundigen.

Und außerdem würde Corry bestimmt nur Verdacht erwecken, wenn sie nach Reiss fragen würde, denn wieso kannte Claudia Sheff – oder Nina Carpenter, wie ihr Name jetzt lautete –, wieso kannte Claudia Sheff eine Person dieses Namens?

Wahrscheinlich, überlegte sie, blieb ihr nichts anderes übrig, als ihre Hoffnung auf das Glück, diesen trügerischen Verbündeten, zu setzen, wenn sie herausbekommen wollte, was aus ihm geworden war. Trotz des Luxus und der Möglichkeit, sich zurückzuziehen, hätte Corry ganz und gar nichts dagegen gehabt, in ihre alte Behausung verlegt zu werden, wo wenigstens ein Mindestmaß an sozialem Kontakt möglich gewesen war. Es war leicht, in ihrer jetzigen Umgebung Depressionen zu bekommen, die diejenigen, die sie betreuten, der Abwesenheit von Signore Roccella zuschrieben. Dieser falsche Eindruck führte dazu, daß sie nur noch deprimierter wurde. Das letzte, das sie sich in ihrem Leben ersehnte, war ein einäugiger italienischer Industrieller.

Als mehrere Tage verstrichen waren, fing Corry langsam an zu verstehen, weshalb man sie so gut behandelte. Der Grund dafür, daß Roccella sich entschieden hatte, nicht zur gleichen Zeit zu »sterben« wie sie, war nicht nur, daß er noch verschiedene geschäftliche Angelegenheiten zu erledigen hatte (obwohl das bestimmt auch eine Rolle spielte). Außer den Schwüren unerschütterlicher Liebe standen in seinen Briefen immer wieder eingehende Erkundigungen über Claudias Leben in Peru. Corry hatte die Vermutung, daß Roccella Claudia sozusagen als eine Art Versuchskaninchen benutzte, sie sollte die ganze Sache erst einmal testen. Wenn bei ihr alles glatt ging, hatte er vor, in etwa vier Monaten ebenfalls hier aufzutauchen. Gab es irgendwelche Probleme, würde er vermutlich versuchen, sich aus der Sache zurückzuziehen. Und Corry bezweifelte keinen Augenblick, daß das Center von Roccella ein Vermögen zu erwarten hatte; nur hing eben alles davon ab, wie sie Claudia behandelten. Wenn Corry mit ihrer Hypothese recht hatte, bedeutete das, daß sie zumindest für eine Weile nichts zu befürchten hatte. Keiner hatte momentan ein Interesse daran herauszufinden, daß sie nicht Claudia Sheff war.

Aber man gab ihr nicht die Möglichkeit, sich zu entspannen. Eines Morgens bekam sie Besuch. Es erschien eine muskulöse blonde Frau, die Corry an die Sportlerinnen aus der DDR erinnerte, die man immer im Verdacht gehabt hatte, sie schluckten männliche Hormone, um ihre Siegeschancen bei den Olympischen Spielen zu vergrößern.

Corry nahm an, daß sie gekommen war, um ihr den Beginn der physischen und psychischen Untersuchungen anzukündigen, die am Anfang des gesamten Prozesses zur Änderung der Persönlichkeit standen. Aber das war, wie sich herausstellte, nicht ihre Absicht.

»Sie schreiben gar nicht an Signore Roccella«, sagte die Frau.

Sie sprach mit kaum merklichem deutschem Akzent. Vielleicht war sie ja *tatsächlich* eine DDR-Sportlerin, überlegte Corry.

»Ich versuche immer wieder, ihm zu schreiben, aber ich habe jedesmal das Gefühl, daß es gar nicht das ist, was ich eigentlich sagen wollte. Und deshalb werfe ich die Briefe immer weg, bevor sie fertig sind.«

Corry hoffte inständig, daß diese Erklärung akzeptabel war.

Der düstere Gesichtsausdruck der Frau zeigte ihr jedoch, daß das nicht der Fall war. »Es ist nicht wichtig, ob Sie sprachgewandt sind. Alles, was zählt, ist, daß Sie überhaupt etwas schreiben. Und wenn es nur eine Postkarte ist, oder eine kurze Notiz. Schreiben sie ihm, daß es Ihnen gutgeht, daß wir Sie gut behandeln. Und wir behandeln Sie doch gut, oder?«

»O doch, sehr gut.«

»Also stimmen Sie mir zu?«

»Ja, Sie haben ganz recht.«

Die Frau verließ sie in dem Glauben, ihren Auftrag erfolgreich ausgeführt zu haben.

Natürlich löste das kein einziges von Corrys Problemen. Es war weniger riskant, die Sache hinauszuzögern und zu hoffen, sie würde in der Zwischenzeit auf eine rettende Idee kommen, als auch nur ein einziges Wort zu Papier zu bringen.

Es existierte keine Anweisung von höherer Stelle, die es den Bewohnern untersagte, frei in ihrem Sektor herumzuspazieren. Es war nur einfach so, daß die meisten, die Anwärter auf eine Veränderungsoperation waren, großen Wert darauf legten, ihre Intimsphäre gewahrt zu wissen. Von den Dienstboten hatte Corry allerlei Gerüchte gehört, aber sie fand für keines davon eine Bestätigung. Im »Blauen Haus« wohnte angeblich Idi Amin aus Uganda, im »Mandarinen-Haus« Bokassa, der Exkaiser des Zentralafrikanischen Reichs, vom »Zitronen-Haus« wurde behauptet, es beherberge Robert Vesco, obwohl manche darauf bestanden, es sei überhaupt nicht Vesco, sondern vielmehr William Tolbert aus Liberia, der bei seiner Absetzung nicht getötet worden war, sondern dem es gelungen sei zu fliehen. Corry sah keinen Grund, einem dieser Gerüchte Glauben zu schenken. Es war auch durchaus möglich, daß all diese Gerüchte mit der Absicht in Umlauf gebracht worden waren, die Aufmerksamkeit von den wirklichen Bewohnern der einsamen Luxusvillen abzulenken.
Aber trotz der vornehmen Abgeschiedenheit, in der diese weggelaufenen Millionäre und die ihres Amtes enthobenen Generalissimos lebten, vertraute Corry fest darauf, daß einer von ihnen früher oder später doch alle Vorsicht in den Wind schlagen und sich bloßstellen würde, selbst wenn es nur aus reiner Langeweile geschah.
Sie war zu diesem Zeitpunkt vor allem darauf aus, endlich einmal mit jemandem zu reden, der nicht darauf wartete, daß sie ihm die Anweisung erteilte, im Wohnzimmer Staub zu saugen oder ihr ein Bad einzulassen.
Ihre Geduld wurde auch tatsächlich belohnt. An einem strahlenden Sommertag Anfang Juni öffnete sich um die Vormittagszeit die Tür des »Zitronen-Hauses«, und ein Mann kam heraus. Es war weder William Tolbert aus Liberia, noch Robert Vesco. Es war jedoch ganz bestimmt ein Mann, der auf der Flucht war.
Sein Körper sah aus, als sei er irgendwie zusammengepreßt, so, als

habe es einmal mehr von ihm gegeben, das jetzt irgendwo zerquetscht worden war. Sein Bauch hing ihm auffallend weit über die Taille, seine Beine waren leicht gekrümmt. Nichtsdestoweniger hatte sein Gang einen sehr selbstbewußten Schwung, und während er näher kam (wobei nicht zu erkennen war, ob er sie schon entdeckt hatte oder nicht) konnte Corry das boshafte Funkeln in seinen Augen, das kein Liften und Neumodellieren seines Gesichts jemals würde verbergen können, immer deutlicher erkennen. Sie kannte diese Augen, und auch das Gesicht wurde ihr trotz der kosmetischen Veränderungen immer vertrauter. Man hatte ihn nicht hübscher gemacht, dafür war er wahrscheinlich von vorneherein zu hübsch gewesen. Nein, er sah jetzt eher ein bißchen ordinärer aus. Absurderweise war aber das, was ihn wirklich verändert hatte, nicht die Operation seines Gesichts, sondern es waren all die Pfunde, die er seit ihrer letzten Begegnung zugelegt hatte.
Hier also war er, der Mann, den sie an der französischen Riviera hatte finden wollen, als sie damals weggelaufen war: Carlo Di Angelis.
Jetzt waren sie einander gleichgestellt, jetzt befanden sie sich beide in der gleichen ausweglosen Lage.
Obwohl das nicht ganz stimmte: Corry war in zweierlei Hinsicht eindeutig im Vorteil, verglichen mit Carlo D. Sie hatte ihn wiedererkannt, er dagegen konnte nicht wissen, wer sie war. Zweitens hatte er keine Ahnung, daß auch er eines Tages von denselben Leuten, die ihm jetzt ein neues Leben versprachen, umgebracht werden konnte. Sonst hätte er sich wahrscheinlich lieber der Polizei gestellt.
Sie sah zu, wie er langsam über den Hügelstreifen näher kam, der das »Zitronen-Haus« von ihrer eigenen Villa trennte. Er dachte offenbar immer noch nicht daran, daß jemand ihn beobachten könnte; er schien sich beim Gehen auf den Boden vor ihm zu konzentrieren. Eine Zigarette hing ihm schräg aus dem Mundwinkel, die er erst herausnahm, als sie schon fast bis zum Filter abgebrannt war und kurz aufzischte.
Corry dachte: Wie konnte ich jemals glauben, in diesen Mann verliebt zu sein?
Und dann war da noch ein anderer Gedanke: Er könnte mir immer

noch nützlich sein. Zwar hat er eine Menge zugenommen, aber seine Schlauheit hat er dabei bestimmt nicht verloren.

Schließlich entdeckte er sie doch. Er verdrehte die Augen.

Eine Frau, dachte er jetzt wahrscheinlich, eine hübsche Frau. Er brachte sie bestimmt nicht mit seiner eigenen Vergangenheit in Zusammenhang.

»Oh, hallo!« Seine Stimmbänder hatten sie also in Ruhe gelassen. Sein Brummen war noch immer das gleiche.

»Gleichfalls hallo!«

Er lächelte. Sie bemerkte, daß die Lücke zwischen seinen Schneidezähnen geschlossen worden war.

»Wer sind Sie denn? Oh, Entschuldigung, ich vergaß. Ich hätte nicht fragen sollen.«

»Kein Problem. Mein Name ist Nina Carpenter. Momentan jedenfalls.«

»Meiner ist Sonny Carson. Momentan jedenfalls.«

Er stand jetzt direkt vor ihr. Sie kämpfte mit dem Impuls, ihm zu sagen, daß es eine Zeit gegeben hatte, in der sie ein Liebespaar gewesen waren. Einfach so, nur um zu sehen, wie er wohl darauf reagierte.

»Wissen Sie, Sie sind der erste Mensch, den ich hier treffe. Außer den Dienstboten natürlich.«

»Wirklich?« Carlo nickte. »Ich habe gehört, daß Sie mit irgendso einem großen Finanzmann zusammenleben.« Er blickte an Corry vorbei zu ihrer Villa hinüber.

»Er kommt erst noch, bald wahrscheinlich. Ich warte hier auf ihn.«

»Aha.« Die Vorstellung, daß sie allein wohnte, gefiel Carlo außerordentlich. »Da müssen Sie doch bestimmt oft Langeweile haben.«

»Das muß ich wohl.«

Er wußte nicht recht, ob sie sich über ihn lustig machte oder nicht. Das jedenfalls hatte sich zwischen ihnen nicht geändert.

Es folgte ein kurzes Schweigen. Carlo war nicht mehr ganz so schlagfertig wie damals in L. A. Einfach so zu sterben und wiedergeboren zu werden, nahm einem schon manchmal ganz schön den Atem. »Möchten Sie mich nicht vielleicht auf einen Drink zu sich einladen?« fragte er. »Wir könnten doch unsere neue Freundschaft feiern!«

»Freundschaft?« Sie tat, als zögere sie einen Moment. »Na gut, warum eigentlich nicht.«

Innerhalb von zehn Minuten erzählte er, oder gab er vielmehr damit an, daß er in seinem Leben schon etwa zwanzigmal unter Anklage gestanden hatte, unter anderem wegen Mordversuch, bewaffnetem Raubüberfall, Verstoß gegen das Rauschmittelgesetz und wegen Erpressung.

»Erpressung«, sagte er, »Erpressung ist das, was ich eindeutig am liebsten mag. Die Staatsanwälte, das sind doch alles Pappnasen. Wenn denen nichts Besseres einfällt, was sie dir anhängen können, dann nehmen sie einfach Erpressung.«

»Aber in Ihrem Fall hatten sie doch anscheinend eine recht große Auswahl«, warf Corry ein.

Carlo überhörte ihre Bemerkung geflissentlich. »Mein Problem, sehen Sie, mein Problem, das waren meine Freunde. Zwanzig Jahre war ich im Geschäft, ohne Probleme, ein paar kleinere Gesetzesbrüche, ein paar Anklagen, die aber fallengelassen wurden, nichts Ernstes. Und weshalb? Wegen meiner Freunde. Ich kannte jeden, das kann ich Ihnen sagen. In Vegas. Kennen Sie Sam Arganti? Oder Larry Dix? Nathan Forrester? Das waren die Typen, die die Fäden zogen. Die Kasinos, die großen Boxkämpfe, alles.«

Corry kannte ein paar Namen, die er erwähnte, konnte sich aber an eine direkte Begegnung nur mit Larry Dix erinnern. Er machte auf sie nicht den Eindruck eines Mannes, in dessen Händen allzu viele Fäden lagen, an denen er ziehen konnte.

»Aber was passiert?« fuhr Carlo D. fort. »Man vertraut den Leuten, ja? Man denkt, man kann ihnen trauen. Und dann bescheißen sie dich. Sie sehen ihre große Chance, und die lassen sie sich nicht entgehen. Hey, irgendwie kann ich ihnen das ja auch gar nicht übelnehmen. Ich habe schließlich oft genug das gleiche getan. Gut, aber es gibt eine bestimmte Sorte Freunde, die bescheißt man einfach nicht. Man investiert eine Menge in jemanden über die Jahre, und dann hat man doch irgendwann die Berechtigung zu glauben, daß der Schwachkopf für einen gradesteht, oder? Stellen Sie sich vor, ich kriege Probleme mit den Bullen. Ich geh also hin zu dem Typen. Ich sage, Vinny, so heißt er nämlich, Vinny, sag ich also, bring sie dazu, daß sie das wieder hinbiegen, bring sie dazu, daß man die Anklage gegen mich fallenläßt. Ich seh es nämlich kommen, wissen Sie, ich spür es einfach, daß sie mich vor das Geschworenengericht zerren wollen. Aber noch ist es nicht ganz soweit. Und es muß doch auch nicht soweit kommen. Bestimmte Dinge müssen einfach nicht sein. Die Sonne, die muß vielleicht morgen früh aufgehen. Aber sehn Sie mal, eine Anklage vor dem Geschworenengericht, das ist schließlich nicht die Sonne. Verstehn Sie, was ich damit sagen will? Nein, nein, sagt Vinny, das ist eine Nummer zu groß für mich, da kann ich nichts für dich tun, ich wünsch dir viel Glück, scher dich zum Teufel, Joe.«

Er war buchstäblich am Boden zerstört. Sein neues Gesicht war ausdrucksvoller als das alte; er sah allein durch die Erinnerung daran, wie man ihn betrogen hatte, vollkommen niedergeschmettert aus.

Corry hatte das Gefühl, daß er diese Geschichte schon lange, lange Zeit mit sich herumtrug und nur auf einen geeigneten Zeitpunkt gewartet hatte, um sie loszuwerden.

»Was ist dann passiert?«

»Was passiert ist? Was meinen Sie wohl, was passiert ist? Verduftet bin ich. Bin ins Ausland gegangen. Wenn Sie glauben, ich sitze meine Zeit in Attica ab, dann denken Sie lieber noch einmal genau drüber nach. Ich habe genug Gefängnisse von innen gesehen, für ein Leben reicht das. Also bin ich ins Ausland abgehauen, das war mir lieber. Ich konnte mir aussuchen, wohin ich gehen wollte. Hab überall auf der Welt Freunde hocken.«

»Freunde?«

»Ja. Freunde. Es gibt solche Freunde und solche, und man muß den Unterschied kennen. Ich bin nicht mehr so vertrauensselig. Ich verzog mich für eine Weile nach Frankreich. Marseilles, die Riviera.«

»Sie waren an der Riviera? Weshalb sind Sie nicht dort geblieben? Das hätte ich bestimmt getan, wenn ich die Möglichkeit dazu gehabt hätte.«

»Hören Sie, man hat herausbekommen, wo ich war. Da blieb mir keine andere Wahl, als wieder zu gehen, wenn Sie verstehen, was ich meine. Ich hätte nach Kolumbien gehen können. Es ist leicht, in Kolumbien unterzutauchen. Ich habe dort Geschäfte gemacht.«

»Schmuggel?«

»Was sonst? Juwelen, Kokain. An der Atlantikküste gibt es Urwälder, in denen einen so leicht keiner findet. Es gibt Leute, aufgeblasene Hohlköpfe, die reiten da den ganzen Tag in der Gegend herum mit ihren eigenen Armeen. Ich hätte auch meine eigene Armee haben können, vielleicht werde ich sie eines schönen Tages auch noch haben. Das wär ein Leben, was? Nur gefällt mir der Gedanke gar nicht, die ganze Zeit auf der Flucht zu sein. Da dachte ich, es sei besser, wenn ich einfach mal anders aussehe als vorher. Was halten Sie von dem, was die bisher mit mir angestellt haben? Sie sind schließlich eine Frau, wie ist Ihre Meinung?«
Er wandte ihr sein Gesicht zu, in der sicheren Erwartung eines anerkennenden Kommentars.
»Meiner Meinung nach sollten Sie mal eine Diät machen.«
Er warf die Hände in die Luft. »Wissen Sie was, Sie haben recht. Das habe ich denen auch erzählt, als ich operiert wurde, ich habe gesagt: ›Meinen Sie nicht, Sie könnten auch ein bißchen von dem Fett abschneiden, wo Sie schon einmal dabei sind? Das würde mir viel Mühe ersparen.‹ Aber ich fürchte, darauf sind die hier nicht spezialisiert. Wenn ich aus diesem Dreckloch hier herauskomme, werde ich erst mal zwanzig, dreißig Pfund oder so abnehmen, da können Sie Gift drauf nehmen!«
»In Kolumbien?«
»Hey, wieso eigentlich nicht? Kolumbien ist bestimmt ein guter Ort zum Abnehmen. Man macht ein paar einträgliche kleine Geschäfte am Tag, wer hat da schon noch Zeit zum Essen? Wenn nichts los ist, wenn ich nichts zu tun habe, als nur rumzusitzen, dann fange ich an zu essen. Wenn ich Geschäfte zu erledigen habe, bleibe ich fit. Manche Leute joggen. Ich, ich mache Geschäfte. Jeder nach seinem eigenen Geschmack, nicht wahr?«
Sie fand ihn jetzt einfach amüsant. Früher hatte er ihr manchmal Angst eingejagt (was vielleicht teilweise seine Anziehungskraft für sie erklärte). Er versuchte, in Sprache und Verhalten den Anschein eines kleinen Ganoven zu erwecken, und das war eben seine Vorstellung davon, wie ein Gangster auszusehen hatte. Im Grunde war er ebenso ein Schauspieler wie sie selbst. Es machte ihm Spaß, Frauen zu ärgern, sie schlecht zu behandeln. Er spielte den Clown, aber unter dieser Oberfläche führte ein brillanter, nur eben zwielichtiger Geist sein verborgenes Dasein.

In der Zeit, bevor Corry zu Corry wurde, hatte sie ihn zuerst einmal abstoßend gefunden, was genau das war, was er erreichen wollte. Danach war sie völlig überwältigt von ihm. Er war belesen, er hatte sogar ein Diplom des College von Boston, er konnte sich auch zivilisiert benehmen, wenn die Situation dies erforderte. Er war nur einfach überzeugt, es sei ein Zeichen von Schwäche, so etwas zu zeigen, vor allem in den Kreisen, in denen er sich bewegte.
Sie hatte lange Zeit gebraucht, um tief genug in ihn einzudringen und den Menschen Carlo D. zu entdecken, der sich tief im Innern versteckt hielt. Sie war dumm genug gewesen (und hatte vielleicht auch zu sehr auf die Macht ihrer Liebe vertraut) und hatte angenommen, er habe den Wunsch, all dies ans Tageslicht zu bringen. Das Allerletzte, was er wollte, war, daß man ihn für einen Gentleman hielt. Und eine Frau hatte sich nicht in seine Geschäfte einzumischen, keine Frau. Es lag ihm im Blut, krumme Geschäfte zu machen, ebenso wie die immer im Hintergrund lauernde Gewalt Teil von ihm war.
Irgendwie hatte er es fertiggebracht, eine Pistole nach Amarucancha hereinzuschmuggeln. Als er sie das nächste Mal in ihrer Villa besuchte, führte er sie ihr vor. Es war eine Browning P-35, neun mal neunzehn Zoll groß. »Man darf eine Kampfpistole niemals kleiner nehmen«, erklärte er ihr, »jedenfalls nicht, wenn man von ihr erwartet, daß sie einigermaßen zuverlässig funktionieren soll.«
»Wie haben Sie es geschafft, sie hier hereinzukriegen? Es wird doch jeder durchsucht.«
»Ich wäre nicht bis hierher gekommen, wenn ich nicht wüßte, wie ich mir den Rücken decken kann. Wenn es ums Schmuggeln geht, darin bin ich Meister. Das können Sie mir ruhig glauben.«
Aber der Meister lehnte es entschieden ab, ins Detail zu gehen.
Es gab etwas an Carlo, auf das sich Corry in jedem Fall verlassen konnte, nämlich die Tatsache, daß seine Gedanken in erster Linie um seine eigene Person kreisten. Er stellte nie irgendwelche neugierigen Fragen, wer oder was Nina Carpenter sein könnte. Das war für ihn vollkommen nebensächlich. Nur das Phantom des mysteriösen Großindustriellen beschäftigte ihn; sonst hätte er wahrscheinlich schon längst versucht, sie ins Bett zu kriegen. Er konnte die Spielregeln noch nicht recht einschätzen, er wußte nicht genau,

wann Roccella eintreffen würde, worüber Corry auch nichts Genaues verlauten ließ. Er wollte es sich mit dem Center auch nicht ganz verderben, nicht wegen einer kurzen oder vielleicht auch etwas längeren Affäre. Trotzdem war er zweifellos an ihr interessiert. Sie war eine außergewöhnlich attraktive Frau, und was noch dazukam, war, daß sie die einzig verfügbare Frau in der ganzen Umgebung war.

Er war das genaue Gegenteil von all den Männern, die sie sich vor ihm als Liebhaber ausgesucht hatte; trotz seiner Prahlerei schien er sich in der Welt besser zurechtzufinden. Er hatte sie schlecht behandelt, er war brutal. Er wollte an ihrer Karriere teilhaben, er wollte sie besitzen, solange sie lebte. Wie jeder Zuhälter war er sich im klaren darüber, daß es andere Männer in ihrem Leben geben würde. Das störte ihn nicht, solange er von ihren Beziehungen und Kontakten und den Engagements, zu denen sie ihr verhalfen, für sich selbst profitierte. Es war eine Phase gewesen. Oder vielleicht war er die Phase gewesen. Eine scheußliche Zeit ihres Lebens. Und sie war vorüber. Im Center hatten sie nur das zu Ende geführt, was sie selbst schon begonnen hatte: die Neuorientierung ihrer Person. Der körperliche Aspekt der Sache war praktisch irrelevant. Sie war zu dem Zeitpunkt, als man ihr Gesicht veränderte, schon ein anderer Mensch gewesen.

Trotz allem empfand sie für Carlo D. keinen Haß. Selbst jetzt hatte sie offensichtlich noch etwas an ihm gefunden, was sie mochte, irgendein Bedürfnis in ihr mußte er wohl befriedigen, warum hätte sie ihn sonst damals an der Riviera gesucht?

Aber jetzt, wo sie ihn tatsächlich gefunden hatte, fand sie ihn einfach nur amüsant. Man braucht nur lange genug zu warten, dachte sie, und schon bekommt man, was man will. Ich könnte meine Täuschung unbegrenzt aufrechterhalten.

Aber das stimmte natürlich nicht ganz. Denn schließlich wartete im Hintergrund Signore Roccella auf sie.

»Sie haben noch immer nicht geschrieben.«

Wieder war es die blonde Frau, die gekommen war, um sie zu ermahnen.

Corry zuckte die Achseln, es fiel ihr keine Ausrede ein. Was sollte sie schon sagen? Nun, sie würde die Flucht nach vorn ergreifen.

»Die Wahrheit ist, daß ich Angst habe, Armido sei möglicherweise gar nicht so sehr in mich verliebt, wie er zu sein vorgibt. Ich will ihn auf die Probe stellen, verstehen Sie? Es handelt sich um etwas ganz Persönliches, etwas, das nur uns beide angeht.«

Die Frau jedoch war nicht so leicht zu beschwichtigen. Von Roccellas Zufriedenheit mit der Art, wie das Center seine Geliebte versorgte, hingen enorme Geldbeträge ab. Das Center hatte nicht die Absicht, zuzulassen, daß irgendeine romantische Meinungsverschiedenheit hier einen Strich durch die Rechnung machte, egal, ob die Meinungsverschiedenheit wirklich oder erfunden war.

»Aber Signore Roccella ist besorgt um sie, er liebt Sie wirklich. Das ist alles Unsinn, was Sie sich da einreden, Claudia. Wir wissen, daß Sie diese Phasen von Nervosität haben. Wir versuchen ja schon, Sie so weit wie möglich in Ruhe zu lassen. Bei anderen Patienten hätten wir schon längst mit den Tests begonnen. Aber bei Ihnen haben wir beschlossen zu warten, Ihnen Zeit zu lassen, bis Sie sich in Ihrer neuen Umgebung eingelebt haben. Vielleicht waren wir zu nachsichtig.«

Als Corry darauf keine Antwort gab, fuhr die Frau fort: »Ich muß Ihnen außerdem sagen, daß Signore Roccella sich sehr große Sorgen darüber macht, daß Sie ihm nicht schreiben, und er gibt uns die Schuld an Ihrem Verhalten. Er sagt, wenn er nicht bald etwas von Ihnen hört, wird er persönlich nach Lima kommen und sich dort mit Ihnen treffen.«

»Das wäre doch aber ein Verstoß gegen die Sicherheitsbestimmungen, oder?«

Die Frau warf Corry einen seltsamen Blick zu. »Die Sicherheitsbestimmungen lassen Sie ruhig unsere Sorge sein, Sie brauchen sich darum nicht zu kümmern. Wir werden alles tun, was in unserer Macht steht, um Signore Roccella zufriedenzustellen. Wenn Sie ihm nicht schreiben, werden Sie sich mit ihm in Lima treffen; wir werden Sie für einen Tag dorthin schicken, damit Sie ihm persönlich versichern, daß Sie hier glücklich sind und keinerlei Anlaß zur Klage haben.«

Corry schwieg eine ganze Weile. »Wann hat er vor, nach Lima zu kommen?«

»In zwei Wochen.« Es schien der Frau Spaß zu machen, anderen

Leuten schlechte Nachrichten zu überbringen. »Es liegt in Ihrer Wahl. Entweder schreiben Sie ihm noch diese Woche, oder Sie treffen ihn in zwei Wochen.«

Zwei Wochen. Hätte sie nur über telepathische Kräfte verfügt, mit denen sie Claudia Sheff herbeibeschwören konnte, so daß sie von ihr erfahren würde, was sie in diesem Brief schreiben sollte – ja, dann hätte sie eine gewisse Chance. Aber da das wenig wahrscheinlich war, blieb ihr als einzige Alternative, Amarucancha zu verlassen, bevor man sie zu dem Treffen mit dem Mann schleppte, der ihre Rechnungen hier bezahlte. Und wenn sie wegging (mal angenommen, das wäre möglich), hatte sie die Absicht, Reiss ebenfalls mitzunehmen. Er hatte sie beim ersten Mal rausgeholt, jetzt konnte sie ihm den Gefallen erwidern.

Aber wie um alles in der Welt sollte sie das schaffen? Sie war völlig am Ende mit ihrer Weisheit – sie war am Ende, bis ihr Blick auf das »Zitronen-Haus« fiel und sie sah, daß Carlo zu ihrer Villa unterwegs war. Da hatte sie eine Idee.

34

Carlo war nicht in bester Laune, das sah man ihm sofort an.

»Man hat mir gesagt, ich brauche noch eine Gesichtsoperation. Finden Sie, daß mit meinem Aussehen irgend etwas nicht in Ordnung ist?«

Corry sagte ihm, sie finde, daß er durchaus gut aussehe.

»Glauben Sie mir, bevor ich hierher kam, habe ich sogar noch besser ausgesehen. Nicht wiedererkannt zu werden, ist eine Sache, aber daß ich jetzt aussehe, als gehöre ich in irgendeine billige Absteige, das ist was anderes. Sie wollten mir nicht genau sagen, was sie eigentlich vorhaben, aber ich habe auf eigene Faust Nachforschungen angestellt. Sie wollen die Haut aufschneiden, um an die Schädelknochen ranzukommen und dann lockern sie die Knochen und ordnen sie neu an. Wie sie das alles machen, weiß ich nicht. Offen gestanden, mir wird schlecht, wenn ich nur dran denke. Ich verstehe nicht, was das überhaupt soll. Dieser Hurensohn von einem Arzt,

der mich in der Mache hat, dieser Karp, der sagt, sie fangen in ein paar Wochen damit an. Er sagt, es tut ihm leid, aber es läßt sich nun mal nicht ändern. Jetzt sagen Sie mir mal, was ist das für eine Scheiße, dic man sich da von einem Arzt anhören muß? Walter Cronkite kann von mir aus sagen, es läßt sich nun mal nicht ändern. Aber doch nicht mein gottverdammter Arzt. Ich finde, ich habe ein Recht auf eine Erklärung.«
»Man wird Sie umbringen.«
Carlo betrachtete kummervoll den Teppich aus Alpaka-Wolle, der zu seinen Füßen lag. »Das ist doch keine Erklärung.« Dann hob er die Augen und starrte Corry an. »Was haben Sie da gerade gesagt?«
»Ich habe gesagt, daß man Sie umbringen wird, deshalb soll an Ihrem Gesicht eine zusätzliche Operation vorgenommen werden.«
Carlo schnitt eine Grimasse. »Sie sind genauso verrückt wie die. Wovon zum Teufel reden Sie überhaupt? Hier bringt niemand irgend jemanden um.«
»Ganz im Gegenteil. Und wenn ich nicht ganz großes Glück habe, werden sie mich auch töten.«
»Und ich habe gedacht, ich sei paranoid. Nina, was wollen Sie mir denn damit sagen?«
»Hören Sie mir gut zu. Mein Name ist nicht Nina, genauso wenig wie Ihrer Sonny Carson ist.«
»Na ja, das ist doch klar. Wir alle haben unsere Decknamen. Jedermann hier hat seinen Decknamen. Es würde mich gar nicht wundern, wenn selbst die Büsche hier ihre Decknamen hätten.«
Corry schenkte seiner witzig gemeinten Bemerkung keine Beachtung. »Ich werde Ihnen nicht nur meinen eigenen Namen sagen, ich werde Ihnen auch Ihren eigenen sagen.«
Carlo schüttelte den Kopf. »Reden Sie doch nicht solchen Quatsch. Sie werden mir meinen Namen sagen, ja? Wie wäre es denn zum Beispiel mit Thomas Edison?«
»Du bist Carlo Di Angelis.«
Er war drauf und dran, es abzustreiten, aber sie hatte es geschafft, ihn zu überraschen. Sein Zögern verriet ihn. »Wer hat Ihnen denn das gesagt?«
»Niemand hat mir das gesagt.«
Er packte sie am Handgelenk. »Jemand muß Ihnen das doch verraten haben. Wer war es?«

»Du tust mir weh. Laß mich los, und hör einmal in deinem Leben genau zu, was ich dir zu sagen habe. Es mußte mir niemand deinen Namen verraten, weil ich weiß, wer du bist. Wir waren vor ein paar Jahren ein Liebespaar. Und man hat dich nicht gar so sehr verändert.«

»Oh, das ist ja wirklich gut! Das gefällt mir! Da erzählt man mir als erstes am frühen Morgen, daß man meine Augäpfel aus meiner Stirnhöhle heraustrennen will, dann komme ich hierher und muß mir anhören, daß man vorhat, mich umzubringen, und dann auch noch, daß wir beide früher einmal ein Liebespaar waren. Was ist denn dann überhaupt passiert, haben wir uns getrennt, oder was? Und wer hat wen verlassen? Wäre doch nett, so etwas zu wissen, nur um die Erinnerung ein wenig aufzufrischen. Ich glaube, ich brauche noch einen Drink.«

Sie brachte ihm den Drink.

»Du kannst mich nicht erkennen. Mein Gesicht ist verändert worden, genau wie deines. Sie haben ein bißchen an meinen Stimmbändern herumgemacht, deshalb klingt meine Stimme jetzt ein bißchen heiserer. Man hat auch noch andere Sachen mit mir gemacht, aber es ist nicht nötig, näher darauf einzugehen. Aber vielleicht erinnerst du dich ja an meinen Namen.«

Carlos Gesicht trug den Ausdruck völliger Ungläubigkeit. Er hatte überhaupt keine Ahnung mehr, was er sagen oder wie er reagieren sollte.

»Maia Stevens. Sagt dir das etwas?«

Er brachte es, wenn auch mit Schwierigkeiten, fertig, den Namen zu wiederholen. Seine Stimme war ein kaum hörbares Flüstern. Er schaute sie voller Zweifel an.

»Das kann nicht sein.«

»In Los Angeles gingen wir zu einer Party in Malibu. Es gab da noch eine andere Schauspielerin, hübsch, dumm, und sie hat sich dir an den Hals geworfen. Die Party fand mir zu Ehren statt, ich bin aber trotzdem weggelaufen. Du bist mir gefolgt, oder hast es jedenfalls versucht. Du bist die halbe Nacht am Strand auf und ab gelaufen und hast meinen Namen gerufen. Alle anderen hatten die Suche nach mir längst aufgegeben, nur du nicht. Ich habe dich beobachtet, denn ich wollte wissen, wie lange du durchhalten würdest. Du

wurdest immer verzweifelter, du bist ins Wasser gewatet, du hast auf das Meer hinaus geschrien, weil du wohl meintest, ich sei am Ertrinken, könnte dir aber vielleicht noch antworten. Es war ein erstaunliches Bild. Ich konnte es einfach nicht glauben, daß du dich aufführtest wie ein liebeskranker Teenager. Aber es hat mich gerührt. Ich habe mich dir nicht gezeigt, ich bin nicht hinter den Dünen vorgekommen, aber ich wußte, was du getan und wie sehr du dich verausgabt hattest. Ich war jetzt bereit, dir zu verzeihen. Ich bin zu dir in dein Zimmer gegangen. Du bist auf dem Bett gesessen und hast geweint. Ich hatte einen Schlüssel zu deinem Zimmer. Du hast nicht gewußt, ob du erleichtert sein solltest, als du mich hereinkommen sahst, oder wütend, weil ich dich beim Weinen überrascht hatte. Du konntest dich nicht entscheiden, ob du mich küssen oder lieber erwürgen wolltest. Soweit ich mich erinnere, hast du dich entschlossen, mich nicht zu küssen. Aber das spielte keine Rolle, ich konnte den Schmerz ertragen, weil ich wußte, oder wenigstens zu wissen glaubte, daß du mich mochtest. Jetzt neige ich eher zu der Annahme, daß du es einfach nicht ertragen konntest, etwas oder jemanden zu verlieren.«
Sie hatte längst aufgehört zu reden, aber Carlo sagte noch immer nichts, er brachte kein Wort heraus.
»Glaubst du jetzt, daß ich Maia bin? Oder jedenfalls Maia war? Nicht mehr Maia bin?«
»Ich weiß es nicht. Sie hätte die ganze Geschichte einem Freund erzählen können, oder einer Freundin, und die könnte jetzt vor mir sitzen.«
Seine Stimme klang irgendwie resigniert, und das war für Corry ein Zeichen, daß er das, was sie gesagt hatte, akzeptierte, auch wenn er sich Zeit ließ, es zuzugeben.
Schließlich sagte er: »Laß uns ruhig einmal davon ausgehen, du seist Maia Stevens. Du bist also nicht in einer Garage in Manhattan ums Leben gekommen, sondern du sitzt hier direkt neben mir. Aber jetzt verrate mir mal, warum das angeblich bedeutet, daß ich umgebracht werden soll, und daß du umgebracht werden sollst. Das interessiert mich, das interessiert mich wirklich.«
Also versuchte sie ihm klarzumachen, genau wie sie damals Claudia Sheff klarzumachen versucht hatte, wie das Center für Rehabilita-

tions-Chirurgie die Dinge handhabte und wie es vor sich ging, wenn ein Patient wieder verwendet wurde, und warum ihn das schließlich sein Leben kosten mußte. »Der Glanzpunkt dieses Systems – die Ironie an der Sache, sollte ich besser sagen – ist, daß sich keiner darum kümmern wird, wenn wir ein zweites Mal, und diesmal in Wirklichkeit, sterben, weil wir in den Augen der Welt ja längst tot sind.«

Damit Carlo den Ernst der Lage bestimmt richtig einschätzen konnte, fügte sie hinzu: »Der Grund dafür, daß sie für dich eine weitere Operation eingeplant haben, ist, meiner Meinung nach, daß irgend jemand da draußen viel schneller ausgetauscht werden muß, als sie hier angenommen hatten.«

»Und das bedeutet was?«

»Das bedeutet genau das, was ich gesagt habe. Wenn du dich von der Operation einigermaßen erholt hast, wird man dich nach Katmandu oder nach Durban oder nach Montreal oder eben sonstwohin bringen und dich auf irgendeine ganz geniale Weise aus der Welt schaffen. Ich habe mitbekommen, wie so etwas funktioniert.«

»Es klingt überhaupt nicht, als würde dir das alles einen besonders großen Schrecken einjagen. Es könnte doch sein, daß du alles nur erfindest.«

»Der Schrecken kann warten. In zwei Wochen, wenn Signore Roccella aufkreuzt, werde ich noch genug Zeit haben, erschrocken zu sein. Jetzt im Moment bin ich damit beschäftigt, einen Ausweg zu suchen.«

»Und du denkst, ich könnte dein Ausweg sein?«

»Ja, genau. Für dich wäre es ein Risiko, aber ich habe dich bei ›Sands‹ und im ›Caesar's Palace‹ gesehen, und ich glaube, daß das gar nicht besonders aus deiner Art schlagen würde.«

»Damals habe ich mein Geld riskiert. Nicht mein Leben.«

»Und in Marseille und in Kolumbien, hast du da etwa nicht dein Leben riskiert? Das liegt dir im Blut, Carlo, gib es doch zu!«

Er hörte ihr kaum noch zu. »Kolumbien«, sagte er immer wieder. »Kolumbien. Die Leute dort, zu denen geht man hin, und die helfen einem. Eine kosmetische Operation, das würde doch keinen wundern. In Kolumbien, da könnten wir es vielleicht versuchen.« Was er meinte, war, wenn *er* nach Kolumbien käme, könnte *er* es

vielleicht versuchen, aber darüber machte Corry sich keine Gedanken. Die Hauptsache war, daß er angebissen hatte.
Ganz geschickt setzte Corry auch ein weiteres Lockmittel ein: sich selbst. Jetzt, wo er wußte, daß sie nicht die Geliebte irgendeines mächtigen Kapitalisten war, der sich jeden Moment auf sie stürzen konnte, sondern ausgerechnet eine ehemalige Freundin, war er natürlich nicht ganz abgeneigt, gewisse Hoffnungen zu hegen, daß ihre Liaison eventuell fortgesetzt werden könnte. Er machte es sich vielleicht gar nicht so ganz klar, wie sehr er sie für seine Flucht brauchte, aber es schmeichelte seinem Ego schon ungeheuer, daß er ihr aus Amarucancha heraushelfen konnte – obwohl das noch abzuwarten war. Es war ein zugleich reizvoll spannender und auch nervenkitzelnd perverser Gedanke, mit einer Frau zu schlafen, die man kannte, die aber gleichzeitig auch eine andere war. Hätte Carlo am College von Boston seinen Abschluß in Geisteswissenschaften gemacht, hätte er vielleicht seinen Spaß an dem leicht Heraklitischen Paradoxon gehabt, in dem er selbst jetzt steckte. Aber er hatte Wirtschaftswissenschaften studiert und mit Geisteswissenschaften auch nie etwas zu tun gehabt.
Corry verspürte kein Bedürfnis, Carlo mit ins Bett zu nehmen. Als sie damals an die Riviera gefahren war, hatte sie vielleicht solche Gedanken im Kopf gehabt, aber jetzt nicht. Sie war nicht mehr Maia Stevens. Wenn es aber nötig werden würde, um ihr Leben zu retten, hatte sie jedoch ganz bestimmt nicht die Absicht, die Jungfrau zu spielen, die keusch bleiben muß bis zur Hochzeitsnacht.
Aber da gab es natürlich noch ein Problem, eines, das mindestens so groß war wie das, aus Amarucancha herauszukommen. Und das war, Carlo davon zu überzeugen, daß Reiss ebenfalls in Sicherheit gebracht werden mußte. Corry war sich ihrer Gefühle Reiss gegenüber nicht sicher, aber sie wollte ihn um keinen Preis hierlassen, nur damit Signore Roccella die Möglichkeit bekam, zu verschwinden und sich mit seiner Geliebten zu treffen, die sowieso nicht mehr existierte. Sie bezweifelte, daß Carlo ein Mensch war, der sich in die Leiden anderer einfühlen konnte, aber sie würde ihm trotzdem von der Operation erzählen, die Reiss bevorstand oder die er möglicherweise bereits hinter sich hatte. Vielleicht würde sich Carlo nach den Erfahrungen, die er hier am eigenen Leib gemacht hatte, mit Reiss'

Situation identifizieren können. Man konnte es nicht wissen, vielleicht hatte sie ja Glück.

Dann gab es natürlich auch noch die Schwierigkeit, daß sie nicht wußte, wo Reiss sich aufhielt, aber irgendwie glaubte Corry fest daran, daß auch dieses Problem lösbar war. Eins nach dem anderen, sagte sie sich.

Carlo reagierte genauso, wie sie es von ihm erwartet hatte.

»Wer ist denn das, dieser Hurensohn?«

»Ein Freund.«

»Es ist immer ein Freund, oder? Nein.«

»Nein was?«

»Nein, ich nehme nicht euch beide mit. Wenn du mitkommen willst, in Ordnung. Aber das ist alles.«

»Du vergißt, daß ich es war, die dich überhaupt gewarnt hat. Du stehst in meiner Schuld.«

»In deiner Schuld?« Er lachte. »Weißt du eigentlich, mit wem du redest?«

Das wußte sie nur zu gut. »Außerdem kann er Spanisch.«

»Ja und?«

»Ohne jemanden, der Spanisch kann, haben wir überhaupt keine Chance durchzukommen. Am Ende des Tals, direkt am Fuß der Berge, liegt ein Dorf. Wir werden uns dort nach jemandem umschauen müssen, der uns über die Berge führt. Wir werden Höhen zwischen viertausend und viertausendfünfhundert Metern überwinden müssen, und an manchen Stellen ist davon auszugehen, daß es weder Wasser noch eine Möglichkeit, Essen zu bekommen, gibt.«

»Und was ist mit Englisch? Es gibt doch immer jemanden, der Englisch kann.«

»Du kennst dieses Dorf nicht. Wir können froh sein, wenn wir jemanden auftreiben, der genug Spanisch versteht. Englisch steht überhaupt nicht zur Debatte.«

Carlo verzog das Gesicht. »Das verstehe ich nicht. Was für eine Sprache sprechen die Leute dort denn außer Spanisch?«

»Quechua.«

»Quechua?« Carlo kam ins Stottern. »Das gefällt mir nicht.«

»Das braucht dir auch nicht zu gefallen. Die Hauptsache ist, daß wir

Michael hier herauskriegen. Er ist ein Freund, und wenn er hier nicht verschwindet, werden sie ihn töten.«

»Wenn alles, was du mir gesagt hast, stimmt, werden sowieso alle hier ermordet.«

»Ich habe dich aber nicht darum gebeten, alle Leute hier zu retten, sondern nur einen einzigen. Jemanden, der uns außerdem helfen kann. Er wird uns nicht zur Last fallen, das kann ich dir versprechen.«

Noch während sie das sagte, fragte sie sich, ob es überhaupt stimmte. Es war immerhin möglich, daß Reiss aufgrund der Operation oder auch nur durch die Vielzahl der Tests in einem solch geschwächten Zustand war, daß er ihnen tatsächlich zur Last fallen würde.

»Mir gefällt das nicht«, sagte Carlo wieder. »Es ist zu kompliziert.«

Sie nahm seine Hand und hielt sie in der ihren. Sie sagte ihm, sie würde ihm ewig dankbar sein, wenn er ihr diesen einen Gefallen tue. Sie erklärte ihm, daß Reiss kein Mann sei, den er als Rivalen zu sehen brauchte, daß er wirklich nichts anderes sei als ein vergeistigter Wissenschaftler, nicht von dieser Welt und außerdem hoffnungslos verliebt in die Frau, die zu verlassen man ihn gezwungen hatte (und wer weiß, dachte Corry, vielleicht ist das auch nicht mal so falsch). Je länger sie redete, desto überzeugender wurde sie. Abgedroschene Beteuerungen kamen mit erstaunlicher Leichtigkeit über ihre Lippen; sie hatte das Gefühl, als rezitiere sie Zeilen eines ausgesprochen schlechten Drehbuchs. In einer Hinsicht war sich Carlo dessen auch durchaus bewußt, denn er sagte: »Du hast dich nicht verändert, du bist immer noch eine gottverdammte Schauspielerin.« Aber Corry wußte, daß ihre Worte ihn beeindruckten, denn sie appellierten an seine Eitelkeit.

Er ließ sich trotzdem nicht sofort erweichen, und das hatte sie auch gar nicht von ihm erwartet. Aber sie war ganz sicher, daß er nachgeben würde. Obwohl er alles tat, um es zu verbergen, war es doch in Wirklichkeit so, daß Carlo sich letztlich nach ihr richtete. Er beklagte sich zwar und schimpfte, aber bevor er zur Tat schritt, versicherte er sich doch ihrer Zustimmung. Sie teilte ihm mit, die Sache solle am kommenden Mittwoch über die Bühne gehen. Freitag solle der Tag sein, auf den sie ausweichen konnten, falls beim

ersten Versuch irgend etwas nicht klappte. Danach wurde es zu riskant; die zwei Wochen waren dann abgelaufen, und es konnte durchaus sein, daß Signore Roccella an eben diesem Wochenende nach Lima kommen würde. Sogar der Freitag war nur eine knappe Notlösung. Um Carlo weiter zu bestärken, betonte sie, daß schließlich auch seine eigene Operation vorverlegt werden konnte, und daß es deshalb auch in seinem Interesse war, wenn sie die Sache so schnell wie möglich in Angriff nahmen.
»Und was ist mit diesem Typen, diesem Reiss?« fragte er.
»Mach dir wegen ihm keine Sorgen. Die Planung der Details kannst du ruhig mir überlassen.«
»Seit wann bist du denn General Patton? Wieso bist du es, die für die Strategie verantwortlich sein will?«
»Weil ich schon einmal hier war.«
»In Vegas warst du nie so«, murmelte er und marschierte davon.

Es passierte, während sie darauf wartete, daß der Beamte hinter der Theke mit ihrer Post wiederkommen würde (sie stand da und befürchtete einen neuen besorgten Brief von Signore Roccella): ihr Blick fiel plötzlich auf die Zeitschriften, die in einem Regal über ihrem Kopf verstaut waren; es lag da ein ganzer Haufen, mit einer Schnur zusammengebunden. Corrys erster Impuls war, sie herunterzuholen, in der sicheren Annahme, es seien die neuesten Ausgaben von *Linea* und *Avantgarde*. Aber sie bemerkte schnell, daß sie sich geirrt hatte. Die oberste Zeitschrift auf dem Stapel war *The Yale Journal of Biology and Medicine*, die nächste *Human Pathology*, die dritte *Transplantation*. Der Adressenaufkleber besagte, daß sie alle für Dr. Louis Gault/64 West Qenco bestimmt waren.
Sie legte den Stapel schnell wieder in das Regal zurück, bevor der Beamte zurückkam und verkündete, Miss Carpenter müsse heute leider ohne Post auskommen. Ihr war das ganz recht. Sie hatte heute schon mehr erreicht, als sie erwartet hatte.

»Es ist mir scheißegal, wie gut er Spanisch spricht. Lieber mache ich selbst einen Sprachkurs. Es ist vollkommen ausgeschlossen, daß ich mich bei Nacht in den Qenco schleiche, den Weg zur Nummer 64 West finde und dann meinen Arsch auch noch heil wieder rausbringe. Das wäre der reine Selbstmord.«

Corry hörte zu, wie er sich beklagte, sagte jedoch selbst kein Wort. Die beste Art, wie man mit Carlo Di Angelis umging, war, ihn so lange wie er wollte schimpfen zu lassen und sich dabei vollkommen ruhig zu verhalten. Dieses Schweigen war für Carlo wie eine stumme Anklage, Corry gab ihm das Gefühl, unzulänglich zu sein, indem sie ihm einfach nur direkt in die Augen sah. Das machte ihn völlig fertig.

»Na ja, vielleicht gibt es ja doch irgendeine Möglichkeit«, brummte er schließlich.

»Soll ich vielleicht einen Vorschlag machen?«

»Mach so viele Vorschläge wie du nur willst.«

»Wir versuchen gar nicht erst, ihn bei Nacht rauszuholen. Wir machen es tagsüber. Das ist schließlich auch die Zeit, in der die meisten Patienten kommen und gehen. Es gibt dann immer Leute, die mit großen Verbänden rumlaufen und deren Gesichter man nie zu sehen bekommt.«

»Ich verstehe, worauf du hinauswillst.« Er machte eine Pause. »Jedenfalls glaube ich es.«

»Du hast am Mittwoch doch einen Termin, oder?«

»Ich habe jeden gottverdammten Tag einen Termin. Nicht einmal am Sonntag kriegt man frei.«

»Schicken sie jemanden zu dir, der dich abholt?«

»Klar, was dachtest du denn? Irgendein Schwede kommt in einer Limousine angefahren, die hast du bestimmt schon tausendmal gesehen. Abgedunkelte Fensterscheiben. Die Leute hier haben wirklich Stil.«

»Am Mittwoch kommen wir beide mit.«

Carlo schüttelte den Kopf. »Das wird dem Schweden aber gar nicht gefallen.«

»Ich behaupte ja auch nicht, daß ihm das gefallen soll. Du bringst deine Pistole mit, dann spielt es keine Rolle, ob es ihm gefällt oder nicht.«

Carlo musterte sie einen Moment lang intensiv, er prüfte ihr Gesicht, als wolle er dort Spuren von Maia Stevens entdecken. »Weißt du was? Es ist vollkommen ausgeschlossen, daß du Maia bist. Es ist mir ganz egal, was du behauptest. Du bist viel zu schlau. Maia war ein dummes Huhn, gerade gut genug fürs Bett. Du gefällst mir viel besser.«

Sie lächelte vieldeutig, wie es der Situation angemessen war. »Ich denke, ich soll das wohl als Kompliment auffassen.«
»Und noch etwas.«
»Ja?«
»Dieser Typ da, dieser Reiss, es wäre besser für ihn, wenn er wirklich das ist, was du sagst. Ich riskiere nicht mein Leben für irgendeinen Scheißkerl, der dich ein ganzes Jahr lang jede Nacht gebumst hat. Das soll keine Beleidigung sein.«
Ihre Antwort brauchte eine Weile. »Ich gebe dir mein Wort darauf.«
Er schaute sie voller Zweifel an. »Und es wäre auch besser für ihn, wenn er sein Scheißspanisch auf die Reihe kriegt.«
Und wenn nicht? fragte sich Corry. Und wenn nicht?

35

Die Zimmertür öffnete sich, und Reiss sah sich einem Mann gegenüber, der ebenso verwirrt zu sein schien wie er selbst. Er hat sich bestimmt im Zimmer geirrt, dachte Reiss.
»Sind Sie Reiss?«
»Ja, der bin ich.«
Obgleich sein merkwürdiger Besucher die grüne Krankenhauskleidung trug, kam es ihm trotzdem nicht so vor, als gehöre er zum Personal. Die Ärzte und Schwestern, ja sogar die Wärter strahlten alle eine gewisse Autorität aus. Dieser Mann hier war anders.
»Wollen Sie mitkommen?«
»Nein, ich glaube nicht.«
»O doch, Sie kommen mit.« Er schloß die Tür hinter sich. »Sie sind ein Freund von Corry Folger?«
Jetzt riß es Reiss von seinem Stuhl hoch. »Corry? Sie kennen Corry? Wo ist sie?«
»Sie wartet auf Sie.«
So gern Reiss glauben wollte, was er sagte, zögerte er doch immer noch, diesem Mann zu folgen. »Und wer sind Sie?«
»Wer bin ich? Wer ist überhaupt irgend jemand in diesem gottverdammten Ding hier? Ich biete Ihnen die Chance Ihres Lebens. Wenn Sie wollen, können Sie aber auch hierbleiben, mir ist das egal. Lassen Sie sich doch am Auge rummachen, viel Vergnügen.«

Die Tatsache, daß dieser Mann offenbar etwas von der bevorstehenden Operation seines linken Auges wußte, überraschte ihn mehr als alles andere, was er bis jetzt von ihm gehört hatte. Es war so lange her, daß Reiss das letzte Mal außerhalb des Qenco gewesen war, daß er nach wie vor Bedenken hatte. Soweit er die Situation beurteilen konnte, konnte es sich auch um irgendeine abwegige Taktik des Centers handeln. Er beschloß, dort zu bleiben, wo er war. Nur ein Angehöriger des Centers konnte wissen, wo er zu finden war, wie sein richtiger Name lautete, daß er in Beziehung zu Corry stand und schließlich, daß er morgen operiert werden sollte.
Die Hand des Mannes glitt zwischen die Falten seines Kittels und zog eine Pistole hervor. Der Mann richtete sie auf Reiss.
Reiss wußte nicht, was er denken sollte, er konnte überhaupt keinen klaren Gedanken fassen; er hatte einfach nur fürchterliche Angst. Nichts, was der Mann gesagt hatte, ergab irgendeinen Sinn, und das, was er tat, genauso wenig. Also blieb er stehen, wo er war, und zitterte, sein Herz hämmerte wie verrückt, und er wartete auf den Schuß, der seinem Leben ein Ende machen würde. Gleichzeitig wurde ihm auf einmal ganz deutlich bewußt, wie ihm der Schweiß unter den Achseln herablief.
Da plötzlich senkte der Mann zu seiner Überraschung die Waffe wieder. »Was zum Teufel geht mich das überhaupt an? Ich will Sie schließlich nicht umbringen müssen, um Sie zu retten. Das ist doch lächerlich. Wenn Sie nicht mitkommen wollen, dann lecken Sie mich doch am Arsch.«
Er öffnete abrupt die Tür und trat hinaus in den Korridor.
»Warten Sie!«
Der Mann drehte sich um und warf ihm einen seltsamen Blick zu.
Es gibt Augenblicke im Leben, wo alles auf Messers Schneide zu stehen scheint. Wochenlang hatte sich Reiss verzweifelt danach gesehnt, aus dem Qenco herauszukommen, aus Amarucancha zu fliehen. Hatte er wirklich jemals eine Blinddarmentzündung gehabt? Hatte er tatsächlich ein Krebsgeschwür am linken Auge? Er wußte überhaupt nichts mehr. Sein Vertrauen war zwar nicht ganz zerstört, aber doch schwer angeschlagen. So hatte er sich seine Befreiung ganz bestimmt nicht vorgestellt, und er war sich nicht einmal hundertprozentig sicher, ob er überhaupt befreit werden

wollte. Er hielt es nach allem, was vorgefallen war, immer noch für möglich, daß man ihn nach Luzern in sein eigenes Labor zurückgehen lassen würde. Und wie konnte er sicher sein, daß Corry wirklich irgendwo da draußen auf ihn wartete? Man hatte ihm gesagt, sie sei noch in Luzern. Und selbst wenn er seinen Ärzten mißtraute und praktisch alles, was sie taten, anzweifelte, war das etwa ein Grund, sein Vertrauen jetzt in einen Verrückten zu setzen?

Ihm fielen die Mäuse ein – nicht Traxtons Mäuse, sondern die Mäuse aus seiner Studienzeit, die man zu teuflischen Experimenten gezwungen hatte, wie sie nur der perversen Phantasie von Menschen entspringen können: dort, wo der Käse war, erwartete sie auch ein Elektroschock – ein klassischer Annäherungs-Vermeidungs-Konflikt.

»Hey, ich hab nicht den ganzen Tag Zeit!«

Reiss hatte das Gefühl, daß er, gleichgültig, welche Entscheidung er jetzt treffen würde, diese früher oder später auf die eine oder andere Art bereuen würde.

Der Mann zuckte die Achseln. Er war nicht in der Stimmung für Unentschiedenheit, weder bei sich selbst noch bei anderen. »Dann eben nicht, guter Mann«, sagte er, drehte sich um und wollte gerade den kreisförmig angelegten Korridor wieder hinuntergehen, als Dr. Karp auftauchte.

Es war nicht klar, ob er auf dem Weg war, nach Reiss zu sehen, oder ob er zufällig vorbeikam, jedenfalls machte er halt, als er den Besucher an Reiss' Zimmer sah. Auf seinem Gesicht erschien ein Ausdruck vollkommener Verwirrung.

»Sie sollten nicht hier sein, Sonny. Was tun Sie denn hier?«

»Ich hab mich verlaufen.«

»Sie befinden sich hier in einem Sperrgebiet.« Er schaute jetzt an dem Mann vorbei zu Reiss. »Doktor, ich schlage vor, daß Sie jetzt wieder in Ihr Zimmer zurückgehen.«

Eine Schwester kam den Korridor herabgeschlendert, aber sie nahm keine besondere Notiz von den drei Männern an Reiss' Zimmertür. Offensichtlich entging ihr die Pistole in Sonnys Hand. Und sie war nicht die einzige, der es so ging. Auch Dr. Karp hatte sie noch nicht entdeckt.

Reiss blieb, wo er war.

»Haben Sie mich nicht verstanden, Doktor?«
»Er hat die Nase voll von seinem Zimmer«, sagte Sonny.
»Dann werde ich die Sicherheitskräfte rufen müssen.« Karp machte diese Ankündigung in einem Ton, als erwarte er, daß die beiden Patienten auf sie in irgendeiner ganz bestimmten Weise reagierten.
»Nein.« Das war das einzige Wort, das Sonny sagte. Dann drang ein merkwürdiges, gedämpftes Geräusch, etwa wie pfffft, an Reiss' Ohr. Im ersten Moment kapierte er überhaupt nicht, woher es kam; dann sah er, daß der Mann seine Pistole direkt auf Karp gerichtet hatte.
Karp taumelte rückwärts, seine Hände griffen an seine Brust. Als er sie wegnahm, sah er, daß sie blutüberströmt waren. Dieser Anblick versetzte ihn in Erstaunen. Er schien sich überhaupt nicht erklären zu können, woher auf einmal all das Blut kam. Er kniff die Augen zusammen und sein Blick fiel auf den Mann mit der Pistole, wobei er von einer Seite auf die andere taumelte. Er konnte das Gleichgewicht nicht mehr halten.
»Nein, nein«, wiederholte er. »Sie haben auf mich geschossen. Ich bin getroffen.«
Sonny drückte ein zweites Mal ab, jetzt sah Reiss auch, daß ein Schalldämpfer das Geräusch der Explosion unterdrückte. Karp kippte nach vorn, er versuchte vergeblich, sich mit den Händen an der Wand festzukrallen, um sich aufrecht zu halten. Es ging nicht. An der Wand hinterließ das Blut eine verschmierte Spur.
Plötzlich lag der Chirurg vor Reiss' Füßen, seine blutige Hand berührte gerade noch die Spitze seines rechten Schuhes.
Reiss war völlig unfähig, das, was geschehen war, aufzunehmen, er konnte einfach nicht glauben, daß es wirklich passierte.
»Jetzt haben Sie keine Wahl mehr, Reiss, es sei denn, Sie wollen hierbleiben und die Sache erklären.«
Um seinen Worten Nachdruck zu verleihen, packte er Reiss am Arm und zerrte ihn weg von der Leiche.
Die Schwester war längst außer Sichtweite, und da sie nichts gehört hatte, bestand für sie auch kein Grund zurückzukommen. Aber es konnten natürlich jeden Moment andere Leute vorbeikommen – sie hatten sowieso schon Glück, daß der Korridor gerade jetzt so menschenleer war.

»Übrigens ist mein Name Carlo Di Angelis.«
Im Moment sagte ihm der Name nichts, der Gedanke an die Riviera war zu weit entfernt. »Sie hätten ihn doch nicht gleich umzubringen brauchen, Herrgott noch mal!« Er befand sich noch immer in einem Schockzustand, voller Entsetzen über das, was vorgefallen war. Er fand es nicht gerade vertraueneinflößend, wenn jemand einen unbewaffneten Arzt niederschoß.
Carlo drehte sich zu ihm um. »Hüten Sie sich bloß, mir je wieder zu sagen, was ich tun soll und was nicht. Haben Sie mich verstanden? Mir liegt was dran, aus der Sache heil rauszukommen, und wenn das bedeutet, daß Sie Ihren Arsch opfern, bitte, dann werde ich Ihnen gern dabei behilflich sein.«
Reiss überlegte kurz, ob er einfach abhauen sollte, aber die Situation hatte sich jetzt von einem Annäherungs-Vermeidungs-Konflikt zu der Frage hin entwickelt, zwischen welchen Felsen er zerquetscht werden wollte. Es gab keinen sicheren Ort mehr, zu dem er hätte laufen können. Ein neuer Faktor hatte sich zu seiner Rechnung gesellt, der alles veränderte. Dr. Karp war tot. Über manches andere konnte man sich streiten, aber nicht darüber.
Sie gingen weiter den Korridor hinab. Immer noch war niemand zu sehen. Carlo zog unter seinem Kittel jetzt etwas hervor, was aussah wie weißer Stoff, und begann es auseinanderzufalten.
»Was haben Sie denn sonst noch alles unter Ihrem Kittel versteckt?«
Carlo ignorierte seine Frage. »Ziehen Sie sich das hier über den Kopf.«
Reiss sah jetzt, daß es sich um eine behelfsmäßige Maske aus Verbandsstoff handelte. »Das ist doch Blödsinn«, sagte er. »Das wird nie im Leben klappen.«
»Es wird klappen«, widersprach Carlo mit Bestimmtheit.
Die Maske hatte Schlitze für die Augen, aber sie befanden sich nicht genau an der richtigen Stelle, so daß Reiss das Ding immer wieder neu richten mußte, um überhaupt sehen zu können, wohin sie gingen.
»Carlo D.!« Plötzlich fiel ihm ein, wer das war.
»Was ist los?«
»Der Freund von Maia Stevens.« Nicht Corrys Freund, dachte er, Maias Freund.

»Sie sind ein schlaues Kerlchen.«
Sie durchmaßen jetzt den innersten Kreis des Qenco. An beiden Seiten des Korridors gab es Türen, aber man konnte natürlich nicht wissen, wohin sie führten. Reiss fürchtete, der Alarm könnte jeden Moment losgehen. Aber es gab keinen Alarm. Und keinerlei Schritte, die sie verfolgten.
Carlo zögerte. »Diese Tür hier muß es sein«, sagte er schließlich, aber der Klang seiner Stimme verriet seine Unsicherheit. Bevor er jedoch noch etwas unternehmen konnte, öffnete sich die Tür, und man konnte sehen, daß sie zu einem Aufzug gehörte, aus dem jetzt zwei Wärter mit einer Bahre kamen. Offensichtlich hatten sie gerade einen frisch operierten Patienten abgeholt; der Tropf klapperte gegen das Gestell, und der auf dem Rücken liegende Mann rief nach seiner Mutter.
Keiner der beiden Wärter schien sich sonderlich für die Männer zu interessieren, die jetzt ihren Platz im Aufzug einnahmen.
»Wohin führt der denn?« fragte Reiss vorsichtig.
»Ich habe nicht die leiseste Ahnung. Wir nehmen ihn und lassen uns überraschen.«
Carlo mußte die Orientierung verloren haben. Die Tür schloß sich mit einem sanften Summen, und obwohl sie keinen Knopf gedrückt hatten, begann sich der Aufzug langsam nach oben zu bewegen. Jetzt hatte es auch keine Wirkung mehr, als sie die Knöpfe bedienten. Sie bewegten sich stetig weiter nach oben.
Im obersten Stockwerk stiegen drei Männer ein. An ihrer Uniform war zu erkennen, daß sie zu den Sicherheitskräften des Krankenhauses gehörten.
Carlo und Reiss blieben in ihrer Ecke stehen. Die beiden Wachen unterhielten sich, sie lachten und nahmen, genau wie die Wärter vorhin, von ihren Mitfahrern kaum Notiz.
Als die bernsteinfarbenen Lichter auf der Schalttafel anzeigten, daß sie sich im dritten Stockwerk befanden, kam plötzlich Leben in die tragbaren Funkgeräte, die bisher still an der Seite der Wachen gehangen hatten.
»Kode Weiß, Kode Weiß. An alle Einheiten, Kode Weiß. Sechzig West, Kode Weiß. An alle Diensthabenden, bitte kehren Sie sofort auf ihre Posten zurück. Ich wiederhole: An alle Diensthabenden,

bitte kehren Sie sofort auf ihre Posten zurück. An alle Einheiten, halten Sie Ausschau nach dem Patienten Louis Gault. Jedermann ohne hinreichende Genehmigung ist aufzuhalten und festzunehmen. Kode Weiß, Kode Weiß.«

Nach diesem Aufruf war aus den Funkgeräten nur ein Durcheinander von vielen Stimmen zu hören, die von unterschiedlichen Sendern kamen und sich auf der gleichen Wellenlänge trafen.

Reiss verkroch sich noch tiefer in seine Ecke, er wünschte sich, er könnte in den Boden versinken. Widerstand wäre bestimmt zwecklos, denn so geschickt Carlo auch sein mochte, er konnte schließlich nicht alle drei Wachen auf einmal außer Gefecht setzen.

Was Carlo dachte, war unmöglich zu sagen. Sein Gesicht hatte einen völlig unberührten, stoischen Ausdruck.

Er zeigte kein größeres Interesse, als wenn das, was er eben gehört hatte, die Übertragung des Wetterberichts gewesen wäre.

Merkwürdigerweise zeigten auch die beiden Wachen so gut wie keine Reaktion.

»Kode Weiß«, sagte einer von ihnen. »Ziemlich viel los heute.«

Vielleicht war Kode Weiß etwas, das mit nervtötender Regelmäßigkeit eintrat, überlegte Reiss. Jedenfalls war es offensichtlich kein Grund zur Aufregung.

Der Aufzug hatte das Erdgeschoß erreicht. Die Wachen stiegen rasch aus, ohne daß einer von ihnen Carlo oder seinen verbundenen Begleiter beachtete.

Sie hatten noch immer keinerlei Anhaltspunkte, wo sie sich befanden; die Wände waren grau wie in einem Unterseeboot, der Boden glänzte, er mußte wohl vor kurzer Zeit gebohnert worden sein. Hier im innersten Teil des Qenco gab es keine Möglichkeit, sich zurechtzufinden, man wußte nicht einmal, in welche Richtung man ging. Die Schritte der Wachen verhallten langsam.

Reiss hatte Angst. Er hatte zugelassen, daß dieser Verrückte ihn aus seinem Zimmer schleppte, einen Arzt umbrachte und ihn jetzt Gott weiß wo hinführte, während bewaffnete Männer überall in diesem riesigen Gebäude wie die Besessenen nach ihm suchten.

»Das gefällt mir nicht«, brummte Carlo.

Das klang nicht gerade beruhigend.

Carlo entschied sich dafür, nach links zu gehen. Er traf diese Entscheidung, weil die Wachen nach rechts gegangen waren.

Alles, was er damit erreichte, war, daß sie mit dem nächsten Sicherheitsbeamten zusammenstießen. Es war ein kräftiger Mann mit einem entschlossenen Gesicht. Sein Haar war so rot wie die Blätter der Bäume in New England, wenn der Herbst kommt.
Und er war ausgesprochen höflich. »Sie dürfen sich hier unten nicht aufhalten. Darf ich Ihre Papiere sehen?«
»Wir haben keine Papiere«, sagte Carlo.
Der Beamte musterte ihn grimmig. »Darf ich dann bitte Ihre Zutrittsermächtigung sehen?«
Reiss befürchtete schon, Carlo werde auch diesen Mann erschießen, aber er sah keinerlei Möglichkeit, wie er ihn daran hätte hindern können.
»Wir haben auch keine Zutrittsermächtigung.« Er richtete die Pistole auf den Sicherheitsbeamten, damit ihm die Lust verging, ihnen noch weitere Fragen darüber zu stellen, was sie hier wollten.
»Zeig uns den Weg aus dem Qenco.« Carlos Stimme klang vollkommen ruhig. Solche Situationen schienen für ihn nichts Ungewohntes zu sein. »Tu dir selbst den Gefallen und mach keinen Scheiß. Wäre nämlich sehr schade um dich, wenn du die Sache vermasselst.«
Der Posten erstarrte schlagartig, aber er sah ziemlich schnell ein, daß er keine andere Wahl hatte, als sich in sein Schicksal zu fügen. Schließlich zuckte er die Achseln und führte sie den Korridor entlang. Sie kamen zu einer Auffahrt, die zu beiden Seiten von Hibiskus und Bougainvilleas gesäumt war, die in wildem Durcheinander blühten. Die Mittagssonne fiel durch ein Glasdach auf die Pflanzen. Hier war die Luft deutlich wärmer, und sie hatten ein ähnliches Gefühl wie beim Betreten eines Gewächshauses.
Am Ende der Auffahrt befand sich ein Torbogen, und eine Glastür öffnete sich auf einen üppigen Garten, wo im Schatten von Palmen und Zitronenbäumen ein Brunnen leise plätscherte. Über dieser Tür war die geschwungene Gestalt einer goldenen Schlange mit herausschnellender Zunge angebracht. Sie waren zum Herzen von Amarucancha vorgedrungen, zum »Schlangenhof«.
Die Vögel im Garten zwitscherten und trillerten aus Freude über die Wärme und das schöne Wetter. In Innern des Qenco aber durchbrachen die Funkgeräte, die jetzt ziemlich weit entfernt klangen, die

Stille, und obwohl Reiss die Worte nicht verstehen konnte, zweifelte er keinen Moment daran, welche Botschaft sie übermittelten.

Plötzlich kamen zwei Männer in Sicht, die auf hohen Stühlen postiert waren; die wuchernden Pflanzen hatten sie bis zum letzten Moment verdeckt. Sie starrten trübselig in die Richtung des als Geisel dienenden Beamten und der beiden ihm folgenden Männer. Sie sahen gelangweilt aus. Langeweile war im Qenco ein sehr verbreitetes Übel. Patienten, Ärzte, Sicherheitskräfte, alle langweilten sich. Das war vielleicht auch die Erklärung dafür, daß die beiden sich nicht unmittelbar aufrafften, sondern so lange warteten, bis die drei Männer praktisch neben ihnen standen. Sie waren nicht daran gewöhnt, daß sich etwas Aufregendes in ihr Leben mischte.

»Zutrittsermächtigung?« fragte derjenige der beiden, der auf der rechten Seite saß.

Der Sicherheitsbeamte wußte nicht recht, was er darauf antworten sollte. Er warf Carlo, der seine Pistole hatte verschwinden lassen, einen fragenden Blick zu; er wartete auf seine Anweisungen.

»Sag ihnen, sie sollen ihre Ballermänner weglegen, oder ich blas dir das Gehirn weg.«

»Ballermänner?«

Der Beamte sprach fließend Englisch, aber dieses Wort befand sich nicht in seinem Wortschatz.

»Ihre Pistolen«, erklärte Carlo.

Der Beamte tat, was man ihm gesagt hatte. Die beiden Wachposten sahen ihn verwundert an, sie wußten nicht so recht, worüber er eigentlich redete. Wahrscheinlich dachten sie, er sei verrückt geworden.

Also zeigte Carlo ihnen als weitere Erklärung seine Pistole und drückte sie dann an die Schläfe des Sicherheitsbeamten. Jetzt verstanden sie, was los war.

Die beiden Wachen schauten einander an, keiner wollte der erste sein, der nachgab.

»Jetzt!« befahl Carlo.

Die Waffen fielen klappernd zu Boden.

Reiss konnte spüren, wie sehr Carlo die Situation genoß; wahrscheinlich hatte er nicht damit gerechnet, daß sie es bis hierher schaffen würden. Jedenfalls spiegelte sich in seinem Gesicht ein solches Maß an Selbstzufriedenheit, daß Reiss fast ein bißchen hoffte, es würde ihm jemand einen Strich durch die Rechnung machen, obwohl das natürlich auch sein eigenes Schicksal besiegelt hätte.

Mit im Nacken verschränkten Händen marschierten die drei noch völlig verwirrten Gefangenen vor Reiss und Carlo aus dem Qenco in den Garten hinaus.

Dann wandte sich Carlo dem Sicherheitsbeamten zu. Alles, was er sehen konnte, waren Bäume, der Brunnen und das sanfte Licht, das auf die Stuckwände am jenseitigen Ende des Hofes fiel. Direkt über ihnen ragte der Qenco empor, seine Verkleidung aus Glas und Stahl schimmerte magisch im gleichen Licht.

»Wie zum Teufel kommen wir hier raus?«

Der Beamte gestikulierte in die Richtung auf die Stelle, wo die Nachtschattengewächse wucherten, und die man von hier, wo sie jetzt standen, nicht sehen konnte. Er erklärte, daß dort ein Tor sei, wo nur in sehr unregelmäßigen Abständen eine Streife vorbeikäme. Von dort aus könne man im Kreis weitergehen, bis man schließlich den Platz erreiche, wo Corry sie erwartete. Carlo schien damit zufrieden zu sein. Trotzdem befahl er den drei Männern, ihn noch bis zu dem Tor zu begleiten. Reiss sah, daß das Schloß des Tores ebenfalls die Form einer Schlange hatte. Kein Wachposten war in der Nähe.

»Ihr drei da, ihr legt euch auf den Boden. Nein, ich will eure Gesichter nicht sehen. So ist es gut. Genau so.«

»Was haben Sie denn jetzt vor?« fragte Reiss erschrocken.

»Kein Wort will ich von Ihnen hören, wie oft soll ich das denn noch sagen?!«

Reiss hielt den Mund.

Daraufhin führte Carlo Reiss zum Tor. »Gehen Sie raus, warten Sie dort auf mich, und nehmen Sie um Gottes willen diese Maske ab. Andererseits, nein, behalten Sie sie doch lieber auf. Was macht es schon für einen Unterschied?« Mit einer vage drohenden Geste hielt er seine Pistole für einen Moment in seine Richtung.

Reiss jedoch blieb am Tor stehen, er wollte sehen, was passierte.

Carlo schien noch irgend etwas vorzuhaben. Aber er begnügte sich damit, die drei Männer zu warnen.

Danach passierte alles atemberaubend schnell. Carlo hatte sich umgedreht und ging jetzt auf Reiss zu. Gleichzeitig begann einer der Wachposten, sich zu bewegen. Reiss war sich nicht ganz sicher, aber es sah so aus, als habe er eine Pistole in der Hand.
Er wollte Carlo gerade eine Warnung zurufen, aber bevor er dazu kam, wirbelte Carlo, der die Gefahr gespürt hatte, herum und feuerte mehrere Schüsse schnell nacheinander ab. Der Wachposten sackte wieder zu Boden, seine Stirn war voller Blut. Seine Gefährten waren liegengeblieben, aber Carlo hatte auch auf sie geschossen. Sie schienen auf den Tod kaum zu reagieren, sie machten nur eine kleine Bewegung, als wollten sie die Erde umarmen, als wollten sie den Liebesakt vollführen und würden gleich zu Anfang vom Schlaf übermannt.
Das Geräusch der Schüsse ging unter in dem lauten Vogelgezwitscher, das die ganze Zeit über keinen Moment aufgehört hatte.
Carlo war jetzt neben Reiss angelangt. »Diese verdammten Idioten«, sagte er, und es klang fast, als wolle er sich entschuldigen.
»Sie hätten Sie doch nicht gleich umzubringen brauchen.«
»Ihre Meinung interessiert mich nicht im mindesten. Und erzählen Sie Corry kein Wort darüber. Ich mag Sie nicht. Ich würde keinen Moment zögern, mit Ihnen das gleiche zu machen, was ich mit den dreien da gemacht habe.«
»Kein Wort.« Reiss hatte das Gefühl, als gehöre seine Stimme nicht mehr ihm, sie war die Stimme von irgend jemand anderem. Er fragte sich, ob seine Beine zusammenknicken und unter ihm nachgeben würden. Vier Tote innerhalb von wie lange? – fünfzehn Minuten? Dieser Mann hier mußte ein Psychopath sein. Die Gefahr, die vom Center ausging, erschien ihm wesentlich geringer als die, die dieser Mann für ihn repräsentierte. Warum in aller Welt hatte Corry ausgerechnet ihn zu seinem Retter auserkoren?
»Na gut.« Carlos Stimme klang jetzt etwas versöhnlicher. »Dann wollen wir mal sehen, was wir tun können, um hier endgültig rauszukommen.«
Reiss beschloß, ihm nichts zu sagen von dem Blut, das auf seine Schuhe und Hosenbeine gespritzt war. Wenn Corry danach fragte, sollte er doch selber zusehen, wie er ihr das erklären konnte. Reiss jedenfalls hatte nicht vor, auch nur ein einziges Wort zu sagen.

36

Entweder waren die Sicherheitskräfte nicht auf Draht oder es rechnete keiner damit, daß die drei für ihre Flucht ausgerechnet eine der Limousinen, die dem Center selbst gehörten, benutzen würden, um aus Amarucancha herauszukommen.
An diesem Tag fuhr eine wahre Karawane von Limousinen die Straße entlang, die das Tal in der Mitte durchschnitt. Es waren zum größten Teil dezente graue Mercedes-Fahrzeuge, und so konnten sie wenigstens für eine Weile damit rechnen, in der Anonymität unterzugehen. Nur würde diese Situation nicht allzu lange anhalten.
»Wenn wir erst einmal an der Abzweigung zu der Rollbahn vorbei sind, haben wir keine Deckung mehr«, sagte Corry.
Die anderen Autos beförderten vermutlich Verwaltungspersonal, das in einen anderen Teil der Welt geflogen werden sollte.
Carlo zuckte nur die Achseln. »Können wir irgend etwas dagegen unternehmen?« Er schien diese Frage an den Chauffeur zu richten, aber der fuhr mit finsterer Miene weiter. Der Lauf der P-35 Browning preßte sich an seinen Hinterkopf. Er hatte nichts zu sagen.
»Nein, du kannst höchstens beten«, sagte Corry.
Reiss saß in der Mitte zwischen seinen beiden Befreiern. Er war immer noch unfähig, an die Realität des Geschehens um ihn herum zu glauben. Wenn er jetzt zurückschaute, konnte er den Qenco schon nicht mehr sehen. Die Außenmauern der Anlage verschwanden langsam aus seiner Sicht, verschleiert von dem Staub, den die Autos auf der trockenen Straße aufwirbelten.
Es kam ihm vor, als habe sich Corry in der kurzen Zeit, die vergangen war, seit sie sich das letzte Mal in Paris gesehen hatten, ziemlich verändert. Das war etwas mehr als eineinhalb Monate her, und trotzdem entsprach sie schon kaum mehr dem Bild, das er von ihr in Erinnerung hatte. Es war aber noch zu früh, um genau sagen zu können, was eigentlich so anders geworden war. Aber wieso überraschte ihn das überhaupt? Schließlich kam keiner, der in Amarucancha gewesen war, unverändert wieder heraus.
Jetzt, wo sie Reiss befreit hatte, ohne daß seinem Auge etwas

angetan worden war, schien sie sich ihm gegenüber ziemlich kühl zu benehmen. »Du siehst gut aus«, war alles, was sie sagte, »du siehst gut aus, wenn man bedenkt, wo du gewesen bist.«
Aber es gab ja schließlich auch dringendere Dinge, mit denen sie fertig werden mußten, bevor sie gegenseitig ihre Neuigkeiten austauschen konnten. So zum Beispiel, wie sie es anstellen konnten, nicht doch noch erwischt zu werden.
»Ich denke, daß sie uns bis zum Dorf kommen lassen werden. Das Tal ist eigentlich nur eine Verlängerung der Anlage. Dort warten dann bestimmt die Agenten auf uns. Nur wenn wir es schaffen, in die Berge zu kommen, werden wir einigermaßen in Sicherheit sein.«
»Aber wir haben kein Geld«, warf Reiss ein.
»Wir haben noch etwas viel Besseres, mein Lieber.« Corry ließ ihre Handtasche aufschnappen und enthüllte ihren geheimen Schatz funkelnder Juwelen. Reiss konnte sich überhaupt nicht vorstellen, wo sie das alles wohl aufgetrieben haben mochte.
»Das ist eine lange Geschichte.«
Es war klar, daß die Erzählung der Geschichte aufgeschoben werden mußte.
Sie hatten jetzt die Abzweigung erreicht. Eine Limousine nach der anderen war von der Hauptstraße abgebogen, und jetzt waren sie die einzigen, die sich mit hoher Geschwindigkeit dem Dorf Tococache näherten.
»Und nach den Bergen, was kommt dann?« fragte Reiss. Ein paar Fakten wollte er unbedingt klären.
Corry warf Carlo einen Seitenblick zu. »Kolumbien.«
»Kolumbien?«
Hatte Corry ihre unglückselige Beziehung zu Carlo etwa wieder aufgenommen? Hatte sie ihn nur aus Pflichtgefühl aus dem Qenco herausgeholt?
Direkt vor der Dorfgrenze befahl Carlo dem Chauffeur, anzuhalten und auszusteigen. Er kam der Aufforderung widerspruchslos nach. Es war eben ein Charakterzug der Leute, die für das Center arbeiteten, daß sie Befehle problemlos befolgten, gleichgültig, wer sie ausgesprochen hatte.
Corry übernahm das Steuer, und Carlo setzte sich neben sie. Reiss blieb auf dem Rücksitz.

»Wie gut ist dein Spanisch?«
»Meinen Sie mich?« fragte Reiss. »Ein bißchen rostig.«
»Na, dann polier es schnell noch ein bißchen auf, weil du es nämlich in ein paar Minuten brauchen wirst. Nimm ein bißchen von dem Spielzeug aus meiner Handtasche, genug, daß wir einen dieser Quechuas dazu kriegen können, uns in die Berge zu führen.«
»Soll ich nach irgend etwas Besonderem Ausschau halten?«
»Nach einem Mann mit einem ehrlichen Gesicht.«
Darüber brach Carlo in schallendes Gelächter aus.
Ihre Ankunft im Dorf verursachte große Aufregung. Hunde bellten und Kinder schrien, und sowohl Kinder als auch Hunde nahmen die Verfolgung des Autos auf, wobei letztere mit den Fäusten auf die Kotflügel einschlugen, während die ersteren sich damit zufriedengeben mußten, die Reifen anzuknurren, die in den Furchen der immer enger werdenden Straße versanken.
Carlo runzelte die Stirn. Einen solchen Empfang hatte er offensichtlich nicht erwartet. Zu viel Lärm und zu viel Durcheinander.
Sie fuhren so weit nach Tococache hinein, bis sie etwa in der Mitte des Ortes waren. Corry hielt den Mercedes an. »Jetzt bist du dran«, sagte sie zu Reiss.
Reiss war noch völlig durcheinander vom Schock seiner plötzlichen Flucht aus Amarucancha, und er hatte eigentlich überhaupt nicht das Gefühl, er sei fähig, in diesem Zustand in einer Fremdsprache einen Führer anzuwerben. Aber es sah nicht so aus, als habe er eine andere Wahl.
Sobald er neben dem Mercedes stand, war er auch schon umringt von einer Masse aufgeregter dunkelhäutiger Kinder, die ihm billige Schmuckstücke, Ponchos und Perlen, die sie aus den Gräbern ihrer Ahnen entwendet hatten, entgegenhielten.
»*Tengo prisa! Tengo prisa!*« rief Reiss und versuchte sich aus ihrer Mitte zu befreien. »*Vayase!*«
»*Vayase! Vayase!*« ahmten sie ihn vergnügt im Chor nach.
»*Donde, está el guia?*« versuchte er einen etwas intelligenter aussehenden Knaben zu fragen. »*El guia?*«
Der Junge sah aus, als habe er noch nie von so etwas gehört.
Da erschien eine Frau, so plötzlich, als habe sie jemand aus dem Staub und dem Sonnenlicht herbeigezaubert. Sie war groß und dick,

mit dem breiten Gesicht und den leicht asiatisch geschnittenen Augen, die für ihre Rasse charakteristisch sind. Sie trug einen breitkrempigen Hut, und über ihre kräftigen Schultern war ein Umhang aus roter und goldfarbener Wolle geschlungen. Eine Handbewegung von ihr genügte, um die Kinder in alle Winde zu zerstreuen.
»*Guiar*«, sagte sie und zeigte auf sich selbst. »*Qué necesita usted?*«
Er versuchte ihr zu erklären, daß er jemand suche, der ihn und seine Begleiter in die Berge führen konnte. Er sagte nichts darüber, wie weit. Er wußte selbst nicht, wie weit. Der einzige geographische Anhaltspunkt, den er hatte, war, daß er sich irgendwo mitten in den peruanischen Anden befand. Das war kein sehr ergiebiger Anhaltspunkt. Und es war sehr wahrscheinlich, daß die Frau, außer über die nähere Umgebung, auch nicht viel besser informiert war als er selbst. Aber irgendwo mußte er schließlich einen Anfang machen.
Sie reagierte nicht auf seine Erklärungsversuche. Ihr Blick war unerbittlich; sie schien hinter das Geheimnis seiner Absichten kommen zu wollen. Da zog er aus seiner Tasche einen kleinen, aber perfekt geformten Smaragd, dessen Oberfläche in einem eisigen grünen Glanz erstrahlte. Jetzt begannen die Augen der Frau gleichfalls zu strahlen.
»*Cuán lejos?*«
Er wußte noch nicht, wie weit. Was konnte er ihr darauf antworten? Zehn Meilen? Oder tausend? Zur kolumbianischen Grenze, wo auch immer die sein mochte.
Er zuckte die Achseln und machte eine vage Handbewegung. »*Feliz viaje*«, fügte er hinzu. Eine Vergnügungsreise? Er bezweifelte, daß das sehr überzeugend klang.
Als er mit ihr zum Auto zurückkam, wurde Carlos Gesicht nur noch mißtrauischer. Er hatte fest damit gerechnet, daß Reiss einen Mann mitbringen würde.
»Sehen Sie, sie hat mir versichert, daß sie die Berge kennt.«
Als die Frau ihre Röcke ausbreitete und sich auf dem Rücksitz niederließ, sank der Mercedes ein gutes Stück tiefer in die zerfurchte Straße ein.
»Sie riecht«, murmelte Carlo.
»Dann laß das Fenster runter, Liebling«, sagte Corry zu ihm. »So,

jetzt wollen wir mal sehen, ob wir jemanden auftreiben, der uns etwas zu essen verkauft.«

Das Brot sah uralt und trocken aus, das Gemüse war verschrumpelt, die beiden Hühner waren mager und wahrscheinlich krank, und die Frau, die sie verkaufte, fand es ganz in Ordnung, Corry die Viecher noch lebendig und quietschend zu überreichen.

»Sag ihr, sie soll die verdammten Tiere erst mal totmachen.«

Reiss versuchte es. Die Frau verstand ihn nicht.

Carlo war inzwischen so ungeduldig geworden, daß er aus dem Auto stieg, eines der Hühner packte und es mit eigenen Händen erwürgte. Das kapierte die Frau, und sie machte mit dem anderen Huhn dasselbe.

Ihre Führerin saß mittlerweile wie ein Stein auf dem Rücksitz des Autos, es interessierte sie offenbar nicht im geringsten, was um sie herum vor sich ging.

»Na, wenn das das schlimmste Problem ist, mit dem wir fertig werden müssen, können wir uns aber glücklich preisen.«

Carlo, der noch immer neben dem Wagen stand, hob den Blick zu den Bergen empor, in die sie demnächst aufbrechen wollten. Während es hier im Tal sonnig war, brauten sich um die Berggipfel trübe Wolken zusammen. Selbst er wußte, wie unberechenbar das Wetter war, und daß es nur noch unberechenbarer wurde, je höher man hinaufkam.

»Das bezweifle ich«, sagte er zu Corry. »Zum einen ist da zum Beispiel schon mal das Wetter. Und unsere Freunde im Center haben uns bestimmt auch noch nicht ganz vergessen.«

Etwas, das sie gut hätten brauchen können, war in ganz Tococache nirgendwo aufzutreiben, nämlich Benzin. Ihre Führerin, die im übrigen meinte, sie könnten sie ruhig Paquita nennen, erklärte Reiss, daß es deshalb kein Benzin zu kaufen gebe, weil niemand im Dorf jemals ein Auto besessen hätte, und weil auch in absehbarer Zukunft wahrscheinlich keiner eines besitzen würde.

Reiss hatte den Verdacht, daß Paquita ihm nicht ganz die Wahrheit sagte. Irgendwo in Tococache gab es bestimmt Benzin, aber wahrscheinlich nur für die vom Center zugelassenen Fahrzeuge.

Sie näherten sich jetzt der Stelle, an der die Straße zu den Bergen

emporzusteigen begann. Wie Corry erklärte, markierte dieser Punkt auch das Ende des Einflußbereichs des Centers.
Sie kamen zu einer Straßenbiegung, und jetzt befanden sie sich dort, wohin die Strahlen der Sonne nicht mehr reichten. In kurzer Zeit hatte der Schatten der Anden sie verschluckt.
Paquitas Schweigen war wie eine Aura, die von ihr ausging, man konnte sie fast körperlich spüren, und sie bewirkte, daß auch die übrigen Mitfahrer nicht mehr sprachen.
Auf der gleichen Straße, auf der sie fuhren, nur ein ganzes Stück über ihnen, konnten sie eine Gruppe von Indianern mit ihren Lamas und ihren Schafen entdecken, die ihnen entgegenkamen. Sie waren jetzt auf dem Heimweg, bevor die Nacht kam und mit ihr die Kälte und der Regen, den die sich immer mehr verdunkelnden Wolken prophezeiten.
Obwohl sich Reiss möglicherweise ebenfalls auf dem Weg nach Hause befand, fühlte er sich überhaupt nicht dementsprechend.
Außerdem hörten sie über sich etwas, das klang wie ein Hubschrauber, dessen Propeller im Wind schwirrten, aber als sie nach oben schauten, war dort nichts Ungewöhnliches zu sehen.
Die Straße wurde jetzt immer steiler und beschrieb manchmal Kurven von nahezu neunzig Grad. Die immer dichter werdenden Wolken hatten zusammen mit dem ohnehin schwächer werdenden Nachmittagslicht den Effekt eines verfrühten Nachteinbruchs. Die Atmosphäre war drückend und grau, die Gestalten der Indianer, die sich geschickt am Straßenrand hielten, wirkten wie Gespenster.
Obwohl das Knattern des Hubschraubers nicht mehr zu hören war, glaubte keiner von ihnen, daß sie sich außer Gefahr befanden. Fünfunddreißig Minuten, nachdem sie das Dorf verlassen hatten, konnten sie es, wenn sie wollten, immer noch direkt unter sich ausmachen. Die kurvenreiche Straße, auf der sie fuhren, ähnelte einer Schlange, die sich immer wieder um sich selbst drehte und einen Bergkamm nach dem anderen umschlang.
»Da unten kommt ein Auto«, sagte Reiss. Es war winzig, aber er konnte gerade noch erkennen, daß es ein grauer Mercedes, genau wie der, in dem sie saßen, war.
Carlo fuhr bereits so schnell, wie die Straße es zuließ – eigentlich sogar ein bißchen schneller –, und Reiss war mehr beunruhigt

darüber, daß sie von der Straße abkommen und mehrere hundert Meter in die Tiefe stürzen könnten.
Dann, bevor sie etwas sehen konnten, hörten sie plötzlich das Motorengeräusch eines Fahrzeugs, das hinter der Kurve, der sie sich gerade näherten, verborgen war.
Die Anspannung zeichnete sich auf Carlos Gesicht und auch auf den Gesichtern aller anderen ab.
Carlo verlangsamte den Mercedes allmählich, konnte natürlich aber nicht wissen, ob er es schnell genug schaffte. Jetzt kam die Kühlerhaube des anderen Autos in Sicht, dann die ganze Vorderfront, das Auto raste direkt auf sie zu.
Reiss warf einen Blick aus dem Rückfenster, er konnte das Auto hinter ihnen nicht mehr entdecken, aber es war trotzdem anzunehmen, daß es noch da war und vor allem die ganze Zeit über näher kam.
Carlo hielt den Mercedes an. Das ihnen entgegenkommende Auto hielt ebenfalls. Im Rückspiegel konnte man sehen, wie das Auto hinter ihnen immer größer wurde.
Sie saßen in der Falle. Links ragte eine unüberwindliche Felswand, rechts drohte jäh ein steiler Abhang.
»Scheiße«, murmelte Carlo. »Sieht aus, als wären wir im Arsch, Freunde.«
Nur Paquita ließ das alles vollkommen ungerührt. Sie mußte inzwischen mitbekommen haben, daß die Leute, die sie angeheuert hatten, sich in einer äußerst üblen Lage befanden, aber offenbar interessierte sie sich überhaupt nicht dafür.
Das Auto hinter ihnen hielt jetzt in etwa zehn Metern Entfernung an. Eine Weile passierte überhaupt nichts. Reiss vermutete, daß die Vertreter des Centers die Anweisung hatten, mit äußerster Vorsicht zu handeln. Zu viel hatte man in diese drei Personen investiert, um ihr Leben in diesem kritischen Augenblick so einfach aufs Spiel zu setzen. Und außerdem gab es für sie keinen Grund, gegen Corry einen Verdacht zu hegen, vielleicht dachten sie, sie sei als Geisel genommen worden.
Aber das alles ermutigte Reiss trotzdem nicht besonders. Er wurde von einem Gefühl bevorstehenden Unheils überwältigt, das sich noch verstärkte, als Carlo jetzt seinen Revolver herauszog.
»Du kannst unmöglich gegen sie alle kämpfen«, wandte Corry ein. »Du wirst damit nur erreichen, daß wir alle getötet werden.«

»Das wird doch sowieso passieren, oder?«

Carlos Augen funkelten trotzig. Er schien die Aussicht, auf verlorenem Posten zu kämpfen, fast zu begrüßen. Reiss versuchte, die Umgebung zu erkennen. Im Moment interessierte er sich vor allem dafür, an was für einem Ort er sterben würde, aber das Zwielicht hatte alle Konturen verwischt und alles, was er draußen sehen konnte, war ein unwirtliches Halbdunkel.

»Also zum Teufel damit«, sagte Carlo und steckte die Waffe in seinen Gürtel. Aber er wollte damit keineswegs andeuten, daß er aufgeben und sich kampflos ergeben wollte. Statt dessen legte er ruckartig den zweiten Gang ein und rammte den Fuß aufs Gaspedal, so unvermittelt, daß es ihn wahrscheinlich selbst überraschte.

Das Auto machte einen Satz nach vorne, es bäumte sich förmlich auf zwischen dem plötzlichen Antrieb des Motors und dem Widerstand der Schotterstraße. Die Reifen versuchten zu greifen, und einen Augenblick lang neigte sich der Mercedes so weit auf die rechte Seite, daß Reiss überzeugt war, er würde umkippen und der Abgrund würde sie alle verschlingen. Corry schrie auf, hielt sich die Hände vor die Augen und flüsterte mit ganz leiser Stimme: »Ich kann nicht hinschauen, ich kann nicht hinschauen.« Aber das Auto kippte nicht, es widerstand dem Sog der Schwerkraft, der es in die Tiefe ziehen wollte.

Aber jetzt näherten sie sich mit hoher Geschwindigkeit dem Auto vor ihnen, und um nichts in der Welt hätte Carlo es schaffen können, an ihm vorbeizusteuern. Es war ganz offensichtlich, daß Carlo sich dessen auch bewußt war. Er saß vornübergebeugt, als wollte er das Lenkrad umarmen, seine Augen fixierten starr das Ziel vor ihm.

Reiss konnte im Gegensatz zu Corry nicht anders als hinsehen. Der Mercedes vor ihnen versuchte, ihnen durch Rückwärtsfahren auszuweichen; die Männer, die darin saßen, hatten vielleicht mit Widerstand gerechnet, aber bestimmt nicht mit offenkundigem Wahnsinn. Bevor sie sich daran gemacht hatten, ihn wieder einzufangen, hätten sie sich vielleicht mit Carlos psychologischem Profil vertraut machen sollen.

Aber das Auto fuhr ohnehin längst nicht schnell genug zurück. Carlo war schon direkt vor ihm, so nahe, daß er, wenn er sein

Fenster heruntergelassen und den Arm hinausgestreckt hätte, wahrscheinlich gerade den Rand seines linken Kotflügels hätte berühren können.
Der Aufprall schleuderte sie alle in ihre Sitze zurück. Reiss spürte, wie etwas hart gegen seinen Nacken schlug, dann verschwand er in dem riesigen Polster von Paquitas Brüsten. Jemand, vielleicht Corry, schrie auf, dann hörte man ein ungeheures Geschepper von Glas und Metall und ein fürchterliches Krachen und Heulen eines auseinanderbrechenden Fahrzeugs.
Dann nur noch Stille und Staub.
Sie befanden sich gegen alle Regeln der Wahrscheinlichkeit noch immer auf der Straße, obwohl fast die Hälfte ihres Autos, zerbeult und mit offenstehender Kühlerhaube, über dem Abgrund hing. Von dem Mercedes, mit dem sie zusammengestoßen waren, war nichts mehr zu sehen. Er lag mehrere hundert Meter weiter unten zerschmettert zwischen den Felsen.
Ihre Windschutzscheibe bestand fast nur noch aus Rissen, die sich über die gesamte Breite hinauf und hinunter zogen; es sah aus wie eine komplizierte Landkarte, auf der große Ströme den kleineren Zuflüssen Platz machen. Als sich Carlo umdrehte, um nachzusehen, ob seine Mitfahrer zu Schaden gekommen waren, sah man, daß seine Stirn blutüberströmt war. Erst als das Blut an seinen Augen vorbeitröpfelte, bemerkte er selbst, was geschehen war. Er nahm sein Taschentuch, um es wegzuwischen, verschmierte das Blut statt dessen aber nur über das ganze Gesicht, daß er aussah, als trage er eine rote Maske. Sein triumphierendes Lächeln nahm sich ausgesprochen grotesk aus.
Reiss befreite sich aus den üppigen Falten von Paquitas Röcken. Sein Nacken schmerzte höllisch. Irgend etwas ist wohl verstaucht, aber nicht gebrochen, dachte er.
Corry schien unverletzt zu sein, wenn auch bestimmt ziemlich mitgenommen. Was Paquita anging, so hatten ihre Fleischpolster sie wohl vor schlimmeren Verletzungen bewahrt. Erstaunlicherweise zeigte ihr Gesicht nicht einmal jetzt, in den Sekunden nach diesem schrecklichen Vorfall, irgendwelche Anzeichen von Emotion. Aber Reiss meinte, in ihren Augen gewisse Zweifel hinsichtlich der geistigen Zurechnungsfähigkeit ihrer Mitfahrer lesen zu können.

Reiss konnte sich nicht erklären, wie es möglich war, aber der Mercedes fuhr noch. Carlo steuerte ihn zurück auf die Straße und brachte ihn sogar dazu, bergauf zu fahren, und zwar so schnell, daß sie dem Auto hinter ihnen entwischten. Denn als sie sich umschauten, war es nicht mehr zu sehen. Dennoch hatte der Zusammenstoß ohne Frage seine Auswirkungen gehabt; der Motor gab in regelmäßigen Abständen ein lautes Rasseln von sich, was er zuvor nicht getan hatte. Reiss erwartete jeden Moment, daß das Auto seinen Geist ganz aufgeben würde.

Und wie lange noch konnten sie überhaupt in diesem Auto bleiben, das aus der Luft leicht zu entdecken war, wenn sich nicht wie im Moment eine Wolkendecke über ihnen ausbreitete? Irgendwann in nächster Zeit würden sie sich nach einem anderen Transportmittel umsehen müssen. Aber im Moment kam es Carlo vor allem darauf an, so viel Entfernung wie nur möglich zwischen sie und Amarucancha zu bringen.

Sie erreichten die andere Seite des Berges, und endlich war Tococache auch nicht mehr zu sehen. Unter ihnen floß in einer tiefen, felsigen Schlucht ein Fluß mit leicht gelblich gefärbtem Wasser; bis zum Horizont konnten sie seinen Lauf verfolgen.

»Ucayali«, sagte Paquita plötzlich, »Ucayali, Ucayali, Ucayali, Ucayali«, wiederholte sie und vollführte dabei rollende Bewegungen mit ihren Armen.

»Was sagt sie da?« fragte Carlo ungeduldig.

»Ich weiß es nicht. Das ist nicht Spanisch.«

»Ucayali, Ucayali. Iquitos!« Sie brach in ein seltsames zahnloses Lächeln aus.

Reiss dämmerte langsam, wovon sie redete. »Das muß der Ucayali-Fluß sein, und sie will uns klarmachen, daß wir, wenn wir ihm lang genug folgen, nach Iquitos kommen. Der Ucayali fließt nämlich direkt in den Amazonas.«

»Und weshalb sollten wir zu diesem komischen Iquitos wollen?«

»Iquitos ist eine Stadt, Carlo«, sagte Corry. »Sie hat einen Flughafen.«

Diese Information schien ihn zufriedenzustellen. »Dann haben wir wenigstens endlich eine Ahnung, wo zum Teufel wir eigentlich sind.« Aber er klang noch immer nicht sehr überzeugt.

Ein richtiges Nachtlager schlugen sie nicht auf. Carlo fuhr das Auto einfach von der Straße herunter in eine Art Feld. Sie waren erschöpfter, als ihnen bewußt gewesen war, sie hatten kaum noch die Energie, sich etwas zu essen zu machen.
Es war kalt, und mit fortschreitender Nacht kam ein Wind auf, der in den Felsspalten und um die Bergrücken heulte. Der Mercedes war nicht dafür gedacht, daß vier Leute bequem in ihm übernachten sollten, aber sie hatten keine andere Möglichkeit. Eine Jacke diente als Kissen, und Corry hatte in kluger Voraussicht Decken eingepackt.
Reiss wünschte sich sehr, daß Corry ihm bald alles erzählen würde – wer sie geworden war und was sie alles erlebt hatte, während er im Qenco gefangen war, wie sie ihn ausfindig gemacht hatte und wie Carlo D. auf der Bildfläche aufgetaucht war. Und noch etwas, was ihm eigentlich noch viel wichtiger war als all das: was sie ihm gegenüber empfand, ob es Liebe war oder so etwas Ähnliches oder einfach nur ein Gefühl von Verpflichtung. Aber im Moment mußte das alles aufgeschoben werden. Er war zu müde, sie alle waren zu müde. Sein einziger Wunsch war nur Schlaf, Schlaf, Schlaf...

Einmal mitten in der Nacht wachte Reiss auf, weil er sich auf die falsche Seite gedreht hatte, was den Schmerz in seinem Nacken plötzlich heftig verschlimmerte. Draußen ging ein steter Regen nieder und prasselte laut auf das Autodach. Die Dunkelheit war so intensiv, daß er kaum die Hand vor Augen sehen konnte. Neben ihm schnarchte Paquita. Und dann, kurz bevor er wieder eindöste, hörte er es: von weit her, aber doch ganz deutlich vernahm er den leisen Klang einer hohen Flöte, gefolgt von dem schwachen, aber anhaltenden Brummen eines Hubschraubers hoch über ihnen. Vielleicht existierte die Flöte auch nur in seiner Phantasie. Aber den Hubschrauber gab es wirklich, er war viel zu real. Es war, als erinnere ihn jemand daran, daß in diesen Bergen immer noch der Tod auf ihn wartete.
Am nächsten Morgen hatte der Regen sich verzogen. Ebenso Paquita. Sie mußte weggegangen sein, bevor sich einer von ihnen gerührt hatte. Die drei suchten sie, konnten aber nicht die geringste Spur von ihr entdecken. »Ich glaube, der Zusammenstoß gestern

war einfach zu viel für sie«, sagte Corry. Dann blickte sie hinunter zum Ucayali und sagte: »Wenigstens wissen wir so ungefähr, wo wir sind.«
Carlo war überzeugt, daß die Indianerin sich mit dem Schmuck davongemacht hatte, aber es war alles noch da – außer dem grünen Smaragd, den Reiss ihr ursprünglich als Bezahlung versprochen hatte. »Ich werd verrückt«, sagte Carlo verwundert. »Diese Hexe war tatsächlich ehrlich.«
»Carlo würde sich gut als Priester eignen«, sagte Corry amüsiert. »Er glaubt an die Erbsünde.«
Es war ihnen klar, daß sie früher oder später das Auto würden aufgeben müssen. Zum einen war das rasselnde Motorengeräusch noch ausgeprägter als tags zuvor, zum anderen würde ihnen, wenn sie nicht sehr bald in ein Dorf kämen, das Benzin ausgehen. Aber keines dieser Probleme war so vorrangig wie die Tatsache, daß sich die Straße bald ganz im Nichts verlieren würde. Die letzten großen Straßeningenieure in Peru waren die Inkas gewesen, seither war alles buchstäblich bergab gegangen.
Carlo war in einer äußerst reizbaren Laune. Er schimpfte abwechselnd auf das Auto, auf die Straße, auf Corry und auf Reiss. Corry schien sich nichts daraus zu machen, bei Carlo mußte man schließlich auf so etwas gefaßt sein.
Die Straße stieg jetzt wieder an, und zwar steiler als je zuvor. Das Tal unter ihnen gab den Blick frei auf ein beeindruckendes Panorama, in dem der Ucayali mit Rauschen und Brausen lärmend durch sein uraltes Felsenbett tobte.
Und dann, nur ein paar Augenblicke später, fuhren sie wieder bergab, und das mit einer höllischen Geschwindigkeit.
»Was machst du denn, Carlo?« Corry war erkennbar verärgert. »Tritt doch mal auf die Bremse!«
»Aber ich trete auf die Bremse. Bis zum Anschlag trete ich sie durch.«
Und das stimmte auch. Nur bewirkte das Bremsen nichts. Das arg mitgenommene Auto schoß bergab, ob sie nun damit einverstanden waren oder nicht.
Es war Reiss, der schließlich darauf kam, was los war, nur leider war seine Diagnose noch lange keine Lösung des Problems. »Erdrutsch.«

Sie hatten nichts Auffälliges bemerkt, der Himmel über ihnen war praktisch wolkenlos und der Boden unter ihnen trügerisch solide. Aber eine Schicht tiefer bestand er nur aus lockerem, klebrigem Schlamm, und dieser zog, während er bergab rutschte, den Mercedes unerbittlich mit in die Tiefe.

Carlo blickte hilflos auf den Tachometer; er stand jetzt bei zweiundfünfzig Stundenkilometern, und je weiter bergab die Fahrt ging, desto größer wurde die Beschleunigung. Sie hatten die Straße schon längst aus den Augen verloren, sie war einfach nicht mehr da. Ihr Reiseziel war notgedrungen das des Schlamms, denn sie hatten verdammt wenig Einfluß darauf.

Carlo bemühte sich die ganze Zeit, das Auto doch noch zu steuern, wenn er es schon nicht abbremsen konnte, um wenigstens zu verhindern, daß sie abstürzten, aber gegen den Strom des Schlamms konnte er herzlich wenig ausrichten.

Bisher hatten sie noch nicht erkennen können, wo ihre Talfahrt enden würde, es konnte noch Hunderte von Metern weiter in die Tiefe gehen, über ihren momentanen Horizont hinaus. Vielleicht war es ja auch besser, daß sie es nicht sehen konnten, dachte Reiss.

»Ich habe Achterbahnfahren schon als Kind gehaßt«, bemerkte Corry trocken.

Das war das einzige, was sie die ganze Zeit über gesagt hatte, jedenfalls bis kurz vor dem Ende der Rutschpartie, als die Schlucht, in die es den ganzen Schlamm zog, ihnen endlich die Antwort lieferte auf die Frage, wohin ihre rasante Talfahrt sie wohl führen würde.

Carlos' Gesicht glänzte vor Schweiß; durch die ungeheure Anspannung begann das Blut wieder durch die Verbände zu sickern, die Reiss ihm gestern auf seine Verletzungen gelegt hatte. Das Lenkrad drehte sich nutzlos in seinen Händen, das Auto reagierte überhaupt nicht mehr, und das war etwas, was Carlo einfach nicht akzeptieren konnte: ganz und gar machtlos zu sein. »Hat jemand vielleicht irgendwelche Vorschläge?« fragte er wütend, als sei Corry schuld an ihrer Lage.

»Sag ein Gebet«, antwortete sie.

37

Sie sprachen kein Gebet – dazu hatten sie auch gar nicht genug Zeit –, sondern sie sprangen. Sie rafften ihre Utensilien und ihren Proviant zusammen, und im Vertrauen, daß die Schlammschicht ihren Sturz abmildern würde, öffneten sie die Türen des Mercedes und warfen sich ins Freie. Der Mercedes ähnelte mit seinen drei offenstehenden und hin und her schlagenden Türen irgendeiner absurden Flugmaschine, die vergeblich versuchte, sich in die Lüfte zu erheben.

Dann war er verschwunden. Einfach so, von jetzt auf nachher. Einen Moment noch schien er über dem Rand eines Abgrunds zu schweben, dann war er weg, und von seinem Sturz in die Schlucht war wegen des Schlamms kein Laut zu hören.

Bis jetzt war der Schlamm für sie etwas Abstraktes gewesen. Selbst während er sie mit sich gerissen hatte, war es so gewesen, einfach deshalb, weil sie ihn nicht sehen konnten. Aber jetzt war er nichts Abstraktes mehr, jetzt steckten sie bis zu den Knien in ihm. Die scheinbar harmlose Oberfläche des Bodens gab als Reaktion auf den Aufprall ihrer Körper einfach nach. Es gab ein leises Zischen, und schon waren sie mittendrin.

Der Schlamm klebte sich an sie wie ein Parasit, er schien sie um jeden Preis an Ort und Stelle festhalten zu wollen. Es war ziemlich mühsam, sich aus seiner Umarmung zu befreien, noch mehr Energie kostete es, sich zu bewegen, während einem das zähe klebrige Zeug an Beinen und Schenkeln hing, und noch anstrengender war es, gezielt die herumliegenden Utensilien und Eßsachen, die sie aus dem Auto geworfen hatten, bevor sie selbst gesprungen waren, wieder einzusammeln.

Sie kamen schließlich zu einer höher gelegenen Stelle. Die Sonne brannte auf sie herab, obwohl es noch recht früh am Vormittag war, und der Schlamm erstarrte auf ihren Körpern zu einer harten Schicht.

»Ich kann gut verstehen, weshalb die Indios diesen Mist zum Häuserbauen verwenden«, bemerkte Reiss. Es blieb ihnen nichts anderes übrig als ihre Kleider schleunigst abzuwerfen, wenn sie nicht von ihnen zur Unbeweglichkeit gezwungen werden wollten.

Sein Nacken plagte Reiss entsetzlich. Er war über Nacht so steif geworden, daß er sich kaum noch bewegen konnte, und nach seinem Sprung in den Schlamm hatte sich der Schmerz jetzt auch in seinem Rücken und seinen Schultern breitgemacht.
Wenn er etwas sehen wollte, mußte er dafür seinen gesamten Körper umdrehen. Das war es auch, was er jetzt gerade tat, als Corry mit einer für jemanden, der mit trockenem Schlamm bedeckt ist, erstaunlichen Anmut und Behendigkeit zuerst aus ihrer Jeans und dann aus ihrem karierten Hemd schlüpfte. Weder das Ausziehen noch die Haltung ihres Körpers, als sie sich graziös auf die flache Oberseite eines grauen Felsbrockens setzte, um die Sonne zu genießen, hatte etwas Schamvolles an sich. Reiss hatte sie so lange nicht mehr nackt gesehen, daß ihr Anblick ihn verblüffte, wie die ersten Takte einer Symphonie, die einem vertraut ist, die man aber jahrelang nicht mehr gehört hat. Es kam ihm selbst zu diesem gefährlichen Zeitpunkt durchaus passend vor, daß sie sich auszog und mitten in den Anden der Sonne hingab. Ihr Körper und ihre Seele gehörten einem heidnischen Wesen, sie war hier zu Hause, viel mehr als die beiden Männer, die sie nur hilflos anstarren konnten. Was Reiss in sich spürte, war nicht so sehr sexuelle Erregung, sondern hauptsächlich Verwunderung. Es kam ihm wirklich vor wie ein Wunder, daß sie jemals sein Leben mit ihm geteilt hatte und sein Bett, daß er jemals diesen zarten braunen Rücken mit seiner Hand berührt hatte.
Carlo verschlang sie mit seinen Blicken. Auch er schien vollkommen in dem Bann zu stehen, den sie mit ihrer unerwarteten Handlung hervorgebracht hatte. Es war unmöglich, etwas zu tun, wenn man nicht das gleiche tat wie sie, nämlich sich der Sonne zu überlassen, und die Sorge, wie sie wohl zu Fuß weiterkommen würden, auf später zu verschieben, wenn man nicht mehr auf die Wohltaten der Sonne zählen konnte.
Von Corry schaute Carlo zu Reiss hinüber. Er versuchte, sein Gesicht zu entschlüsseln, seine Gedanken zu lesen. Dann zog er den Revolver aus seiner Leinenhülle. Der Lauf war voller Schlamm, sein Ausgang verstopft. Carlo versicherte sich, daß Reiss ihm auch zusah, und begann, den Dreck abzukratzen, den Lauf freizumachen von allem, was dem Flug einer Kugel hätte hinderlich sein können.

Um die Funktionsfähigkeit der Pistole auszuprobieren, feuerte er dann einen Schuß ab, wobei er auf die Bergkette auf der gegenüberliegenden Seite des Tales zielte.
Der Schuß klang unnatürlich laut, er hallte in den unendlichen Felswänden, die sie umgaben, wider.
Corry schirmte mit der Hand die Augen gegen die Sonne ab und schaute zu ihm empor. Dann lächelte sie, weil sein Verhalten so leicht zu durchschauen war.

•

Der Abstieg ins Tal hinab verlief zwar nicht ohne Probleme, das Terrain erwies sich aber doch als erstaunlich gangbar. Sie hatten Glück gehabt und waren auf einen alten Inkapfad gestoßen, der von den Quechuas der Umgebung instand gehalten wurde. Hinderlich waren ihnen aber die Gepäckstücke, die sie mit sich herumschleppten. Zwar hätten sie ihren Rücken geschont, wenn sie einen Großteil davon weggeworfen hätten, aber der Preis, den sie dafür hätten bezahlen müssen, war ihnen eindeutig zu hoch: Nächte ohne Schutz, Tage ohne Essen. Die Juwelen, das Wichtigste, was sie besaßen, befanden sich in Corrys Handtasche, die sie über ihre Schulter geschlungen hatte, als wäre sie eine umwerfend elegante Frau auf Einkaufsbummel in der Fifth Avenue.
Nachdem sie dem Pfad eine ganze Weile gefolgt waren, kamen sie zu etwas, das fast aussah wie eine Landstraße – in dieser Gegend jedenfalls hatte sie bestimmt diesen Status. Nicht, daß es auf ihr irgendeine Art von Verkehr gegeben hätte. Aber es lag durchaus im Bereich des Möglichen, daß Fahrzeuge vorbeikommen würden, wenn sie nur lange genug darauf warteten.
Nach etwa zwei Stunden tauchte ein Laster am Horizont auf. Die Hitze war inzwischen unerträglich geworden, und jeder Schritt vorwärts war eine Qual.
»Ein Lastauto«, sagte Reiss.
»Eine Fata Morgana.« Corry wagte nicht, an einen wirklichen Lastwagen zu glauben.
»Nein, er hat recht. Es ist tatsächlich ein gottverdammter Lastwagen.«
Es war das erste Mal, daß Reiss und Carlo D. über etwas die gleiche Ansicht hatten.

Das Lastauto war ein Lieferwagen, ein gängiges Modell, mit Leisten an den Seiten und einer offenen Ladefläche.
Sofort stellte Corry sich mitten auf die Straße, die gerade breit genug war, um ein Fahrzeug durchzulassen. Sie winkte dem Fahrer anzuhalten, und diesem blieb auch nichts anderes übrig, wenn er Corry nicht überfahren wollte.
Wahrscheinlich hatte der Fahrer ebenfalls den Eindruck, er habe eine Fata Morgana vor sich. Welche Erklärung konnte es denn sonst geben für diese schöne Frau mit dem über dem Bauchnabel geknoteten roten Hemd, die verzweifelt versuchte, ihn anzuhalten?
Der Laster kam holpernd zum Stehen, die Gänge quietschten fürchterlich.
Corry kam zu ihm gerannt, gefolgt von ihren beiden Begleitern. Reiss bestritt die Konversation, und er redete den Mestizen, der seine Augen kaum von Corry abwenden konnte, äußerst höflich an. »*Soy forastero*«, begann er mit dem Teil, der ohnehin offensichtlich war. Natürlich war er fremd hier. Aber er war so etwas einfach nicht gewohnt. Er erklärte, daß sie »*mala suerte*«, also Pech gehabt hatten, und daß sie bereit waren, ihn großzügig zu entlohnen, wenn er sie ein Stück weit mitnehmen könnte.
Der Fahrer schüttelte den Kopf, womit er nicht eine Ablehnung ausdrücken wollte, sondern absolute Verblüffung. So etwas hatte er noch nie in seinem Leben gesehen, drei Gringos an einem Ort wie diesem, der nicht einmal auf den detailliertesten Landkarten verzeichnet war. Dann zuckte er die Achseln. Die Belohnung war ihm weniger wichtig als die Tatsache, daß dies alles wirklich passierte.
»*Donde va usted?*« fragte Reiss.
»Contamana.«
»*Le quedo muy reconocido.*«
Er wandte sich an Corry und Carlo. »Er ist bereit, uns mitzunehmen.«
»Wie weit?«
»Er sagt, bis Contamana.«
»Wo ist Contamana?« wollte Carlo wissen.
»Ich habe keine Ahnung, aber wie es aussieht, werden wir es ja bald erfahren. Irgendwann einmal.«
Corry legte Carlo beruhigend die Hand auf die Schulter. Reiss kam diese Geste verdächtig vertraut vor.

»Mach dir keine Sorgen. Er fährt jedenfalls in die richtige Richtung. Er nimmt uns mit. Es ist heiß. Was willst du mehr?«

Er will dich, dachte Reiss, behielt diesen Gedanken aber klugerweise für sich.

Sie mußten die Ladefläche des Lieferwagens mit drei Ziegen teilen, die angebunden waren und sie ebenso gründlich beäugten, wie es der Fahrer getan hatte. Das war auch noch längst nicht alles, was der Wagen mitführte: Er beförderte außerdem noch exotische Stachelfrüchte, Papayas, Melonen, Sapodillas, und es blieb ihnen nichts anderes übrig, als sich zwischen all dieses Zeug und die drei argwöhnisch dreinblickenden Ziegen zu quetschen. Carlo schien es besonders unangenehm zu sein, sich in solch unsauberen Umständen aufhalten zu müssen, Corry dagegen schien die Sache ganz amüsant zu finden. Alles, was Reiss momentan interessierte, war, wie er seinen Hals wenigstens einigermaßen bequem ausruhen konnte, obwohl das genaugenommen ein Ding der Unmöglichkeit war. Der Laster hatte keinerlei Federung, nichts, um das Holpern und die Stöße abzufangen, die es bei dem Zustand der Straße natürlich ununterbrochen gab. Außerdem geriet der Lieferwagen bei jedem Schlagloch fürchterlich ins Rattern, so daß Reiss befürchtete, das ganze Ding könnte jeden Moment unter ihm zusammenbrechen. Die Ziegen schienen sich als einzige überhaupt nichts aus dem ganzen Radau zu machen.

Die Fahrt dauerte eine halbe Ewigkeit. Die Sonne ging unter, der Himmel wurde dunkel und die Luft um sie genauso schwer wie in der vorhergehenden Nacht, mehrere hundert Meter höher. Sie holten ihre Decken heraus, teilten sich zu dritt eine Melone und warteten dann mit unterschiedlich ausgeprägter Ungeduld darauf, daß der Fahrer anhielt, um sich Erleichterung zu verschaffen, worauf auch sie das gleiche tun konnten.

Reiss fiel auf, daß der Fahrer offenbar eine Abneigung dagegen hatte, das Licht einzuschalten. Vielleicht funktionierten die Scheinwerfer gar nicht. Er hoffte nur, daß ihnen niemand entgegenkommen würde. Zwei Zusammenstöße in ebenso vielen Tagen war mehr, als er glaubte ertragen zu können.

Gleichgültig, wo genau sich dieses Contamana nun befand, sah es doch so aus, als hätten sie sich auf eine längere Reise gefaßt zu machen. Und auch wenn ihre Mitfahrgelegenheit ausgesprochen unbequem und der sie umgebende Gestank abscheulich waren, so hatte Reiss doch immerhin zum ersten Mal die Gelegenheit, endlich die lange Geschichte zu hören, die Corry ihm versprochen hatte.

Corry war bestimmt müde, aber sie befand sich in einer merkwürdigen Hochstimmung, sie war ein bißchen aufgedreht und hatte große Lust zu reden – was bei Carlo ganz und gar nicht der Fall war –, und so stürzte sie sich in ihre lange Geschichte und erzählte Reiss, was sie getan hatte, als ihr in Paris klar wurde, daß er verschwunden war, und wie sie selbst es schließlich geschafft hatte, nach Amarucancha zu kommen. Je mehr sie erzählte, um so mehr staunte er. Er hatte keine Ahnung gehabt, wie tüchtig und einfallsreich sie tatsächlich war. Und da hatte er sich doch die ganze Zeit über, die er im Qenco verbracht hatte, vorgestellt, sie sei in Luzern und habe nichts Besseres zu tun, als auf ihn zu warten, weil sie nicht wußte, wohin sie gehen könnte, und was sie als nächstes unternehmen sollte. Das war die eine Variante gewesen, die sich abwechselte mit der Vorstellung, man habe auch sie entführt, und er hatte fast ihre Schreie hören können, wenn er sich ausmalte, wie sie sie in ein dunkles, namenloses Grab schleppten. Es wäre ihm nicht einmal im Traum eingefallen, daß sie ihre Feinde an der Nase herumführen und selbst seine Befreiung in die Hand nehmen würde. Er hatte das Gefühl, sie nie wirklich gekannt zu haben. Wenn es so etwas wie Liebe zwischen ihnen gab, würde er sie noch einmal ganz von vorne erkämpfen müssen.

Er war wie besessen von der Idee, sie irgendwie davon zu überzeugen, daß er sich ihrer Liebe würdig erweisen würde und daß er durchaus kein hoffnungsloser Fall war. Das Center für Rehabilitations-Chirurgie, die »Dornenkrone«, Carlo D., der schweigend dasaß und grimmig von einem zum andern blickte, ja selbst dieser nicht gerade vertrauenswürdige Lastwagen – das alles war zweitrangig für ihn. Es machte ihm Mut, daß er jetzt endlich wußte, wieso er sich den Operationen, die er hinter sich hatte, unterziehen mußte, weshalb sein Blinddarm entfernt worden war, weshalb man seine Zähne gerichtet und sein Schlüsselbein bei einem angeblichen Unfall gebrochen hatte, und auch, warum er sein Auge hätte verlieren sollen – alles, damit er als perfektes Ebenbild von Armido

Roccella sterben konnte und für Roccella dadurch ein neues Leben möglich machte. Aber all diese Offenbarungen waren ihm weniger wichtig als die Tatsache, daß Corry sie samt und sonders auf eigene Faust herausgefunden hatte.

Er stellte ihr zwar eine ganze Menge Fragen, aber im Grunde war er hauptsächlich daran interessiert, ihrer Erzählung zuzuhören. Er wollte auch nicht in sie dringen, um zu erfahren, ob sie ihre Beziehung zu Carlo auf die leichte Schulter nahm, weil er anwesend war, oder weil sie ihm nicht die Wahrheit sagen wollte. Es schien ihm besser zu sein, einfach das zu akzeptieren, was sie ihm zu geben bereit war.

Ohne weitere Einleitung faßte Corry plötzlich in ihre Handtasche, die nach ihrer aufreibenden Odyssee von Rom bis hierher in die Selva von Peru schon ziemlich mitgenommen aussah. »Das hätte ich fast vergessen. Ich glaube, es gehört dir.«

Was sie ihm überreichte, war eine Papierserviette, verziert mit etwas, das einem Keilschriftzeichen ähnelte. Er erkannte seine eigene Zeichnung nicht wieder.

»Ich habe das in deiner Jackentasche in unserem Zimmer in Paris gefunden. Ich war auf der Suche nach irgendwelchen Hinweisen darauf, was mit dir los sein könnte.« Sie drückte ihm die Serviette in die Hand. »Das hier hat mir aber nicht weitergeholfen.«

Die Keilschriftzeichen reihten sich zu einem Muster aneinander. Es waren Schlüssel, das erkannte er jetzt, und dann kam auch die Erinnerung wieder: Es waren die Umrisse von Betsys Schlüsseln – von den Schlüsseln, die auch ihm gehört hatten, vor langer Zeit. Er hatte sie am Tisch irgendeines obskuren Bistros nachgezeichnet. Er wußte nicht, was er sonst mit diesem unerwarteten Stück Vergangenheit anstellen sollte, und faltete die Serviette schließlich ordentlich zusammen und steckte sie in die Tasche.

Nach einer Weile verlor er sein Zeitgefühl. Es wunderte ihn eigentlich nicht, man konnte ja im Grunde nichts anderes erwarten. Die Hitze stellte mit der Zeit irgend etwas an, entweder brachte sie sie ganz schnell zum Schwinden, oder sie dehnte sie aus, zusammen mit dem Gestank von moderndem Wein und modernder Erde. Die Fremdheit der Landschaft allein, durch die sie fuhren, hätte genügt, um einen Menschen, der nicht mit dem Dschungel und der Hitze vertraut war, durcheinanderzubringen. Es war niemals vollkommen still, es war schlimmer als mitten in New York mit all seinem Autogehupe und Sirenengeheul. Hier im dichten Blattwerk dessen, was man als Infierno verde – grüne Hölle – bezeichnete, gab es keinen Augenblick, in dem nicht irgendeine der merkwürdigen Kreaturen, die hier beheimatet waren, schrie oder zwitscherte oder kicherte, zischte, kreischte oder schwätzte wie ein Pfingstprediger, der in Zungen redet. Und als sei das unaufhörliche Geschrei und Gekreische der Tiere nicht schon genug, einen zum Wahnsinn zu treiben, gab es außerdem noch die Moskitos. Der Ucayali hatte noch einen zweiten Namen, fand Reiss heraus, nämlich Moskito-Fluß. Und so hieß er nicht ohne Grund: Die Moskitos waren ebenso zahlreich wie blutrünstig, sie schwebten in der Luft um ihre Köpfe, aufgedunsen von dem Blut, das sie aus dem unbedeckten Fleisch unglücklicher menschlicher Wesen gesogen hatten. Ihr monotones Surren war Tag und Nacht zu hören, sie gönnten keinem auch nur eine Minute Frieden. Die drei schlugen permanent in die Luft, klatschten sich auf Hände, Handgelenke und Nacken und fluchten hilflos.

Im Wasser lauerten Piranhas, Carneros und Schlangenaale auf ihr nächstes Festmahl. Im Dschungel zu beiden Seiten des Flusses krochen Boas constrictor und allerlei Giftschlangen durchs Unterholz, angeblich machte auch der Jaguar die Gegend unsicher, obgleich Reiss nie einen zu Gesicht bekam. Die meisten Tiere, die er beobachten konnte, waren Rinder, die trostlos im kniehohen Gras am Ufer des Ucayali und seinen Nebenflüssen weideten.

Sogar Delphine gab es in diesen Gewässern, was Reiss ungeheuer überraschte. Delphine hatte er hier ganz bestimmt nicht erwartet.

Immer wieder mußten sie auf ein anderes Transportmittel umsteigen. Als Bezahlung diente ihnen ein Haufen Bargeld, den Carlo in einem der größeren Dörfer als Gegenleistung für ein paar von Claudia Sheffs wertvollen Glitzersteinen bekommen hatte. Zwei Tage verbrachten sie in einem klapprigen Autobus, dessen Baujahr irgendwann aus der Zeit des Zweiten Weltkriegs datieren mußte. Dem Motor fehlte die Haube, und er dröhnte fürchterlich; von seiner ruckartigen Fortbewegungsweise wurden die unglückseligen

Passagiere unbarmherzig hin und her geschüttelt und das Gepäck plumpste in regelmäßigen Abständen aus den dafür vorgesehenen Netzen über ihren Köpfen. Der Fahrer verfügte über genug Aberglauben – oder vielleicht war es auch Schlauheit –, daß er häufig und mit großer Ehrfurcht die Augen erhob zu der Porzellanfigur der Jungfrau Maria, die das Armaturenbrett zierte.
Der Autobus lud sie schließlich in einem ganz besonders häßlichen Dorf ab. Es bestand aus mit Palmblättern gedeckten Hütten und aus solchen aus Bambus, die ein Wellblechdach krönte, das sich in der sengenden Sonne des Nachmittags fast weiß färbte. In dieser elenden Umgebung beschafften sie sich ein sogenanntes Lancha, halb Kahn, halb Hausboot, das mit einer so traurigen Geschwindigkeit den Ucayali hinauftuckerte, daß Reiss sich zu fragen begann, ob sie es schaffen würden, nach Iquitos zu kommen, bevor die herbstliche Regenzeit einsetzte. Auf dem Lancha bezahlte man für Platz, nicht für Betten, es gab auch überhaupt keine Betten oder Kojen. Es wurde als selbstverständlich angenommen, daß die Passagiere ihre eigenen Hängematten mitbrachten und sie dort aufhängten, wo sie Platz fanden.
Zu dieser Jahreszeit herrschte auf dem Ucayali reger Verkehr. Nachts, wenn Reiss auf den Schlaf wartete, konnte er das Tuckern der Motorboote hören – *peque-peques* nannte man sie –, die unablässige Schwingungen gegen den Bug der Lancha und bis in seinen eigenen Körper hinein aussandten. Die Moskitos auf dem Fluß waren ebenso gnadenlos, wie die an Land gewesen waren.
Die unbarmherzige Hitze, zusammen mit den täglichen kleinen Problemen ihrer Reise, verringerte die Heftigkeit ihrer Gefühle. Unter gemäßigteren klimatischen Bedingungen wären Reiss und Carlo bestimmt schon längst aneinandergeraten. Sie hätten wahrscheinlich so getan, als stritten sie sich über etwas äußerst Wichtiges, obwohl sie dabei alle beide ganz genau gewußt hätten, daß es eigentlich nur um Corry ging. Aber hier kam eine solche Konfrontation gar nicht in Frage, auch wenn sie alle in ziemlich gereizter Stimmung waren und einander oft über den Mund fuhren. Für eine Konfrontation reichte ihre Energie einfach nicht. Und dazu kam auch noch, daß Corry ebenso weit von Reiss entfernt zu sein schien wie von Carlo. Die Hitze, der Lärm, die Moskitos, das alles zehrte

auch an ihren Nerven. Manchmal verstrichen drei oder vier Tage, bis sie wieder die Gelegenheit hatten, die Kleider zu wechseln oder ein Bad zu nehmen. Für Eifersuchtsszenen war in einem derart drückenden Klima einfach kein Platz. Aber es sah aus, als könne sich das bald ändern, wenn sie erst einmal in Iquitos waren.

Nach einer Reise, die endlos und mühselig war, hatte Reiss sich unter Iquitos eine Stadt vorgestellt, die den Reisenden für seine Mühen entlohnte. Aber Iquitos war eine bittere Enttäuschung. Es hatte bestimmt gute Zeiten gesehen, bevor man in Malaysia Kautschuk entdeckt hatte und das Amazonasgebiet sein Monopol für die Gummiherstellung verlor. Das »Grand Hotel Malecon Palace« war ein lebendiges Zeugnis für die schweren Zeiten, die über Iquitos hereingebrochen waren, nachdem der Gummi seinen Anreiz verloren hatte. Dort, wo einst die Französische Oper gespielt hatte, wo Sarah Bernhardt aufgetreten war, gab es jetzt nur noch Verfall und Trauer; stetig untergrub Unkraut die Grundfesten des Hotels. Das gleiche Schicksal herrschte überall entlang der ehemals prächtigen Malecon-Promenade; die eleganten Gebäude mit ihren kleinen Türmchen, mit ihren extravaganten schmiedeeisernen Balkonen und ihren Fassaden aus Lazurstein hatte man zu Bürogebäuden der Militär- und Stadtverwaltung umfunktioniert.
Einen Häuserblock nördlich vom Hafen stießen sie auf das eigentliche Stadtzentrum. Dort befand sich ein großer Platz mit dem Namen Plaza de Armas, was nicht weiter verwunderlich war, wenn man bedachte, daß das Zentrum praktisch aller peruanischen Städte aus einem Platz dieses Namens besteht. Hier reihten sich die für solche Plätze üblichen Gebäude der öffentlichen Einrichtungen aneinander: Das Rathaus, die Kirche Santa Ana, die Zentralbank, das Vereinshaus von Iquitos.
Auf den Märkten konnte man Bauholz, Orchideen, Ratten, billiges Essen, japanische Radios, englische Schokolade, ausgestopfte Krokodile, Insektensprays, Gürteltiere, Schnecken, Schildkröten, Mangos, Papayas, Melonen, Stachelfrüchte, Gummi, tropische Fische, gefederte Pfeile und Blasrohre kaufen.
Carlo zeigte besonderes Interesse für die Blasrohre. »Anscheinend benutzen die Indios die Dinger immer noch«, bemerkte er.

Sie hatten noch kein Hotel gefunden, dazu waren sie einfach noch nicht gekommen, weil sie von dem Durcheinander, dem Lärm und dem Gestank des Marktes viel zu sehr abgelenkt worden waren. Sie konnten nicht einfach weitergehen, ohne hin und wieder stehenzubleiben und sich etwas anzuschauen.
»Interessiert dich denn sonst gar nichts, Carlo?« fragte Corry mit einem neckenden Unterton in der Stimme. Sie war wieder schlagfertiger geworden, und das bekamen ihre männlichen Begleiter natürlich zu spüren. Carlo lächelte sie selbstbewußt an: »Andere Dinge interessieren mich auch, natürlich tun sie das.«
Eines davon war zum Beispiel Curare-Gift. Das interessierte ihn. Und die Liebesamulette, von denen manche durchaus pornographisch genannt werden konnten. Außerdem noch die angeblichen Liebestränke – alle diese Dinge fanden sein reges Interesse. Einmal verschwand er zwischen den Ständen und kam erst Minuten später wieder zurück mit einer Tasse, die mit etwas gefüllt war, das, wie er behauptete, *chuchuast* hieß. »Das ist ein einheimisches Getränk«, erklärte er und hielt Reiss die Tasse hin. »Hier, probier doch mal!«
Aber Reiss lehnte mit dem Gedanken an die Ruhr, von der sie bislang wie durch ein Wunder verschont geblieben waren, dankend ab.
Carlo jedoch wollte sich mit seinem Nein nicht zufriedengeben. »Na, los, zier dich nicht. Die Leute in dieser Gegend trinken das andauernd.« Er redete, als habe er sein ganzes Leben in Iquitos zugebracht. Dann senkte er die Stimme zu einem fast verschwörerischen Flüstern – Corry war ohnehin in eine etwas einseitige Konversation verwickelt mit einem mageren Äffchen, das zum Verkauf angeboten wurde, und konnte die beiden deshalb gar nicht hören – und sagte: »Ich habe gehört, daß das hier auch den Geschlechtstrieb steigert. Das wäre doch was für dich, oder?« Und wieder hielt er Reiss das Gebräu unter die Nase.
Reiss schlug ihm die Tasse aus der Hand. Aber Carlo lachte nur.
Jetzt kam Corry zurück. Sie schien zu spüren, daß irgend etwas vorgefallen war, wußte aber natürlich nicht genau, was. »Sollten wir uns nicht langsam auf den Weg machen? Was meint ihr?« sagte sie. Sie wollte dem, was immer die beiden da auch miteinander begonnen haben mochten, ein schnelles Ende bereiten.

Sie ließen sich in zwei Zimmern nieder – eines war für die amerikanische Lady bestimmt, das andere für die beiden schmuddeligen amerikanischen Gentlemen. Die Zimmer befanden sich in einem Hotel, das wie alles übrige in Iquitos auch aussah, als habe es schon einmal bessere Tage gesehen. Aber immerhin hatten die Zimmer eine Art Klimaanlage und außerdem ein eigenes Badezimmer. Mit großer Dankbarkeit ließen sich die drei Weitgereisten in das lauwarme Wasser sinken, wo sie sich stundenlang einseiften.
Danach ging Carlo weg, um Informationen einzuholen, wie es um Flüge bestellt war, mit denen sie die Stadt würden verlassen können. Nach einer guten Stunde kam er mit der Nachricht wieder, es gebe einen Piloten namens Montana, und das sei der Mann, der für die Art von Charterflügen kompetent sei, wie sie sie brauchten. Je mehr Geld man ihm zukommen lasse, desto weniger Fragen stelle er. Und wenn der Flug vorüber sei, verschwinde jede Erinnerung daran sofort aus seinem Gedächtnis.
»Das einzige Problem mit ihm ist, daß er frühestens in vierundzwanzig Stunden wieder in der Stadt zurückerwartet wird«, berichtete Carlo weiter.
»Dann bleiben wir eben den einen Tag in Iquitos«, sagte Corry. »Wir ruhen uns ein bißchen aus und schauen uns die Sehenswürdigkeiten an.«
»Was zum Teufel meinst du denn mit Sehenswürdigkeiten?« fragte Carlo.
Normalerweise hätten vierundzwanzig Stunden mehr oder weniger ja auch gar keine Rolle gespielt. Aber sie konnten nicht wissen, welches Risiko sie damit eingingen, wenn sie nur einen Moment länger als nötig auf peruanischem Boden blieben. Es war zwar unwahrscheinlich, daß sie die ganze Strecke von der Stelle an, an der sie sich auf den Ucayali begeben hatten, flußaufwärts verfolgt worden waren, aber es würde den Vertretern des Centers bestimmt kein Kopfzerbrechen bereiten, ihr Ziel zu erraten. Iquitos war die größte Ansiedlung im Umkreis von mehreren tausend Meilen, und man konnte es nur über den Wasser- und über den Luftweg erreichen. Iquitos war vollkommen isoliert. Und solange die drei Flüchtlinge hier blieben, waren sie genauso isoliert.

Corry fühlte sich erfrischt und war fest entschlossen, sich zum ersten Mal seit Wochen so richtig zu entspannen, jetzt, wo sie der Freiheit so nahe zu sein schienen. So war sie beim Abendessen sehr gesprächig und aufgekratzt. Sie hatte das wahrscheinlich teuerste Restaurant der ganzen Stadt ausgesucht, eine Schweizer Gaststätte an der Malecon-Promenade. Aber sie war die einzige, die das Essen genoß. Reiss, der an ihrer rechten Seite saß, war viel zu zerstreut und hatte andere Gedanken im Kopf. Carlo, zu ihrer Linken, war einfach mürrisch und schlecht gelaunt.
»Was ist denn los mit euch beiden? Kann man denn nicht einfach mal feiern, ohne daß ihr eure Trauermienen aufsetzt? Wo findet sie denn statt, die Beerdigung?«
Trotz ihrer guten Laune brachte sie es nicht fertig, die beiden ein bißchen aufzuheitern. Schließlich gab sie es auf. »Ich glaube, ich fange an zu verstehen«, sagte sie und blickte von einem Mann zum anderen. Dabei ließ sie es bewenden; offenbar hatte sie beschlossen, so zu tun, als gäbe es die Rivalität zwischen den beiden überhaupt nicht. Reiss überlegte sich, wie lange sie das wohl durchhalten würde. Aber wer sagte eigentlich, daß sie dazu verpflichtet war, unbedingt eine Entscheidung zu treffen? Sie befanden sich alle drei in einer höchst absurden Lage, das war ihm klar. Und es wollte ihm auch kein einfacher Ausweg einfallen.
Warum eigentlich hatte Carlo nicht einfach die Juwelen aus Corrys Handtasche genommen und war mit ihnen abgehauen? Es wäre für ihn doch bestimmt nicht schwer gewesen, eine günstige Gelegenheit dazu zu finden. Aber Carlo hatte nichts dergleichen getan. Und der einzige Grund, der Reiss als Erklärung hierfür einfiel, war, daß Carlo von dieser Frau so hingerissen war, daß er gar nicht abhauen konnte. Bestimmt gefiel es einem Mann von Carlos Naturell nicht besonders, wenn er merkte, daß er sein Verhalten von einer Frau abhängig machte, aber so war es nun mal. Und selbst wenn es keine Liebe war, sondern ein einfacheres Gefühl, das vielleicht auch leichter zu befriedigen war, wenn es zum Beispiel reine sexuelle Begierde war, die ihn in ihrem Bann hielt, spielte das eigentlich gar keine Rolle; sein männlicher Stolz band ihn fest an sie. Den Gedanken, die Juwelen zu entwenden und Corry zu verlassen – und sie vor allem auch noch Reiss zu überlassen –, konnte er ganz offensichtlich nicht ertragen.

Sie verließen das Schweizer Restaurant und machten einen Spaziergang am Ufer des Amazonas. Sie befanden sich im Süden der Plaza de Armas und gingen in Richtung der Lichter des Slumviertels Belen. Corry ging zwischen den beiden Männern, einen Arm beim einen untergehakt, den anderen beim zweiten. Sie sang vor sich hin, oder vielleicht war es eher so, daß sie ihnen etwas vorsang, jedenfalls ließ sie sich ihre gute Laune von keinem verderben. Carlo ging inzwischen mehr und mehr auf sie ein. Er bestand darauf, eine Flasche Landwein zu kaufen und ihn zu dritt unterwegs zu trinken. Reiss jedoch kam einfach nicht in Stimmung. Traurigkeit hatte ihn erfaßt und wollte ihn nicht mehr loslassen. Er kannte auch den Grund dafür, da brauchte ihm keiner etwas vorzumachen: Es war die Angst, nein, die schon fast sichere Erwartung, daß er Corry verlieren würde – wenn er sie nicht schon längst verloren hatte. Für ihn sah es inzwischen eindeutig so aus, als bevorzuge sie Carlo. Beide lachten dasselbe überschwengliche, fast obszöne Lachen, plötzlich schienen sie sich völlig im Einklang zu befinden. Je mehr Wein aus der Flasche verschwand, desto näher kamen sich auch ihre Körper. Sie begannen, sich zu küssen, zuerst scheu und spielerisch, dann immer länger und häufiger. Ihre Lippen waren vom Wein bekleckert, der sie grellrot färbte. Reiss fühlte, daß er hier fehl am Platz war.
Und dann war er plötzlich nicht mehr bei ihnen. War er aus Versehen von ihnen getrennt worden? Oder hatte er sich absichtlich von ihnen losgerissen? Es war über einen Monat her, daß er so gut wie keinen Alkohol zu sich genommen hatte, und er war empfindlicher geworden, als er gedacht hatte. Der Wein, den er im Restaurant getrunken hatte, setzte ihm zusammen mit dem auf dem Spaziergang genossenen ordentlich zu. Er merkte, daß er sich selbst nicht mehr ganz unter Kontrolle hatte; die Koordination klappte nicht mehr und es war ihm unmöglich, strikt geradeaus zu gehen.
Wo waren sie bloß abgeblieben? Die Eifersucht brannte in ihm wie ein Feuer. Es machte seinen Kopf klar, selbst wenn seine Beine den Befehlen, die er ihnen gab, nicht mehr gehorchten. Na ja, dachte er voller Trübsal, es war doch eigentlich zu erwarten gewesen, daß es so kommen würde. Carlo hatte die Kanone, er war der Mann, der fähig war, eine Situation in die Hand zu nehmen, für ihn gab es

keine Zweifel oder Vorbehalte, keine Gewissensbisse; ohne lang zu fackeln tat er das, was er für nötig hielt.
Während er so durch die Straßen irrte, ohne eine Ahnung zu haben, wo er oder sein Hotel war (er nahm nur wahr, daß diese Straße Aguirre hieß und jene Lima, daß dies der Plaza Grau war), je länger er also unterwegs war, desto größer wurde seine Wut. Er spielte mit dem Gedanken, Carlo umzubringen, obwohl ihm gleichzeitig sonnenklar war, daß es wesentlich wahrscheinlicher war, daß genau das Gegenteil eintreffen würde.
Die Luft war entsetzlich schwül, jeder Kubikzentimeter schien sich mit abgestandenem Wasser vollgesogen zu haben und drückte seinen Körper mehr zu Boden. Während er seine ziellose Wanderung fortsetzte, hatte er das Gefühl, bei einem der nächsten Schritte zu Boden zu sinken. Und im Moment hätte er auch nichts lieber getan.
In diesem Augenblick kam er zu einer Straßenecke und stand plötzlich einem Mann gegenüber. Es war ein Indio. Vielleicht ein Angehöriger der Kopfjägerstämme der Yaquas oder Jivaros, die angeblich den Dschungel in der Nähe von Iquitos unsicher machten. Aber nicht die rassische Herkunft des Mannes beeindruckte Reiss – schließlich gab es in Iquitos Tausende und Abertausende von Indianern –, sondern vielmehr seine Körpergröße. Er überragte Reiss um fast dreißig Zentimeter, und sein Gesicht war erstarrt zu einem Ausdruck absoluter Bosheit.
Der Indio zögerte und schien Reiss als eine Art komisches Gewächs zu betrachten, das ihm unter die Finger kam, um abgepflückt und verschlungen zu werden.
»*Qué necesita usted?*« fragte Reiss.
Der Indio gab keine Antwort.
Reiss überlegte, ob es ratsam war, einfach um ihn herumzugehen. Aber er drehte sich doch lieber um und ging in die entgegengesetzte Richtung. Der Indio folgte ihm. Als Reiss seine Schritte beschleunigte, tat der Riese das gleiche. Reiss begann zu rennen.

38

Als er sich das nächste Mal umblickte, konnte er niemand hinter sich entdecken. Er war ganz allein auf einer leeren Straße, die am Amazonas entlangführte. Ich muß mir diesen Mann eingebildet haben, ich habe seine Erscheinung einfach auf die leere Leinwand des nächtlichen Iquitos projiziert, dachte er. Eine aufgedunsene, nasse Ratte rannte ihm über den Weg. Die Gründe, weshalb diese Ratten auf dem Marktplatz feilgeboten wurden, würden ihm immer undurchschaubar bleiben. Es kam ihm vor, als würde man die Pest verkaufen.

In seinem Kopf ersetzte die Wut langsam wieder die Angst. Nein, sie befand sich nicht nur in seinem Kopf, sie war in seinem Blut, in jedem einzelnen Blutkörperchen, sie vergiftete seine Gedanken. Jetzt wußte er ungefähr, wo er war. Welchen besseren Orientierungspunkt konnte man sich wünschen, als diesen majestätischen Wasserlauf, der die Stadt in ihrer Mitte durchschnitt?

Es gab eine einheimische Legende, die vor rosafarbenen Delphinen warnte. Es hieß, sie kommen aus dem Amazonas, nehmen männliche Gestalt an, gehen dann in der Stadt herum, verführen die Frauen und locken sie schließlich in ihr feuchtes Wassergrab.

Wo hatte er diese Geschichte bloß gehört? Hatte Corry sie vielleicht beim Abendessen erzählt? Oder Carlo? Oder hatte er sie sich ausgedacht? Das konnte des Rätsels Lösung sein: Er bildete sich ein, Angreifer drohten in der Dunkelheit, er bildete sich ein, rosafarbene Delphine kämen aus dem schlammigen Wasser, um schöne Frauen in den Tod zu locken; auf einmal kam ihm das alles vor wie irgendein perverser Zeichentrickfilm von Walt Disney. Er begann sich zu fragen, was wohl in dem Wein gewesen war, den er getrunken hatte.

Plötzlich und unerwartet stand er vor seinem Hotel. Wie er es gefunden hatte, wußte er nicht. Wahrscheinlich war es einfach Zufall. Iquitos war keine besonders große Stadt; wenn man etwas suchte, fand man es irgendwann einmal auch.

Das Zimmer, das er mit Carlo teilte, war dunkel und leer. Welch ein trauriges Schicksal, dauernd in leere Zimmer zu kommen, dachte er. Corrys Zimmer war direkt nebenan. Er horchte, ob er durch die

Wand irgendwelche Geräusche wahrnehmen konnte, dann ging er auf den Flur hinaus und versuchte, durch die Tür etwas zu erlauschen. Nichts.
Der Drang, in das Zimmer hineinzuplatzen, überwältigte ihn fast. Er konnte sich die Szenerie schon vorstellen, die er dort vorfinden würde: Zwei umschlungene Gestalten auf dem Bett, die abgeworfenen Kleidungsstücke überall auf dem Fußboden verstreut. Es war sinnlos; sogar in betrunkenem Zustand war ihm klar, wie albern er sich benahm. Es war schließlich Corrys gutes Recht, das zu tun, was sie wollte. Er ging zurück in sein Zimmer und legte sich ins Bett. Aber er schlief nicht. Er blieb die ganze Zeit über halb wach und horchte auf jedes Geräusch. Einmal hörte er eine Frau lachen, aber das Lachen schien nicht von nebenan zu kommen, sondern aus großer Entfernung irgendwoher vom Flur. Später hörte er Schritte und gedämpfte Stimmen. Er war fast sicher, daß es Corrys und Carlos Stimmen waren. Waren sie gerade zurückgekommen? Verließ er jetzt erst ihr Zimmer? Nein, dachte er, ich werde keine Nachforschungen anstellen. Schließlich ging ihn das alles überhaupt nichts an.
Für ihn war nur wichtig, aus Iquitos herauszukommen und nach New York zurückzugehen. Es war das erste Mal, daß er ganz genau wußte, wohin er gehen wollte und weshalb. Nach New York. Nicht wegen Betsy, das war vorbei, dafür war er viel zu weit gegangen, hatte sich zu sehr verändert. Er wollte etwas ganz anderes. Er wollte den Geist von John Traxton finden.

Als er aufwachte, sah er, daß Carlo im Bett lag, mit fest geschlossenen Augen und weit offenem Mund, aus dem beunruhigende Schnarchgeräusche drangen.
Corry aber war bereits hellwach und fertig angezogen, als er an ihre Tür klopfte. Sie sah ausgeruht aus und bereit für einen neuen Tag. Reiss konnte nicht verstehen, wie so etwas bei dieser schon jetzt so drückenden Hitze überhaupt möglich war.
»Gut geschlafen?« fragte sie ihn.
Er zuckte die Achseln.
»Du mußt lange vor uns zurückgekommen sein. Ich habe angenommen, du seist bestimmt müde. Was war denn mit dir los? Wir haben dich überall gesucht.«

War das die Wahrheit? Ihr Blick war offen, ihr Lächeln entwaffnend. Reiss wußte wirklich nicht, ob er ihr glauben sollte oder nicht. Er wollte ihr glauben, weiß Gott, aber er schaffte es einfach nicht so ganz, das war das Problem.
»Carlo?«
Reiss sagte, er schlafe noch.
»Dann laß uns doch zusammen frühstücken. Gegenüber ist ein Café, das ganz annehmbar aussieht.«
Es war noch nicht ganz acht Uhr. Die Sonne färbte sich im Hohersteigen langsam hellgelb, und die Hitze wurde zusehends schlimmer. Jede Bewegung erforderte eine größere Anstrengung. Corry zog sich immer wieder den Stoff ihrer Bluse von der Haut und wischte sich den Schweiß von der Stirn, während sie die ganze Zeit über nach Moskitos schlug. Keiner dieser Strategien schien aber ein großer Erfolg beschert zu sein, denn auch so fühlte sie sich nicht viel wohler. Das Reden schien genau wie das Sichbewegen ein zu großer Energieaufwand zu sein, und so aßen sie schweigend ihren trockenen Toast und tranken ihren Espresso.
Der Verkehr auf der Straße begann dichter zu werden. Busse, die früher einmal Routen in Chicago befahren hatten, dann in Mexico City, dann in Belize, dann in Lima, waren jetzt auf den Straßen von Iquitos unterwegs und stießen giftige schwarze Abgaswolken aus. Taxis, die sich in keinem viel besseren Zustand befanden, folgten ihnen. Landrover und staubbedeckte Lieferwagen trugen ihren Teil zum allgemeinen Verkehrschaos bei; sie kamen entweder gerade aus dem Dschungel zurück oder befanden sich auf dem Weg dorthin. Außerdem gab es noch Benzinlaster und Privatautos, die wahrscheinlich von Ecuador über die Grenze geschmuggelt worden waren. Aber ein grauer Mercedes hatte in dieser abgelegenen Hafenstadt großen Seltenheitswert. Und so fiel er Reiss auch sofort auf. Graue Mercedes jagten ihm Angst ein.
Der Mercedes parkte vor dem Hotel. Zwei Männer entstiegen ihm und marschierten in das Hotel hinein. Für Reiss gab es überhaupt keinen Zweifel daran, daß die Männer vom Center losgeschickt worden waren, um sie zu suchen.
Er schaute zu Corry hinüber, halb in der Erwartung, daß sie sein Urteil bestätigte, aber ihre Augen waren anderswo. Sie hatte den

Mercedes gar nicht bemerkt, oder hatte ihm, falls sie ihn doch gesehen hatte, jedenfalls keine besondere Bedeutung beigemessen. Carlo, dachte Reiss. Die Männer würden zwar nach ihnen allen dreien suchen, aber nur Carlo würden sie vorfinden. Hier war seine Chance, er mußte sie nur beim Schopf packen. Die Juwelen waren in Corrys Handtasche. Es stand ihnen nichts im Wege, jetzt auf der Stelle wegzugehen, und sie hatten sogar gute Aussichten zu entkommen. Vielleicht wäre es ohne Carlo etwas schwieriger, aus peruanischem Gebiet herauszukommen, aber Corry und er würden es zusammen bestimmt schaffen.

Außerdem würde es mit Carlo ohnehin früher oder später ein böses Ende nehmen. Er war ein gewissenloser Bursche, und keine Versicherungsgesellschaft würde das Risiko eingehen, auf ihn eine Police auszustellen.

Und er legte sich noch weitere Gründe zurecht: Selbst wenn er wirklich eingreifen wollte, würde das kaum etwas nützen. Carlo war im Besitz der Pistole, und nicht er. Es war natürlich äußerst zweifelhaft, ob Carlo schnell genug aufwachen würde, um noch Zeit dafür zu haben, sie zu benutzen. Alles, was Reiss erreichen würde, wenn er sich einmischte, wäre also, daß er sein eigenes Leben auch noch opferte.

All diese Gedanken schossen ihm innerhalb weniger Sekunden durch den Kopf.

Hätte das Hotel ein Telefon gehabt, hätte er versucht, Carlo zu warnen. Aber das Hotel hatte kein Telefon. Wenn er sein Gewissen also irgendwie zur Ruhe bringen wollte, war es auf diese einfache Art jedenfalls nicht zu erreichen.

Er stand auf.

Corry blickte ihn fragend an. »Was ist los?«

»Erinnerst du dich an die große Kirche an der Plaza de Armas? Santa Ana heißt sie, glaube ich.«

»Ja, warum?«

»Können wir uns dort in einer Stunde treffen? Warte aber nicht länger als fünfzehn Minuten auf mich. Wenn ich nicht komme, und wenn auch Carlo nicht kommt, dann geh weg von dort, verlaß Iquitos so schnell du kannst, egal wie. Mach diesen Piloten Montana ausfindig. Hast du mich verstanden?«

Sie wollte ihn fragen, was denn passiert sei, aber er sagte ihr, für Erklärungen habe er jetzt keine Zeit. Er beschwor sie nur inständig, so weit vom Hotel wegzubleiben wie möglich. »Komm unter gar keinen Umständen hierher zurück.«

Am Ausdruck ihrer Augen spürte er, daß sie die Gefahr verstanden hatte, auch wenn sie ihre Quelle nicht kannte. Jedenfalls mußte er das hoffen. Er verließ sie und überquerte die Straße.

Er war gerade bis ins Foyer gekommen, als er beim Namen gerufen wurde.

»Corry, ich hab dir doch gesagt –«

Aber sie ließ ihn nicht ausreden. »Wenn dir das etwas nützt, Carlos Pistole liegt in meinem Zimmer. Auf dem Tischchen neben dem Bett. Er hat sie gestern abend dort liegengelassen.« Sie drückte ihm die Hand und war verschwunden.

Als er die Hand öffnete, sah er, daß sie ihm ihren Schlüssel gegeben hatte. In diesem Moment war er gefährlich nahe daran, die ganze Unternehmung abzublasen. Aber dann rief er sich wieder ins Gedächtnis, daß er es weder für Carlo noch für Corry tat. Er tat es für sich selbst.

Eine grauhaarige Frau mit einer Haut von der Farbe des Amazonaswassers wischte den Flur und murmelte dabei vor sich hin. Reiss wußte nicht recht, ob ihre Anwesenheit gut für ihn war oder nicht. Sie würdigte ihn kaum eines Blickes, als er an ihr vorbei und zu Corrys Zimmertür ging. Er drehte den Schlüssel im Schloß, aber das wäre nicht nötig gewesen. Das Schloß war aufgebrochen worden und die Tür war offen.

Mit ziemlicher Erleichterung stellte er fest, daß das Zimmer leer war. Soweit er es beurteilen konnte, war das Zimmer auch nicht durchsucht worden, denn alles schien an seinem gewohnten Platz zu sein. Wahrscheinlich war die Zeit dafür zu knapp gewesen. Und wenn sie Corry suchten, würden sie sich außerdem auch nicht an ihren spärlichen Habseligkeiten vergreifen. Die Pistole lag an der Stelle, die Corry ihm beschrieben hatte, teilweise von einer Blumenvase verdeckt.

Mit der Browning in der Hand fühlte er sich ausgesprochen unwohl, ja sogar ein bißchen albern. Er hatte zwar vor vielen Jahren Schußwaffen besessen, .22er waren es gewesen, aber noch niemals eine solche Pistole. Er erinnerte sich nur daran, daß man eine solche Waffe in beiden Händen halten mußte, wenn man richtig mit ihr schießen wollte.

Es war ihm vollkommen unvorstellbar, was er mit diesem Ding anfangen sollte, und ein heftiges Schwindelgefühl überkam ihn. Er mußte an sich halten, um nicht in lautes Lachen auszubrechen. Von Sekunde zu Sekunde schien der Browning in seiner verschwitzten Hand schwerer zu werden.

In diesem Augenblick, mit Corrys ungemachtem Bett vor Augen, war er sich ganz sicher, daß er bald sterben würde, und daß das, was er hier tat, eine ziemlich komische Art war, Selbstmord zu begehen.

Damit die Putzfrau die Pistole nicht sehen konnte, hielt er sie hinter seinem Rücken versteckt. Er hätte diese Vorsichtsmaßnahme gar nicht zu ergreifen brauchen, denn die Frau befand sich inzwischen ganz am anderen Ende des Korridors, in dem fahlen Licht, das durch das Fenster drang, nur als Silhouette zu erkennen.

Er wußte, daß er, wenn er zögerte, seiner Trägheit zum Opfer fallen konnte und bewegungslos vor der Tür zu seinem Zimmer stehen bleiben würde. Aber er zögerte trotzdem. Trotz der schwülen Hitze fröstelte er. Im Innern des Zimmers hörte er die Stimme eines Mannes, aber er konnte sie nicht identifizieren. War es Carlo? Oder einer von denen, die ihn verhörten?

Mehr um sein Selbstvertrauen zu stärken als um wirklich die Tür zu öffnen, legte Reiss seine Finger an die Türklinke, aber die Tür, die nur angelehnt gewesen war, schwang in den Angeln und öffnete sich ganz.

Zu seiner übergroßen Überraschung bemerkte er, daß er ganz instinktiv den Browning erhoben und auf die zwei Männer gerichtet hatte, die über Carlo gebeugt dastanden. Carlos Mund war blutverschmiert, er spuckte Blut aus, blutigen Speichel, der auf dem Boden ein unregelmäßiges Muster bildete.

Die drei Männer starrten Reiss an, als sei er von einem andern Stern gefallen. Sie schienen sich alle über sein plötzliches Eindringen zu ärgern – selbst Carlo.

Reiss merkte, wie seine Arme zu zittern begannen, und er verstärkte den Druck seiner Hände auf die Pistole, um sie wieder ruhig zu

bekommen. Er dachte, eigentlich müßte er jetzt wohl etwas sagen, irgendeine Art von Befehl ausstoßen. Im Kino wußte der Mann mit der Kanone immer genau, was als nächstes zu geschehen hatte.
Carlo übernahm die Initiative. Reiss bemerkte jetzt erst, daß er nackt war. Er schenkte den beiden, die ihn gefangengehalten hatten, einen Blick tiefer Verachtung, stand vom Bett auf und begann, sich in aller Ruhe anzuziehen. Er sagte etwas zu Reiss, aber Reiss kapierte nichts. Seine gesamte Aufmerksamkeit galt den beiden Männern, die bis jetzt noch kein Wort gesagt hatten. Carlo spuckte weiterhin, noch mehr Blut und ein Stück von einem Zahn kamen aus seinem Mund. Es war ein ausgesprochen unangenehmes Geräusch, das er dabei produzierte, und Reiss wünschte, er würde damit aufhören. Jetzt war Carlo fertig angezogen und kam auf Reiss zu. Er fuhr sich dauernd mit der Hand über den Mund, um das lästige Blut wegzuwischen, aber es quoll jedesmal mehr Blut nach und vereitelte seine Versuche. Er streckte die Hand aus in der Erwartung, daß Reiss ihm die Pistole überlassen würde.
»Nein.« Das war das erste Wort, das Reiss herausbrachte, seit er das Zimmer betreten hatte. Es war auch nicht so sehr die Pistole, auf die Carlo aus war, sondern viel wichtiger war es ihm, die Situation wieder unter Kontrolle zu haben.
Carlos Stirn faltete sich unvermittelt wie ein Akkordeon zusammen. »Gib mir die Pistole!« sagte er, und seine Worte erstickten halb in Blut und Speichel.
»Du würdest sie nur umbringen. Ich will nicht, daß jemand umgebracht wird.«
Dies überstieg Carlos Verständnisfähigkeit. »Die Pistole!«
Bei Reiss kam die Wut, die er diesem Mann gegenüber empfand, wieder an die Oberfläche. Er änderte die Richtung der Pistole so, daß sie, wenn sie losgegangen wäre, von Carlos Gesicht nicht viel übriggelassen hätte.
»Ich meine es ernst mit dem, was ich gesagt habe.«
In ihrem Rücken bewegte sich etwas. Einer der beiden Agenten hoffte, aus Reiss' momentaner Abgelenktheit Nutzen ziehen zu können, und zog seine eigene Waffe. Reiss aber bekam sein Vorhaben aus dem Augenwinkel mit.
Er wußte nicht, daß er geschossen hatte, bis ihn der Rückstoß gegen die Tür warf.

Der Agent wälzte sich am Boden, offenbar war er nicht tot, hatte aber große Schmerzen. Reiss sah zwar kein Blut, aber der Mann umklammerte mit beiden Händen sein rechtes Bein, und so nahm er an, daß er ihn getroffen haben mußte.
Reiss beobachtete das, was um ihn her geschah, und wunderte sich. Ihm war schlecht, und er befürchtete, sich übergeben zu müssen. Sein Magen revoltierte.
Carlo griff sich die Pistole des verwundeten Mannes und streckte die Hand nach der des zweiten Agenten aus, der sie ihm ohne Zögern übergab. »Die Autoschlüssel!« kommandierte er und bekam auch sie überreicht.
»Wir sollten sie fesseln«, sagte Carlo ärgerlich. Vielleicht galt sein Ärger Reiss, der so darauf bestanden hatte, ihr Leben zu schonen. Aber da begann jemand draußen auf dem Flur zu schreien. Wahrscheinlich war es die Putzfrau. Sie durften keine Zeit mehr verlieren. Carlo und Reiss stürzten aus dem Zimmer.
Die Putzfrau war nirgendwo zu sehen; sie hatte ihren Schrubber hingeschmissen und eine lange Pfütze aus Seifenwasser hinterlassen.
»Das nächste Mal wird es leichter sein«, sagte Carlo.
»Was wird leichter sein?« Reiss war noch ganz benommen. Die Dinge ereigneten sich zu schnell für seinen Geschmack.
»Auf Leute zu schießen«, antwortete Carlo.

Auf dem Flugplatz war es heiß und menschenleer. Im Empfangsgebäude liefen zwar Leute herum – Zollbeamte, Polizisten und auch Passagiere, von denen etliche Ingenieure der Petro Peru waren, die aussahen, als warteten sie schon eine Ewigkeit auf ein Flugzeug, das sie aus dem Amazonasgebiet herausholte – aber aus gutem Grund kam um die Mittagszeit alle Aktivität zum Erliegen. Der Himmel war eher weiß als blau, fast so, als wäre in der Hitze jedes bißchen Farbe in ihm verblichen.
Sie stellten den Mercedes, den sie sich genommen hatten, vorsichtig an einer unauffälligen Stelle in einer Seitenstraße ab und legten die letzte Meile bis zum Flughafen zu Fuß zurück. Wegen der jetzt besonders schlimmen Mittagshitze und dem angegriffenen Zustand ihrer Nerven fanden sie den Fußmarsch äußerst anstrengend, und

sie waren ziemlich erschöpft, als sie schließlich beim Flughafengebäude ankamen.
Reiss schaute voller Sorge auf die vollkommen teilnahmslos dasitzenden Zollbeamten.
»Was sollen wir denn machen ohne Pässe?«
Carlo fand diese Frage rasend komisch. »Pässe?« Er lachte. »Pässe? In meinem Beruf ist das das letzte, worüber man sich Sorgen macht. Sieh zu, wie du diesen Burschen Montana ausfindig machen kannst. Er müßte sich hier irgendwo herumtreiben.«
Die ersten Leute, die Reiss befragte, schienen seine Erkundigungen nach einem Piloten namens Montana überhaupt nicht zu verstehen. Schließlich jedoch stieß er auf einen jungen Mann, dessen einziger Lebensinhalt darin zu bestehen schien, daß er auf Flughäfen herumstand. Er sagte, er sei mit Montana bekannt und versicherte ihm, der Pilot werde bestimmt in einer Weile auftauchen.
Wie lang diese Weile dauern würde, wollte er nicht sagen. Im Amazonasgebiet berechnete man die Zeit anders als zum Beispiel in der Schweiz.
Der Gedanke, auch nur kurze Zeit auf dem Flughafen von Iquitos warten zu müssen, begeisterte sie nicht gerade. Der Flughafen war bestimmt einer der Orte, an denen sie die Agenten des Centers zuallererst suchen würden.
Aber bevor sie wirklich in Aufregung gerieten, kam Montana auch schon. Er war bereits darüber informiert, daß seine Dienste verlangt wurden, und machte sich gleich mit den drei Flüchtlingen bekannt. Montana war ein magerer, schwer durchschaubarer Zeitgenosse mit wettergegerbtem Gesicht und einem üblen Husten. Er vermittelte einem das Gefühl, daß er in viel zu viele Geheimnisse des Amazonasgebiets eingeweiht war, um aus Versehen eines zu verraten. Er musterte seine drei potentiellen Passagiere eingehend.
Reiss redete ihn auf Spanisch an. Aber das war gar nicht notwendig, er hieß nicht umsonst Montana. »Was habt ihr dabei?« fragte er. Er war davon überzeugt, daß sie irgend etwas schmuggeln wollten.
»Uns«, sagte Reiss.
Der Pilot hustete bellend und spuckte einen ganzen Klumpen Schleim aus. »Na um so besser. Und welcher Betrag steht zur Debatte?«

Carlo zog ein dickes Bündel Geldscheine heraus und blätterte sie vor ihm hin.
»Das würde genügen, um euch bis in die Arktis zu befördern«, sagte der Pilot.
»Kolumbien genügt uns schon.«
Der Flug verlief ohne Zwischenfälle. Keine Kampfflugzeuge stießen auf sie herab, um sie aus der Luft abzuschießen. Die Stunden vergingen, und der dicke grüne Teppich machte einer zackigen Bergkette Platz, die sich zur Küste hin erstreckte.
In weiter Entfernung kam langsam das strahlend blaue Wasser der Karibik in Sicht, dann legte sich die Cessna scharf in die Kurve und setzte zur Landung an.
Zuerst konnte man überhaupt nicht sehen, wo der Pilot landen wollte, denn das Gebiet, das nicht aus Gebirge bestand, war dicht bewaldet. Carlo jedoch war fest davon überzeugt, daß es ganz in der Nähe eine Landebahn geben mußte. Er behauptete, früher schon einmal hiergewesen zu sein.
Das Flugzeug flog immer niedriger. Schließlich war es so niedrig, daß es schon fast die Wipfel der Palmen zu berühren schien. Und plötzlich sahen sie es: ein weißes gleichschenkliges Dreieck, das auf allen Seiten von Grün umgeben war. Es sah eigentlich nicht so aus, als sei dort genug Platz für eine Landung vorhanden, aber ihr Pilot wußte, was er tat, und brachte die Cessna ohne Panne zu Boden.
Man hatte es aus der Luft nicht sehen können, aber nicht weit vom Flugfeld lag tatsächlich eine Stadt. Sie hieß Esquel, und allem Anschein nach wohnten dort hauptsächlich Männer, die lange Messer an der Seite trugen, und deren Augen ganz glasig waren vor Gewalttätigkeit und Kokain. Abgesehen von den Messern trugen sie noch Pistolen und schienen auch keinerlei Hemmungen zu haben, beides offen zur Schau zu stellen. Carlo warnte Corry davor, in Esquel irgendwelchen Schmuck zu tragen. Er sei keine Minute sicher, denn Diebe – und dieser Terminus schien so etwa die gesamte Bevölkerung miteinzuschließen – verstünden ihr Handwerk hier so gut, daß eine Kette oder ein Armreif verschwunden waren, ohne daß man etwas davon bemerkte. »Das ist ja, als wären wir wieder in New York«, meinte Corry, und sie schien sich durchaus nicht darüber zu amüsieren.

Niemand in Esquel bezog sein Einkommen aus einer einigermaßen normalen Quelle. Alle waren sie an irgendwelchen Schmuggelgeschäften beteiligt: Waffen, Kokain, Edelsteine, Marihuana. Alle sieben Tage der Woche wurde die illegale Ware eingeflogen oder kam per Boot. Von diesen Booten wiesen nicht wenige Kugellöcher im Rumpf auf, die von den vielfältigen Gefahren, die das Schmuggelgeschäft mit sich brachte, Zeugnis ablegten. Natürlich wurden die ganze Zeit über Leute angeschossen oder getötet; alle paar Tage fand man eine neue Leiche, die schon längst ausgeblutet war. Die Polizei war naturgemäß korrupt, und nur selten wurde ein Mörder tatsächlich eingesperrt. Passierte es doch einmal, konnte er dann jahrelang im Gefängnis schmachten, bevor sein Fall zur Verhandlung gebracht wurde.
Die schwerreichen Unternehmer, die ganz genau wußten, welch unglückliches Schicksal sie ereilen konnte, bauten sich Villen, die viel eher befestigten Bollwerken glichen, auch wenn keiner sie so nannte. Sie lagen am Berghang und reckten sich grau und fensterlos in die Höhe. Auf ihren Türmchen konnten im Falle einer Belagerung Maschinengewehre postiert werden.
Eine dieser fest ummauerten Enklaven bewohnte ein Freund von Carlo (die Frage, um was für eine Art Freund es sich handelte, blieb natürlich offen). Es faszinierte ihn, daß Carlo eine Gesichtsoperation hinter sich hatte, aber es überraschte ihn kein bißchen. Er schien keinen Augenblick daran zu zweifeln, daß Carlo tatsächlich derjenige war, für den er sich ausgab.
Die Tatsache, daß Carlo zwei Freunde mitgebracht hatte, von denen einer auch noch eine ausgesprochen hübsche Frau war, verursachte keinerlei Probleme. Es war mehr als genug Platz vorhanden für Freunde und für die Freunde dieser Freunde.
Am Tag ihrer Ankunft nahmen weder Reiss noch Corry von ihrer ungewöhnlichen Umgebung viel Notiz. Ihr Gastgeber, der ein untadelig gekleideter und sehr gepflegter Mann mit einer Spur europäischer Eleganz war, machte auf sie nicht den Eindruck von jemandem, der sich in Schmuggelgeschäfte einlassen würde. Aber andererseits war der Grund, weshalb so viele Schmuggler mit Erfolg ihren Geschäften nachgehen konnten, gerade der, daß sie nicht wie Schmuggler aussahen. Carlos Freund hieß Guido Huasca, und er

stellte von Anfang an klar, daß sie so lange bleiben konnten, wie sie wollten. Sein fensterloses, bis obenhin mit Waffen vollgestopftes Heim sei auch als das ihre zu betrachten.
Und diese Betonung von Sicherheit war genau das, was sie im Moment brauchten. Erschöpft zogen sich alle drei früh in ihre Betten zurück – jeder in sein eigenes Zimmer –, im vollen Vertrauen darauf, daß es für die Agenten des Centers unmöglich wäre, sie hier anzugreifen, selbst wenn es ihnen gelungen sein sollte, sie bis in diesen finsteren Teil Kolumbiens zu verfolgen.
Carlo fühlte sich hier vollkommen zu Hause. Was ihn betraf, war Peru einfach eines seiner zahlreichen Abenteuer gewesen, vielleicht nicht immer ein glückliches, aber jedenfalls keines, für das es sich lohnte, viele Gedanken zu verschwenden. Bei Reiss lag der Fall ganz anders. Er brannte darauf, von hier weg und zurück nach New York zu kommen. Es mochte ja sein, daß er paradoxerweise hier unter all diesen Halsabschneidern und Schmugglern tatsächlich sicherer war, aber Esquel war ganz bestimmt nicht der Ort, den er auch nur in Erwägung ziehen würde, sich dort niederzulassen.
Und Corry? Reiss hatte keine Ahnung, was sie vorhatte. Aber auch wenn sie nicht mit ihm kommen wollte – und er war sich ziemlich sicher, daß sie das nicht wollte –, würde er dennoch nicht darum herumkommen, sie um Hilfe zu bitten. Schließlich hatte er kein Geld, keinen Paß, keinerlei Papiere irgendwelcher Art. Er haßte es, sich in einer solch abhängigen Lage zu befinden, aber was konnte er tun?
Es konnte natürlich auch sein, daß Carlo bereit war, ihm zu helfen. Das war allerdings nur eine relativ geringe Chance. Carlo hatte sich kein einziges Mal dafür bedankt, daß er ihn gerettet hatte. Reiss hatte es eigentlich auch gar nicht erwartet. Aber andererseits hatte Carlo seither auch nichts mehr getan, um ihn zu provozieren; man konnte sein Verhalten Reiss gegenüber nicht anders als korrekt bezeichnen. Und für Carlo war das auch ein Zeichen von Dankbarkeit. Vielleicht würde er ihm ja noch einen weiteren Schritt entgegenkommen und ihm dabei helfen, daß er Geld und Papiere bekam. Bei Carlos vielfältigen Geschäftsbeziehungen war es doch bestimmt nicht schwer, so etwas zu besorgen.
»Wieso willst du zurück nach New York? Gefällt es dir hier nicht?

Was gibt es denn in New York schon für dich zu holen? Du hast doch selbst gesagt, du wärst dort ziemlich schnell weg vom Fenster.«
Carlo sagte das alles ohne eine Spur von Feindseligkeit. Er war einfach neugierig. Jetzt, wo er sozusagen vertrauten Boden unter den Füßen hatte, wo er unter Leuten lebte, bei denen er sich wohl fühlte, konnte er es sich leisten, großzügig zu sein.
»Das Hauptquartier des Centers ist in New York«, erklärte Reiss. »Und dort liegt die Antwort.«
Er war sich nicht recht sicher, was er da eigentlich redete. Sie saßen schon einige Stunden zusammen und tranken Wein. Guido Huasca ließ sie an seiner exzellenten Weinsammlung teilhaben, und so hatten sie eine Flasche Mouton Rothschild nach der anderen aufgemacht und die Jahrgänge miteinander verglichen. Jetzt gerade hatten sie den Jahrgang 1928 vor sich.
»Die Antwort? Was zum Teufel meinst du denn damit?«
»Jedes Detail an Information darüber, wer wir sind und was wir sind, ist in irgendeiner Akte in New York gespeichert, da bin ich mir ganz sicher. Wie wir aussehen, unsere Blutgruppe, unsere Knochenstruktur, unser Zahnaufbau. Sogar die Art, wie wir denken, obwohl wir vielleicht nicht ganz so vorhersagbar sind, wie es die Behavioristen wie zum Beispiel Skinner uns glauben machen wollen.«
»Skinner? Wer zum Teufel ist dieser Skinner?«
»Das ist eigentlich völlig unwichtig –«
»Ah, ich erinnere mich. Das behavioristische Dingsbums da. Ratten im Käfig und dieser Quatsch. Ich bin nicht blöd, weißt du.«
»Das weiß ich.« Reiss tat alles, um ihn bei Laune zu halten. »Aber, was ich sagen wollte, ist, daß wir bis zu einem gewissen Grad tatsächlich vorhersagbar sind. Unser Verhalten kann, mehr oder weniger natürlich, im voraus festgelegt werden.«
»Wenn ich dich richtig verstehe, willst du mir damit also sagen, daß es nur eine Frage der Zeit ist, bis einer vom Center auf die Idee kommt, daß ich hier in Kolumbien bin und bei Guido Huasca wohne.«
»Ja, so ungefähr.«
»Gut, Reiss, aber dann sag mir folgendes: Vorausgesetzt, das, was du sagst, ist korrekt, was würde es dir dann nützen, wenn du nach New York zurückgehst?«

»Ich will dieses Datenmaterial ausfindig machen und es zerstören. Siehst du, wenn sie diese Informationen nicht mehr haben, wenn sie keine Blutgruppen und Knochenstrukturen und Augenfarben mehr kennen, die sie einander zuordnen können, dann sind wir für sie nutzlos, dann könnten wir genausogut überhaupt nicht mehr existieren.«

Carlo lächelte spöttisch. Offensichtlich hielt er Reiss einer solch gefährlichen Aufgabe nicht gewachsen.

»Weißt du denn überhaupt, wo die Information gespeichert ist?«

»Nein«, sagte Reiss.

»Nehmen wir trotzdem einmal an, du würdest sie finden, wie würdest du sicher sein können, daß es keine Kopien der gespeicherten Information gibt? Wie würdest du es überhaupt schaffen, dort einzudringen – solche Dinge sind gut gesichert, wie du weißt –, wie würdest du das schaffen, und wie würdest du die Informationen, die du willst, dann zerstören?«

Reiss wußte auf keine dieser brennend wichtigen Fragen eine Antwort. Carlo war sich ja sogar der Schwierigkeiten, mit denen er zu rechnen hatte, deutlicher bewußt als er selbst. Er schwieg.

Weil er glaubte, seine Argumente hätten Eindruck bei Reiss hinterlassen, sagte Carlo: »Na, willst du immer noch nach New York zurück?«

»Ja, ich habe hier nichts verloren.«

»Ah, das klingt anders. Dann laß dich nicht aufhalten.«

Reiss erklärte ihm widerstrebend, weshalb eben dies leichter gesagt als getan sei.

Carlo blickte nachdenklich vor sich hin. »Ich werde dir sagen, was ich für dich tun kann. Du wirst dafür keinen Paß brauchen und auch kein Geld.«

»Aber die Sache hat einen Haken?«

»Einen Haken?« Carlo warf den Kopf in den Nacken und lachte. »Natürlich hat sie den. Jede Sache hat doch ihren Haken, oder?«

Das Zimmer, das Corry zugewiesen worden war, hatte einen rosafarbenen Anstrich. Über dem Bett hing in einem Goldrahmen das Bild der Jungfrau Maria. Vielleicht war Guido gläubig.

»Komm rein, die Tür ist offen.«

Reiss betrat das Zimmer.

»Oh?« sagte sie in einem überraschten Ton, als sei er der letzte, mit dem sie hier gerechnet hatte. »Wie geht es dir?«

»Ich bin ein bißchen betrunken, fürchte ich. Don Guido war so nett, uns eine Runde von seinem Wein auszugeben.« Er schaute sich nach einem Stuhl um, weil er aber keinen entdecken konnte, setzte er sich auf das Bett, auf dem sie zurückgelehnt, mit einem Buch in der Hand, lag. Sie trug einen seidenen Hausmantel, den ihr sicher einer von Huascas Dienstboten gebracht hatte. Das Haar hatte sie hochgesteckt, was den Gesichtsschnitt, den das Center für Rehabilitations-Chirurgie ihr verliehen hatte, betonte. Er fühlte sich wie ein Eindringling.

»Ich hatte erwartet, dich heute beim Abendessen zu sehen«, sagte er.

»Ich fühle mich nicht so besonders gut. Wahrscheinlich muß ich mich noch von Peru erholen.«

»Ich denke, das müssen wir alle.«

Sie warf ihm einen fragenden Blick zu. »Du bist gekommen, um mir etwas zu sagen, oder?«

Es hörte sich nicht so an, als sei sie von dieser Aussicht sonderlich begeistert.

»Ja. Ich bin gekommen, um dir zu sagen, daß ich weggehe.«

»Du verläßt dieses Haus?«

»Ich verlasse dieses Haus, dieses Land, diesen Kontinent. Ich gehe zurück nach New York. Es gibt da ein Boot, das in drei Tagen in See stechen wird. Carlo sagt, es müßte ohne größere Probleme möglich sein, mich dort unterzubringen.« Er hätte gern hinzugefügt: »und dich auch«, aber er hielt sich zurück, weil er Angst hatte, sie werde ihn zurückweisen, ohne ihn ausreden zu lassen.

»Wenn alles gutgeht, wird das Boot noch vor dem Wochenende in Miami vor Anker gehen.«

»Und was für eine Ladung hat dieses Schiff an Bord?«

Er lächelte. »Ich hatte Angst, das zu fragen. Ich nehme aber an, es ist Haschisch, wahrscheinlich haufenweise. Möglicherweise auch Kokain. Ich glaube, es ist besser, wenn ich es nicht weiß. Sicher ist in jedem Fall, daß es sich um etwas in hohem Grade Illegales handelt, was es auch sein mag.«

»Man wird dich verhaften und ins Gefängnis werfen.«
»Ja, daran habe ich auch schon gedacht. Es ist komisch, wie einen diese Art zu leben, ich meine dieses ständige Auf-der-Flucht-Sein, sofort auf die falsche Seite des Gesetzes stellt. Und wenn man dann auch noch bedenkt, daß ich *selbst* einmal das Gesetz repräsentiert habe. Aber unter den gegebenen Umständen werde ich mir um die US-Küstenwache und um die Zollbehörden keine Sorgen machen. Ich habe keinen Paß, und ich habe kein Geld, da bin ich wohl kaum in einer Position, mich beklagen zu können.«
Corry warf einen kurzen Blick auf den Nachttisch, wo ihre Handtasche lag.
»Du kannst ein paar von diesen Steinen haben. Wozu brauche ich sie schon? Sie gehören ohnehin nicht mir, sondern Claudia Sheff. Um Geld brauchst du dir keine Sorgen zu machen. Ich finde nur, du solltest nicht noch mehr aufs Spiel setzen, als du ohnehin schon riskiert hast.«
»Ich bin fest entschlossen. Ich versuche mein Glück offen gestanden lieber auf einem Schiff voller Drogen als auf einem internationalen Flughafen.«
»Drei Tage«, sagte sie. »Das ist nicht gerade viel Zeit.«
Dies diente Reiss als Stichwort, auf das er gewartet hatte, um nachzuhaken. »Das war der andere Anlaß, aus dem ich mit dir sprechen wollte. Ich möchte gern, daß du mitkommst. Rein formal gesehen, gibt es kein Problem. Carlo hat keine Einwände. Es kommt allein auf dich an.«
»New York«, sagte sie, und die Art, wie sie es sagte, klang weit entfernt, ja sogar unerreichbar, als rede sie von Katmandu oder Daressalam. »Was soll ich denn in New York?«
Ihm war klar, daß das eine rhetorische Frage war, aber er gab ihr trotzdem eine Antwort. »Was sollst du denn hier?«
Eine Frage mit einer Frage zu beantworten, das war ihre eigene Methode.

3. TEIL

Rückkehr

39

Die *Ambergris* war ein hundertzwanzig Tonnen schwerer Trawler, der unter dem Vorwand, Fisch zu fangen, die Meere befuhr. Man konnte nicht gerade behaupten, daß es ein schönes Boot war, aber es sah doch immerhin noch recht solide und belastungsfähig aus. Allerdings hätte es einen neuen Anstrich vertragen können, und es hätte ihm auch bestimmt nicht geschadet, wenn das Deck einmal gründlich geschrubbt worden wäre, das noch immer Spuren früherer Fischexpeditionen trug.

Carlo begleitete Reiss zum Schiff, vielleicht nur, um ganz sicherzugehen, daß er sich nicht doch noch in letzter Minute anders entschloß und in Kolumbien blieb, um ihn zu verfolgen. Die beiden standen draußen an Deck, während um sie herum die Besatzung mit den Vorbereitungen zum Ankerlichten beschäftigt war. Die Besatzung bestand aus mindestens sieben Männern, vielleicht waren es auch mehr, von denen die meisten erstaunlich klein waren. Sie sahen nicht gerade aus wie Zwerge, aber sie waren klein genug, um in alle möglichen Löcher, Rohre und Gänge zu passen. Ihre Größe allein machte sie vielleicht noch nicht zu guten Schmugglern, aber sie schadete ihnen auch bestimmt nicht.

An Armen und Beinen hatten sie riesige Muskeln, meist waren sie braungebrannt und von üblen Narben übersät. Einer von ihnen hatte nur einen Arm, einem anderen fehlte die linke Hand. Sie hatten es ohne Hilfe des Centers geschafft, ihre Gliedmaßen zu verlieren. Reiss fand keinen von ihnen besonders sympathisch, und so, wie sie ihn mit grimmigen Blicken anstarrten, bekam er das Gefühl, daß auch sie nicht gerade besonders von ihm angetan waren. Im Moment machte ihm die nebulöse Bedrohung durch irgendwelche Maßnahmen der Küstenwache weniger Sorgen als der Gedanke, was diese Männer wohl – nur so zum Spaß – mit ihm machen könnten.

Carlo sagte: »Diese Kerle haben so etwas schon hundertmal gemacht, die wissen, wo's langgeht. Aber um ganz sicherzugehen, habe ich ihnen erzählt, daß du bei der Mafia bist, daß sie dich respektvoll behandeln sollen, und daß sie ihren Arsch riskieren, falls dir etwas zustoßen sollte.«

Reiss fragte sich, ob er wohl aussah wie ein Mafioso, aber dann sagte er sich, daß es auch bei Mitgliedern einer Verbrecherbande alle möglichen Gestalten geben mußte. Wie es sich für einen einflußreichen Gangster gehörte, bekam er seine eigene Kabine, was sehr in seinem Sinne war. Er hegte nämlich gewisse Zweifel daran, inwieweit ihm das Zusammensein mit den Männern der Schiffsbesatzung angenehm sein würde. Zum Glück mußte er diese Umgebung nur vier oder fünf Tage lang aushalten. Und es war ganz bestimmt besser, als die Rolle von Signore Roccellas Leichnam übernehmen zu müssen.

»Und du wirst deine Freunde nicht vergessen«, sagte Carlo. »Hörst du mir überhaupt zu?«

»Ja, ich werde sie nicht vergessen.«

»Wenn du es schaffst, an ihren Computer ranzukommen, find raus, was über mich gespeichert ist und lösch es. Ich tu dir einen Gefallen, und du tust mir einen. Eine Hand wäscht die andere.«

»Ich geb dir mein Wort.«

Carlo zuckte die Achseln, und diese Bewegung verriet die Zweifel, die er an der Sache hatte. Trotzdem schlug er Reiss kameradschaftlich auf den Rücken und sagte: »Ich verlaß mich auf dich.« Das klang ähnlich wie bei einem Trainer, der so etwas zu einem Fußballspieler sagt, den er aufs Spielfeld schickt, obwohl das Spiel längst verloren ist.

Dann rückte er seine Sonnenbrille zurecht, damit Reiss sein Spiegelbild in ihr besser bewundern konnte, drehte sich um und ging seiner Wege.

Erst am Abend, als die Sonne langsam hinter den Bergen verschwand und dabei rote und goldene Streifen an den Horizont zauberte, lichtete die *Ambergris* endlich Anker. Reiss stellte sich an den Bug und schaute zu, wie sich die Küste immer mehr entfernte; je dunkler es wurde, desto schneller verschwand sie. Bald war keines der für diese Gegend charakteristischen Merkmale mehr zu sehen, und Reiss wußte, daß er diese Bucht nicht mehr wiederfinden würde, sollte er jemals in diesen Teil der Welt zurückkehren. Guido Huascas uneinnehmbare Villa kam ihm schon vor wie ein Traum. Viel eher wie ein Traum als eine Erinnerung. Genauso war es mit Peru, mit Paris, mit Luzern.

Beunruhigt mußte er feststellen, daß er Carlo vermissen würde. Es ergab keinen Sinn, und er konnte es sich eigentlich gar nicht erklären, aber es war so. Vielleicht war es ähnlich, wie wenn man zusammen mit jemandem einen Krieg durchmachen mußte. Trotz der Verachtung, die sie sich entgegengebracht haben mochten, hatten sie doch gemeinsam einer gefährlichen Situation standgehalten. Und beide verdankten einander das Leben. Manche Freunde sucht man sich eben nicht aus, überlegte er. Carlo würde nicht zögern, ihn umzubringen, wenn es die Umstände erforderten. Trotzdem wurde Reiss erst jetzt klar, daß er Carlos Gesellschaft bei weitem der von Leuten wie den Nathansons vorzog, die noch nicht einmal wußten, wie man eine anständige Party feiert.

Aber er blieb mit seinen Gedanken nicht allzu lange bei Carlo. Carlo würde er irgendwann einmal vergessen. Aber nicht Corry. Der Gedanke bedrückte ihn, sie so verlassen zu müssen, wie er sich momentan fühlte: bitter und verzweifelt. In den drei Tagen, die vergangen waren, seit er seine Entscheidung gefällt hatte, nach New York zurückzugehen, hatte er mehrmals mit dem Gedanken gespielt, seine Entscheidung wieder rückgängig zu machen und doch bei ihr zu bleiben.

Aber all das war reines Wunschdenken, solche Gedanken bezogen Corry nicht mit ein. Es sah so aus, daß sie offenbar lieber bei Carlo bleiben wollte. Trotzdem konnte Reiss sich nicht vorstellen, daß ihr ein Leben, das daraus bestand, Waffen und Drogen von und nach Südamerika zu schmuggeln, sehr lange Zeit gefallen würde.

Als die Küstenlinie vollkommen von der Dunkelheit verschluckt war, ging Reiss schließlich in seine Kabine hinunter. Obwohl er den ganzen Tag über so gut wie nichts getan hatte, konnte er sich kaum auf den Beinen halten vor Müdigkeit. Die einlullende Bewegung des Boots mochte zusätzlich ihren Teil zu seiner Müdigkeit beitragen; er wußte es nicht, und er wollte es auch gar nicht wissen, er wollte nur schlafen und alles vergessen...

Die Wände seiner Kabine ächzten im Rhythmus des Schiffes und vibrierten in der ständigen Bewegung des Motors, der die Wellen aufwühlte. Der Herzschlag des Fischkutters wurde zu seinem eigenen.

Es war spät, aber er konnte nicht feststellen, wie spät genau, da er keine Uhr trug. Und was hätte es schon gemacht? Er dämmerte dahin an der Schwelle des Bewußtseins, tauchte in Träume ein und glitt wieder aus ihnen heraus.

Da öffnete sich eine Tür mit einem Geräusch, das klang wie der Schmerzensschrei eines kleinen Kindes.

War das eine Traumtür? Ein Traumkind?

Reiss schreckte in seinem Bett hoch. Er sah, daß die Tür zu seiner Kabine offenstand; der Schrei des Kindes war nichts anderes gewesen als das Quietschen ihrer schlecht geölten Angeln. In der Tür stand eine Gestalt, ihre Umrisse gegen das schwache Licht, das vom Korridor hereindrang, waren nur verschwommen sichtbar.

Sein erster Gedanke war, daß es jemand von der Schiffsbesatzung sei, der gekommen war, um ihn, trotz seiner angeblichen Beziehungen zur Mafia, zu ermorden, während er schlief.

Die Gestalt wurde deutlicher, je näher sie zu seinem Bett kam. Die Tür schloß sich hinter ihr.

»Ich habe es mir anders überlegt«, sagte sie. Er sah ihr dabei zu, wie sie sich auszog und ihre Kleider zu einem ungeordneten Haufen auf den Boden fallen ließ.

»Aber...?«

»Nichts aber.« Sie schlüpfte neben ihn ins Bett. »Nichts aber.«

Es war typisch für Corry, daß sie sich weigerte, genauer zu erklären, weshalb sie es sich anders überlegt hatte. Sie hatte es einfach getan, und weil sie eine Person war, die nicht so schnell etwas bereute, hatte sie das Gefühl, daß es für niemanden – und auch nicht für sie selbst – einen Grund gab, über ihre Beweggründe nachzuforschen. Möglicherweise hatte sie sich über die ganze Sache nicht allzu viele ernsthafte Gedanken gemacht. Impuls, Instinkt, Gefühl mochte sie zu ihrer Entscheidung bewogen haben. Aber was spielte das eigentlich für eine Rolle? Reiss war dankbar – nein, das war nicht das richtige Wort. Dankbarkeit beschrieb nicht annähernd das Gefühl aus übergroßer Freude und maßlosem Staunen, das er verspürte.

Carlo hatte stillschweigend eingewilligt, sagte Corry, und so war es ihr gelungen, sich an Bord der *Ambergris* zu schleichen, bevor er und Reiss am Anlegeplatz ankamen. Reiss konnte sich nicht vorstellen, daß Carlo seinetwegen nachgab, vor allem, wenn es um etwas ging, was mit Carlo zu tun hatte. Er fragte sie, weshalb Carlo so gehandelt hatte.

»Ich habe einen ziemlich großen Einfluß auf ihn«, antwortete Corry.

»Das habe ich bemerkt.«

»Michael, ich bin keinem Menschen eine Erklärung schuldig für das, was ich tue, vergiß das nicht.«

Heinrich Schliemann hatte sich einst auf die Suche nach Troja gemacht, weil er, anders als die meisten seiner Zeitgenossen, davon überzeugt war, daß diese von Homer beschriebene Stadt tatsächlich existiert hatte. Und er fand Troja auch, aber es war nicht das Troja von Hektor und Priamus, das er entdeckte, sondern ein anderes, späteres Troja, das aufgebaut worden war auf den Ruinen des Troja, das Homer besungen hatte. Auf ähnliche Art hatte Reiss Maia Stevens gefunden, die sich jetzt Corry Folger nannte. Die Frage war nur, welche Maia Stevens, welche Corry Folger war es, die er gefunden hatte?

Ein Saphir, klein, perfekt geformt und von noch tieferem Blau als der Ozean, auf dem sie fuhren, zierte Corrys Hals. Dieser Saphir war, wie sie zugab, das letzte Stück von Claudia Sheffs unbeabsichtigtem Erbe. Und was war aus den übrigen Juwelen geworden, die sie nicht gegen das Geld eingetauscht hatte, das Reiss jetzt bei sich trug? Sie wollte nicht so recht damit herausrücken, aber Reiss gewann den Eindruck, daß es sie nicht nur ihren Einfluß auf Carlo gekostet hatte, um zu erreichen, daß sie sein kolumbianisches Versteck ohne Probleme hatte verlassen können. Was sie zugab, war, daß sie einen Teil ihres Reichtums ausgeteilt hatte, als sie an Bord kam. Sie hatte es den Halunken von der Schiffsbesatzung gegeben, die jetzt die *Ambergris* in amerikanische Küstengewässer steuerten, weil sie davon überzeugt war, daß sich solche Großzügigkeit bestimmt positiv für sie beide auswirken würde und die Mannschaft vielleicht davon abhielt, sie zu vergewaltigen und Reiss in die

haifischverseuchten Fluten zu werfen. Außerdem war sie fest davon überzeugt, daß die Männer die Juwelen sowieso gestohlen hätten.
»Es reicht, um nach New York zu kommen«, sagte sie und befingerte den Saphir an ihrem Hals. »Und außerdem haben wir ja auch noch dein Geld, obwohl das natürlich nicht so besonders lange reichen wird. Die Preise sind bestimmt gestiegen, seit wir das letzte Mal in New York waren.«

Sie standen an Backbord des Fischkutters. Fischernetze waren ausgeworfen worden, aber nur, um den richtigen Eindruck zu machen. Es war zu bezweifeln, ob einer dieser Männer jemals etwas Näheres mit dem Fang eines Fisches zu tun gehabt hatte, als sich auf dem Fulton-Fischmarkt einen zu kaufen. Trotzdem konnten sie natürlich nicht ganz verhindern, daß sich doch etwas in ihrem Netz verfing, und so zappelten auch jetzt etliche nicht identifizierbare Fische in den verschiedensten Türkis- und Orangetönen darin und versuchten verzweifelt, wieder herauszukommen.
In geraumer Entfernung konnten sie Land erkennen. Sie hatten keine Ahnung, was es sein könnte, nahmen aber an, daß es sich um eine Insel handelte, die für sie als kleiner brauner und grüner Fleck sichtbar wurde.
»Morgen wollen sie die Drogen abladen«, sagte Corry. »Die Männer von der Besatzung können den Mund nicht halten. Und weil ich eine Frau bin, kriege ich entweder lüsterne Seitenblicke, oder sie tun so, als sei ich gar nicht da. Anscheinend wollen sie irgendwo in einer bestimmten Entfernung vor der Küste anhalten und erst mal warten.«
»Wie lang werden sie warten, weißt du das auch?«
»Bis ihre Komplizen kommen und die Ladung abholen. Übrigens glaube ich, daß, was immer sie auch geladen haben, im Ballast versteckt ist.«
»Vermutlich werden wir das Schiff gleichzeitig mit der Ladung verlassen.«
»Laß uns bloß hoffen, daß die Sache gut läuft. Ich möchte äußerst ungern in die Verlegenheit kommen, einem Drogenfahnder meine Geschichte auseinandersetzen zu müssen«, sagte sie. »Irgendwie befürchte ich, daß man sie nicht so ganz glauben würde, meinst du nicht auch?«

Corry erwachte als erste. Sie rüttelte Reiss.
»Was ist los?«
»Das Schiff hat angehalten. Es sieht so aus, als hätten wir den Treffpunkt erreicht.«
Sie zogen sich hastig an und gingen an Deck. Es war noch dunkel, schließlich war es erst kurz nach fünf Uhr morgens, aber im Osten erhellte ein schmaler Lichtstreifen den Blick auf die Küste von Florida. Überall um sie herum wuselten die Männer der Besatzung, die sich schnell und leise auf die bevorstehende Ankunft der Küstenboote vorbereiteten.
Als die Sonne aufgegangen war, bildete sich entlang der Küste Dunst, der die Konturen des Festlands verschwimmen und alles ein bißchen blaß und unwirklich erscheinen ließ. Aus dem Cockpit des Fischkutters war ein Radio zu hören, das den Marinesender empfing und gerade den morgendlichen Wetterbericht durchgab. »Fünfundvierzig, hier Fünfzehn auf Flamingo auf Tausend Anton. Minus X. Voraussichtlich drei Null unbeständig, elf Null bedeckt. Eine halbe Meile und Nebel. Plus einundsechzig leichte Brise, plus vierundachtzig leichte Brise. Wind siebzehnnullfünf, streckenweise Nebel, F Drei, Höchstwerte, unbeständig, bedeckt viertausend.«
Die Zeit dehnte sich endlos, aber dann hörten sie schließlich aus weiter Ferne das Geknatter eines Motorboots, dem zwei weitere nachfolgten. Nach und nach kamen die Barkassen aus dem Nebel in Sicht. Ihre Schatten zeichneten sich nicht auf dem Wasser ab, sondern bildeten sich in der nebligen Atmosphäre.

Obwohl es sich beim Schmuggel illegaler Drogen um eine Arbeit der Unterwelt handelt, wurde sie, soweit Reiss sehen konnte, mit einer Präzision und Effizienz durchgeführt, wie es sich IBM nicht besser für eines ihrer Unternehmen hätte wünschen können. Er hatte die Befürchtung gehegt, zwischen den Käufern, die jetzt aufgetaucht waren, und den Verkäufern auf der *Ambergris* könnte es zu Meinungsverschiedenheiten kommen, aber er stellte mit angenehmer Enttäuschung fest, daß dies durchaus nicht der Fall war. Die Transaktion ging ohne jede Zwischenfälle vonstatten. Jedermann schien zufriedengestellt, und da es sich bei der ganzen Sache ja um etwas handelte, was im verborgenen zu geschehen hatte, hatte auch

keiner ein Interesse daran, lange herumzustehen und Konversation zu betreiben.
Die beiden Passagiere der *Ambergris* wurden zusammen mit ihren wenigen Habseligkeiten im letzten der drei Motorboote untergebracht, direkt neben fünfzig Kilogramm »Rotem Kolumbianer«, der in Säcke aus wasserabweisendem Material eingepackt und mit Barbusco besprüht war, was gleichzeitig Insekten abhalten und die Hunde der Zollbeamten an der Nase herumführen sollte.
Sie näherten sich der Küste, konnten aber die genaue Entfernung wegen der dichten Nebelbank nicht abschätzen. Da erschien plötzlich aus dem Nebel ein weiteres, größeres Schiff, das blitzschnell die Motorboote vom Mutterschiff trennte und durch die gespenstischen Fluten eine weiße, schaumige Spur zog. Ein Schiff der Küstenwache.
Die Barkasse, in der sich Reiss und Corry befanden, wurde von zwei Männern gesteuert. Einstimmig verfluchten diese die ungünstige Wendung, die ihr Glück zu nehmen schien, und erhöhten die Geschwindigkeit ihres Bootes. Sie hofften, das Patrouillenboot werde die Verfolgung der *Ambergris* aufnehmen, statt zu versuchen, die Motorboote einzuholen. Aber das Schiff fuhr weiter direkt in ihre Richtung. Die Küstenwache hatte richtig geraten, daß die Drogen sich auf den Motorbooten befanden, und daß es folglich wenig Sinn ergeben würde, das Mutterschiff anzuhalten, dessen Rolle bei der Transaktion man vor keinem Gericht hätte beweisen können.
Wenn Reiss die Augen zusammenkniff, konnte er am Bug des Schiffs der Küstenwache einen Offizier stehen sehen, der ein Megaphon in der Hand hielt, mit dem er sie dringend aufforderte, anzuhalten.
Die beiden Männer auf dem Motorboot – die übrigens nicht weniger unangenehm wirkten als die, die sie gerade auf der *Ambergris* zurückgelassen hatten – zeigten jedoch wenig Lust, dem Befehl nachzukommen. Sie konzentrierten sich vielmehr darauf, eine möglichst große Entfernung zwischen sich und das sie verfolgende Schiff zu bringen. Sie hofften darauf, daß ihnen der Nebel zu Hilfe käme und sie vor den Blicken ihrer Verfolger verstecke.
»Es ist besser, wenn ihr euch hinlegt«, warnte sie einer der Männer.

»Es könnte sein, daß sie anfangen zu schießen. Das machen sie manchmal.«

Unten im Motorboot war es naß und roch stark nach Seetang und Salz. Aber Reiss und Corry krochen so weit nach unten wie sie nur konnten und kümmerten sich auch nicht um das Brackwasser, mit dem sich ihre Kleider vollsogen. Reiss fühlte den festen Griff von Corrys Hand auf seinem Arm, aber weil sie so eng beieinander waren, konnte er ihr Gesicht nicht richtig sehen. Sein Herz schien den Rhythmus des Außenbordmotors zu übernehmen. Vor ihnen stand, weit nach vorne gebeugt, einer der beiden Schmuggler; alles, was sie von ihm sehen konnten, waren sein Rücken und sein Hinterteil – ein enges T-Shirt und eine fleckige Jeans. Sein Gefährte befand sich im hinteren Teil des Boots, mit der Hand an der Ruderpinne.

Und dann begann es, das Stakkato von Maschinengewehrfeuer über nebelverhangenem Wasser, es klang wie krampfhaftes Stottern, erst weit entfernt, dann immer intensiver. Wasser wurde von achtern hochgerissen und spritzte über sie hinweg. Sie trafen immer besser. Die nächsten Salven pfiffen nur Zentimeter über ihren Köpfen hinweg. Reiss lag da, mit dem Mund praktisch in einer der Pfützen auf dem Boden des Motorboots. Mit seinem ausgestreckten Arm drückte er Corry noch weiter nach unten. Wie sie da lagen, ähnelten sie demütigen Gläubigen am Fuß eines Altars.

Jetzt kam das Schiff der Küstenwache immer näher, und die Zielgenauigkeit der Maschinengewehre nahm weiter zu. Die Schüsse schlugen nun schon in die Marihuana-Ballen ein, die Verpackung zerriß und das Zeug flog ins Wasser. Vom vorderen Ende des Motorboots hörte man ein Stöhnen, und als Reiss hochblickte, sah er, wie ein graues T-Shirt sich unter der rechten Schulter leuchtend rot verfärbte. Dann kippte der Mann, dem das T-Shirt gehörte, nach Backbord um. Durch seine plötzliche Bewegung neigte sich das Boot gefährlich weit nach links. Der Mann versuchte verzweifelt, das Gleichgewicht zu halten, um nicht ins Wasser zu fallen, aber da wurde er von der nächsten Salve weiter oben am Hals getroffen, und mit einem Aufschrei stürzte er ins Wasser.

Der zweite Mann, der jetzt allein das Motorboot steuern mußte, stellte den Motor ab. Reiss hatte das Gefühl, daß er sich ergeben wollte, und das hätte er vielleicht auch tatsächlich getan, wenn nicht der Nebel sich zwischen sie und ihre Verfolger geschoben hätte. Plötzlich konnten sie überhaupt nichts mehr sehen, so dicht war der Dunst um sie herum.

»Seid ganz still«, flüsterte der Schmuggler. »Man kann nicht wissen, wie nah sie sind.«

Sie konnten den Motor des Wachschiffs gerade noch hören, aber das Geräusch wurde immer undeutlicher, je länger sie so dahintrieben. Der Nebel hatte sie zwar für den Augenblick vor der Küstenwache gerettet, aber er hinderte sie auch daran zu sehen, wo sie waren und wohin sie sich bewegten. Sie konnten auch nicht riskieren, den Motor wieder anzuwerfen, weil sie damit rechnen mußten, dadurch den Verfolgern ihren Standort zu verraten.

So trieben sie weiter. Minuten vergingen. Mit dem Nebel wurde es kalt, was besonders schlimm war, weil ihre Kleider völlig durchnäßt waren. Obwohl keiner ein Wort sagte, war die Atmosphäre spannungsgeladen; wie lange noch konnte es so weitergehen? Soweit sie es beurteilen konnten, war es durchaus möglich, daß sie sich im Kreise drehten.

»Es müßte eigentlich bald aufklaren«, sagte ihr Führer und starrte ziellos in den Nebel.

Dann sah Reiss einen Schatten aus dem Wasser auftauchen. Bevor er feststellen konnte, um was es sich handelte, war das Boot schon dagegengestoßen, kenterte und schleuderte seine Passagiere in die Fluten.

Reiss kämpfte sich zurück an die Wasseroberfläche, seine Augen brannten, seine Lungen waren voll mit Wasser. Er merkte, daß das, woran er sich klammerte, der Bug des halbgesunkenen Schiffs war, mit dem ihr Motorboot zusammengestoßen war. Er versuchte sich zu orientieren.

Was aus ihrem Motorboot geworden war, konnte er nicht sehen. Auch Corry und der Schmuggler waren nirgends zu entdecken. Alles, was er sah, waren mit Wasser vollgesogene Marihuana-Ballen, die in der Strömung dahintrieben.

Reiss blieb nichts anderes übrig, als mit der Flut zu schwimmen. Vielleicht trieb sie ihn nicht an Land, aber es war leichter, als gegen sie anzukämpfen.

Doch er war näher am Festland, als er gedacht hatte. Bevor er es richtig kapierte, war er auch schon dort. Die Flut nahm ihn mit und spülte ihn, als wäre er ein Bündel Seetang, auf eine Sanddüne.
Er rappelte sich auf und suchte mit den Augen die Fluten ab, denen er eben entronnen war. Er hoffte, Corry irgendwo zu entdecken. Aber statt dessen sah er nur grünes Zeug, mehrere grüne Klumpen. Es waren keine Algen. Das Grün war ganz anders. Es war das Geld, das er bei sich getragen hatte. Weg war es.
Statt zusehen zu müssen, wie es langsam in der Tiefe versank, begann er lieber, am Strand auf und ab zu laufen. Vielleicht war Corry ja an einer anderen Stelle an Land gegangen. Er wußte, daß sie eine ausgezeichnete Schwimmerin war, es gab also eigentlich keinen Grund, weshalb sie es nicht geschafft haben sollte.
Und dann entdeckte er sie plötzlich. Sie entstieg den Fluten, eine Erscheinung, so unglaublich wie die Venus, das vom Seewasser durchnäßte T-Shirt und die Jeans klebten eng an ihrem Körper.
Sie lächelte ihn benommen an.
»Willkommen zu Hause«, sagte er.

40

Auch der Schmuggler kam schließlich an Land. Er spuckte Wasser und verfluchte immer wieder sein furchtbares Pech. Er hatte sowohl seinen Partner als auch sein Marihuana verloren. Aber seine Passagiere waren wohlbehalten, und das deutete er als gutes Zeichen. Wie der Besatzung der *Ambergris* war auch ihm gesagt worden, daß Reiss eine wichtige Persönlichkeit des Syndikats sei, deren Gesundheit und deren Wohlergehen an höchster Stelle zu stehen habe.
Er ging sogar so weit, daß er Reiss bat, doch bei den Leuten, die das Geld für die Drogen aufgebracht hatten, für ihn zu vermitteln. »Erklären Sie ihnen, was passiert ist. Es war wirklich nicht meine Schuld, sagen Sie ihnen das.«
Reiss versprach ihm, daß er sich für ihn einsetzen würde. Der Schmuggler, der übrigens Jones hieß (»Bloß Jones«, wie er sagte), war dafür so dankbar, daß er Corry und ihm anbot, sie könnten bei

ihm wohnen, und wenn sie sonstige Hilfe brauchten, würde er alles in seiner Macht Stehende für sie tun. Wie sich herausstellte, wohnte er ganz in der Nähe.

»Für den Anfang wären ein paar trockene Kleider nicht schlecht«, schlug Reiss vor. »Und danach können wir uns dann um alles übrige kümmern.«

Bloß-Jones, wie Reiss ihn nannte, war äußerst entgegenkommend. Das sei alles gar kein Problem, sagte er, nur sei es schwierig, passende Kleidung für Corry aufzutreiben. Aber Männerkleider taten Corrys Aussehen keinen Abbruch. Ganz im Gegenteil: die engen Hemden und Sporthosen, die Bloß-Jones ihr besorgte, machten sie nur um so begehrenswerter.

Das Haus von Bloß-Jones, ein bescheidenes zweistöckiges Bauwerk mit Blick auf die Bucht, auf der Schiffe kreuzten und wieder verschwanden, war ganz gemütlich, aber Reiss hatte nicht vor, hier länger als unbedingt nötig zu bleiben.

Sobald Bloß-Jones herausfinden würde, daß Reiss nicht nur keinerlei Einfluß auf die Mafia hatte, sondern noch nicht einmal anerkanntes Mitglied dieser Organisation war, hätte es mit seiner Gastfreundschaft bestimmt ein jähes Ende.

So betonte Reiss immer wieder, wie wichtig es sei, daß sie sich beeilten. Er vertraute Bloß-Jones den Saphir an, der einst Corrys Hals geschmückt hatte, mit der Anweisung, aus ihm so viel Geld wie möglich zu machen. Dann sollte er zwei Flugtickets nach New York für den folgenden Morgen kaufen.

Corry hatte Bedenken, daß Reiss Bloß-Jones vielleicht zu blind vertraute, aber Reiss erklärte ihr, daß diese Besorgnis völlig grundlos war. »Vergiß nicht, daß er glaubt, ich werde ihm das Leben retten.«

Seine Einschätzung erwies sich als korrekt. Am späten Nachmittag kehrte Bloß-Jones mit Geld und Tickets zurück und war weiterhin dankbar wie ein eifriger Pfadfinder, der darauf brennt, wenn nötig noch weitere Aufträge ausführen zu dürfen.

Reiss weckte Corry mitten in der Nacht, und zusammen schlichen sie aus dem Haus, in dem Bloß-Jones friedlich schlummerte. Sie liehen sich den Kastenwagen ihres Gastgebers für die Fahrt zum Flughafen. Reiss wartete auf die bekannten Gewissensbisse;

schließlich hatte er Bloß-Jones betrogen, seine Gastfreundschaft ausgenutzt, sein Auto und seine Kleider gestohlen und überließ ihn jetzt der äußerst fragwürdigen Gnade einer echten Gangsterbande. Aber er spürte nichts dergleichen. Keine Gewissensbisse, keine Schuldgefühle. Er hatte sich wohl mehr verändert, als er gedacht hatte.

Als sie auf dem John-F.-Kennedy-Flughafen landeten, stöhnte New York unter einer Hitzewelle. Reiss empfand das hier viel schlimmer als im Amazonasgebiet. Müll stapelte sich auf den Straßen von Manhattan, und der Gestank, der von ihm ausging, machte die Stadt vollends unerträglich. Man konnte nur auf eine starke Brise und einen reinigenden Sommerschauer hoffen.
Angesichts ihrer angespannten Finanzlage entschieden sie sich, wenn auch widerwillig, für ein Hotel auf der Achten Avenue Ecke Vierundvierzigste Straße. Es war eine absolut heruntergekommene Gegend, aber das Hotel war wenigstens einigermaßen erschwinglich.
Bei Nacht drangen Geräusche zu ihnen, die sich anhörten, als sei jemand gerade dabei, seine Geliebte oder seinen Nachbarn oder auch einen Fremden, den er eben gerade erst in der Hotelbar kennengelernt hatte, umzubringen. Aus den benachbarten Zimmern drang ein widerlicher Geruch von gebratenem Fleisch, begleitet von wild streitenden Stimmen. Wenn sie die Fenster öffneten, um ein bißchen mehr Luft zu kriegen, mußten sie sich zusätzlich noch das Geschrei und die heulenden Sirenen von draußen anhören.
Reiss war der Ansicht, daß sie in dieser chaotischen Umgebung vielleicht der Aufmerksamkeit entgehen konnten, die sie möglicherweise in einer stilleren, gesetzteren Gegend auf sich gezogen hätten. Corry fand, das sei eine reine Schutzbehauptung.
Die Hitze und das Geschrei und das Sirenengeheul, das die ganze Nacht über nicht aufhörte, machten Corry nervös. Reiss ging es nicht anders. Sie wartete ungeduldig darauf, daß er etwas unternahm, daß er endlich einen Plan ausarbeitete, wie sie ins Informationszentrum des Centers eindringen könnten. Das einzige Problem war nur, daß er überhaupt keinen Plan hatte.
Zuallererst aber brauchten sie Geld. Oder eigentlich brauchten sie vor dem Geld noch eine Inspiration.

Die Inspiration stellte sich auch tatsächlich ein, und zwar kam sie aus seiner Brieftasche, die er sich auf dem Flughafen von Miami gekauft hatte. Sie erschien in Gestalt einer zusammengeknüllten Papierserviette, die bei ihrem Schiffbruch jetzt auch noch naß geworden war. Er hatte sie wieder völlig vergessen gehabt. Vorsichtig nahm er sie heraus und inspizierte sie. Trotz allem, was sie mitgemacht hatte, waren die Umrisse von Betsys Hausschlüsseln, die er in Paris aufgezeichnet hatte, noch gut zu erkennen.
Er zählte das Geld, das ihm noch zur Verfügung stand und fand, daß es noch ausreichte, um sich bei einem Schlosser nach diesen Umrissen einen Schlüssel herstellen zu lassen. Er hatte sogar noch genug Geld übrig für eine Rückfahrkarte nach Sea Cliff.
Wenn er schon nach Hause ging, konnte er es schließlich auch richtig machen und durch die Vordertür marschieren, dachte er. So würde er auch nicht die Alarmanlage auslösen, die er, wie immer auf Sicherheit bedacht, vor einigen Jahren unter ziemlichem Geldaufwand hatte installieren lassen.
Er verriet Corry nicht, wohin er ging. Sie hätte den falschen Schluß ziehen können, daß er eigentlich nur deshalb nach New York hatte zurückgehen wollen, um wieder mit Betsy zusammenzusein. Ein solcher Verdacht wäre für ihre Beziehung nicht besonders gut gewesen. Er sagte ihr lediglich, er gehe weg, um Geld aufzutreiben. Sie schaute ihn mit dem Gesichtsausdruck an, den sie für gewöhnlich aufsetzte, wenn sie entweder fand, daß er sie bevormundete, oder wenn sie dachte, er sei übergeschnappt.
Aber die Klimaanlage funktionierte heute abend ungewöhnlich gut, und Corrys Laune war demzufolge relativ milde. »Ich möchte nur nicht morgen aufwachen und in der Zeitung lesen müssen, daß du den Geldautomaten der Citybank ausgeraubt hast«, sagte sie.
»Es handelt sich um nichts dergleichen«, versicherte er ihr.
»Michael?«
»Ja?«
»Du paßt gut auf dich auf, für mich, ja? Es gibt nämlich noch etwas, das ich nicht will, und das ist, morgen früh aufzuwachen und feststellen zu müssen, daß du nicht da bist.«

Es war schon über eineinhalb Jahre her, seit er das letzte Mal mit dem Zug zu dem Ort gefahren war, den er sein Zuhause genannt hatte. Von all den vielen Reisen, die er in der Zwischenzeit unternommen hatte, mutete ihn keine fremder an – und keine machte ihm mehr Angst. Es ist deine Familie, deine Frau und deine Kinder, zu denen du fährst, mußte er sich immer wieder sagen. Hin und wieder, während draußen die einst so vertraute Gegend um Queens an seinem Fenster vorbeirauschte, als wäre sie ein Kinofilm, den er zu oft gesehen hatte, dachte er an den Mann, den er in Paris zusammen mit Betsy gesehen hatte. Was wohl aus ihm geworden war?
Um halb zwölf stand Reiss auf dem Bahnsteig von Sea Cliff. Er hätte irgendeiner der Pendler sein können, der im Büro Überstunden gemacht oder ein paar nette Abendstunden mit seiner Geliebten in der City verbracht hatte. Er fühlte sich fast genauso, wie er sich vor eineinhalb Jahren an dieser Stelle gefühlt hätte. Und es hätte ihn auch überhaupt nicht gewundert, wenn er zum Parkplatz gekommen wäre und dort sein Auto auf ihn gewartet hätte.
Er nahm sich ein Taxi, aber nicht bis zu seinem Haus, sondern zu einer Stelle, die in der Nähe lag. Er wollte nicht gesehen werden, wie er vor seinem Haus aus dem Auto stieg. Mit jedem Schritt wurde er ängstlicher. Seine äußere Erscheinung war stark verändert, seine Familie und seine Nachbarn hielten ihn für tot, und trotzdem erwartete er jeden Moment, daß jemand auf ihn zukam und ihn mit seinem Namen ansprach.
Wie er gehofft hatte, brannte in dem Haus kein Licht mehr. Alle lagen bereits in ihren Betten und schliefen. Die neuen Schlüssel klirrten in seiner Hand. Sein Körper fühlte sich schwer, Schweiß brach ihm aus allen Poren. Die Hitze und die Nerven, die Nerven und die Hitze.
Obwohl es völlig ausgeschlossen war, daß jemand von ihnen seine Schritte hören konnte, trat er immer vorsichtiger auf. Jetzt stand er vor der Tür. Ein rotes Lämpchen von der Größe eines Daumennagels zeigte an, daß die Alarmanlage in Betrieb war. In seinem schwachen purpurfarbenen Licht konnte er die weißen Buchstaben auf dem schwarzen Emailleschild, die angaben, wer hier wohnte, entziffern. Der Name, der hier eingraviert war, lautete nicht Reiss. Hier stand Kraft.

Hier wohnt jetzt jemand anderes, war sein erster Gedanke. Betsy und die Kinder sind umgezogen. Als er dann aber den Schlüssel für die Alarmanlage ausprobierte, und er paßte, wurde ihm klar, daß das sicher nicht der Fall war, sondern daß Betsy wieder geheiratet hatte. Vielleicht den Mann, den er in Paris mit ihr gesehen hatte, den Mann auf dem Foto in ihrer Brieftasche. (Ob er wohl selbst auch noch darin war, in diesem Museum in Taschenformat?)
Er spürte, wie ihn prompt eine völlig irrationale Wut erfüllte. Sie hatte kein Recht, so etwas zu tun, dachte er, und dann sagte er sich sofort: Was zum Teufel denke ich denn da? Ich bin tot, sie ist Witwe, sie ist attraktiv und eine gute Partie.
Er drehte den Schlüssel im Schloß der Alarmanlage. Die rote Lampe erlosch, statt dessen leuchtete jetzt ihr Gegenstück in hellem Gelb. Dann schloß er die Eingangstür selbst auf, ließ sie aber nicht wieder ganz ins Schloß fallen, aus Angst, zuviel Lärm zu machen.
In der Dunkelheit konnte er kaum etwas erkennen, aber das brauchte er eigentlich auch gar nicht. Im Gegensatz zu einem normalen Einbrecher kannte er die Wohnung wie seine Westentasche. Schließlich war sie jahrelang sein Zuhause gewesen. Trotzdem hätte er gern Licht gemacht, weil er neugierig war, was in seiner Abwesenheit wohl verändert worden war, ob man irgend etwas grundlegend umgeräumt hatte.
Er konnte sich gerade noch zusammenreißen, nicht die Treppe hochzusteigen, um nach Mark und Susie zu schauen. Er hätte viel darum gegeben, sie zu sehen, auch im Schlaf, das hätte ihm für den Augenblick vollauf genügt. Aber er hätte damit nur die Gefahr heraufbeschworen, daß Betsy und ihr neuer Ehemann doch noch aufwachten. Außerdem war es durchaus möglich, daß er seine Kinder zu Tode erschreckt hätte, denn sie konnten ja nicht wissen, daß dieses Ebenbild des Signore Roccella eigentlich ihr wirklicher Vater war.
So hielt er sich an seinen ursprünglichen Plan, schob den Riegel der Kellertür beiseite und schlich auf Zehenspitzen die Treppe hinab.
Und in dem Augenblick machte der einzige Bewohner des Hauses, den Reiss völlig vergessen hatte, auf sich aufmerksam. Es gab ja noch die Hündin Tabitha. Sie hatte das Eindringen eines Fremdlings etwas verspätet bemerkt und fing jetzt an zu bellen. Reiss erstarrte

zur Salzsäule. Sollte er fliehen oder konnte er noch hoffen, daß keiner das Bellen hören würde?
Aber die Chance, das Bellen würde ungehört verhallen, war äußerst gering. Tabitha bellte sehr laut. Jetzt kam sie hinter ihm die Treppe herab. Er kannte Tabitha: Sie war ein ausgesprochen sanftes Tier, aber sie hatte einen ausgeprägten Beschützerinstinkt, vor allem, wenn es um Mark und Susie ging. Sie hatte schon des öfteren nach Leuten geschnappt, die ihr unfreundlich gesinnt erschienen, und sie sogar gebissen, wenn man sie nicht mit aller Gewalt zurückgehalten hatte.
Jetzt entdeckte sie den Eindringling, begann laut zu knurren und schlich auf ihn zu.
Reiss hörte Betsys Stimme, sie rief: »Was ist los?«, als erwarte sie von dem Hund eine Antwort. Dann ertönte die Stimme eines Mannes – vermutlich die von Kraft –, aber viel weniger deutlich.
Er wich vor Tabitha zurück, indem er weiter die Treppe hinunterging, aber der Hund folgte ihm. Aber dann, genau in dem Moment, als Tabitha dazu ansetzte, ihn anzuspringen, wurde aus ihrem Knurren plötzlich eine Art Wimmern. Irgend etwas schien sie auf einmal völlig durcheinanderzubringen, was ja schließlich auch kein Wunder war, und dann bewegte sie ihre Nase ganz langsam auf sein Bein zu. Jetzt verstand Reiss: Sein Gesicht hatte sie natürlich nicht wiedererkannt, aber jetzt konnte sie ihn riechen. Obwohl sie diesen Geruch so lange nicht mehr in der Nase gehabt hatte, wußte sie doch immer noch, wem er gehörte. Sie stieß Reiss sanft mit der Schnauze an und ließ ihre Zunge dabei heraushängen. Sie wollte ihn unbedingt mit einem schlabbrigen Willkommenskuß beglücken, und Reiss beugte ihr sein Gesicht so weit entgegen, daß sie ihn ihm geben konnte. »Guter Hund«, sagte er und strich ihr mit der Hand über den Rücken.
»Tabitha, Tabitha... was ist denn los?«
Das war Kraft.
»Geh schnell und begrüß ihn«, beschwor Reiss den Hund.
Widerwillig ließ sie von ihm ab, um ihrem neuen Herrn zu antworten.
Sie war schon unterwegs, als Kraft in der Tür auftauchte. Aber es war dunkel, und seine Aufmerksamkeit war ausschließlich auf den

Hund gerichtet, was Reiss die Gelegenheit gab, schnell in den Keller zu verschwinden. Er schickte ein Stoßgebet zum Himmel, daß Kraft nicht auf den Gedanken verfallen würde, eine Suchaktion zu starten. »Was ist denn bloß los mit dir?« sagte Kraft zu dem Hund. »Fühlst du dich nicht wohl oder was?«
Netterweise war Tabitha jetzt wieder still und bestärkte Kraft damit in dem Glauben, daß eigentlich nichts los sei.
»Was ist denn, Tab?« Das war wieder Betsys Stimme.
»Nichts, Liebling. Dein Hund ist nur ein bißchen durcheinander, sonst nichts.«
Er schlug die Kellertür zu. Dann hörte Reiss, wie der Riegel einrastete.
Reiss' Herz hämmerte noch ordentlich, als er sich auf Hände und Knie niederließ, um die Bodenfliese zu finden, unter der er einst den Schlüssel zu seinem Tresor vergraben hatte. Er brauchte eine ganze Weile, bis er sie gefunden hatte, denn die Stelle, die er im Gedächtnis gehabt hatte, stimmte mit der Wirklichkeit nicht überein. Aber nachdem er etliche Minuten mit seinem Taschenmesser in der Gegend herumgestochert hatte, stieß er doch auf den richtigen Stein. Der Schlüssel war von einer dicken Staubschicht bedeckt, aber ansonsten unversehrt. Wenn Betsy am nächsten Morgen in den Keller kommen würde, würde sie sich wahrscheinlich wundern, daß der Fußboden so zerkratzt aussah. Aber Reiss stellte sich vor, daß sie niemals auch nur annähernd des Rätsels Lösung finden würde.
Auf alle Fälle mußte er jetzt sehen, wie er hier wieder herauskam. Die Hintertür war offenbar so verriegelt worden, daß man durch sie weder herein noch hinaus konnte. Bestimmt hatte der Einbruch damals Betsy zu dieser Maßnahme bewogen. Es blieben ihm also nur die Fenster als Fluchtmöglichkeit. Um an eines heranzukommen, mußte er erst einmal auf eines der hier untergebrachten Bücherregale klettern. Die Kellerfenster waren seit geraumer Zeit nicht mehr geöffnet worden, und so gab der Riegel nur äußerst widerwillig nach. Das Fenster war nicht sehr groß, und Reiss mußte sich ziemlich anstrengen, um sich durchzuquetschen. Aber er schaffte es. Und das war wieder ein Manöver, zu dem der alte, der seßhafte Reiss, niemals in der Lage gewesen wäre.

Corrys Vertrauen in ihn schien sich nach diesem erfolgreichen Unternehmen wieder zu festigen. Reiss riet zwar zur Sparsamkeit und erinnerte sie immer wieder daran, daß sie, wenn das Geld, das er jetzt aufgetan hatte, verbraucht war, keine weiteren Geldquellen mehr hatten, die sie anzapfen konnten, aber Corry bestand eisern darauf, in ein anderes Hotel umzuziehen. »Man setzt Geld in Umlauf, dann kommt es auch irgendwann wieder zu einem zurück«, sagte sie.

Er schaute sie ausdruckslos an. »Was ist das, Karma?«

»Nein, das nennt man Glück.«

Er war sich da gar nicht so sicher wie sie, aber sie zogen dennoch um. Selbst Reiss mußte zugeben, daß er nach der ganzen Zeit ein bißchen Luxus würde vertragen können.

Sie fanden eine kleine Hotelpension im oberen Teil der Madison Avenue. In dieser Gegend wimmelte es von Kunstgalerien, farbenprächtigen Boutiquen und Obst- und Gemüseständen. Die Hotelzimmer waren zwar nicht sehr groß, aber gemütlich und bequem; niemand schrie in der Nacht, es gab eigentlich überhaupt kaum Lärm. Die Klimaanlage war zwar relativ laut, aber sehr zuverlässig. Reiss war überzeugt, daß sie in dieser stilleren Gegend mindestens genauso sicher waren, wie sie es in der Gegend am Times Square gewesen waren.

Dank der Tatsache, daß er seine Geldreserven so erfolgreich wiedergewonnen hatte, fühlte er sich soweit ermutigt, daß er seine Aufmerksamkeit jetzt wieder dem Center für Rehabilitations-Chirurgie zuwenden konnte. Dessen riesiger Gebäudekomplex lag nur ein paar Häuserblocks weiter Richtung Innenstadt, aber er hatte ihn bisher sorgfältig gemieden. Vielleicht war er naiv, aber er glaubte noch immer an die Möglichkeit, mit dem Center in Verhandlungen treten zu können.

Natürlich stand er jetzt nicht mehr unter Traxtons Schutz, und er zweifelte auch keinen Moment daran, daß das Center geplant hatte, daß er und Corry sterben sollten, vielleicht jetzt, vielleicht auch erst später, nachdem sie noch einmal durch die Mangel gedreht und mit einer neuen Identität versehen worden waren. Aber nach allem, was er hatte in Erfahrung bringen können, setzte sich das Center zusammen aus einem riesigen bürokratischen Apparat, der wiederum der »Dornenkrone« unterstand. Und wie in jeder unüberschaubar komplizierten Bürokratie wußte die rechte Hand oft nicht, was die linke tat. Er war überzeugt, daß es auch in der Organisation des Centers gemäßigte und eher militante Kräfte geben mußte, daß es also auch Leute gab, die mit den Morden nichts zu tun haben wollten, ja, die vielleicht überhaupt nichts von solchen Praktiken wußten.

Diese logischen Überlegungen – soweit man sie als logisch bezeichnen konnte – brachten ihn auf den Gedanken, mit Hardin Mull in Kontakt zu treten. Seiner Erinnerung nach gehörte Mull zu den gemäßigteren Mitgliedern des Centers, außerdem war er Angehöriger des Komitees, also ein Mann mit Einfluß.

Sein Vorhaben war durchaus riskant, das war ihm bewußt. Er wollte dem Center natürlich keinen Hinweis geben, der dabei helfen würde, seinen Aufenthaltsort zu entdecken. Er wählte eine Telefonzelle in einer ruhigen Straße, weil er befürchtete, daß selbst der Verkehrslärm oder das Heulen einer Polizeisirene einen aufmerksamen Zuhörer zu der Vermutung verleiten könnte, daß er sich in New York aufhielt.

Er erzählte Corry nichts von seinem Plan. Er wußte, daß sie alles versuchen würde, um ihn von seinem Vorhaben abzubringen. Zwar kannte er die einzelnen Argumente nicht, die sie anführen würde, aber er hätte schwören können, daß sie eine ganze Menge parat hatte.

Das Telefon wurde fast prompt abgehoben. Die Frau in der Telefonzentrale fragte Reiss, welchen Anschluß er wünsche. »Das Büro von Dr. Hardin Mull, bitte.«

Die Frau am anderen Ende der Leitung zögerte kurz, dann sagte sie: »Bitte bleiben Sie einen Moment am Apparat.«

Ihre Stimme wurde abgelöst durch Musik von einem Tonband: Einhundertundein Streicher brausten durch die Leitung. Was um Himmels willen war denn so schlimm an ein bißchen Stille?

Eine Stimme machte der Musik barmherzigerweise bald ein Ende. »Hier ist das Büro von Dr. Reardon.«

»Entschuldigung, ich wollte Dr. Mull sprechen.«

Die Sekretärin antwortete nicht sofort. »Ich bedaure Sir, Dr. Mull ist nicht mehr bei uns.« Es folgte eine lange Pause. »Es tut mir leid,

Ihnen mitteilen zu müssen, daß Dr. Mull letzten Monat gestorben ist.«

»Er ist gestorben? War er denn krank?«

»Ich glaube, er hatte einen Bootsunfall, aber ich weiß nichts Genaueres. Dr. Reardon hat Dr. Mulls Aufgabenbereich übernommen. Wenn es also irgend etwas gibt, womit wir Ihnen behilflich sein können, notiere ich gern Ihren Namen und Telefonnummer, dann wird Dr. Reardon Sie umgehend zurückrufen.«

»Nein danke, das wird nicht notwendig sein.«

Er legte auf. Mull war tot, umgekommen bei einem Bootsunfall. Vor zwei Jahren noch hätte er sofort akzeptiert, daß das die Wahrheit war. Aber jetzt? Er konnte sich des Gedankens nicht erwehren, daß Mull entweder von seinen Kollegen liquidiert worden war, oder aber, daß auch er verschwunden und in jemand anderen umgewandelt worden war. Er wußte nicht, welche der beiden Möglichkeiten er schlimmer finden sollte, aber in einem Punkt war er sich ganz sicher: Jetzt gab es beim Center keinen Menschen mehr, mit dem er es auch nur in Erwägung ziehen würde, seine Sache zu besprechen.

Mein Geist wohnt in der Dreiunddreißigsten Straße – Nummer dreihundertneunundvierzig, Dreiunddreißigste Straße Ost.

Traxtons Worte kamen ihm immer wieder in den Sinn, sie suchten ihn heim, genauso, wie sich das für einen echten Geist gehörte. Er glaubte nicht recht daran, daß dieser Geist ihm irgendwie weiterhelfen würde – denn wie sollte er denn einen Geist erkennen, der sich in einem ganz bestimmten Gebäude in der Dreiunddreißigsten Straße aufhielt? –, aber es fiel ihm sonst einfach nichts mehr ein.

Es stellte sich heraus, daß es sich bei dem betreffenden Gebäude um ein weißes Backsteingebilde handelte, acht Stockwerke hoch und ansonsten ohne jegliche hervorstechenden Merkmale, weder architektonisch noch sonstwie. Es sah aus wie Tausende anderer kleiner Bürogebäude überall in der Stadt. Er betrat das Foyer. Ein ziemlich gelangweilt dreinblickender alter Mann mit einem dicken grauen Haarschopf saß auf einem Stuhl neben dem Aufzug. Er sah nicht gerade danach aus, als sei er fähig, sich bei einem eventuellen Überfall zu verteidigen, ganz zu schweigen davon, als könne er für die Sicherheit eines ganzen Gebäudes sorgen. Reiss fragte sich, ob er

überhaupt wußte, wie man mit der Pistole, die an seiner Seite hing, umging.
Der Alte würdigte Reiss kaum eines Blickes, als dieser die Liste der hier ansässigen Unternehmen, die links neben dem Eingang angebracht war, studierte.
Es war ein kunterbunter Haufen, der hier aufgelistet stand: Ein arabisch-amerikanisches Freundschaftsbüro; ein kubanisches Informationszentrum; mehrere zwielichtige Import-Export-Unternehmen, mit Namen wie »J. Cass International, Inc.«; ein angebliches Reisebüro namens »Weltweit-Reisen«; eine Firma, die keinerlei Hinweise auf ihre Aktivitäten gab: »Ritter & Co.«, und ein Verlagsbüro, das unter anderem ein Männermagazin herausgab, das sich *Mädchen von nebenan* nannte. Alles in allem schien es sich hier um eines dieser innenstädtischen Bürogebäude zu handeln, die irgendwelche Verrückte oder Terroristengruppen, von denen kein Mensch je zuvor etwas gehört hat, hin und wieder in die Luft zu jagen drohen.
Aber wo war Traxtons Geist nun zu finden?
Er ging die Liste noch einmal durch, und plötzlich stolperte sein Blick über etwas, was er beim ersten Mal ganz übersehen hatte.
CRC Datenverarbeitungs-Systeme.
CRC: Center für Rehabilitations-Chirurgie.
Das also, dachte Reiss triumphierend, das also mußte der Aufenthaltsort von Traxtons Geist sein.
Gerade als er das Gebäude wieder verlassen wollte, bemerkte er die beiden Videokameras über sich: eine direkt vor ihm oberhalb der Tür, die andere weiter hinten neben dem Aufzug. Der senile Sicherheitsbeamte war offensichtlich nicht die einzige Schutzmaßnahme, auf die sich die Benutzer des Gebäudes verlassen wollten.
Reiss trat hastig hinaus auf die Dreiunddreißigste Straße, er zitterte am ganzen Leib. Wenn jemand die Kameraaufzeichnungen kontinuierlich überwachte und alle Besucher und Angestellten, die ins Haus kamen oder es verließen, registrierte, dann war es durchaus möglich, daß er beobachtet worden war, und daß ihn vielleicht sogar jemand erkannt hatte.
Du bist einer von uns, und wir haben ein wachsames Auge auf das, was uns gehört.

41

»Scheiße.«
Er hatte sich dazu durchgerungen, Corry von seiner Unternehmung zu erzählen, und jetzt bekam er ihre Reaktion zu spüren.
»Vielleicht ist ja überhaupt nichts passiert«, sagte er. »Stell dir nur mal vor, wie viele Leute pro Tag in dem Gebäude ein und aus gehen oder einfach nur vor dieser Liste stehenbleiben. Mindestens zwölf Büros gibt es dort immerhin.« Zum Teil sagte er das alles auch, um seine eigene Angst zu beschwichtigen. »Es ist ziemlich unwahrscheinlich, daß man mich erkannt hat.«
»Du selbst hast die Wahrscheinlichkeit aber ganz schön erhöht.«
»Ja, das stimmt.« Er fühlte sich im Moment vollkommen entmutigt.
»Und du gibst auch zu, daß du im Grunde überhaupt keine Ahnung hast, was Traxton gemeint haben könnte, als er dir erzählt hat, daß sein Geist in der Dreiunddreißigsten Straße wohnt.« Corry klang äußerst skeptisch, und Reiss konnte es ihr auch nicht verübeln.
»Es muß irgend etwas zu tun haben mit diesen CRC-Datenverarbeitungs-Systemen.«
»Computer. Kennst du dich etwa aus mit Computern?«
»Nicht so, daß es uns bei unserem Problem weiterhelfen würde.« Corry machte ihn darauf aufmerksam, daß sie eigentlich nicht einmal so richtig wußten, was ihr Problem sei.
»Na ja, so weit würde ich aber nicht gehen. Laß uns mal einen Moment lang einfach annehmen, daß die Daten, die die Computer bei CRC gespeichert haben, auch die Information beinhalten, die uns betrifft. Laß uns weiter annehmen, daß auch unser schwer faßbarer Geist etwas damit zu tun hat, wie man Zugang zu diesem Datenmaterial bekommt.« Eigentlich wollte er weiterreden, aber seine Gedanken wollten einfach nicht über diesen Punkt hinausgehen; alles Weitere war unerforschtes Terrain, es war genauso weiß wie die Gebiete, wo die Kartographen im zwölften Jahrhundert Drachen anzusiedeln pflegten, weil sie an die Grenzen der bekannten Welt gestoßen waren.
Obwohl er nicht daran glaubte, daß es ihm weiterhelfen würde, kaufte er sich mehrere Computerlehrbücher für Laien. Irgendwie

hoffte er doch, daß eines von ihnen vielleicht eine nützliche Idee in seinem Kopf in Gang bringen würde. Er erfuhr etwas über FORTRAN und über COBOL. Er lernte etwas über Textverarbeitung und darüber, wie man eigene Programme erstellen kann. Er las über Module und Binärworte, über Joysticks, Farbgraphiken, Kommandodateien, Ding-Dongs, Skalenarten, Atari, Commodore und IBM 360, über Verschiebungen und Silicon Gulch. Aber nichts davon brachte ihn der Lösung seines Problems auch nur ein Stückchen näher. Er fand nichts, was die Funktion der Papierserviette in seiner Brieftasche erfüllt hätte.

Nach einer Woche Privatstudium mußte er frustiert aufgeben. Jetzt fragte er sich, weshalb er überhaupt damit angefangen hatte.

»Je länger wir an einem Ort bleiben, desto gefährlicher wird es für uns«, sagte Corry.

Sie hatte durchaus nicht die Absicht, ihn zu maßregeln, sie stellte einfach nur eine Tatsache fest. »Entweder müssen wir bald etwas unternehmen, oder wir streichen die Segel und schleichen uns davon in die Nacht.«

Reiss war davon ausgegangen, daß sie sich freuen würde, wieder in New York zu sein, aber genau das Gegenteil schien der Fall zu sein: offenbar brannte sie darauf, die Stadt so schnell wie möglich wieder zu verlassen. Die Hitze war nach wie vor absolut mörderisch, die Stadt gehörte denen, die es sich nicht leisten konnten, anderswohin zu gehen. Außerdem war das New York, das Maia Stevens gekannt hatte, ganz anders als das, in dem jetzt Corry Folger lebte. Für Corry Folger gab es keine Freunde, keine Parties, keine Einladungen für ein Wochenende auf dem Land. Es war kein Wunder, daß New York sie nicht interessierte, es gab für sie hier ja nur die immer über ihnen schwebende Drohung, daß jemand – irgend jemand – sie ohne Vorwarnung aus irgendeinem Hinterhalt umbringen würde. Diese Dauerbedrohung war auch der Grund dafür, daß sie sich die meiste Zeit über in ihr Hotelzimmer zurückzogen. In Corrys Augen war es Reiss, der hinausging und die Gefahr anzog, als wäre er eine Art menschlicher Blitzableiter, während sie zu Hause hockte und darauf wartete, daß die Gefahr zu ihr kam.

Reiss überlegte kurz, ob er einen Computerladen aufsuchen sollte, um dort einen in der Materie bewanderten Verkäufer in ein Gespräch zu verwickeln, in dessen Verlauf es dann vielleicht möglich sein würde, sein besonderes Problem zur Sprache zu bringen. Aber er verwarf diese Idee ziemlich schnell wieder. Es war schwierig genug, jemandem sein Problem verständlich zu machen, aber jemanden dazu zu überreden, daß er ihm helfen sollte, war wahrscheinlich gänzlich unmöglich. Nach menschlichem Ermessen konnte also bei einer solchen Aktion nichts Gutes herauskommen.

Es kam immer häufiger vor, daß keiner von ihnen ein Wort sagte, wenn sie zusammen waren. Ganze Nächte vergingen, und sie schwiegen beide, aus Angst, zuviel aufgestauten Ärger und unterdrückte Frustration freizusetzen. Reiss fühlte sich verantwortlich dafür, daß Corry nach New York gekommen war, daß er sie dazu verleitet hatte, auch wenn es nur mit den besten Absichten geschehen war.

Dieses Schweigen hatte den Effekt, daß sie sich nicht mehr wohl fühlten, daß sich alle Worte, die sie voreinander zurückhielten, in ihnen aufstauten. Es war noch früh am Abend, am Ende eines weiteren Tages voll unbarmherzigem Sonnenschein und erdrückender Hitze. Reiss schlug vor, spazierenzugehen, weil er hoffte, es würde ihnen beiden guttun, wenn sie ein bißchen aus dem Hotel herauskämen. Corry jedoch wollte am liebsten nur in der Badewanne liegen.

Fünfzehn Minuten waren vergangen, als er hörte, daß sie ihm aus dem Badezimmer etwas zurief.

»Was hast du gesagt? Ich verstehe dich nicht!«

Er ging zur Badezimmertür, öffnete sie ein Stück, spähte hinein und sah sie unter einem Berg von Seifenschaum daliegen.

»Cantwell. Das habe ich gesagt.«

»Cantwell? Meinst du Nick Cantwell?« Er hatte schon so lange nichts mehr von ihm gehört, daß er ihn fast vergessen hatte. »Was ist mit ihm?«

»Er kannte sich aus mit Computern, oder? Ich meine, mich zu erinnern, daß das seine Spezialität war.«

»In meiner Erinnerung waren Frauen seine Spezialität.« Er bemerkte Corrys mißbilligenden Gesichtsausdruck. »Na ja, das tut ja wohl nichts zur Sache. Er kannte sich also mit Computern aus. Und wie könnte uns das helfen?«

»Er hat mir gesagt, er käme nach New York zurück. Er wußte zwar noch nicht, wie er das bewerkstelligen würde, oder falls er es doch gewußt hat, hat er es mir jedenfalls nicht erzählt. Aber du kennst Nick ja, wenn der sich etwas in den Kopf gesetzt hat, dann findet er auch Mittel und Wege, um es zu erreichen. Der Mann ist ein ganz ausgekochter Gauner.«

Genau wie Carlo D., dachte Reiss im stillen. »Glaubst du ernsthaft, er würde mit Vorsatz gegen das vom Center ausgesprochene Verbot verstoßen, nach Hause zurückzukehren?«

»Das haben wir doch auch getan, oder?«

»Aber das ist doch etwas anderes.«

»Da bin ich mir gar nicht so sicher. Jedenfalls hat er mir dauernd gesagt: ›Corry, wenn du je wieder nach New York kommst, dann schau bei mir vorbei, ich werde da sein.«

»Er war aber auch ein ziemlicher Aufschneider. Außerdem, selbst wenn es ihm gelungen sein sollte, nach New York zurückzukommen, wie würden wir ihn ausfindig machen? Er würde doch bestimmt seinen Namen ändern. Es handelt sich ja nicht um jemanden, den wir einfach im Telefonbuch finden können.«

»Aber seine Interessen haben sich höchstwahrscheinlich nicht geändert. Erinnerst du dich noch an das ganze Computerspielzeug, das er mit sich herumgeschleppt hat? Ich gehe jede Wette ein, daß er sich mit so etwas auch jetzt wieder die Zeit vertreibt, mit Computerspielen, Videokassetten und solchem Zeug. Laß uns in ein paar von diesen Geschäften mit Computerspielen nach ihm suchen. Was haben wir schon zu verlieren?«

»Ich weiß nicht, Corry, mir kommt das Ganze vor wie ein ziemlicher Schuß ins Blaue.«

»Und war es etwa kein Schuß ins Blaue, im Hotelzimmer rumzusitzen und Computerbücher zu studieren? Ich bin für jeden Vorschlag offen, falls dir etwas Besseres einfällt.«

Ihm fiel nichts Besseres ein. Er hatte weder Vorschläge noch überhaupt irgendwelche Ideen.

Das Branchenverzeichnis von Manhattan enthielt weit mehr als zwei Spalten, die Computern und Freizeitelektronik gewidmet waren. Vermutlich war diese Liste außerdem bereits veraltet, denn neue Computer-Läden schossen wie Pilze aus dem Boden. Die

Vorstellung, jedes einzelne dieser Geschäfte aufsuchen zu müssen, war bedrückend genug, aber wie sollten sie es anstellen, Cantwell in einem von ihnen zu finden, selbst unter der Voraussetzung, daß er tatsächlich in einem derartigen Betrieb arbeitete? Würde er eher in den Verkaufsräumen zu finden sein oder in irgendeinem versteckten Privatbüro zwischen Karteikarten und Bestellbüchern?
»Wir fragen einfach nach der Person, die das Unternehmen leitet«, sagte Corry. »Es ist doch wohl klar, daß er, wenn er überhaupt so etwas macht, der Boß des Ganzen ist.«
Das erste Mal, seitdem sie nach New York gekommen waren, schien Corry sich für etwas wirklich zu begeistern, und das trotz der immens niedrigen Erfolgswahrscheinlichkeit ihres Vorhabens. Jetzt konnte sie endlich selbst etwas tun und mußte nicht in ihrem Hotelzimmer apathisch herumliegen.
Gemeinsam stellten sie eine Liste auf von den Computer-Läden, die ihnen am aussichtsreichsten schienen, und teilten sie dann untereinander auf. Wenn alles gutging, würden sie in eineinhalb Tagen ihre Nachforschungen beendet haben.

In den Geschäften herrschte ein Riesenlärm aus Klick- und Pieptönen und plötzlichen lauten Brummgeräuschen; farbige Lichter machten ihn ganz schwindlig und brannten ihm in den Augen, wenn sie unablässig und überall um ihn herum flimmerten und flackerten.
Sein Vorgehen war immer das gleiche. Er schaute sich zunächst einmal in dem betreffenden Geschäft um und versuchte dabei vor allem, sich nicht von den elektronischen Spielereien, die alle seine Aufmerksamkeit auf sich ziehen wollten, ablenken zu lassen. Wenn er niemanden entdecken konnte, der mit dem Bild, das er von Cantwell in Erinnerung hatte, übereinstimmte, fragte er höflich, ob der Manager, oder wer sonst das Unternehmen leitete, für einen Moment zu sprechen sei.
Diese Frage rief immer etwas mißtrauische Blicke hervor. Handelte es sich um ein Problem bei der Bedienung des Geräts? Oder um einen Irrtum bei der Rechnung? Um eine Störung eines erst kürzlich erworbenen Apparats? So oder ähnlich lauteten die Fragen, die ihm prompt gestellt wurden.

Nein, war seine Antwort, es handle sich um nichts dergleichen. Er wolle einfach nur den Geschäftsführer sprechen, weiter nichts.
War es ihm so schließlich gelungen, das Verkaufspersonal davon zu überzeugen, daß er mit nichts anderem zufriedenzustellen war, und wurde dann der Mann oder die Frau der Geschäftsführung wie gewünscht herbeigeholt, warf er nur einen kurzen Blick auf sie oder ihn und ging, ohne ein weiteres Wort zu verlieren, wieder weg, womit er ohne Zweifel alle Beteiligten endgültig vor den Kopf stieß.
Er kam sich im Grund selbst mehr als dämlich vor, was nur noch schlimmer wurde, je länger sich der Tag hinzog, ohne daß er jemanden fand, der auch nur annähernd so aussah wie Nick Cantwell. Vielleicht hatte er inzwischen eine weitere Gesichtsoperation vornehmen lassen, vielleicht diesmal sogar von Chirurgen, die ehrbarer waren als die, die beim Center arbeiteten. Vielleicht war er auch im Urlaub. Reiss sagte sich immer wieder, daß der einzige Grund dafür, daß er die Sache überhaupt durchzog, der war, Corry einen Gefallen zu tun. Sie hatte sich schließlich auch auf seine Marotten eingelassen. Also war er ihr diese Gefälligkeit wirklich schuldig.

Corry befand sich auf dem westlichen Teil der Fünfzigsten Straße, als ihr Auge auf ein leuchtend blaues Schild fiel, mit dem der »Außergewöhnliche Computerladen« ziemlich aufdringlich auf sich aufmerksam machte. Er lag in einer kleinen Passage, die direkt von der Straße abzweigte. Obwohl er nicht auf ihrer Liste stand, beschloß sie, einen Blick hineinzuwerfen.
Im Schaufenster standen Schachspiele. Indy 500, Blackjack, Kasino-Poker und Memory-Spiele. Es gab Spiele wie »Merlin«, »Haltet den Dieb«, »Simple Simon«, »Wildfire«, »Flash«, »Brain Baffler«, »Das verrückte Labyrinth«, »Go Draw«, »Speedball«, »Angriff aus dem Weltall«, »Flag Man«, »Strobe«, »Galaxion« und »Boris Handroid«. Im Laden herrschte ein Höllenlärm, und wohin man auch blickte, strahlte ein schwaches blaues Licht, das von den allgegenwärtigen Videokonsolen ausging. Die Konzentration, mit der sich die Kunden den Spielen widmeten, war so intensiv, daß es schon fast an ein Wunder grenzte; Generale bei der Planung einer weltweiten Strategie im Pentagon hätten nicht konzentrierter sein können.

Aber Corry interessierte sich nur für die Angestellten. Sie fing an, ein Gesicht nach dem anderen zu mustern, wie sie es schon den ganzen Morgen über getan hatte. Aber sie konnte niemanden entdecken, der aussah wie Nick Cantwell, den sie damals in Amarucancha kennengelernt hatte.

Sie wollte schon wieder gehen, als sie bemerkte, daß jemand ihr folgte. Und dieser Jemand folgte ihr nicht nur, er verfolgte sie regelrecht. Der Verfolger war etwa ein Meter dreißig groß und gab ein lautes Brummen von sich, in der Art eines besonders lauten elektrischen Messers. Er sah aus wie ein großes Bierfaß, und sein Kopf ähnelte einem großen Kochtopf. Außerdem hatte der Roboter rundherum eine Art fahrbaren Bauchladen. Offenbar war er zu dem Zweck konstruiert worden, den Gastgeber einer Cocktailparty von der lästigen Aufgabe, Drinks und Eis an seine Gäste zu verteilen, zu entlasten. Auf dem Bauchladen standen in kleinen Vertiefungen zwei Weinflaschen (falls der Roboter einmal nicht aufpaßte) und ein dreiviertel volles Champagnerglas.

Corry drehte sich um und schaute zu, wie der Roboter auf sie zukam. Sie war amüsiert und auch ein bißchen erstaunt, weil sie niemanden sehen konnte, der ihn in Bewegung gesetzt hatte und jetzt kontrollierte.

Der Roboter machte direkt vor ihr halt, als reagiere er auf ein ganz bestimmtes Signal.

Auf seinem Bauchladen lag ein kleiner Zettel. »Salute!« stand darauf.

Das ist wohl irgendeine Art Werbekampagne, dachte Corry und schaute sich schnell um, weil sie sich ein bißchen genierte, daß sie auf eine solche Weise im Mittelpunkt stand. Aber außer ein paar kurzen neugierigen Blicken schien niemand großes Interesse aufzubringen für das, was hier passierte; die anderen Kunden waren viel zu sehr darin versunken, kleine Punkte abzuknallen, die auf dem Bildschirm in tausend Fetzen zerbarsten.

Ach, was soll's, dachte sie, nahm das Champagnerglas und leerte es in einem Zug. Jetzt bemerkte sie, daß unter dem Glas eine kleine Papierkugel gelegen hatte. Sie strich sie glatt und las eine weitere Botschaft.

Diesmal lautete sie: »Willkommen zu Hause, Maia. Folge dem kleinen Mann.«

Im selben Augenblick erwachte der Roboter zum Leben, drehte um und machte sich auf den Weg den Gang hinunter in den rückwärtigen Teil des Ladens. Corry zuckte die Achseln und folgte der Aufforderung auf dem Zettel.

Sie hatte ihn größer in Erinnerung gehabt; entweder war er in ihrem Gedächtnis gewachsen oder in der Realität kleiner geworden. Aber er sah aus, als gehe es ihm gut. Der Roboter stand jetzt bewegungslos neben ihm; die Fernbedienung, mit der er ihn gesteuert hatte, lag in seiner Hand.

»Du bist nicht zufällig hier hereingekommen, oder?«

Nein, gab sie zu. Sie stand vor ihm, ein bißchen unbeholfen, und mit einem plötzlichen Impuls beugte sie sich zu ihm herunter und gab ihm einen Kuß. »Es tut gut, dich wiederzusehen.«

Sie befanden sich in einem Raum, von dem sie vermutete, daß es sein Privatbüro war. Es war ganz in Weiß und Blau gehalten und mit Möbeln eingerichtet, die attraktiv aussahen, aber bestimmt schrecklich unbequem waren, falls man einmal gezwungen war, es lange auf ihnen auszuhalten.

Sein Schreibtisch war mit Papieren übersät, auf ihm standen außerdem zwei Tastentelefone und in einem Lederrahmen das Foto einer sehr schönen blonden Frau.

»Ist das deine Frau?«

»Das ist eine gute Freundin.« Sein Lächeln zeigte ihr, welche Art von guter Freundin er meinte.

»Du hast dich kein bißchen verändert, Nick, stimmt's?«

»Bitte, mein Name ist jetzt Joe Larabee.«

»Und das Center?«

Er machte eine wegwerfende Handbewegung. »Das Center hat mich nach Athen geschickt. Warst du jemals in Athen? Rom, Paris, okay, aber Athen? Das ist eine gottverdammt langweilige Stadt. Da ist mir New York viel lieber. Sogar im Sommer. Übrigens, wenn du eine halbe Stunde später gekommen wärst, hättest du mich verpaßt. Ich habe nämlich ein Haus draußen in Amagansett. Ich war gerade dabei, mich dorthin auf den Weg zu machen.«

»Und du hattest gar keine Schwierigkeiten, mit dem Center, meine ich?«

»Sie haben keine Ahnung, was aus mir geworden ist. Ich habe das ganz gut hingekriegt, das muß ich selber sagen. Wahrscheinlich sind sie immer noch fleißig dabei, Mykonos und Kreta nach mir zu durchkämmen.« Er warf ihr einen neugierigen Blick zu. »Und du? Wie hast du es geschafft, unsere gemeinsamen Freunde abzuschütteln? Du hast sie doch bestimmt abgeschüttelt, oder?«

»Das will ich hoffen. Ich habe sie wahrscheinlich auf die gleiche Art ausgetrickst wie du. Eine große Portion Glück, ein paar gute Tricks, ein bißchen Geschicklichkeit. Und natürlich Beziehungen.«

»Ah ja, Beziehungen, ohne die kommt man nicht zurecht. Aber sag mal, was ist eigentlich aus unserem Freund Reiss geworden? Ted Reiss, so hieß er doch, oder?« Corry war sich ganz sicher, daß diese Gedächtnisschwäche voll beabsichtigt war.

»Michael. Und er ist mit mir zusammen.« Sie fühlte sich plötzlich richtig fürsorglich, was ihre Beziehung zu Reiss anging.

Cantwell schien das zu überraschen. »Oh, das hätte ich aber ganz bestimmt nicht erwartet nach der langen Zeit.« Es interessierte ihn zwar, wie sich die Dinge für sie und Reiss entwickelt hatten, so erklärte er ihr, aber leider war seine Zeit äußerst knapp bemessen, und die Frau auf dem Foto war unterwegs hierher, um ihn abzuholen. »Ich nehme nicht an, daß du dir die Mühe gemacht hast, mich hier zu finden, nur um eine alte Bekanntschaft wieder aufzufrischen.«

Sein Ton war jetzt ziemlich schroff. Sie hatte ganz vergessen, wie kalt er sein konnte. Oder vielleicht hatte sie es überhaupt noch nie bemerkt.

»Nein, nein, nicht nur deshalb. Ich wollte dich um einen ganz persönlichen Gefallen bitten. Und du bist der einzige Mensch, an den ich mich unter den gegebenen Umständen wenden kann. Es ist auch nicht nur ein Gefallen für Michael und mich, auch du würdest davon profitieren.«

»Das will ich auch hoffen. Für gewöhnlich tue ich Leuten keinen Gefallen. Dann schieß mal los.« Er warf einen kurzen Blick auf seine Digitaluhr. Es ist wirklich typisch, daß er ausgerechnet eine Digitaluhr hat, dachte Corry. »Aber brauch nicht länger als fünfundzwanzig Wörter.«

»Fünfundzwanzig Wörter oder weniger«, stimmte sie zu, und dann erzählte sie ihm alles, was sie auf dem Herzen hatte.

Corry verließ den »Außergewöhnlichen Computerladen« genau in dem Moment, in dem Cantwells sehr gute Freundin das Geschäft betrat. Sie war, wie man schon auf dem Foto hatte sehen können, eine sehr schöne Frau, die selbst in einer knallroten Bluse, die nur halbwegs zugeknöpft war, und abgetragenen Jeans noch elegant aussah. Sie brachte es sogar fertig, selbst die Blicke der allereifrigsten Computerfreaks auf sich zu ziehen. Ihre Wirkung war ihr offensichtlich bekannt, aber sie gehörte zu den Frauen, die jeden ignorierten, der einem nicht mit absoluter Sicherheit von Nutzen war. Ihre Augen begegneten denen von Corry – aber nur für den Bruchteil einer Sekunde –, dann schaute sie wieder weg. Wo, fragte sich Corry, wo in aller Welt hatte Cantwell wohl eine solche Frau gefunden?

42

»Hat er gesagt, er würde es nicht tun?«

»Nein, er hat nur gesagt, daß er nicht in die Sache hineingezogen werden will, daß er es sich aber überlegen wird und uns am Montag definitiv Bescheid gibt. Er wird bestimmt zusagen.«

»Wieso bist du dir da so sicher?«

»Hör mal, für ihn ist das eine grandiose Herausforderung, eine Chance, zu zeigen, wie toll er ist. In dieser Beziehung ist er wie Carlo, er kann es nicht ertragen, daß irgend jemand ihn übertrumpfen könnte. Und außerdem darfst du auch nicht vergessen, daß er genau wie wir ein Interesse daran hat, herauszufinden, was diese Computer in der Dreiunddreißigsten Straße gespeichert haben.«

»Du hast aber Traxtons Geist ihm gegenüber nicht erwähnt, oder?«

»Du hast mir doch gesagt, daß ich das nicht soll, also habe ich es auch nicht getan.« Corry war ein bißchen beleidigt, weil er ihre Verläßlichkeit in Frage stellte.

»Es gibt nämlich keinen Grund, weshalb man in dieser Welt mehr preisgeben sollte, als man unbedingt muß.«

Diese Lektion hatte er selbst nur mit ziemlicher Mühe gelernt.

Am Montag morgen rief Cantwell an. Es war kurz nach acht Uhr.
»Reiss? Bist du's? Keine Sorge, ich habe eine Vorrichtung am Telefon, die die Leitung überprüft. Sie ist sauber.«
»An deinem Ende vielleicht.«
Es folgte eine lange Pause. »Na, wie geht's denn so? Lange nicht gesehen, was?«
»Das stimmt.«
»Hör mal, ich habe nachgedacht über das, was mir deine Freundin am Freitag erzählt hat. Ich denke, wir sollten es versuchen.«
»Wollen wir eine Zeit ausmachen, wann wir uns treffen, um die Sache näher zu besprechen?«
»Nein, unternehmt ihr vorerst mal gar nichts. Bleibt da, wo ihr seid, und ich horch mich ein bißchen um. Wenn was dabei rauskommt, melde ich mich bei euch, und wir machen was aus.«
»Melde dich auf jeden Fall, ja?«
»Auf jeden Fall, Baby. Ich wünsch dir was.«
Ohne Frage heiterte ihn dieses Unternehmen ungeheuer auf, das konnte Reiss an seiner Stimme hören. Er wußte nur nicht recht, ob dieser Enthusiasmus noch anhalten würde, wenn er erst einmal das Gebäude in der Dreiunddreißigsten Straße Ost angeschaut hatte.
Wie vorauszusehen war, zeigte Corry wesentlich mehr Vertrauen in die Sache. »Es kann sein, daß es völlig unmöglich aussieht, aber du wirst sehen, gerade dann kann er nicht widerstehen.«
»Eine solche Einstellung könnte tödlich für uns sein.«
»Ganz richtig, mein Schatz. Aber das trifft zu für alles, was wir tun. Oder nicht tun.«

Die erste Augustwoche brachte der Stadt ein bißchen Erleichterung, die Hitze ließ nach, häufig wehten angenehme Brisen von jenseits des East River, und von Zeit zu Zeit verschafften Regenfälle den Einwohnern weitere Kühlung und hinterließen in der Luft einen sanften süßen Duft.
Trotz des Wetterwechsels waren Corry und Reiss weiterhin in ziemlich gereizter Stimmung. Es stellte sich heraus, daß ihnen das Warten auf Cantwells Entscheidung viel schwerer fiel als sie erwartet hatten. Einmal schlug Corry vor, sie sollten doch in seinen Laden gehen und nachfragen, was eigentlich los sei, aber Reiss war dagegen

und sagte, sie sollten ihm lieber noch ein oder zwei Wochen Zeit lassen. Das nächste Mal verlief die Diskussion dann genau umgekehrt. Alles schien sich für sie jetzt an Nick Cantwell festzumachen. In Reiss' Augen wäre ihre letzte Chance vertan gewesen, wenn Cantwell abgesagt hätte. Was sollten sie denn dann machen, außer New York zu verlassen?

Aber am Donnerstag kurz vor der Mittagszeit kam endlich der lang ersehnte Telefonanruf. Cantwell sagte, er wolle sich mit ihnen in einem Restaurant namens »Buck's County« um sechs Uhr am selben Abend noch treffen.

»Wie hast du dich entschieden?« drängte ihn Corry.

»Das sag ich euch beim Abendessen.«

»Nick!«

»Ich heiße Joe, Schätzchen, vergiß das nicht!«

Corry knallte fluchend den Hörer auf die Gabel. »Das sieht ihm mal wieder ähnlich, daß er uns auf die Folter spannen will. Dieser alte Scheißkerl.«

»Buck's County« war eine Kneipe, wie man sie in dieser Gegend in Mengen finden konnte. Innen war es reichlich düster, und offenbar wurde sie hauptsächlich von Stammgästen aus der näheren Umgebung frequentiert. Der Barkeeper war ein Ire und Fachmann für hochprozentige Getränke.

»Er kommt zu spät«, bemerkte Reiss.

»Hast du etwas anderes von ihm erwartet? Mach dir keine Sorgen, er wird schon kommen.« Sie hob ihr Glas mit Wodka und Grapefruitsaft. »Ein paar mehr von der Sorte, und mir wird völlig egal sein, was passiert. Ich frage mich, ob er wohl seine Freundin mitbringt.«

»Du hast gesagt, sie wäre ziemlich hübsch.«

»Das ist stark untertrieben. Aber ich weiß nicht, ob sie dein Typ ist.«

In diesem Moment erschien Cantwell. Er war allein. Er schüttelte Reiss die Hand und küßte Corry mitten auf den Mund. Sein Auftreten war das eines Königs, der die Dankbarkeitsbezeigungen seiner loyalen Untertanen entgegennimmt. »Sollen wir nach hinten gehen und uns etwas zu essen bestellen?«

Kaum hatten sie sich an ihrem Tisch niedergelassen, kam er auch schon ohne alle Umschweife zur Sache, und zwar so schnell, daß Reiss genau spürte, wie sehr er darauf brannte, ihnen endlich seinen Plan zu präsentieren. Was für ihn zählte, waren eben die Gaunereien. Und diesmal hatte er sich das Center als Ziel seiner Machenschaften auserkoren.

»Ich habe mich ein bißchen umgesehen«, fing er an, »und herausgefunden, daß es prinzipiell nicht unmöglich ist, an das CRC-Datensystem heranzukommen. Es ist nicht gerade die einfachste Übung der Welt, aber es ist zu schaffen. Ich nehme an, daß die Informationen, mit denen wir es hier zu tun haben und an die ihr rankommen wollt, höchster Geheimhaltung unterliegen.«

»Das ist ziemlich wahrscheinlich«, sagte Reiss.

»Das würde bedeuten, daß wir herausfinden müssen, welche Codewörter man braucht, um in das System auf seiner höchsten Stufe eindringen zu können. Okay? Was ich nun vorschlagen würde, ist ein sogenanntes Kuckucksei. Ihr wißt doch bestimmt Bescheid über Kuckuckseier? Der Kuckuck legt sie immer anderen Vögeln ins Nest. Was ich also vorhabe – vorausgesetzt, es gelingt mir, mich an eines der Terminals da drinnen ranzumachen – ist, mein eigenes Programm zu erstellen, das so angelegt ist, daß es mehrere Codewörter, die in der Zentralen Datenbank gespeichert sind, abfangen kann. Die Zentrale Datenbank liegt übrigens draußen auf Long Island. Sie haben ein ganz ausgeklügeltes System, ein sehr hochentwickeltes Programm, das zum Beispiel auch im Verteidigungsministerium benutzt wird. Es trägt den Namen Allegra, nach der illegitimen Tochter von Lord Byron. Sie war auch diejenige, die Charles Babbage finanziert hat, der den ersten primitiven Computer konstruiert hätte, wenn die Elektrizität rechtzeitig entdeckt worden wäre.« Er schaute von Reiss zu Corry und wieder zurück zu Reiss und sagte dann: »Ach, diese ganze Scheiße interessiert euch doch bestimmt überhaupt nicht. Aber das Wichtige an der Sache ist, daß ich mein Programm in ihren Terminal eingebe. Dann gehe ich nach Hause – und das ist alles.«

»Das ist alles?« Corry staunte. Und Reiss natürlich auch.

»Na ja, das ist jedenfalls das, worauf es ankommt. Es gibt noch ein paar Details, die ich näher erläutern muß. Zum Beispiel, daß die Leute, die dieses Terminal benutzen, keine Ahnung davon haben werden, daß ich auch mit dranhänge. Mein Programm kann zwischen eins und fünfzehn Codewörter abfangen. Jetzt nehmen wir mal irgendeinen Operator, der kommt zum Terminal, gibt sein Codewort ein, und dann teilt der Computer ihm mit, daß es falsch ist. Es ist natürlich gar nicht wirklich falsch, aber das kann der Operator ja nicht wissen. So was kommt ziemlich oft vor, daß der Computer verrückt spielt und behauptet, man habe ihm das falsche Codewort eingegeben, dabei weiß man ganz genau, daß es das richtige war. Der Operator versucht es also noch einmal. Dann noch mal... und dann gibt er irgendwann auf und versucht sein Glück an einem anderen Terminal. Oder er geht nach Hause. Dann kommt der nächste rein und probiert dasselbe. Und die ganze Zeit über werden die Codewörter aufgezeichnet, ich muß sie dann bloß noch einsammeln.«

»Was passiert aber, wenn sich jemand beschwert?« fragte Reiss.

»Sie werden sich wahrscheinlich gar nicht darum kümmern. Es besteht eine winzig kleine Chance, daß sie einen Techniker rufen. Das ist ein Risiko, aber selbst dann ist die Wahrscheinlichkeit, daß sie es fertigbringen, die Sache bis zu meinem Terminal in Amagansett zurückzuverfolgen, nur äußerst gering. Außerdem ist das Schöne an der Sache ja, daß sich mein Programm nach fünfzehn Versuchen selbst zerstört. Das Programm löscht sich selbst, und dann kann wirklich niemand mehr eine Spur finden. Hier, schaut euch das mal an.«

Er legte ihnen ein Programm hin, das er auf dem TRS-Mikroprozessor erstellt hatte, den er in seinem Laden benutzte.

Reiss und Corry starrten es an.

```
XXX ∧ EXEC
& CONTROL OFF
FILEDEF 03 DISK XXX YYY B1 (RECFM VBS BLKSIZE 124
LRECL 12)
LOAD XXX (START)
ERASE XXX TEXT
ERASE XXX EXEC
& STACK RT
EOF:
>
```

»Dort wo FileDef 03 steht, seht ihr? Normalerweise würde hier der Benutzer gekennzeichnet, nämlich ich. Aber bei diesem Programm bleibt der Benutzer anonym. So, die nächste Instruktion, Load XXX, bezieht sich auf folgendes.«

Er breitete ein zweites Blatt Papier aus, auf dem noch kompliziertere Anweisungen aufgezeichnet waren, die Reiss trotz seiner wochenlangen Computerbemühungen nicht verstand.

Er schüttelte verwundert den Kopf und sagte: »Da habe ich die Zukunft gesehen und habe keinen Schimmer, wie sie funktioniert.«

Cantwell lachte. Er liebte das Gefühl, Herr der Situation zu sein. »Ist okay. Ihr könnt ganz sicher sein, daß es funktioniert. Aber bis wir es einsetzen können, müssen wir noch ein kleines Problem lösen.«

»Wie wir in den Computerraum kommen«, sagte Corry.

»Kluge Frau.« Cantwell schenkte ihr ein Lächeln, dessen Charme schon unzählige schöne Frauen dazu gebracht hatte, mit ihm ins Bett zu gehen, vielleicht war auch Corry eine von ihnen gewesen – wie sollte Reiss das wissen? »Aber ich glaube, daß ich eine Lösung gefunden habe. Ich habe nicht zufällig ›Buck's County‹ ausgesucht. Es ist euch sicher schon aufgefallen, daß es nicht weit von der Niederlassung der CRC-Datensysteme liegt. Tja, an den letzten paar Abenden bin ich so eine Art Stammkunde hier geworden, und weil ich so ein geselliger Mensch bin, habe ich mich mit ein paar Leuten angefreundet. Einer davon ist ein Typ, dem ich von dem Gebäude in der Dreiunddreißigsten Straße Ost Nummer dreihundertneunundvierzig hierher gefolgt bin. Ich glaube, man könnte ihn einen Techniker nennen. Damit meine ich, daß das seine Persönlichkeit beschreibt. Er ist nicht der Mensch, den man gern zu einer Dinnerparty einladen möchte. Ich frage mich, ob er überhaupt einen Freund hat auf der Welt. Jedenfalls weiß ich, daß er keine Familie hat. Er ist ein richtiger Einzelgänger. Soweit ich weiß, kommt er jeden Abend hierher, bestellt sich zwei Drinks und etwas zu essen, einen Hamburger, und dann geht er heim. Man braucht ihm nur in die Augen zu sehen, und schon ist einem klar, daß der Bursche Kontakt sucht, aber er weiß einfach nicht, wie er es anstellen soll. Da geht er eben nach Hause, in irgendein Hochhaus auf der Vierunddreißigsten Straße.«

»Du willst seinen Ausweis kriegen, stimmt's?« fragte Reiss.
»Genau. Aber wir müssen es so einfädeln, daß er denkt, er ist beklaut worden, daß er denkt, jemand war hinter seinem Geld her. Er darf keine Minute auf die Idee kommen, daß es sein Ausweis ist, auf den wir es abgesehen haben. Denn dann könnte es passieren, daß er den Verlust meldet, und dann wird nach der Kenn-Nummer gefahndet, was uns unnötige Probleme bereiten könnte.«
»Und wie sollen wir das hinkriegen?« Corry starrte ihn unverhohlen an, gleichzeitig bewundernd und ungläubig.
»Das, mein Herzchen, ist genau der Punkt, wo du ins Spiel kommst«, sagte Cantwell.
»Ich glaube, ich kann erraten, was jetzt kommt.«
»Er kommt etwa um zehn Uhr hierher, direkt nach Dienstschluß. Du verwickelst ihn in irgendein Gespräch, ganz locker, du weißt schon, was ich meine. So etwas muß man dir ja nicht erklären. Du nagelst ihn jedenfalls fest, und sobald du glaubst, du kommst an seine Brieftasche, dann hol sie dir. Ich werde draußen in meinem Auto warten. Er kennt mich; ich will auf gar keinen Fall, daß er mich mit der Sache in Verbindung bringt.«
»Also soll er lieber mich damit in Verbindung bringen?«
»Warte, hör erst mal zu, ich habe das alles sorgfältig überdacht, von allen möglichen Gesichtspunkten aus. Deine Aufgabe ist es, die Brieftasche Reiss zuzustecken, der geht dann mit ihr hinaus und bringt sie mir. Klar? Der Trick für dich ist jetzt, daß du bei dem Kerl bleibst, daß du ihn irgendwie tröstest, ihm vielleicht den einen oder anderen Drink spendierst. Aber das Allerwichtigste, was du dir auf jeden Fall merken mußt, ist, daß er um keinen Preis das Center oder die CRC-Datensysteme anrufen darf, um denen mitzuteilen, daß seine Karte geklaut worden ist. Es kann sein, daß sie irgendwelche Vorschriften haben, unter welchen Umständen sie Meldung machen müssen, weißt du. Ich weiß es nicht genau, aber es ist besser, da kein zusätzliches Risiko einzugehen.«
»Was soll ich mit dem Typen machen, meinst du, ich soll ihn verführen, oder was?«
»Das überlasse ich ganz deiner Phantasie, Baby, es ist schließlich deine Show.«
Reiss' Gesichtsausdruck war unmißverständlich, aber er enthielt

sich jeder Äußerung. Alles, was er sagte, war: »Es kann ihr doch dabei nichts passieren, oder?«

»Du liebe Güte, sie hat den leichtesten Teil der Arbeit zu machen. Sie spielt nur eine Rolle auf der Theaterbühne, das einzig Besondere daran ist, daß das Publikum hier aus einem einzigen armen Teufel besteht, das ist alles. Ich sag euch ja, der Kerl ist ein echter Schatz. Seine Gedanken sind irgendwo in den Sternen, der könnte keiner Fliege etwas zuleide tun.«

»Ich kenn diese einsamen Typen, mit den Gedanken sonstwo«, sagte Corry. »Wie lange soll ich mich denn mit ihm beschäftigen?«

»Eine Weile. So lange, wie ich brauche, um in den Terminalraum zu kommen, mein Programm einzugeben und wieder herauszukommen. Dann werden Michael und ich als brave Bürger die Brieftasche des Gentleman auf dem Polizeirevier abgeben, völlig intakt, Zutrittsausweis inklusive. Leider werden wir ihn um sein Bargeld erleichtern müssen, damit die Sache einigermaßen echt aussieht. Der Polizei werden wir erzählen, daß wir das Ding in einer Aschentonne entdeckt haben. Sie werden ihn sofort anrufen, und er wird sich freuen, daß er nicht rumzurennen braucht, um seine MasterCard sperren zu lassen und sich einen neuen Führerschein zu besorgen. Er wird denken, daß man ihm sein Geld geklaut hat, weiter nichts. Sobald du dich dann auf einigermaßen diskrete Weise verabschieden kannst, gehst du.«

»Und wohin soll ich dann gehen?«

Cantwell zog ein paar Autoschlüssel aus der Tasche. Dann einen Parkschein. »Ich habe einen Falcon abgestellt, und zwar in einer Garage in der Einundfünfzigsten Straße, Ecke Zweite Straße. Die Autonummer ist AK 102. Ich schreibe dir jetzt auf, wie du zu meinem Haus in Amagansett kommst und außerdem noch meine Telefonnummer. Es ist ganz leicht zu finden, ganz in der Nähe des Asparagus Beach, wo sich die Singles treffen, um sich zu unterhalten. Kein Mensch geht je dort baden, sie halten einen für verrückt, wenn man schwimmen gehen will, statt sich unter die Leute zu mischen. Du kannst jeden fragen, jeder weiß Bescheid, wo das ist. Sobald du kannst, kommst du also dorthin, du wirst ein paar Stunden brauchen für die Fahrt. Wir werden schon da sein. Ich habe mir meinen eigenen Computer zusammengebastelt. Ich schalte mich in das System von CRC ein, und dann warte ich, was für einen Fisch wir wohl an der Angel haben. Und das Schöne an der ganzen Sache wird sein, daß wir bis dahin das Schlimmste hinter uns haben, keine Gefahr mehr, wir werden da draußen in den Hamptons sitzen, in aller Ruhe und Gemütlichkeit, und einfach zusehen, wie uns die Codewörter in den Schoß fallen. Wenn wir alles beieinander haben, was wir wollen, zerstört sich das Programm ganz von alleine, und niemand wird je etwas davon erfahren. Ich glaube nicht, daß je jemand herausbekommen wird, daß eine Zutrittskarte ohne Autorisation benutzt worden ist. Die Zutrittsnummern werden natürlich überprüft, ich denke, einmal im Monat oder so, aber das ist eine Sache, die viel zu unwichtig ist, als daß sich irgend jemand deswegen graue Haare wachsen läßt.«

Er schwieg eine Weile. Er schaute noch immer Corry an, nicht Reiss. »Na, was meinst du? Nicht schlecht, wenn man bedenkt, daß ich nur eine Woche Zeit hatte, was? Und dann mit so was rauszurücken?«

»Ich bin dabei«, sagte Corry.

»Es wäre schön, wenn wir sicher sein könnten, daß auch alles klappt.«

Cantwells Blick richtete sich auf Reiss. »Hey, niemand gibt einem im Leben für irgend etwas eine Garantie.«

Dann wandte er sich wieder an Corry. »Okay, Schönheit, es ist jetzt halb acht. Meinst du, du kannst vielleicht irgend etwas mit deinen Haaren anstellen? Ich weiß nicht, ein bißchen mehr Make-up oder so was, verstehst du?«

»Damit mich unser Freund nicht sofort wiedererkennen würde, meinst du?«

»Eine zusätzliche Vorsichtsmaßnahme, weiter nichts. Nicht wie eine Hure oder so, das meine ich nicht. Du willst den Jungen ja nicht einschüchtern, da kannst du nicht so aggressiv daherkommen. Vielleicht solltest du etwas eher Konservatives anziehen, wie eine Lehrerin oder so. Ja, ich glaube, das wäre etwas für ihn, eine Lehrerin.«

»Volksschule?«

»Nee. Ich hatte in der Volksschule nie eine Lehrerin, die so gut aussah wie du.« Zu Reiss gewandt, fügte er hinzu: »Du etwa? Ich würde sagen, eine Lehrerin am Gymnasium. Vielleicht auch an einer Privatschule, wie in Dalton, so etwas. Das wäre perfekt, das gefällt mir. Eine Lehrerin an der Privatschule in Dalton.«

»Ach ja, wie heißt der Mann eigentlich?«

»Ray. Seinen Nachnamen weiß ich nicht. Ich wollte nicht, daß er denkt, ich interessiere mich *zu* sehr für ihn. Einfach Ray. Mach dir keine Sorgen, wir werden uns draußen ins Auto setzen. Wenn er kommt, zeige ich ihn dir.«

Ray sah überhaupt nicht so aus, wie Corry ihn sich vorgestellt hatte. Das Bild, das sie sich von ihm gemacht hatte, war ein Mann mittleren Alters mit beginnender Glatze, in Kleidung und Verhalten eher pingelig. So war sie äußerst überrascht, einen etwa dreißigjährigen, leicht gedrungenen Mann zu sehen, der alles andere als einen pingeligen Eindruck machte: Er hatte offenbar eine Vorliebe für ziemlich durchlöcherte Pullover, und sein Regenmantel hätte eine Reinigung gut vertragen können. Das einzige, wobei sich Vorstellung und Wirklichkeit deckten, war seine dicke randlose Brille, durch die seine neugierigen grauen Augen die unversöhnliche Welt betrachteten. Als er wegen der Wärme seinen Pullover auszog, gab er den Blick frei auf eine Hemdentasche, die vollgestopft war mit Stiften jeglicher Form und Farbe.

Corry betrat die Bar kurz nach ihm. Sie war nicht sicher, ob sie wirklich aussah wie eine Lehrerin aus Dalton. Sie kam sich eher vor wie eine Verkäuferin bei »Saks«. Aber sie hätte jedem erzählt, daß sie Lehrerin sei, sie hatte sich eine ganze Geschichte zurechtgelegt. Es war nicht schwer. Was sie hier spielen mußte, war kein Shakespeare, es war nicht einmal Neil Simon.

Sie drängte sich auf den Platz neben ihm und schenkte ihm ein unsicheres Lächeln. Er schaute weg. Er hatte Angst vor dem Lächeln einer Frau. Sie bestellte sich einen Drink. Ray nippte an dem seinen, er wartete auf seinen Hamburger. Sie bemerkte, wie er sie alle paar Minuten aus dem Augenwinkel heraus ansah. Er wußte offensichtlich nicht, wie man so etwas macht, ohne daß jemand es bemerkt. Sie lächelte ihn nochmals entwaffnend an. Das machte ihn ganz nervös; er rutschte auf seinem Stuhl herum und aß weiter an seinem Hamburger. Schließlich wurde ihr seine Passivität zu dumm. Sie stand auf. »Könnten Sie wohl einen Moment auf meine Tasche aufpassen?«

Er war vollkommen verblüfft, daß sie ihn tatsächlich angesprochen hatte. »Aber gerne.«

Als sie aufstand, sah sie, daß Reiss gerade hereinkam. Sie ging an ihm vorbei, als habe sie ihn noch nie gesehen, und setzte ihren Weg zur Toilette fort.

Als sie zurückkam, sah sie, wie Ray ihre Tasche bewachte, und an der Art, wie er das tat, konnte sie sehen, daß er sein Leben geopfert hätte, um zu verhindern, daß jemand sie stahl.

»Danke.«

»Gern geschehen.«

Er war kurz davor, ein Gespräch mit ihr anzufangen, sie konnte förmlich spüren, wie sich die Worte auf seiner Zungenspitze sammelten, wie sie dort zu Hunderten und zu Tausenden Schlange standen und darauf brannten, endlich losgelassen zu werden. Sie hatte nicht übel Lust, sie alle aus ihm herauszuschütteln, aber sie dachte dauernd an Cantwell und an Reiss, die ungeduldig darauf warteten, daß sie etwas unternahm. Sie spielte ihre Rolle nur sehr ungern.

Es wäre etwas ganz anderes gewesen, einen dieser kalten berechnenden Mistkerle hereinzulegen, einen Typ Mensch, wie er beim Center nur allzu häufig anzutreffen war. Aber diesen armen schüchternen Techniker? Weshalb hatte sich Cantwell kein anderes Opfer ausgesucht?

Aber sie mußte ihre Rolle spielen, also gab sie sich einen Schubs und spielte.

»Barkeeper, könnte ich noch einen Drink bekommen?«

»Wodka und Grapefruitsaft hatten Sie doch, nicht wahr?« lautete die Gegenfrage.

»Hier, lassen Sie mich dafür bezahlen«, fuhr Ray, der endlich all seinen Mut zusammengenommen hatte, dazwischen.

»Oh, das ist sehr nett von Ihnen, aber –«

»Oh? Erwarten Sie jemanden?«

»Nein, eigentlich nicht.«

»Wie merkwürdig.« Er gewann jetzt ein bißchen Oberwasser, das sah man ihm an.

»Wieso ist das merkwürdig?«

»Weil Frauen, die so hübsch sind wie Sie, niemals irgendwo alleine sind, es sei denn, sie erwarten jemanden.«
»Danke, aber diesmal haben Sie sich geirrt.«
»Sie sind eine Ausnahme!« sagte er und prostete ihr zu.
Sie jedoch schenkte ihm kaum Beachtung, weil sie sich viel zu sehr dafür interessierte, in welche Tasche er seine Brieftasche stecken würde.

»Das Ding ist rund um die Uhr in Betrieb«, sagte Cantwell. »Aber je schneller wir die Sache hinter uns bringen, desto besser.«
»Meinst du nicht, daß sie noch etwas anderes von dir wollen als nur, daß du das Ding hier vorzeigst?« fragte Reiss, der sich gerade die Plastikkarte anschaute, die Cantwell aus Ray Blodgets Brieftasche geholt hatte.
»Weißt du, die Welt funktioniert folgendermaßen: man sieht aus, als wisse man Bescheid, und dann geht jeder davon aus, daß das stimmt, und keiner stellt einem dumme Fragen. Das hast du doch bestimmt schon mal irgendwo gehört, oder?«
»Ich fürchte, ich brauche immer ziemlich lange, bis ich etwas kapiert habe.«
Sie waren jetzt etwa noch einen Block von der Nummer dreihundertneunundvierzig in der Dreiunddreißigsten Straße Ost entfernt.
»Du bleibst im Auto. Ich lasse die Schlüssel stecken für den Fall, daß die Bullen kommen. Wir stehen im Halteverbot, aber ich werde bestimmt die Nacht nicht damit verplempern, daß ich jetzt anfange, mir einen Parkplatz zu suchen. Du mußt eben im Kreis herumfahren, wenn es nicht anders geht.«
»Wie lange wird die ganze Prozedur denn dauern?«
Cantwell zuckte die Achseln. »Zehn Minuten von da an, wo ich an einem der Terminals sitze. Um Mitternacht müßte ich eigentlich wieder hier sein.«
»Und wenn nicht?«
»Hey, Schätzchen, dann bist du allein. Du weißt doch, wie das ist, oder?«

»Das ist doch furchtbar. Ich wohne jetzt schon seit zehn Jahren in dieser Stadt, und so etwas ist mir noch nie passiert.« Wieder und wieder steckte Ray die Hände tief in die Taschen seiner Hose und seines Regenmantels, aber immer ohne Erfolg. Er lieh sich vom Barkeeper eine Taschenlampe, aber natürlich konnte er auch damit seine Brieftasche nirgendwo auf dem Boden entdecken.

»Ich habe auch alle Kreditkarten und Ausweise da drin. Verdammt.«

»Kommen Sie, ich lade Sie noch zu einem Drink ein. Das ist das mindeste, was ich für Sie tun kann.«

»O nein, das ist doch nicht nötig.«

»Ich möchte es aber gern. Ich bestehe sogar darauf.«

Als er immer noch zögerte, fügte sie hinzu: »Im Moment können Sie nicht sehr viel unternehmen, oder? Entspannen Sie sich doch ein bißchen. So etwas kommt in dieser Stadt jeden Tag vor. Sie werden es überleben.« Sie ließ ihre Hand einen Moment lang auf seinem Handgelenk ruhen. »Ich verspreche es Ihnen.«

»Guten Abend, Sir.«

Der Posten, der bei Nacht hier saß, sah etwas fitter aus als der, den sie bei Tag gesehen hatten. Er saß auf einem Hocker an einem Tisch. Auf dem Tisch lag ein aufgeschlagenes Registrierbuch. »Würden Sie sich bitte hier eintragen?«

Cantwell unterschrieb mit dem erstbesten Namen, der ihm in den Sinn kam. Er wollte auf keinen Fall, daß irgend jemand auf die Idee käme, Blodget Fragen stellen zu wollen und dann herausfände, daß er in »Buck's County« war, obwohl er zu dieser Zeit eigentlich hätte arbeiten sollen.

Der Wächter warf nur einen flüchtigen Blick auf die Unterschrift, die auch sowieso so gut wie unleserlich war.

Cantwell hatte keine Ahnung, was ihn erwarten würde, wenn er im fünften Stock angekommen war, denn er war noch nie vorher über das Foyer hinausgelangt. Er fand nichts Außergewöhnliches vor: eine weiße Tür, ein weißer Korridor, eine Herrentoilette und eine Damentoilette, für die man beide einen Schlüssel brauchte, wenn man sie benutzen wollte.

Er war ziemlich nervös, als er sich daranmachte, die Klingel zu betätigen. Die Tür öffnete sich sofort, und eine Frau in schwarzer Uniform schaute heraus.

Jetzt ist es soweit, dachte Cantwell. Entweder es klappt, oder ich bin geliefert.
»Guten Abend, Sir. Kann ich bitte Ihre Ausweiskarte sehen?«
Er hielt ihr Blodgets Karte hin. Genau wie die Wache im Foyer schenkte auch sie ihr keine große Aufmerksamkeit. Sie war müde und gab sich auch gar keine Mühe, ihr Gähnen zu unterdrücken. »Danke«, war alles, was sie herausbrachte. So einfach war das also.

Ich glaube einfach nicht, daß die Sache klappen wird, dachte Reiss. Er saß in Cantwells BMW, und die Straße um ihn herum war völlig menschenleer. Der BMW war ein Modell 7.3, sehr deutsch und sehr teuer. Das Auto beeindruckte ihn nicht besonders; es erregte, genau wie sein Besitzer, viel zuviel Aufmerksamkeit. Und ihm war es im Moment sehr wichtig, unauffällig zu bleiben. In seinem eigenen und in Corrys Interesse. Aber es paßte ihm auch nicht, daß er sich vorkam wie das fünfte Rad am Wagen. Seine einzige Aufgabe bestand darin, im Kreis herumzufahren, falls ihn ein Polizist aus dem Halteverbot vertreiben sollte. Eigentlich habe ich mein ganzes Leben im Halteverbot zugebracht, dachte er voller Bitterkeit, ohne recht zu wissen, was das heißen sollte.

»Ich weiß nicht, was ich tun soll. Ich fühle mich überhaupt nicht gut. Es war nett von Ihnen, daß Sie mir all diese Drinks spendiert haben, aber ich vertrage eigentlich überhaupt nichts. Ich glaube, ich muß mich übergeben.«
Er schwankte so, daß er sich kaum auf den Beinen halten konnte und war grüner als die patinabedeckten Statuen auf dem Union Square. Corry und der harte hölzerne Rand der Theke waren das einzige, was ihn noch aufrecht hielt.
»Entschuldigen Sie mich einen Moment, ich glaube, ich muß schnell mal zur Toi...«

Jetzt muß ich nur schnell das Zeug hier eintippen, und dann bin ich wieder draußen, murmelte Cantwell vor sich hin.
Es gab nicht so viele Terminals, wie er gedacht hatte, vielleicht ein Dutzend insgesamt, von denen außer seinem nur noch zwei andere in Benutzung waren. Es war nicht viel los, spät an einem Donnerstag-

abend mitten im Hochsommer. Auch Programmierer müssen schließlich irgendwann einmal schlafen. Die Jahreszeit und das Wetter machten sich gut als Verbündete. Jetzt begann er, sein Programm, das sich später selbst zerstören würde, sein Kuckucksei, in den Computer einzugeben, jetzt schleuste er seinen Geist in die Maschine ein:

```
     XXX FORTRAN → XXX TEXT

     DIMENSION IACCT (3), IPASS (2)
     DO 20 1=1, 15
10   WRITE (6, 100)
100  FORMAT ('OVM/370 ONLINE')
     WRITE (6, 101)
101  FORMAT (1H)
     READ (5,200, END = 10, ERR = 10) IACCT
200  FORMAT (3A4)
     WRITE (6, 103)
103  FORMAT ('ENTER PASSWORD:')
     READ (5, 201, END = 20, ERR = 20) IPASS
201  FORMAT (2A4)
     WRITE (3) IACCT, IPASS
     WRITE (6, 104)
104  FORMAT ('DMKLOGO50E PASSWORD INCORRECT')
20   CONTINUE
     RETURN
     END
EDF:
>
```

Plötzlich war er wieder da und manövrierte den BMW aus der Parklücke.
»Wie war es?«
»Alles lief wie geschmiert. Hätte gar nicht einfacher sein können.« Cantwell platzte fast vor Überschwang.
Vielleicht geht bei so jemandem nie etwas schief, dachte Reiss. Ein echter Glückspilz.
Er konnte nicht glauben, daß es tatsächlich so einfach gewesen sein sollte. »Hat dir denn niemand Fragen gestellt?«

»Sehe ich aus wie ein Mann, dem Fragen gestellt werden?«
»Noch nie hat so etwas derart reibungslos geklappt. Deshalb fällt es mir auch jetzt schwer, es mir vorzustellen.«
»Reiss, du bist einfach viel zu pessimistisch. Du mußt daran glauben. Ich sage dir, Glaube kann Berge versetzen. Na komm schon, Herzchen, was ist denn los mit dir?«
Gott bewahre mich vor den Weisheiten eines Nick Cantwell, dachte Reiss, hielt es aber für nicht sehr wahrscheinlich, daß Gott sich in so etwas einmischen würde.
»Ich nehme an, daß wir als brave Bürger jetzt Mr. Blodgets Brieftasche zur Polizei bringen werden.«
»Stimmt genau«, sagte Cantwell, aber seine Augen leuchteten fiebrig, was Reiss ganz nervös machte.
Und er erfuhr auch bald genug, was dieses Fieber zu bedeuten hatte. Cantwell hatte nämlich beschlossen, daß er die Brieftasche auf derselben Polizeistation abgeben wollte, zu der man ihn gebracht hatte, als er wegen des Mordes an June Graham festgenommen worden war. Das jedoch vertraute er Reiss erst an, als sie schon in der Polizeistation angekommen waren.
»Der Detektiv da drüben«, sagte er und machte eine Handbewegung in Richtung eines Mannes, der in einer Ecke des Flurs in ein Gespräch verwickelt war. »Ich bin ziemlich sicher, daß das der ist, der mich damals geschnappt hat. Beim zweiten Mal.«
Der Detektiv blickte einmal kurz in ihre Richtung, zeigte aber keinerlei Interesse an ihnen. Er hätte den Mann, den er damals unter Mordverdacht hierher gebracht hatte, ja auch gar nicht wiedererkennen können.
Der Beamte, der hinter dem Schreibtisch saß, nahm die Brieftasche in Empfang und griff nach seinem Stift. »Wo haben Sie sie gefunden?«
»In einem Abfalleimer ein paar Blocks von hier«, antwortete Cantwell. »Wir sind auf dem Weg aus der Stadt, sonst hätten wir sie dem Besitzer auch persönlich überbringen können.«
Der Sergeant nickte. »Tja, ich bin sicher, daß Mr. Blodget sehr froh sein wird. Es sieht aus, als sei außer dem Bargeld weiter nichts entwendet worden.« Er blickte zu den beiden Männern hoch, die vor ihm standen. »Sie würden nicht vielleicht freundlicherweise Ihren

Namen hinterlassen, oder? Nein? Na ja, das habe ich mir eigentlich gedacht.«

Um zwei Uhr früh, nachdem sie in einer Bar im Village etwas getrunken hatten, was eigentlich ihre Nerven hätte beruhigen sollen (was es aber nicht tat), waren sie schließlich auf der Sunrise-Autobahn und fuhren nach Osten Richtung Hamptons – und Richtung Sonnenaufgang.

Eine ganze Weile sprach keiner ein Wort. Dann sagte Reiss: »Weißt du was, Nick, wenn wir an die Daten wirklich rankommen, dann würde ich gern alles löschen. Nicht nur das, was sie über uns gespeichert haben, sondern den ganzen Kram.«

»Ich kann das gut nachempfinden; glaub nicht, daß ich da nicht selbst schon dran gedacht habe. Aber ich fürchte, das wird nicht gehen.«

»Wieso wird das nicht gehen?«

»Technisch gesehen ist es natürlich nicht unmöglich. Im Prinzip kann uns nichts daran hindern, alles zu löschen, was das System gespeichert hat. Aber ich gehe jede Wette ein, daß sie alle Daten, die sich auf der Diskette befinden, auf Bänder kopiert haben. Es gibt hier überall Bunker, weit unter der Erde übrigens, damit sie vor atomaren Angriffen sicher sind, wo solche Bänder mit Datenkopien gelagert werden. Wenn wir nun alles, oder jedenfalls einen ganzen Haufen von der Information löschen, dann gehen sie einfach hin, graben die Kopien aus, und wir sind wieder da, wo wir angefangen haben. Nein, wir müssen da ganz subtil vorgehen, wir dürfen nur das ändern oder löschen, was zweckmäßig ist und außerdem keinen Verdacht erweckt. Deshalb habe ich ja auch das ganze Spiel mit Blodgets Brieftasche organisiert. Ich möchte, daß wir keinerlei Spuren hinterlassen, verstehst du, worauf ich hinaus will?«

Reiss verstand ihn sehr wohl. »Es war nur so eine Idee«, sagte er und klang dabei ziemlich resigniert.

Cantwells Miene dagegen erhellte sich plötzlich. »Hör mal, wenn wir die Sache schnell genug hinter uns bringen, dann könnten wir sogar noch zu der Party gehen, zu der mich meine Freundin Alexis eingeladen hat. Ich bin sicher, daß es okay ist, wenn du und Corry auch mitkommen. Die Party findet auf einer Yacht statt, draußen auf Great Peconic Bay. Irgendso ein Produzent hat sie organisiert.«

Eine Party war nun wirklich das letzte, woran Reiss in diesem Moment denken wollte. Wieder einmal wunderte er sich über Cantwells Unbekümmertheit; für ihn war es ein kleiner Jux, mit dem man sich einen vergnügten Abend machte, wenn man den Computer des Centers anzapfte und seine Informationen manipulierte. Reiss dagegen war fest davon überzeugt, daß sie irgendeine Gefahr nicht beachtet hatten, die ihnen eigentlich hätte ins Auge springen müssen. Cantwell war so konzentriert auf das Licht, das ihnen vom anderen Ende des Tunnels entgegenschimmerte, daß er überhaupt nicht bemerkte, daß die Wände um ihn herum kurz davor waren, zusammenzubrechen und sie alle unter sich zu begraben.

42

Außer Orangensaft hatte Blodget nichts in seinem Kühlschrank, und Orangensaft war keine sehr empfehlenswerte Therapie für einen Magen, der darauf bestand, sich alle paar Minuten seines Inhalts zu entledigen.

»Haben Sie denn nicht mal Tee im Haus?«

Wie im Märchen lautete auch hierauf die Antwort: Nein; alle Schränke waren leer.

Als sein Magen nichts mehr in sich hatte, das er hätte von sich geben können, begnügte sich Blodget damit, zu würgen.

Er hatte ein Ein-Zimmer-Apartment auf der Vierunddreißigsten Straße Ost. Von seinem Fenster aus blickte man auf das Vordach eines Kinos. Dort war ein Film angekündigt, in dem Corry hätte mitspielen können; man hatte ihr die Hauptrolle angeboten, und sie hätte sie wohl auch angenommen. Nigel hatte ihr sehr dazu geraten, er hatte sogar Verhandlungen mit dem Produzenten aufgenommen. Aber das alles war passiert, bevor sie von der Bildfläche verschwunden war. Und als sie wieder auftauchte, war es nicht mehr sie selbst, die da erschien.

»Wie geht es Ihnen denn jetzt?«

Ray Blodget lag ausgestreckt auf dem Bett und stöhnte leise. Er war noch vollständig angekleidet. Eine Spur von Erbrochenem klebte an seinem Pullover. Corry entfernte es.

»Nicht so besonders.«
»Bleiben Sie einfach liegen und ruhen Sie sich ein bißchen aus.« Sie legte ihm die Hand auf die Stirn.
»Wie kann ich Ihnen jemals danken?«
»Das brauchen Sie doch nicht. Es ist wirklich nicht der Rede wert.«
Das Telefon klingelte und rettete sie vor dem weiteren Verlauf dieser absurden Konversation.
Ohne nachzudenken ging sie an den Apparat, hielt Blodget dann aber schnell den Hörer hin.
»Bitte sprechen Sie doch für mich«, murmelte er.
Sie hörte eine Weile zu und sagte dann: »Wäre es möglich, daß Mr. Blodget morgen früh vorbeikommt und sie abholt? Ja, danke. Gute Nacht.« Sie legte auf und ging wieder zu Blodget. »Ende gut, alles gut. Man hat Ihre Brieftasche gefunden. Sie liegt auf der Polizeistation des Siebzehnten Reviers. Ich habe ihnen gesagt, daß Sie sie morgen abholen werden. Heute nacht sollten Sie im Bett liegenbleiben.«
Blodget versuchte zu lächeln. »Das sind ja gute Neuigkeiten. Es passiert nicht sehr oft, daß jemand eine Brieftasche findet und sie bei der Polizei abgibt, nicht wahr?«
»Sie haben gesagt, das Geld sei weg, aber alles andere, alle Ihre Ausweise, Kreditkarten und so weiter, scheinen noch da zu sein.«
»Ach, zum Teufel mit dem Geld. Ich werde gut bezahlt. Hey, Sie gehen doch nicht etwa, oder?«
»Ich fürchte, ich muß.«
Er schaute sie an, als habe er genau darauf die ganze Zeit über gewartet. Was ihn wunderte, war, daß sie überhaupt so lange bei ihm geblieben war. »Meinen Sie, Sie könnten mir vielleicht Ihre Telefonnummer dalassen? Ich würde mich gern einmal mit Ihnen unterhalten, wenn es mir wieder besser geht. Es tut mir wirklich leid wegen heute abend.«
Mir auch, dachte sie. »Machen Sie sich bloß keine Gedanken darüber. Und ich bin sicher, daß wir uns bestimmt irgendwann noch einmal unterhalten werden. Vielleicht sogar im ›Buck's County‹, wäre doch möglich, oder?«
»Sie wollen mir also keine Nummer geben, unter der ich Sie erreichen kann?«

»Ray, vor Ihnen steht eine Frau, die keine Telefonnummer hat. Ich schwöre Ihnen, das ist die Wahrheit. Und jetzt müssen Sie wirklich schlafen, morgen früh werden Sie sich schon sehr viel besser fühlen.«

Ein Lächeln, ein Winken zum Abschied, eine Tür, die ins Schloß fiel, und dann war Corry Folger für immer aus Ray Blodgets Leben verschwunden.

Zurück im Hotel begann Corry zu packen, merkte aber bald, daß sie furchtbar erschöpft war, und beschloß, sich für zwanzig Minuten hinzulegen. Aus den zwanzig Minuten wurde eine Stunde, aus der wurden zwei, dann drei. Als sie aufwachte und aus dem Bett stolperte, bekam sie zuerst einen Heidenschreck, weil so viel Zeit vergangen war, überdachte ihre Situation dann aber noch einmal in aller Ruhe. Eine etwa dreistündige Autofahrt stand ihr bevor, und nach dem, wie Cantwell seinen Zeitplan dargestellt hatte, konnten sie ohnehin nichts unternehmen, bevor sie die Codewörter wußten. Und das würde aller Wahrscheinlichkeit nach nicht vor dem nächsten Abend der Fall sein. Weshalb also sollte sie sich abhetzen? Es gab ganz offensichtlich keinen einzigen vernünftigen Grund dafür. Also drehte sie sich noch einmal im Bett um und schlief weiter.

Es war schon Viertel nach zehn, als sie wieder aufwachte. Sofort griff sie zum Telefon und wählte die Nummer in Amagansett, die Cantwell ihr gegeben hatte.

»Hey, Baby. Alles okay bei dir?«

»Ja, alles in Ordnung. Die Sache lief wie geschmiert. Und wie sieht's bei euch aus?«

»Alles in Butter. Ich will jetzt am Telefon nicht näher darauf eingehen.«

»Ich verstehe.«

»Unser Freund schläft gerade. Aber ich denke, daß er bald aufwachen wird. Er wird sich freuen zu hören, daß bei dir alles in Ordnung ist. Machst du dich jetzt auf den Weg?«

»Ich muß noch fertig packen und das Auto holen, dann fahre ich los.«

»Toll. Alexis kommt heute am späten Nachmittag, wahrscheinlich etwa um die gleiche Zeit wie du. Ihr beiden müßtet euch eigentlich ganz gut verstehen.«

»Weiß sie etwas von der Sache?«
»Natürlich nicht. Das ist nur was für Mitglieder der Bruderschaft, nichts für einen Außenseiter, nicht mal für sehr gute Freunde. Paß auf dich auf. Wir sehen uns dann in ein paar Stunden, okay?«
Seit ihrem kurzen Aufenthalt in Florida hatten Reiss und sie nur sehr wenig gekauft, weil sie dafür weder Zeit noch Geld gehabt hatten. So brauchte sie für das Packen, das sie vor ein paar Stunden mühsam begonnen hatte, nur noch zehn Minuten.
Nachdem sie das hinter sich gebracht hatte, machte sie sich ein ausgiebiges Frühstück zurecht, und bis sie dann geduscht und alle Formalitäten an der Hotelrezeption erledigt hatte, war es schon nach Mittag. Sie bestieg ein Taxi und ließ sich zu der Garage in der Einundfünfzigsten Straße bringen, in der Cantwells Wagen auf sie wartete.
Die Garage lag unter einem Hochhaus und es gab nur einen einzigen Wärter, der das Ganze beaufsichtigte. Seine Aufgabe bestand lediglich darin, den Parkschein abzustempeln und das Geld zu kassieren. Man hatte niemanden angestellt, der einem Kunden bei Bedarf das Auto holen konnte.
Corrys Parkschein besagte, daß der Falcon auf Deck C geparkt war. Sie mußte sich ziemlich plagen, die beiden Koffer den ganzen Weg bis dorthin zu schleppen, aber es blieb ihr nichts anderes übrig.
Eine blasse gelbliche Lichterreihe entlang der Betondecke verzerrte jeden Schatten und verlängerte ihn auf die gleiche Weise wie die Sonne an einem späten Herbstnachmittag.
Auf Deck C angekommen, mußte sie sich immer wieder bücken, um die Nummernschilder entziffern zu können, bis sie schließlich AK102 fand.
Sie öffnete den Kofferraum und verstaute die beiden Koffer, dann zwängte sie sich zur Vordertür durch und steckte den Schlüssel ins Schloß. Sie hätte sich die Mühe sparen können. Die Tür war offen. Das sieht Nick wirklich ähnlich, daß er die Tür nicht abschließt, dachte sie und stieg ein.
Der Sitz war nicht für jemanden ihrer Größe eingestellt, und sie fummelte so lange an der entsprechenden Vorrichtung herum, bis sie bequem saß.
Kaum hatte sie den Zündschlüssel in das Schloß gesteckt und den

Motor gestartet, schaute sie nach oben in den Innenspiegel und merkte, daß sie auch ihn richtig einstellen mußte, wenn sie hinter sich etwas sehen wollte. Aber als sie das tat, erschienen im Spiegel zuerst die zwei Augen und dann das ganze Gesicht eines Mannes. Sie hatte keine Zeit, zu reagieren oder zu schreien, und es hätte ihr auch nichts genutzt zu schreien, denn jetzt streckte der Mann beide Arme nach ihr aus und packte mit seinen behandschuhten Händen ihren nackten Hals.

Sie schlug um sich, ihre Hände krallten sich in die seinen, aber er war stärker und sein Griff wurde nur noch fester. Merkwürdig heisere Geräusche kamen aus ihrer Kehle, aber ihr schien es, als kämen sie von woanders her. Sie wurde immer verzweifelter, sie stieß mit den Beinen gegen das Armaturenbrett und versuchte, den Mann in seine behandschuhten Finger zu beißen, aber alles ohne den geringsten Erfolg. Der Schmerz wurde immer schlimmer, sie bekam jetzt kaum noch Luft und fühlte, wie das Blut aus ihrem Kopf wich. Die grauen Betonwände vor der Windschutzscheibe vernebelten sich. Sie verlor allmählich das Bewußtsein, es würde nicht mehr lange dauern, bis sie ohnmächtig war.

»Da wären wir.« Cantwell knipste die Deckenbeleuchtung des Schlafzimmers an, und sein soeben erwachter Gast konnte jetzt einen Mikroprozessor sehen, auf dessen einer Seite ein Kassettenrecorder stand und auf der anderen ein Telefon. »Hier werden wir uns an die Arbeit machen. Siehst du das kleine Licht hier?«

Er zeigte dabei auf eine winzige Glühbirne. »Was ist damit?«

»Das zeigt an, daß wir an ihrem System dran sind. Wenn du dir den Bildschirm anschaust, wirst du sehen, daß wir schon ein paar Codewörter eingesammelt haben. Es ist unmöglich, festzustellen, wie wichtig sie sind, aber sie sind der Beweis dafür, daß unser Kuckucksei seine Aufgabe erfüllt.«

»Was meinst du, wie lange wir noch warten müssen?«

»Ich schätze, bis zum späten Nachmittag. Um diese Zeit, denke ich, sind die meisten Benutzer der Terminals schon auf dem Weg zum Badestrand. Und es ist sehr wahrscheinlich, daß sich mein Programm bis dahin sowieso selbst löschen wird.« Er stand da und schaute zufrieden auf den Bildschirm. Er wollte gern noch mehr darüber erzählen, was er vorhatte.

»Siehst du, es läuft folgendermaßen: Wir übernehmen vorübergehend die Funktion des CP, des Computerprogramms, das normalerweise die Transaktionen innerhalb des Hauptsystems überwacht. Aber alles ist so angelegt, daß ein Benutzer keinerlei Unterschied bemerken wird. Erinnerst du dich an Empedokles von Kreta?«

»Ich müßte lügen.«

»Der, der gesagt hat, daß alle Kreter lügen? Oder kennst du die Geschichte von dem Zettel, auf dem steht: ›Das, was auf der anderen Seite steht, ist falsch‹, und zwar auf beiden Seiten? Mit einem solchen Paradox haben wir es hier zu tun. Die elektronische Analogie davon ist übrigens die Türklingel. Das System schließt sich, wenn sie losgeht, und öffnet sich, wenn sie aufhört.«

»Eines schönen Tages mußt du mir das alles mal ganz genau erklären.«

Cantwell lächelte gut gelaunt. »Aber gerne. Oh, übrigens hat Corry vorhin angerufen, kurz bevor du aufgewacht bist. Alles ist in bester Ordnung bei ihr. Sie müßte eigentlich schon auf dem Weg hierher sein.«

Er ging langsam zum Fenster hinüber und schaute hinaus. Alles, was man sehen konnte, waren Nadelbäume und ein kleines Stückchen Himmel, das größtenteils grau aussah. Es regnete zwar nicht, hatte aber den Anschein, als könne es jede Minute anfangen.

Cantwell blieb beharrlich bei seinem Optimismus. »Der Wetterbericht sagt, es soll später aufklaren, und wir werden einen sonnigen Nachmittag kriegen. Ich glaube, das stimmt.«

Es war sinnlos, gegen den Mann zu kämpfen; ihre Kräfte ließen nach, und vor ihren Augen tanzten helle Flecken. Sie konnte spüren, wie sie langsam in ein dunkles, wirbelndes Meer hinabgezogen wurde. Mit der geringen ihr noch verbliebenen Kraft griff sie nach vorn, schob den Schalthebel in den Rückwärtsgang und trat gleichzeitig mit dem Fuß das Gaspedal voll durch.

Der Falcon heulte auf, schoß durch die Garage und krachte mit voller Wucht in einen geparkten Volkswagen.

Der Ruck war so heftig, daß der Mann seinen Griff lockerte und er selbst gegen das Rückfenster geschleudert wurde. Sein Kopf schlug mit einem lauten Geräusch auf, und ein paar Augenblicke lang saß er regungslos und benommen da. Corry rang nach Luft, und nachdem es ihr endlich gelungen war, die Tür zu öffnen, stolperte sie aus dem Auto, rappelte sich auf und begann zu rennen. Der Schmerz in ihrem Hals war noch genauso intensiv wie in dem Moment, als die gewaltigen Hände zugepackt hatten. Erst jetzt konnte sie wieder einigermaßen durchatmen, wenn auch nur mit Mühe, und ihr war auch immer noch furchtbar schwindlig. Sie war kaum imstande, klar zu sehen und sich aufrecht zu halten, vom Laufen ganz zu schweigen. Aber sie zwang ihre Beine dazu, sich zu dem Fußweg, der zum nächsthöheren Deck führte, zu bewegen. Hinter sich hörte sie, oder glaubte es jedenfalls, die Schritte des Mannes, der ihr folgte.

»Es gibt eben viel Verkehr. Um Himmels willen, wir haben Wochenende, außerdem ist es mitten im Hochsommer. Es ist durchaus möglich, daß sie, falls wirklich alles dicht ist, noch ein paar Stunden braucht. Das Problem mit dir ist, Reiss, daß du dir zu viele Gedanken machst.«

»Ja, das stimmt, das ist genau mein Problem.« Er hätte hinzufügen mögen, daß es Cantwells Problem sei, daß er sich zu wenig Gedanken machte.

Cantwell winkte Reiss zu einem Stuhl, der vor dem Terminal stand. »Wir haben jetzt ein halbes Dutzend Codewörter in unserem Topf. Das entspricht insgesamt vierzehn Durchgängen. Das Programm kann fünfzehn verarbeiten, bevor es sich selbst löscht. Es war jetzt über eine Stunde nichts Neues los, und es ist schon nach vier Uhr. Wahrscheinlich sind inzwischen alle nach Hause gegangen. Wir können noch ein bißchen warten oder jetzt schon auf Schrift umschalten. Was wäre dir lieber?«

Reiss zögerte ein bißchen, die Sache ernstlich in Angriff zu nehmen, weil er befürchtete, daß sowieso nur ein Mißerfolg auf sie wartete. Aber es hatte auch keinen Sinn, es weiter hinauszuzögern. »Es ist dein Spiel«, sagte er schließlich.

»Nein, ganz und gar nicht. Es ist dein Spiel, Reiss. Ich bin vielleicht der Regisseur, der Berater für Spezialeffekte, wenn du willst. Du bist der Produzent. Wenn du nicht wärst, würden wir das hier nicht durchziehen.«

»Ach, zum Teufel damit. Leg los.«

»Vielen Dank, Mr. Blodget«, sagte Cantwell. »Und jetzt an die Arbeit. Folgende geheime Codewörter haben wir in der Reihenfolge ihres Erscheinens: Chronos, Erebus, Tartarus, Acheron, Minos und Asphodel. Sie scheinen alle aus der griechischen Mythologie zu stammen, aber Gott weiß, worauf sie sich beziehen.« Er schaute Reiss an.

»Mit welcher Frage willst du anfangen? Hier ist deine große Chance.« Er machte eine Pause und fügte dann hinzu: »Vielleicht.«

Reiss wollte ungern mit seinem eigenen Namen oder dem von Corry anfangen, nicht einmal mit Cantwell.

»Laß uns nachschauen, was er über Carlo Di Angelis weiß.«

»Okay, wir legen los.«

Er tippte: »ERBITTE DATEN DI ANGELIS, CARLO.«

Der Computer antwortete prompt: »CODEWORT?«

Er schrieb: »MINOS.«

Wieder die Frage: »CODEWORT?«

»ACHERON.«

Wieder: »CODEWORT?«

»ASPHODEL.«

Das gefiel dem Computer nicht: »CODEWORT INKORREKT!«

Cantwell schaute Reiss an und zuckte die Achseln. »So was kommt schon mal vor. Zwei Richtige von Dreien ist schon mal nicht schlecht. Laß uns schauen, was wir mit Chronos erreichen.«

Er versuchte es.

Die Antwort war die gleiche: »CODEWORT INKORREKT!«

Erebus und Tartarus führten zum gleichen frustrierenden Ergebnis.

»Mach dir nichts draus. Wir versuchen es mit etwas anderem. Wie wäre es mit deinem Namen?«

Reiss hatte sich schon mit einer Niederlage abgefunden. Es war ein Gefühl, als käme man zwar in die Bank, aber nicht in den Tresorraum. »In Ordnung.«

Cantwell begann genauso wie vorher, setzte aber statt Carlos Namen jetzt den von Reiss ein. Als sie zum dritten Codewort kamen, gab er wieder Asphodel ein.

Und diesmal zeigte sich der Computer etwas aufgeschlossener: »CODEWORT?« fragte er.

»Wir sind einen Schritt weiter gekommen. Carlo gehört offensichtlich zu einer anderen Kategorie als du.«
»Das möchte ich aber auch meinen.«
Chronos zeitigte keinen Erfolg. Aber auf Tartarus erfolgte eine Antwort: »REISS, MICHAEL: EHEMALIGER ASSISTENZARZT FÜR PATHOLOGIE AM GERICHTSMEDIZINISCHEN INSTITUT VON NEW YORK CITY. STARB IM ALTER VON 42 JAHREN BEI EINEM FLUGZEUGUNGLÜCK AUF DEM FARMINGDALE FLUGHAFEN, L. I. AM 8. FEBRUAR.«
Reiss starrte den Bildschirm an, er war vollkommen vor den Kopf gestoßen und wartete darauf, daß der Computer mehr über ihn ausspuckte, aber es kam nichts mehr. Die Information stand da und schien sich über ihn lustig machen zu wollen.
»Das verstehe ich nicht.«
Cantwell schien nicht ganz so perplex zu sein. Er legte die Hände wieder auf die Tasten und schrieb: »ERBITTE ZUSÄTZLICHE DATEN REISS, MICHAEL.«
Die Antwort erschien prompt: »ZUGANG ZU ZUSÄTZLICHEN DATEN BESCHRÄNKT. CODEWORT?«
»Jetzt fange ich an zu verstehen, welches Spiel sie spielen.« Er versuchte die beiden letzten Codewörter, die ihm noch zur Verfügung standen, aber ganz offensichtlich hatten auch sie keinen Erfolg. »Na ja, vielleicht ist er bei mir etwas kooperativer.«
Es stellte sich jedoch bald heraus, daß das nicht der Fall war. Im Vergleich zu Cantwell war der Computer bei Reiss geradezu redselig gewesen.
»Versuch Corry«, sagte Reiss.
Cantwell schrieb: »ERBITTE DATEN STEVENS, MAIA.«
Und in diesem Fall wurde er belohnt – bis zu einem gewissen Grad jedenfalls.
»STEVENS, MAIA. PATIENTIN: 1978–1980«, begann der Bericht. Es folgte die detaillierte Beschreibung einer kleineren kosmetischen Operation, der sich die Schauspielerin dieses Namens im Laufe dieser zwei Jahre in ambulanter Behandlung unterzogen hatte. Nichts davon war besonders aufschlußreich, und nicht sehr viel davon war überhaupt wahr. Es war einfach nur die offizielle Version der Ereignisse, wie sie möglicherweise nach den Vorkommnissen an Weihnachten vor zwei Jahren in den Computer eingegeben worden

waren. Nichts in dem ganzen Datenmaterial gab auch nur den kleinsten Hinweis darauf, daß aus Maia Stevens Corry Folger geworden war und aus Gregory Hanson Maia Stevens.
Wie zuvor ließ der Computer Cantwell abblitzen, als dieser ihn um weitergehende Informationen bat. »Na ja, es ist mitten im Hochsommer«, sagte Cantwell. »Vielleicht sind all die Leute, die Zugang zu der beschränkten Information haben, gerade in Urlaub.«
»Das hilft uns nicht weiter.« Reiss stellte sich vor, sie müßten noch einmal einen Ray Blodget auftreiben und hereinlegen. Diese Aussicht genügte, ihn in Verzweiflung zu stürzen.
»Nein, es hilft uns nicht weiter. Ich bin offengestanden mit meinem Latein am Ende.«
Die beiden hockten vor dem leeren Bildschirm, als warteten sie darauf, daß er vielleicht Mitleid mit ihnen bekommen und die fehlenden Codewörter ausspucken würde.
Schließlich stand Cantwell auf, ging hinüber zum Fenster und schaute hinaus. »Hey, die Sonne kommt heraus. Na, was habe ich dir gesagt?« Es hatte nicht den Anschein, als mache ihm dieser Mißerfolg besonders viel zu schaffen. Vielleicht kam es daher, daß er die Sache von Anfang an nicht als eine Frage von Leben und Tod angesehen hatte.
»Wen interessiert denn so was, zum Teufel?« war Reiss' Reaktion darauf.
»Schau mal, wir können im Moment überhaupt nichts daran ändern. Komm, ich mach dir einen Drink. Mit rosaroter Limonade kann ich dir die tollsten Sachen mixen. Das wird dich sofort aufheitern.« Er ging aus dem Zimmer, ohne eine Antwort abzuwarten.
Reiss starrte weiter reglos auf den Bildschirm. Er wollte sich gerade losreißen, als er sich doch entschloß, noch einen letzten Versuch zu starten.
Wieder begann er mit Carlo D.

»ERBITTE ALLE DATEN DI ANGELIS, CARLO.«

»CODEWORT?«

»MINOS.«

»CODEWORT?«

»ACHERON.«

»CODEWORT?«

Los geht's, dachte er, jetzt kommt der letzte Versuch.

»GEIST.«

»CODEWORT INKORREKT.«

»TRAXTONS GEIST.«

»CODEWORT INKORREKT.«

Verdammt. Noch ein Versuch.

Er schrieb: »JOHN TRAXTONS GEIST.«

Er wartete einen Moment, und dann spuckte der Computer für ihn alles aus, was er in sich hatte.

Als Cantwell mit den Drinks wiederkam, war der Computer noch immer dabei, die Information über Carlo D. auszuwerfen. Er starrte verblüfft auf den Bildschirm.

»Was in drei Teufels Namen hast du denn gemacht, du Scheißkerl?«

»Ich habe einfach Glück gehabt.«

»Glück, du Arsch. Du hast mit irgend etwas hinterm Berg gehalten, nicht wahr? Du hattest ein schlimmes kleines Geheimnis irgendwo in der finstersten Ecke deines Kopfes versteckt, oder?« Er versuchte, einen scherzhaften Ton anzuschlagen, aber Reiss konnte spüren, daß er sich ärgerte. Er wurde mit Niederlagen ohnehin nicht besonders gut fertig, aber er konnte sie ertragen, solange nicht jemand anderes daherkam und das Problem meisterte. Er nippte schweigend und verstimmt an seinem reichlich großen Drink.

Reiss war nicht besonders an den schmutzigen Einzelheiten aus Carlo D.s Leben interessiert, ganz zu schweigen von den detaillierten Beschreibungen seiner körperlichen Eigenschaften, aber er war vollkommen überwältigt von der Masse an Information, die über eine einzige Person angehäuft worden war.

Am Ende der biographischen Skizze war folgende Notiz angefügt: »DIE BETREFFENDE PERSON IST BEI ENTDECKUNG SOFORT EINZUBRINGEN. ÜBERWACHUNG DER REGION SANTA MARIA IN KOLUMBIEN WIRD FORTGESETZT.«

»Einbringen? Ist dir der Ausdruck geläufig?« fragte Reiss.

Cantwell mußte zugeben, daß er ihn in diesem Zusammenhang noch nie gehört hatte. »Ich vermute, daß es Gefangennahme bedeutet.«

»Oder es bedeutet, daß jemand umgebracht werden soll«, sagte Reiss. »Wie kann ich das jetzt verändern?«

Cantwell zeigte ihm, wie er mit dem Cursor umgehen mußte. »So kannst du etwas löschen, und dann tippst du einfach das, was du haben willst. Dann mußt du auf ›Enter‹ drücken. Es ist eigentlich ganz einfach.«

Reiss machte sich daran, die letzten paar Worte der Biographie umzuändern. Er fragte sich, ob es wohl ausreichen würde, um seinen Wohltäter-wider-Willen zu retten.

»BETREFFENDE PERSON EINGEBRACHT«, gab er ein. »ÜBERWACHUNG BEENDEN.«

»Wer ist dieser Di Angelis eigentlich?«

»Ein Veteran aus demselben Krieg«, antwortete Reiss.

»Jetzt«, sagte Cantwell, »jetzt, finde ich, solltest du mich mal dranlassen.«

Er zog sich einen Stuhl vor das Gerät und übernahm anstelle von Reiss seine Bedienung. Ein paar Augenblicke später hatten sie seine Biographie vor sich auf dem Bildschirm; sie bestand aus einer immensen Informationsmenge und ging noch weit über die Details von Carl D.s Beschreibung hinaus.

Cantwell studierte die Information ein bißchen belustigt.

»Sie kriegen wirklich einiges raus über die Leute, was?«

Aber erst, als er einen bestimmten Absatz erreicht hatte, wurde ihm klar, wieviel das Center wirklich über ihn wußte: »AM MORGEN DES 8. SEPT. BETRAT DIE BETREFFENDE PERSON DAS APARTMENT VON JUNE GRAHAM (SIEHE OBEN). T. L. TODD, PENSIONIERTER ELEKTRIKER, BERICHTETE, AUS APT. 6F LÄRM GEHÖRT ZU HABEN. ER ÖFFNETE DIE TÜR UND WURDE AUGENZEUGE DER FLUCHT DER BETREFFENDEN PERSON AUS APT. 6F. TODD WURDE VON DER BETREFFENDEN PERSON NICHT GESEHEN. AUF BEFRAGUNG DURCH DIE POLIZEI LEUGNETE TODD, ETWAS GEHÖRT ZU HABEN, WEIL ER SICH VOR DER RACHE DER BETREFFENDEN PERSON FÜRCHTETE. DAS CRC BESTAND DARAUF, DASS TODD DER POLIZEI BERICHTETE, WAS ER GESEHEN HATTE.«

»Diese Scheißkerle«, knurrte Cantwell. »Die haben mich in die Pfanne gehauen.«

Reiss konnte ein Lächeln kaum unterdrücken. Es gefiel ihm, endlich einmal mitzubekommen, daß auch Cantwell betroffen sein konnte. Das Center hatte trotz all seiner Bemühungen die Wahrheit über den Mord an June Graham herausgefunden.

»TODD KAM AM 22. DEZEMBER UM 16.40 UHR ZUM 17. POLIZEIREVIER UND WURDE VON SERGEANT WALSH BEFRAGT.«
Walsh, dachte Reiss. Er erinnerte sich an das kurze merkwürdige Gespräch mit ihm. Immer wieder tauchten dieselben Namen auf.
»Sie lassen dich kommen und gehen«, sagte Cantwell. Er sah dabei nicht mehr besonders amüsiert aus. Genaugenommen sah er jetzt sogar ziemlich niedergeschlagen aus.
Aber es kam noch schlimmer: »AM 14. APRIL DESSELBEN JAHRES TRAF DER BETREFFENDE OHNE GENEHMIGUNG IN NEW YORK EIN UND ZOG NACH HELMSLEY PALACE, RM 318. HIER BEFAND SICH SEIN WOHNSITZ BIS ZUM 1. JULI, ALS DER BETREFFENDE NACH HYATT, RM 1081, ZOG. AM 1. JULI MIETETE DER BETREFFENDE DAS HAUS IN DER SHADOW LANE 4 IN AMAGANSETT. UNTER DEM NAMEN JOE LARABEE ERÖFFNETE ER DEN AUSSERGEWÖHNLICHEN COMPUTERLADEN IN DER FÜNFUNDFÜNFZIGSTEN STRASSE WEST 51, MANHATTAN. FINANZQUELLE: KEINE DATEN VERFÜGBAR. ANGERATEN WIRD EINBRINGEN NACH RÜCKSPRACHE.«
Cantwell war totenbleich geworden. Er war also zweimal vom Center bei seinem eigenen Spiel ausgetrickst worden. Aber diesmal konnte Reiss sich an Cantwells Unbehagen nicht im mindesten weiden. Denn wenn Cantwell in Gefahr war, dann waren es auch er und Corry. Sie hatten ganz offensichtlich zu ihrer Hilfe den falschen Mann gewählt. Aber zu wem hätten sie sonst gehen können?
Reiss wandte sich zu Cantwell; er war neugierig, wie er reagieren würde.
»›Rücksprache‹«, sagte er. »Was denkst du wohl, was sie mit ›Rücksprache‹ meinen?«
»Ich habe keinen Schimmer. Aber ich vermute, daß sie einfach noch keine endgültige Entscheidung darüber getroffen haben.«
Auf Cantwells Gesicht zeichnete sich angestrengte Konzentration ab. »Nehmen wir mal an, ich mache es so«, meinte er, ohne jedoch zu sagen, was er vorhatte. Dann setzte er sich an den Computer und begann zu schreiben: »7. AUGUST.«
Er warf Reiss, der ihm gespannt zuschaute, einen Seitenblick zu.
»BETREFFENDE PERSON EINGEBRACHT«, tippte er und fügte noch hinzu: »ÜBERWACHUNG BEENDEN.«
»Das müßte eigentlich genügen!« verkündete er und stand auf. »Ja, das müßte eigentlich genügen.«

»Na ja, ich weiß nicht recht, Nick. Du kannst dir da nicht so sicher sein. Diese Änderung muß nicht unbedingt die sofortige Beendigung der Überwachung zur Folge haben. Wer immer es sein mag, den sie zu deiner Überwachung eingesetzt haben, er wird nicht einfach von jetzt auf nachher damit aufhören.«
»Das stimmt schon, aber ich habe vor, gewisse Vorsichtsmaßnahmen zu treffen. Ich werde jemanden anheuern, der meinen Laden für mich schmeißt, ich werde eine Zeitlang verschwinden und dann unter einem anderen Namen wieder auftauchen. Du wirst schon sehen.«
Er klang immer noch nicht besonders überzeugt, aber er war kein Mann, der die Flinte so schnell ins Korn warf; das mußte Reiss ihm zugestehen. Cantwell bemerkte den skeptischen Blick, mit dem Reiss ihn musterte, und sagte: »Tja, hast du denn etwa einen besseren Vorschlag?« Er klang verärgert.
Reiss hatte keinen besseren Vorschlag.
»Da ich jetzt sowieso nichts machen kann, werde ich gehen und mich umziehen. Alexis müßte bald hier sein. Wir wollen vor der Party noch zusammen essen gehen.«
Das war seine Art, Reiss wissen zu lassen, daß er keinesfalls vorhatte, seinen Lebensstil einzuschränken wegen dieses kleinen Mißgeschicks. Ganz im Gegenteil. Nach Reiss' Meinung war es nicht gerade eine »Vorsichtsmaßnahme«, heute abend zu einer überfüllten Party auf Great Peconic Bay zu gehen, aber er sagte nichts. Cantwell hätte wohl kaum einen Rat von ihm angenommen.
»Laß dich durch meine Abwesenheit nicht aufhalten«, sagte er jetzt zu Reiss. »Mach einfach weiter und spiel ein bißchen herum. Ich bin fertig.«
Es war klar, daß er mit dem Computer fertig war; er hatte ihm gründlich den Nachmittag verdorben.
Reiss zögerte noch immer, die Geheimnisse – Geheimnisse, von denen er vielleicht selbst nichts wußte –, die das Center über ihn gespeichert hatte, aufzudecken. Deshalb experimentierte er zunächst noch mit einem anderen Namen, von dem er annahm, daß er Teil des gewaltigen Gedächtnisses des Centers war.
Einer war sein alter Freund Hardin Mull. »ASSOZIIERTES MITGLIED DES KOMITEES, CRC«, lautete die Angabe; auch die entsprechenden

Daten waren aufgeführt. Aber das war auch alles. »BESCHRÄNKTER ZUGANG: DORNENKRONE. CODEWORT?«
War Mull zur »Dornenkrone« gekommen? Hatte er Ansprüche angemeldet auf eine höhere Position als die, die er im Komitee innehatte? Da ihm die notwendigen Codewörter fehlten, um weiter in die Sache eindringen zu können, als der Geist von John Traxton es zuließ, mußte sich Reiss damit zufriedengeben, daß er die Antwort auf seine Fragen wahrscheinlich nie erfahren würde. Als er John Traxtons Namen eingab, erhielt er die gleiche frustrierende Antwort: »BESCHRÄNKTER ZUGANG: DORNENKRONE. CODEWORT?«
John Traxton war offenbar irgendwo, wo ihn nicht einmal sein eigener Geist noch erreichen konnte. Aber wo war das wohl? Noch immer hatte er keine Ahnung, ob sein Mentor noch lebte oder tot war.
Er beschloß, noch einen weiteren Namen auszuprobieren. Er war ebenfalls Mitglied des Centers, aber in einer weitaus niedrigeren Position als Mull oder Traxton. Matthew Watkins.
Er fand, daß Watkins bei weitem nicht so von Geheimnissen umgeben war. Der Computer druckte ohne weitere Umstände die Biographie aus, die Reiss von ihm anforderte.
Nach dem, was aus seinen Daten zu entnehmen war, hatte Watkins als professioneller Killer in Detroit gearbeitet, und hielt sich später, zur gleichen Zeit wie Mull, Traxton und Reiss, in der Bay Area von San Francisco auf. Damals nahm Watkins Kontakt mit dem Center auf; dieses Schicksal war immer noch besser als eine lebenslange Zuchthausstrafe in Soledad absitzen zu müssen, was ohne die Intervention des Centers seine Alternative gewesen wäre. Watkins war ein Pseudonym; seine jetzige Identität war nicht die, mit der er sein Leben begonnen hatte.
Das alles war recht interessant. Aber das, was er am dringendsten wissen wollte, nämlich, wo Watkins sich zur Zeit aufhielt und was er vorhatte, war nicht in dieser Biographie enthalten. Als er jedoch zusätzliche Information erbat, erhielt er die gleiche langweilige Antwort wie vorher: »BESCHRÄNKTER ZUGANG: DORNENKRONE. CODEWORT?«
In diesem Moment erklang von draußen lautes Hupen. Dann ließ sich Cantwells Stimme hören. »Ich komme gleich, Schätzchen, einen Moment.«

Reiss blickte auf, als Cantwell das Zimmer betrat. »Na, wie sieht's aus?« fragte er, ohne sich besonders für eine Antwort zu interessieren. »Ich muß mich beeilen. Ich hatte gedacht, daß Corry und du vielleicht zusammen mit uns essen gehen könnten. Aber angesichts der Tatsache, daß sie so spät kommt, muß ich dich wohl hier alleine lassen. Hier ist die Einladung.« Er legte eine geprägte Karte auf den Tisch. »Du dürftest eigentlich keine Probleme haben, dort hinzufinden. Ein Plan ist auch hier drauf. Du mußt von der Newtown Road abbiegen, nicht weit von Squiretown. Wenn dich irgend jemand fragt, dann sag ihm, du seist ein Freund von Alexis Frederick.«

Das Hupen ertönte von neuem. Cantwell ging zum Fenster und rief seiner wartenden Freundin zu: »Ich bin schon unterwegs!« Dann wandte er sich noch einmal zu Reiss, öffnete seine Jacke und gab damit den Blick frei auf eine Pistole, die er sich über die Schulter geschnallt hatte. »Vorsichtsmaßnahmen«, sagte er. »Mach dir keine Sorgen.«

Er war schon fast an der Tür, als er noch einmal anhielt, in die Tasche griff und einen Schlüsselbund herauszog, den er Reiss überreichte. »Wenn du gehst, vergiß nicht abzuschließen. Und wenn du etwas zu essen oder zu trinken willst, dann bediene dich.«

Nachdem er gegangen war, ging Reiss zum Fenster. Er war neugierig, wie Cantwells Freundin wohl aussehen mochte. Attraktiv, aber aufgedonnert, vermutete er.

Die Frau am Steuer des roten Lotus hatte in Erwartung von Cantwells Erscheinen den Kopf abgewandt. Reiss fiel auf, daß auf dem Armaturenbrett eine rosarote Kaninchenpfote lag.

Erst als Cantwell auftauchte, drehte sie ihr Gesicht so, daß er es gut sehen konnte. Sein Entsetzen hätte nicht größer sein können.

Alexis Frederick war die Person, die man zu seiner Überwachung eingesetzt hatte. Obwohl sie sich die Haare gefärbt hatte, war sie nicht zu verkennen. Es war Kristin Landis.

Cantwell saß bereits im Auto, das sich auch schon in Bewegung setzte.

Reiss rief ihm nach: »Nick, ich muß mit dir reden!«

In seiner Verwirrung hatte er vergessen, seinen Decknamen zu benutzen. Nicht, daß das etwas ausgemacht hätte, denn der aufheulende Motor des Lotus übertönte alle anderen Geräusche. Cantwell nahm an, Reiss wolle ihm lediglich noch einmal auf Wiedersehen sagen. Er lächelte und winkte ihm vergnügt zu. Kristin warf Reiss einen verwunderten, ein bißchen ärgerlichen Blick zu, aber es war vollkommen ausgeschlossen, daß sie ihn erkannt hatte. Dann bewegte sich der Lotus rasch aus der Auffahrt und war im Nu in einer Wolke von Staub und Abgasen verschwunden.

44

Die Klimaanlage war außer Betrieb und die Luft stank fürchterlich nach zu vielen menschlichen Körpern, die in einem viel zu kleinen Raum zusammengepfercht sind. Die Leute, die keinen Sitzplatz hatten ergattern können, standen auf den Gängen oder lehnten sich in den Bereichen zwischen den einzelnen Wagen an die Wand. Die Gepäcknetze über den Sitzbänken waren vollgestopft mit abgeschabten Koffern, Plastiktüten, in denen sich Kleider zum Wechseln befanden, tragbaren Radios und zusammenklappbaren Kinderwagen für all die Kleinkinder, die heulend im Arm ihrer Mütter saßen. Der Zug hatte Verspätung, die mit jedem neuen, nicht vorgesehenen Halt mitten in Queens größer wurde. Und so saß der Zug auf einem Streckenabschnitt nach dem anderen immer wieder fest, während sich die Sonne ihren Weg durch die vom Wetter verdreckten Fenster bahnte und Schweiß von den Körpern auf die Vinylbezüge der Sitze sickern ließ.

Zuerst machte Corry das alles nichts aus; je mehr Leute um sie herum waren, desto besser für sie. Inmitten all dieser Leute, die auf ihren Urlaub brannten, würde bestimmt niemand versuchen, sich auf sie zu stürzen. Ein eventueller Angreifer hätte zum Beispiel seine Flucht durch die Gänge ergreifen müssen, die durch die zu Dutzenden darin steckengebliebenen Fahrgäste praktisch unpassierbar waren.

Ihr Hals brannte noch immer; dort, wo sich die Finger des Mannes eingegraben hatten, bildeten sich rote Striemen. Sie hatte den Kragen hochgeschlagen, um die Verletzungen so gut wie möglich zu verdecken, aber ein großer Teil davon blieb dennoch sichtbar. Sie genierte sich deswegen, als sei sie persönlich für das Erscheinen der Flecke verantwortlich.

Die häufigen Verzögerungen machten sie nervös. Sie hatte zwei äußerst hektische Stunden hinter sich, in denen sie quer durch Manhattan vor einem Mann weggelaufen war, der sie vielleicht verfolgt hatte, vielleicht aber auch nicht. Sie hatte keine Ahnung, ob sie ihn abgeschüttelt hatte oder nicht. In jedem Fall jedoch war sie furchtbar spät dran, und da auch kein Telefon für sie erreichbar war, gab es keine Möglichkeit, Reiss wissen zu lassen, was ihr zugestoßen war. Sie konnte ihn nicht einmal warnen, daß auch er möglicherweise in Gefahr war. Vielleicht würde eine solche Warnung, genau wie sie selbst auch, viel zu spät kommen. Aber es würde noch Stunden dauern, bis sie nach Amagansett kam, und bis dahin war sie vollkommen machtlos und konnte nichts unternehmen. Es blieb ihr nichts anderes übrig, als sich damit abzufinden, daß sie eine Gefangene der Eisenbahn von Long Island war, ein Schicksal, das sie mit all denen, die um sie herum standen und saßen, teilte. Vielleicht war deren Lage nicht ganz so verzweifelt wie die ihre, aber an dem deprimierten Ausdruck ihrer Gesichter hätte man es nicht erkennen können.

Er schien sich in einer völlig unmöglichen Situation zu befinden. Er mußte Cantwell unbedingt warnen vor der Gefahr, in der er schwebte, aber Reiss hatte keinerlei Möglichkeit herauszubekommen, für welches Restaurant an der South Shore sich die beiden entschieden hatten. Er konnte ihn später am Abend auf der Yacht erreichen, aber nur, wenn er persönlich dort hinging. Und er hatte nicht vor, sich aus dem Haus zu rühren, solange Corry noch nicht aufgetaucht war, die noch immer nichts hatte von sich hören lassen. Es war inzwischen fast sechs Uhr, und sie war noch immer nicht hier. Er konnte sich nicht vorstellen, weshalb sie sich so sehr verspätet haben könnte. Er wurde fast verrückt vor Sorge, aber was blieb ihm anderes übrig, als hier zu bleiben, wo er war? Ein paarmal ging ihm der Gedanke durch den Kopf, daß sie vielleicht versuchte, ihn telefonisch zu erreichen, aber in diesem Haus, das Nick Cantwell, alias Joe Larabee, gemietet hatte, gab es nur eine einzige Telefonleitung, und die war besetzt. Obwohl es ihm schwerfiel, der Versuchung zu widerstehen, konnte er die Leitung auf keinen Fall freimachen, denn das hätte die Verbindung mit der Computerbank

des Centers unterbrochen, und er war sich einfach nicht sicher, ob diese dann jemals wieder hergestellt werden konnte.
Es kostete ihn eine ungeheure Überwindung, seine Aufmerksamkeit auf den Bildschirm zu konzentrieren. Jedesmal, wenn er unten auf der Straße ein Auto vorbeifahren hörte, oder wenn irgendwo eine Tür zuschlug, rannte er ans Fenster und spähte hinaus in der Hoffnung, es sei Corry. Aber sie kam nicht.
Er beschloß jetzt nachzusehen, ob das Center irgendwelche Daten über seine Familie gespeichert hatte. Es war schon schlimm genug, daß er von ihrem System vereinnahmt worden war, und er wollte verhindern, daß seinen Kindern und seiner Frau – seiner Exfrau natürlich – dasselbe Schicksal widerfuhr.
Zu seinem Entsetzen waren auch sie dem alles verschlingenden Gedächtnis des Centers nicht entgangen. Nicht einmal Betsys neuer Ehemann Sam Kraft, der, wie sich herausstellte, Kieferorthopäde war. Dann können meine Kinder ihre Zahnspangen also umsonst kriegen, war sein erster, nicht ganz ernst zu nehmender Gedanke. Die sonstigen Daten waren wesentlich beunruhigender: Da waren die Namen und Adressen der Schulen seiner Kinder angegeben, ihr gesamter Stundenplan, die Verkehrsmittel, die sie für den Hin- und Rückweg benutzten, die Uhrzeit, zu der sie für gewöhnlich ins Bett gingen. Alle Einzelheiten, die das Center brauchen würde, um eine Entführung zu arrangieren.
Inmitten anderer Informationen entdeckte er außerdem, daß Kraft für die Sommerferien ein Haus in Ocean Beach auf Fire Island gemietet hatte. Reiss notierte sich die Adresse, und, statt irgend etwas zu verändern, löschte er dann die gesamte Information über die Familie. Er war ziemlich sicher, daß diese Lücke keinem auffallen würde. Betsy und die Kinder (und Sam Kraft sowieso) waren für das Center nur von peripherem Interesse. Nein, dachte er, kein Mensch wird sie je vermissen. Das war sein Abschiedsgeschenk. Oder war es vielleicht eher eine Art Wiedergutmachung?
Er kehrte zurück zu Maia. Diesmal quoll mit der unschätzbaren Hilfe von John Traxtons Geist eine riesige Fülle von Daten aus dem Computer. Endlich, dachte er, endlich werde ich die Wahrheit über sie herausfinden können.
Da gab es zunächst einmal eine Judith Loess, genau wie Hardin Mull

es ihm vor so langer Zeit gesagt hatte, und sie war aus Evanstown, Illinois, gekommen, um am Broadway ihr Glück zu machen. Sie hatte den Künstlernamen Maia Stevens angenommen und war als Patientin vor zwei Jahren zum Center gekommen. Der Computer bestätigte ihm, daß sie Amarucancha als Corry Folger verlassen hatte, und daß sie Claudia Sheff werden sollte. Es war ordnungsgemäß vermerkt worden, daß Gregory Hanson ihren Platz als Maia Stevens eingenommen hatte, auf sein weiteres Schicksal wurde jedoch nicht eingegangen.

So viele Namen, dachte er voller Staunen, so viele verschiedene Identitäten. Und wer war sie jetzt? Was sagte ihm diese ausführliche Biographie – von Agenten, Filmverträgen, Liebesabenteuern, Theater- und Leinwandunternehmungen –, was sagte sie ihm denn wirklich? Eigentlich nicht mehr als die schematische Darstellung ihrer Zähne, ihrer Knochenstruktur und ihrer Gesichtskonturen. Nichts. Diese ganzen Einzelheiten ihres Lebens, die er aus ihr herauszuschütteln versucht hatte, nicht wie ein Liebhaber, sondern viel eher wie ein mitfühlender Polizist, hatten jetzt, wo er sie kannte, auf einmal keinerlei Bedeutung mehr. Was er wollte, war die Frau selbst, nicht dieses leblose Porträt, das in unendlicher Abfolge kleiner weißer Buchstaben auf dem Bildschirm erschien. Denn die Frage, auf die er sich wirklich eine Antwort ersehnte, die Frage, von der er glaubte, daß sie der Schlüssel zum Geheimnis ihres Lebens war, wurde in dieser Totengruft von Fakten nicht einmal erwähnt. Was hatte sie überhaupt dazu gebracht, zu verschwinden? War sie dazu gezwungen worden? Oder hatte sie ein anderes, tieferliegendes Motiv gehabt?

Der Schluß des Berichts lautete folgendermaßen: »NACH ERFOLGREICHEM FLUCHTVERSUCH AUS AMARUCANCHA IN BEGLEITUNG VON M. REISS (9910C/1) UND C. DI ANGELIS (0018C/3) BEGAB SICH DIE BETREFFENDE PERSON NACH IQUITOS. DER VERSUCH, DIE BETREFFENDE PERSON IN IQUITOS ZU ERGREIFEN, SCHLUG FEHL. ES WIRD BERICHTET, DIE BETREFFENDE SEI ENDE JULI IM DISTRIKT VON SANTA MARIA IN KOLUMBIEN AUFGETAUCHT. ES IST ANZUNEHMEN, DASS SIE VON DORT WIEDER VERSCHWUNDEN IST, WAHRSCHEINLICH ZUSAMMEN MIT M. REISS. ÜBERWACHUNG IN MIAMI UND NEW YORK WIRD ANGERATEN. EINBRINGEN DER BETREFFENDEN PERSON HAT HÖCHSTE PRIORITÄT.«

Es war ermutigend, hier den Anklang von Unsicherheit zu entdekken, der in dem Ausdruck »es wird berichtet« beinhaltet war. Es bestand natürlich die Möglichkeit, daß die Daten danach noch auf den neuesten Stand gebracht worden waren, aber es gab doch wenigstens ein bißchen Veranlassung zu der Hoffnung, daß ihre Anwesenheit in New York noch nicht bemerkt worden war. Das große Problem war jetzt Cantwell. Er war bloßgestellt und konnte dadurch auch sie beide – wenn auch unbeabsichtigt – in die gleiche üble Lage bringen.

Nur, momentan konnte er daran nichts ändern, denn weder Corry noch Cantwell waren für ihn erreichbar. Er konzentrierte seine Aufmerksamkeit wieder auf den Computer, löschte die beiden letzten Sätze vollständig und ersetzte sie durch seine eigene Version der Ereignisse: »BETREFFENDE PERSON VERSTARB AM 27. JULI, ALS EIN SCHMUGGLERSCHIFF VON DER KÜSTENWACHE VOR MIAMI AUFGEBRACHT UND VERSENKT WURDE.«

Er vertraute fest darauf, daß das die Akte, jedenfalls die offizielle Akte über Maia Stevens, schließen würde.

Jetzt aber blieb ihm immer noch eine Person, um die er sich kümmern mußte: der ehemalige Dr. Michael Reiss.

Wieder war er verblüfft über die Masse und Vielfalt der Daten, die das Center über seine Person angehäuft hatte. Er fühlte sich von neuem hintergangen, als er las, wie genau er in den Tagen vor seinem angeblichen Tod und seinem Verschwinden aus New York beobachtet worden war.

Er fand Mitschriften von Telefongesprächen, die er geführt hatte, ohne auch nur einmal auf die Idee zu kommen, daß seine Leitung abgehört werden könnte – Gespräche mit Kinkis, mit Walsh, selbst mit seinem alten Freund Jerry Simpson.

Es wurde ihm klar, daß irgend jemand im Büro der Staatsanwaltschaft auf ihn angesetzt gewesen sein mußte. Mull hatte recht gehabt. Das Center hatte seine Augen überall.

Sie telefonierte vom Bahnhof aus. Es war inzwischen schon Viertel vor acht. Die Bahnsteige waren sowohl für Züge nach Westen wie nach Osten überfüllt. Berge von Reisegepäck lagen überall herum. Alle Züge hatten Verspätung, egal, in welche Richtung sie fuhren.

Soweit sie wußte, konnte es durchaus sein, daß ihr Angreifer irgendwo in der Menschenmenge auf sie lauerte; sie war sich nicht sicher, ob sie ihn in New York wirklich abgehängt hatte.
Die Leitung war besetzt. Sie konnte sich nicht erklärten, weshalb Reiss oder Cantwell so lange telefonierten. Sie wartete ein paar Minuten und versuchte es dann noch einmal. Es war immer noch besetzt.
Sie war viel zu unruhig, um noch länger zu warten, also suchte sie sich ein Taxi und wies den Fahrer an, sie zur Shadow Lane zu bringen. Das Taxi, das ihr folgte, bemerkte sie gar nicht.

Sein psychologisches Profil fesselte ihn weit mehr, als er vermutet hatte. Das ist es also, was sie von mir denken? dachte er erstaunt. Und dann: Das ist doch vollkommener Quatsch, so bin ich überhaupt nicht. Darauf: Na ja, vielleicht steckt doch ein Körnchen Wahrheit drin. Und schließlich: Vielleicht bin ich ja tatsächlich so.
Er fand es ziemlich entmutigend, die unheimliche Genauigkeit anerkennen zu müssen, mit der das Center bei der Einschätzung seiner Person vorgegangen war. Außerdem war auch deutlich zu sehen, wie das Center vorhatte, ihn zu ändern: es stellte ihn aggressiver dar, nahm ihm sein Gewissen, seinen Sinn für Gerechtigkeit, seine Moralvorstellungen. Besonders unangenehm fand er, daß diesen psychologischen Veränderungen kein einheitliches Konzept zugrunde zu liegen schien. Es handelte sich einfach um ein Experiment, es war der Traum eines jeden überzeugten Behavioristen, und vielleicht kam es dabei nicht einmal so sehr darauf an, ob die Sache klappte oder nicht.
Das war überhaupt das Allerschlimmste: Reiss hatte keine Ahnung, zu welchen Ergebnissen sein eigener Fall geführt hatte. Vielleicht war das Center erfolgreich gewesen. Wahrscheinlich würde er es niemals erfahren.
Seine melancholische Grübelei wurde jäh unterbrochen. Jemand klopfte an die Tür. Er hörte, wie jemand seinen Namen rief.
Es war Corry. Die Tür war offen, und bevor er die Treppe herabgekommen war, stand sie schon im Haus.
Sie flog in seine Arme. Erst als er sie wieder losließ, bemerkte er die roten Striemen an ihrem Hals. »Was ist passiert?«

»Jemand hat mich überfallen, als ich Nicks Auto holen wollte. Er hat versucht, mich zu erwürgen. Aber es ist mir nichts passiert, keine Sorge, es geht mir gut. Ich brauche nur dringend etwas Kaltes zu trinken.«

»Komm, ich hole dir was.« Er führte sie in die Küche.

Er hatte gerade die Kühlschranktür geöffnet und spähte hinein, um zu sehen, was Cantwell zu trinken hatte, als die Beleuchtung des Kühlschranks erlosch.

»Verdammt«, sagte er. Er dachte, die Glühbirne sei ausgebrannt.

Aber es lag nicht an der Glühbirne. Der Flur war dunkel, obwohl Reiss sich genau daran erinnern konnte, das Licht angemacht zu haben, als er die Treppe heruntergekommen war. Corry drehte sich verwundert um, sie konnte nicht verstehen, was in Reiss gefahren war. »Was ist denn los?«

»Bleib, wo du bist. Beweg dich nicht vom Fleck.«

Er rannte zurück ins obere Stockwerk. Der Bildschirm, auf dem vor ein paar Minuten noch eine Fülle von Informationen über eine Person namens Michael Reiss zu lesen gewesen war, zeigte nichts mehr. Das Lämpchen, das die Verbindung zum Terminal angezeigt hatte, war ebenfalls erloschen. Er hob den Telefonhörer ab, aber das Telefon war ebenso tot wie der Bildschirm. Hätte es sich um einen durch überhöhten Stromverbrauch verursachten Zusammenbruch der Leitungen gehandelt, wäre das Telefonnetz bestimmt nicht ebenfalls in Mitleidenschaft gezogen worden.

Er schnappte sich die Einladung und den Schlüsselbund, den Cantwell ihm gegeben hatte.

Er wollte gerade die Treppe hinuntergehen, als er plötzlich hörte, wie eine Tür geöffnet wurde. Er konnte nicht unterscheiden, ob es die Eingangstür oder die Hintertür gewesen war. Dann vernahm er Corrys Stimme: »Michael, bist du das?«

Die *Calliope* glitzerte wie ein juwelenbesetztes Collier auf dem dunkel werdenden Wasser der Bucht. Selbst von den Landungsbrücken, wo sie eine Barkasse bestiegen, die sie zu der Yacht bringen sollte, konnte man die lauten Stimmen und das schrille Gelächter hören, wie sie für eine Party typisch waren.

Etliche Autos parkten ein kleines Stück von den Landungsbrücken

entfernt, was ebenfalls dafür sprach, daß schon Gäste vor ihnen an Bord der Yacht eingetroffen waren.
»Niemand«, sagte Kristin, »niemand versäumt gern auch nur eine Minute von Marty Shapiros Parties.«
»Er ist ein alter Freund von dir, hast du gesagt?« fragte Cantwell.
»Er ist mein ehemaliger Agent. Jetzt ist er Produzent.«
»Da hat er sich aber ganz gut hochgearbeitet. Ich schätze, das Ding da drüben ist mindestens sechzig Fuß lang.«
»Es ist ziemlich beeindruckend, was?«
In der Barkasse befand sich außer ihnen noch ein Pärchen, aber Cantwell hatte nur Augen für seine Alexis. Im Halbdunkel leuchtete sie förmlich mit ihrem blonden Haar und ihrem weißen Overall. Er streckte die Hand nach ihr aus und zog den Reißverschluß des Overalls noch ein bißchen weiter nach unten.
Er war schon ziemlich betrunken, weil er in der Hoffnung, die unangenehmen Neuigkeiten von heute nachmittag auslöschen zu können, schon recht viel geschluckt hatte.
Kristin verfolgte das langsame Herabgleiten des Reißverschlusses mit einem amüsierten Lächeln. »Das ist nicht sehr höflich, Joe«, sagte sie, unternahm aber nichts, ihn wieder an seinen Platz zu schieben.
Ketten mit vielfarbigen Lichtern schmückten das gesamte Deck und hingen an den ungetakelten Masten. Laute Tanzmusik ertönte aus den Lautsprechern, die mitschiffs aufgestellt worden waren. Eine nicht näher bestimmbare Zahl von Menschen lümmelte sich auf einer großen Terrasse, von der man auf einen ebenso großen Swimmingpool blickte. Bisher befand sich niemand im Wasser, aber Cantwell hatte das Gefühl, daß sich in ein paar Stunden die Leute darin nur so drängeln würden, und zwar nicht nur solche, die Lust hatten zu schwimmen.
Kristin schien jeden hier zu kennen und wollte Cantwell unbedingt all ihre Bekannten vorstellen, so daß er nur selten ihre Namen mitbekam.
Einer davon war, soweit er verstand, der Gastgeber, Shapiro. Sein Begleiter hieß Nigel Soundso, er war ein älterer Mann mit silbergrauem Haar. Eine Martha oder Sarah Humphries wurde ihm vorgestellt. Und ein auffallend grell gekleideter Homosexueller na-

mens Simon Lash. Kristin behauptete, er verfüge über übersinnliche Fähigkeiten. Er starrte Cantwell mit seelenvollen Augen an, die durch lavendelfarbenen Lidschatten noch betont wurden, und sagte: »Ich kann deine Zukunft sehen«, worauf er in ein Lachen ausbrach, das Cantwell ausgesprochen irritierend fand.

Er zog Kristin weg von den vielen Menschen, obwohl dies ohnehin bald ein nutzloses Unterfangen sein würde, denn das Gedränge wurde mit jeder neuen Ankunft der Barkasse größer. Es gab eigentlich keine Möglichkeit, irgendwo allein zu sein. Kristin schlug ihm vor, er solle doch Martys Getränke probieren oder vielleicht etwas von dem Roten Kolumbianer, dessen durchdringender Duft bereits die Luft erfüllte. Und es war natürlich unumgänglich, daß man etwas von Martys peruanischem Kokain versuchte. Cantwell war eine viel zu suchtgefährdete Persönlichkeit, als daß er auch nur einer dieser Versuchungen hätte widerstehen können. Er war zwar noch viel betrunkener als ihm bewußt war, aber er war noch imstande zu stehen, er konnte noch sprechen und sich auch verständlich machen. Und er war ohnehin in der Stimmung, sich völlig zu besaufen. Er sagte zu Kristin: »Bleib bei mir, Schatz. Ich werde heute abend jemanden brauchen, der auf mich aufpaßt. Ich möchte nicht plötzlich ausrutschen und über Bord gehen.«

Sie hakte ihn unter und sagte: »Du brauchst dir keine Sorgen zu machen, Joe. Ich werde dich ganz bestimmt nicht verlassen.«

Er stand in der Tür, er war drauf und dran abzudrücken.

Da begegneten seine Augen denen von Reiss.

»Meyers, schieß nicht auf sie!«

Der Gebrauch seines richtigen Namens, den er wahrscheinlich lange nicht mehr gehört hatte, verwirrte ihn. Er konnte ja nicht wissen, daß Reiss den Computer des Centers angezapft hatte; für ihn war die Tatsache, daß Reiss auf geheimnisvolle Weise Kenntnis über seine wahre Identität erlangt hatte, das gleiche, als hätte man ihm plötzlich alle Kleider vom Leib gerissen.

Corry nutzte sein Zögern und warf sich auf den Boden. Jetzt schoß Watkins, aber zu spät. Der Schuß ging durch die Fensterscheibe, daß das Glas nur so krachte und schepperte. Ein Splitter traf Reiss am Arm, aber er spürte nichts. Auch er warf sich auf den Boden und kroch ins Halbdunkel.

Ein zweiter Schuß krachte ins Holz der Eingangstür. Jetzt hatte Watkins alle beide, die er als Opfer ausersehen hatte, aus den Augen verloren.
Reiss wagte es jetzt, sich ein bißchen vom Boden aufzurichten, und als Watkins den dritten Schuß abgefeuert hatte, rannte er los.
Reiss dachte nicht wirklich nach, er tat einfach das, was sein Instinkt ihm befahl. Er rannte wieder die Treppe hinauf ins obere Stockwerk, was Watkins vor die Wahl stellen mußte, entweder ihm zu folgen oder weiter Corry nachzustellen. Seine hauptsächliche Absicht war es, den Mörder zu verwirren, aber er hatte natürlich keine Ahnung, ob ihm das auch gelungen war.
Eine Tür schlug zu. Er schlich zum Fenster über der Auffahrt, und als er hinausblickte, sah er einen Schatten über den Boden huschen. Das mußte eigentlich Corry sein.
Er beugte sich aus dem Fenster und rief flüsternd ihren Namen. Dies hatte aber nicht den gewünschten Effekt, sie aus ihrem Versteck herauszulocken. Er wußte auch gar nicht, ob er so besonders klug handelte, aber er wollte unbedingt den Schlüsselbund zu ihr hinabwerfen. Er hoffte, daß einer davon Cantwells BMW in Gang setzte. Selbst wenn er dann hier in der Falle saß, hatte sie doch vielleicht eine Chance zu entkommen.
Er wußte nicht, was ihn dazu veranlaßte, sich umzudrehen. Aber er tat es, und er erblickte Watkins in der Schlafzimmertür, seine Pistole direkt auf ihn gerichtet. Reiss sprang, bevor er feuern konnte. Direkt aus dem Fenster.
Die Ailanthus-Büsche, die entlang der Hauswand wucherten, milderten seinen Sturz. Das erste, was er fühlte, war der Schmerz, als die Zweige sein Gesicht zerkratzten. Darauf folgte ein anderer, heftigerer Schmerz in seinem Nacken. Das war ein alter Schmerz, der noch von dem Unfall in Peru herrührte. Der Sprung aus dem Fenster hatte ihn wieder akut werden lassen. Seine Hand blutete; die Schlüssel, die er während des Sprunges fest umklammert gehalten hatte, hatten ihm in die Handfläche geschnitten.
Trotz all dieser kleineren und größeren Verletzungen hatte er nicht das Gefühl, sich ernsthaft etwas getan zu haben. Er konnte sich bewegen. Er bewegte sich. Es war nicht besonders angenehm, aber es ging.

Er hörte lautes Rufen. Gestalten erschienen an der Auffahrt. Reiss wußte nicht, wer sie waren, aber er hieß ihre Gegenwart von Herzen willkommen. »Was ist denn hier los?« fragte jemand.
Soweit Reiss sehen konnte, waren es drei Leute, zwei junge Männer und eine Frau. Er vermutete, daß sie wahrscheinlich im Haus nebenan wohnten. Wahrscheinlich hatten sie entweder die Schüsse gehört oder seinen Sprung aus dem Fenster beobachtet.
Jedenfalls halfen sie ihm, als er versuchte, sich aus dem Gestrüpp zu befreien.
Erst als sie begannen, ihn mit Fragen nach seinem Befinden zu überschütten, tauchte auch Corry auf. Sie hatte sich hinter einem hohen weißen Zaun auf dem benachbarten Grundstück versteckt gehalten. Sie sah blaß und mitgenommen aus.
Soweit er wissen konnte, war es durchaus möglich, daß Watkins sie immer noch beobachtete, aber Reiss war ziemlich sicher, daß er es nicht wagen würde, jetzt, wo drei Fremde anwesend waren, noch einmal zu schießen. Das Center mochte keine unsauberen Situationen, und diese hier wuchs sich langsam, aber sicher zu einer besonders unsauberen aus. Wie konnte man das Auftauchen der Leichen von zwei Personen erklären, die offiziell überhaupt nicht existierten?
Reiss konnte stehen. Es war ihm ein bißchen schwindlig, und als Corry ihm ihren Arm anbot, lehnte er ihn nicht ab. Trotz allem schien er in der Lage zu sein, sich zu bewegen. Und es war lebensnotwendig, daß sie von hier verschwanden. Er schüttelte immer wieder den Kopf und versicherte seinen Möchtegern-Wohltätern, mit ihm sei alles in Ordnung, er habe nur das Gleichgewicht verloren und sei deshalb gestürzt. Es handle sich lediglich um einen kleinen Unfall. An den zweifelnden Gesichtern um ihn herum konnte er ablesen, daß keiner ihm glaubte. Vielleicht vermuteten sie auch, er habe versucht, Selbstmord zu begehen. Sie wollten unbedingt die Polizei und einen Krankenwagen holen. Aber Reiss weigerte sich standhaft.
»Ich weiß Ihre Mühe wirklich zu schätzen«, sagte er förmlicher, als die Umstände es erfordert hätten. »Aber mir geht es gut. Wirklich.«
Corry tupfte ihm mit ihrem Taschentuch das Blut vom Gesicht. Er überlegte sich, daß er wahrscheinlich ganz und gar nicht aussah wie jemand, dem es gutgeht.

»Hier, einer davon muß der Schlüssel von Nicks Auto sein«, sagte er und drückte Corry den Schlüsselbund in die Hand. »Meinst du, du kannst fahren?«
»Natürlich.«
Er hätte es nämlich nicht gekonnt. Er wußte nicht, ob er nicht im nächsten Moment in Ohnmacht fallen würde. Aber die ganze Zeit über lächelte er seine drei Befreier mit seinem blutigen Gesicht an und tat so, als seien seine Schmerzen etwas, was man absolut auf die leichte Schulter nehmen konnte. »Sie werden es sicher nicht glauben«, erzählte er ihnen, »aber ich muß jetzt zu einer Yacht-Party. Und die werde ich um nichts in der Welt versäumen.«
Zweifellos glaubten sie ihm tatsächlich nicht, aber mit deutlichem Unwillen und unverhohlener Verständnislosigkeit ließen sie ihn gehen.
»Wohin fahren wir eigentlich?« fragte sie, als sie schließlich im Auto saßen. Niemand verfolgte sie – bis jetzt.
»Wir fahren auf die Montauk-Autobahn nach Westen, bis wir zur Newtown Road kommen.«
»Oh, und wohin kommen wir da?«
»Zu unserer Yacht-Party.« Er hielt sich die ganze Zeit über Corrys Taschentuch ans Gesicht. Es war schon ziemlich rot.
»Du hast also keine Witze gemacht. Meinst du nicht, wir sollten bei einem Krankenhaus haltmachen und jemanden nach dir sehen lassen?«
»Keine Zeit, keine Zeit. Nick ist auf der Yacht. Wenn wir ihn nicht rechtzeitig erreichen, kann es sein, daß sie ihn umbringen.« Wieso sprach er denn im Plural? Er meinte Kristin und niemand sonst.
»Michael, bist du ganz sicher, daß mit dir alles in Ordnung ist?«
Im Kopf oder im Körper? überlegte er sich. »Ich werde es schon schaffen. Fahr einfach weiter, immer nach Westen.«

Er wurde langsam ziemlich benebelt. All die Lichter, all die schönen Frauen, all die laute Musik. Er umfaßte Kristin noch fester. Er brauchte diesen Körperkontakt ganz dringend. Wenn diese Frau ihm entglitt, war er verloren.
Offenbar verstand sie, in welchem Zustand er sich befand. »Wieso kommst du nicht mit mir nach unten?« schlug sie vor. »Vielleicht

würdest du dich ja besser fühlen, wenn du dich ein bißchen hinlegst?«
»Nein, nein, mir geht's gut.«
»Du siehst sehr blaß aus, Joe. Komm schon. Ich bleibe ja bei dir.«
Er fiel beinahe hin und stieß mit der Schulter heftig gegen einen harten Gegenstand. Wäre sein Blut nicht mit so vielen Chemikalien vollgepumpt gewesen, hätte er den Schmerz vielleicht gespürt. Er brachte es gerade noch fertig, einen Fuß vor den anderen zu setzen, und so führte sie ihn die Treppe hinunter. Er konnte sich nicht erinnern, jemals so völlig die Kontrolle über sich selbst verloren zu haben, abgesehen vielleicht einmal, im September vor zwei Jahren im Apartment 6F.
Plötzlich, er wußte selbst nicht genau wie, befanden sie sich in einer Kajüte. Das Bett war das einzige, was ihn interessierte. Er ließ sich darauf fallen. Es war weich und kühl, und er konnte sich keinen Grund in der Welt vorstellen, der ihn dazu bringen würde, jemals wieder aufzustehen. Er streckte die Hand nach Kristin aus, die ihm zugleich sehr nah und sehr weit entfernt zu sein schien. »Komm her«, murmelte er. »Komm her.«
Er hatte Angst davor, allein zu sein.
Sie machte irgend etwas, er konnte nicht recht sehen, was, aber sie war jedenfalls beschäftigt. »Komm her«, sagte er wieder. Sie schaute ihn an und lächelte. »Einen Moment noch.«
Er schloß die Augen. Selbst jetzt noch drehte sich alles. Farben und Lichter veranstalteten einen nicht endenwollenden Wirbel. Er überlegte sich vage, ob er sich besser fühlen würde, wenn er sich übergeben könnte. Reiss und dieser gottverdammte Computer, dachte er andauernd.
»Alexis!«
»Ja?«
»Alexis, vielleicht ist es frische Luft, die ich brauche.« Er hatte die Augen immer noch nicht geöffnet. Es schien ihm etwas ganz Außergewöhnliches zu sein, die Augen aufzumachen.
»Bleib lieber, wo du bist, Joe.«
»Okay, okay, okay.«
Er würde schon bleiben, wo er war. Er hatte sowieso nicht die Energie, etwas anderes zu machen.

Sie zog ihm die Stiefel aus. Es waren hübsche Stiefel, Frye-Stiefel. Sie machten ein polterndes Geräusch, als sie sie auf den Boden fallen ließ. Irgendwie brachte er es jetzt fertig, die Augen zu öffnen. Er nahm sie als verschwommenen weißen Fleck wahr. Ein weißer Fleck mit einem Dreieck aus Fleisch an der Stelle, wo der Reißverschluß die beiden oberen Hälften des Overalls jeweils sich selbst überließ. Er ließ seine linke Hand in diese Trennlinie gleiten. Warme Haut hieß ihn willkommen, eine warme Brust. Ihre Brustwarze richtete sich auf unter seiner Hand. Alexis schien nichts dagegen zu haben.

Allerdings schien sie es auch kaum zu beachten. Sie war viel zu beschäftigt mit dem, was sie mit seinem Fuß vorhatte. Sie hatte sich seinen Fuß – seinen linken Fuß – aufs Knie gelegt und zwei seiner Zehen auseinandergebogen. Das war ein durchaus angenehmes, wenn auch sehr ungewohntes Gefühl. Es kitzelte ein bißchen. Selbst in seinem betrunkenen Zustand kitzelte es noch. »Was... was machst du denn da?«

In diesem Moment fielen seine Augen plötzlich auf einen glitzernden Gegenstand in ihrer Hand. Er brauchte zu lange, um zu kapieren, was das war.

Es war eine Spritze. Gefüllt mit einer farblosen Flüssigkeit. Die Frau, die er als Alexis Frederick kannte, war dabei, sie zwischen seinen Zehen einzustechen.

»Warte!« schrie er, immer noch unfähig zu verstehen, was das alles zu bedeuten hatte.

Der Schmerz war stechend, ließ aber bald nach.

Er wußte genau, daß es nicht in Ordnung war, was da vor sich ging, er wußte, daß auf einmal alles, was passierte, auf unerklärliche Weise nicht mehr richtig war. Dieses Wissen reichte aus, ihm ein bißchen von der Nüchternheit wiederzugeben, die er vorher an diesem Abend verloren hatte. Er fummelte nach seiner Pistole, aber das Halfter war leer. Kristin hatte sie weggenommen, während er nur halb bei Bewußtsein war. Er tat trotzdem, was er konnte, und streckte das Bein unvermittelt aus, so daß die Spritze sich löste und auf den Boden fiel. Dann stürzte er sich mit einer Energie, die seine Angreiferin deutlich unvorbereitet traf, auf sie. »Was machst du da? Was zum Teufel machst du denn?«

Obwohl seine Bewegungen ziemlich unbeholfen waren, schaffte er es doch, sie vom Bett zu werfen. Sie taumelte ungeschickt zu Boden. Er fiel auf sie. Einen Moment lang konnte er sich nicht erinnern, ob er eigentlich mit ihr schlafen oder sie umbringen wollte.
»Vergiß es, Nick«, sagte sie und benutzte dabei zu seiner Überraschung seinen richtigen Namen. »Vergiß es, es ist zu spät, es ist alles vorbei.«

Der Kapitän der Barkasse betrachtete das Paar, das vor ihm stand, mit unverhohlenem Mißtrauen, vielleicht sogar ein bißchen angeekelt. Keiner der beiden sah aus, als gehöre er zu der Art Leute, die Marty Shapiro gern als Gäste seiner Party sehen wollte. Vor allem der Mann mit einem Gesicht voller Kratzer und Prellungen. Aber sie hatten eine waschechte Einladung, und der Mann erwähnte auch immer wieder den Namen von Alexis Frederick. Also gab er schließlich nach und winkte den beiden, aufs Schiff zu kommen.
Die Party war lang genug in Schwung und inzwischen hektisch genug, daß niemand von der Ankunft zweier Nachzügler Notiz nahm. Kaum waren Reiss und Corry an Bord geklettert, wurden sie sofort verschluckt von der Unmenge der Feiernden. Überall waren Leute, die tranken, sich zu der pulsierenden Musik drehten oder sich mit allen Kleidern in den Swimmingpool fallen ließen. Die warme Luft der Sommernacht war geschwängert mit dem Geruch von Marihuana und Alkohol, der auf Deck verschüttet worden war.
Trotz seiner deutlich sichtbaren Verletzungen achtete niemand besonders auf Reiss. Alle benahmen sich, als sei es nicht nur möglich, sondern absolut notwendig, etwas ganz Ungewöhnliches und Verrücktes zu machen. Vielleicht nahmen sie an, daß Reiss dabei einfach ein bißchen zu weit gegangen sei.
Es überstieg sein Vorstellungsvermögen, sich auszudenken, wie sie Cantwell in dem fürchterlichen Durcheinander jemals ausfindig machen sollten.
»Bist du sicher, daß du das hier aushalten kannst?« fragte ihn Corry.
Er versicherte ihr, daß er es aushalten würde. Jedenfalls hatte er das Gefühl, daß er es konnte. Die Anforderungen, die die Situation an ihn stellte, waren für ihn eine Art Wiederbelebungsmittel. Er hatte Schmerzen, das war klar, aber sie machten ihn nicht schwach.

»Gut, aber wenn wir ernsthaft an die Sache rangehen wollen«, sagte sie, »dann sollten wir uns trennen, um nach ihm zu suchen. Dann können wir nämlich doppelt so viel Fläche bearbeiten.«
Reiss gefiel der Gedanke, von ihr getrennt zu sein, überhaupt nicht, aber Corry bestand auf ihrem Vorschlag. Immerhin stand Cantwells Leben auf dem Spiel. Es gab zwischen ihm und Corry Bindungen und Loyalitätsverpflichtungen, von denen Reiss nichts wissen konnte. »Sei vorsichtig«, bat er sie. »Die Frau, mit der er zusammen ist, kann sehr gefährlich werden. Ich weiß das aus eigener Erfahrung.«
»Alexis Frederick?«
»Als ich sie kannte, nannte sie sich Kristin Landis. Gott weiß, wer sie in Wirklichkeit ist.«
»Ich werde es schon schaffen«, sagte sie und gab ihm einen schnellen Kuß. Dann machte sie sich auf den Weg zum Bug des Schiffes. Reiss sollte das Heck übernehmen.

Das Gehen war mühsam, denn das Deck war glitschig von Wasser und Alkohol. Außerdem wurde sie noch von einem Haufen angetrunkener Leute angerempelt und dadurch zusätzlich aus dem Gleichgewicht gebracht. Ein Mann packte sie von hinten, und zwar so plötzlich, daß sie aufschrie vor Schreck. Aber als sie sich umdrehte, sah sie, daß es sich nur um einen harmlosen Partygast handelte, der betrunken war und sich nicht mehr lange geradehalten konnte. Er war von ihrer Reaktion ziemlich überrascht und trat entschuldigend zurück.
In diesem Augenblick erspähte sie Cantwell. Sie versuchte, sich einen Weg durch die Menge zu bahnen. Als das nicht klappte, rief sie seinen Namen, konnte ihn jedoch nicht auf sich aufmerksam machen. Zu viele Leute gab es, die riefen und schrien, und die Musik allein war schon laut genug, daß man sie bestimmt noch in New Suffolk am entgegengesetzten Ufer der Bucht hören konnte.
Schließlich aber gelangte sie doch zu ihm. »Gott sei Dank«, sagte sie und klopfte ihn auf die Schulter.
Er drehte sich um und schaute sie fragend an.
»Nick?«
Er sagte nichts, war aber offenbar verblüfft.

Corry musterte ihn eindringlich. Dann auf einmal verstand sie, was los war. Vor ihr stand nicht Cantwell. Vor ihr stand der Mann, dem Cantwell nachgebildet worden war. Das war der Mann, für den Cantwell sterben sollte – wenn er nicht schon tot war.
Im selben Moment ertönte ein lauter Schrei von Backbord: »Mann über Bord! Hilfe! Mann über Bord!«
Innerhalb von Sekunden stieß das Nebelhorn, das auf dem Cockpit postiert war, ein heftiges Dröhnen aus. Dann schoß ein Mann mit etwas, das aussah wie eine Pistole, in die Luft. Das Geschoß stieß ein paar hundert Meter hoch in die Luft und explodierte dann in einem blendend hellen Lichtschein, der etwa eine halbe Minute anhielt. Corrys Augen brannten, so grell war das Licht. Als sie schließlich wieder etwas sehen konnte, war der Mann, den sie für Nick Cantwell gehalten hatte, verschwunden. Dort, wo er gewesen war, stand jetzt Matthew Watkins.

Reiss mußte sich in acht nehmen, um nicht von ein paar zu Scherzen aufgelegten Frauen in den Swimmingpool geworfen zu werden, die selbst offensichtlich schon etliche Male mit dem Wasser Bekanntschaft gemacht hatten. Manche Leute hatten anscheinend aber auch schon genug vom unermüdlichen Feiern und versammelten sich mittschiffs, um auf die Ankunft der Barkasse zu warten, die sie zurück an Land bringen sollte.
Als das Nebelhorn zu dröhnen begann, und kurze Zeit ein schmerzhaft grelles Licht die Dunkelheit erhellte, gingen die meisten von denen, die um Reiss herumstanden, davon aus, daß irgendeine besonders spektakuläre Attraktion auf sie wartete, und daß einfach noch mehr zu ihrer Unterhaltung geboten wurde. Sie applaudierten und tanzten nur um so ausgelassener zu der Musik, die ohne Unterbrechung weiterspielte. Reiss jedoch hatte das bestimmte Gefühl, daß es sich um etwas Ernsteres handeln mußte, und machte sich auf den Weg zum Bug des Schiffes. Er wollte unbedingt Corry finden, um ganz sicherzugehen, daß ihr nichts zugestoßen war.
Aber der Weg war versperrt. Vor ihm stand ein Mann.
Er trug Kleider in grellen Farben, sein Hemd war aufgeknöpft und entblößte eine Brust, die unbehaart und weich war wie die eines Kindes. Sein Gesicht war ebenso unbehaart und weich und außer-

dem noch geschminkt, um seine weiblichen Gesichtszüge zu betonen. Das war Simon Lash, erinnerte sich Reiss.
»Ich kenne dich!« sagte der Mann mit einer hohen, etwas hysterisch klingenden Stimme. »Ich weiß genau, wer du bist.«
»Kann schon sein«, antwortete Reiss, obwohl er es eigentlich für ausgeschlossen hielt. »Würden Sie mich bitte jetzt entschuldigen?«
Aber Simon Lash wollte ihn nicht vorbeilassen. »Ich kenne deine Vergangenheit und ich kenne auch deine Zukunft. Möchtest du sie gerne wissen?«
»Nein, das möchte ich nicht. Nicht mal unter den angenehmsten Umständen.«
Reiss schob ihn aus dem Weg. Er leistete keinerlei Widerstand, es war ein Gefühl, als stieße man gegen Luft.
Als er den Bug entlang zur anderen Seite des Steuerhauses kam, war von Corry dort nichts zu sehen. Aber er entdeckte Nick Cantwell. Er wurde von drei oder vier Männern, die zur Schiffsbesatzung gehörten, auf Deck gehievt. Sie versuchten, ihn zu beatmen. Als einer der Männer die Hände auf seine Brust preßte, schoß ein großer Schwall Wasser aus seinem Mund. Aber Reiss wußte genau, daß Cantwell nicht mehr zu helfen war. Er hatte den Verdacht, daß er wahrscheinlich schon tot gewesen war, als man ihn ins Wasser geworfen hatte, obwohl man das natürlich nie würde beweisen können.
Ihr Rettungsversuch war also fehlgeschlagen. Alles, was er jetzt noch tun konnte, war, so schnell wie möglich wieder von diesem Schiff herunterzukommen. Aber dafür mußte er erst einmal Corry finden. Und soweit er sehen konnte, war sie nirgendwo an Deck.

Sie war irgendwo unter Deck, aber wo genau, wußte sie nicht. Auf der einen Seite befand sich eine Privatkabine. Die Tür stand sperrangelweit offen und das Neonlicht, das aus einer danebenliegenden Kombüse drang, ließ ein eng umschlungenes Pärchen auf dem Bett erkennen. Sie öffnete die Tür, die vor ihr war, und stand vor einer Toilette. Hier war also kein Weiterkommen möglich.
Watkins mußte ganz in der Nähe sein. Sie wußte, er würde es nicht zulassen, daß sie ihm ein drittes Mal entwischte. Er war ihr hier herunter gefolgt, aber jetzt war er auf einmal verschwunden. Sie hielt sich eng an der Wand und beobachtete genau jeden Schatten,

während sie sich so von vorne nach achtern bewegte, vom Aufenthaltsraum zur Haupttoilette. Überall waren Treppen und Leitern, aber woher sollte sie wissen, wohin sie führten? Sie glaubte zwar, immer mehr Abstand zwischen sich und den Mann, der sie verfolgte, zu bringen, aber der Grundriß des Schiffs, mit all seinen Kabinen und Kojen-Bereichen und Toiletten, brachte sie ziemlich durcheinander. Es war durchaus möglich, daß sie zwar dachte, sie käme vorwärts, aber in Wirklichkeit im Kreis ging.

Aber nein, jetzt kam sie in eine Kombüse, die sie mit Sicherheit noch nie betreten hatte. Sie war vollgestopft mit irgendwelchem Durcheinander; offensichtlich handelte es sich um eine Art Abstellraum. Es roch ein bißchen nach Schlagwasser und nach Fisch. Bei genauerem Hinsehen entdeckte sie, daß hier tatsächlich Angelgeräte aufbewahrt wurden. Es gab Kisten mit Angelausrüstung, Garnschachteln, Batterien für Taschenlampen, Ködereimer, und an der Wand hingen Köder, Ködermesser und Leinen verschiedener Art. Es war stockdunkel. Sie tastete nach einem Lichtschalter, konnte aber keinen finden. Sie ging weiter die Kombüse entlang, mußte aber schließlich feststellen, daß sie offenbar in eine Sackgasse geraten war. Als sie sich umdrehte, schoß ein stechender Schmerz in ihren Knöchel und von da das ganze Bein hinauf. Ehe sie reagieren konnte, wurde sie schon über den Boden geschleift. Sie merkte, daß sie von einem Fischhaken getroffen worden war, und daß sie jetzt, genau wie der Fisch, für den der Haken eigentlich bestimmt war, an der Leine eingeholt wurde. Am entgegengesetzten Ende der Kombüse stand Watkins' schattenhafte Gestalt.

Vor Schmerz und Angst schrie sie laut auf. Aber sie hatte wenigstens noch genug Geistesgegenwart, mit der Hand in das Regal zu greifen, das an der Wand der Kombüse angebracht war. Jeder Gegenstand, egal wie banal er auch sein mochte, konnte ihr von Nutzen sein. Ihre Hand stieß auf irgendeine Spraydose.

Sie hatte keine Ahnung, was aus ihr herauskommen mochte, aber sie hielt sie fest, legte den Finger auf die Sprayvorrichtung und wartete.

Watkins holte sie nahe genug heran, um seine Pistole auf das Gesicht, dessen Entwurf seinen eigenen Auftraggeber viel Zeit und Geld gekostet hatte, richten zu können.

Der Schmerz war kaum auszuhalten, aber sie biß so gut sie konnte die Zähne zusammen, zielte mit der Dose und drückte gleichzeitig auf die Sprühvorrichtung.

Etwas Farbiges kam heraus, es roch nach Gift. Watkins drückte ab, aber weil er durch die Chemikalie, die Corry ihm ins Gesicht gesprüht hatte, für den Augenblick geblendet war, ging der Schuß fehl. Corry sprayte weiter, bis der Inhalt der Dose verbraucht war. Watkins stolperte beim Versuch, von ihr wegzukommen, immer wieder nach hinten, aber er sah so wenig, daß es ihm nicht gelang, aus ihrem Einwirkungsbereich zu entkommen. Statt dessen schwankte er von einer Seite der Kombüse auf die andere, er schrie und fegte mit seinen fuchtelnden Handbewegungen Köderboxen vom Regal.

Corry war vor Schmerz und Angst fast hysterisch. Sie zitterte unkontrollierbar am ganzen Körper. Blut strömte aus der Wunde, die der Haken in ihren Knöchel geschlagen hatte, und durch den Blutverlust wurde sie immer schwächer.

Watkins hatte das Ende des Fischhakens losgelassen; er brauchte seine Hände, um sich ins Gesicht zu fassen. Er kniete auf dem Boden und stieß unzusammenhängende Laute aus, die kaum hörbar waren.

Erst jetzt dämmerte es Corry, was in der Dose gewesen war, und was jetzt Watkins' Gesicht bedeckte. Es handelte sich offensichtlich um eine Art Klebstoff, der normalerweise benutzt wurde, um kleine Lecks im Schiff zu verstopfen. Als solcher haftete er natürlich extrem gut und trocknete, soweit Corry sehen konnte, außerdem sehr schnell. So versiegelte der Klebstoff jetzt Augen, Nase und Mund ihres Angreifers. Es war nicht abzuschätzen, wieviel von dem Zeug schon in seine Lungen eingedrungen war. Die ganze Luft war verpestet, und Corrys eigene Augen brannten fürchterlich.

Sie kroch aus der Kombüse und schaffte es irgendwie, sich den Fischhaken aus dem Knöchel zu ziehen. Jetzt strömte das Blut noch heftiger aus der Wunde. Sie riß ein Stück Stoff aus ihrem Kleid und versuchte, so gut sie konnte, einen Druckverband herzustellen. Die Wirkung war nur äußerst gering, denn das Blut durchtränkte den Stoff, den sie sich eng um den Knöchel gewickelt hatte, sofort wieder. Überhaupt schien alles um sie herum naß von ihrem Blut zu sein. Sie versuchte, es so weit wie möglich zu ignorieren.

Watkins lebte noch immer. Sein Körper zuckte im Todeskampf. Mit einer merkwürdigen Ruhe, die sie selbst überraschte, ging Corry zu ihm zurück und stieß ihm den Fischhaken in die Brust. An einer Stelle stieß er auf Widerstand, wahrscheinlich an einen Knochen. Sie drückte und drückte, und schließlich gab er nach.
Als sie hinter sich Schritte hörte, zog sie in einer instinktiven Reaktion den Fischhaken aus der Leiche. Sie war bereit, sich gegen jeden zu verteidigen, der sie angreifen wollte.
Aber es war kein neuer Feind, der sich da näherte. Es war Reiss.

Es gab keine Frage, sie mußten sehen, wie sie so schnell wie möglich von der *Calliope* herunterkamen, bevor die Polizei eintraf. Und die wurde jeden Moment erwartet. Sie kam, um Nachforschungen anzustellen über den »Unfalltod« durch Ertrinken von Cantwell (den man natürlich als jemand anderen identifizieren würde), aber sie würden bald feststellen, daß es noch eine zweite Leiche gab, mit der sie sich befassen mußten. Und sie würden keinen Moment lang Zweifel daran hegen, daß Matthew Watkins ermordet worden war.
Reiss verband Corrys Wunde so gut wie möglich und half ihr wieder hinauf auf Deck, obwohl er ja auch selbst nicht gerade in bester Verfassung war. Er hatte keine Zeit, ihre belastenden Fingerabdrükke von dem Fischhaken und der leeren Spraydose zu wischen, also nahm er einen der herumliegenden Leinenbeutel und stopfte beides hinein.
Auf Deck war die Party noch in vollem Gang. Der Unglücksfall hatte die Feiernden anscheinend nicht im geringsten gestört.
Bis jetzt hatte noch niemand versucht, die Situation unter Kontrolle zu bekommen. Es versuchte auch keiner, die Gäste, die das wünschten, daran zu hindern, daß sie in der Barkasse wegfuhren, obwohl die Polizei angeblich mit allen potentiellen Zeugen des sogenannten Unfalls reden wollte.
Bestimmt hatten viele der Anwesenden bemerkt, daß Reiss und Corry blutverschmiert und völlig erschöpft aussahen, aber niemand sprach sie darauf an. Die Atmosphäre auf der Barkasse war etwas weniger turbulent als auf der Yacht, aber immer noch erstaunlich festlich. Die Leute wollten nicht, daß die Party schon vorüber sei. Mehrere von ihnen hatten Weinflaschen und Gläser dabei, die sie

von der Yacht mitgenommen hatten und jetzt großzügig herumreichten.
Reiss und Corry saßen eng nebeneinander in einer Ecke und ignorierten die Leute um sie herum. Einmal jedoch, als die Barkasse sich bereits den Landungsbrücken näherte, bemerkte Reiss, daß ein anderes Pärchen, das ihnen gegenüber an Steuerbord saß, sie aufmerksam beobachtete.
Er erschrak, unternahm aber nichts. Es waren Kristin und der Mann, den Corry irrtümlicherweise für Cantwell gehalten hatte. Zwischen ihnen saß noch ein weiteres Pärchen, und weil es ziemlich dunkel war, konnte Reiss nicht mit Sicherheit feststellen, ob Kristin tatsächlich wußte, wer sie waren. Aber immer wieder kniff sie die Augen zusammen und verdrehte den Kopf, als versuche sie, die beiden zu identifizieren. Reiss war ziemlich zuversichtlich, daß sie ihn nicht wiedererkannt hatte, aber es bestand die Möglichkeit, daß sie sich an ihn von ihrer flüchtigen Begegnung am Nachmittag erinnerte.
Aber nichts geschah. Die Barkasse ging vor Anker, und die Passagiere drängten sich ans Ufer. Reiss hielt Corry zurück, bis Kristin und ihr Begleiter, wer immer dieser unglückliche Mann auch sein mochte, außer Sichtweite waren. Erst dann half er Corry beim Aussteigen. Sie war viel zu benommen und hatte viel zu schlimme Schmerzen, als daß sie irgend etwas von dem, was Reiss tat, hätte in Frage stellen können.
Reiss war klar, daß er trotz seines geschwächten Zustands derjenige sein würde, der fahren mußte. Corry hatte inzwischen fast das Bewußtsein verloren, und es war dringend nötig, sie ins Krankenhaus zu bringen.
Aber bevor er den BMW aus dem Parkplatz gesteuert hatte, entdeckte er Kristins roten Lotus. Die rosarote Kaninchenpfote baumelte hinter der Windschutzscheibe; das Auto war nicht zu verkennen. Er hielt an, öffnete den Leinenbeutel und wischte sorgfältig alle Fingerabdrücke von dem Fischhaken und von der leeren Klebstoffdose.
Er vermutete, daß Kristin mit ihrem Schützling in einem anderen Auto weggefahren war; sie war wahrscheinlich dafür verantwortlich, ihn in ein Flugzeug zu setzen, das ihn nach Peru bringen

würde. Reiss wußte natürlich nicht, ob sie jemals zurückkommen würde, um ihr Auto abzuholen, aber es war trotzdem sicherlich als das ihre identifizierbar. Es war einen Versuch wert. Die Tür auf der Fahrerseite war nicht verriegelt. Reiss öffnete sie und stopfte die Leinentasche unter den Sitz.

Von der Notaufnahme des Krankenhauses rief er anonym bei der Polizeistation von Suffolk an.

»Auf der *Calliope* wurde heute nacht ein Mord begangen. Der Ermordete heißt Matthew Watkins.«

»Wie ist Ihr Name?« fragte der Beamte am anderen Ende der Leitung.

»Das ist nicht wichtig. Ich habe einige Informationen, die Ihnen vielleicht helfen können. Hören Sie mir einfach zu.« Und er erzählte ihm, daß die Mordwaffen in einem roten Lotus zu finden seien, der in der Nähe der Landüngsbrücken abgestellt sei. Er gab ihm die Autonummer. Und sagte ihm auch Kristins Namen. Alle beide.

Er wollte nicht, daß es irgendwelche Verwechslungen gab.

Epilog

Sie nahmen die früheste Fähre, die am Sonntagmorgen fuhr. Es wehte nur ein leichter Wind, eher eine Brise, aber die Bucht war unruhig, als braue sich unter ihrer Oberfläche ein Sturm zusammen.

Obwohl sie beide völlig erschöpft waren, konnten sie nicht schlafen, und so hielt sie jetzt eigentlich nur noch ihr eigenes Adrenalin aufrecht. Umgeben von so vielen braungebrannten und gesundheitsstrotzenden Menschen wirkten sie wie zwei Gespenster, von denen man nicht wissen konnte, ob sie nicht im nächsten Moment ihre sterblichen Hüllen ablegen würden.

Sie sagten kaum ein Wort, und wenn sie miteinander redeten, geschah es im Flüsterton. Sie hätten besser ins Innere einer Kirche gepaßt als auf eine Fähre nach Fire Island.

»Ich will sie einfach nur sehen«, sagte Reiss unvermittelt. »Verstehst du das? Bevor ich weggehe, will ich einfach noch einmal einen Blick auf sie werfen.«

Und Corry verstand ihn. Sie nahm seine Hand.

»Corry?«

»Ich bin hier.«

»Ich habe eine Frage an dich, nur eine einzige.«

Ihr Lächeln war müde, aber selbst jetzt noch strahlend. »Früher hattest du immer mindestens eine Million Fragen. Mit einer einzigen kann ich umgehen, glaube ich.«

»Weshalb hast du dich überhaupt entschlossen, zu verschwinden? Ich meine damals, als du Maia Stevens warst. Ich bin verschwunden, weil ich mich habe in die Ecke drängen lassen. Nick, weil er eine Frau umgebracht hat. Carlo, weil er wahrscheinlich jeden umgebracht hat, der ihn einmal schief angesehen hat. Aber du? Das habe ich in der ganzen langen Zeit immer noch nicht herausgefunden.«

»Und der Computer hat es dir nicht verraten?«
»Nein. Der Computer hat es mir nicht verraten.«
»Ich fürchte, meine Antwort würde dich enttäuschen.«
»Versuch's doch mal.«
»Ich bin verschwunden, weil ich genug davon hatte, Maia Stevens zu sein. Ich fürchte, der Reiz des Neuen war nur allzu schnell dahin. Und ich hatte die Nase voll davon, berühmt zu sein, und ich hatte die Nase voll von den Leuten, mit denen mich meine Berühmtheit in Kontakt brachte. Ich wollte nicht Carlo oder irgendeinem der anderen Männer verpflichtet sein, die sich auf die eine oder andere Art in mein Leben gedrängt hatten. Siehst du, immer waren sie es, die anriefen; ich konnte nur rumsitzen und auf die Anrufe warten. Verstehst du mich? Habe ich dir deine Frage beantwortet?«
Er wußte nicht, ob sie sie beantwortet hatte oder nicht.

Das Sommerhaus, das Sam Kraft gehörte, zeugte von dem lukrativen Einkommen, das der Beruf eines Kieferorthopäden mit sich brachte. Es war ein ausgedehntes weißes Gebäude mit großen, eigenartig geformten Fenstern, durch die man mit Teak verkleidete und extravagant und geschmackvoll möblierte Zimmer sehen konnte.
Nachdem sie sich einmal um das ganze Haus bis zu seiner Rückseite geschlichen hatten, wo eine Art Veranda angebracht war, die mit Stühlen und allerlei Spielzeug vollgestellt stand, gelangte Reiss zu der Überzeugung, daß offenbar niemand zu Hause war.
Es war mitten am Vormittag. Der Tag war heiß und sonnig. Corry meinte, daß er sie vielleicht am Strand finden würde.
Sie humpelten alle beide und konnten nicht sehr weit gehen, ohne ihre Verletzungen damit wieder zu verschlimmern. Wenn es nicht so lebenswichtig gewesen wäre, alles schnell zu erledigen und sich sofort wieder auf den Weg zu machen, wären sie bestimmt besser beraten gewesen, sich mindestens eine Woche lang gründlich auszuruhen. Aber der einzige Luxus, den Reiss sich und Corry gegönnt hatte, war ein kurzer Tag in einem anonymen Motel an der Montauk-Autobahn.
Corry hätte auch jetzt im Motel bleiben können; Reiss hätte sie später dort abgeholt. Aber sie hatte darauf bestanden, ihn hierher zu begleiten.

Schließlich gelangten sie zum Strand. Kaum waren sie auf der hölzernen Treppe, die zu ihm hinabführte, entdeckte Reiss auch schon seine Kinder; sie spielten in einer Gruppe von ein paar etwa gleichaltrigen Kindern.
Er nahm Corrys Anwesenheit gar nicht mehr wahr und machte sich langsam, halb in Trance, auf den Weg zu ihnen. Er sah, daß sie zusammen mit den anderen Kindern eben ein kunstvolles Sandschloß bauten.
Er blieb stehen und beobachtete die beiden, er staunte darüber, wie schnell sie gewachsen waren und wie wenig sie dem Bild glichen, das er von ihnen in Erinnerung gehabt hatte.
Corry ließ ihn allein; sie spürte, daß sie sich hier nicht einmischen durfte. Als sie zurückkam, stand er immer noch da, wo sie ihn verlassen hatte, wie angewurzelt und mit einem Gesicht, das sich in der Sonne langsam rot färbte.
Schließlich rief er eines der Kinder zu sich, einen Jungen, der bestimmt nicht viel jünger war als Mark. Er fragte ihn, ob er die Kinder der Familie Kraft kenne. Der Junge antwortete, er kenne sie gut.
Da übergab Reiss ihm ein Paket. Darin waren Geschenke, die er tags zuvor in Erwartung dieses ungewöhnlichen Wiedersehens gekauft hatte.
Das eine Geschenk war eine mechanische Puppe, die auf einfache gesprochene Instruktionen reagieren konnte, die in der Gebrauchsanweisung vorgegeben waren. Das andere war ein Computer-Spiel in Taschenformat, mit dem man eine ganze Menge der erstaunlichsten Dinge anstellen konnte. Nick, dachte er, Nick hätte das bestimmt gut gefunden. Er legte noch zwei Hundert-Dollar-Scheine bei, einen für jedes der beiden Kinder, und außerdem noch einen Zettel. Darauf stand nur: »Du wirst immer geliebt werden.«
Der Junge nahm das Paket in beide Hände, und Reiss sah ihn zu der Stelle rennen, wo das Sandschloß langsam wuchs; Türmchen um Türmchen, Mauer um Mauer entstand es aus dem ursprünglichen Chaos von Sand und Schlamm. Mark und Susie rissen ihre Geschenke begierig auf, und der Überbringer sah sich natürlich genötigt, ihnen ihren Wohltäter auch zu zeigen. Sie schauten mit zusammengekniffenen Augen in Reiss' Richtung, schienen sich

aber nicht erklären zu können, womit sie diese unerwartete Großzügigkeit verdient hatten.
Da rief Betsy nach ihnen. Sie rannten voller Aufregung zu ihr, ihre Reichtümer im Arm. Sie brannten darauf, ihrer Mutter zu berichten, wie sehr das Glück ihnen hold gewesen war. Sie wollte wissen, wer denn der Spender sei, aber als Mark und Susie ihr den Mann zeigen wollten, fanden sie ihn nicht mehr. Er war gegangen.

Er und Corry fanden eine Bar mit Blick über die Bucht, von wo aus sie die Fährschiffe und Segelboote beobachten konnten, die das ruhige tiefblaue Wasser und den wolkenlosen Himmel verschönerten.
Zu dieser Tageszeit hatten sie die Bar fast für sich allein; die Leute, die hierher zum Mittagessen kamen, waren noch am Strand.
»Es gibt da etwas, was ich dir sagen möchte«, begann Reiss. »Ich bin immer noch im Computer des Centers gespeichert. Als Watkins an jenem Abend die Telefonleitung durchgeschnitten hat, wurde damit auch die Verbindung zum CRC-Datensystem unterbrochen. Ich habe deine Daten verändert und die über meine Familie gelöscht. Ich habe sogar Carlo D. für tot erklärt.« Er lächelte zerstreut. »Aber ich habe länger herumgetrödelt als ratsam gewesen wäre, und so bin ich nicht mehr dazu gekommen, mich um mich selbst zu kümmern.«
»Was willst du mir damit sagen?«
»Daß ich nach wie vor in Gefahr bin. Viel mehr als du. Der Computer sagt denen, daß du tot bist. Aber derselbe Computer sagt ihnen auch, daß ich erntereif bin und eingebracht werden sollte. Kurz gesagt, ohne mich bist du weit weniger in Gefahr.«
Die Seemöwen, die auf das Wasser herabschwebten, kreischten laut; vielleicht protestierten sie auf diese Weise dagegen, daß sie dort zu wenig Futter fanden. Reiss wartete, aber Corry sagte immer noch kein Wort. Er schaute sie sich ganz genau an, er versuchte, sich jede Kleinigkeit ihres hübschen Gesichts einzuprägen, damit er sie nicht wie Betsy vergessen würde.
»Ist das alles?« fragte sie schließlich.
»Ja, das ist alles.«
»Dann trink aus, wenn es dir nichts ausmacht, und laß uns losgehen.«

Er war drauf und dran, sie zu fragen, ob das etwa ihre Antwort sei, aber er entschloß sich dann doch, es lieber nicht zu tun. Er trank aus.

Die beiden in Zivil gekleideten Polizeibeamten verließen ihr ebenfalls unauffälliges Auto, als sie sahen, daß sie in den Lotus einstieg. Sie warteten seit Freitag abend auf sie, aber sie hatten nicht die Geduld verloren, sondern verhielten sich ausgesprochen gelassen.
»Sind Sie Miss Frederick?«
Sie antwortete ihnen, das sei sie. Sie bemerkten ihren verwunderten Gesichtsausdruck und zeigten ihr die Polizeimarken. »Waren Sie am Freitagabend an Bord der *Calliope*?« fragte einer von ihnen und machte dabei eine Handbewegung zur Great Peconic Bay, von wo die Yacht aber natürlich schon längst verschwunden war.
Sie zögerte einen Moment, gab dann aber zu, dort gewesen zu sein.
»Kennen Sie einen Mann namens Matthew Watkins?«
Sie zuckte die Achseln in einer Geste, die irgend etwas zwischen einem Ja und einem Nein hätte bedeuten können.
»Wissen Sie, daß er ermordet worden ist?«
»Ich habe etwas in dieser Richtung läuten hören.« Sie achtete darauf, daß ihre Stimme möglichst neutral klang.
»Haben Sie vielleicht irgendeine Ahnung, auf welche Weise er umgebracht wurde?«
Nein, antwortete sie, davon hatte sie nicht den blassesten Schimmer.
Die Zivilbeamten baten sie daraufhin, unter ihren Vordersitz zu sehen. Er und sein Kollege hatten bereits dort nachgeschaut; sie wußten also, was sie zu erwarten hatten.
Ganz im Gegensatz zu ihnen schien sie der Anblick gänzlich unvorbereitet zu treffen.
»Würden Sie die Tasche bitte öffnen?«
Kristin befolgte die Anweisung. Sie fand einen Haken, dessen Ende mit getrocknetem Blut beschmiert war, und eine leere Dose Schiffsklebstoff. Sie blickte wieder zu den beiden Polizisten, sie sah völlig verblüfft aus. »Was hat das zu bedeuten?«
Derjenige der Zivilbeamten, der bis jetzt geschwiegen hatte, holte jetzt einen Haftbefehl gegen sie aus der Tasche. Die Anklage lautete auf vorsätzlichen Mord.

Zu ihrer beider Überraschung schien Kristin weder zornig noch geknickt zu sein. Statt dessen schenkte sie den beiden Beamten ein geheimnisvolles Lächeln. Diese beiden Männer konnten sie nicht einschüchtern. Schließlich war sie der festen Überzeugung, daß sie die Männer besser kannte als andere Frauen. Sie konnte mit ihnen auf die gleiche Art umgehen, wie sie mit ihr.

Am zehnten Oktober, als Michael Reiss längst unter einem anderen Namen in einem anderen Teil der Welt lebte, wurde im Radio aus Stockholm die Nachricht verbreitet, daß der britische Biochemiker Ralph Lloyd den Nobelpreis für Medizin gewonnen hatte, aufgrund seiner Forschung über die immunologischen Mechanismen des Menschen.

Natürlich, es war nicht sein Werk, sondern das von Traxton. Reiss fragte sich, wie sein ehemaliger Mentor wohl auf diese Neuigkeit reagiert hätte. Wahrscheinlich wäre er schrecklich wütend geworden. Vielleicht drehte er sich im Grab herum.

Sofern er überhaupt im Grab lag.

Die Toten, das wußte Reiss inzwischen nur zu gut, blieben nicht unbedingt für immer tot.